HOMER
ODYSSEY XIII-XXIV

HOMER

ODYSSEY
BOOKS XIII-XXIV

Edited with Introduction
and Commentary by
W.B. STANFORD

Bristol Classical Press

This impression 2004
This edition published in 1996 by
Bristol Classical Press
an imprint of
Gerald Duckworth & Co. Ltd.
90-93 Cowcross Street, London EC1M 6BF
Tel: 020 7490 7300
Fax: 020 7490 0080
inquiries@duckworth-publishers.co.uk
www.ducknet.co.uk

First published by Macmillan Education Ltd in 1948
© 1948, 1958, 1962 by W.B. Stanford

A catalogue record for this book is available
from the British Library

ISBN 1 85399 512 6

PREFACE

On the completion of this attempt to supply the need for a fresh edition of the *Odyssey* (Merry's, the most recent integrated edition in English, being now over sixty years old), my chief feeling is of gratitude to the many friends who have helped me generously in this exacting task. In the preparation of this second volume Dr. H. W. Parke and Professor W. H. Porter have read through all the manuscript and greatly improved it. Professor Porter, who has been the patient and judicious Mentor of this 'Telemacheia' from the very beginning, has also emended the proofs. Mr. G. W. Bond, Professor T. Finnegan, Mr. W. D. Isaac, Dr. R. W. Reynolds, Professor L. J. D. Richardson, Mr. W. R. Smyth, and Mr. E. A. Thompson, have scrutinized all or large portions of the proofs, and others have helped with smaller sections. Many of their suggestions are now—generally without further acknowledgement, for brevity's sake—in my commentary. Professor P. Von der Mühll of Basle, whose fine text of 1946 has been extensively used in this volume, kindly obtained some necessary books for me. The staffs of Messrs. R. & R. Clark and Messrs. Macmillan & Co. have been constantly helpful. My dependence on the publications of other scholars, as indicated in my bibliography, need hardly be emphasized again (cp. preface to Vol. I).

Since Vol. I was published, my views on some problems have changed, and some errors have been detected, as noted in *Addenda and Corrigenda*. In the text of this

volume I have followed Ludwich more closely than in
Vol. I, especially with regard to *Digamma* (cp. on **13**,
289) and τῶ, τά (see on **13**, 5).   But my indebtedness to
Allen's Oxford Text, which has been the basis of my text
throughout, remains great.

W. B. S.

Dublin, 1947

PREFACE TO SECOND EDITION

I HAVE now added some pages on Mycenean Greek and
on verbal aspect and have altered or supplemented other
sections of the introductions in the light of recent publica-
tions.   Some changes have also been made in the com-
mentary, indexes, and bibliography. Owing to exigencies
of space it has not been possible to discuss some of the
more speculative recent contributions to Homeric studies.
My best thanks are due to reviewers and friends (especi-
ally Professor L. J. D. Richardson) for helpful criticisms
of the first edition.

W. B. S.

Dublin, 1957

CONTENTS

ILLUSTRATIONS

INTRODUCTION

THE STORY [1]

THE *Odyssey* excels both as a story and as a poem. Much of the story, especially its plot and characterization, can be appreciated in translation. But the beauty and aptness of its phrasing and rhythm can only be known in the original Greek. Few long poems equal it in the variety and charm of its word-music, and few stories surpass it in sustained excitement and human interest. Unhappily the enjoyment of the story and poem is often marred by controversies about its authorship, subject-matter and style. As a compensation much useful information has been discovered by the controversialists. In this edition problems of text and tradition are kept in the background. It will be assumed that the *Iliad* and *Odyssey* are the work of one poet who combined native genius with a mastery of oral technique inherited from earlier poets. (See pp. xiv and xxx.)

Aristotle (*Poetic* 17, 1455 b 17) summarizes the *Odyssey* thus : ' A man has been abroad for many years. Poseidon is always on the watch for him. He is all alone. The situation at home is that Suitors are wasting his money and plotting against his son. After a stormy passage he returns, reveals himself, attacks his enemies, kills them, and is saved.' This Homer relates in over

[1] See index for topics printed in italics, and bibliography for abbreviated references.

ix

12,000 lines, exploiting every device of a skilful story-teller to maintain the interest of his hearers. He gives them scenic variety—from Egypt to Parnassus, from Troy to the far unexplored Western Ocean, from swine-herd's hut to enchantress's palace ; variety of characters —old, young, false, true, noble, humble, sceptical, magi-cal, divine ; ambushes, plots, disguises, partings, re-unions, killings, escapes, crime, punishment. Through all the varieties and contrasts a prevailing unity of con-struction guides the incidents to their ultimate goal, the return and revenge of Odysseus. Here is a survey of the action divided, as in Homer, into days [1] :

1st day. Assembly of gods ; Athena visits Telemachus in Ithaca (Book 1).

2nd ,, Assembly of Ithacans ; Telemachus prepares for his journey (2, 1-398). He sails away that night (2, 399 to end).

3rd ,, He arrives at Pylos and hears Nestor's story (3, 1-403).

4th ,, He leaves Pylos for Pherai (3, 404-90).

[1] But see the citation from H. Fraenkel's ' On the Understand-ing of Time in Archaic Greek Literature ' in Bassett, *P.H.* p. 33, ' Homer means by time measured by a certain number of days or years merely short or long duration, with a certain emotional connotation. Intervals of time, whether hours, days, or years, are therefore qualitative, not measurable by the clock or calendar ' (these, of course, were unknown, as we know them, to Homer's age). In other words Homer's time is poetic time, not an attempt at strict chronology, cp. on his Gods below.

See also Scott, *U.H.* p. 158 : ' The manner of Homeric recita-tion made it impossible for the poet to picture events as taking place simultaneously, so that he never leaves one scene and moves to another by saying, " While these things were done here, such other things happened there ". He always seems to say " After these things were done here, those things were done there ".'

5th day. His journey to Sparta and reception at Mene-
              laus' palace (3, 491-4, 305).

6th „ He stays at Sparta and hears Menelaus' story
              (4, 306-624).

          In Ithaca : discovery of Telemachus' depar-
              ture. Conspiracy of Suitors to ambush and
              kill him (4, 625-786). In the night Penelope
              dreams ; the conspirators set out (4, 787
              to end).

7th „ Second assembly of gods. Hermes tells
              Calypso to send Odysseus home (5, 1-227).

8th to 11th days. Odysseus builds an improvised boat
              (5, 228-62).

12th to 28th days. Odysseus voyages safely (5, 263-78).

29th day. Poseidon wrecks him with a storm (5, 279-387).

30th and 31st days. Odysseus drifts on a spar and reaches
              Scherie (5, 388 to end).

32nd day. Athena sends Nausicaa to near where Odysseus
              sleeps. They meet. Odysseus is received
              hospitably at Alcinous' palace (6 and 7).

33rd „ Entertainment by the Phaeacians with feast,
              song, dance, athletics (8). That evening
              Odysseus recounts his previous adventures
              between Troy and Scherie : the Cicones,
              Lotus-Eaters, Cyclops, Aeolus, Laestrygo-
              nes, Circe, Land of Ghosts, Seirens, Scylla
              and Charybdis, the Cattle of the Sun, the
              storm, Calypso's island (8-13, 17).

34th „ Odysseus voyages home from Phaeacia and
              arrives in Ithaca (13, 18-92).[1]

---

[1] Note the overlap here : the *Alexandrian editors* who divided
the poem into books should have run Book 12 on to 13, 92 with its
charming cadence and peaceful close (see note there and at
12, 453).

35th day. Odysseus lands and stays with the Swineherd
(13, 93 to end of 14). Telemachus travels
from Sparta to Pherai (15, 1-188). *Note* :
the chronology is uncertain here ; Butcher
and Lang add an extra day for Telemachus'
journey.

36th „ Telemachus reaches Pylos and sails home (15,
189-300). Odysseus stays with the Swine-
herd (15, 301-494).

37th „ Telemachus, having evaded the ambush, lands
on Ithaca and joins Odysseus and the
Swineherd (15, 495 to end of 16).

38th „ Odysseus disguised as a beggar goes among
the Suitors in his palace. He fights a rival
beggar, talks with Penelope, is recognized
by his old Nurse (17-19).

39th „ The contest with the bow. The killing of the
Suitors (20-23, 240). That night Penelope
at last accepts Odysseus as being truly her
husband (23, 241-346).

40th „ The souls of the Suitors go to Hades ; Odys-
seus visits his father ; Athena makes peace
between Odysseus and the Suitors' kinsmen
(23, 347 to end of poem).[1]

THE CHARACTERS [2]

Odysseus : one of the fullest and most versatile charac-
ters in literature : a symbol of the Ionic-Greek Every-

---

[1] Fuller summaries are given at the beginning of the notes on
each book.

[2] See index for fuller references to each. For discussion of ethi-
cal terms like αἰδώς, ἀρετή, ἀγαθός, see Adkins as cited on p. 453.

man [1] in his eloquence, cleverness, unscrupulousness, intellectual curiosity, courage, endurance, shrewdness. He is no model of moral integrity, but a realistic mixture of good and bad. He is seen at his best in his loyalty to his *Companions*.

Penelope's steadfastness and courage in years of doubt and despair have made her name almost as widely proverbial as her husband's. Surprising, but very true to life, is her ultimate reluctance to accept the fact that Odysseus really has returned (in Book 23) ; a heart long frozen must be slow to thaw. Contrast the glimpses of *Clytaemnestra*. In *Telemachus* there is a sympathetic portrait of a youth who has just shouldered the responsibilities of manhood—a cautious, discreet young man, but brave and persevering. *Nausicaa's* virginal charm, from the moment she says ' Daddy dear ' (see on 6, 57), has few rivals in fiction ; Sophocles and Goethe tried to re-create it. There is deep pathos in the short descriptions of the ghost of *Anticleia*, Odysseus' mother, in Hades, and of his father Laertes as he works among the brambles in his lonely field. The *Suitors* and the *Companions* are not entirely impersonal tragic choruses, but have clearly sketched personalities among them.

As Bassett (*P.H.* pp. 164 ff.) has observed, some personal wounds left open in the *Iliad* are healed in the *Odyssey* : thus *Helen's* last words in *Il.* 24, 775 are ' Everyone shudders at the thought of me ', but in *Od.* 4 she appears as a happy wife and hostess, on excellent terms with *Menelaus* and the Lacedaemonians ; *Agamemnon* shows that he has abandoned his enmity to

---

[1] The complex character of Odysseus and his extensive influence on the European literary tradition are discussed in my *Ulysses Theme* (2nd edn., Oxford, 1963). For Penelope see especially J. W. Mackail, *Classical Studies* (London, 1925), pp. 54-75.

Achilles (**24**, 93-5) ; Odysseus is promised a painless and peaceful end (**11**, 134) ; Achilles' shade is left satisfied with his son's fame (**11**, 540). Only the feud between *Ajax* and Odysseus—which does not occur in the *Iliad*—remains incurable (**11**, 543 ff.).

On the *Gods* Pope has said the best word (cited by Scott, *U.H.* p. 178) : ' But whatever cause there might be to blame his machinery in a philosophical or religious view, they are so perfect in the poetic that mankind has been ever since contented to follow them . . . after all the various changes of time and religions, his gods continue to this day the gods of poetry '. If it is remembered that the Homeric gods are mainly Divine Machinery for poetic purposes, and not intended as paragons for worship or imitation, most of the criticisms against them fall away. Note that in Books 9-12 *Athena*, Odysseus' constant helper, leaves him to his own resources because of Poseidon's newly roused anger. In these books he must struggle alone.[1]

THE NATURE AND STYLE
OF HOMER'S POETRY

In the *Iliad* and *Odyssey* the word for a poet is ἀοιδός, a singer, bard (from ἀείδω), not ποιητής, a maker, composer. It is assumed in this edition that Homer himself, whom the Greeks called ὁ ποιητής, was a master-poet in the fullest sense. But recent study has been making it increasingly clear that Homer owed much of his poetic technique, his treatment of material, his language, his metre, to many generations, perhaps even centuries, of

[1] See also index on *characterization, fame, lies, mourning, etiquette, humour, feminine syntax, Calypso, Circe, etc.*

those ἀοιδοί whom he describes in the most honorific terms.[1]

From his descriptions we learn that these ballad-singers were expected to be able to sing on a stated heroic theme to the accompaniment of the lyre whenever their aristocratic patrons were inclined for such entertainment. This demanded different talents and training from those of the modern poet who can choose his own time and place for composition ; who can use pen and paper and reference-books as required and can compose for any kind of audience, or even for none at all, as he likes ; and is free to use any subject, style or metre to suit his own personal purposes. In contrast, the singer of the Homeric age when asked for a ballad—usually in the crowded banqueting-hall after dinner—must be ready immediately with both knowledge of the requested theme and poetic phrases suitable for expressing it in the established hexameter rhythm. Here Memory is very truly the Mother of the Muses—memory of facts and memory of useful words, phrases, lines and passages which will serve the singer in his extempore composition. Excellence in such conditions would depend on skill in handling the traditional subjects and in using the traditional bardic verbal equipment. Originality of subject or phrase would

---

[1] See especially *Od.* 1, 325 ff. ; 8, 62 ff. and 266 ff. ; 22, 330 ff. ; and on *Bard* in index. For studies (in English) in the style and language of Homer see especially Bassett, Bowra, Dodds, Nilsson, Palmer, and Shipp, as cited in bibliography : also J. A. Notopoulos in *Transactions of the American Philological Association,* lxxx. (1949) and lxxxi. (1950), E. O'Neill in *Yale Classical Studies,* viii. (1942) ; also Lord, Page, Webster, Whitman, and *Companion* (see p. 453). For Milman Parry's epoch making studies in the technique of oral composition see *The Making of Homeric Verse, The Collected Papers of Milman Parry,* edited by Adam Parry (Oxford 1971) and Lord as cited on p. 432.

be valued far less highly than to-day, and perhaps often
even regarded with dislike. What the heroes wanted most
would be a fluent, melodious, rhythmical, and reasonably
accurate account of some glorious deed of valour or grim
conflict of passions. If to these essentials the singer could
add a new note of freshness and vividness no doubt some
of his audience would be pleased. But, as in other kinds of
Greek poetry, the poet who was most highly esteemed would
be he who without drastic innovation introduced better
methods of handling the traditional form and material.

Selection, arrangement, perfection of phrasing and
rhythm—these were the problem of the ἀοιδός. In
selecting his material he had to find a clear and con-
tinuous path of song (οἴμη, see *Od.* 8, 481 ; 22, 347)
through the mass of heroic legends which lay like a thick
and tangled wood before him. A second-rate singer
would probably only be able to recite a few memorized
lays. But the first-rater could improvise a fresh song for
every occasion. Not, however, an entirely new one ; for
just as a modern poet relies on single words invented
and already used by others, so the bard relied on full
phrases, lines, even whole passages already used by others
(or by himself), to maintain the steady flow of his extem-
pore poem. When a good phrase already existed for some
common occurrence he did not delay to vary it. Thus
Homer is satisfied to write over and over again

        ἦμος δ᾽ ἠριγένεια φάνη ῥοδοδάκτυλος Ἠώς

or

        αὐτὰρ ἐπεὶ πόσιος καὶ ἐδητύος ἐξ ἔρον ἕντο,

with as little qualms about being ‘ unoriginal ’ as a
modern poet when he uses a single word like ‘ dawn ’ or
‘ food ’. This is studied further below.

The salient features of this bardic style are best summed
up in Parry’s terms : it is *oral* (*i.e.* depends on memory

and the spoken word, as distinct from a poem like the *Aeneid*, which was compiled as a book largely from books [1]), *traditional* (*i.e.* relying on the poetic technique of many predecessors and not on spontaneous invention), and *in a poetic language* (as distinct from poems approximating to a current colloquial idiom, like parts of Aristophanes or Plautus). We shall examine the implications of these as they appear in Homer's own style, and conclude by an attempt to estimate how much he transcended this inherited technique. But observe that in all our exposition dangerous—but I think necessary—assumptions must be made because nothing survives of the pre-homeric poetry. The only corroborative evidence that exists for Parry's illuminating emphasis on oral and traditional aspects is derived from study of the methods of other oral schools of traditional saga in Serbia and elsewhere. And one last warning : the reader must lay aside all contemporary prejudices on the subject of ' originality ', that specious legacy from romanticism, in what follows ; otherwise he may rashly conclude that Homer's rank as a great poet is being impugned when it is shown how much he owes to his predecessors.

Formal Aspects of Homer's Style

The mould of Homer's style is the hexameter (see § 42). This in its strictest form has no place for words containing cretics ($-\smile-$) or tribrachs ($\smile\smile\smile$). Homer allows himself

---

[1] I subscribe to Parry's belief in the ' limited use of writing for literary purposes which is the most one can suppose for Homer's age '. Note carefully that this does not mean the age that Homer writes about, when any alphabetic writing is extremely unlikely, but Homer's own age some 500 years later.

Observe that Parry's theory of oral technique minimizes the likelihood that Iliadic phrases are parodied or deliberately ' quoted ' in the *Odyssey*.

great freedom in shortening or lengthening syllables
(§§ 1 and 2), but in general he had to select words adapt-
able to dactylic and spondaic feet. For facility in the
composition of his hexameters he relies on four main
devices (besides the lengthenings and shortenings already
mentioned) : (a) *metrical formulas*, (b) *alternative forms*,
(c) *neologisms*, (d) *archaic forms*.

(a) *Metrical formulas*.—He has an extraordinary range
of convenient phrases which fit certain main parts of
the hexameter, especially (1) the last two feet (-◡◡-⤫),
(2) after the fifth half-foot (*i.e.* the penthemimeral caesura,
§ 43), scanning ◡◡-◡◡, (3) after the seventh half-foot (the
hephthemimeral caesura), scanning ◡◡-◡◡, and (4) after
a trochaic caesura in the third foot, scanning ◡-◡◡.
Thus he uses γλαυκῶπις 'Αθήνη fifty times in the last two
feet and πολύτλας δῖος 'Οδυσσεύς some thirty-eight times
after the third foot trochaic (or weak) caesura. By means
of epithets he can build up metrical units on nouns thus :
ἐσθλὸς 'Οδυσσεύς (-◡◡--), πολύμητις 'Οδυσσεύς (◡◡-◡◡--),
πολύτλας δῖος 'Οδυσσεύς (◡---◡◡--), besides variations
like 'Οδυσσῆος θείοιο (◡-----◡). Whole lines can be
built in this way, *e.g.*

and

$$\left.\begin{array}{c}\text{τὸν}\\\text{τὴν}\end{array}\right\}\text{δ' ἠμείβετ' ἔπειτα}\left\{\begin{array}{l}\text{πολύτλας δῖος 'Οδυσσεύς.}\\\text{or any ◡---◡◡-⤫.}\end{array}\right.$$

— δ' ἀπαμειβόμενος προσέφη ⤫-◡◡-⤫.

Sometimes for metrical convenience Homer seems to
have used formulaic epithets or phrases rather ineptly or
irrelevantly ; thus in χειρὶ παχείῃ the fixed epithet is fitting
and relevant to descriptions of warriors in their strength ;
it tends towards irrelevancy when applied to Odysseus'
holding of the branch in 6, 128 ; some have thought it
irrelevant when used of Penelope in 21, 6. Similarly in
' the glorious swineherd ' (δῖος ὑφορβός), the ' blameless

Aegisthus ' (ἀμύμονος Αἰγίσθοιο, 1, 29), the epithets fit the
metre better than the sense (see also on 6, 26 ; 14, 22 ;
18, 5).

At times whole passages are composed of such formulas
or formulaic lines. In these, in a sense, Homer is resting
himself and his audience. But he is always the master of
his inherited technique, and can strike and prolong a
note of free originality when he pleases.

(b) *Alternative forms.*—Homer's vocabulary is rich in
morphological variations, very convenient for different
positions in the line. So for εἶναι (– –) he can also use
ἔμεναι (◡◡–), ἔμμεναι (–◡◡, by *Correption*), ἔμεν (◡◡̈), ἔμμεν
(–◡̈) ; for the third plural imperfect of κεῖμαι he has
κέατο, κέατ', κείατο, κείατ', and κεῖντο ; for *Ionic* forms like
Νηληϊάδης he also uses *Aeolic* Νηλήϊος, or κυανοχαῖτᾰ for
κυανοχαίτης (on the other hand he must always use ἱππότᾰ
to avoid the cretic in ἱππότης).

(c) *Neologisms.*—For the main divisions of the line,
mentioned in (a) above, Homer has a store of long con-
veniently metrical words like ἀγκυλοχείλης, κυανοχαίτης
(–◡◡––), μεταδόρπιος, ἀποφώλιος, compounds of πολυ-,
μεγα- (◡◡–◡̈), ἀκήριος, εὔσκοπος (◡–◡◡).[1] These were
probably coined specially for metrical purposes by
Homer and his predecessors.

(d) *Archaisms.*—These obsolescent forms seem to be
used in many cases mainly for their metrical value, *e.g.*
duals like ἡμιόνοιϊν (see on *Dual*), and perhaps endings
like -φι (§ 8) and the genitive in -οιο (§ 4).

Syntax.—Homer also allows himself great freedom for
the sake of his metre in using such syntactical licences as
plural nouns for singular (*e.g.* ἅρματα for ἅρμα), middle
voice for active (*e.g.* ἐπιτέλλομαι, εἰσοράασθαι), infinitive
for imperative.

[1] See especially Witte in Pauly-Wissowa at *Homeros.*

Expression of Meaning

Up to this we have been considering Homer's style in its formal aspects. Now let us turn to his expression of his meaning ; for style is the result of the pressure of intended form on intended meaning. Homer's aim is to express his material *clearly, vividly, rapidly, richly, nobly, aptly.*[1]

These aims may sometimes conflict : brevity for the sake of speed may spoil clarity ; aptness may be against nobility (if the character speaking is a Thersites or Irus) ; rich ornamentation can overshadow vividness—indeed the very richness of Homer's vocabulary does create a grave initial difficulty in reading him. But he is as much a master of these different motives as he is of his formal technique ; he is seldom slow, rarely obscure, and never ignoble.

For *clearness* he uses short uncomplicated sentences (see *Parataxis*) and often explains uncommon words (*Epexegesis*). He uses *Simile* partly to explain and emphasize, but partly also to enrich and expand. So his similes are often extended far beyond the point of comparison, and may contain charming vignettes of the background of the heroic age and even of Homer's own time. He uses *Metaphor* [2] to stimulate the imagination and diversify his diction. But he uses it less strikingly than the simile, which is better suited to an unhurried narrative style. Similes are much fewer in the *Odyssey* than the *Iliad*, because the *Odyssey* has constant variety of

[1] On the criteria of plainness, rapidity and nobility see Matthew Arnold's essay *On Translating Homer* and Newman's reply.

[2] See chapter 7 of my *G.M.* On similes it should be added that H. Fraenkel in *Die homerischen Gleichnisse* (see Nilsson, *H.M.* p. 276) thinks they may preserve some memories of even the Minoan Age.

scene in its main narrative, while the battle-scenes in the *Iliad* tend to monotony.

Archaisms can be used for the sake of their ' antique patina ' as well as for their metrical convenience. Many of Homer's seem to have been introduced for that effect. Some are difficult, even impossible, to interpret with any certainty (see below).

Other stylistic devices can only be briefly mentioned.

Tautology : the use of two or more words or phrases with almost the same meaning, for the sake of emphasis, solemnity or fullness (approaching to ' padding '), *e.g.* **1,** 293, τελευτήσῃς τε καὶ ἔρξῃς. Though many editors try to find differences in such cases, my view is that little or no difference is intended usually. Compare ' give ear and hearken ', ' pray and beseech ' in the Book of Common Prayer, and the parallelism of Hebrew poetry.

Significant Names : When Bunyan writes ' Mr. Talkative, the son of Say-well ; he dwelt in Prating Row ', he is obviously inventing names to suit the character. Homer generally does the same for his minor characters. This is presumably because they are his own invention, while the names of major characters were already in the saga.

Thus in **8,** 111 ff. (see note) we have a string of nautical names ending with a whole pedigree

Sea-girt, son of Many-Ship, son of Craftsman,

Ἀμφίαλός θ', υἱὸς Πολυνήου Τεκτονίδαο,

and in **24,** 305 (see note) we find

The son of Spare-nothing and grandson of Much-owning,

and the bard of Ithaca is perhaps

Fame-man, son of Joy-maker,

Φήμιος Τερπιάδης (see on **1,** 154 and **22,** 330). Every

name in Homer should be examined for possible signi-
ficance of this kind.¹

Etymological figure (*schema etymologicum*) : in this two
etymologically cognate (or seemingly cognate) words are
brought significantly together, *e.g.* δασσάμενοι δαίνυντ' . . .
δαῖτα in 3, 66, κρητῆρα κερασσάμενος in 13, 50, and in
19, 564 ff. ἐλέφας—ἐλεφαίρομαι with κέρας—κραίνω. It is
sometimes hard, as in the last case, to distinguish this
from mere punning (*Paronomasia*) or *Parechesis* (see
below), as for example Εὐπείθει πείθοντο (24, 465-6). The
most remarkable case of punning is that on Οὖτις, οὔ τις,
μῆτις, μή τις in the Cyclops incident in 9, 364 ff. (see
notes).

Euphony and Onomatopoeia

Another aspect of Homer's style must not be neglected
—*Euphony*. This depends partly on rhythm and partly
on the quality and arrangement of the letters in the
words used.²

The line

πὰρ ποταμὸν κελάδοντα, παρὰ ῥοδανὸν δονακῆα

(Il. 18, 576)

has been much admired for its sound : it exploits *Asson-
ance* (*i.e.* repetition of similar vowel sounds) of α and ο,
Alliteration (*i.e.* repetition of similar consonants) of π, τ,
δ, ν and ρ (some of which the Greeks considered the most
euphonious of letters), and has none of the uglier con-
sonantal combinations. Homer loves to play jingling
tunes on repeated vowels and consonants as in ἀμφηρεφέα
τε φαρέτρην, θάλασσά τε ἠχήεσσα (note sigmatism, *i.e.* fre-

---

¹ See ʿΟνομα ἐπώνυμον by M. Sulzberger in *R.E.G.* xxxix.
(1926), pp. 381-449, and my *A.G.L.* chap. 7 for this and the
following types.

² See my ʿ Greek Views on Euphony ' in *H.* lxi. (1943), pp. 1-20.

quency of s), 'Αχαίων χαλκοχιτώνων. Even rhyme is not
uncommon, e.g. ἀμένηνα κάρηνα, ὅνδε δόμονδε. Deliberate
repetition of similar sounds like this is also called
Parechesis. Unless readers of Homer are careful to
sound every line (for the 'inner ear' at least) many
very beautiful effects of euphony will be missed.
Onomatopoeia is familiar to all readers of poetry.
Homer excels in all forms of it, both rhythmical (e.g. 11,
596 ff., see note) and phonetic as in 9, 71,

τριχθά τε καὶ τετραχθὰ διέσχισεν ἲs ἀνέμοιο,

where it is hardly too fanciful to hear the rending of
the sail in the harsh consonants at the beginning, and
the hiss of the wind in the later sibilants.

In contrast with this deliberate roughness there is his
description of Calypso's singing (5, 61, cp. Circe's in
10, 221)—ἀοιδιάουσ' ὀπὶ καλῇ, in which all the vowels are
exploited to suggest the melody of her voice ; here
onomatopoeia and euphony are one, since the thing to be
imitated is itself euphonious. On the whole Homer
prefers light vowel-melodies to the heavier consonantal
groupings ; and this is emphasized by his tendency to
divide up diphthongs by *Diaeresis* as πάϊs for παῖs, ὀξέϊ
for ὀξεῖ, ὀϊζυρός, and uncontracted forms like ἐλέειν (ἐλεῖν),
ἔϊσος for ἴσος.

Obscurity and Irregularity

In general Homer's style is clear, unambiguous, and
regular—though the rules are complex—in syntax and
metre. But there are notable exceptions to this. The
Homeric *Gloss* (strange word) is notoriously obscure :
e.g. αἰγίλιψ, ἀργειφόντης, ἕλιξ, ἀτρύγετος, τριτογένεια, νυκτὸς
ἀμολγῷ (see notes). Where the context fails to establish
a meaning for these, our only hope is in comparative
philology. Where this fails to give a decision, the

words must be read as mere sounds, as, no doubt, to
many readers of Shakespeare are 'rampired', 'nousle',
'garboil', 'frush'.   Presumably Homer's glosses are
words of the traditional epic vocabulary still used for
metrical convenience, but perhaps almost unintelligible
even to Homer's own audiences (as some certainly were
to Aristophanes).

Anomalies of syntax and rhythm will be discussed in
the notes (*e.g. Dual, Digamma,* in index).   They seem
chiefly to be the result of straining the traditional for-
mulas to fit new situations or ideas.[1]   Even under Homer's
direction the machine sometimes misfired.   Whether
these anomalies were consciously allowed by Homer or
not we cannot ascertain with our present limited evidence.
Nor must it be supposed that deliberate obscurity or
irregularity is necessarily a fault in poetry.   But it is
hostile to the chief aim of the narrative poet, which is
clarity.[2]

Characterization by Style

The Homeric poems were written for recitation, not for
silent reading.   The reciting rhapsodists no doubt used
tones of voice and *Gestures* fully to help to bring out the
meaning of their words.   In delivering speeches in the
narrative they would have many opportunities for sug-
gesting the character of each speaker by a certain degree
of acting.   But even in the words alone, apart from any
additional effort by the rhapsodist, it is possible to express
differences of character or varieties of emotion.   For this
purpose Homer uses perceptible abnormalities of syntax ;
thus rage or other strong emotions can be reflected in

---

[1] It is noteworthy that most of these glosses and anomalies
appear in the last two feet of the line, which is metrically the most
conservative part of the Homeric hexameter.

[2] See my *A.G.L.* chap. 7.

uncompleted or disjointed sentences (*Aposiopesis, Ana-colouthon*) ; garrulity (*Nestor, Alcinous*) can be shown in straggling fulsome clauses, embarrassment in devious constructions, women's differences from men in *Feminine Syntax.* Odysseus' ambiguous and oblique modes of speech, when needed, fully justify his title πολύτροπος. The attentive reader will find many subtler examples of characterization by style for himself. Besides variations of syntax, onomatopoeia and kindred devices can also be used.

Conclusion on Style

In the introduction to this brief survey of Homer's style the emphasis was laid on his debt to the traditional forms and phrases devised by generations of earlier ἀοιδοί. Some effort must be made now to judge how much this master-poet whom we call Homer added out of his own genius. But one can only speculate from probabilities here, since no pre-homeric Greek poetry survives.

The highest criterion of a master-poet is his power of arranging material on a grand scale so that all the elements in the poem are orchestrated into a balanced, harmonious and clear unity. This is beyond the powers of the mere ballad-singer or of the composer of personal lyrics. Because Homer by means of this architectonic skill was able to use and absorb the finest products of the poetic generations before him, his epics superseded them. *Writing*, if known, was still difficult then. No one would trouble to memorize inferior works once the *Iliad* and *Odyssey* were known. So the older poems perished by the ruthless law of the survival of the fittest.

Besides this supreme achievement of unification Homer may well have introduced improvements in metre, style, characterization, and narrative technique. His, for example, may be the skilful use of *Significant Names*, *Paronomasia*, and some developments of the *Simile*, mentioned above, as well as many subtleties in *Euphony*. His, too, must be those passages of noble poetry which rise far above the limitations of the traditional and oral technique, for example the tremendous description of Scylla and Charybdis in Book 12, 236 ff. or the macabre episode of Theoclymenus' vision in 20, 345 ff. Almost every page has some phrase or image which bears the mark of spontaneous genius. And some of the *Characterization by Style* and use of *Pathos* seems to me to be beyond the powers of a ballad-singer in subtlety. Finally, the interpretation of character not merely by narration of deeds but by sympathetic interpretation of thoughts and motives—which is the quality that raises the *Iliad* and *Odyssey* high above saga or chronicle poetry—no doubt was also the master-poet's work ; and it was the secret of Homer's lasting and salutary influence on later writers.

The fact seems to be that Homer greatly surpassed his predecessors and yet owed much to them, like Bach in the sphere of music. It is equally false to regard Homer romantically as the unique meteoric genius who made epic poetry out of raw history and uncouth colloquial speech, or depreciatingly as a merely competent exploiter of other poets' work, a poetic automaton perfected by centuries of poetic craftsmanship. Like Virgil, Dante, and Milton, his roots were deep in the past, his genius far outgrew the environment in which it lived, and his fruits are still worth harvesting.[1]

---

[1] See index for other stylistic topics, *e.g. Asyndeton, Economy of Phrase, Periphrasis, Humour, Parataxis.*

CHRONOLOGICAL SURVEY

B.C.

c. 1400. End of Cretan domination in E. Mediterranean. By this date the Mycenean civilization has been flourishing in Greece for over two hundred years. See on *People* below.

c. 1240. War between Achaeans and Trojans (subject of *Iliad* and several *Cyclic Poems*). Ten years later : return of victorious Greeks (*Odyssey* and the Νόστοι).

c. 1200. Dorian invasion of Greece (completely ignored by Homer), followed by a Dark Age of over three centuries.

750–650. *Iliad* and *Odyssey* may have been composed, possibly in Chios or Smyrna : the climax of a long tradition of bardic composition.

c. 750. Inscriptional evidence for Greek writing.

c. 750–550. The *Cyclic Poets* compose epics complementary to the *Iliad* and *Odyssey*.

c. 530–510. Revival of interest in Homer's poems at court of Peisistratus and his sons in Athens. Perhaps a special Athenian edition involving some political and religious interpolations. (See p. xxxi, n. 1)

500–400. Athenian tragedians dramatize Homeric and Cyclic incidents. The Sophists develop grammar, rhetoric, literary criticism.

403. Archonship of Eucleides: official change from old to new Attic alphabet (see on *Text*).

B.C.

400–300. Development of literary criticism in Athens with much reference to Homer (*e.g.* in Aristotle's *Poetic*).

300–100. The age of Alexandrian scholarship under the Ptolemies.

Zenodotus (fl. *c.* 280) by comparing MSS. of *Iliad* and *Odyssey* detected and condemned lines and phrases as errors or interpolations of copyists ; attempted to re-establish the text as Homer composed it ; published a Homeric glossary.

Aristophanes of Byzantium (fl. *c.* 220) adopted the same methods, but instead of completely deleting the condemned lines marked them with an *obelus* thus : ——.

Aristarchus (fl. *c.* 170) extended his predecessor's use of critical signs [1] ; methodically studied the language and subject-matter of Homer ; and became the greatest editor among the Homeric scholars of antiquity.

In the same period there were other centres of Homeric study ; many considerably differing texts of *Iliad* and *Odyssey* were in circulation from Marseilles to the Black Sea, often containing spurious or interpolated lines to attract buyers by greater bulk (and for other reasons).

c. 150 B.C.–A.D. 400. Graeco-Roman period of Homeric criticism : at Pergamon, Rome, Athens, and elsewhere.

---

[1] Given in Jebb, *I.H.* p. 94.

A.D.

c. 500–1300. Byzantine scholars centred in Constantinople greatly enriched Homeric learning; especially Photius, Suidas (now better known as 'the Souda'), Tzetzes, Eustathius.

c. 1360. Revival of interest among Italians, specially Petrarch, in Homer.

1488. First printed edition of Homer edited by Demetrius Chalcondylas (a Greek) at Florence. Next the Aldine edition at Venice in 1504.

1713. Richard Bentley of Cambridge discovers the force of the *digamma* (see *Grammatical Introdn.* § 2, 4) and develops the science of textual criticism.

1788. De Villoison publishes at Venice the earliest MS. of the *Iliad* (Codex Venetus A) with its copious traditional annotations. A revival of interest in Alexandrian criticism of Homer follows.

1795. The *Prolegomena ad Homerum* by the German scholar F. A. Wolf propounds the chief questions of the Homeric Problem (see next section), already partly proposed by d'Aubignac in France in 1666 and by Bentley (see on 1713).

1870–85. Schliemann (cp. p. xciii, n. 3) excavates Troy, Mycenae, Orchomenos, and Tiryns.

1952. Ventris deciphers the Mycenean tablets (cp. p. xlix).

THE HOMERIC PROBLEM

Wolf's *Prolegomena* in 1795 began a century of severely critical analysis of the form and contents of the *Iliad* and *Odyssey*.[1]

The questions that came to be asked were : by whom, when, where and from what materials were the *Iliad* and *Odyssey*, as we have them, composed ? At first the traditional view, that they had been written by a poet named Homer at Chios or Smyrna somewhere about the ninth century B.C., was generally rejected ; indeed the evidence for it was never beyond question. Scholars, working mainly on the evidence of the poems themselves, discovered inconsistencies in their plots, language, and versification. Many concluded that the poems were not by the same author (a view held by a few, called Χωρί-ζοντες, Separators, in antiquity) ; that even separately they were not unities in themselves, but collections of bardic ballads or shorter epic poems, probably by different authors, later put together rather inefficiently by seventh- or sixth-century editors. Thus Kirchhoff in 1859 thought that he could discern in the *Odyssey* three separate stages of epic compositions (including an original ' Return ' and a ' Telemachy ') ; Bérard divided it into a ' Voyage of Telemachus,' ' Tales at the Court of Alcinous ' and a ' Revenge of Odysseus '—of which three elements our *Odyssey* is a ' late and artificial reconstruction '. Hennings in 1903 claimed to have discovered five original poems in it.

[1] For a valuable and comprehensive survey and bibliography see A. Delatte and A. Severyns in *L'Antiquité Classique*, ii. (1933), pp. 379-414 ; also Schmid-Stählin, *G.G.L.* 1, 1, pp. 129 ff. ; in English see chapter 1 of Bérard's *D.H.L.*, H. J. Rose's *H.G.L.* pp. 35 ff., Nilsson, chap. 1, Combellack, and Dodds.

For more than a century after Wolf the Analysts (those who denied the unity of either poem) had it all their own way, among them being the Germans Lachmann, G. Hermann, Fick, Wilamowitz, and Cauer, and in England Jebb and Leaf. They believed the inconsistencies in the subject-matter and style proved that several poets had contributed to each poem. But since 1900 there have been powerful supporters of the ' unitarian ' view that both *Odyssey* and *Iliad* were almost entirely composed by one poet. Other scholars have advocated views between the two extremes. At present (in 1957), thanks to the studies of Milman Parry and his followers in the oral technique of early Greek epic, the areas of controversy between the antagonistic schools have greatly contracted. Unitarians now believe that much of Homer's material was pre-fabricated, and Analysts concede that many anomalies may be due to the conditions of oral composition. But how the controversy will go in the future is unpredictable.[1]

From all this tedious, and often bitter, controversy Homeric learning profited greatly. Eager research in archaeology, linguistics, prosody, metrics, dialects, folk-lore, sociology, and in many other aspects, both literary and historical, has amassed a quantity of valuable material. One may compare the way in which the Bible has ultimately been enriched rather than weakened by the methods of the textual and higher critics (who were originally much influenced by developments in the Homeric problem).

---

[1] For contrasting views on this controversy compare Combellack and Dodds. Page discusses the Odyssean problems in detail, favouring the analytical approach. For criticisms of the exaggerated significance given to the so-called ' Peisistratean recension ' see especially J. A. Davison, *Trans. Amer. Philol. Assocn.* lxxxvi. (1955), pp. 1-21.

One question needs special consideration : how closely does our present text approximate to the original form of the *Odyssey* ?

THE TEXT OF THE ODYSSEY [1]

The oldest complete MS. is the Laurentianus of the 10th or 11th century A.D. But many fragments of papyrus have been found in Egypt, some of which contain long passages (see index at *Papyrus*). The earliest of these date from the 3rd century B.C. Some show striking variations from the ' vulgate ' (see below) and have additional lines mostly concocted from phrases in other passages.

Besides these copies of the Alexandrian text, we have copious annotations (called σχόλια, scholia ; hence the name *scholiast* for the annotator) deriving mainly from the Alexandrian editors and Didymus Chalcenterus, a great commentator of about 20 B.C. Much ancient material is preserved in the commentary of Eustathius, Bishop of Thessalonica, c. A.D. 1170. From these we learn that in the Alexandrian age three kinds of text were in circulation : (1) a vulgate or commonly accepted text, (2) various ' City Texts ' from the main centres of Greek culture, (3) special editors' texts. These apparently differed in length and wording. What we have is probably the ' vulgate ' as corrected by the Alexandrians, and corrupted by the successive copyists. But besides the

---

[1] See Allen's preface to his *O.T.* and his list of over 100 MSS. and papyri ; also Bérard, *I. à l'Od.* vol. i., especially pp. 51-70 ; M. H. van der Valk, *Textual Criticism* ; and G. M. Bolling, *External Evidence.* I have omitted mention of the Homeridae as a problem unsuited to summary discussion. See Allen, *H.O.T.* chap. 2, Rose, *H.G.L.* p. 46.

difference between print and handwriting some other deliberate differences have been introduced into our printed texts : in the Alexandrian MSS. only capital letters were used, words were not separated from one another, accents were sparse or absent, *Iota Subscript* was not yet invented. The nature of the text before 300 B.C. is uncertain. Homeric quotations in fourth-century writers do not generally differ more from our version than faults of memory might cause. Probably the current Athenian version was the most influential in the Greek-speaking world. Whether it differed much from those current in say Naples or Marseilles is unknown. But the change at Athens from the old to the new Attic alphabet in the Archonship of Eucleides (403 B.C., see above) may have caused some mistakes (see *Metacharacterismos* in index), when the letters η, ω, ξ and ψ were officially substituted for ε, ο, χς, φς (all in capitals). Thus what we now write as

νηῶν ὠκυπόρων ἐπιβαινέμεν αἴ θ' ἁλὸς ἵπποι

would have been written in the old Attic alphabet

ΝΕΟΝΟΚΥΠΟΡΟΝΕΠΙΒΑΙΝΕΜΕΝΗΑΙΘΑΛΟΣΗΙΠΠΟΙ.[1]

What the text was like two or three centuries before this and before it reached Athens (presuming that there was such a pre-Athenian text) can only be guessed at even by experts. A. Meillet in *R.E.G.* xxxi. (1918), pp. 277-314 (' Sur une édition linguistique d'Homère ') envisages a text in which, besides the absence of η and ω as in old Attic, there were no doubled consonants, ει and ου were written as ε and ο, elided vowels were not omitted

[1] Note H (*Eta*) originally=our H (aitch) in the old Attic alphabet.

and *Digamma* was regularly used : thus (with certain other dialectal changes) he reconstructs *Il.* 22, 135,

ἣ πυρὸς αἰθομένου ἣ ἠελίου ἀνιόντος

as

ΕΠΥΡΟΣΑΙΘΟΜΕΝΟΙΟΕΑFΕΛΙΟΙΟΑΝΙΟΝΤΟΣ,

and *Il.* 2, 460,

χηνῶν ἣ γεράνων ἣ κύκνων δουλιχοδείρων

as

ΧΑΝΟΝΕΓΕΡΑΝΟΝΕΚΥΚΝΟΝΔΟΛΙΧΟΔΕΡFΟΝ.

Some editors of texts have gone a little way to meet such views as this by inserting the digamma and altering some of the Alexandrian spellings. But the effect tends to be confusing for any except experienced scholars.

An important consequence of these differences between the text as printed now and the Alexandrian or pre-Alexandrian manuscripts is that certain types of variant readings have only become so in recent times. Thus in 6, 4 the Alexandrian ΟΙΠΡΙΝΜΕΝΠΟΤΕΝΑΙΟΝ covers both οἵ πρὶν μέν ποτ' ἔναιον and ποτε ναῖον, and ΝΑΥΣΙΚΛΕΙΤΟΙΟΔΥΜΑΝΤΟΣ in 6, 22 may be ναυσικλει-τοῖο Δύμαντος or ναυσικλειτοῖ' 'Οδύμαντος (though Meillet's opinion on the insertion of elided vowels favours the former). Similarly if Homer used ε for η and ει and ο for ω and ου there was originally no difference between κῆται and κεῖται (see 2, 102 ; 19, 147) = ΚΕΤΑΙ, and ΕΟΣ represented ἧος (see index), εἷος, εἵως, ἕως ; βοῦν (Attic) and βῶν (Ionic) = ΒΟΝ. If double consonants were not used then φαεινός and φαεννός (*Aeolic*) = ΦΑΕΝΟΣ, while the device of doubling letters to alter quantity as in ὅσσος, ὅσος, ἔννεπε, ἔνεπε (see *Grammatical Introdn.* § 2, 1) is a post-homeric invention. Similarly it is quite impossible to decide with absolute certainty whether words like 'Ερινύς or ἀργειφόντης originally had capital initials or not, or whether ἀργεϊφόντης, 'Ατρείδης and suchlike should have their diphthongs resolved (see *Grammatical Introdn.* § 1, 7). The fact is that Homer's epics were composed to be recited by rhapsodists trained in an *oral* tradition (see on *Style* above) and the printed or written page is a poor substitute for those living voices whose technique perhaps reached back to the very inflections, stresses and pauses of Homer's own voice.[1]

HOMERIC GEOGRAPHY : ESPECIALLY ITHACA AND ITS NEIGHBOURHOOD

In two thousand years of Homeric scholarship opinion on Homer's geography has varied extremely : some have

[1] For subtler questions of orthography the reader should consult the prefaces to Ludwich's and Allen's text. See for example Ludwich's reason for printing ἴδεν ἄσσεα and suchlike phrases in defiance of the *digamma* (pp. xix-xx). Ludwich (p. xviii) notes how the general tendency of editors has been towards forcing consistency of spelling on Homer wherever the metre permits. To show the dangers of this he quotes an inscription on stone from Epidaurus containing the following successive spellings of the same word : ἥλετο, ἕλετο, εἵλετο, ἕλετο, εἵλετο. Early English writers also show astonishing vagaries of spelling. The text of this edn. is based on T. W. Allen's Oxford Text (2nd edn., 1916) with some alterations from almost all the editors cited in my bibliography, especially Ludwich, Merry and the van Leeuwen-da Costa edn. Allen has usually been followed in such controversial matters as breathings, accents, -ν, variations like ἦος—ἕως, digamma, and in what Allen justly calls *re sane difficillima*, the augment, except where stated in the notes. The general policy has been to keep to the Alexandrian text as represented in the MSS., and not to try to restore the Πελασγικὰ γράμματα of the earliest written versions. In the interests of poetic freedom some anomalies have been deliberately retained against the views of stricter Analogists. I have made some innovations in punctuation, and have used an occasional exclamation mark.

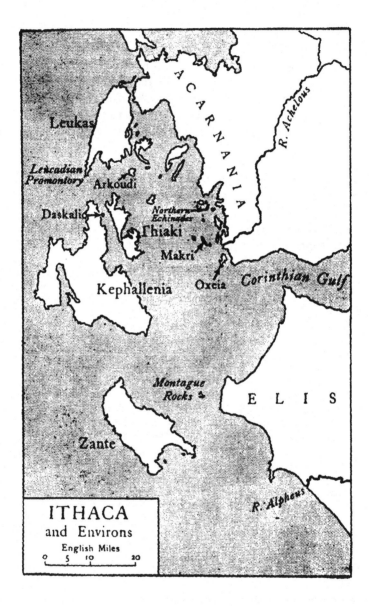

ITHACA
and Environs
English Miles
0   5   10   20

taken it as mainly factual, others as largely fictional ; a middle group regarded it as a poetic amalgam of fact and fancy. Some names are clearly meant as geographical references, *e.g.* Crete, Egypt, Athens. These will not be discussed here. In the case of others like Troy, Mycenae, Tiryns, archaeological excavations within the last century have revealed and reconstructed extensive palaces and fortifications dating from the late Mycenean Age, which is the period of the *Iliad* and *Odyssey*. Some names like Temese (1, 184), *Pylos*, Gyrae (4, 500), *Taphos*, are ambiguous or uncertain, but are probably intended as real places. But the regions that Odysseus visits in his wanderings between Troy and Ithaca (Books 5–12), such as Aeaea, Laestrygonia, Lotus-land, Calypso's Island, Aeolia, are best taken as more fanciful than factual, though actual geographical details may be embodied in some of them (see commentary). A few scholars like Bérard and Hennig have argued that even this Wonderland is strictly geographical, but the disparity between their guesses (see, for example, on Ogygie in Book 5) leaves them very unconvincing.

Here we shall confine ourselves to one special problem : presuming (which may be refused) that Homer meant a real island when he described Odysseus' homeland Ithaca, where are we to place it on the map ?

The fullest description is in 9, 21-7 where Odysseus says (disputed words are given in Greek) :

' I live in Ἰθάκην εὐδείελον, in which there is a mountain, Νήριτον, with quivering forest leaves, outstanding ; and many islands lie around, very near to one another, Δουλίχιόν τε Σάμη τε καὶ ὑλήεσσα Ζάκυνθος. Ithaca itself lies Θαμαλή, πανυπερτάτη εἰν ἁλί . . . πρὸς ζόφον, while the other islands are apart towards the dawning and the sun. She is rugged but a good nurse of youths. . . .'

In 13, 242-7 Athena gives a vaguer description : ' Indeed it is rough and not fit for driving horses, yet not a miserable island, though not broad. For in it there is corn beyond telling and wine, too ; and there is always supply of rain and fruitful dew. It is good for feeding goats and cows, and has all kinds of wood and unfailing watering-places.'

Elsewhere we are told that Ithaca is rocky (κραναή, 1, 247) with no broad meadows suitable for horses (4, 605 ff.). Some other features are mentioned : a wooded height called Νήϊον (v.l. at 1, 186 ; see also 3, 81 ; 9, 22) over the chief town (3, 81) ; the Raven's Rock (κόρακος πέτρη, 13, 408) near a spring called Arethusa ; a harbour probably at the outlet of a mountain torrent ('Ρείθρον, 1, 186) ; a fully described bay of Phorkys (see 13, 96-101), and near it a ' Cave of the Nymphs ' with curious stone looms, cups, and urns, and with two entrances, and a well inside (13, 103-12) ; also a spring near the city (17, 205-11). Unluckily almost any respectable Greek island can produce most, even all, of these general features.

The salient characteristics are (1) the four descriptive epithets in the first account, (2) Homer's apparent insistence on a distinct group of four islands : Ithaca, Dulichium, Same and Zacynthus, to which is added another smaller islet Asteris (4, 846, cp. 4, 671 ; 15, 29)

ἐν πορθμῷ 'Ιθάκης τε Σάμοιό τε . . .

The significant epithets are all disputed. εὐδείελον may mean ' clear to see ' or ' fair in the evening ', χθαμαλή ' low lying ' or ' close to land ', πανυπερτάτη = ' highest of all ' or ' furthest out ', and πρὸς ζόφον is vague enough to include both the west and north-west. No theory could be safely based on such uncertainties as these.

In attempting to identify the group of four islands mentioned by Homer the great difficulty is, as a glance at the map will show, that there are only three larger islands (*i.e.* *Thiaki, Zante,* and *Kephallenia*) which form anything like a homogeneous group. Almost all scholars now agree that Zacynthus is the modern *Zante.* They then sharply divide into two main schools. The traditionalists hold that Ithaca = *Thiaki,* Same = *Kephallenia,* and Dulichium perhaps = *Makri* (both names meaning ' Long ') in the Echinades. The others, led by Dörpfeld, maintain that Ithaca is *Leukas,* Dulichium *Kephallenia,* and Same *Thiaki.*

The first view was generally that of antiquity.[1] Strabo, the greatest geographer of ancient Greece, held it, and states that *Leukas* was not an island till the Corinthians, in the reign of Cypselus (*c.* 640 B.C.), dug a canal through its northern isthmus. If this is true Dörpfeld's case is destroyed. Further, the modern name *Thiaki* is almost certainly a variation of ʼΙθάκη, as *Zante* represents Zacynthus, and the town of *Same* in *Kephallenia* preserves the ancient Σάμος or Σάμη. Against this it is truly argued that Greek place-names have in other cases moved southwards with migrations (cp. *Pylos*).

Anti-Thiakists argue that *Thiaki* is not further πρὸς ζόφον than Kephallenia (but approached from the S.W. it certainly appears so) ; that Homer seems to consider Dulichium as the largest of the group (16, 247) which eliminates *Makri* and favours *Kephallenia*[2] ; thirdly, that *Arkoudi* between *Leukas* and *Thiaki* makes a better

---

[1] See bibliographical note below.

[2] Dulichium, as Wilamowitz emphasizes, is certainly puzzling to place. A noteworthy suggestion is that *Kephallenia* was divided into two parts, Dulichium being the western half and Same the eastern.

Asteris (see above) with its twin harbours than the
insignificant *Daskalio*, which is all the traditionalists
can offer between *Thiaki* and *Kephallenia*. Other argu-
ments and counter-arguments are based on the various
possible meanings of the epithets discussed above. My-
cenean sites have been excavated on both *Leukas* and
Thiaki.

In my opinion the arguments against the traditional
view are not strong enough to justify our rejecting it.
Bérard, the most adventurous and enthusiastic of recent
traditionalists, has found and photographed in *Thiaki* all
the features of Ithaca mentioned above, the Raven Rock
etc. The Cave of the Nymphs is still shown there to
tourists, though probably the natural rock-formations
have been 'improved' since Homer's time. The two
mountains, the deep bay, and the torrent can also be
more convincingly identified in *Thiaki* than in *Leukas*.
Of all the group of islands *Leukas* is least fit to be de-
scribed as οὐχ ἱππήλατος.

If we assume that Ithaca is to be located in *Thiaki* then
we may make the following probable identifications : the
νῆσοι θοαί (15, 299) = the southern Echinades, especially
Oxeia, whose name is probably a modern equivalent
of θοή (see note *ad loc. cit.*) ; the Λευκὰς πέτρη (24, 11 : a
difficulty for Dörpfeldists) = the modern Leucadian
promontory ; the Taphian Islands (1, 105 ; 14, 452,
al.) may be the northern Echinades or else Corcyra
(*Corfu*) as Leaf holds (see on 1, 105).

A few of the many other identifications are : Ithaca =
Kephallenia or *Corfu* ; Dulichium = *Leukas* or *Ke-
phallenia* ; νῆσοι θοαί = the Montague Rocks between
Zante and the mainland (but see further on 15,
299).

The uncertainty is caused by the fact that though

Homer is probably describing actual places [1] he gives them a poetic and not a precisely topographical description. For appreciation of his poem and story it makes little difference whether Ithaca is Thiaki or the Isle of Man or Rhode Island. We have only ourselves to blame when we try to accommodate poetry to science and find it perplexing and troublesome. The poet did not write for geographers—

'Others abide our question, thou art free '.

Bibliography.—In vol. v. of the Loeb *Strabo* (1928) H. L. Jones surveys the ancient evidence and modern views, favouring Dörpfeld's theory, for which see Leaf in *H. and H*. chap. 5 and against it Shewan, *H.E.* section 1. Seymour in *L.H.A.* pp. 69-77 is impartial. Bérard argues his extreme literal views in *Les Navigations d'Ulysse* (1927) and *Les Phéniciens et l'Odyssée* (1902) with fine illustrations and much new information, see his *D.H.L.* for a summary in English. See also A. D. Fraser in *C.P.* xxx. (1935), pp. 79 ff. ; F. P. Johnson, *A.J.P.* l. (1929), pp. 221 ff., who gives a list of American articles, H. L. Lorimer, *Homer and the Monuments*, pp. 494-503, and W. A. Heurtley in *Annual of British School at Athens*, xl. (1943) and xliii. (1948). Older views are given in Appendix III to the Merry-Riddell edition of Books 1-12. For Homer's geography in general there is R. Hennig's very speculative *D.G.H.E.* (See bibliography at end of this vol.) For the excavations on *Thiaki* see *The Annual of the British School at Athens*, xxxiii. (1935) and xxxv. (1938). See further in Moulinier and *Companion*, pp. 398 ff. (as cited on p. 453).

THE HOMERIC HOUSE

There is not enough precise description in Homer to draw anything more than a very speculative plan of the Homeric house, and the archaeological evidence is still inconclusive. Such a detailed diagram as Merry gives in his smaller edition, p. xxiii, can only be based on a series

[1] Which, it has been argued by S. Casson in *Antiquity*, xvi. (1942), pp. 71 ff., he may have seen for himself.

of arbitrary assumptions.   Only a general verbal outline
will be attempted here.[1]

Approaching the house of a Homeric aristocrat one
came to an outside wall (ἔρκος) with a gateway and
perhaps a porch (πρόθυρα αὐλῆς).   Inside this lay an open
courtyard (αὐλή) containing an altar to Zeus of the
Enclosure (Ζεὺς 'Ερκεῖος).   Beyond this courtyard was
the main living-room (μέγαρον) of the house, fronted by
an open colonnade (αἴθουσα) and a vestibule (πρόδομος).
The μέγαρον is the distinguishing and central feature of
the Homeric house.   It accommodated all the indoor
social activities of the hero's family, eating, drinking,
music, conversation, even bathing and cooking.   Judging
from the number of the Suitors (108) it could be very
large.   It was ill-lit (σκιόεντα) and smoky : there were
probably no windows, and only a smoke-vent (see on
1, 320), not a proper chimney, above the fire.   The roof
was supported by pillars (κίονες) and a central beam
(μέλαθρον).

A notable Homeric feature, found in Mycenean
remains but never in Minoan, is the central fixed hearth
(ἐσχάρη : for the restricted use of ἱστίη see on 14, 159),
perhaps surrounded by pillars as at Tiryns.   It served
to give warmth, means of cooking, and a measure of light
to the inhabitants.   It was regarded as the heart of the
home : there the lady of the house would sit with her
handmaidens (cp. 6, 52) ; there a suppliant must crouch
in the dust till favourably received (7, 153).   In solemn
invocations it was coupled with the name of Zeus (see
on 14, 159).

[1] See D. Gray in *Classical Quarterly*, n.s. v. (1955), pp. 1-12,
Lorimer, chap. 7, L. R. Palmer in *Transactions of the Phil. Soc.* (Ox-
ford, 1948), pp. 92-120, A. J. B. Wace in *Companion to Homer* (see
p. 453 below), pp. 489 ff., and addendum on p. 438 below.

Off the central hall were passages (λαῦραι), store-rooms, and bedrooms (θάλαμοι). The exact position of these is not determinable from the evidence in Homer. They were probably built on as required, leading irregularly from one to another (ἐξ ἑτέρων ἕτερα, 17, 266). It is misleading to speak of any special women's quarters and to imply that women were normally excluded from the μέγαρον. Penelope, Helen, and other women in the *Odyssey*, enter the μέγαρον freely : there is no suggestion of harem restrictions. The social activities of women in the Homeric age are much less restricted than in classical Athens and later. Penelope for the most part keeps to a private room because it was natural to do so in her situation. This room was on a higher floor than the μέγαρον or possibly on a higher part of the site (cp. 1, 328 and 330). None but an intimate member of the household would normally enter these private quarters or go beyond the μέγαρον.

Homer gives some general descriptions of the materials used : the walls were of stone, often highly polished, and in some cases ornamented inside with gold, silver, ἤλεκτρον (see on 4, 73), copper, and blue enamel. There is no reference to bricks and mortar, but they have been found in Mycenean sites. The floor in Odysseus' palace was of hardened earth, which was kept clean with shovels (λίστρα). The luxury of the gardens and palace of Alcinous may be a deliberate imitation of Minoan or perhaps Asiatic culture, and was hardly typical of the average Greek palace.

THE HOMERIC SHIP

Ships in the Homeric age were designed both for sailing and for rowing. The evidence for their construction is

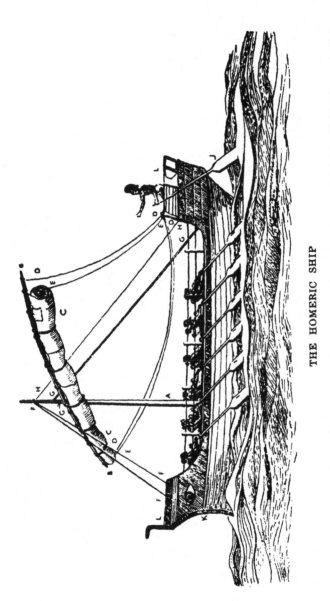

THE HOMERIC SHIP

A: Mast (ἱστός). B–B: Yard (ἐπίκριον). C–C: Sail (ἱστίον). D, D: Braces (ὑπέραι). E, E: Sheets (πόδες). F, F: Forestays (πρότονοι). G, G–G: Pulley-hole and Halyard (κάλως). H–H: Backstay (ἐπίτονος). I, I: Oar-blades (πηδά). J: Rudder-oar (πηδάλιον). K: Stem (στεῖρα). L, L: Half-decks (ἴκρια)

far from adequate, and what follows here is partly con·jectural.

The sail (ἱστίον) was attached to a yard (ἐπίκριον, B-B in the illustration), which in turn was suspended from the mast (ἱστός, A). The yard hung more or less across the width of the ship, *i.e.* it was square-rigged, not fore-and-aft as in a modern yacht, which can, consequently, sail much closer to the wind. Some adjustment of the sail to the wind was feasible by means of the sheets (πόδες, E-E), attached to the lower corners of the sail, and the braces (ὑπέραι, D-D) from the ends of the yard to the stern. The sail-yard could probably be raised and lowered on the mast by means of one or more halyards (κάλοι) from a hole or pulley high up on the mast (G) to some accessible pin lower down (I have placed this near the stern at G, thus making the halyard act as kind of auxiliary backstay ; Merry places it at the foot of the mast, *i.e.* just under A).[1] The mast was set in a kind of box (μεσόδμη, ἱστοπέδη) nearly amidships. Three ropes steadied it from above, two forestays (πρότονοι, F-F) to the prow, and one backstay (ἐπίτονος, H-H) to the stern. When lowered at sea the mast was laid in a supporting crutch (ἱστοδόκη, *Il.* 1, 434).

When rowing was necessary the oarsmen sat in order on thwarts or benches (ζυγά) running across the ship from beam to beam.[2] Under these was a vacant space (ἄντλος) above the keel, where cargo, or even prisoners, could be stowed. The oars (ἐρετμά or -οί) consisted of a

[1] Some hold that the yard could only be raised or lowered with the mast (so Perrin on 2, 425 ; 3, 10 and in his vol. i. p. 260), taking κάλοι (5, 260) to be stays (see below) or reefing-ropes (so Liddell and Scott). But in 12, 402 the sail is certainly hoisted after the mast has been fixed.

[2] The later word for these was σέλματα (Latin *transtra*), cp. the Homeric epithet for ships, ἐύσσελμοι.

long handle or shaft (κώπη) and a blade (πηδόν, I) which
apparently was much broader than in our oars (see 11,
128). The oars were attached to the gunwale by leather
thongs (τροποί) fixed, probably, to thole-pins of some
kind (probably the κληῖδες in 8, 37, though others take
this as a synonym for ζυγά).

Instead of our rudder fixed under the stern the ancients
used a large oar (πηδάλιον or οἰήϊον, J) which was held
by a steersman in the poop (πρύμνη). There were prob-
ably half-decks (ἴκρια, L, L) in the bow and stern, giving
a platform to stand on with shelter underneath. Other
constructional parts of the ship were the stem (στεῖρα,
K), the keel (τρόπις), the ribs rising from the keel to the
gunwale (σταμίνες), the side-planks (ἐπηγκενίδες) forming
the hull (ἔδαφος).

The average complement of a ship for a long voyage
was about fifty men ; for shorter journeys twenty. Ships
were usually beached during a long stay. For shorter
periods stern cables (πρυμνήσια) were fastened to the
shore while other cables moored the bows to anchor-
stones (εὐναί) thrown to the bottom. These blocks of
stone probably served as ballast at sea. Usually the ship
was brought to land at night. Voyaging out of sight of
land was abnormal and considered dangerous (in con-
trast with the Vikings' boldness).

The general qualities of the Homeric ship are described
in the epithets attached to it : black, vermilion-prowed or
dark-blue-prowed, shapely, curved, hollow, polished, with
pointed prow, beaked (from its sharply-curving bows),
well-benched, long-oared, sea-faring, swift, and beautiful.[1]

[1] See Merry-Riddell, Appendix I for a full discussion of con-
troversial points avoided here. See further in C. Torr, *Ancient
Ships*, Cambridge, 1894 ; A. Köste, *Das antike Seewesen*, Berlin,
1923.

THE PEOPLE OF THE HOMERIC AGE

The people and civilization which Homer described—though, it must be noted, idealistically rather than realistically for the most part, as is the general rule in Greek art and literature—flourished from about 1400 B.C. to 1200 B.C. Some time before the earlier date this Indo-European people, with fair or auburn hair (see on ξανθός), perhaps, and differing in language and customs from the earlier inhabitants, entered S. Greece. There they met the splendour of the Minoan culture. Some of this, no doubt, was beyond their understanding and appreciation, and was let perish. Much they seem to have accepted, absorbed, and in time adapted to their own way of life in such centres as ' golden Mycenae '. A good deal about their life has now been gleaned from the Linear-B tablets (see below).

These Achaeans (as Homer calls them) having established themselves securely on the mainland sought wider outlets for their energies. They founded colonies in the Eastern Mediterranean, and conquered Crete, and, if some disputed interpretations of certain Hittite and Egyptian records are correct (but see on 1, 90 ; 13, 315 ; and chapter one of Page as cited in my additional bibliography), they were in close contact with the Hittites and made raids on the coast of Egypt during the fourteenth and thirteenth centuries.

Their last great enterprise seems to have been the war on Troy (now dated some fifty years earlier than the 1194–1184 suggested by Eratosthenes). After it the invasion of a new Greek tribe, the Dorians, drove them out of power and a Dark Age begins on the mainland of Greece, destined to endure for over three centuries.

But future discoveries may show that *Vixere fortes* **post** *Agamemnona multi*, that this dark age may also have had its glories.

The Achaeans of Homer show the following characteristics : they are skilled warriors with spear and sword (rather than bow), able to fight from chariots ; they love hunting, feasting, music, song ; they are chivalrous towards their own women, who are allowed considerable freedom, fond of horses and dogs ; their wealth is in cattle and valuable furniture or equipment ; they are served by slaves and hired labourers ; they were, or became, skilful, though not very daring, sailors ; they used chiefly bronze weapons and utensils, though iron was known (and perhaps more extensively used than Homer implies) ; they cremated their dead instead of burying them ; each tribe was governed by a hereditary king assisted by a council of elders and occasional assemblies of the male citizens, and there may have been in some regions a High King who had a measure of control over the lesser kings (*e.g.* Agamemnon and Alcinous).

If we can trust Homer's portraits as true to history and not simply a noble idealization in this matter, these Achaeans chiefly admired courage, endurance, physical strength and beauty. They were bound by strict ties of loyalty to their kinsmen and comrades, and to any suppliant stranger who could justly ask for their help. They had traditional rules of conduct and etiquette in their personal relationships. They realized that life was hard, while death, or rather the state of being dead, seemed monotonous and sad. The one supreme reward for life's sufferings and death's darkness was glory, renown that lasted long after a hero's life. This all-pervading desire for glory joined to their love of music and song ensured their enjoyment of saga, ballad, and epic poetry, and led to the final achievement of the *Iliad* and *Odyssey*.

Thanks to the skill and patience of archaeologists we now can see relics of the Heroic Age which give us a very real sense of its actuality—their houses and furniture and utensils and ornaments, objects ranging in significance from a sarcophagus to a safety-pin. It is reassuring for lovers of Homer to find that in general these discoveries have confirmed the truthfulness and accuracy of his descriptions.[1]

MYCENEAN GREEK

In 1900 Sir Arthur Evans began his excavations at Knossos in Crete.[2] There he unearthed many clay tablets inscribed with a previously unknown script partly resembling hieroglyphics. Despite efforts by many scholars to decipher them, their interpretation remained unknown for over fifty years. In 1936 a young English schoolboy named Michael Ventris heard Evans lecture on his discoveries in Crete, and resolved to decipher the

[1] This survey has been confined to the ruling warrior classes among the Achaeans. Of the lower classes only rare glimpses are caught in similes and incidental descriptions. For the absence of rigid class distinctions in Homer see especially Calhoun, *C.M.H.* For this whole section see Bowra, *T.D.I.* chap. 8, Nilsson, *H.M.*, Lorimer, Gray, Finley, and Wace (in Ventris-Chadwick); also H. T. Bossert, *The Art of Ancient Crete*, London, 1937, and R. Hampe, *Die homerische Welt im Lichte der neuesten Ausgrabungen*, Heidelberg, 1956 (from *Gymnasium*, lxiii., 1956). The index should be consulted for topics mentioned here, like *House*, *Ship*, *Bronze*: see also *Dress*, *Meals*, *Wine*, *Anachronisms*, *Religion*, and suchlike, and on 1, 90 and 13, 315. See further in *Companion to Homer*.

[2] See his monumental work, *The Palace of Minos*, London, 1921–36. For Evans's own life and work see Joan Evans, *Time and Chance*, London, 1943.

tablets. Three years later the American archaeologist C. W. Blegen excavated a considerable number of Linear-B tablets at Pylos in W. Messenia (cp. on **3, 4**). In 1952 Ventris, working on the material provided by Evans and Blegen and profiting by the exploratory studies of other scholars, came to the conclusion that, contrary to the opinion of Evans and others, the language of the tablets was Greek. Next year, in collaboration with John Chadwick, he published the epoch-making article, *Evidence for Greek Dialect in the Mycenaean Archives*. This was followed by their authoritative book, *Documents in Mycenaean Greek*, in 1956.[1]

Since the Linear-B tablets are probably earlier than *c.* 1200 B.C., this discovery has added some four centuries to our documentary knowledge of Greece and the Greek language. Further discoveries and further examination of the evidence may modify or correct interpretations now current (in 1957). But the main outlines seem to be clear. The Greek of the tablets closely resembles what philologists had conjectured for pre-Homeric Greek : it shows affinities with Arcado-Cyprian (cp. GRAMMATICAL INTRODUCTION, I), but perhaps represents an era when the Greek dialects differed less than in later literature. In form and syntax it contains many features of Homeric Greek.[2] The tablets contain many Homeric proper names and present some remarkable parallels to Homer's descriptions of arms, utensils, and furniture.

[1] It contains a bibliography of Mycenean studies up to May 1955. See further in T. B. L. Webster, *From Mycenae to Homer* (London, 1958).

[2] *e.g.* the use of *digamma*, genitives in -οιο, endings in -φι, absence of syllabic augment, assimilated forms, perfect participles active used intransitively as in *Od.* 7, 45 ; 12, 423. See Ventris-Chadwick, Webster, and *Companion*, pp. 75 ff.

INTRODUCTION TO BOOKS 13-24

THE difference between the last twelve books and the narrative of the Wanderings (5–12) deserves emphasis. In the Wanderings one found frequent strongly contrasting changes of scene, unearthly characters, supernatural incidents. Now the scene is almost entirely confined to Ithaca ; the characters, except Theoclymenus, are everyday ; the action is domesticated. Books 5–12 with their spaciousness and latent symbolisms excite the imagination. Books 13–24 appeal more to the heart, to our pity, fear, hope, anger and joy. To compensate for the loss of the sense of mystery and magic of the earlier books here we are given a deeper insight into human nature with subtler touches of characterization. Instead of queer folk rapidly sketched we are now shown ordinary folk searchingly portrayed. Instead of wonder and surprise we feel sympathy and suspense. Gradually we come to know that O.'s trials in these last books, though less spectacular than those in his foreign journeys, were far harder to endure. Who would not rather face the anger of Aeolus and the blandishments of Circe, and even the terrors of the Cyclops and Scylla, than suffer, in constant danger of detection and death, the taunts and missiles of insolent princelings and the derision of his own disloyal servants ? Truly it needed a heart and face as hard as steel and horn (cp. 19, 211) for a husband after nearly twenty years' separation from his wife to witness her deep sorrow, for a father to watch the humiliations of his only son, for a kingly householder,

li

disguised as a beggar, to see the anarchy, extravagance, insolence and immorality that prevailed in his own palace, without betraying himself prematurely. It is in these books that Odysseus fully comes into his own, in every sense. In 13-21 he must be eminently πολύμητις, πολύτροπος, ταλασίφρων : he needs all his powers of judging and handling men, all his self-control and patience, as he chooses his allies and waits for his supreme opportunity. Then suddenly in Book 22, throwing aside his disguise and releasing his passions, he stands revealed as the δορικλυτός, κρατερός, κυδάλιμος, μεγάθυμος, φαίδιμος 'Οδυσσεύς. In 23 he turns from the destructive fury of his revenge to seek affection and domestic peace ; but before he finally proves his identity Penelope has an opportunity of showing that women can be as intelligent and subtle in Ithaca as they were in Phaeacia, Aia and Ogygie. Even on his aged father Laertes, who digs the ground in sorrow on a lonely farm, O.—always δόλων ἄτος—plays a gentle trick before sharing the joy of their reunion. But this is the last of his κερδοσύνη. The final reconciliation with the enraged kinsmen of the Suitors is accomplished by Athena, but not till after a brief fight in which Laertes, Odysseus and Telemachus have the supreme satisfaction of standing victoriously side by side in the comradeship of arms. No family of heroes could desire more.

THE SUITORS AND THEIR ASSOCIATES

Against Odysseus are mustered a hundred and eight [1]

[1] For the large number see on 16, 247. Further references to the names and terms italicized in what follows will be found in the index.

selfish, insolent, even murderous, irresponsible bachelor
princelings, who for years have been devouring his food,
corrupting his servants, wooing his wife, and, more
recently, plotting to kill his son. Homer wisely does not
try to describe or even to name them all. He vividly
characterizes a few, to typify the rest.

Their ringleader is *Antinous*, son of Eupeithes ('Hostile-
minded, son of Persuasive'), a passionate, argumentative,
arrogant, ruthless fellow. Towards Telemachus he shows
himself half bantering, half bullying: he makes a point
of calling him ὑψαγόρης, 'lofty-speaking', which is his
sarcastic way of implying that he regards him as a
cheeky young pup. In Penelope's presence he is curiously
silent (*e.g.* at 16, 417 ff.; 21, 311 ff.), letting the specious
Eurymachus answer for him. Hayman remarks (vol. I.
p. lxxxv): 'He does not seem to sue for favours, but in
his one speech to her [18, 285 ff.] is firm, blunt, curt and
even rude, as if his aim were not to win but intimidate
her into consent'. He abuses the swineherd Eumaeus and
unmercifully persecutes O. when disguised as a beggar.
In decisive actions by the Suitors he takes the lead, *e.g.*
in the trial of the bow (21, 84 ff., 140 ff., 167 ff., 256 ff.)
and in the plots against Telemachus (4, 660 ff.; 16, 363
ff.). Eumaeus tells him to his face that he is the worst
of the Suitors in maltreating O.'s servants (17, 388-9).
Penelope calls him the most hateful of all and 'like a
dark spirit of death' (μελαίνη κηρί, 17, 500). His villainy
appears all the more shameful when we learn that he owes
a debt of gratitude to O. for kindness shown to his father
who came to Ithaca as a refugee (16, 424 ff.). There is
something Byronic in his bold and bitter selfishness; his
irony does not spare even his companions (17, 450-2).

In comparison *Eurymachus* is an oily fellow, opportu-
nistic, smooth-tongued, hypocritical. He poses as a

moderating influence on the more violent Suitors, readily offering excuses and compromises quite contrary to his real intentions. A consummate liar (see on 16, 435 ff.), he flatters Penelope and praises her beauty in the courtliest of phrases (see 18, 245-9 ; 21, 321-2), though he is carrying on an intrigue with her servant Melantho (18, 325). He is something of a wit (see 18, 351 ff. ; 20, 361-2), but touchy (18, 387 ff.). Among the Ithacans, being perhaps a native himself (see 22, 54-5), he has a high reputation (15, 519-20). Apparently he was considered the likeliest of the Suitors to win Penelope (15, 16-18). For all his faults he died bravely, though not without a typical offer of a settlement with O. (22, 44 ff.). ' Rebel and traitor as he is, he dies the death of an Achaean noble, sword in hand and rushing with his war-cry on the foe ' (Hayman).

Others are sketched more lightly, but still distinctly : Leodes, son of Oinops (see on 21, 144) with his dislike of the Suitors' reckless violence, his delicate unhardened hands (21, 150-1) that fail to bend the bow, with his evil forebodings prompted half by pique and half by genuine prophetic instinct, and his pitiful, useless plea for mercy at the end (22, 310 ff.) ; the mocking *Ctesippus* Poly-therseïdes (' Horse-owner, son of Boldness ' ; the name is probably intended to suggest the spoilt, snobbish child of a boorish parvenu), who having hurled a cow's foot at O. (20, 299) fitly dies at the hands of a cowherd (22, 285 ff.) ; *Agelaus*, son of Damastor (20, 321 ; 22, 131 ff., 212 ff., 241), who is reasonable, resourceful and brave. Some are named only at their death (see 22, 241-3, 266-8), others merely as givers of gifts (18, 297-9). One alone appears in a favourable light, *Amphinomus*, son of Nisus. He had a sense of humour (16, 354-7), pleased Penelope by his good nature (16, 397-8), argued against the attempted murder of Telemachus (16, 400 ff.), was kind to the disguised O. (18, 119 ff., 395), appealed to the Suitors to restrain themselves (18, 414 ff.) and interpreted an omen in favour of Telemachus (20, 245-6 : his immediately succeeding remark, ' But let's look after our dinner ', is characteristic of his unanxious temperament). He was generally listened to with respect (cp. 16, 406 ; 18, 422 ; 20, 247). O. began to like him and tried to warn him off before the general slaughter. But he disregarded the warning, despite misgivings (18, 153-6), and eventually died, after a brave attempt to break out, on the spear of Telemachus.

The Suitors' accomplices in the Palace were twelve disloyal and immoral maidservants and *Melanthius*, the faithless and insolent goatherd. Their punishment shows unusual savagery (see on 22, 462 ff., 465 ff., 474-7) : treachery within the household was considered the basest of crimes.

Two unwilling associates with the revellers in the Palace are spared in the final massacre, *Phemius* the minstrel and *Medon* the herald, the latter after a comic interlude (22, 330 ff., 355 ff.).

Against this dark background of selfishness and corruption the faithfulness and courtesy of *Eumaeus*, the steadfastness and discretion of *Telemachus*, the patience, courage and self-control of *Eurycleia*, stand out conspicuously.

RECOGNITION SCENES AND DRAMATIC IRONY

In Books 5-12 the prevailing feeling of a reader is surprise and wonder—' How astonishing ! ' and ' What

next? '. In the last twelve it is suspense as to how
and when Odysseus will reveal himself to his friends and
foes, combined with anxiety that he should not be dis-
covered before his plans have matured. In each successive
episode O. has to find ways of revealing or concealing
his identity among his present associates. This kind of
situation was always favoured by Greek audiences :
they loved to be in the superior position of knowing a
secret still unknown to participants in the story and they
enjoyed the mixed feelings of pity and anxiety evoked
by some unrecognized hero's danger. Later Greek poets,
especially the dramatists, developed to a high degree of
technique the various methods by which these scenes of
delayed recognition could be most effectively presented.[1]
But here, as elsewhere, Homer shows himself as great a
master of technique as the most sophisticated Attic
poet.

Homer varies his recognition scenes with amazing skill.
Only the gods recognize Odysseus without some play of
wits. Next in intelligence to the gods O. himself
recognizes Athena fairly soon in 13, 221 ff., an amusing
scene of ' diamond cut diamond '. The sign of the scar
on O.'s leg revealed his identity to Eurycleia unexpectedly
and suddenly ; but it should be observed that she had
previously begun to detect his likeness to her lost master
(19, 379-81). O. makes himself known more slowly to
the half-incredulous Telemachus (16, 42 ff.) and Laertes
(24, 226 ff.). He remains long unknown in the company
of Eumaeus, savouring that faithful servant's words of
love and loyalty (from 14, 33 to 21, 205 ff.). The climax
of suspense is reached in his protracted association with

---

[1] See Aristotle, *Poetic* 1454 b 19 ff., for a full discussion of
these ἀναγνωρίσεις. Later in the same work (1459 b 15) he justly
remarks, ' The Odyssey is ἀναγνώρισις right through '.

the unsuspecting Suitors up to that moment of unsur-
passed dramatic power when he throws off his rags and
leaps up on the threshold with bow and arrows ready
for revenge (22, 1-4). Longest and most full of pa-
thos is the delay in his recognition by Penelope from
the time when she first refers to him as a beggar (17,
499 ff.) till she bursts into tears of joy and relief and
embraces him in 23, 207-8. (Cp. on p. xiii.) In each
scene Homer plays on our feelings differently. When O.
is among the Suitors we constantly fear his premature
discovery, so daring is his language at times. At other
times our feeling is more of pity—' Poor Penelope [or
Eumaeus, or Laertes], if she only knew that Odysseus
is really home '. Sometimes Homer flatters our vanity
—' How stupid they are : why don't they recognize
him?·'.

The fact that the audience knows who O. is while
others in the story do not, allows Homer to exploit
another favourite device of Greek literature, namely,
dramatic irony.[1]

In this the poet makes his characters use, unawares,
phrases whose implications, to those who know the full
facts of O.'s identity and plans, differ greatly from their
meaning to hearers ignorant of the actual situation.
Thus at 18, 112-13, one of the Suitors wishes that
Zeus may grant the stranger all he desires, not realizing
that he is O. whose chief desire is for the Suitors' total
destruction. In 21, 91, Antinous describes the Contest
of the Bow as an ἄεθλον ἄατον without appreciating

---

[1] This name is preferable to ' tragic ' or ' Sophoclean ' irony,
for reasons given in my *A.G.L.* pp. 66-8. In chaps. 7 and 11
of the same book there is a discussion of examples of Homer's
and Sophocles' use of this device. See also on *Irony* in index
to the present volume.

the deadly aptness of the epithet (see note there).
Similarly when the Suitors wish (21, 402-3),

αἲ γὰρ τοσσοῦτον ὀνήσιος ἀντιάσειεν
ὡς οὗτός ποτε τοῦτο δυνήσεται ἐντανύσασθαι,

they intend τοσσοῦτον to mean 'as little as', but to
readers who know of O.'s certain success it can ironically
imply 'as much as', making the imprecation an involun-
tary blessing. Another good example of this type is in
18, 353, where Eurymachus with more pregnancy than
he intends remarks of the disguised O.,

οὐκ ἀθεεὶ ὅδ' ἀνὴρ 'Οδυσήϊον ἐς δόμον ἵκει.

Sometimes the irony arises from statements that, in the
light of full knowledge of the situation, are exactly the
reverse of the facts : thus at **14**, 145, Eumaeus tells the
disguised O. that O. is 'not present', and in **21**, 314-17,
Penelope scoffs at any possibility that the disguised
O. could ever take her home as his wife even if he did
succeed in bending the bow.

The whole twelve books are full of such touches of
dramatic irony, some emphatic, some slight. They serve
to flatter the reader's intelligence, to increase his feelings
of pity, indignation, or anxiety, and to increase the
suspense of waiting for the final dénouements.

GRAMMATICAL INTRODUCTION

(*Note: Attic forms are given in brackets*)

I

THE HOMERIC DIALECT

Homer writes in a literary dialect consisting chiefly of Aeolic and old-Ionic with a slight admixture of Arcado-Cyprian, Attic, and non-Greek forms, together with some words probably coined by the poet himself. Examples :

1. Aeolic πίσυρες (=τέσσαρες), ἱππότα (=ἱππότης), ἀρίγνωτος (Ionic ἐρί—), φῆρες (θῆρες), ἄμμι (=ἡμῖν), ὔμμε (=ὑμᾶς), and patronymics in -ιος like Κρόνιος (Κρονίδης), and v. on the digamma § 2, 4 (a) below.

2. Ionic : (see the forms in § 1, sections 1, 2, 6, 7, 8 below) κέατο (=κεῖντο), φαεινός (φανός), οὖρος (ὄρος), νηός (νεώς).

3. Arcado-Cyprian : perhaps ἠπύω, ἀσκηθής, δέατο (6, 242), ἷλος, κασίγνητος, πτόλις (=πόλις), αἶσα.

4. Attic : **κεῖντο, ἦντο, ἰωσφόρος, βοῦν** (Ionic βῶν), **τεύχη** (=τεύχεα in Ionic), **πῶς, ὅπως** (for Ionic κῶς, ὅκως etc.). Many, if not all of these, are probably corruptions by Attic scribes.

5. Non-Greek loan-words : **αἶα, ἰχώρ, πάρδαλις,** and forms in **-νθος.**

6. Possible coinages by Homer to express his meaning or (more often) to suit his metre : **ἀμφεποτᾶτο, ἀγάννιφος, ἐπίδρομον, ἐκποτέονται, ἀποφώλιος.**

(Further examples will be discussed in the notes. For full surveys see chapter IV of *Homer and Mycenae* by M. P. Nilsson (London, 1933) and chapter VII of *Tradition and Design in the Iliad* by C. M. Bowra (Oxford, 1930), from which most of the examples above have been taken. See also Palmer in *Companion to Homer* (listed on p. 453 below) and Shipp (as cited on p. 452 below).

II

PRONUNCIATION AND ORTHOGRAPHY

§ 1. Vowels

Homeric Greek differs from Attic in its use of :

1. **η** (Ionic) for **ā** : **ὥρη** (ὥρα), **πύλησι**[1] (πύλαισι), **κάρη** (κάρα).

2. **ει** (Ionic) or **η** for **ε** : **ξεῖνος** (ξένος, *v.* § 2, 4 *b*), **εἵνεκα** (ἕνεκα), **ἠΰς** (ἐΰς).

3. **εη** or **ηε** for **η** : **ἠέλιος** (ἥλιος), **ἔηκε** (ἧκε). Note also smooth breathing for rough.

4. **εε** for **ε** : **εείκοσι** (εἴκοσι). (This and other forms like **ἔειπον** are explained by the digamma § 2, 4 *c*.)

5. **ευ** for **ου** (when contracted from **εο**): **ἔρχευ** (ἔρχου), **μευ** (μου).

6. **ου** (Ionic) or **ω** for **ο**: **πουλύς** (πολύς), **μοῦνος** (μόνος, *v.* § 2, 4 *b*), **Διώνυσος** (Διόνυσος).

7. Separately pronounced vowels for diphthongs (this is called resolution or *diaeresis*) : **πάϊς** (παῖς), **ἐΰ** (εὖ), **Ἀτρεΐδης** (Ἀτρείδης). These frequent resolutions (probably an Ionic trait) lessen the number of spondees in the Homeric hexameter. Some editors introduce them much more freely than others, and it is not impossible that they were almost universal in *arsis* (*v.* § 1, 13 *d*).

---

[1] *i.e.* **πύλησι,** the iota subscript being first introduced after A.D. 900.

Something similar was the practice of writing words like *faëry* for *fairy, aëry* for *airy*, in English poetry to lighten the line.

8. (Analogous to 7) uncontracted forms (Ionic) for contracted : ἔρχεο (ἔρχου), Ποσειδάων (Ποσειδῶν). Some of these forms (*e.g.* ἀποείπον for ἀπεῖπον) are to be explained by the digamma (§ 2, 4 *c*).

9. (Rare) contracted forms for uncontracted : ἱρός (ἱερός), βώσας (βοήσας).

10. By what is called *apocope* final vowels are sometimes lost in prepositions, *e.g.* πάρ—παρά, κάτ—κατά, ἄν—ἀνά (in some cases the short form may have been the original, a suffix having been added later, *e.g.* κάτ, cp. Irish *cét-*, from *knt). In compounds, after apocope κάτ assimilates to the following consonant, *e.g.* κάππεσε, κάμμορος, so also ἀνά—ἄν, *e.g.* ἄμπνυε, ἀμφαδόν. See L. J. D. Richardson in *Hermathena*, lxxvii. (1951), pp. 65-71.

Pronunciation

11. Adjacent vowels which do not form a diphthong may be pronounced as one syllable : ἡμέων, κρέα, εἰλαπίνη ᾗ ἐ (= –‿‿‿), ἐπεὶ οὐ (= ‿–), πόλιας. Grammarians call this *synizesis*. In cases like the last the ι was probably pronounced as *y*.

12. As in other kinds of Greek poetry (and prose) short a, ε, o, are elided before following initial vowels as πολλὰ δ᾽ ὅ γ᾽ ἐν, ἡμείβετ᾽ ἔπειτα. But in Homer the verbal endings -μαι, -ται, -νται, -σθαι, -ι in the dative case, and the οι of μοι, σοι, τοι, may be also elided.

13. (*a*) Vowels are generally long before two consonants, a double consonant, or an initial ρ. For notable exceptions see on 5, 237 or 21, 178.

Vowels naturally short are often lengthened : (*b*) Before λ, μ, ν, σ : *e.g.* πολλὰ λισσομένη : ἐνὶ μεγάρῳ. The same effect is also obtained by doubling the consonant (see § 2, 1 below).

(*c*) Before single consonants from beside which a digamma (§ 2, 4) or some other letter has been lost (*e.g.* *δϜείδω, *σϜός, δϜηρόν).

(*d*) In metrical *thesis* (*i.e.* in hexameters the first syllable of each foot),[1] especially before a pause : *e.g.* 10, 269

φεύγωμεν ἔτι γάρ . . .

---

[1] In Latin the meanings of thesis and arsis were reversed, thesis denoting (in a hexameter) the short syllables, arsis the long first syllables of the feet.

14. Long vowels and diphthongs can be pronounced short for the metre :

(a) In *hiatus*, *i.e.* when in arsis at the end of a word and followed by an initial vowel : πλάγχθἡ ἐπεί, οἴκοἴ ἴσαν.

Note.—This shortening is called *correption*. Proper hiatus is when the first vowel is left unaffected, *e.g.* ὧ 'Αχιλεῦ : ἡμετέρῳ ἐνὶ οἴκῳ. This freely occurs in certain definite positions in the hexameter (*v.* § 42), namely: for long syllables :—after the thesis in any foot (most commonly in the third, *e.g.* δεῦρ' ἴθι, νύμφα φίλῆ, ἵνα ; for short syllables :—after the first foot when followed by a mark of punctuation, *e.g.* ἀλλ' ἄνα, εἰ . . ., or after the fourth foot, *e.g.*

νῆα μὲν ἄρ πάμπρωτα ἐρύσσατἕ ἠπειρόνδε (10, 403),

or at the weak caesura (§ 43) in the third foot, *e.g.*

τέμνειν ὄφρα τάχιστἅ ὑπὲκ . . . (3, 175),

or after the dative singular of the third declension (in any position), *e.g.*

ἀμφ' 'Οδυσῆι ἐμεῖο (5, 287)

(but this may be correption of an original ῑ).

In all other circumstances hiatus is suspect and probably due to textual corruption or else to the digamma (§ 2, 4) as in ἐνὶ Ƒοίκῳ above. The normal way of avoiding hiatus is by elision (§ 1, 12), or, more rarely, synizesis (§ 1, 11).

(b) Internally the same kind of shortening (*internal correption*) may occur : ῑλάος, υἱός (= ⌣⌣), ἥρωος (= ⌣⌣).

Note.—In Homer a naturally short vowel is generally lengthened before combinations of a mute and a liquid or nasal (*e.g.* κν, βρ, τλ), thus πῑκρός. In Attic they are more commonly left short.

The result of these shortenings and lengthenings is that many words, without changing their spelling, have two quantities : ὕδωρ (⌣– or – –), ἀνήρ (ᾰ or ā), 'Αρες ῎Αρες (–⌣⌣–).

§ 2. Consonants

1. In many words consonants are written singly or doubled to suit the metre : 'Οδυσεύς—'Οδυσσεύς, μέσσος—μέσος, ἐννεπε—ἐνεπε, ὅσσος—ὅσος. This is commonest with λ, μ, ν, ρ, σ.

2. ττ is found in some words for π : πτόλις—πόλις, πτόλεμος—πόλεμος (see *Dialect* 3).

3. The position of two adjacent letters is sometimes reversed (*metathesis*), especially with ρ and α: καρδίη—κραδίη, θάρσος—θράσος. These are best explained as alternative ways of representing an original vocalic, or sonant, r (*cf.* § 16, 7).

The Digamma

4. (*a*) Besides the consonants known to Attic Greek, Homer recognized a labial spirant (probably pronounced like our *w*) whose original name was *waw* (Ϝαῦ, Semitic *wāw*). Later grammarians called it δίγαμμα, *i.e.* the double *g* because its shape (note how grammarians generally think in terms of the *written* word, not the spoken word as poets do) resembled one Γ placed above another—Ϝ.[1] The letter occurs frequently in dialect inscriptions (Aeolic, Doric, and others), and also in early lyric poets.

(*b*) Whether this letter was actually written or not in the original writings of Homer is uncertain. It probably was, but, even so, it is not necessarily desirable to restore it in modern texts (for an example of this see *The Odyssey of Homer*, by A. Platt, Cambridge, 1892). It certainly had a marked effect in the pronunciation of Homeric Greek. This accounts for many cases of lengthenings (*v.* § 1, 13 above), *e.g.* ξεῖνος = ξένϜος, μοῦνος = μόνϜος, also for hiatus, as in *Od.* 1, 17

τῷ οἱ ἐπεκλώσαντο θεοὶ οἶκόνδε

where οἱ = Ϝοι and οἶκον = Ϝοῖκον in pronunciation. It is often helpful in determining if a word had Ϝ to think whether the Latin equivalent has *v* or *u*: *vesper*—Ϝέσπερος, *video*—Ϝιδεῖν, *viola*—Ϝίον, *suus*, σϜός (= ὅς), *suavis*, σϜηδύς (ἡδύς); or occasionally the English, *e.g.* *work*—Ϝέργον.

(*c*) Sometimes Ϝ was replaced by υ internally as ἔχευα for ἔχεϜα. It was also effective internally as in ἀποεῖπον (Attic ἀπεῖπον) for ἀποϜεῖπον, and ἔειπον for ἔϜειπον.

(*d*) The effect of Ϝ in lengthening or preventing elision in preceding vowels is often neglected, as in *Od.* 1, 110

οἱ μὲν ἄρ' οἶνον (Ϝοῖνον usually, cp. *vinum*)

and 2, 91

πάντας μέν ῥ' ἔλπει (usually Ϝέλπει, cp. *voluptas*).

---

[1] Dionysius of Halicarnassus, *Antiquitates*, 1, 20 ὥσπερ γάμμα διτταῖς ἐπὶ μίαν ὀρθὴν ἐπιζευγνύμενον ταῖς πλαγίοις, ὡς Ϝελένη καὶ Ϝάναξ καὶ Ϝοῖκος καὶ Ϝαήρ (σελήνη, ἄναξ, οἶκος, ἀήρ in Attic).

In these cases editors either condemn the line as spurious, or emend it (especially Bentley, the rediscoverer of the effect of Ϝ in Homer), or accept it as a sign that in Homer's era the sound was in a transition stage between pronunciation and non-pronunciation (as with the contemporary English r in *war*). The last view is generally assumed in this edition.

Note.—It should be remembered that for poetic appreciation it is the pronunciation, not the spelling, of words that primarily matters (*v.* index for *Euphony*), though of course the two are complementary. It cannot be too often emphasized for readers accustomed to silent reading (a practice entirely unknown to the ancient Greeks) that Greek poetry is designed to be spoken and heard, not perused and seen. The problems of Homeric spelling worried the ancients far less than his extraordinary freedom in quantitative scansion. Homer's free lengthenings and shortenings led some to parody him, as Eucleides cited by Aristotle (*Poetic* 22, 1458 b 9)

Ἐπιχάρην εἶδον Μαραθῶνάδε βᾱδίζοντα,

and Martial (9, 11, 13), complaining of the intractability of Earinos (with its initial ◡ ◡ ◡) for his metres,

> *Eàrinos let poets call him—*
> *But only the Greeks, who've nothing denied them,*
> *°Ἀρες °Ἀρες* [i.e. – ◡ ◡ –] *they've even dared scan lines.*

The fact is that all poets have allowed themselves some such liberties in pronunciation ; but few have used as much freedom as Homer. How much of this freedom was already in the language when he came to employ it, and how much he added himself, has not yet been fully determined.

III

INFLEXION

NOUNS

§ 3. First Declension

η for ᾱ always as in Τροίη (see § 1, 1 above), except in θεά and some proper names ; also η for ᾰ, but only in abstract nouns in -εια and -οια, *e.g.* ἀληθείη.

Nom. sometimes in -ᾰ (for -ης) : e.g. ἱππότ-ᾰ, νεφεληγερέτ-ᾰ, εὐρύοπ-ᾰ.

Gen. Sing. in -αο and -εω : e.g. 'Ατρείδ-αο, 'Ατρείδ-εω. This -εω is often scanned as one syllable ; and after another vowel it appears as -ω : e.g. Βορέ-ω, ἰυμμελί-ω.

Gen. Plur. in -άων, -έων : e.g. κλισι-άων, πασ-έων.

Dat. Plur. in -ῃσι and -ῃς : e.g. αὐτ-ῇσι (αὐταῖς), κλισί-ῃς (κλισίαις). The Attic -αις occurs only once in the Iliad and twice in the Odyssey (5, 119 ; 22, 471).

§ 4. Second Declension

Gen. Sing. in -οιο : e.g. δόμ-οιο (δόμου), ὁδοῖο (ὁδοῦ). Many editors believe also in a Homeric gen. in -οο and read 'Ιλίοο, ἀδελφεόο and suchlike forms, where it suits the metre. See on 10, 36 and 14, 239.

Gen. and Dat. Dual in -οιϊν both for Second and Third Declension : e.g. ἵππ-οιϊν, ποδ-οῖιν.

Dat. Pl. in -οισι(ν) for -οις, where metrically convenient : e.g. 1, 19

καὶ μετὰ οἶσι φίλοισι.

§ 5. Third Declension

1. Acc. Sing. in -α after η representing ην and ευ. Thus we have from νηῦ-s, ship, νῆ-α (for νηυ-α, νηϝα) ; from βασιλεύ-s, βασιλῆ-α. So the other cases, βασιλῆ-os etc. Also εὐρύs gives εὐρέ-α. νηῦς besides νῆα, νηός, νηΐ, νῆες, νῆας, νηῶν, νήεσσι gives less commonly Gen. νεός, Pl. νέες, νέας, νεῶν, νέεσσι.

2. Gen. Sing. Stems in -ι retain the ι, instead of dropping it and inserting ε : e.g. πόλι-os πόλε-ως, μήτι-os. And so in the other cases. πόλις gives also πόλη-os, πόλη-ι, πόλη-ες, and πόλε-os, πτόλε-ϊ.

ἠΰs or ἐΰ-s, good, gives gen. ἐῆ-os, perhaps by exchange of quantity for ἠέ-os.

Note that πολύ-s makes Gen. πολέ-os, Pl. πολέ-ες, πολέ-ας, πολέων, πολέσσι, -έεσσι, -έσι. Also πουλύς, πουλύ, and see § 6, 1.

3. Dat. Sing. in -εϊ, -ηϊ : e.g. κράτ-εϊ, 'Αχιλ-ῆϊ.

Nouns in -ις also give -ῖ : νεμέσσῖ, κόνῖ, μήτῖ (originally ῖ, which strong resolutionists (see § 1, 7 above) would read generally).

Stems in -υ, Gen. -υ-os give -υι (diphthong) : e.g. πληθ-υῖ.

4. Acc. Plur. Stems in -ι and -υ which form Acc. Sing. in
-ν often form Acc. Pl. in -ῖς and -ῦς (for -ινς, -υνς): *e.g.* δῖς,
σῦς, βοῦς, ἰχθῦς.

5. Dat. Plur. in -εσσι and -σσι besides -σι, as in Attic: *e.g.*
ἀνδρ-εσσι, βό-εσσι, πόδ-εσσι, πολί-εσσι (πόλις), πολί-εσσι (πολύς),
ποσσί. Note the following: γένυ-σσι, δέπα-σσι and δεπά-εσσι.

§ 6. Heteroclite Nouns

1. There are many Heteroclite Nouns, *i.e.* nouns shewing
different inflexions by employing distinct stems. Such are
δίπτυχο-ς, Acc. δίπτυχ-α: ἀλκή, Dat. ἀλκ-ί: ὑσμίνη, Dat.
ὑσμῖν-ι: ἰωκή, Acc. ἰῶκ-α: 'Ατδη-ς, Gen. "Αϊδ-ος, Dat. "Αϊδ-ι:
γόνυ, Gen. γουνός (for γονϝ-ός), Plur. γοῦν-α etc.; also γούνατος
etc. πολλό-ς, *much*, is declined throughout from stem πολλο-,
as well as from stem πολυ- (see § 5, 2 *ad fin.*)

2. υἱό-ς, *son*, shews three stems :—
   (1) (Stem υἱο-) υἱό-ς, υἱέ, and very rarely υἱοῦ (only 22,
        238), υἱοῖσι (only 19, 418).
   (2) (St. υἱ-), Acc. υἱ-α, Gen. υἱ-ος, Dat. υἱ-ι, Dual υἱ-ε,
        Plur. υἱ-ες, υἱ-ας, υἱά-σι.
   (3) (St. υἱε(ϝ) for υἱυ-), Acc. υἱέ-α, Gen. υἱέ-ος, Dat. υἱέ-ϊ,
        Plur. υἱέ-ες, υἱέ-ας.

3. κάρη, *head*, shews—
   (1) Gen. καρήατ-ος, κάρητ-ος, Dat. καρήατ-ι, κάρητ-ι.
   (2) Gen. κράατ-ος, Dat. κράατ-ι, Plur. κράατ-α.
   (3) Acc. Sing. κρᾶτ-α, Gen. κρᾶτ-ός, Dat. κρᾶτ-ί, Plur.
        κράτ-ων, κρᾶ-σί.

§ 7. Contraction and Hyphaeresis

1. Gen. Sing. -εος in a few nouns contracts into -ευς: *e.g.*
θάρσ-ευς (θάρσους), θέρ-ευς (θέρους).

2. When the combinations εε-α and εε-ϊ occur in the Acc. and
Dat. S. of Adjectives, the second ε of the stem is dropped by
hyphaeresis: *e.g.* δυσκλέα (δυσκλέε-α), νηλέα (νηλέε-α), νηλέϊ
(νηλέε-ϊ). Similarly in Neut. Plur. κλέ-α (κλέε-α), γέρ-ἄ (γέρα-α),
κρέ-ἄ (κρέα-α).

3. The following contracted forms ἐυκλει-ᾶς, ἐυκλεί-ας, ἀγακλῆ-ος, Πατροκλῆ-ος, ἐυρρεί-ος, σπεί-ους, σπῆ-ϊ are for ἐυκλεε-ᾶς, ἐυκλεέ-ας, ἀγακλεέ-ος, Πατροκλεέ-ος, ἐυρρεέ-ος, σπέε-ος, σπέε-ϊ. The metre always admits the uncontracted forms and these should possibly (see § 1, 7 above) be restored to the texts.

§ 8. Special Suffixes

Nouns of all declensions (both Sing. and Plur.) are found with an ending -φι(ν), with the following meanings :—

(a) *Instrumental* : e.g. βίη-φι *by force.*

(b) *Locative* : e.g. ὄρεσ-φιν *on the mountains.*

(c) *Ablatival Gen.* : e.g. ἀπὸ νευρῆ-φιν *from the bowstring.*
This may be regarded as almost a genuine case-ending.

Other suffixes, more of an adverbial nature, are :

-θι *place where* : e.g. ὅθι *where,* αὖθι *here, there,* πόθι *where?* ποθί *somewhere,* αὐτόθι *in that very place,* οἴκοθι *in the house,* Ἰλιόθι *in Ilios.*

-θα *place* : e.g. ἔνθα *there, where,* ὕπαιθα *under.*

-θε(ν) *place* : e.g. πρόσθε(ν), ὕπερθε(ν). Distinguish this suffix with ν ἐφελκυστικόν from

-θεν *place whence* : e.g. ὅθεν, ἄλλοθεν, Διόθεν.
This suffix is often used with prepositions : e.g. ἀπ' οὐρανόθεν, ἐκ Διόθεν. It is found in σέθεν σοῦ.

-τις in αὖτις (Att. αὖθις) *back, again.* (Beware of confusing this word with αὖθι *here, there.*)

-δε *place whither* : e.g. οἴκόνδε, πόλεμόνδε, ἅλαδε *to the sea.* Also -σε : e.g. ἄλλοσε *in another direction.*

§ 9. Adjectives

As in feminine nouns of the first declension (§ 3 above) feminine adjectives of the second declension have -η for -ᾱ as in αἰσχρή.

Adjectives in -ος and -υς are sometimes of two terminations, sometimes of three, whether compound or not.

For πολύς see § 5, 2 and § 6, 1.

Instead of -ης, -εισα, -εν one frequently finds -εις, -εσσα, -εν. In such adjectives -ηεις may be contracted to -ης, and -οεν- to -ευν- (e.g. τιμῆς, λωτεῦντα).

§ 10. Personal Pronouns

First Person.

Sing. Nom. ἐγών
    Gen. ἐμεῖο, ἐμέο, ἐμεῦ, μευ, ἐμέθεν
Plur. Nom. ἄμμες
    Acc. ἄμμε, ἡμέας, ἡμᾶς (only in 16, 372)
    Gen. ἡμείων, ἡμέων
    Dat. ἄμμι(ν)
Dual Nom. Acc. νῶι, νώ
    Gen. Dat. νῶιν

Second Person.

Sing. Nom. τύνη
    Gen. σεῖο, σέο, σεῦ, σέθεν, τεοῖο
    Dat. τοι, τεΐν
Plur. Nom. ὕμμες
    Acc. ὕμμε, ὑμέας
    Gen. ὑμείων, ὑμέων
    Dat. ὕμμι
Dual Nom. Acc. σφῶι, σφώ
    Gen. Dat. σφῶιν

Third Person. (This has F- in the sing.)

Sing. Acc. ἑέ, ἕ, μιν (αὐτόν)
    Gen. εἷο, ἕο, εὗ, ἕθεν (οὗ)
    Dat. ἑοῖ, οἱ
Plur. Acc. σφε, σφέας, σφᾶς
    Gen. σφείων, σφέων
    Dat. σφι(ν) (αὐτοῖς)
Dual Acc. σφωέ (enclitic)
    Dat. σφωΐν (enclitic)

The last is both a Reflexive and a Personal Pronoun. In the
latter (commoner) use it is usually enclitic (= the unemphatic αὐ-
τόν, αὐτοῦ, etc.). Attic and some rarer forms are omitted above:
see further in L.-S.-J. and especially Chantraine chap. xxi.

§ 11. ὁ, ἡ, τό

Sing. Gen. τοῖο
Dual Gen. τοῖιν
Plur. Nom. τοί, ταί
    Gen. τάων (fem.)
    Dat. τοῖσι, τῇσι, τῆς

N.B.—This is a pronoun in Homer and never quite = the meaning of the Attic definite article (though it sometimes comes close to it). Its Homeric uses are :

1. As a weak demonstrative pronoun, *e.g.* 1, 13-14

τὸν δ' οἶον . . . ἔρυκε Καλυψώ.

With this meaning it often marks a change of subject with an adversative particle— *e.g.* ὁ μέν (often alone), ὁ δέ, ὁ γάρ, αὐτὰρ ὁ. Cp. for both uses 1, 9

αὐτὰρ ὁ τοῖσιν ἀφείλετο νόστιμον ἦμαρ

But he took . . . from them.

2. As a relative¹ pronoun, *e.g.* 1, 16-17

ἔτος . . . τῷ . . . =*the year in which.*

This is a development of the demonstrative use, *e.g.* 1, 29-30 Αἰγίσθοιο, τόν ῥ' . . . ἔκταν' Ὀρέστης might almost as well be translated *of Aegisthus. Now him . . . Orestes killed* as *Aegisthus, whom* (see *Parataxis*, § 40).

Note.—The accus. neut. τό is often used adverbially = *wherefore, e.g.* 8, 332

τὸ καὶ μοιχάγρι' ὀφέλλει

On that account he owes him . . . (cp. § 29, 1 *a*).

3. In an attributive sense. Here the pronoun is followed by a noun or adjective which defines it, *e.g.* ἡ μέν . . . ἀπέβη γλαυκῶπις Ἀθήνη. Sometimes it stands directly before its subject like the Attic article, *e.g.* τὰ πρῶτα, οἱ ἄλλοι. In most instances the adjective or noun may be explained as defining the pronoun, but in a few cases it seems to be very near the definite article, *e.g.* 19, 372

ὡς σέθεν αἱ κύνες αἵδε καθεψιόωνται ἅπασαι.

4. With proper names and titles, to imply distinction, *e.g.* Νέστωρ ὁ γέρων = *that (well-known) aged man,* and ὁ ξεῖνος, ὁ ἥρως, ὁ ἄναξ. (Similarly, in post-homeric Greek Homer himself is always ὁ ποιητής, *the poet* par excellence.)

The development from the primitive to the classical Attic usage may be illustrated thus in three stages : ὁ ἀνήρ = (1) *He, the man* (personal pronoun) ; (2) *That man* (demonstrative pronoun) ; (3) *The man.*

---

¹ This use is confined to the masc. nom. sing., which is then accented ὅ, and forms beginning with τ.

5. In the absence of a definite article in Homer we must trans-
late many unsupported nouns as if it were unemphatically there,
e.g. 1, 1 ἄνδρα = *the man.*

§ 12. Relative, Possessive, Indefinite and Inter-rogative Pronouns

1. The relative ὅς, ἥ, ὅ gives :—
   Sing. Gen. οὗ and ὅου (see also on 1, 70), never οἶο.
   Plur. Dat. οἷς, οἷσι, ᾗς, ᾗσι.
   It is sometimes used as a demonstrative (as in Attic ἥ
   δ' ὅς = *said he*), *e.g.* 24, 190

   δ γὰρ γέρας ἐστὶ θανόντων.

2. This relative pronoun must be carefully distinguished from
the possessive ὅς, ἥ, ὅν which differs from the relative in :—
   Sing. Nom. neut. ὅν
         Gen.   οἶο and οὗ.
This word is cognate with Latin *suus*, and was probably origin-
ally σϝός. It serves in Homer as the possessive of the third
person singular (frequently, *v.* 1, 4-5 ; 3, 39 ; 23, 150) and possibly
for the first and second persons (*v.* on 9, 28 and 15, 542).
   Another form of the same word (but referring only to the third
person singular in Homer) was :—

   ἑός, ἑή, ἑόν,

sometimes strengthened with αὐτοῦ, *e.g.* 4, 643-4

   ἑοὶ αὐτοῦ θῆτες
   his own labourers.

   For the plural *our, your, their* ἡμέτερος, ὑμέτερος (also ὑμός)
and σφέτερος, are used.
   N.B.—Possessive ὅς and ἑός agree with their noun in gender,
number and case, being equivalent to adjectives.

3. τίς *who ?* gives—
   Sing. Gen. τέο, τεῦ
         Dat. τέῳ
   Plur. Gen. τέων

4. τις, *any one,* gives, besides the above forms unaccented—
   Sing. Dat.   τῳ
   Plur. Nom. Neut. ἄσσα (once only, *v.* on 19, 218)

5. ὅστις gives—

Sing. Acc. Neut. ὅττι
     Gen.   ὅττεο, ὅττευ, ὅτευ
     Dat.   ὁτέῳ, ὅτῳ
Plur. Nom. Neut. ἅσσα
     Gen.   ὁτέων
     Dat.   ὁτέοισι

Obs.—ὁ of ὁ, ἡ, τό also combines with τις, as ὅ τις = ὅστις.

VERBS

§ 13. Augment

1. The augment is used or omitted freely, as in early Sanscrit, to suit the metre. Its omission is less frequent in speeches than in narrative, where the context makes it clear that past time is meant.

2. Many instances occur of verbs which begin with a vowel taking the temporal augment ἐ-. In most of these cases an original initial consonant has been lost. Thus F has been lost in ἐ-άγη (ἐ-Fάγη), ἔ-ειπε (ἔ-Fειπε), εἶδον (ἔ-ῖδον, ἔ-Fιδον). σ has been lost in ἐ-ἑσσατο, and εἵσατο *sat* (for ἐ-ἑσσα-, for ἐ-σεδ-σα-), εἷχον (ἐ-σεχον). In these cases the σ became the rough breathing (ἐ-σεδ became ἐ-ἑδ), and then this was thrown back on the augment (ἐ-ἑδ became ἑ-εδ). This did not happen with εἶχον because of the aspirate χ following.

3. In the following the vowel of the stem has been lengthened after ἐ-: ἐ-ἥνδανε (ἐ-σFάνδανε), ἀν-έ-ῳγον (ἀν-έ-Foιγον), and in Perfect stems, as ἐ-ώλπει (Fελπ-), ἐῴκει (Foικ-).

§ 14. Stem-Variation

1. Many verbs shew their stem in two forms, a long and a short: thus we have φη-μί and φἄ-μέν, ἵστη-μι and ἱστἄ-μεν, ἔ-βη-ν and βἄ-την, τίθη-μι and τίθε-μαι. As a rule the Longer Stem goes with the Shorter Endings, and *vice versa*, on the principle of compensation. The Person-endings have accordingly been divided into Light Endings (chiefly those of the Sing. Indic. Active) and Heavy Endings (all the others).

2. In the Perfects and Aorists in -κἄ the longer stem has gained an additional consonant : *e.g.* ἵστη-κ-α, ἔθη-κ-α.

3. Third Plurals of Perfects like πεποίθασι, ἐστήκασι (rare in Homer), and of Aorists like ἔθηκαν, ἔδωκαν, are obvious exceptions to the rule, a Long Stem being combined with Heavy Ending.

4. φᾱσί, ἱστᾶσι, ἑστᾶσι, τιθεῖσι, διδοῦσι, ζευγνῦσι, are only apparent exceptions, being for φᾰ-ντι etc. See § 16, 5.

§ 15. Thematic Vowels. Thematic Forms

The tenses which are characteristic of Verbs in -ω, i.e. the Pres., Imperf., Future, ' Strong' Aor., shew before the ending the vowel ε or ο: e.g. λύ-ο-μεν, ἐλύ-ε-τε, λύσ-ο-μεν, ἐπύθ-ο-ντο. The ο is found before μ and ν, the ε before other letters. These two vowels are called the Thematic Vowels, because they form out of a simpler stem or root a new ' theme ' (λυο-, πυθο-, etc.) for the purposes of tense-formation. In the Subjunctive (only) they become η and ω.

A form which shews no thematic vowel is called Non-Thematic: e.g. φη-μί, εἰ-μι, ἔγνω-ν, ἔβη-ν.

See further in § 25.

§ 16. Person-Endings

1. 1 Sing. The ending -μι is found in the Subjunctive of some Thematic Tenses: e.g. ἐθέλ-ω-μι, τύχ-ω-μι.

2. 2 Sing. The ending -σθα (found in Attic in the Indicatives ἦσθα and οἶσθα) is used in the Subjunctive: e.g. ἐθέλη-σθα, εἴπη-σθα.

3. Note the σ dropped in βέβλη-αι (βέβλη-σαι), μέμνη-αι (-σαι), μάρνα-ο (μάρνα-σο Imper.) etc. Also the ε dropped (by hyphae-resis, see § 7, 2) in ἔκλε-ο (ἐκλέε-ο), μύθε-αι (μυθέε-αι).

4. 3 Sing. The ending -σι is found in the Subjunctive, chiefly when the First Pers. takes -μι; ἐθέλη-σι, τύχ-η-σι.

5. 3 Plur. In the Pres. Indic. Act. of verbs in -μι we have (not, as in Attic, τιθέ-ᾱσι, διδό-ᾱσι, ζευγνύ-ᾱσι, but) τιθεῖσι, διδοῦσι, ζευγνῦσι, where the process of formation is τιθε-ντι, τιθε-νσι, τιθεῖσι. ἱστᾶσι is found in Attic as well as in Epic.

6. Besides the ending -σαν, used in Attic (ἔβη-σαν, ἔφα-σαν), Non-Thematic Past Tenses take an ending -ν (for -ντ, cp. Lat. era-nt): e.g. ἔφᾰ-ν, ἱστᾰ-ν ἔστη-σαν, ἔτιθε-ν ἐτίθη-σαν, ἔβᾰ-ν ἔβη-σαν. Note that the vowel before this ν is always short.

7. For -νται and -ντο in the 3rd pl. perf. and pluperf. we find

Ionic forms in -αται and -ατο, also -ατο for -ντο in all tenses of the optative: e.g. τετεύχαται, τετράφατο (τρέπω), πυθοίατο. Note also exceptional stems in ἐληλά-δ-αται (ἐλαύνω), ἐρρά-δ-ατο (ῥαίνω). Before these endings β, π, γ, κ, are aspirated into φ and χ. In the 3rd pl. pres. and imperf. of ἧμαι and κεῖμαι we find ἥαται, ἥατο, κέαται, κέατο. The α in these endings is a phonetic variation of an original vocalic (or, sonant) n (i.e. n having the force of a vowel), cp. § 1, 10 and § 2, 3 and on 1, 8.

8. **2 and 3 Dual.** These are for Past Tenses in Attic -τον, -την, Mid. -σθον, -σθην, and so usually in Homer. But a tendency towards uniformity, which in Attic gives us frequently -την, -την, acting the opposite way in Homer, gives us three certain instances of -τον, -τον, i.e. of -τον for the 3rd Pers.

THE TENSES

§ 17. The Present and Imperfect

Certain formations, unfamiliar because of their rarity in Attic, are common in Homer.

1. Thematic Forms :

In -τω, -αιω, -ειω : e.g. τίω honour, κεραίω mix, θείω run, χείω pour. There is a tendency to shorten or drop the ι before a vowel : thus we have τίω honour, and τίω, μήνιε be thou wroth, μάστιε lash thou ; ἀγαίο-μαι wonder, but ἀγά-α-σθε (by assimilation for ἀγά-ε-σθε) ; θέων running, τέλε-ο-ν as well as τέλει-ο-ν (impf.)

In -ώω : e.g. ζώ-ει he lives ; ἱδρώ-οντας sweating ; ὑπνώ-οντας sleeping.

2. Non-Thematic Forms :

With the suffixes νη and νῡ (before heavy endings νᾰ and νῠ) : e.g. δάμ-νη-μι I subdue, πέρ-να-s, pres. part. selling, κίρνη mixed, κίρ-να-s mixing, πίλ-νᾰ-ται comes near, τί-νυ-νται they punish, κί-νυ-ντο were moving, δαί-νῡ he feasted, ἐ-καί-νῠ-το he surpassed. Notice the ι for ε in κίρ-νη (cp. κερ-άννυμι) and πίλ-ναται (cp. πέλας).

3. Some forms belonging to verbs in -άω, -έω, -όω are Non-Thematic : e.g. συλή-την they two despoiled (not an ' irregular contraction of a Thematic συλαέ-την '), φιλή-μεναι to love, βιώ-ναι (βιόω) to live. Similarly in Attic ζῇ, πεινῇ, διψῇ, ψῇ, σμῇ, are really non-thematic formations, for ζῆ-σι, πείνη-σι etc., the -σι having been dropped, and the ι subscript added by analogy.

4. Present Indicatives like μεθιεῖς, μεθιεῖ, τιθεῖς, διδοῖς, and Imperfects like ἐδίδουν, (ἐ)τίθει, ἐδάμνα, ἐκίρνα are irregular; being formed on the analogy of contracted verbs, though they belong to verbs in -μι.

5. The two verbs εἰμι and εἰμί exhibit a great variety of forms.

(a) εἰμι *go* :

Pres. 2 Sing. εἶσθα
Impf. 1 Sing. ἤια, ἤιον
    3 Sing. ἤιε(ν), ἤε(ν), ἴε(ν)
    1 Plur. ἴμεν, ἤομεν
    3 Plur. ἤισαν, ἴσαν, ἤιον
Future εἴσομαι, εἴσεται
Sigmatic Aor. εἰσάμην, ἐεισάμην, ἐεισάσθην. See on 22, 89.
Subj. 2 Sing. ἴησθα, 3 Sing. ἴησιν, 1 Plur. ἴομεν
Opt. 3 Sing. ἰείη
    Inf. ἔμεναι, ἴμεν

(b) εἰμί *be* :

Pres. 2 Sing. ἐσσί (cp. on 13, 237 and 15, 42), εἰς.
    1 Plur. εἰμέν
    3 Plur. ἔασι
Imperf. 1 Sing. ἦα, ἔα, ἔον
    2 Sing. ἔησθα
    3 Sing. ἦεν, ἔην, ἤην, ἔσκε
    3 Dual ἤστην
    3 Plur. ἔσαν
Iterative ἔσκον
Future 1 Sing. ἔσσομαι
    3 Sing. ἔσσεται, ἐσσεῖται
Subj. 1 Sing. ἔω
    2 Sing. ἔῃς
    3 Sing. ἔῃσι, ἦσι, ἔῃ
Opt. 2 Sing. ἔοις, 3 Sing. ἔοι, 2 Plur. εἶτε
Imperative Mid. ἔσσο, 2 Sing.
    Inf. ἔμμεναι, ἔμεναι, ἔμμεν, ἔμεν, besides εἶναι
Participle ἐών etc.

§ 18. The Non-Thematic Aorists

(a) With 1 Sing. Act. in -ν : *e.g.* ἔβη-ν, ἔστη-ν, ἔκτᾰ-ν. The stem-vowel is occasionally varied according to the principle given in § 14: e.g. βἄ-την, ὑπέρ-βἄ-σαν. Middle forms: χύ-το *was poured*, λύ-το *was loosed*, πλῆ-το, πλῆ-ντο he (*they*) *came near*, κτί-μενος *built*, κτά-μενος *killed*, οὐτά-μεναι *to wound*.

(b) With 1 Sing. in -α, six in number: ἔσσευ-α *I urged*, ἔκη-α *I burned*, ἔχευ-α *I poured*, ἠλεύ-ατο *he avoided*, ἔειπ-α and εἶπα *I said*, ἤνεικ-α *I bore*.

(c) With 1 Sing. in -κα (see § 14, 2), three in number: ἔθηκα, ἔδωκα, ἔηκα and ἧκα *I sent forth*.

(d) Aorists from verb-stems in λ, μ, ν, ρ.

§ 19. The Sigmatic Aorist

1. This Aorist is also non-thematic, but is conveniently classed alone. The σ is often doubled: ἐκόμισσα, ἐρύσσαι (and ἐρύσαι) *to draw*, ξείνισσε *entertained*.

2. There are a few sigmatic aorists formed with a thematic vowel: e.g. ἐβήσε-το *went*, ἷξον *came*, πελάσσε-τον, dual imper. *bring ye me near*, λέξε-ο *lay thee down*, ὄρσε-ο *arise*, οἷσε-τε *bring ye*, ἄξ-ετε *bring ye*, ἀξέ-μεναι *to bring*.

§ 20. The Thematic Aorist

1. The stem is formed by adding the Thematic vowel ε or ο to the short form of the verb-stem (§ 14): e.g. ἐ-λάθ-ε-το (λήθ-ω) *he forgot*, ἐ-πίθ-ο-ντο (πείθ-ω) *they obeyed*, ἔ-φυγ-ο-ν (φεύγ-ω) *they fled*.

2. This aorist is frequently reduplicated: e.g. πε-πιθεῖν πιθεῖν, λέ-λαθον ἔλαθον, ὤρ-ορε, ἔ-ειπον (contracted εἶπον), ἤγ-αγον. The last two, but no others, are found in Attic.

§ 21. Iterative Tenses

These are formed with the iterative suffix σκ and the thematic vowels (σκ-ε, σκ-ο). They imply repeated or habitual action: e.g. φάσκω (φημί)=*to keep saying, assert, allege*. But in most present tense-forms this force is lost.

1. Presents: φά-σκω, βά-σκε *go thou*, προ-βλω-σκέ-μεν *to go before*.

2. Past tenses, formed (a) from a Present Stem: as ἔσκε (for ἐσ-σκε) *used to be*, ἔχε-σκε *used to hold*, πωλέ-σκε-το *used to sell*; (b) from an Aorist Stem, as εἶπε-σκε *used to say*, ὤσα-σκε *kept thrusting*.

§ 22. The Perfect

1. In most Homeric Perfects the stem varies with the person-ending (§ 14), as in the Attic Perfects οἶδα and ἔστηκα (cp. οἶδ-α and ἴσ-μεν, ἴστη-κα and ἵστἄ-μεν) : e.g. ἔοικα am like, Dual ἔἴκ-τον, Part. ἐοικώς, Fem. ἔἴκ-υῖα : πέποιθα, 1 Plur. Plupf. ἐ-πέπιθ-μεν : ἄρηρε, Part. Fem. ἀρᾰρ-υῖα : πέπονθα, Part. Fem. πεπἄθ-υῖα.

2. When the short form of the stem ends in a vowel, the longer stem follows the form of either (a) μέμονα or (b) τέτληκα. Thus we get—

μέμονα		μέμᾰ-μεν
μέμονα-s	μέμᾰ-τον	μέμᾰ-τε
μέμονε	μέμᾰ-τον	μεμά-ᾱσι

and τέτληκα, τέτληκα-s, τέτληκε, τέτλᾰ-μεν. Similarly we have γέγονα and γέγἄ-μεν, τέθνηκα and τεθνᾶσι (τεθνᾰ-ᾱσι), πέφῡκα and πεφῡ-ᾱσι, δίδοικα and δείδἴ-μεν.

§ 23. The Pluperfect

1. The Singular Active is formed with the Suffix -εα and the augment : e.g. ἐ-τεθήπ-εα, ἠνώγ-εα, ᾔδ-εα, 2 Sing. ἤείδης (ἠείδ-εας), 3 Sing. ἐ-πεποίθει (ἐπεποίθ-εε).

2. The Dual and Plural are formed by adding the Secondary Person-endings to the Perfect Stem, with or without the augment : e.g. ἐ-πέπιθ-μεν, ἔστᾰ-σαν, βέβᾰ-σαν. This method is rare in the Singular : e.g. δείδιε, ἀνήνοθε, ἐπ-ενήνοθε, formations parallel to that of an aorist like ἔλυσε. The Passives are all formed in this manner : e.g. ἐ-τέτυκ-το, ἠλήλα-το.

§ 24. The Future

1. As in Attic, verb-stems ending in ρ, λ, μ, ν, drop the σ which is the characteristic of the Future, and insert ε; but whereas the Attic forms are contracted, the Homeric forms as a rule are not. Thus we get—

Homeric	Attic
μεν-έ-ω	μενῶ
ἀγγελ-έ-ω	ἀγγελῶ
βαλ-έ-ω	βαλῶ
ἐρ-έ-ω	ἐρῶ

Notice, however, δια-φθέρ-σω, ὄρ-σουσα, θερ-σόμενος.

2. Many other verbs also drop the σ, so that we find—

Homeric	Attic
ἐλό-ω [1]	ἐλῶ
ἐλά-αν [1]	ἐλᾶν
τελέ-ω	τελέσω
κρεμό-ω [1]	κρεμῶ
ἀνύ-ω	ἀνύσω
ἀντιό-ω [1]	ἀντιάσω

And so δαμό-ω,[1] δαμᾷ, τανύ-ω, περά-αν,[1] ἐρύ-ω, κορέ-εις.

3. Notice ἐσ-σεῖ-ται *will be*, πεσέο-νται *will fall*; cp. Attic φευξοῦμαι, πλευσοῦμαι. These are formations corresponding to the Doric Future in -σεω.

§ 25. The Subjunctive

1. Tenses that are *non-thematic* in the Indicative regularly form their Subjunctives by adding the thematic vowels (see §§ 15-20) to the stem. Thus we have—

Non-thematic Indic.	Subjunctive
ἴ-μεν	ἴ-ο-μεν ἴωμεν
ἔλυσα	λύσ-ο-μεν λύσωμεν
ἐ-πέπιθ-μεν	πεποίθ-ο-μεν
ἐπειρησ-ά-μην	πειρήσ-ε-ται πειράσηται

But these short forms are not found in the Singular Active, in the Middle 2nd or 3rd Dual or 2nd pl., or in any 3rd pl. (where the thematic vowel enters into a diphthong or precedes two consonants). So we always find -ω, -ῃς, -ῃ, -ησθον, -ησθε, -ωσι, -ωνται. See further in Monro, *H.G.* § 80.

The practical result of this is that readers of Homer who are more accustomed to the Attic subjunctive forms must remember that in tenses which are *non-thematic* in the indicative the following unattic subjunctive forms are found: -σομαι, -σεαι, -σεται, -ετον, -ομεν, -ομεθα, -ετε, *e.g.* μυθήσομαι, ἀμείψεται, ἐγείρομεν, ἀλγήσετε.

---

[1] By assimilation (see § 28).

Thus we get (*e.g.*) Non-Thematic Aor. Subj. Act. of ἴ-στη-μι :

στή-ω		στή-ο-μεν
στή-ῃς	στή-ε-τον	στή-ε-τε
στή-ῃ	στή-ε-τον	στή-ωσι

Sigmatic (non-thematic) Aor. Subj. Mid. of λύω :

λύσ-ο-μαι		λυσ-ό-μεθα
λύσ-ε-αι	λύσ-η-σθον	λύσ-η-σθε
λύσ-ε-ται	λύσ-η-σθον	λύσ-ω-νται

2. (*a*) Tenses that are *thematic* (see §§ 15-20) form the subjunctive as in Attic by lengthening the thematic ε and ο to η and ω.

(*b*) As stated in § 16, 1-4 one often finds -ωμι, -ῃσθα, -ῃσι for -ω, -ῃς, -ῃ.

3. When the Verb-stem has a long and a short form, the Subj. takes the long form, as στή-ω, φή-ῃ, πεποίθ-ομεν, βή-ομεν. The three aorists in -κα, however, drop the κ, as ἀνή-ῃ, θή-ῃ, δώ-ῃ.

4. Forms like στέω-μεν, θέω-μεν (τίθημι) are by *metathesis of quantity* for στήο-μεν, θήο-μεν.

5. Note the First Singulars θεί-ω, κιχεί-ω, δαμεί-ω and the First Plural τραπεί-ομεν etc. shewing ει for η.

6. Thematic Subjunctives in the Middle occasionally shew -εαι for -ηαι : *e.g.* μίσγ-εαι, κατίσχ-εαι.

7. The Attic Futures (so-called) ἔδομαι, χέω are really Subjunctives which have survived with their original meaning. πι-όμενα (cp. Att. πί-ομαι) *going to drink*, κακκεί-οντες *going to lie down*, δραίνεις *thou art for doing*, are apparently presents containing a desiderative suffix -yω.

See further in § 36.

§ 26. The Optative

The formations do not differ from Attic, save in εἰμί and εἶμι (for which see § 17, 5) and some exceptional cases which will be explained in the notes. As in Attic, Non-Thematic Tenses insert ιη before Light, and ι before Heavy, Endings (see § 14) : *e.g.* φα-ίη-ν, θε-ίη-ν, φα-ῖ-μεν, ἐπι-θε-ῖ-τε.

See further in § 37.

§ 27. The Infinitive

1. Non-Thematic tenses form their Infinitive by adding -μεναι or (after short vowels only) -μεν to the stem : *e.g.*—

Homeric	Attic
θέ-μεναι	θεῖναι
τεθνά-μεναι	τεθνάναι
ἵ-μεν	ἱ-έναι
δό-μεν	δοῦ-ναι (for δο-έναι)

Obs. ἔμμεν εἶναι, appears to transgress the rule given above, that μεν follows short vowels only; but it may be for ἔμμεναι, since, wherever it occurs, it may be written ἔμμεν'.

2. Non-Thematic Tenses also take the ending -εναι, but (except in ἱ-έναι) this is only found in a contracted form, as in θεῖναι (θε-έναι), δοῦναι (δο-έναι), φορῆναι (φορε-έναι).

3. Thematic Tenses take -έ-μεναι and ἑ-μεν as well as (as in Attic) -ειν : *e.g.* εἰπέ-μεναι, εἰπέ-μεν, πάλλ-ειν. The Thematic Aor. shews -έ-ειν besides (as in Attic) the contracted form -εῖν : *e.g.* βαλέ-ειν, βαλεῖν, ἰδέ-ειν.

§ 28. Assimilation

1. Verbs in -άω appear in an unfamiliar form by assimilation. Thus—

(i) a yields to o or ω following ; so that

εἰσοράω	becomes	εἰσορόω
εἰσοράοιτε	,,	εἰσορόῳτε
εἰσοράοντες	,,	εἰσορόωντες

Note.—Kretschmer (see further in Palmer, pp. 18-19, Chantraine, pp. 75-83, Schwyzer, i, 104) explains these otherwise, holding that the original form in Homer was -άων as one would expect ; this was contracted by Attic reciters to ὁρῶν, but they had to drawl the -ῶν to equal ⏑ –, which scribes indicated by writing -όων.

(ii) a prevails over an ε or η following ; so that

εἰσοράεις	becomes	εἰσοράᾳς
εἰσοράῃς	,,	εἰσοράᾳς

2. When the a is originally long, it sometimes becomes ω, so that

ἡβάοντες	becomes	ἡβώοντες
μενοινάω	,,	μενοινώω

3. When the a is originally short, the second vowel is usually lengthened ; so that from εἰσορόοντες we get, as shewn above, εἰσορόωντες rather than εἰσορόοντες.

4. Sometimes both vowels are long ; as ἡβώωσα, δρώωσι (for δράουσι).

5. Sometimes Verbs in -όω lengthen the second ο : e.g. δηϊόωντες, for δηϊόοντες.

SYNTAX

THE CASES

The use of the cases without prepositions is much freer than in Attic ; and the freedom frequently found in the Attic poets (as compared with the prose uses) is largely a survival of the earlier elasticity.

§ 29. The Accusative

1. *The Internal Accusative.*—One great purpose served by the Accusative is to *define the mode* or *limit the extent* of the action of the Verb as an Adverb would. This use is much more extensive in Homer than in Attic. Not only Neuter Pronouns and Adjectives, but many Substantives are used adverbially. Examples are—

(a) *Pronouns and Adjectives* : τάδε μαίνεται *acts with this fury* ; τόδ' ἱκάνεις *comest on this occasion* ; τὸ δ' ἐμὸν κῆρ ἄχνυται *for this* or *therefore my heart grieveth* ; ὅ, ὅ τι, *in that, because,* as ὅ τ' ἐμὸν δολιχόσκιον ἔγχος ἔμεινας *inasmuch as thou dost abide my spear* ; ὀξέα κεκληγώς *uttering sharp cries.*

(b) *Substantives* : δαινύντα γάμον or τάφον *entertaining at a marriage* or *funeral, giving a marriage* or *funeral feast* ; φρένα τέρπετο *was delighted in his heart* ; δέμας πυρός *after the form of,* i.e. *like, fire* ; οὐ λῆγε μένος *ceased not raging* (the acc. limits λῆγε just as πάνυ would have done) ; ποῖόν σε ἔπος φύγεν ἕρκος ὀδόντων *hath escaped thee over the barrier of thy teeth* (ἕρκ. ὀδ. is modal and equivalent to an adverbial expression indicating *route* taken). With Adjectives : βοὴν ἀγαθός *brave on the occasion of the war-shout,* i.e. *in war* ; ἀμείνων παντοίας ἀρετάς *better in every kind of excellence.*

Obs.—The Cognate Acc. is not the original type, but only a particular form, of this adverbial use ; so that the term ' *quasi-cognate* ' should be discarded as misleading.

2. *The External Accusative.*—Verbs of *speaking* (especially when compounded, as προσηύδα, προσέειπε) take an Acc. of the person addressed : *e.g.* ἔπος τέ μιν ἀντίον ηὔδα.

§ 30. The Dative

1. *The Locatival Dative* is freely used without a preposition. This is rare in Attic, even in poetry. Examples are : 'Ιλίῳ *in Ilios,* "Αργεϊ *in Argos,* οὐρανῷ *in the sky,* οὔρεσι *in the mountains,* χόρῳ *at the dance,* βένθεσι λίμνης *in the depths of the lake,* κραδίῃ, φρεσί, θυμῷ *in the heart, etc.*

2. The Dative is used after Verbs of Motion where we should expect an Acc. with preposition (so occasionally in Attic, and cp. Latin *it clamor caelo*) : κυνέῃ βάλε *threw in the helmet,* πεδίῳ πέσε *fell on the plain.*

§ 31. The Genitive

1. *The Objective Gen.* is used very freely, especially with words indicating emotion, as *grief, anger, etc.* : *e.g.* Τρώων χόλος *wrath at the Trojans* ; χόλον υἱός *anger at the death of his son* ; ἄχος σέθεν *grief for thee* ; 'Ελένης ὁρμήματά τε στοναχάς τε *efforts and groanings about Helen* ; ἕρκος πολέμοιο *a bulwark in or against war* ; τέρας ἀνθρώπων *a sign to men* ; βίῃ ἀέκοντος *with force used on one unwilling, in spite of.*

2. *Gen. of Time in course of which* (cp. Attic νυκτός *in the night*) : ἠοῦς *in the morning* ; ὀπώρης *in autumn* ; νηνεμίης *in windless weather.*

3. *Gen. of Place within which* : νέφος δ' οὐ φαίνετο πάσης | γαίης οὔτ' ὀρέων *no cloud appeared on all the land* ; οὐκ "Αργεος ἦεν *was not in Argos* ; τοίχου τοῦ ἑτέροιο *against the other wall* ; οἱ μὲν δυσομένου 'Υπερίονος, οἱ δ' ἀνιόντος *some by the setting, some by the rising sun,* i.e. *the East . . . the West* ; κονίοντες πεδίοιο *hastening over the plain* ; πυρὸς πρῆσαι *to burn in fire.*

No other Homeric uses call for notice here. Special difficulties are treated in the notes.

§ 32. Nominative and Vocative

Special uses of the Nominative are dealt with in the notes.
The Nominative, when it suits the metre better, is freely used
instead of the Vocative, e.g. 3, 375

ὦ φίλος,

and contrast 3, 211

ὦ φίλ', ἐπεὶ . . .

PREPOSITIONS

§ 33. Adverbial use. Tmesis. Compounds. Anastrophe

1. **Adverbial Use.** This is very common in Homer : e.g. περί
round about, exceedingly ; ὑπό *underneath* ; πρό *in front* ; ἐν *there* ;
ἀμφί *on either hand* ; ἐπί *over, besides, behind* ; πρός *in addition,
moreover* ; παρά *besides, close by* ; διά *apart.* So πάρα, ἔπι, ἔνι
when used with ellipse of εἰμί : e.g. πάρα δ' ἀνήρ *the man is here.*

2. **Tmesis.** Verbs compounded with prepositions are fre-
quently found with the preposition separated from the Verb by
one or more words : e.g. ὑπὸ δ' ἔσχετο μισθόν *and promised hire*
(ὑπέσχετο). The term τμῆσις, *severance*, is so far misleading that
it seems to imply that a compound verb has been divided, whereas
' the usage represents a stage in the formation of Compound
Verbs at which the *meaning* of the preposition had blended into
the meaning of the compound, but the *place* of the preposition
was not yet fixed ' (Monro).

3. The following **Compound Prepositions** are found : ἀπο-πρό,
δια-πρό, δι-έκ, παρ-έξ, περι-πρό, ὑπ-έκ. In these compounds the
second part does little more than add emphasis ; the first governs
both the meaning and the construction.

4. A dissyllabic oxytone preposition when placed after its case
(e.g. τούτων πέρι) or after its verb (e.g. ὀλέσας ἄπο), or when it
stands for a compound of ἐστί (e.g. πάρα for πάρεστι), becomes
paroxytone (except ἀνά, διά, ἀμφί, ἀντί). Note also ἄνα for
ἀνάστηθι, and πέρι for περισσῶς. This is called anastrophe.

§ 34. Prepositions with Nouns

The following are specially Homeric uses—

ἀνά (1) with Dat. : ἀνὰ σκήπτρῳ *on a staff* ; (2) with Gen.
(three times in *Odyssey*, but with νηός only) : ἂν νηὸς ἐβήσετο.

διά is used in a *local* sense with Acc. (in Attic with Gen. only) :
διὰ νύκτα μέλαιναν *through the dark night.*

κατά means not only *down from* (κατ' οὐρανοῦ), but also *down on, down into* : κατὰ χθονὸς ὄμματα πῆξας *down on the ground* ; κατ' ὀφθαλμῶν κέχυτ' ἀχλύς *a mist was shed over his eyes.*

μετά is used with Dat., meaning (1) *between, in,* as μετὰ χερσίν : (2) *among,* as μετὰ νηυσίν.

παρά and ἐπί (the latter also in Attic poetry) are used with the Dat. with Verbs of Motion (see § 30, 2).

§ 35. Improper Prepositions

The following is a list of Improper Prepositions, *i.e.* Adverbs used with a case. The beginner will find it worth while to learn them once for all.

(a) With the Genitive

ἄγχι *near, close to*

ἄνευ, ἄνευθε(ν) *without, apart from*

ἄντα, ἀντίον *facing, before*

ἀντικρύ *over against, straight for*

ἐγγύς, ἐγγύθι *near*

εἵνεκα *on account of*

ἐκάς *far from*

ἐκάτερθε *on either side*

ἕκητι *by favour of*

ἐκτός, ἔκτοθι, ἔκτοθεν, ἐκτοσθεν *outside of, far from, apart from*

ἔνδον, ἔνδοθεν *within*

ἔνερθε *beneath*

ἐντός, ἔντοσθε *within*

ἰθύς *straight for*

μεσσηγύς *betwixt*

μέσφα *until*

νόσφι *aloof from, apart from, except*

ὄπισθε(ν) *behind*

πάλιν *back from*

πέρην *beyond, over against*

πρόσθε(ν), πάροιθε(ν) *in front of*

τῆλε, τηλόθι *far from*

ὕπαιθα *out from under, sideways from under*

(b) With the Dative

ἅμα *at same time with*

μίγδα *together with*

ὁμοῦ *together with*

ὁμῶς *together with, equally with*

(c) With the Accusative

εἴσω *within* (and with Gen.)

ὡς *to* (once)

§ 36. The Subjunctive Mood

Its simplest and most primitive meaning was that of *futurity*, and sometimes it is indistinguishable in form from the future indicative (§ 25).

1. In principal clauses the subjunctive had the meaning of the future indicative (to which it is preferred in threats or prophecies), *e.g.* 5, 465

ὤ μοι ἐγώ, τί πάθω ;

In this usage the negative is οὐ : cp. 6, 201 ; 16, 437.

In the first person singular and plural it may be ' hortatory ', *i.e.* quasi-imperatival (always accompanied by ἀλλ' ἄγε or ἄγετε, or δεῦτε), *e.g.* 1, 76

ἀλλ' ἄγεθ', ἡμεῖς οἵδε περιφραζώμεθα.

This use supplies the want of a first person imperative. The negative is μή.

In later Greek this subjunctive is subordinated to a main verb by the introduction of ὡς, ὅπως etc.

2. In subordinate clauses the subjunctive is regularly used with αἱ, εἱ, ὅτε, ὁππότε, ὅς, ὡς (in similes), to express a future supposition or indefiniteness in time.

3. It is used in final and object clauses to express a future purpose or a future object of fear (when ὡς is used, ἄν or κε is usually added, as sometimes, but rarely with ὅπως), *e.g.* 1, 205 ; 3, 19 ; 13, 365. ὅπως is rarely found with the future (as in Attic) in Homer, *v.* on 1, 57. The relative pronoun (with κε) may be used with the subjunctive after primary clauses to express purpose, *e.g.* 4, 389 : 13, 400.

Other special uses are considered in the notes.

Common uses of ὄφρα (see further in index), ἕως, and εἰς ὅ (κε) are—

(a) *Temporal*, meaning *so long as* : *e.g.* ὄφρ' ἐθέλητον *so long as ye wish*; εἰς ὅ κ' ἀυτμὴ ἐν στήθεσσι μένῃ *so long as breath remains*.

(b) *Final*, meaning *until, to the end that* : *e.g.* ἀνιχνεύων θέει ἔμπεδον, ὄφρα κεν εὕρῃ *he runs on tracking until he find*; εἰς ὅ κε τέκμωρ Ἰλίου εὕρωμεν *until we find the goal of Ilios*; ὄφρ' εὖ γιγνώσκῃς *to the end that thou mayest know*.

§ 37. The Optative Mood

The Optative shews kinship with the Subjunctive in that it refers primarily to Future time ; it differs from it in being less forcible and vaguer. Whereas ἴδω means *I shall see*, ἴδοιμι means *I may see*. Thus primitively the Mood expresses *Concession*, and in this use hovers between Concession of Possibility (Potential use) and Concession in the sense of Permission.

Side by side with this primitive use by which ἴδοιμι means *I may see*, but apparently derived from it, we find the Mood used to express a *Wish* : ἴδοιμι means *may I see*. It is from this latter use, regarded as the primitive one, that the Mood has taken its name. For fuller discussion see Goodwin's *Moods and Tenses*, pp. 371-89.

The following are examples :—

1. *Concessive* or *Potential*.

3, 231

$$\text{ρεῖα θεός γ᾽ ἐθέλων καὶ τηλόθεν ἄνδρα σαώσαι}$$

10, 269

$$\text{ἔτι γάρ κεν ἀλύξαιμεν κακὸν ἦμαρ.}$$

Its meaning corresponds to English *may, can, might, could, would*.

Homer also habitually used the Optative (not the Impf. Indic.) in the *apodosis* of Conditional Sentences referring to *present* time.

$$\text{εἰ μέν τις τὸν ὄνειρον ἄλλος ἔνισπεν,}$$
$$\text{ψεῦδός κεν φαῖμεν}$$

If any other had told that dream, we should (now) *say*, etc.

' The Optative with κε in such cases expresses merely what *could happen*, without any limitations of time except such as are imposed by the context ; and according to the limitations thus imposed we translate such optatives (with more exactness than they really possess) either as past or as future ' (Goodwin).

2. *Hortatory*.

$$\text{κῆρύξ τίς οἱ ἔποιτο γεραίτερος}$$

Let a herald accompany him.

In some cases it is difficult to decide between the Hortatory and the Permissive sense.

3. *Wish*. Identical with the Attic use.

4. *Request.* This follows from the preceding.

ταῦτ' εἴποις 'Αχιλῆι

Say (*I wish thou mayst say*) *this to Achilles.*

Or the use may be permissive : *Thou canst say.*

5. In Subordinate Clauses the usages are those of Attic, but the Optative frequently takes κε(ν) or ἄν where ἄν is inadmissible in Attic (see § 38), and it is used indifferently with the Subjunctive after primary tenses in the principal clause. In final clauses it is found without κε after historic tenses. Special cases are considered in the notes.

§ 38. ἄν and κε(ν)

These are used very freely with indicative, optative, subjunctive, infinitive and participles. κε(ν) is four times commoner than ἄν in Homer ; but in later Greek it disappears from classical usage. ἄν is commoner in negative than in affirmative sentences. κε(ν) may be repeated in both clauses of a disjunctive sentence, and even twice in the same clause, *e.g.* 4, 733-4

τῷ κε μάλ' ἤ κεν ἔμεινε . . .

ἤ κέ με τεθνηυῖαν . . . ἔλειπεν.

Similarly ἄν and κε are found together in 5, 361 ; 6, 259 ; 9, 334, but never a double ἄν.

Sometimes ἄν (or κε) is not found in Homer after relative pronouns where Attic would have ἄν.

For the very varied and subtle uses of these particles see Liddell and Scott (9th ed.) under ἄν.

§ 39. Some Other Particles

ἄρα (apocopated ἄρ and ῥα) means *accordingly, so, then, it seems.* It introduces a *natural sequel* of something preceding, or in alternatives gives a slight emphasis to one : *e.g.* εἴτ' ἄρα . . . εἴτε, *whether, as may be,* . . . *or.* It is frequently incapable of direct translation.

δέ frequently marks the Apodosis; it is then called ' δέ *in apodosi* '. Otherwise it is connective = *and, but, then,* and sometimes = *for.*

δή has been explained by some grammarians as a temporal

particle meaning *now, now at length, by this time* : e.g. ἐπεὶ δή *when now* ; νῦν δή *now at last* ; δὴ τότε a strong *then* (lit. *then, at that time*) ; οὕτω δή *thus now or then* ; πολλοὶ δή *many now* ; τόδε δὴ πέμπτον ἔτος *this is now the fifth year* ; ῥηΐτεροι . . . δὴ ἔσεσθε ἐναιρέμεν *easier will ye now be to slay*.

But Denniston (see end of this section) rejects this view, holding that ' The essential meaning seems clearly to be *verily, actually, indeed*. δή denotes that a thing really and truly is so : or that it is very much so ', the second force occurring with words (adjectives or adverbs) which allow degrees of intensity, e.g. πολλοὶ δή, *really many*, or *very many*.

εἰ (αἰ), an *exclamatory* particle : εἰ δ᾽ ἄγε *now, come* ; or *come now* ; *go to*. It occurs with wishes alone and in εἴθε, εἰ γάρ.

ἠέ (ἤ) means (1) *either, or* ; (2) *than* ; (3) ἤ (ἠέ) . . . ἤ (ἠέ) have the meaning of εἴτε . . . εἴτε, *sive . . . sive* (*seu*).

ἠ-μέν . . . ἠ-δέ means *both . . . and* : ἠδέ and ἰδέ standing alone mean *and*.

θην gives a mocking emphasis (like δήπου, *credo*), *I suppose, I trow* : e.g. οὔ θήν μιν πάλιν αὖτις ἀνήσει θυμὸς ἀγήνωρ *not again, I trow, will his bold spirit move him*.

μάν, μήν, μέν are all forms of the same particle. They give lively emphasis. Sometimes the translation must be *yet, howbeit*, when a clause *adversative in itself* is introduced : e.g. οὔ φησιν δώσειν· ἦ μὴν Τρῶές γε κέλονται *howbeit the Trojans truly bid him*.

νυ (the Attic νυν) gives a slight emphasis : τίς νυ *who, now ?*

οὖν in Homer does not mean *therefore* or *then* (inferential). It merely gives a slight emphasis and may frequently be translated *in fact* : e.g. φημὶ γὰρ οὖν *for I say in fact* ; ἐπεὶ οὖν *when now*. It is frequent (as in Attic) in the combinations εἴτ᾽ οὖν . . . εἴτε, οὔτ᾽ οὖν . . . οὔτε.

περ gives emphasis. Though frequently appearing in Concessive clauses, it never of itself means *although*.

τε is used (1) like the Latin *que* as a copulative conjunction ; (2) it marks a statement as *general*, and is accordingly frequent in maxims, proverbial sayings, general statements, similes. In this use it is incapable of translation. For its generalizing force compare the Latin *que* (with which it is identical) in *ubique, quicumque, namque*. See further on 1, 52 and 13, 31.

τοι marks an assertion which is common knowledge with the hearers or which they are expected to admit : *surely, we know, thou knowest, it will be admitted,* the Latin *profecto*: *e.g.* ἡμεῖς τοι πατέρων μέγ' ἀμείνονες εὐχόμεθ' εἶναι *we, thou knowest, boast to be ;* μήτῖ τοι δρυτόμος μέγ' ἀμείνων ἠὲ βίηφιν *by skill, we know, the wood-cutter is far better than by force.*

τοι is probably to be identified with the dative of σύ (see § 10) used in an 'ethical' sense. In many cases it is hard to decide whether it is meant as a particle or a pronoun.

Homer's use of particles is copious, fluid and perplexing. See further in *The Greek Particles* by J. D. Denniston (Oxford, 1934, 2nd edn. 1954) to whom I am also personally indebted for help.

§ 40. Parataxis

We frequently find in Homer two *co-ordinate* clauses where logically one is subordinate to the other. This is called παρά-ταξις, *co-ordination.* Examples are :—

φύλλα τὰ μέν τ' ἄνεμος χαμάδις χέει, ἄλλα δέ θ' ὕλη
τηλεθόωσα φύει, ἔαρος δ' ἐπιγίγνεται ὥρη

Some of the leaves the wind scattereth on the ground, and the forest buddeth and putteth forth more again, when (lit. *and*) *the spring cometh on.*

αἴ κ' ἐλεήσῃ
ἄστυ τε καὶ Τρώων ἀλόχους καὶ νήπια τέκνα,
αἴ κεν Τυδέος υἱὸν ἀπόσχῃ Ἰλίου ἱρῆς

If so haply she may pity . . ., if she may keep the son of Tydeus from Ilios.

Here we should have had in later Greek ἀποσχοῦσα, *by keeping away.*

οἱ δὴ νῦν ἕαται σιγῇ, πόλεμος δὲ πέπαυται,
ἀσπίσι κεκλιμένοι

They now are seated in silence, for the battle hath ceased.

See also § 11, 2.

§ 41. Epexegesis

For the sake of clarity, or sometimes for mere stylistic amplification, Homer frequently explains or defines a word or phrase by another word or phrase, e.g.

11, 584

στεῦτο δὲ διψάων [because] πιέειν δ' οὐκ εἶχεν ἑλέσθαι.

4, 197-8

τοῦτό νυ καὶ γέρας οἶον [namely] κείρασθαί τε κόμην . . .

12, 330-1

ἄγρην [consisting of] ἰχθῦς ὄρνιθάς τε.

13, 28

Δημόδοκος [whose name implies] λαοῖσι τετιμένος.

4, 348

παρὲξ [in other words] παρακλιδόν.

8, 402-3

ἐγὼ τὸν ξεῖνον ἀρέσσομαι [for] δώσω οἱ τόδ ἄορ.

1, 1-2

πολύτροπον [one who] ὃς μάλα πολλὰ πλάγχθη.

There is rarely any difficulty in translating these, and often they differ only slightly from normal Attic appositions or cases of parataxis (§ 40).

Further cases will be considered in the notes.

IV

THE HOMERIC HEXAMETER

§ 42. This basically consists of six dactylic feet of which the last has lost its final syllable. Its technical name is ' a catalectic ' (i.e. ' stopping short ') ' dactylic ' (i.e. with a basic foot = – ⌣ ⌣) ' hexameter ' (i.e. a ' measure ' of ' six ').

Spondees (i.e. feet = – –) may be substituted for ' dactyls ' in every foot (less commonly in the third foot, and in the fifth).

Thus the composition of the line can vary from all dactyls thus

– ⌣ ⌣|– ⌣ ⌣|– ⌣ ⌣|– ⌣ ⌣|– ⌣ ⌣|– ⌣

as in 1, 1

ἄνδρα μοι | ἔννεπε | Μοῦσα πο|λύτροπον | ὃς μάλα | πολλά

to all spondees thus

– –|– –|– –|– –|– –|– –

as in 15, 334

σίτου | καὶ κρει|ῶν ἠ|δ' οἴνου | βεβρί|θασιν.

(See note on this line.)

The second form (called ὁλοσπόνδειος) should perhaps be

lightened in every case by resolutions (§ 1, 7-8). *e.g.* σίτοο and οἴνοο here, and may never have been intended by Homer, who is much fonder of dactyls than Virgil, having a general average of less than two spondees per line outside the final foot. In some passages, *e.g.* Nestor's speech in 3, 102-200, the average is less than one.

From ancient times some metricians have held that Homer allowed certain deviations from the regular patterns of dactyls and spondees, chiefly:

(*a*) The 'headless line' (στίχος ἀκέφαλος) with ᴗ for – in the first thesis (§ 1, 13 *d*), *e.g. Il.* 21, 352

τὰ περὶ καλά,

cp. on *Od.* 5, 266; 7, 119; 12, 423; 17, 519.

(*b*) The 'thin-waisted line' (στίχος λαγαρός) with ᴗ for – in the first (or early) arsis (§ 1, 13 *d*, but see also Liddell and Scott (9th ed.) at λαγαρός), *e.g. Il.* 23, 493

Αἴαν 'Ιδομενεῦ τε . . .,

cp. on *Od.* 10, 36; 13, 438.

(*c*) The 'mouse-tailed' or 'tapering' line (στίχος μείουρος or μύουρος, see Liddell and Scott (9th ed.)) with ᴗ for – in the thesis (§ 1, 13 *d*) of the last foot (or second last), *e.g. Il.* 12, 208

. . . αἰόλον ὄφιν,

cp. *Od.* 5, 475 and notes on 10, 355; 17, 196.

There is a full discussion of these in Leaf's edition of *Iliad 1-12*, Appendix D. Perhaps they are all merely due to abnormal lengthenings as exemplified in § 1, 13, and are not special types of hexameter at all.

For Wernicke's Law see on 9, 530 and in Leaf as cited above.

§ 43. *Caesura and diaeresis.* Besides the quantity of the syllables (which can vary in number from 17 to 12) in a line, the placing of the separate words and their phrasing within the metrical scheme have an important bearing on the rhythm. Homer likes to vary his lines by allowing for slight pauses between two words in certain parts of the line. Such a break between two words is called a *caesura* (Latin for 'cutting', Greek τομή) when it occurs within a foot—a 'strong caesura' when it comes after the first long syllable of a foot, thus 1, 3

πολλῶν | δ' ἀνθρώ|πων ‖ ἴδεν|,

and a 'weak caesura' (or 'feminine', or 'trochaic caesura',
because – ◡ = a trochee) when it comes after the second syllable
(*i.e.* the first short syllable) of a dactylic foot, thus (twice) in 1, 19

καὶ μετὰ | οἷσι ‖ φί|λοισι ‖ θε|οί . . .

The strong caesura is commonest in the third and fourth feet
(called penthemimeral and hephthemimeral from the Greek for ' at
the fifth ' and ' seventh half-feet '). But it may occur in any of
the other feet, even (rarely) in the last, *e.g.* 1, 92

μῆλ'‖ ἀδιν|ὰ ‖ σφά|ζουσι καὶ | εἰλίπο|δας ‖ ἕλι|κας ‖ βοῦς.

The weak caesura is specially favoured in the third foot, but
may occur freely in all except the fourth foot where its use is very
rare, *e.g.* 12, 47

ἀλλὰ παρὲξ ἐλάαν ἐπὶ δ' οὔατ' ‖ ἀλεῖψαι ἑταίρων,

and cp. 1, 241 = 14, 371 = 20, 77, and 1, 390.

When the break comes between two whole feet it is called
diaeresis (Greek for ' division '), thus (three times) in 1, 8

νήπιοι |ₗ οἳ κατὰ |ₗ βοῦς Ὑπερ|ίονος |ₗ . . .

Homer uses the diaeresis freely, except after the third foot
where it is avoided. He seems to like it best after the fourth
foot (often with a point of punctuation), *e.g.* 1, 10

τῶν ἁμό|θεν γε, θε|ά, θύγα|τερ Διός |ₗ, εἰπὲ καὶ ἡμῖν.

This is called the 'Bucolic Diaeresis' from its frequency in
Theocritus.

The rarest diaeresis is after the third foot. But it is by no
means forbidden there, as J. A. Scott has shown in *Classical
Philology*, vol. xxxix. (1944), pp. 112-13; see, for example, two
successive instances in 1, 3-4. There are apparently two re-
strictions on its use: an undivided dactyl or spondee is not
found before it (K. Meister, *Homerische Kunstsprache*, p. 4, see on
19, 211 for apparent exceptions), and the end of a sentence never
coincides with it (though the end of a clause may, *e.g.* 3, 34).

The above is the traditional view of caesura. But S. E. Bassett
in *The Poetry of Homer*, 1938, pp. 145 ff. (with references to
other articles of his) shews that it dates only from post-Alex-
andrian times and is not definitely stated till Hermogenes (*c.*
A.D. 150). He attributes it to the Derivationist School of metri-
cians who tried to derive the hexameter from dactylic cola of

lyric poetry. He says 'The ancient theory of caesura, as it has come down to us, confuses two different matters, the conflict between the metrical pattern and the length and position of the words, and a different conflict between the rhythmical pattern and the units of thought. The former deals with the technique of verse-making; it is of interest chiefly to the specialist. The latter determines the swing of the verse, the matchless rhythm of Homer.' It follows that in reading Homer the distribution of the caesuras may be ignored; pauses should only be made at the end of the line or where the sense requires. But verse-writers who wish to imitate Homer's practice in adapting his words to his metre must, of course, carefully study how he places his caesuras and diaereses.

For hiatus, elision, and other matters of pronunciation see § 1, 11-14.

§ 44. To 'scan' a line completely one must mark the quantities, the feet, the caesuras and the diaereses thus (1, 1) [1]

ᾱνδρᾰ μοῐ | ἐννῐπῐ | Μοῦσᾰ ‖ πὄ|λῡτρὄπὸν ‖ ὃς ‖ μᾰλᾰ | πὄλλᾰ.

But this analysis on paper is only a means to an end—the rhythmical reading aloud (or for the 'inner ear') of Homer's lines, with due care of quantity and pauses.[2] The reader who has achieved this will be richly rewarded for his pains with the tedious laws of quantity and metre. But, since Homer wrote his lines for the ear not for the eye, it is best to listen to some competent and sympathetic reader before turning to these analytical laws.[3]

[1] Greek syllables should be divided so as to leave a vowel at the end as above, except in words containing groups of consonants which cannot begin a Greek word, in which case the combination is divided between the preceding and subsequent syllable as ξαν θός.

[2] And observing the pitch accents, if one is fortunate enough to have a teacher to demonstrate their melodies orally. It would be futile to attempt anything like this in print.

[3] Schliemann was attracted to his famous career in Homeric discovery by hearing, before he could understand any Greek, a drunken miller recite Homer in quantity. Here is his own description of the experience (quoted in Emil Ludwig's *Schliemann of Troy*, pp. 45-6): 'For on the night in question he recited to us no less than a hundred lines of the poet, with perfect rhythm and expression. Although I did not understand a single word, the melodious sound of the verses made the deepest impression on me. . . . Three times I made him repeat the divine lines, and recompensed him with three glass of spirits, which I gladly paid for with the few pence that constituted my sole fortune. From that moment onwards I did not cease to pray to God that, by His grace, it might be my good fortune to be permitted to learn Greek.'

It will then be more clearly understood that rules of quantity, caesura, and diaeresis are only explanations of the sustained symmetry and endless variety of Homer's ever pleasing and never monotonous rhythm. The complexity of the grammarians' explanations are the inevitable result of the subtlety of the poet's art. If they were simpler, Homer would have been duller.

Note.—Pp. lix-xc are based on M. A. Bayfield's Grammatical Introduction to his edn. of the Iliad (with W. Leaf; 2nd edn., London, 1908), with additions from Chantraine, Goodwin, Kühner, Monro, Schwyzer, as cited in the bibliography.

V

VERBAL ASPECT

It is important to note that the differences in meaning between the tenses of the Greek verb often depend more on ' aspect ' (*i.e.* the way in which the action is viewed) than on the time (past, present, future) of the action. The present tense is often used to describe continuous or continual action rather than action in present time. The aorist is often used to describe isolated or momentary action, or action ' pure and simple ', rather than action in past time. These ' aspectual ' meanings are not so frequent in the indicative as in the other moods; but they do occasionally occur : *e.g.* 1, 182, κατήλυθον=' I am come back ', not ' I arrived ' ; 16, 181, φάνης νέον=' your new appearance is ', not ' you newly appeared ' (see also on *Aorist, gnomic*). In the other moods ' aspect ' rather than time is the dominant distinction between present and aorist. Thus ἀειδε *Il.* 1, 1 =' recite, sing on ', but ἄεισον *Od.* 8, 492 =' begin to sing ' or simply ' sing '; in 2, 59-60, ἀμῦναι=' drive away ', ἀμυνέμεν=' keep away '; 14, 362, ταῦτα ἕκαστα λέγων=' enumerating each of these things ', but two lines later εἰπών=' your statement ' (with no reference to its duration). Cp. on 3, 57 and 16, 257.

These distinctions cannot always be pressed, and the nuances are subtle and complex (see especially Chantraine ii. pp. 183-204). But many apparent anomalies in the use of present and aorist with reference to past, present, or future, may be explained by aspectual meaning, and many significant differences of thought are expressed through it. Cp. Palmer in *Companion*, pp. 146 ff.

ΟΔΥΣΣΕΙΑΣ Ν

Ὣς ἔφαθ'· οἱ δ' ἄρα πάντες ἀκὴν ἐγένοντο σιωπῇ,
κηληθμῷ δ' ἔσχοντο κατὰ μέγαρα σκιόεντα.
τὸν δ' αὖτ' Ἀλκίνοος ἀπαμείβετο φώνησέν τε·
"ὦ Ὀδυσεῦ, ἐπεὶ ἵκευ ἐμὸν ποτὶ χαλκοβατὲς δῶ,
ὑψερεφές, τώ σ' οὔ τι παλιμπλαγχθέντα γ' ὀΐω   5
ἂψ ἀπονοστήσειν, εἰ καὶ μάλα πολλὰ πέπονθας.
ὑμέων δ' ἀνδρὶ ἑκάστῳ ἐφιέμενος τάδε εἴρω,
ὅσσοι ἐνὶ μεγάροισι γερούσιον αἴθοπα οἶνον
αἰεὶ πίνετ' ἐμοῖσιν, ἀκουάζεσθε δ' ἀοιδοῦ·
εἵματα μὲν δὴ ξείνῳ ἐϋξέστῃ ἐνὶ χηλῷ   10
κεῖται καὶ χρυσὸς πολυδαίδαλος ἄλλα τε πάντα
δῶρ', ὅσα Φαιήκων βουληφόροι ἐνθάδ' ἔνεικαν·
ἀλλ' ἄγε οἱ δῶμεν τρίποδα μέγαν ἠδὲ λέβητα
ἀνδρακάς· ἡμεῖς δ' αὖτε ἀγειρόμενοι κατὰ δῆμον
τισόμεθ'· ἀργαλέον γὰρ ἕνα προικὸς χαρίσασθαι."   15
Ὣς ἔφατ' Ἀλκίνοος· τοῖσιν δ' ἐπιήνδανε μῦθος.
οἱ μὲν κακκείοντες ἔβαν οἰκόνδε ἕκαστος·
ἦμος δ' ἠριγένεια φάνη ῥοδοδάκτυλος Ἠώς,
νῆάδ' ἐπεσσεύοντο, φέρον δ' εὐήνορα χαλκόν.
καὶ τὰ μὲν εὖ κατέθηχ' ἱερὸν μένος Ἀλκινόοιο,   20
αὐτὸς ἰὼν διὰ νηὸς ὑπὸ ζυγά, μή τιν' ἑταίρων
βλάπτοι ἐλαυνόντων, ὁπότε σπερχοίατ' ἐρετμοῖς·
οἱ δ' εἰς Ἀλκινόοιο κίον καὶ δαῖτ' ἀλέγυνον.
Τοῖσι δὲ βοῦν ἱέρευσ' ἱερὸν μένος Ἀλκινόοιο
Ζηνὶ κελαινεφέϊ Κρονίδῃ, ὃς πᾶσιν ἀνάσσει.   25

1

μῆρα δὲ κήαντες δαίνυντ' ἐρικυδέα δαῖτα
τερπόμενοι· μετὰ δέ σφιν ἐμέλπετο θεῖος ἀοιδός,
Δημόδοκος, λαοῖσι τετιμένος· αὐτὰρ Ὀδυσσεὺς
πολλὰ πρὸς ἠέλιον κεφαλὴν τρέπε παμφανόωντα,
δῦναι ἐπειγόμενος· δὴ γὰρ μενέαινε νέεσθαι.   30
ὡς δ' ὅτ' ἀνὴρ δόρποιο λιλαίεται, ᾧ τε πανῆμαρ
νειὸν ἀν' ἕλκητον βόε οἴνοπε πηκτὸν ἄροτρον—
ἀσπασίως δ' ἄρα τῷ κατέδυ φάος ἠελίοιο
δόρπον ἐποίχεσθαι, βλάβεται δέ τε γούνατ' ἰόντι—
ὣς Ὀδυσῆ' ἀσπαστὸν ἔδυ φάος ἠελίοιο.   35
αἶψα δὲ Φαιήκεσσι φιληρέτμοισι μετηύδα,
Ἀλκινόῳ δὲ μάλιστα πιφαυσκόμενος φάτο μῦθον·
" Ἀλκίνοε κρεῖον, πάντων ἀριδείκετε λαῶν,
πέμπετέ με σπείσαντες ἀπήμονα, χαίρετε δ' αὐτοί·
ἤδη γὰρ τετέλεσται ἅ μοι φίλος ἤθελε θυμός,   40
πομπὴ καὶ φίλα δῶρα, τά μοι θεοὶ Οὐρανίωνες
ὄλβια ποιήσειαν. ἀμύμονα δ' οἴκοι ἄκοιτιν
νοστήσας εὕροιμι σὺν ἀρτεμέεσσι φίλοισιν.
ὑμεῖς δ' αὖθι μένοντες ἐϋφραίνοιτε γυναῖκας
κουριδίας καὶ τέκνα· θεοὶ δ' ἀρετὴν ὀπάσειαν   45
παντοίην, καὶ μή τι κακὸν μεταδήμιον εἴη."
Ὣς ἔφαθ'· οἱ δ' ἄρα πάντες ἐπήνεον ἠδ' ἐκέλευον
πεμπέμεναι τὸν ξεῖνον, ἐπεὶ κατὰ μοῖραν ἔειπε.
καὶ τότε κήρυκα προσέφη μένος Ἀλκινόοιο·
" Ποντόνοε, κρητῆρα κερασσάμενος μέθυ νεῖμον   50
πᾶσιν ἀνὰ μέγαρον, ὄφρ' εὐξάμενοι Διὶ πατρὶ
τὸν ξεῖνον πέμπωμεν ἐὴν ἐς πατρίδα γαῖαν."
Ὣς φάτο· Ποντόνοος δὲ μελίφρονα οἶνον ἐκίρνα,
νώμησεν δ' ἄρα πᾶσιν ἐπισταδόν· οἱ δὲ θεοῖσιν
ἔσπεισαν μακάρεσσι, τοὶ οὐρανὸν εὐρὺν ἔχουσιν,   55
αὐτόθεν ἐξ ἑδρέων. ἀνὰ δ' ἵστατο δῖος Ὀδυσσεύς,
Ἀρήτῃ δ' ἐν χειρὶ τίθει δέπας ἀμφικύπελλον,

καί μιν φωνήσας ἔπεα πτερόεντα προσηύδα·
"χαῖρέ μοι, ὦ βασίλεια, διαμπερές, εἰς ὅ κε γῆρας
ἔλθῃ καὶ θάνατος, τά τ' ἐπ' ἀνθρώποισι πέλονται.   60
αὐτὰρ ἐγὼ νέομαι· σὺ δὲ τέρπεο τῷδ' ἐνὶ οἴκῳ
παισί τε καὶ λαοῖσι καὶ Ἀλκινόῳ βασιλῆϊ."
Ὣς εἰπὼν ὑπὲρ οὐδὸν ἐβήσετο δῖος Ὀδυσσεύς.
τῷ δ' ἅμα κήρυκα προΐει μένος Ἀλκινόοιο,
ἡγεῖσθαι ἐπὶ νῆα θοὴν καὶ θῖνα θαλάσσης·   65
Ἀρήτη δ' ἄρα οἱ δμῳὰς ἅμ' ἔπεμπε γυναῖκας,
τὴν μὲν φᾶρος ἔχουσαν ἐϋπλυνὲς ἠδὲ χιτῶνα,
τὴν δ' ἑτέρην χηλὸν πυκινὴν ἅμ' ὄπασσε κομίζειν·
ἡ δ' ἄλλη σῖτόν τ' ἔφερεν καὶ οἶνον ἐρυθρόν.
Αὐτὰρ ἐπεί ῥ' ἐπὶ νῆα κατήλυθον ἠδὲ θάλασσαν,   70
αἶψα τά γ' ἐν νηῒ γλαφυρῇ πομπῆες ἀγαυοὶ
δεξάμενοι κατέθεντο, πόσιν καὶ βρῶσιν ἅπασαν·
κὰδ δ' ἄρ' Ὀδυσσῆϊ στόρεσαν ῥῆγός τε λίνον τε
νηὸς ἐπ' ἰκριόφιν γλαφυρῆς, ἵνα νήγρετον εὕδοι,
πρύμνης· ἂν δὲ καὶ αὐτὸς ἐβήσετο καὶ κατέλεκτο   75
σιγῇ· τοὶ δὲ καθῖζον ἐπὶ κληῖσιν ἕκαστοι
κόσμῳ, πεῖσμα δ' ἔλυσαν ἀπὸ τρητοῖο λίθοιο.
εὖθ' οἱ ἀνακλινθέντες ἀνερρίπτουν ἅλα πηδῷ,
καὶ τῷ νήδυμος ὕπνος ἐπὶ βλεφάροισιν ἔπιπτε,
νήγρετος ἥδιστος, θανάτῳ ἄγχιστα ἐοικώς.   80
ἡ δ', ὥς τ' ἐν πεδίῳ τετράοροι ἄρσενες ἵπποι,
πάντες ἅμ' ὁρμηθέντες ὑπὸ πληγῇσιν ἱμάσθλης,
ὑψόσ' ἀειρόμενοι ῥίμφα πρήσσουσι κέλευθον,
ὣς ἄρα τῆς πρύμνη μὲν ἀείρετο, κῦμα δ' ὄπισθε
πορφύρεον μέγα θῦε πολυφλοίσβοιο θαλάσσης.   85
ἡ δὲ μάλ' ἀσφαλέως θέεν ἔμπεδον· οὐδέ κεν ἴρηξ
κίρκος ὁμαρτήσειεν, ἐλαφρότατος πετεηνῶν.
ὣς ἡ ῥίμφα θέουσα θαλάσσης κύματ' ἔταμνεν,
ἄνδρα φέρουσα θεοῖς ἐναλίγκια μήδε' ἔχοντα,

ὃς πρὶν μὲν μάλα πολλὰ πάθ' ἄλγεα ὃν κατὰ θυμὸν 90
ἀνδρῶν τε πτολέμους ἀλεγεινά τε κύματα πείρων,
δὴ τότε γ' ἀτρέμας εὗδε, λελασμένος ὅσσ' ἐπεπόνθει.

Εὖτ' ἀστὴρ ὑπερέσχε φαάντατος, ὅς τε μάλιστα
ἔρχεται ἀγγέλλων φάος Ἠοῦς ἠριγενείης,
τῆμος δὴ νήσῳ προσεπίλνατο ποντοπόρος νηῦς.   95
Φόρκυνος δέ τίς ἐστι λιμήν, ἁλίοιο γέροντος,
ἐν δήμῳ Ἰθάκης· δύο δὲ προβλῆτες ἐν αὐτῷ
ἀκταὶ ἀπορρῶγες, λιμένος ποτιπεπτηυῖαι,
αἵ τ' ἀνέμων σκεπόωσι δυσαήων μέγα κῦμα
ἔκτοθεν· ἔντοσθεν δέ τ' ἄνευ δεσμοῖο μένουσι   100
νῆες ἐΰσσελμοι, ὅτ' ἂν ὅρμου μέτρον ἵκωνται.
αὐτὰρ ἐπὶ κρατὸς λιμένος τανύφυλλος ἐλαίη,
ἀγχόθι δ' αὐτῆς ἄντρον ἐπήρατον ἠεροειδές,
ἱρὸν νυμφάων αἳ νηϊάδες καλέονται.
ἐν δὲ κρητῆρές τε καὶ ἀμφιφορῆες ἔασι   105
λάϊνοι· ἔνθα δ' ἔπειτα τιθαιβώσσουσι μέλισσαι·
ἐν δ' ἱστοὶ λίθεοι περιμήκεες, ἔνθα τε νύμφαι
φάρε' ὑφαίνουσιν ἁλιπόρφυρα, θαῦμα ἰδέσθαι·
ἐν δ' ὕδατ' ἀενάοντα. δύω δέ τέ οἱ θύραι εἰσίν,
αἱ μὲν πρὸς Βορέαο καταιβαταὶ ἀνθρώποισιν,   110
αἱ δ' αὖ πρὸς Νότου εἰσὶ θεώτεραι· οὐδέ τι κείνῃ
ἄνδρες ἐσέρχονται, ἀλλ' ἀθανάτων ὁδός ἐστιν.

Ἔνθ' οἵ γ' εἰσέλασαν πρὶν εἰδότες. ἡ μὲν ἔπειτα
ἠπείρῳ ἐπέκελσεν, ὅσον τ' ἐπὶ ἥμισυ πάσης,
σπερχομένη· τοίων γὰρ ἐπείγετο χέρσ' ἐρετάων·   115
οἱ δ' ἐκ νηὸς βάντες ἐϋζύγου ἤπειρόνδε
πρῶτον Ὀδυσσῆα γλαφυρῆς ἐκ νηὸς ἄειραν
αὐτῷ σύν τε λίνῳ καὶ ῥήγεϊ σιγαλόεντι,
κὰδ δ' ἄρ' ἐπὶ ψαμάθῳ ἔθεσαν δεδμημένον ὕπνῳ,
ἐκ δὲ κτήματ' ἄειραν, ἅ οἱ Φαίηκες ἀγαυοὶ   120

ὤπασαν οἴκαδ' ἰόντι διὰ μεγάθυμον Ἀθήνην.
καὶ τὰ μὲν οὖν παρὰ πυθμέν' ἐλαίης ἀθρόα θῆκαν
ἐκτὸς ὁδοῦ, μή πώς τις ὁδιτάων ἀνθρώπων,
πρὶν Ὀδυσῆ' ἔγρεσθαι, ἐπελθὼν δηλήσαιτο·
αὐτοὶ δ' αὖ οἴκόνδε πάλιν κίον.
                    Οὐδ' ἐνοσίχθων 125
λήθετ' ἀπειλάων, τὰς ἀντιθέῳ Ὀδυσῆϊ
πρῶτον ἐπηπείλησε, Διὸς δ' ἐξείρετο βουλήν·
"Ζεῦ πάτερ, οὐκέτ' ἐγώ γε μετ' ἀθανάτοισι θεοῖσι
τιμήεις ἔσομαι, ὅτε με βροτοὶ οὔ τι τίουσι,
Φαίηκες, τοί πέρ τε ἐμῆς ἔξ εἰσι γενέθλης. 130
καὶ γὰρ νῦν Ὀδυσῆ' ἐφάμην κακὰ πολλὰ παθόντα
οἴκαδ' ἐλεύσεσθαι—νόστον δέ οἱ οὔ ποτ' ἀπηύρων
πάγχυ, ἐπεὶ σὺ πρῶτον ὑπέσχεο καὶ κατένευσας—
οἱ δ' εὕδοντ' ἐν νηῒ θοῇ ἐπὶ πόντον ἄγοντες
κάτθεσαν εἰν Ἰθάκῃ, ἔδοσαν δέ οἱ ἄσπετα δῶρα, 135
χαλκόν τε χρυσόν τε ἅλις ἐσθῆτά θ' ὑφαντήν,
πόλλ', ὅσ' ἂν οὐδέ ποτε Τροίης ἐξήρατ' Ὀδυσσεύς,
εἴ περ ἀπήμων ἦλθε, λαχὼν ἀπὸ ληΐδος αἶσαν."
  Τὸν δ' ἀπαμειβόμενος προσέφη νεφεληγερέτα Ζεύς·
"ὢ πόποι, ἐννοσίγαι' εὐρυσθενές, οἷον ἔειπες! 140
οὔ τί σ' ἀτιμάζουσι θεοί· χαλεπὸν δέ κεν εἴη
πρεσβύτατον καὶ ἄριστον ἀτιμίῃσιν ἰάλλειν.
ἀνδρῶν δ' εἴ πέρ τίς σε βίῃ καὶ κάρτεϊ εἴκων
οὔ τι τίει, σοὶ δ' ἐστὶ καὶ ἐξοπίσω τίσις αἰεί.
ἔρξον ὅπως ἐθέλεις καί τοι φίλον ἔπλετο θυμῷ." 145
  Τὸν δ' ἠμείβετ' ἔπειτα Ποσειδάων ἐνοσίχθων·
"αἶψά κ' ἐγὼν ἔρξαιμι, κελαινεφές, ὡς ἀγορεύεις·
ἀλλὰ σὸν αἰεὶ θυμὸν ὀπίζομαι ἠδ' ἀλεείνω.
νῦν αὖ Φαιήκων ἐθέλω περικαλλέα νῆα
ἐκ πομπῆς ἀνιοῦσαν ἐν ἠεροειδέϊ πόντῳ 150
ῥαῖσαι, ἵν' ἤδη σχῶνται, ἀπολλήξωσι δὲ πομπῆς

ἀνθρώπων, μέγα δέ σφιν ὄρος πόλει ἀμφικαλύψαι."
Τὸν δ' ἀπαμειβόμενος προσέφη νεφεληγερέτα Ζεύς·
"ὦ πέπον, ὡς μὲν ἐμῷ θυμῷ δοκεῖ εἶναι ἄριστα·
ὁππότε κεν δὴ πάντες ἐλαυνομένην προΐδωνται   155
λαοὶ ἀπὸ πτόλιος, θεῖναι λίθον ἐγγύθι γαίης
νηΐ θοῇ ἴκελον, ἵνα θαυμάζωσιν ἅπαντες
ἄνθρωποι, μηδέ σφιν ὄρος πόλει ἀμφικαλύψαι."
Αὐτὰρ ἐπεὶ τό γ' ἄκουσε Ποσειδάων ἐνοσίχθων,
βῆ ῥ' ἴμεν ἐς Σχερίην, ὅθι Φαίηκες γεγάασιν.   160
ἔνθ' ἔμεν· ἡ δὲ μάλα σχεδὸν ἤλυθε ποντοπόρος νηῦς
ῥίμφα διωκομένη· τῆς δὲ σχεδὸν ἦλθ' ἐνοσίχθων,
ὅς μιν λᾶαν θῆκε καὶ ἐρρίζωσεν ἔνερθε
χειρὶ καταπρηνεῖ ἐλάσας· ὁ δὲ νόσφι βεβήκει.
Οἱ δὲ πρὸς ἀλλήλους ἔπεα πτερόεντ' ἀγόρευον   165
Φαίηκες δολιχήρετμοι, ναυσίκλυτοι ἄνδρες.
ὧδε δέ τις εἴπεσκεν ἰδὼν ἐς πλησίον ἄλλον·
"ὤ μοι, τίς δὴ νῆα θοὴν ἐπέδησ' ἐνὶ πόντῳ
οἴκαδ' ἐλαυνομένην; καὶ δὴ προὐφαίνετο πᾶσα."
Ὣς ἄρα τις εἴπεσκε· τὰ δ' οὐ ἴσαν ὡς ἐτέτυκτο.   170
τοῖσιν δ' Ἀλκίνοος ἀγορήσατο καὶ μετέειπεν·
"ὦ πόποι, ἦ μάλα δή με παλαίφατα θέσφαθ' ἱκάνει
πατρὸς ἐμοῦ, ὃς ἔφασκε Ποσειδάων' ἀγάσεσθαι
ἡμῖν, οὕνεκα πομποὶ ἀπήμονές εἰμεν ἁπάντων.
φῆ ποτὲ Φαιήκων ἀνδρῶν περικαλλέα νῆα   175
ἐκ πομπῆς ἀνιοῦσαν ἐν ἠεροειδέϊ πόντῳ
ῥαισέμεναι, μέγα δ' ἧμιν ὄρος πόλει ἀμφικαλύψειν.
ὣς ἀγόρευ' ὁ γέρων· τὰ δὲ δὴ νῦν πάντα τελεῖται.
ἀλλ' ἄγεθ', ὡς ἂν ἐγὼ εἴπω, πειθώμεθα πάντες·
πομπῆς μὲν παύσασθε βροτῶν, ὅτε κέν τις ἵκηται   180
ἡμέτερον προτὶ ἄστυ· Ποσειδάωνι δὲ ταύρους
δώδεκα κεκριμένους ἱερεύσομεν, αἴ κ' ἐλεήσῃ,
μηδ' ἡμῖν περίμηκες ὄρος πόλει ἀμφικαλύψῃ."

Ὣς ἔφαθ᾽· οἱ δ᾽ ἔδεισαν, ἑτοιμάσσαντο δὲ ταύρους.
ὣς οἱ μέν ῥ᾽ εὔχοντο Ποσειδάωνι ἄνακτι   185
δήμου Φαιήκων ἡγήτορες ἠδὲ μέδοντες,
ἑσταότες περὶ βωμόν. Ὁ δ᾽ ἔγρετο δῖος Ὀδυσσεὺς
εὕδων ἐν γαίῃ πατρωΐῃ, οὐδέ μιν ἔγνω,
ἤδη δὴν ἀπεών· περὶ γὰρ θεὸς ἠέρα χεῦε,
Παλλὰς Ἀθηναίη, κούρη Διός, ὄφρα μιν αὐτὸν   190
ἄγνωστον τεύξειεν ἕκαστά τε μυθήσαιτο,
μή μιν πρὶν ἄλοχος γνοίη ἀστοί τε φίλοι τε,
πρὶν πᾶσαν μνηστῆρας ὑπερβασίην ἀποτῖσαι.
τοὔνεκ᾽ ἄρ᾽ ἀλλοειδέ᾽ ἐφαίνετο πάντα ἄνακτι,
ἀτραπιτοί τε διηνεκέες λιμένες τε πάνορμοι   195
πέτραι τ᾽ ἠλίβατοι καὶ δένδρεα τηλεθάοντα.
στῆ δ᾽ ἄρ᾽ ἀναΐξας καί ῥ᾽ εἴσιδε πατρίδα γαῖαν·
ᾤμωξέν τ᾽ ἄρ᾽ ἔπειτα καὶ ὣ πεπλήγετο μηρὼ
χερσὶ καταπρηνέσσ᾽, ὀλοφυρόμενος δ᾽ ἔπος ηὔδα·
"ὤ μοι ἐγώ, τέων αὖτε βροτῶν ἐς γαῖαν ἱκάνω;   200
ἦ ῥ᾽ οἵ γ᾽ ὑβρισταί τε καὶ ἄγριοι οὐδὲ δίκαιοι,
ἦε φιλόξεινοι καί σφιν νόος ἐστὶ θεουδής;
πῇ δὴ χρήματα πολλὰ φέρω τάδε; πῇ δὲ καὶ αὐτὸς
πλάζομαι; αἴθ᾽ ὄφελον μεῖναι παρὰ Φαιήκεσσιν
αὐτοῦ! ἐγὼ δέ κεν ἄλλον ὑπερμενέων βασιλήων   205
ἐξικόμην, ὅς κέν μ᾽ ἐφίλει καὶ ἔπεμπε νέεσθαι.
νῦν δ᾽ οὔτ᾽ ἄρ πῃ θέσθαι ἐπίσταμαι, οὐδὲ μὲν αὐτοῦ
καλλείψω, μή πώς μοι ἕλωρ ἄλλοισι γένηται.
ὦ πόποι, οὐκ ἄρα πάντα νοήμονες οὐδὲ δίκαιοι
ἦσαν Φαιήκων ἡγήτορες ἠδὲ μέδοντες,   210
οἵ μ᾽ εἰς ἄλλην γαῖαν ἀπήγαγον! ἦ τέ μ᾽ ἔφαντο
ἄξειν εἰς Ἰθάκην εὐδείελον, οὐδ᾽ ἐτέλεσσαν·
Ζεύς σφεας τίσαιτο ἱκετήσιος, ὅς τε καὶ ἄλλους
ἀνθρώπους ἐφορᾷ καὶ τίνυται ὅς τις ἁμάρτῃ.

ἀλλ' ἄγε δὴ τὰ χρήματ' ἀριθμήσω καὶ ἴδωμαι,   215
μή τί μοι οἴχωνται κοίλης ἐπὶ νηὸς ἄγοντες.''
Ὣς εἰπὼν τρίποδας περικαλλέας ἠδὲ λέβητας
ἠρίθμει καὶ χρυσὸν ὑφαντά τε εἵματα καλά.
τῶν μὲν ἄρ' οὔ τι πόθει· ὁ δ' ὀδύρετο πατρίδα γαῖαν
ἑρπύζων παρὰ θῖνα πολυφλοίσβοιο θαλάσσης,   220
πόλλ' ὀλοφυρόμενος. σχεδόθεν δέ οἱ ἦλθεν Ἀθήνη,
ἀνδρὶ δέμας ἐϊκυῖα νέῳ, ἐπιβώτορι μήλων,
παναπάλῳ, οἷοί τε ἀνάκτων παῖδες ἔασι,
δίπτυχον ἀμφ' ὤμοισιν ἔχουσ' εὐεργέα λώπην·
ποσσὶ δ' ὑπὸ λιπαροῖσι πέδιλ' ἔχε, χερσὶ δ' ἄκοντα.   225
τὴν δ' Ὀδυσεὺς γήθησεν ἰδὼν καὶ ἐναντίος ἦλθε,
καί μιν φωνήσας ἔπεα πτερόεντα προσηύδα·
'' ὦ φίλ', ἐπεί σε πρῶτα κιχάνω τῷδ' ἐνὶ χώρῳ,
χαῖρέ τε καὶ μή μοί τι κακῷ νόῳ ἀντιβολήσαις,
ἀλλὰ σάω μὲν ταῦτα, σάω δ' ἐμέ· σοὶ γὰρ ἐγώ γε   230
εὔχομαι ὥς τε θεῷ καί σευ φίλα γούναθ' ἱκάνω.
καί μοι τοῦτ' ἀγόρευσον ἐτήτυμον, ὄφρ' ἐὺ εἰδῶ·
τίς γῆ, τίς δῆμος, τίνες ἀνέρες ἐγγεγάασιν;
ἦ πού τις νήσων εὐδείελος ἦέ τις ἀκτὴ
κεῖθ' ἁλὶ κεκλιμένη ἐριβώλακος ἠπείροιο; ''   235
Τὸν δ' αὖτε προσέειπε θεὰ γλαυκῶπις Ἀθήνη·
'' νήπιός εἰς, ὦ ξεῖν', ἢ τηλόθεν εἰλήλουθας,
εἰ δὴ τήνδε γε γαῖαν ἀνείρεαι. οὐδέ τι λίην
οὕτω νώνυμός ἐστιν· ἴσασι δέ μιν μάλα πολλοί,
ἠμὲν ὅσοι ναίουσι πρὸς ἠῶ τ' ἠέλιόν τε,   240
ἠδ' ὅσσοι μετόπισθε ποτὶ ζόφον ἠερόεντα.
ἦ τοι μὲν τρηχεῖα καὶ οὐχ ἱππήλατός ἐστιν,
οὐδὲ λίην λυπρή, ἀτὰρ οὐδ' εὐρεῖα τέτυκται.
ἐν μὲν γάρ οἱ σῖτος ἀθέσφατος, ἐν δέ τε οἶνος
γίγνεται· αἰεὶ δ' ὄμβρος ἔχει τεθαλυῖά τ' ἐέρση·   245
αἰγίβοτος δ' ἀγαθὴ καὶ βούβοτος· ἔστι μὲν ὕλη

παντοίη, ἐν δ' ἀρδμοὶ ἐπηετανοὶ πάρεασι.
τώ τοι, ξεῖν', Ἰθάκης γε καὶ ἐς Τροίην ὄνομ' ἵκει,
τήν περ τηλοῦ φασὶν Ἀχαιΐδος ἔμμεναι αἴης."
"Ὣς φάτο· γήθησεν δὲ πολύτλας δῖος Ὀδυσσεύς,   250
χαίρων ᾗ γαίῃ πατρωΐῃ, ὥς οἱ ἔειπε
Παλλὰς Ἀθηναίη, κούρη Διὸς αἰγιόχοιο·
καί μιν φωνήσας ἔπεα πτερόεντα προσηύδα—
οὐδ' ὅ γ' ἀληθέα εἶπε, πάλιν δ' ὅ γε λάζετο μῦθον,
αἰεὶ ἐνὶ στήθεσσι νόον πολυκερδέα νωμῶν—   255
"πυνθανόμην Ἰθάκης γε καὶ ἐν Κρήτῃ εὐρείῃ,
τηλοῦ ὑπὲρ πόντου· νῦν δ' εἰλήλουθα καὶ αὐτὸς
χρήμασι σὺν τοίσδεσσι· λιπὼν δ' ἔτι παισὶ τοσαῦτα
φεύγω, ἐπεὶ φίλον υἷα κατέκτανον Ἰδομενῆος,
Ὀρσίλοχον πόδας ὠκύν, ὃς ἐν Κρήτῃ εὐρείῃ   260
ἀνέρας ἀλφηστὰς νίκα ταχέεσσι πόδεσσιν,
οὕνεκά με στερέσαι τῆς ληΐδος ἤθελε πάσης
Τρωϊάδος, τῆς εἵνεκ' ἐγὼ πάθον ἄλγεα θυμῷ,
ἀνδρῶν τε πτολέμους ἀλεγεινά τε κύματα πείρων,
οὕνεκ' ἄρ' οὐχ ᾧ πατρὶ χαριζόμενος θεράπευον   265
δήμῳ ἔνι Τρώων, ἀλλ' ἄλλων ἄρχον ἑταίρων.
τὸν μὲν ἐγὼ κατιόντα βάλον χαλκήρεϊ δουρὶ
ἀγρόθεν, ἐγγὺς ὁδοῖο λοχησάμενος σὺν ἑταίρῳ·
νὺξ δὲ μάλα δνοφερὴ κάτεχ' οὐρανόν, οὐδέ τις ἡμέας
ἀνθρώπων ἐνόησε, λάθον δέ ἑ θυμὸν ἀπούρας.   270
αὐτὰρ ἐπεὶ δὴ τόν γε κατέκτανον ὀξέϊ χαλκῷ,
αὐτίκ' ἐγὼν ἐπὶ νῆα κιὼν Φοίνικας ἀγαυοὺς
ἐλλισάμην, καί σφιν μενοεικέα ληΐδα δῶκα·
τούς μ' ἐκέλευσα Πύλονδε καταστῆσαι καὶ ἐφέσσαι
ἢ εἰς Ἤλιδα δῖαν, ὅθι κρατέουσιν Ἐπειοί.   275
ἀλλ' ἦ τοί σφεας κεῖθεν ἀπώσατο ἲς ἀνέμοιο
πόλλ' ἀεκαζομένους, οὐδ' ἤθελον ἐξαπατῆσαι.
κεῖθεν δὲ πλαγχθέντες ἱκάνομεν ἐνθάδε νυκτός.

σπουδῇ δ' ἐς λιμένα προερέσσαμεν, οὐδέ τις ἡμῖν
δόρπου μνῆστις ἔην, μάλα περ χατέουσιν ἑλέσθαι, 280
ἀλλ' αὔτως ἀποβάντες ἐκείμεθα νηὸς ἅπαντες.
ἔνθ' ἐμὲ μὲν γλυκὺς ὕπνος ἐπήλυθε κεκμηῶτα,
οἱ δὲ χρήματ' ἐμὰ γλαφυρῆς ἐκ νηὸς ἑλόντες
κάτθεσαν, ἔνθα περ αὐτὸς ἐπὶ ψαμάθοισιν ἐκείμην.
οἱ δ' ἐς Σιδονίην εὖ ναιομένην ἀναβάντες 285
οἴχοντ'· αὐτὰρ ἐγὼ λιπόμην ἀκαχήμενος ἦτορ."
   Ὣς φάτο· μείδησεν δὲ θεὰ γλαυκῶπις Ἀθήνη,
χειρί τέ μιν κατέρεξε—δέμας δ' ἤϊκτο γυναικὶ
καλῇ τε μεγάλῃ τε καὶ ἀγλαὰ ἔργ' εἰδυίῃ—
καί μιν φωνήσασ' ἔπεα πτερόεντα προσηύδα· 290
"κερδαλέος κ' εἴη καὶ ἐπίκλοπος ὅς σε παρέλθοι
ἐν πάντεσσι δόλοισι, καὶ εἰ θεὸς ἀντιάσειε.
σχέτλιε, ποικιλομῆτα, δόλων ἆτ', οὐκ ἄρ' ἔμελλες,
οὐδ' ἐν σῇ περ ἐὼν γαίῃ, λήξειν ἀπατάων
μύθων τε κλοπίων, οἵ τοι πεδόθεν φίλοι εἰσίν. 295
ἀλλ' ἄγε, μηκέτι ταῦτα λεγώμεθα, εἰδότες ἄμφω
κέρδε', ἐπεὶ σὺ μέν ἐσσι βροτῶν ὄχ' ἄριστος ἁπάντων
βουλῇ καὶ μύθοισιν, ἐγὼ δ' ἐν πᾶσι θεοῖσι
μήτι τε κλέομαι καὶ κέρδεσιν· οὐδὲ σύ γ' ἔγνως
Παλλάδ' Ἀθηναίην, κούρην Διός, ἥ τέ τοι αἰεὶ 300
ἐν πάντεσσι πόνοισι παρίσταμαι ἠδὲ φυλάσσω,
καὶ δέ σε Φαιήκεσσι φίλον πάντεσσιν ἔθηκα.
νῦν αὖ δεῦρ' ἱκόμην, ἵνα τοι σὺν μῆτιν ὑφήνω
χρήματά τε κρύψω, ὅσα τοι Φαίηκες ἀγαυοὶ
ὤπασαν οἴκαδ' ἰόντι ἐμῇ βουλῇ τε νόῳ τε, 305
εἴπω θ' ὅσσα τοι αἶσα δόμοις ἔνι ποιητοῖσι
κήδε' ἀνασχέσθαι· σὺ δὲ τετλάμεναι καὶ ἀνάγκῃ,
μηδέ τῳ ἐκφάσθαι μήτ' ἀνδρῶν μήτε γυναικῶν,
πάντων, οὕνεκ' ἄρ' ἦλθες ἀλώμενος, ἀλλὰ σιωπῇ
πάσχειν ἄλγεα πολλά, βίας ὑποδέγμενος ἀνδρῶν." 310

Τὴν δ' ἀπαμειβόμενος προσέφη πολύμητις 'Οδυσ-
σεύς·
"ἀργαλέον σε, θεά, γνῶναι βροτῷ ἀντιάσαντι,
καὶ μάλ' ἐπισταμένῳ· σὲ γὰρ αὐτὴν παντὶ ἐίσκεις.
τοῦτο δ' ἐγὼν εὖ οἶδ', ὅτι μοι πάρος ἠπίη ἦσθα,
ἦος ἐνὶ Τροίῃ πολεμίζομεν υἷες 'Αχαιῶν.   315
αὐτὰρ ἐπεὶ Πριάμοιο πόλιν διεπέρσαμεν αἰπήν,
βῆμεν δ' ἐν νήεσσι, θεὸς δ' ἐκέδασσεν 'Αχαιούς,
οὐ σέ γ' ἔπειτα ἴδον, κούρη Διός, οὐδ' ἐνόησα
νηὸς ἐμῆς ἐπιβᾶσαν ὅπως τί μοι ἄλγος ἀλάλκοις,
ἀλλ' αἰεὶ φρεσὶν ᾗσιν ἔχων δεδαϊγμένον ἦτορ   320
ἠλώμην, ἧός με θεοὶ κακότητος ἔλυσαν·
πρίν γ' ὅτε Φαιήκων ἀνδρῶν ἐν πίονι δήμῳ
θάρσυνάς τε ἔπεσσι καὶ ἐς πόλιν ἤγαγες αὐτή.
νῦν δέ σε πρὸς πατρὸς γουνάζομαι—οὐ γὰρ ὀίω
ἥκειν εἰς 'Ιθάκην εὐδείελον, ἀλλά τιν' ἄλλην   325
γαῖαν ἀναστρέφομαι· σὲ δὲ κερτομέουσαν ὀίω
ταῦτ' ἀγορευέμεναι, ἵν' ἐμὰς φρένας ἠπεροπεύσῃς—
εἰπέ μοι εἰ ἐτεόν γε φίλην ἐς πατρίδ' ἱκάνω."
· Τὸν δ' ἠμείβετ' ἔπειτα θεὰ γλαυκῶπις 'Αθήνη·
"αἰεί τοι τοιοῦτον ἐνὶ στήθεσσι νόημα·   330
τῶ σε καὶ οὐ δύναμαι προλιπεῖν δύστηνον ἐόντα,
οὕνεκ' ἐπητής ἐσσι καὶ ἀγχίνοος καὶ ἐχέφρων.
ἀσπασίως γάρ κ' ἄλλος ἀνὴρ ἀλαλήμενος ἐλθὼν
ἵετ' ἐνὶ μεγάροις ἰδέειν παῖδάς τ' ἄλοχόν τε·
σοὶ δ' οὔ πω φίλον ἐστὶ δαήμεναι οὐδὲ πυθέσθαι,   335
πρίν γ' ἔτι σῆς ἀλόχου πειρήσεαι, ἥ τέ τοι αὔτως
ἧσται ἐνὶ μεγάροισιν, ὀϊζυραὶ δέ οἱ αἰεὶ
φθίνουσιν νύκτες τε καὶ ἤματα δάκρυ χεούσῃ.
αὐτὰρ ἐγὼ τὸ μὲν οὔ ποτ' ἀπίστεον, ἀλλ' ἐνὶ θυμῷ
ᾔδε', ὃ νοστήσεις ὀλέσας ἄπο πάντας ἑταίρους·   340
ἀλλά τοι οὐκ ἐθέλησα Ποσειδάωνι μάχεσθαι

πατροκασιγνήτῳ, ὅς τοι κότον ἔνθετο θυμῷ,
χωόμενος ὅτι οἱ υἱὸν φίλον ἐξαλάωσας.
ἀλλ᾽ ἄγε τοι δείξω Ἰθάκης ἕδος, ὄφρα πεποίθῃς.
Φόρκυνος μὲν ὅδ᾽ ἐστὶ λιμήν, ἁλίοιο γέροντος,   345
ἥδε δ᾽ ἐπὶ κρατὸς λιμένος τανύφυλλος ἐλαίη·
ἀγχόθι δ᾽ αὐτῆς ἄντρον ἐπήρατον ἠεροειδές,
ἱρὸν νυμφάων αἳ νηϊάδες καλέονται·
τοῦτο δέ τοι σπέος εὐρὺ κατηρεφές, ἔνθα σὺ πολλὰς
ἔρδεσκες νύμφῃσι τεληέσσας ἑκατόμβας·   350
τοῦτο δὲ Νήριτόν ἐστιν ὄρος καταειμένον ὕλῃ."
Ὣς εἰποῦσα θεὰ σκέδασ᾽ ἠέρα, εἴσατο δὲ χθών·
γήθησέν τ᾽ ἄρ᾽ ἔπειτα πολύτλας δῖος Ὀδυσσεὺς
χαίρων ᾗ γαίῃ, κύσε δὲ ζείδωρον ἄρουραν.
αὐτίκα δὲ νύμφῃς ἠρήσατο χεῖρας ἀνασχών·   355
"νύμφαι νηϊάδες, κοῦραι Διός, οὔ ποτ᾽ ἐγώ γε
ὄψεσθ᾽ ὕμμ᾽ ἐφάμην· νῦν δ᾽ εὐχωλῇς ἀγανῇσι
χαίρετ᾽. ἀτὰρ καὶ δῶρα διδώσομεν, ὡς τὸ πάρος περ,
αἴ κεν ἐᾷ πρόφρων με Διὸς θυγάτηρ ἀγελείη
αὐτόν τε ζώειν καί μοι φίλον υἱὸν ἀέξῃ."   360
Τὸν δ᾽ αὖτε προσέειπε θεὰ γλαυκῶπις Ἀθήνη·
"θάρσει, μή τοι ταῦτα μετὰ φρεσὶ σῇσι μελόντων·
ἀλλὰ χρήματα μὲν μυχῷ ἄντρου θεσπεσίοιο
θείομεν αὐτίκα νῦν, ἵνα περ τάδε τοι σόα μίμνῃ·
αὐτοὶ δὲ φραζώμεθ᾽ ὅπως ὄχ᾽ ἄριστα γένηται."   365
Ὣς εἰποῦσα θεὰ δῦνε σπέος ἠεροειδές,
μαιομένη κευθμῶνας ἀνὰ σπέος· αὐτὰρ Ὀδυσσεὺς
ἆσσον πάντ᾽ ἐφόρει, χρυσὸν καὶ ἀτειρέα χαλκὸν
εἵματά τ᾽ εὐποίητα, τά οἱ Φαίηκες ἔδωκαν.
καὶ τὰ μὲν εὖ κατέθηκε, λίθον δ᾽ ἐπέθηκε θύρῃσι   370
Παλλὰς Ἀθηναίη, κούρη Διὸς αἰγιόχοιο.
Τὼ δὲ καθεζομένω ἱερῆς παρὰ πυθμέν᾽ ἐλαίης
φραζέσθην μνηστῆρσιν ὑπερφιάλοισιν ὄλεθρον.

τοῖσι δὲ μύθων ἄρχε θεὰ γλαυκῶπις Ἀθήνη·
"διογενὲς Λαερτιάδη, πολυμήχαν' Ὀδυσσεῦ,   375
φράζευ ὅπως μνηστῆρσιν ἀναιδέσι χεῖρας ἐφήσεις,
οἳ δή τοι τρίετες μέγαρον κάτα κοιρανέουσι,
μνώμενοι ἀντιθέην ἄλοχον καὶ ἕδνα διδόντες·
ἡ δὲ σὸν αἰεὶ νόστον ὀδυρομένη κατὰ θυμὸν
πάντας μὲν ἔλπει καὶ ὑπίσχεται ἀνδρὶ ἑκάστῳ,   380
ἀγγελίας προϊεῖσα, νόος δέ οἱ ἄλλα μενοινᾷ."
     Τὴν δ' ἀπαμειβόμενος προσέφη πολύμητις Ὀδυσ-
σεύς·
"ὢ πόποι, ἦ μάλα δὴ Ἀγαμέμνονος Ἀτρεΐδαο
φθίσεσθαι κακὸν οἶτον ἐνὶ μεγάροισιν ἔμελλον,
εἰ μή μοι σὺ ἕκαστα, θεά, κατὰ μοῖραν ἔειπες.   385
ἀλλ' ἄγε μῆτιν ὕφηνον, ὅπως ἀποτίσομαι αὐτούς·
πὰρ δέ μοι αὐτὴ στῆθι, μένος πολυθαρσὲς ἐνεῖσα,
οἷον ὅτε Τροίης λύομεν λιπαρὰ κρήδεμνα.
αἴ κέ μοι ὣς μεμαυῖα παρασταίης, γλαυκῶπι,
καί κε τριηκοσίοισιν ἐγὼν ἄνδρεσσι μαχοίμην   390
σὺν σοί, πότνα θεά, ὅτε μοι πρόφρασσ' ἐπαρήγοις."
     Τὸν δ' ἠμείβετ' ἔπειτα θεὰ γλαυκῶπις Ἀθήνη·
"καὶ λίην τοι ἐγώ γε παρέσσομαι, οὐδέ με λήσεις,
ὁππότε κεν δὴ ταῦτα πενώμεθα· καί τιν' ὀΐω
αἵματί τ' ἐγκεφάλῳ τε παλαξέμεν ἄσπετον οὖδας   395
ἀνδρῶν μνηστήρων, οἵ τοι βίοτον κατέδουσιν.
ἀλλ' ἄγε σ' ἄγνωστον τεύξω πάντεσσι βροτοῖσι·
κάρψω μὲν χρόα καλὸν ἐνὶ γναμπτοῖσι μέλεσσι,
ξανθὰς δ' ἐκ κεφαλῆς ὀλέσω τρίχας, ἀμφὶ δὲ λαῖφος
ἕσσω ὅ κε στυγέῃσιν ἰδὼν ἄνθρωπος ἔχοντα,   400
κνυζώσω δέ τοι ὄσσε πάρος περικαλλέ' ἐόντε,
ὡς ἂν ἀεικέλιος πᾶσι μνηστῆρσι φανήῃς
σῇ τ' ἀλόχῳ καὶ παιδί, τὸν ἐν μεγάροισιν ἔλειπες.
αὐτὸς δὲ πρώτιστα συβώτην εἰσαφικέσθαι,

ὅς τοι ὑῶν ἐπίουρος, ὁμῶς δέ τοι ἤπια οἶδε, 405
παῖδά τε σὸν φιλέει καὶ ἐχέφρονα Πηνελόπειαν.
δήεις τόν γε σύεσσι παρήμενον· αἱ δὲ νέμονται
πὰρ Κόρακος πέτρῃ ἐπί τε κρήνῃ Ἀρεθούσῃ,
ἔσθουσαι βάλανον μενοεικέα καὶ μέλαν ὕδωρ
πίνουσαι, τά θ' ὕεσσι τρέφει τεθαλυῖαν ἀλοιφήν. 410
ἔνθα μένειν καὶ πάντα παρήμενος ἐξερέεσθαι,
ὄφρ' ἂν ἐγὼν ἔλθω Σπάρτην ἐς καλλιγύναικα
Τηλέμαχον καλέουσα, τεὸν φίλον υἱόν, Ὀδυσσεῦ·
ὅς τοι ἐς εὐρύχορον Λακεδαίμονα πὰρ Μενέλαον
οἴχετο πευσόμενος μετὰ σὸν κλέος, εἴ που ἔτ' εἴης." 415
Τὴν δ' ἀπαμειβόμενος προσέφη πολύμητις Ὀδυσ-
σεύς·
"τίπτε τ' ἄρ' οὔ οἱ ἔειπες, ἐνὶ φρεσὶ πάντ' εἰδυῖα;
ἦ ἵνα που καὶ κεῖνος ἀλώμενος ἄλγεα πάσχῃ
πόντον ἐπ' ἀτρύγετον, βίοτον δέ οἱ ἄλλοι ἔδουσι."
Τὸν δ' ἠμείβετ' ἔπειτα θεὰ γλαυκῶπις Ἀθήνη· 420
"μὴ δή τοι κεῖνός γε λίην ἐνθύμιος ἔστω.
αὐτή μιν πόμπευον, ἵνα κλέος ἐσθλὸν ἄροιτο
κεῖσ' ἐλθών· ἀτὰρ οὔ τιν' ἔχει πόνον, ἀλλὰ ἔκηλος
ἧσται ἐν Ἀτρεΐδαο δόμοις, παρὰ δ' ἄσπετα κεῖται.
ἦ μέν μιν λοχόωσι νέοι σὺν νηῒ μελαίνῃ, 425
ἱέμενοι κτεῖναι, πρὶν πατρίδα γαῖαν ἱκέσθαι·
ἀλλὰ τά γ' οὐκ ὀΐω, πρὶν καί τινα γαῖα καθέξει
ἀνδρῶν μνηστήρων, οἵ τοι βίοτον κατέδουσιν."
Ὣς ἄρα μιν φαμένη ῥάβδῳ ἐπεμάσσατ' Ἀθήνη.
κάρψε μέν οἱ χρόα καλὸν ἐνὶ γναμπτοῖσι μέλεσσι, 430
ξανθὰς δ' ἐκ κεφαλῆς ὄλεσε τρίχας, ἀμφὶ δὲ δέρμα
πάντεσσιν μελέεσσι παλαιοῦ θῆκε γέροντος,
κνύζωσεν δέ οἱ ὄσσε πάρος περικαλλέ' ἐόντε·
ἀμφὶ δέ μιν ῥάκος ἄλλο κακὸν βάλεν ἠδὲ χιτῶνα,
ῥωγαλέα ῥυπόωντα, κακῷ μεμορυγμένα καπνῷ· 435

ἀμφὶ δέ μιν μέγα δέρμα ταχείης ἔσσ' ἐλάφοιο,
ψιλόν· δῶκε δέ οἱ σκῆπτρον καὶ ἀεικέα πήρην,
πυκνὰ ῥωγαλέην· ἐν δὲ στρόφος ἦεν ἀορτήρ.
Τώ γ' ὣς βουλεύσαντε διέτμαγεν. ἡ μὲν ἔπειτα
ἐς Λακεδαίμονα δῖαν ἔβη μετὰ παῖδ' Ὀδυσῆος.   440

ΟΔΥΣΣΕΙΑΣ Ξ

Αὐτὰρ ὁ ἐκ λιμένος προσέβη τρηχεῖαν ἀταρπὸν
χῶρον ἀν' ὑλήεντα δι' ἄκριας, ᾗ οἱ Ἀθήνη
πέφραδε δῖον ὑφορβόν, ὅ οἱ βιότοιο μάλιστα
κήδετο οἰκήων, οὓς κτήσατο δῖος Ὀδυσσεύς.

Τὸν δ' ἄρ' ἐνὶ προδόμῳ εὗρ' ἥμενον, ἔνθα οἱ αὐλὴ 5
ὑψηλὴ δέδμητο, περισκέπτῳ ἐνὶ χώρῳ,
καλή τε μεγάλη τε, περίδρομος· ἥν ῥα συβώτης
αὐτὸς δείμαθ' ὕεσσιν ἀποιχομένοιο ἄνακτος,
νόσφιν δεσποίνης καὶ Λαέρταο γέροντος,
ῥυτοῖσιν λάεσσι καὶ ἐθρίγκωσεν ἀχέρδῳ. 10
σταυροὺς δ' ἐκτὸς ἔλασσε διαμπερὲς ἔνθα καὶ ἔνθα,
πυκνοὺς καὶ θαμέας, τὸ μέλαν δρυὸς ἀμφικεάσσας·
ἔντοσθεν δ' αὐλῆς συφεοὺς δυοκαίδεκα ποίει
πλησίον ἀλλήλων, εὐνὰς συσίν· ἐν δὲ ἑκάστῳ
πεντήκοντα σύες χαμαιευνάδες ἐρχατόωντο, 15
θήλειαι τοκάδες· τοὶ δ' ἄρσενες ἐκτὸς ἴαυον,
πολλὸν παυρότεροι· τοὺς γὰρ μινύθεσκον ἔδοντες
ἀντίθεοι μνηστῆρες, ἐπεὶ προΐαλλε συβώτης
αἰεὶ ζατρεφέων σιάλων τὸν ἄριστον ἁπάντων·
οἱ δὲ τριηκόσιοί τε καὶ ἑξήκοντα πέλοντο. 20
πὰρ δὲ κύνες θήρεσσιν ἐοικότες αἰὲν ἴαυον
τέσσαρες, οὓς ἔθρεψε συβώτης, ὄρχαμος ἀνδρῶν.
αὐτὸς δ' ἀμφὶ πόδεσσιν ἑοῖς ἀράρισκε πέδιλα,
τάμνων δέρμα βόειον ἐϋχροές· οἱ δὲ δὴ ἄλλοι
οἴχοντ' ἄλλυδις ἄλλος ἅμ' ἀγρομένοισι σύεσσιν, 25

οἱ τρεῖς· τὸν δὲ τέταρτον ἀποπροέηκε πόλινδε
σῦν ἀγέμεν μνηστῆρσιν ὑπερφιάλοισιν ἀνάγκῃ,
ὄφρ' ἱερεύσαντες κρειῶν κορεσαίατο θυμόν.
'Εξαπίνης δ' 'Οδυσῆα ἴδον κύνες ὑλακόμωροι.
οἱ μὲν κεκλήγοντες ἐπέδραμον· αὐτὰρ 'Οδυσσεὺς   30
ἕζετο κερδοσύνῃ, σκῆπτρον δέ οἱ ἔκπεσε χειρός.
ἔνθα κεν ᾧ πὰρ σταθμῷ ἀεικέλιον πάθεν ἄλγος·
ἀλλὰ συβώτης ὦκα ποσὶ κραιπνοῖσι μετασπὼν
ἔσσυτ' ἀνὰ πρόθυρον, σκῦτος δέ οἱ ἔκπεσε χειρός.
τοὺς μὲν ὁμοκλήσας σεῦεν κύνας ἄλλυδις ἄλλον   35
πυκνῇσιν λιθάδεσσιν· ὁ δὲ προσέειπεν ἄνακτα·
" ὦ γέρον, ἦ ὀλίγου σε κύνες διεδηλήσαντο
ἐξαπίνης, καί κέν μοι ἐλεγχείην κατέχευας.
καὶ δέ μοι ἄλλα θεοὶ δόσαν ἄλγεά τε στοναχάς τε·
ἀντιθέου γὰρ ἄνακτος ὀδυρόμενος καὶ ἀχεύων   40
ἧμαι, ἄλλοισιν δὲ σύας σιάλους ἀτιτάλλω
ἔδμεναι· αὐτὰρ κεῖνος ἐελδόμενός που ἐδωδῆς
πλάζετ' ἐπ' ἀλλοθρόων ἀνδρῶν δῆμόν τε πόλιν τε,
εἴ που ἔτι ζώει καὶ ὁρᾷ φάος ἠελίοιο.
ἀλλ' ἔπεο, κλισίηνδ' ἴομεν, γέρον, ὄφρα καὶ αὐτὸς   45
σίτου καὶ οἴνοιο κορεσσάμενος κατὰ θυμὸν
εἴπῃς ὁππόθεν ἐσσὶ καὶ ὁππόσα κήδε' ἀνέτλης."
'Ως εἰπὼν κλισίηνδ' ἡγήσατο δῖος ὑφορβός,
εἷσεν δ' εἰσαγαγών, ῥῶπας δ' ὑπέχευε δασείας,
ἐστόρεσεν δ' ἐπὶ δέρμα ἰονθάδος ἀγρίου αἰγός,   50
αὐτοῦ ἐνεύναιον, μέγα καὶ δασύ. χαῖρε δ' 'Οδυσσεὺς
ὅττι μιν ὣς ὑπέδεκτο, ἔπος τ' ἔφατ' ἔκ τ' ὀνόμαζε·
"Ζεύς τοι δοίη, ξεῖνε, καὶ ἀθάνατοι θεοὶ ἄλλοι
ὅττι μάλιστ' ἐθέλεις, ὅτι με πρόφρων ὑπέδεξο."
Τὸν δ' ἀπαμειβόμενος προσέφης, Εὔμαιε συβῶτα·   55
"ξεῖν', οὔ μοι θέμις ἔστ', οὐδ' εἰ κακίων σέθεν ἔλθοι,
ξεῖνον ἀτιμῆσαι· πρὸς γὰρ Διός εἰσιν ἅπαντες

ξεῖνοί τε πτωχοί τε· δόσις δ' ὀλίγη τε φίλη τε
γίγνεται ἡμετέρη· ἡ γὰρ δμώων δίκη ἐστὶν
αἰεὶ δειδιότων, ὅτ' ἐπικρατέωσιν ἄνακτες 60
οἱ νέοι. ἡ γὰρ τοῦ γε θεοὶ κατὰ νόστον ἔδησαν,
ὅς κεν ἔμ' ἐνδυκέως ἐφίλει καὶ κτῆσιν ὄπασσεν,
οἷά τε ᾧ οἰκῆϊ ἄναξ εὔθυμος ἔδωκεν,
οἶκόν τε κλῆρόν τε πολυμνήστην τε γυναῖκα,
ὅς οἱ πολλὰ κάμῃσι, θεὸς δ' ἐπὶ ἔργον ἀέξῃ, 65
ὡς καὶ ἐμοὶ τόδε ἔργον ἀέξεται, ᾧ ἐπιμίμνω.
τώ κέ με πόλλ' ὤνησεν ἄναξ, εἰ αὐτόθι γήρα·
ἀλλ' ὄλεθ'—ὡς ὤφελλ' Ἑλένης ἀπὸ φῦλον ὀλέσθαι
πρόχνυ, ἐπεὶ πολλῶν ἀνδρῶν ὑπὸ γούνατ' ἔλυσε!
καὶ γὰρ κεῖνος ἔβη Ἀγαμέμνονος εἵνεκα τιμῆς 70
Ἴλιον εἰς εὔπωλον, ἵνα Τρώεσσι μάχοιτο."
Ὣς εἰπὼν ζωστῆρι θοῶς συνέεργε χιτῶνα,
βῆ δ' ἴμεν ἐς συφεούς, ὅθι ἔθνεα ἔρχατο χοίρων.
ἔνθεν ἑλὼν δύ' ἔνεικε καὶ ἀμφοτέρους ἱέρευσεν,
εὗσέ τε μίστυλλέν τε καὶ ἀμφ' ὀβελοῖσιν ἔπειρεν. 75
ὀπτήσας δ' ἄρα πάντα φέρων παρέθηκ' Ὀδυσῆϊ
θέρμ' αὐτοῖς ὀβελοῖσιν· ὁ δ' ἄλφιτα λευκὰ πάλυνεν·
ἐν δ' ἄρα κισσυβίῳ κίρνη μελιηδέα οἶνον,
αὐτὸς δ' ἀντίον ἷζεν, ἐποτρύνων δὲ προσηύδα·
"ἔσθιε νῦν, ὦ ξεῖνε, τά τε δμώεσσι πάρεστι, 80
χοίρε'· ἀτὰρ σιάλους γε σύας μνηστῆρες ἔδουσιν,
οὐκ ὄπιδα φρονέοντες ἐνὶ φρεσὶν οὐδ' ἐλεητύν.
(οὐ μὲν σχέτλια ἔργα θεοὶ μάκαρες φιλέουσιν,
ἀλλὰ δίκην τίουσι καὶ αἴσιμα ἔργ' ἀνθρώπων.
καὶ μὲν δυσμενέες καὶ ἀνάρσιοι, οἵ τ' ἐπὶ γαίης 85
ἀλλοτρίης βῶσιν, καί σφι Ζεὺς ληΐδα δώῃ,
πλησάμενοι δέ τε νῆας ἔβαν οἰκόνδε νέεσθαι—
καὶ μὲν τοῖς ὄπιδος κρατερὸν δέος ἐν φρεσὶ πίπτει.)
οἴδε δέ τοι ἴσασι, θεοῦ δέ τιν' ἔκλυον αὐδήν,

κείνου λυγρὸν ὄλεθρον, ὅ τ' οὐκ ἐθέλουσι δικαίως 90
μνᾶσθαι οὐδὲ νέεσθαι ἐπὶ σφέτερ', ἀλλὰ ἔκηλοι
κτήματα δαρδάπτουσιν ὑπέρβιον, οὐδ' ἔπι φειδώ.
ὅσσαι γὰρ νύκτες τε καὶ ἡμέραι ἐκ Διός εἰσιν,
οὔ ποθ' ἓν ἱρεύουσ' ἱερήϊον, οὐδὲ δύ' οἴω·
οἶνον δὲ φθινύθουσιν ὑπέρβιον ἐξαφύοντες. 95
ἦ γάρ οἱ ζωή γ' ἦν ἄσπετος· οὔ τινι τόσση
ἀνδρῶν ἡρώων, οὔτ' ἠπείροιο μελαίνης
οὔτ' αὐτῆς Ἰθάκης· οὐδὲ ξυνεείκοσι φωτῶν
ἔστ' ἄφενος τοσσοῦτον· ἐγὼ δέ κέ τοι καταλέξω.
δώδεκ' ἐν ἠπείρῳ ἀγέλαι· τόσα πώεα οἰῶν, 100
τόσσα συῶν συβόσια, τόσ' αἰπόλια πλατέ' αἰγῶν
βόσκουσι ξεῖνοί τε καὶ αὐτοῦ βώτορες ἄνδρες.
ἐνθάδε δ' αἰπόλια πλατέ' αἰγῶν ἕνδεκα πάντα
ἐσχατιῇ βόσκοντ', ἐπὶ δ' ἀνέρες ἐσθλοὶ ὄρονται.
τῶν αἰεί σφιν ἕκαστος ἐπ' ἤματι μῆλον ἀγινεῖ, 105
ζατρεφέων αἰγῶν ὅς τις φαίνηται ἄριστος.
αὐτὰρ ἐγὼ σῦς τάσδε φυλάσσω τε ῥύομαί τε,
καί σφι συῶν τὸν ἄριστον ἐὺ κρίνας ἀποπέμπω."
Ὣς φάθ'· ὁ δ' ἐνδυκέως κρέα τ' ἤσθιε πῖνέ τε οἶνον
ἁρπαλέως ἀκέων, κακὰ δὲ μνηστῆρσι φύτευεν. 110
αὐτὰρ ἐπεὶ δείπνησε καὶ ἤραρε θυμὸν ἐδωδῇ,
καί οἱ πλησάμενος δῶκε σκύφος, ᾧ περ ἔπινεν,
οἴνου ἐνίπλειον—ὁ δ' ἐδέξατο, χαῖρε δὲ θυμῷ—
καί μιν φωνήσας ἔπεα πτερόεντα προσηύδα·
"ὦ φίλε, τίς γάρ σε πρίατο κτεάτεσσιν ἑοῖσιν, 115
ὧδε μάλ' ἀφνειὸς καὶ καρτερὸς ὡς ἀγορεύεις;
φῆς δ' αὐτὸν φθίσθαι Ἀγαμέμνονος εἵνεκα τιμῆς.
εἰπέ μοι, αἴ κέ ποθι γνώω τοιοῦτον ἐόντα.
Ζεὺς γάρ που τό γε οἶδε καὶ ἀθάνατοι θεοὶ ἄλλοι,
εἴ κέ μιν ἀγγείλαιμι ἰδών· ἐπὶ πολλὰ δ' ἀλήθην." 120
Τὸν δ' ἠμείβετ' ἔπειτα συβώτης, ὄρχαμος ἀνδρῶν·

"ὦ γέρον, οὔ τις κεῖνον ἀνὴρ ἀλαλήμενος ἐλθὼν
ἀγγέλλων πείσειε γυναῖκά τε καὶ φίλον υἱόν.
ἀλλ' ἄλλως κομιδῆς κεχρημένοι ἄνδρες ἀλῆται
ψεύδοντ', οὐδ' ἐθέλουσιν ἀληθέα μυθήσασθαι. 125
ὃς δέ κ' ἀλητεύων Ἰθάκης ἐς δῆμον ἵκηται,
ἐλθὼν ἐς δέσποιναν ἐμὴν ἀπατήλια βάζει·
ἡ δ' εὖ δεξαμένη φιλέει καὶ ἕκαστα μεταλλᾷ,
καί οἱ ὀδυρομένῃ βλεφάρων ἄπο δάκρυα πίπτει,
ἧ θέμις ἐστὶ γυναικός, ἐπὴν πόσις ἄλλοθ' ὄληται. 130
αἶψά κε καὶ σύ, γεραιέ, ἔπος παρατεκτήναιο,
εἴ τίς τοι χλαῖνάν τε χιτῶνά τε εἴματα δοίη.
τοῦ δ' ἤδη μέλλουσι κύνες ταχέες τ' οἰωνοὶ
ῥινὸν ἀπ' ὀστεόφιν ἐρύσαι, ψυχὴ δὲ λέλοιπεν·
ἢ τόν γ' ἐν πόντῳ φάγον ἰχθύες, ὀστέα δ' αὐτοῦ 135
κεῖται ἐπ' ἠπείρου ψαμάθῳ εἰλυμένα πολλῇ.
ὣς ὁ μὲν ἔνθ' ἀπόλωλε, φίλοισι δὲ κήδε' ὀπίσσω
πᾶσιν, ἐμοὶ δὲ μάλιστα, τετεύχαται· οὐ γὰρ ἔτ' ἄλλον
ἤπιον ὧδε ἄνακτα κιχήσομαι, ὁππόσ' ἐπέλθω,
οὐδ' εἴ κεν πατρὸς καὶ μητέρος αὖτις ἵκωμαι 140
οἶκον, ὅθι πρῶτον γενόμην καί μ' ἔτρεφον αὐτοί.
οὐδέ νυ τῶν ἔτι τόσσον ὀδύρομαι, ἱέμενός περ
ὀφθαλμοῖσιν ἰδέσθαι ἐὼν ἐν πατρίδι γαίῃ·
ἀλλά μ' Ὀδυσσῆος πόθος αἴνυται οἰχομένοιο.
τὸν μὲν ἐγών, ὦ ξεῖνε, καὶ οὐ παρεόντ' ὀνομάζειν 145
αἰδέομαι· πέρι γάρ μ' ἐφίλει καὶ κήδετο θυμῷ·
ἀλλά μιν ἠθεῖον καλέω καὶ νόσφιν ἐόντα."
Τὸν δ' αὖτε προσέειπε πολύτλας δῖος Ὀδυσσεύς·
"ὦ φίλ', ἐπεὶ δὴ πάμπαν ἀναίνεαι, οὐδ' ἔτι φῇσθα
κεῖνον ἐλεύσεσθαι, θυμὸς δέ τοι αἰὲν ἄπιστος· 150
ἀλλ' ἐγὼ οὐκ αὔτως μυθήσομαι, ἀλλὰ σὺν ὅρκῳ,
ὡς νεῖται Ὀδυσεύς· εὐαγγέλιον δέ μοι ἔστω
αὐτίκ', ἐπεί κεν κεῖνος ἰὼν τὰ ἃ δώμαθ' ἵκηται·

ἔσσαι με χλαῖνάν τε χιτῶνά τε, εἵματα καλά.
πρὶν δέ κε, καὶ μάλα περ κεχρημένος, οὔ τι δεχοίμην.
ἐχθρὸς γάρ μοι κεῖνος ὁμῶς Ἀΐδαο πύλῃσι   156
γίγνεται, ὃς πενίῃ εἴκων ἀπατήλια βάζει.
ἴστω νῦν Ζεὺς πρῶτα θεῶν ξενίη τε τράπεζα,
ἱστίη τ' Ὀδυσῆος ἀμύμονος, ἣν ἀφικάνω·
ἦ μέν τοι τάδε πάντα τελείεται ὡς ἀγορεύω.   160
τοῦδ' αὐτοῦ λυκάβαντος ἐλεύσεται ἐνθάδ' Ὀδυσσεύς—
τοῦ μὲν φθίνοντος μηνός, τοῦ δ' ἱσταμένοιο,
οἴκαδε νοστήσει, καὶ τίσεται ὅς τις ἐκείνου
ἐνθάδ' ἀτιμάζει ἄλοχον καὶ φαίδιμον υἱόν."
   Τὸν δ' ἀπαμειβόμενος προσέφης, Εὔμαιε συβῶτα·
"ὦ γέρον, οὔτ' ἄρ' ἐγὼν εὐαγγέλιον τόδε τίσω,   166
οὔτ' Ὀδυσεὺς ἔτι οἶκον ἐλεύσεται· ἀλλὰ ἔκηλος
πῖνε, καὶ ἄλλα παρὲξ μεμνώμεθα, μηδέ με τούτων
μίμνησκ'· ἦ γὰρ θυμὸς ἐνὶ στήθεσσιν ἐμοῖσιν
ἄχνυται, ὁππότε τις μνήσῃ κεδνοῖο ἄνακτος.   170
ἀλλ' ἦ τοι ὅρκον μὲν ἐάσομεν, αὐτὰρ Ὀδυσσεὺς
ἔλθοι ὅπως μιν ἐγώ γ' ἐθέλω καὶ Πηνελόπεια
Λαέρτης θ' ὁ γέρων καὶ Τηλέμαχος θεοειδής.
νῦν αὖ παιδὸς ἄλαστον ὀδύρομαι, ὃν τέκ' Ὀδυσσεύς,
Τηλεμάχου· τὸν ἐπεὶ θρέψαν θεοὶ ἔρνεϊ ἶσον,   175
καί μιν ἔφην ἔσσεσθαι ἐν ἀνδράσιν οὔ τι χέρεια
πατρὸς ἑοῖο φίλοιο, δέμας καὶ εἶδος ἀγητόν,
τὸν δέ τις ἀθανάτων βλάψε φρένας ἔνδον ἐΐσας
ἠέ τις ἀνθρώπων· ὁ δ' ἔβη μετὰ πατρὸς ἀκουὴν
ἐς Πύλον ἠγαθέην· τὸν δὲ μνηστῆρες ἀγαυοὶ   180
οἴκαδ' ἰόντα λοχῶσιν, ὅπως ἀπὸ φῦλον ὄληται
νώνυμον ἐξ Ἰθάκης Ἀρκεισίου ἀντιθέοιο.
ἀλλ' ἦ τοι κεῖνον μὲν ἐάσομεν, ἤ κεν ἁλώῃ
ἤ κε φύγῃ καί κέν οἱ ὑπέρσχῃ χεῖρα Κρονίων.
ἀλλ' ἄγε μοι σύ, γεραιέ, τὰ σ' αὐτοῦ κήδε' ἐνίσπες, 185

καί μοι τοῦτ᾽ ἀγόρευσον ἐτήτυμον, ὄφρ᾽ ἐῢ εἰδῶ·
τίς πόθεν εἰς ἀνδρῶν; πόθι τοι πόλις ἠδὲ τοκῆες;
ὁπποίης τ᾽ ἐπὶ νηὸς ἀφίκεο· πῶς δέ σε ναῦται
ἤγαγον εἰς Ἰθάκην; τίνες ἔμμεναι εὐχετόωντο;
οὐ μὲν γάρ τί σε πεζὸν ὀίομαι ἐνθάδ᾽ ἱκέσθαι."   190
    Τὸν δ᾽ ἀπαμειβόμενος προσέφη πολύμητις Ὀδυσ-
        σεύς·
"τοιγὰρ ἐγώ τοι ταῦτα μάλ᾽ ἀτρεκέως ἀγορεύσω.
εἴη μὲν νῦν νῶϊν ἐπὶ χρόνον ἠμὲν ἐδωδὴ
ἠδὲ μέθυ γλυκερὸν κλισίης ἔντοσθεν ἐοῦσι,
δαίνυσθαι ἀκέοντ᾽, ἄλλοι δ᾽ ἐπὶ ἔργον ἔποιεν·   195
ῥηϊδίως κεν ἔπειτα καὶ εἰς ἐνιαυτὸν ἅπαντα
οὔ τι διαπρήξαιμι λέγων ἐμὰ κήδεα θυμοῦ,
ὅσσα γε δὴ ξύμπαντα θεῶν ἰότητι μόγησα.
ἐκ μὲν Κρητάων γένος εὔχομαι εὐρειάων,
ἀνέρος ἀφνειοῖο πάϊς· πολλοὶ δὲ καὶ ἄλλοι   200
υἱέες ἐν μεγάρῳ ἠμὲν τράφεν ἠδ᾽ ἐγένοντο
γνήσιοι ἐξ ἀλόχου· ἐμὲ δ᾽ ὠνητὴ τέκε μήτηρ
παλλακίς, ἀλλά με ἶσον ἰθαγενέεσσιν ἐτίμα
Κάστωρ Ὑλακίδης, τοῦ ἐγὼ γένος εὔχομαι εἶναι·
ὃς τότ᾽ ἐνὶ Κρήτεσσι θεὸς ὣς τίετο δήμῳ   205
ὄλβῳ τε πλούτῳ τε καὶ υἱάσι κυδαλίμοισιν.
ἀλλ᾽ ἦ τοι τὸν κῆρες ἔβαν θανάτοιο φέρουσαι
εἰς Ἀίδαο δόμους· τοὶ δὲ ζωὴν ἐδάσαντο
παῖδες ὑπέρθυμοι καὶ ἐπὶ κλήρους ἐβάλοντο,
αὐτὰρ ἐμοὶ μάλα παῦρα δόσαν καὶ οἰκί᾽ ἔνειμαν.   210
ἠγαγόμην δὲ γυναῖκα πολυκλήρων ἀνθρώπων
εἵνεκ᾽ ἐμῆς ἀρετῆς, ἐπεὶ οὐκ ἀποφώλιος ἦα
οὐδὲ φυγοπτόλεμος· νῦν δ᾽ ἤδη πάντα λέλοιπεν·
ἀλλ᾽ ἔμπης καλάμην γέ σ᾽ ὀίομαι εἰσορόωντα
γιγνώσκειν· ἦ γάρ με δύη ἔχει ἤλιθα πολλή.   215
ἦ μὲν δὴ θάρσος μοι Ἄρης τ᾽ ἔδοσαν καὶ Ἀθήνη

καὶ ῥηξηνορίην, ὁπότε κρίνοιμι λόχονδε
ἄνδρας ἀριστῆας, κακὰ δυσμενέεσσι φυτεύων·
οὔ ποτέ μοι θάνατον προτιόσσετο θυμὸς ἀγήνωρ,
ἀλλὰ πολὺ πρώτιστος ἐπάλμενος ἔγχει ἔλεσκον   220
ἀνδρῶν δυσμενέων ὅ τέ μοι εἴξειε πόδεσσι.
τοῖος ἔα ἐν πολέμῳ· ἔργον δέ μοι οὐ φίλον ἔσκεν
οὐδ᾽ οἰκωφελίη, ἥ τε τρέφει ἀγλαὰ τέκνα,
ἀλλά μοι αἰεὶ νῆες ἐπήρετμοι φίλαι ἦσαν
καὶ πόλεμοι καὶ ἄκοντες ἐΰξεστοι καὶ ὀϊστοί,   225
λυγρά, τά τ᾽ ἄλλοισίν γε καταριγηλὰ πέλονται.
αὐτὰρ ἐμοὶ τὰ φίλ᾽ ἔσκε τά που θεὸς ἐν φρεσὶ θῆκεν·
ἄλλος γάρ τ᾽ ἄλλοισιν ἀνὴρ ἐπιτέρπεται ἔργοις.
πρὶν μὲν γὰρ Τροίης ἐπιβήμεναι υἷας Ἀχαιῶν
εἰνάκις ἀνδράσιν ἄρξα καὶ ὠκυπόροισι νέεσσιν   230
ἄνδρας ἐς ἀλλοδαπούς, καί μοι μάλα τύγχανε πολλά.
τῶν ἐξαιρεύμην μενοεικέα, πολλὰ δ᾽ ὀπίσσω
λάγχανον· αἶψα δὲ οἶκος ὀφέλλετο, καί ῥα ἔπειτα
δεινός τ᾽ αἰδοῖός τε μετὰ Κρήτεσσι τετύγμην.
ἀλλ᾽ ὅτε δὴ τήν γε στυγερὴν ὁδὸν εὐρύοπα Ζεὺς   235
ἐφράσαθ᾽, ἣ πολλῶν ἀνδρῶν ὑπὸ γούνατ᾽ ἔλυσε,
δὴ τότ᾽ ἔμ᾽ ἤνωγον καὶ ἀγακλυτὸν Ἰδομενῆα
νήεσσ᾽ ἡγήσασθαι ἐς Ἴλιον· οὐδέ τι μῆχος
ἦεν ἀνήνασθαι, χαλεπὴ δ᾽ ἔχε δήμου φῆμις.
ἔνθα μὲν εἰνάετες πολεμίζομεν υἷες Ἀχαιῶν,   240
τῷ δεκάτῳ δὲ πόλιν Πριάμου πέρσαντες ἔβημεν
οἴκαδε σὺν νήεσσι, θεὸς δ᾽ ἐκέδασσεν Ἀχαιούς.
αὐτὰρ ἐμοὶ δειλῷ κακὰ μήδετο μητίετα Ζεύς·
μῆνα γὰρ οἶον ἔμεινα τεταρπόμενος τεκέεσσι
κουριδίῃ τ᾽ ἀλόχῳ καὶ κτήμασιν· αὐτὰρ ἔπειτα   245
Αἴγυπτόνδε με θυμὸς ἀνώγει ναυτίλλεσθαι,
νῆας ἐῢ στείλαντα, σὺν ἀντιθέοις ἑτάροισιν.
ἐννέα νῆας στεῖλα, θοῶς δ᾽ ἐσαγείρετο λαός.

ἐξῆμαρ μὲν ἔπειτα ἐμοὶ ἐρίηρες ἑταῖροι
δαίνυντ'· αὐτὰρ ἐγὼν ἱερήϊα πολλὰ παρεῖχον   250
θεοῖσίν τε ῥέζειν αὐτοῖσί τε δαῖτα πένεσθαι.
ἑβδομάτῃ δ' ἀναβάντες ἀπὸ Κρήτης εὐρείης
ἐπλέομεν Βορέῃ ἀνέμῳ ἀκραέϊ καλῷ
ῥηϊδίως, ὡς εἴ τε κατὰ ῥόον· οὐδέ τις οὖν μοι
νηῶν πημάνθη, ἀλλ' ἀσκηθέες καὶ ἄνουσοι   255
ἥμεθα, τὰς δ' ἄνεμός τε κυβερνῆταί τ' ἴθυνον.
πεμπταῖοι δ' Αἴγυπτον ἐϋρρείτην ἱκόμεσθα,
στῆσα δ' ἐν Αἰγύπτῳ ποταμῷ νέας ἀμφιελίσσας.
ἔνθ' ἦ τοι μὲν ἐγὼ κελόμην ἐρίηρας ἑταίρους
αὐτοῦ πὰρ νήεσσι μένειν καὶ νῆας ἔρυσθαι,   260
ὀπτῆρας δὲ κατὰ σκοπιὰς ὄτρυνα νέεσθαι·
οἱ δ' ὕβρει εἴξαντες, ἐπισπόμενοι μένεϊ σφῷ,
αἶψα μάλ' Αἰγυπτίων ἀνδρῶν περικαλλέας ἀγροὺς
πόρθεον, ἐκ δὲ γυναῖκας ἄγον καὶ νήπια τέκνα,
αὐτούς τ' ἔκτεινον· τάχα δ' ἐς πόλιν ἵκετ' ἀϋτή.   265
οἱ δὲ βοῆς ἀΐοντες ἅμ' ἠοῖ φαινομένηφιν
ἦλθον· πλῆτο δὲ πᾶν πεδίον πεζῶν τε καὶ ἵππων
χαλκοῦ τε στεροπῆς· ἐν δὲ Ζεὺς τερπικέραυνος
φύζαν ἐμοῖς ἑτάροισι κακὴν βάλεν, οὐδέ τις ἔτλη
μεῖναι ἐναντίβιον· περὶ γὰρ κακὰ πάντοθεν ἔστη.   270
ἔνθ' ἡμέων πολλοὺς μὲν ἀπέκτανον ὀξέϊ χαλκῷ,
τοὺς δ' ἄναγον ζωούς, σφίσιν ἐργάζεσθαι ἀνάγκῃ.
αὐτὰρ ἐμοὶ Ζεὺς αὐτὸς ἐνὶ φρεσὶν ὧδε νόημα
ποίησ'—ὡς ὄφελον θανέειν καὶ πότμον ἐπισπεῖν
αὐτοῦ ἐν Αἰγύπτῳ! ἔτι γάρ νύ με πῆμ' ὑπέδεκτο—
αὐτίκ' ἀπὸ κρατὸς κυνέην εὔτυκτον ἔθηκα   276
καὶ σάκος ὤμοιϊν, δόρυ δ' ἔκβαλον ἔκτοσε χειρός·
αὐτὰρ ἐγὼ βασιλῆος ἐναντίον ἤλυθον ἵππων
καὶ κύσα γούναθ' ἑλών· ὁ δ' ἐρύσατο καί μ' ἐλέησεν,
ἐς δίφρον δέ μ' ἕσας ἄγεν οἴκαδε δάκρυ χέοντα.   280

ἦ μέν μοι μάλα πολλοὶ ἐπήϊσσον μελίῃσιν,
ἱέμενοι κτεῖναι—δὴ γὰρ κεχολώατο λίην—
ἀλλ' ἀπὸ κεῖνος ἔρυκε, Διὸς δ' ὠπίζετο μῆνιν
ξεινίου, ὅς τε μάλιστα νεμεσσᾶται κακὰ ἔργα.   284
Ἔνθα μὲν ἑπτάετες μένον αὐτόθι, πολλὰ δ' ἄγειρα
χρήματ' ἀν' Αἰγυπτίους ἄνδρας· δίδοσαν γὰρ ἅπαντες.
ἀλλ' ὅτε δὴ ὄγδοόν μοι ἐπιπλόμενον ἔτος ἦλθε,
δὴ τότε Φοῖνιξ ἦλθεν ἀνὴρ ἀπατήλια εἰδώς,
τρώκτης, ὃς δὴ πολλὰ κάκ' ἀνθρώποισιν ἐώργει·
ὅς μ' ἄγε παρπεπιθὼν ᾗσι φρεσίν, ὄφρ' ἱκόμεσθα   290
Φοινίκην, ὅθι τοῦ γε δόμοι καὶ κτήματ' ἔκειτο.
ἔνθα παρ' αὐτῷ μεῖνα τελεσφόρον εἰς ἐνιαυτόν.
ἀλλ' ὅτε δὴ μῆνές τε καὶ ἡμέραι ἐξετελεῦντο
ἂψ περιτελλομένου ἔτεος καὶ ἐπήλυθον ὧραι,
ἐς Λιβύην μ' ἐπὶ νηὸς ἐέσσατο ποντοπόροιο   295
ψεύδεα βουλεύσας, ἵνα οἱ σὺν φόρτον ἄγοιμι,
κεῖθι δέ μ' ὡς περάσειε καὶ ἄσπετον ὦνον ἕλοιτο.
τῷ ἑπόμην ἐπὶ νηός, ὀϊόμενός περ, ἀνάγκῃ.
ἡ δ' ἔθεεν Βορέῃ ἀνέμῳ ἀκραέϊ καλῷ,
μέσσον ὑπὲρ Κρήτης· Ζεὺς δέ σφισι μήδετ' ὄλεθρον.
ἀλλ' ὅτε δὴ Κρήτην μὲν ἐλείπομεν, οὐδέ τις ἄλλη   301
φαίνετο γαιάων, ἀλλ' οὐρανὸς ἠδὲ θάλασσα,
δὴ τότε κυανέην νεφέλην ἔστησε Κρονίων
νηὸς ὕπερ γλαφυρῆς, ἤχλυσε δὲ πόντος ὑπ' αὐτῆς.
Ζεὺς δ' ἄμυδις βρόντησε καὶ ἔμβαλε νηῒ κεραυνόν·   305
ἡ δ' ἐλελίχθη πᾶσα Διὸς πληγεῖσα κεραυνῷ,
ἐν δὲ θεείου πλῆτο· πέσον δ' ἐκ νηὸς ἅπαντες.
οἱ δὲ κορώνῃσιν ἴκελοι περὶ νῆα μέλαιναν
κύμασιν ἐμφορέοντο· θεὸς δ' ἀποαίνυτο νόστον.
αὐτὰρ ἐμοὶ Ζεὺς αὐτός, ἔχοντί περ ἄλγεα θυμῷ,   310
ἱστὸν ἀμαιμάκετον νηὸς κυανοπρῴροιο
ἐν χείρεσσιν ἔθηκεν, ὅπως ἔτι πῆμα φύγοιμι.

τῷ ῥα περιπλεχθεὶς φερόμην ὀλοοῖς ἀνέμοισιν.
ἐννῆμαρ φερόμην, δεκάτῃ δέ με νυκτὶ μελαίνῃ
γαίῃ Θεσπρωτῶν πέλασεν μέγα κῦμα κυλίνδον.   315
ἔνθα με Θεσπρωτῶν βασιλεὺς ἐκομίσσατο Φείδων
ἥρως ἀπριάτην· τοῦ γὰρ φίλος υἱὸς ἐπελθὼν
αἴθρῳ καὶ καμάτῳ δεδμημένον ἦγεν ἐς οἶκον,
χειρὸς ἀναστήσας, ὄφρ' ἵκετο δώματα πατρός·
ἀμφὶ δέ με χλαῖνάν τε χιτῶνά τε εἵματα ἕσσεν.   320
ἔνθ' Ὀδυσῆος ἐγὼ πυθόμην· κεῖνος γὰρ ἔφασκε
ξεινίσαι ἠδὲ φιλῆσαι ἰόντ' ἐς πατρίδα γαῖαν,
καί μοι κτήματ' ἔδειξεν ὅσα ξυναγείρατ' Ὀδυσσεύς,
χαλκόν τε χρυσόν τε πολύκμητόν τε σίδηρον.
καί νύ κεν ἐς δεκάτην γενεὴν ἕτερόν γ' ἔτι βόσκοι· 325
τόσσα οἱ ἐν μεγάροις κειμήλια κεῖτο ἄνακτος.
τὸν δ' ἐς Δωδώνην φάτο βήμεναι, ὄφρα θεοῖο
ἐκ δρυὸς ὑψικόμοιο Διὸς βουλὴν ἐπακοῦσαι,
ὅππως νοστήσει' Ἰθάκης ἐς πίονα δῆμον
ἤδη δὴν ἀπεών, ἦ ἀμφαδὸν ἦε κρυφηδόν.   330
ὤμοσε δὲ πρὸς ἔμ' αὐτόν, ἀποσπένδων ἐνὶ οἴκῳ,
νῆα κατειρύσθαι καὶ ἐπαρτέας ἔμμεν ἑταίρους,
οἳ δή μιν πέμψουσι φίλην ἐς πατρίδα γαῖαν.
ἀλλ' ἐμὲ πρὶν ἀπέπεμψε· τύχησε γὰρ ἐρχομένη νηῦς
ἀνδρῶν Θεσπρωτῶν ἐς Δουλίχιον πολύπυρον.   335
ἔνθ' ὅ γέ μ' ἠνώγει πέμψαι βασιλῆϊ Ἀκάστῳ
ἐνδυκέως· τοῖσιν δὲ κακὴ φρεσὶν ἥνδανε βουλὴ
ἀμφ' ἐμοί, ὄφρ' ἔτι πάγχυ δύης ἐπὶ πῆμα γενοίμην.
ἀλλ' ὅτε γαίης πολλὸν ἀπέπλω ποντοπόρος νηῦς,
αὐτίκα δούλιον ἦμαρ ἐμοὶ περιμηχανόωντο.   340
ἐκ μέν με χλαῖνάν τε χιτῶνά τε εἵματ' ἔδυσαν,
ἀμφὶ δέ με ῥάκος ἄλλο κακὸν βάλον ἠδὲ χιτῶνα,
ῥωγαλέα, τὰ καὶ αὐτὸς ἐν ὀφθαλμοῖσιν ὅρηαι·
ἑσπέριοι δ' Ἰθάκης εὐδειέλου ἔργ' ἀφίκοντο.

ἔνθ' ἐμὲ μὲν κατέδησαν ἐϋσσέλμῳ ἐνὶ νηὶ 345
ὅπλῳ ἐϋστρεφέϊ στερεῶς, αὐτοὶ δ' ἀποβάντες
ἐσσυμένως παρὰ θῖνα θαλάσσης δόρπον ἕλοντο.
αὐτὰρ ἐμοὶ δεσμὸν μὲν ἀνέγναμψαν θεοὶ αὐτοὶ
ῥηϊδίως· κεφαλῇ δὲ κατὰ ῥάκος ἀμφικαλύψας
ξεστὸν ἐφόλκαιον καταβὰς ἐπέλασσα θαλάσσῃ 350
στῆθος, ἔπειτα δὲ χερσὶ διήρεσσ' ἀμφοτέρῃσι
νηχόμενος, μάλα δ' ὦκα θύρηθ' ἔα ἀμφὶς ἐκείνων.
ἔνθ' ἀναβάς, ὅθι τε δρίος ἦν πολυανθέος ὕλης,
κείμην πεπτηώς. οἱ δὲ μεγάλα στενάχοντες
φοίτων· ἀλλ'—οὐ γάρ σφιν ἐφαίνετο κέρδιον εἶναι
μαίεσθαι προτέρω—τοὶ μὲν πάλιν αὖτις ἔβαινον 356
νηὸς ἔπι γλαφυρῆς· ἐμὲ δ' ἔκρυψαν θεοὶ αὐτοὶ
ῥηϊδίως, καί με σταθμῷ ἐπέλασσαν ἄγοντες
ἀνδρὸς ἐπισταμένου· ἔτι γάρ νύ μοι αἶσα βιῶναι."
  Τὸν δ' ἀπαμειβόμενος προσέφης, Εὔμαιε συβῶτα·
"ἆ δειλὲ ξείνων, ἦ μοι μάλα θυμὸν ὄρινας 361
ταῦτα ἕκαστα λέγων, ὅσα δὴ πάθες ἠδ' ὅσ' ἀλήθης.
ἀλλὰ τά γ' οὐ κατὰ κόσμον ὀΐομαι, οὐδέ με πείσεις
εἰπὼν ἀμφ' Ὀδυσῆϊ· τί σε χρὴ τοῖον ἐόντα
μαψιδίως ψεύδεσθαι; ἐγὼ δ' εὖ οἶδα καὶ αὐτὸς 365
νόστον ἐμοῖο ἄνακτος, ὅ τ' ἤχθετο πᾶσι θεοῖσι
πάγχυ μάλ', ὅττι μιν οὔ τι μετὰ Τρώεσσι δάμασσαν
ἠὲ φίλων ἐν χερσίν, ἐπεὶ πόλεμον τολύπευσε.
τῷ κέν οἱ τύμβον μὲν ἐποίησαν Παναχαιοί,
ἠδέ κε καὶ ᾧ παιδὶ μέγα κλέος ἦρατ' ὀπίσσω. 370
νῦν δέ μιν ἀκλειῶς ἅρπυιαι ἀνηρείψαντο.
αὐτὰρ ἐγὼ παρ' ὕεσσιν ἀπότροπος· οὐδὲ πόλινδε
ἔρχομαι, εἰ μή πού τι περίφρων Πηνελόπεια
ἐλθέμεν ὀτρύνῃσιν, ὅτ' ἀγγελίη ποθὲν ἔλθῃ.
ἀλλ' οἱ μὲν τὰ ἕκαστα παρήμενοι ἐξερέουσιν, 375
ἠμὲν οἱ ἄχνυνται δὴν οἰχομένοιο ἄνακτος,

ἠδ' οἳ χαίρουσιν βίοτον νήποινον ἔδοντες·
ἀλλ' ἐμοὶ οὐ φίλον ἐστὶ μεταλλῆσαι καὶ ἐρέσθαι,
ἐξ οὗ δή μ' Αἰτωλὸς ἀνὴρ ἐξήπαφε μύθῳ,
ὅς ῥ' ἄνδρα κτείνας, πολλὴν ἐπὶ γαῖαν ἀληθείς,   380
ἦλθεν ἐμὰ πρὸς δώματ'· ἐγὼ δέ μιν ἀμφαγάπαζον.
φῆ δέ μιν ἐν Κρήτεσσι παρ' Ἰδομενῆϊ ἰδέσθαι
νῆας ἀκειόμενον, τάς οἱ ξυνέαξαν ἄελλαι·
καὶ φάτ' ἐλεύσεσθαι ἢ ἐς θέρος ἢ ἐς ὀπώρην,
πολλὰ χρήματ' ἄγοντα, σὺν ἀντιθέοις ἑτάροισι.   385
καὶ σύ, γέρον πολυπενθές, ἐπεί σέ μοι ἤγαγε δαίμων,
μήτε τί μοι ψεύδεσσι χαρίζεο μήτε τι θέλγε·
οὐ γὰρ τοὔνεκ' ἐγώ σ' αἰδέσσομαι οὐδὲ φιλήσω,
ἀλλὰ Δία ξένιον δείσας αὐτόν τ' ἐλεαίρων."
    Τὸν δ' ἀπαμειβόμενος προσέφη πολύμητις Ὀδυσσεύς·
"ἦ μάλα τίς τοι θυμὸς ἐνὶ στήθεσσιν ἄπιστος,   391
οἷόν σ' οὐδ' ὀμόσας περ ἐπήγαγον οὐδέ σε πείθω.
ἀλλ' ἄγε νῦν ῥήτρην ποιησόμεθ'· αὐτὰρ ὄπισθε
μάρτυροι ἀμφοτέροισι θεοί, τοὶ Ὄλυμπον ἔχουσιν.
εἰ μέν κεν νοστήσῃ ἄναξ τεὸς ἐς τόδε δῶμα,   395
ἕσσας με χλαῖνάν τε χιτῶνά τε εἵματα πέμψαι
Δουλίχιόνδ' ἰέναι, ὅθι μοι φίλον ἔπλετο θυμῷ·
εἰ δέ κε μὴ ἔλθῃσιν ἄναξ τεὸς ὡς ἀγορεύω,
δμῶας ἐπισσεύας βαλέειν μεγάλης κατὰ πέτρης,
ὄφρα καὶ ἄλλος πτωχὸς ἀλεύεται ἠπεροπεύειν."   400
    Τὸν δ' ἀπαμειβόμενος προσεφώνεε δῖος ὑφορβός·
"ξεῖν', οὕτω γάρ κέν μοι ἐϋκλείη τ' ἀρετή τε
εἴη ἐπ' ἀνθρώπους ἅμα τ' αὐτίκα καὶ μετέπειτα,
ὅς σ' ἐπεὶ ἐς κλισίην ἄγαγον καὶ ξείνια δῶκα,
αὖτις δὲ κτείναιμι φίλον τ' ἀπὸ θυμὸν ἑλοίμην!   405
πρόφρων κεν δὴ ἔπειτα Δία Κρονίωνα λιτοίμην!
νῦν δ' ὥρη δόρποιο· τάχιστά μοι ἔνδον ἑταῖροι
εἶεν, ἵν' ἐν κλισίῃ λαρὸν τετυκοίμεθα δόρπον."

Ὣς οἱ μὲν τοιαῦτα πρὸς ἀλλήλους ἀγόρευον·
ἀγχίμολον δὲ σύες τε καὶ ἀνέρες ἦλθον ὑφορβοί. 410
τὰς μὲν ἄρα ἔρξαν κατὰ ἤθεα κοιμηθῆναι,
κλαγγὴ δ᾽ ἄσπετος ὦρτο συῶν αὐλιζομενάων·
αὐτὰρ ὁ οἷς ἑτάροισιν ἐκέκλετο δῖος ὑφορβός·
" ἄξεθ᾽ ὑῶν τὸν ἄριστον, ἵνα ξείνῳ ἱερεύσω
τηλεδαπῷ· πρὸς δ᾽ αὐτοὶ ὀνησόμεθ᾽, οἵ περ ὀϊζὺν 415
δὴν ἔχομεν πάσχοντες ὑῶν ἕνεκ᾽ ἀργιοδόντων·
ἄλλοι δ᾽ ἡμέτερον κάματον νήποινον ἔδουσιν."
Ὣς ἄρα φωνήσας κέασε ξύλα νηλέϊ χαλκῷ
οἱ δ᾽ ὗν εἰσῆγον μάλα πίονα πενταέτηρον.
τὸν μὲν ἔπειτ᾽ ἔστησαν ἐπ᾽ ἐσχάρῃ· οὐδὲ συβώτης 420
λῆθετ᾽ ἄρ᾽ ἀθανάτων· φρεσὶ γὰρ κέχρητ᾽ ἀγαθῇσιν·
ἀλλ᾽ ὅ γ᾽ ἀπαρχόμενος κεφαλῆς τρίχας ἐν πυρὶ βάλλεν
ἀργιόδοντος ὑός, καὶ ἐπεύχετο πᾶσι θεοῖσι
νοστῆσαι Ὀδυσῆα πολύφρονα ὅνδε δόμονδε.
κόψε δ᾽ ἀνασχόμενος σχίζῃ δρυός, ἣν λίπε κείων· 425
τὸν δ᾽ ἔλιπε ψυχή. τοὶ δὲ σφάξάν τε καὶ εὗσαν·
αἶψα δέ μιν διέχευαν· ὁ δ᾽ ὠμοθετεῖτο συβώτης,
πάντων ἀρχόμενος μελέων, ἐς πίονα δημόν.
καὶ τὰ μὲν ἐν πυρὶ βάλλε, παλύνας ἀλφίτου ἀκτῇ,
μίστυλλόν τ᾽ ἄρα τἆλλα καὶ ἀμφ᾽ ὀβελοῖσιν ἔπειραν,
ὤπτησάν τε περιφραδέως ἐρύσαντό τε πάντα, 431
βάλλον δ᾽ εἰν ἐλεοῖσιν ἀολλέα· ἂν δὲ συβώτης
ἵστατο δαιτρεύσων—περὶ γὰρ φρεσὶν αἴσιμα ᾔδη—
καὶ τὰ μὲν ἕπταχα πάντα διεμοιρᾶτο δαΐζων·
τὴν μὲν ἴαν νύμφῃσι καὶ Ἑρμῇ, Μαιάδος υἱεῖ, 435
θῆκεν ἐπευξάμενος, τὰς δ᾽ ἄλλας νεῖμεν ἑκάστῳ·
νώτοισιν δ᾽ Ὀδυσῆα διηνεκέεσσι γέραιρεν
ἀργιόδοντος ὑός, κύδαινε δὲ θυμὸν ἄνακτος·
καί μιν φωνήσας προσέφη πολύμητις Ὀδυσσεύς·
" αἴθ᾽ οὕτως, Εὔμαιε, φίλος Διὶ πατρὶ γένοιο 440

ὡς ἐμοί, ὅττι με τοῖον ἐόντ᾽ ἀγαθοῖσι γεραίρεις."
Τὸν δ᾽ ἀπαμειβόμενος προσέφης, Εὔμαιε συβῶτα·
"ἔσθιε, δαιμόνιε ξείνων, καὶ τέρπεο τοῖσδε,
οἷα πάρεστι· θεὸς δὲ τὸ μὲν δώσει, τὸ δ᾽ ἐάσει,
ὅττι κεν ᾧ θυμῷ ἐθέλῃ· δύναται γὰρ ἅπαντα."   445
Ἦ ῥα καὶ ἄργματα θῦσε θεοῖς αἰειγενέτῃσι,
σπείσας δ᾽ αἴθοπα οἶνον Ὀδυσσῆι πτολιπόρθῳ
ἐν χείρεσσιν ἔθηκεν· ὁ δ᾽ ἕζετο ᾗ παρὰ μοίρῃ.
σῖτον δέ σφιν ἔνειμε Μεσαύλιος, ὅν ῥα συβώτης
αὐτὸς κτήσατο οἶος ἀποιχομένοιο ἄνακτος,   450
νόσφιν δεσποίνης καὶ Λαέρταο γέροντος·
πὰρ δ᾽ ἄρα μιν Ταφίων πρίατο κτεάτεσσιν ἑοῖσιν.
οἱ δ᾽ ἐπ᾽ ὀνείαθ᾽ ἑτοῖμα προκείμενα χεῖρας ἴαλλον.
αὐτὰρ ἐπεὶ πόσιος καὶ ἐδητύος ἐξ ἔρον ἔντο,
σῖτον μέν σφιν ἀφεῖλε Μεσαύλιος, οἱ δ᾽ ἐπὶ κοῖτον   455
σίτου καὶ κρειῶν κεκορημένοι ἐσσεύοντο.
Νὺξ δ᾽ ἄρ᾽ ἐπῆλθε κακή, σκοτομήνιος· ὗε δ᾽ ἄρα
Ζεὺς
πάννυχος, αὐτὰρ ἄη Ζέφυρος μέγας αἰὲν ἔφυδρος.
τοῖς δ᾽ Ὀδυσεὺς μετέειπε, συβώτεω πειρητίζων,
εἴ πώς οἱ ἐκδὺς χλαῖναν πόροι, ἤ τιν᾽ ἑταίρων   460
ἄλλον ἐποτρύνειεν, ἐπεί ἕο κήδετο λίην·
"κέκλυθι νῦν, Εὔμαιε καὶ ἄλλοι πάντες ἑταῖροι,
εὐξάμενός τι ἔπος ἐρέω· οἶνος γὰρ ἀνώγει
ἠλεός, ὅς τ᾽ ἐφέηκε πολύφρονά περ μάλ᾽ ἀεῖσαι
καί θ᾽ ἁπαλὸν γελάσαι, καί τ᾽ ὀρχήσασθαι ἀνῆκε,   465
καί τι ἔπος προέηκεν ὅ πέρ τ᾽ ἄρρητον ἄμεινον.
ἀλλ᾽ ἐπεὶ οὖν τὸ πρῶτον ἀνέκραγον, οὐκ ἐπικεύσω.
εἴθ᾽ ὡς ἡβώοιμι βίη τέ μοι ἔμπεδος εἴη,
ὡς ὅθ᾽ ὑπὸ Τροίην λόχον ἤγομεν ἀρτύναντες.
ἡγείσθην δ᾽ Ὀδυσεύς τε καὶ Ἀτρεΐδης Μενέλαος,   470
τοῖσι δ᾽ ἅμα τρίτος ἄρχον ἐγών· αὐτοὶ γὰρ ἄνωγον.

ἀλλ' ὅτε δή ῥ' ἱκόμεσθα ποτὶ πτόλιν αἰπύ τε τεῖχος,
ἡμεῖς μὲν περὶ ἄστυ κατὰ ῥωπήϊα πυκνά,
ἂν δόνακας καὶ ἕλος, ὑπὸ τεύχεσι πεπτηῶτες
κείμεθα, νὺξ δ' ἄρ' ἐπῆλθε κακὴ Βορέαο πεσόντος,
πηγυλίς· αὐτὰρ ὕπερθε χιὼν γένετ' ἠΰτε πάχνη,   476
ψυχρή, καὶ σακέεσσι περιτρέφετο κρύσταλλος.
ἔνθ' ἄλλοι πάντες χλαίνας ἔχον ἠδὲ χιτῶνας,
εὗδον δ' εὔκηλοι, σάκεσιν εἰλυμένοι ὤμους·
αὐτὰρ ἐγὼ χλαῖναν μὲν ἰὼν ἑτάροισιν ἔλειπον   480
ἀφραδίης, ἐπεὶ οὐκ ἐφάμην ῥιγωσέμεν ἔμπης,
ἀλλ' ἑπόμην σάκος οἷον ἔχων καὶ ζῶμα φαεινόν.
ἀλλ' ὅτε δὴ τρίχα νυκτὸς ἔην, μετὰ δ' ἄστρα βεβήκει,
καὶ τότ' ἐγὼν Ὀδυσῆα προσηύδων ἐγγὺς ἐόντα
ἀγκῶνι νύξας—ὁ δ' ἄρ' ἐμμαπέως ὑπάκουσε—   485
'διογενὲς Λαερτιάδη, πολυμήχαν' Ὀδυσσεῦ,
οὔ τοι ἔτι ζωοῖσι μετέσσομαι, ἀλλά με χεῖμα
δάμναται· οὐ γὰρ ἔχω χλαῖναν· παρά μ' ἤπαφε δαίμων
οἰοχίτων' ἔμεναι· νῦν δ' οὐκέτι φυκτὰ πέλονται.'
ὣς ἐφάμην· ὁ δ' ἔπειτα νόον σχέθε τόνδ' ἐνὶ θυμῷ,   490
οἷος κεῖνος ἔην βουλευέμεν ἠδὲ μάχεσθαι·
φθεγξάμενος δ' ὀλίγῃ ὀπί με πρὸς μῦθον ἔειπε·
'σίγα νῦν, μή τίς σευ Ἀχαιῶν ἄλλος ἀκούσῃ.'
ἦ καὶ ἐπ' ἀγκῶνος κεφαλὴν σχέθεν εἶπέ τε μῦθον·
'κλῦτε, φίλοι· θεῖός μοι ἐνύπνιον ἦλθεν ὄνειρος.   495
λίην γὰρ νηῶν ἑκὰς ἤλθομεν· ἀλλά τις εἴη
εἰπεῖν Ἀτρεΐδῃ Ἀγαμέμνονι, ποιμένι λαῶν,
εἰ πλέονας παρὰ ναῦφιν ἐποτρύνειε νέεσθαι.'
ὣς ἔφατ'· ὦρτο δ' ἔπειτα Θόας, Ἀνδραίμονος υἱός,
καρπαλίμως, ἀπὸ δὲ χλαῖναν θέτο φοινικόεσσαν   500
βῆ δὲ θέειν ἐπὶ νῆας· ἐγὼ δ' ἐνὶ εἵματι κείνου
κείμην ἀσπασίως, φάε δὲ χρυσόθρονος Ἠώς.
ὣς νῦν ἡβώοιμι βίη τέ μοι ἔμπεδος εἴη·

δοίη κέν τις χλαῖναν ἐνὶ σταθμοῖσι συφορβῶν,
ἀμφότερον, φιλότητι καὶ αἰδοῖ φωτὸς ἑῆος·   505
νῦν δέ μ' ἀτιμάζουσι κακὰ χροῒ εἵματ' ἔχοντα.''
    Τὸν δ' ἀπαμειβόμενος προσέφης, Εὔμαιε συβῶτα·
'' ὦ γέρον, αἶνος μέν τοι ἀμύμων, ὃν κατέλεξας,
οὐδέ τί πω παρὰ μοῖραν ἔπος νηκερδὲς ἔειπες·
τῶ οὔτ' ἐσθῆτος δευήσεαι οὔτε τευ ἄλλου,   510
ὧν ἐπέοιχ' ἱκέτην ταλαπείριον ἀντιάσαντα,
νῦν· ἀτὰρ ἠῶθέν γε τὰ σὰ ῥάκεα δνοπαλίξεις.
οὐ γὰρ πολλαὶ χλαῖναι ἐπημοιβοί τε χιτῶνες
ἐνθάδε ἕννυσθαι, μία δ' οἴη φωτὶ ἑκάστῳ.
αὐτὰρ ἐπὴν ἔλθῃσιν Ὀδυσσῆος φίλος υἱός,   515
αὐτός τοι χλαῖνάν τε χιτῶνά τε εἵματα δώσει,
πέμψει δ' ὅππῃ σε κραδίη θυμός τε κελεύει.''
    Ὣς εἰπὼν ἀνόρουσε, τίθει δ' ἄρα οἱ πυρὸς ἐγγὺς
εὐνήν, ἐν δ' ὀΐων τε καὶ αἰγῶν δέρματ' ἔβαλλεν.
ἔνθ' Ὀδυσεὺς κατέλεκτ'· ἐπὶ δὲ χλαῖναν βάλεν αὐτῷ
πυκνὴν καὶ μεγάλην, ἥ οἱ παρεκέσκετ' ἀμοιβάς,   521
ἕννυσθαι ὅτε τις χειμὼν ἔκπαγλος ὄροιτο.
    Ὣς ὁ μὲν ἔνθ' Ὀδυσεὺς κοιμήσατο, τοὶ δὲ παρ'
        αὐτὸν
ἄνδρες κοιμήσαντο νεηνίαι· οὐδὲ συβώτῃ
ἥνδανεν αὐτόθι κοῖτος, ὑῶν ἄπο κοιμηθῆναι,   525
ἀλλ' ὅ γ' ἄρ' ἔξω ἰὼν ὁπλίζετο· χαῖρε δ' Ὀδυσσεύς,
ὅττι ῥά οἱ βιότου περικήδετο νόσφιν ἐόντος.
πρῶτον μὲν ξίφος ὀξὺ περὶ στιβαροῖς βάλετ' ὤμοις,
ἀμφὶ δὲ χλαῖναν ἑέσσατ' ἀλεξάνεμον, μάλα πυκνήν,
ἂν δὲ νάκην ἕλετ' αἰγὸς ἐϋτρεφέος μεγάλοιο,   530
εἵλετο δ' ὀξὺν ἄκοντα, κυνῶν ἀλκτῆρα καὶ ἀνδρῶν.
βῆ δ' ἴμεναι κείων ὅθι περ σύες ἀργιόδοντες
πέτρῃ ὕπο γλαφυρῇ εὗδον, Βορέω ὑπ' ἰωγῇ.

Ἡ δ᾽ εἰς εὐρύχορον Λακεδαίμονα Παλλὰς Ἀθήνη
οἴχετ᾽, Ὀδυσσῆος μεγαθύμου φαίδιμον υἱὸν
νόστου ὑπομνήσουσα καὶ ὀτρυνέουσα νέεσθαι.
εὗρε δὲ Τηλέμαχον καὶ Νέστορος ἀγλαὸν υἱὸν
εὕδοντ᾽ ἐν προδόμῳ Μενελάου κυδαλίμοιο, 5
ἦ τοι Νεστορίδην μαλακῷ δεδμημένον ὕπνῳ·
Τηλέμαχον δ᾽ οὐχ ὕπνος ἔχε γλυκύς, ἀλλ᾽ ἐνὶ θυμῷ
νύκτα δι᾽ ἀμβροσίην μελεδήματα πατρὸς ἔγειρεν.
ἀγχοῦ δ᾽ ἱσταμένη προσέφη γλαυκῶπις Ἀθήνη·
"Τηλέμαχ᾽, οὐκέτι καλὰ δόμων ἄπο τῆλ᾽ ἀλάλησαι,
κτήματά τε προλιπὼν ἄνδρας τ᾽ ἐν σοῖσι δόμοισιν 11
οὕτω ὑπερφιάλους· μή τοι κατὰ πάντα φάγωσι
κτήματα δασσάμενοι, σὺ δὲ τηϋσίην ὁδὸν ἔλθῃς.
ἀλλ᾽ ὄτρυνε τάχιστα βοὴν ἀγαθὸν Μενέλαον
πεμπέμεν, ὄφρ᾽ ἔτι οἴκοι ἀμύμονα μητέρα τέτμῃς. 15
ἤδη γάρ ῥα πατήρ τε κασίγνητοί τε κέλονται
Εὐρυμάχῳ γήμασθαι· ὁ γὰρ περιβάλλει ἅπαντας
μνηστῆρας δώροισι καὶ ἐξώφελλεν ἔεδνα·
μή νύ τι σεῦ ἀέκητι δόμων ἐκ κτῆμα φέρηται.
οἶσθα γὰρ οἷος θυμὸς ἐνὶ στήθεσσι γυναικός· 20
κείνου βούλεται οἶκον ὀφέλλειν ὅς κεν ὀπυίῃ,
παίδων δὲ προτέρων καὶ κουριδίοιο φίλοιο
οὐκέτι μέμνηται τεθνηότος οὐδὲ μεταλλᾷ.
ἀλλὰ σύ γ᾽ ἐλθὼν αὐτὸς ἐπιτρέψειας ἕκαστα
δμῳάων ἥ τίς τοι ἀρίστη φαίνεται εἶναι, 25

εἰς ὅ κέ τοι φήνωσι θεοὶ κυδρὴν παράκοιτιν.
ἄλλο δέ τοί τι ἔπος ἐρέω, σὺ δὲ σύνθεο θυμῷ·
μνηστήρων σ᾽ ἐπιτηδὲς ἀριστῆες λοχόωσιν
ἐν πορθμῷ Ἰθάκης τε Σάμοιό τε παιπαλοέσσης,
ἱέμενοι κτεῖναι, πρὶν πατρίδα γαῖαν ἱκέσθαι.   30
ἀλλὰ τά γ᾽ οὐκ ὀίω· πρὶν καί τινα γαῖα καθέξει
ἀνδρῶν μνηστήρων, οἵ τοι βίοτον κατέδουσιν.
ἀλλὰ ἑκὰς νήσων ἀπέχειν εὐεργέα νῆα,
νυκτὶ δ᾽ ὁμῶς πλείειν· πέμψει δέ τοι οὖρον ὄπισθεν
ἀθανάτων ὅς τίς σε φυλάσσει τε ῥύεταί τε.   35
αὐτὰρ ἐπὴν πρώτην ἀκτὴν Ἰθάκης ἀφίκηαι,
νῆα μὲν ἐς πόλιν ὀτρῦναι καὶ πάντας ἑταίρους,
αὐτὸς δὲ πρώτιστα συβώτην εἰσαφικέσθαι,
ὅς τοι ὑῶν ἐπίουρος, ὁμῶς δέ τοι ἤπια οἶδεν.
ἔνθα δὲ νύκτ᾽ ἀέσαι· τὸν δ᾽ ὀτρῦναι πόλιν εἴσω   40
ἀγγελίην ἐρέοντα περίφρονι Πηνελοπείῃ,
οὕνεκά οἱ σῶς ἐσσι καὶ ἐκ Πύλου εἰλήλουθας."
Ἡ μὲν ἄρ᾽ ὣς εἰποῦσ᾽ ἀπέβη πρὸς μακρὸν Ὄλυμπον,
αὐτὰρ ὁ Νεστορίδην ἐξ ἡδέος ὕπνου ἔγειρε
λὰξ ποδὶ κινήσας, καί μιν πρὸς μῦθον ἔειπεν·   45
"ἔγρεο, Νεστορίδη Πεισίστρατε· μώνυχας ἵππους
ζεῦξον ὑφ᾽ ἅρματ᾽ ἄγων, ὄφρα πρήσσωμεν ὁδοῖο."
Τὸν δ᾽ αὖ Νεστορίδης Πεισίστρατος ἀντίον ηὔδα·
"Τηλέμαχ᾽, οὔ πως ἔστιν ἐπειγομένους περ ὁδοῖο
νύκτα διὰ δνοφερὴν ἐλάαν· τάχα δ᾽ ἔσσεται ἠώς.   50
ἀλλὰ μέν᾽ εἰς ὅ κε δῶρα φέρων ἐπιδίφρια θήῃ
ἥρως Ἀτρεΐδης, δουρικλειτὸς Μενέλαος,
καὶ μύθοις ἀγανοῖσι παραυδήσας ἀποπέμψῃ.
τοῦ γάρ τε ξεῖνος μιμνήσκεται ἤματα πάντα
ἀνδρὸς ξεινοδόκου, ὅς κεν φιλότητα παράσχῃ."   55
Ὣς ἔφατ᾽· αὐτίκα δὲ χρυσόθρονος ἤλυθεν Ἠώς.
ἀγχίμολον δέ σφ᾽ ἦλθε βοὴν ἀγαθὸς Μενέλαος,

ἀνστὰς ἐξ εὐνῆς, Ἑλένης πάρα καλλικόμοιο.
τὸν δ' ὡς οὖν ἐνόησεν Ὀδυσσῆος φίλος υἱός,
σπερχόμενός ῥα χιτῶνα περὶ χροῒ σιγαλόεντα   60
δῦνεν, καὶ μέγα φᾶρος ἐπὶ στιβαροῖς βάλετ' ὤμοις
ἥρως, βῆ δὲ θύραζε, παριστάμενος δὲ προσηύδα
Τηλέμαχος, φίλος υἱὸς Ὀδυσσῆος θείοιο·
"'Ατρεΐδη Μενέλαε διοτρεφές, ὄρχαμε λαῶν,
ἤδη νῦν μ' ἀπόπεμπε φίλην ἐς πατρίδα γαῖαν·   65
ἤδη γάρ μοι θυμὸς ἐέλδεται οἴκαδ' ἱκέσθαι."
  Τὸν δ' ἠμείβετ' ἔπειτα βοὴν ἀγαθὸς Μενέλαος·
"Τηλέμαχ', οὔ τί σ' ἐγώ γε πολὺν χρόνον ἐνθάδ'
    ἐρύξω
ἱέμενον νόστοιο· νεμεσσῶμαι δὲ καὶ ἄλλῳ
ἀνδρὶ ξεινοδόκῳ ὅς κ' ἔξοχα μὲν φιλέῃσιν,   70
ἔξοχα δ' ἐχθαίρῃσιν· ἀμείνω δ' αἴσιμα πάντα.
ἶσόν τοι κακόν ἐσθ', ὅς τ' οὐκ ἐθέλοντα νέεσθαι
ξεῖνον ἐποτρύνει καὶ ὃς ἐσσύμενον κατερύκει.
χρὴ ξεῖνον παρεόντα φιλεῖν, ἐθέλοντα δὲ πέμπειν.
ἀλλὰ μέν' εἰς ὅ κε δῶρα φέρων ἐπιδίφρια θείω   75
καλά, σὺ δ' ὀφθαλμοῖσιν ἴδῃς, εἴπω δὲ γυναιξὶ
δεῖπνον ἐνὶ μεγάροις τετυκεῖν ἅλις ἔνδον ἐόντων.
ἀμφότερον κῦδός τε καὶ ἀγλαΐη καὶ ὄνειαρ
δειπνήσαντας ἴμεν πολλὴν ἐπ' ἀπείρονα γαῖαν.
εἰ δ' ἐθέλεις τραφθῆναι ἀν' Ἑλλάδα καὶ μέσον Ἄργος,
ὄφρα τοι αὐτὸς ἕπωμαι, ὑποζεύξω δέ τοι ἵππους,   81
ἄστεα δ' ἀνθρώπων ἡγήσομαι· οὐδέ τις ἡμέας
αὔτως ἀππέμψει, δώσει δέ τι ἕν γε φέρεσθαι,
ἠέ τινα τριπόδων εὐχάλκων ἠὲ λεβήτων,
ἠὲ δύ' ἡμιόνους ἠὲ χρύσειον ἄλεισον."   85
  Τὸν δ' αὖ Τηλέμαχος πεπνυμένος ἀντίον ηὔδα·
"'Ατρεΐδη Μενέλαε διοτρεφές, ὄρχαμε λαῶν,
βούλομαι ἤδη νεῖσθαι ἐφ' ἡμέτερ'· οὐ γὰρ ὄπισθεν

οὖρον ἰὼν κατέλειπον ἐπὶ κτεάτεσσιν ἐμοῖσιν·
μὴ πατέρ᾽ ἀντίθεον διζήμενος αὐτὸς ὄλωμαι,   90
ἤ τί μοι ἐκ μεγάρων κειμήλιον ἐσθλὸν ὄληται."
Αὐτὰρ ἐπεὶ τό γ᾽ ἄκουσε βοὴν ἀγαθὸς Μενέλαος,
αὐτίκ᾽ ἄρ᾽ ᾗ ἀλόχῳ ἠδὲ δμῳῇσι κέλευσε
δεῖπνον ἐνὶ μεγάροις τετυκεῖν ἅλις ἔνδον ἐόντων.
ἀγχίμολον δέ οἱ ἦλθε Βοηθοΐδης Ἐτεωνεύς,   95
ἀνστὰς ἐξ εὐνῆς, ἐπεὶ οὐ πολὺ ναῖεν ἀπ᾽ αὐτοῦ·
τὸν πῦρ κῆαι ἄνωγε βοὴν ἀγαθὸς Μενέλαος
ὀπτῆσαί τε κρεῶν· ὁ δ᾽ ἄρ᾽ οὐκ ἀπίθησεν ἀκούσας.
αὐτὸς δ᾽ ἐς θάλαμον κατεβήσετο κηώεντα,
οὐκ οἶος, ἅμα τῷ γ᾽ Ἑλένη κίε καὶ Μεγαπένθης.   100
ἀλλ᾽ ὅτε δή ῥ᾽ ἵκαν᾽ ὅθι οἱ κειμήλια κεῖτο,
Ἀτρεΐδης μὲν ἔπειτα δέπας λάβεν ἀμφικύπελλον,
υἱὸν δὲ κρητῆρα φέρειν Μεγαπένθε᾽ ἄνωγεν
ἀργύρεον· Ἑλένη δὲ παρίστατο φωριαμοῖσιν,
ἔνθ᾽ ἔσαν οἱ πέπλοι παμποίκιλοι, οὓς κάμεν αὐτή.   105
τῶν ἕν᾽ ἀειραμένη Ἑλένη φέρε, δῖα γυναικῶν,
ὃς κάλλιστος ἔην ποικίλμασιν ἠδὲ μέγιστος,
ἀστὴρ δ᾽ ὣς ἀπέλαμπεν· ἔκειτο δὲ νείατος ἄλλων.
βὰν δ᾽ ἰέναι προτέρω διὰ δώματος, ἧος ἵκοντο
Τηλέμαχον· τὸν δὲ προσέφη ξανθὸς Μενέλαος·   110
"Τηλέμαχ᾽, ἦ τοι νόστον, ὅπως φρεσὶ σῇσι μενοινᾷς,
ὥς τοι Ζεὺς τελέσειεν, ἐρίγδουπος πόσις Ἥρης.
δώρων δ᾽, ὅσσ᾽ ἐν ἐμῷ οἴκῳ κειμήλια κεῖται,
δώσω ὃ κάλλιστον καὶ τιμηέστατόν ἐστι.
δώσω τοι κρητῆρα τετυγμένον· ἀργύρεος δὲ   115
ἐστὶν ἅπας, χρυσῷ δ᾽ ἐπὶ χείλεα κεκράανται,
ἔργον δ᾽ Ἡφαίστοιο· πόρεν δέ ἑ Φαίδιμος ἥρως,
Σιδονίων βασιλεύς, ὅθ᾽ ἑὸς δόμος ἀμφεκάλυψε
κεῖσ᾽ ἐμὲ νοστήσαντα· τεΐν δ᾽ ἐθέλω τόδ᾽ ὀπάσσαι."
Ὣς εἰπὼν ἐν χειρὶ τίθει δέπας ἀμφικύπελλον   120

ἤρως Ἀτρεΐδης· ὁ δ' ἄρα κρητῆρα φαεινὸν
θῆκ' αὐτοῦ προπάροιθε φέρων κρατερὸς Μεγαπένθης,
ἀργύρεον· Ἑλένη δὲ παρίστατο καλλιπάρῃος
πέπλον ἔχουσ' ἐν χερσίν, ἔπος τ' ἔφατ' ἔκ τ' ὀνόμαζε·
"δῶρόν τοι καὶ ἐγώ, τέκνον φίλε, τοῦτο δίδωμι, 125
μνῆμ' Ἑλένης χειρῶν, πολυηράτου ἐς γάμου ὥρην,
σῇ ἀλόχῳ φορέειν· τῆος δὲ φίλῃ παρὰ μητρὶ
κεῖσθαι ἐνὶ μεγάρῳ. σὺ δέ μοι χαίρων ἀφίκοιο
οἶκον ἐϋκτίμενον καὶ σὴν ἐς πατρίδα γαῖαν."
Ὣς εἰποῦσ' ἐν χερσὶ τίθει· ὁ δ' ἐδέξατο χαίρων. 130
καὶ τὰ μὲν ἐς πείρινθα τίθει Πεισίστρατος ἥρως
δεξάμενος, καὶ πάντα ἑῷ θηήσατο θυμῷ·
τοὺς δ' ἦγε πρὸς δῶμα κάρη ξανθὸς Μενέλαος.
ἑζέσθην δ' ἄρ' ἔπειτα κατὰ κλισμούς τε θρόνους τε.
χέρνιβα δ' ἀμφίπολος προχόῳ ἐπέχευε φέρουσα 135
καλῇ χρυσείῃ, ὑπὲρ ἀργυρέοιο λέβητος,
νίψασθαι· παρὰ δὲ ξεστὴν ἐτάνυσσε τράπεζαν.
σῖτον δ' αἰδοίη ταμίη παρέθηκε φέρουσα,
εἴδατα πόλλ' ἐπιθεῖσα, χαριζομένη παρεόντων·
πὰρ δὲ Βοηθοΐδης κρέα δαίετο καὶ νέμε μοίρας· 140
οἰνοχόει δ' υἱὸς Μενελάου κυδαλίμοιο.
οἱ δ' ἐπ' ὀνείαθ' ἑτοῖμα προκείμενα χεῖρας ἴαλλον.
αὐτὰρ ἐπεὶ πόσιος καὶ ἐδητύος ἐξ ἔρον ἕντο,
δὴ τότε Τηλέμαχος καὶ Νέστορος ἀγλαὸς υἱὸς
ἵππους τε ζεύγνυντ' ἀνά θ' ἅρματα ποικίλ' ἔβαινον, 145
ἐκ δ' ἔλασαν προθύροιο καὶ αἰθούσης ἐριδούπου.
τοὺς δὲ μετ' Ἀτρεΐδης ἔκιε ξανθὸς Μενέλαος,
οἶνον ἔχων ἐν χειρὶ μελίφρονα δεξιτερῆφι,
ἐν δέπαϊ χρυσέῳ, ὄφρα λείψαντε κιοίτην.
στῆ δ' ἵππων προπάροιθε, δεδισκόμενος δὲ προσηύδα·
"χαίρετον, ὦ κούρω, καὶ Νέστορι ποιμένι λαῶν 151
εἰπεῖν· ἦ γὰρ ἐμοί γε πατὴρ ὣς ἤπιος ἦεν,

ἦος ἐνὶ Τροίῃ πολεμίζομεν υἷες Ἀχαιῶν."

Τὸν δ' αὖ Τηλέμαχος πεπνυμένος ἀντίον ηὔδα·
"καὶ λίην κείνῳ γε, διοτρεφές, ὡς ἀγορεύεις,   155
πάντα τάδ' ἐλθόντες καταλέξομεν· αἱ γὰρ ἐγὼν ὣς
νοστήσας Ἰθάκηνδε, κιχὼν Ὀδυσῆ' ἐνὶ οἴκῳ,
εἴποιμ' ὡς παρὰ σεῖο τυχὼν φιλότητος ἁπάσης
ἔρχομαι, αὐτὰρ ἄγω κειμήλια πολλὰ καὶ ἐσθλά."

Ὣς ἄρα οἱ εἰπόντι ἐπέπτατο δεξιὸς ὄρνις,   160
αἰετὸς ἀργὴν χῆνα φέρων ὀνύχεσσι πέλωρον,
ἥμερον ἐξ αὐλῆς· οἱ δ' ἰύζοντες ἕποντο
ἀνέρες ἠδὲ γυναῖκες· ὁ δέ σφισιν ἐγγύθεν ἐλθὼν
δεξιὸς ἤϊξε πρόσθ' ἵππων· οἱ δὲ ἰδόντες
γήθησαν, καὶ πᾶσιν ἐνὶ φρεσὶ θυμὸς ἰάνθη.   165
τοῖσι δὲ Νεστορίδης Πεισίστρατος ἄρχετο μύθων·
"φράζεο δή, Μενέλαε διοτρεφές, ὄρχαμε λαῶν,
ἢ νῶϊν τόδ' ἔφηνε θεὸς τέρας ἦε σοὶ αὐτῷ."

Ὣς φάτο· μερμήριξε δ' ἀρηΐφιλος Μενέλαος,
ὅππως οἱ κατὰ μοῖραν ὑποκρίναιτο νοήσας.   170
τὸν δ' Ἑλένη τανύπεπλος ὑποφθαμένη φάτο μῦθον·
"κλῦτέ μευ· αὐτὰρ ἐγὼ μαντεύσομαι, ὡς ἐνὶ θυμῷ
ἀθάνατοι βάλλουσι καὶ ὡς τελέεσθαι ὀΐω.
ὡς ὅδε χῆν' ἥρπαξ' ἀτιταλλομένην ἐνὶ οἴκῳ
ἐλθὼν ἐξ ὄρεος, ὅθι οἱ γενεή τε τόκος τε,   175
ὣς Ὀδυσεὺς κακὰ πολλὰ παθὼν καὶ πόλλ' ἐπαληθεὶς
οἴκαδε νοστήσει καὶ τίσεται· ἠὲ καὶ ἤδη
οἴκοι, ἀτὰρ μνηστῆρσι κακὸν πάντεσσι φυτεύει."

Τὴν δ' αὖ Τηλέμαχος πεπνυμένος ἀντίον ηὔδα·
"οὕτω νῦν Ζεὺς θείη, ἐρίγδουπος πόσις Ἥρης·   180
τῷ κέν τοι καὶ κεῖθι θεῷ ὣς εὐχετοῴμην."

Ἦ καὶ ἐφ' ἱπποῖϊν μάστιν βάλεν· οἱ δὲ μάλ' ὦκα
ἤϊξαν πεδίονδε διὰ πτόλιος μεμαῶτες.
οἱ δὲ πανημέριοι σεῖον ζυγὸν ἀμφὶς ἔχοντες.

Δύσετό τ' ἠέλιος σκιόωντό τε πᾶσαι ἀγυιαί· 185
ἐς Φηρὰς δ' ἵκοντο Διοκλῆος ποτὶ δῶμα,
υἱέος Ὀρτιλόχοιο, τὸν Ἀλφειὸς τέκε παῖδα.
ἔνθα δὲ νύκτ' ἄεσαν, ὁ δὲ τοῖς πὰρ ξείνια θῆκεν.
Ἦμος δ' ἠριγένεια φάνη ῥοδοδάκτυλος Ἠώς,
ἵππους τε ζεύγνυντ' ἀνά θ' ἅρματα ποικίλ' ἔβαινον,
ἐκ δ' ἔλασαν προθύροιο καὶ αἰθούσης ἐριδούπου· 191
μάστιξεν δ' ἐλάαν, τὼ δ' οὐκ ἀέκοντε πετέσθην.
αἶψα δ' ἔπειθ' ἵκοντο Πύλου αἰπὺ πτολίεθρον·
καὶ τότε Τηλέμαχος προσεφώνεε Νέστορος υἱόν·
"Νεστορίδη, πῶς κέν μοι ὑποσχόμενος τελέσειας 195
μῦθον ἐμόν; ξεῖνοι δὲ διαμπερὲς εὐχόμεθ' εἶναι
ἐκ πατέρων φιλότητος, ἀτὰρ καὶ ὁμήλικές εἰμεν·
ἥδε δ' ὁδὸς καὶ μᾶλλον ὁμοφροσύνησιν ἐνήσει.
μή με παρὲξ ἄγε νῆα, διοτρεφές, ἀλλὰ λίπ' αὐτοῦ,
μή μ' ὁ γέρων ἀέκοντα κατάσχῃ ᾧ ἐνὶ οἴκῳ 200
ἱέμενος φιλέειν· ἐμὲ δὲ χρεὼ θᾶσσον ἱκέσθαι."
Ὣς φάτο· Νεστορίδης δ' ἄρ' ἑῷ συμφράσσατο θυμῷ,
ὅππως οἱ κατὰ μοῖραν ὑποσχόμενος τελέσειεν.
ὧδε δέ οἱ φρονέοντι δοάσσατο κέρδιον εἶναι·
στρέψ' ἵππους ἐπὶ νῆα θοὴν καὶ θῖνα θαλάσσης, 205
νηΐ δ' ἐνὶ πρύμνῃ ἐξαίνυτο κάλλιμα δῶρα,
ἐσθῆτα χρυσόν τε, τά οἱ Μενέλαος ἔδωκε·
καί μιν ἐποτρύνων ἔπεα πτερόεντα προσηύδα·
"σπουδῇ νῦν ἀνάβαινε κέλευέ τε πάντας ἑταίρους,
πρὶν ἐμὲ οἴκαδ' ἱκέσθαι ἀπαγγείλαί τε γέροντι. 210
εὖ γὰρ ἐγὼ τόδε οἶδα κατὰ φρένα καὶ κατὰ θυμόν,
οἷος κείνου θυμὸς ὑπέρβιος· οὔ σε μεθήσει,
ἀλλ' αὐτὸς καλέων δεῦρ' εἴσεται, οὐδέ ἕ φημι
ἂψ ἰέναι κενεόν· μάλα γὰρ κεχολώσεται ἔμπης."
Ὣς ἄρα φωνήσας ἔλασεν καλλίτριχας ἵππους 215
ἂψ Πυλίων εἰς ἄστυ, θοῶς δ' ἄρα δώμαθ' ἵκανε.

Τηλέμαχος δ' ἑτάροισιν ἐποτρύνας ἐκέλευσεν·
" ἐγκοσμεῖτε τὰ τεύχε', ἑταῖροι, νηὶ μελαίνῃ,
αὐτοί τ' ἀμβαίνωμεν, ἵνα πρήσσωμεν ὁδοῖο."
Ὣς ἔφαθ'· οἱ δ' ἄρα τοῦ μάλα μὲν κλύον ἠδ' ἐπίθοντο,
αἶψα δ' ἄρ' εἴσβαινον καὶ ἐπὶ κληῖσι καθῖζον.   221
Ἦ τοι ὁ μὲν τὰ πονεῖτο καὶ εὔχετο, θῦε δ' Ἀθήνῃ
νηὶ πάρα πρύμνῃ· σχεδόθεν δέ οἱ ἤλυθεν ἀνὴρ
τηλεδαπός, φεύγων ἐξ Ἄργεος ἄνδρα κατακτάς,
μάντις· ἀτὰρ γενεήν γε Μελάμποδος ἔκγονος ἦεν,   225
ὃς πρὶν μέν ποτ' ἔναιε Πύλῳ ἔνι, μητέρι μήλων,
ἀφνειὸς Πυλίοισι μέγ' ἔξοχα δώματα ναίων·
δὴ τότε γ' ἄλλων δῆμον ἀφίκετο, πατρίδα φεύγων
Νηλέα τε μεγάθυμον, ἀγαυότατον ζωόντων,
ὅς οἱ χρήματα πολλὰ τελεσφόρον εἰς ἐνιαυτὸν   230
εἶχε βίῃ. ὁ δὲ τῆος ἐνὶ μεγάροις Φυλάκοιο
δεσμῷ ἐν ἀργαλέῳ δέδετο, κρατέρ' ἄλγεα πάσχων
εἵνεκα Νηλῆος κούρης ἄτης τε βαρείης,
τήν οἱ ἐπὶ φρεσὶ θῆκε θεὰ δασπλῆτις Ἐρινύς.
ἀλλ' ὁ μὲν ἔκφυγε κῆρα καὶ ἤλασε βοῦς ἐριμύκους 235
ἐς Πύλον ἐκ Φυλάκης καὶ ἐτίσατο ἔργον ἀεικὲς
ἀντίθεον Νηλῆα, κασιγνήτῳ δὲ γυναῖκα
ἠγάγετο πρὸς δώμαθ'· ὁ δ' ἄλλων ἵκετο δῆμον,
Ἄργος ἐς ἱππόβοτον· τόθι γάρ νύ οἱ αἴσιμον ἦεν
ναιέμεναι πολλοῖσιν ἀνάσσοντ' Ἀργείοισιν.   240
ἔνθα δ' ἔγημε γυναῖκα καὶ ὑψερεφὲς θέτο δῶμα,
γείνατο δ' Ἀντιφάτην καὶ Μάντιον, υἱε κραταιώ.
Ἀντιφάτης μὲν τίκτεν Ὀϊκλῆα μεγάθυμον,
αὐτὰρ Ὀϊκλῆς λαοσσόον Ἀμφιάραον,
ὃν περὶ κῆρι φίλει Ζεύς τ' αἰγίοχος καὶ Ἀπόλλων
παντοίην φιλότητ'· οὐδ' ἵκετο γήραος οὐδόν,   246
ἀλλ' ὄλετ' ἐν Θήβῃσι γυναίων εἵνεκα δώρων.
τοῦ δ' υἱεῖς ἐγένοντ' Ἀλκμάων Ἀμφίλοχός τε.

Μάντιος αὖ τέκετο Πολυφείδεά τε Κλεῖτόν τε·
ἀλλ' ἦ τοι Κλεῖτον χρυσόθρονος ἥρπασεν Ἠὼς 250
κάλλεος εἵνεκα οἷο, ἵν' ἀθανάτοισι μετείη·
αὐτὰρ ὑπέρθυμον Πολυφείδεα μάντιν Ἀπόλλων
θῆκε βροτῶν ὄχ' ἄριστον, ἐπεὶ θάνεν Ἀμφιάραος·
ὅς ῥ' Ὑπερησίηνδ' ἀπενάσσατο πατρὶ χολωθείς,
ἔνθ' ὅ γε ναιετάων μαντεύετο πᾶσι βροτοῖσι. 255
Τοῦ μὲν ἄρ' υἱὸς ἐπῆλθε, Θεοκλύμενος δ' ὄνομ' ἦεν,
ὃς τότε Τηλεμάχου πέλας ἵστατο· τὸν δ' ἐκίχανε
σπένδοντ' εὐχόμενόν τε θοῇ παρὰ νηὶ μελαίνῃ,
καί μιν φωνήσας ἔπεα πτερόεντα προσηύδα·
" ὦ φίλ', ἐπεί σε θύοντα κιχάνω τῷδ' ἐνὶ χώρῳ, 260
λίσσομ' ὑπὲρ θυέων καὶ δαίμονος, αὐτὰρ ἔπειτα
σῆς τ' αὐτοῦ κεφαλῆς καὶ ἑταίρων, οἵ τοι ἕπονται,
εἰπέ μοι εἰρομένῳ νημερτέα μηδ' ἐπικεύσῃς·
τίς πόθεν εἰς ἀνδρῶν; πόθι τοι πόλις ἠδὲ τοκῆες; "
Τὸν δ' αὖ Τηλέμαχος πεπνυμένος ἀντίον ηὔδα· 265
" τοιγὰρ ἐγώ τοι, ξεῖνε, μάλ' ἀτρεκέως ἀγορεύσω.
ἐξ Ἰθάκης γένος εἰμί, πατὴρ δέ μοί ἐστιν Ὀδυσσεύς,
εἴ ποτ' ἔην· νῦν δ' ἤδη ἀπέφθιτο λυγρῷ ὀλέθρῳ.
τοὔνεκα νῦν ἑτάρους τε λαβὼν καὶ νῆα μέλαιναν
ἦλθον πευσόμενος πατρὸς δὴν οἰχομένοιο." 270
Τὸν δ' αὖτε προσέειπε Θεοκλύμενος θεοειδής·
" οὕτω τοι καὶ ἐγὼν ἐκ πατρίδος, ἄνδρα κατακτὰς
ἔμφυλον· πολλοὶ δὲ κασίγνητοί τε ἔται τε
Ἄργος ἀν' ἱππόβοτον, μέγα δὲ κρατέουσιν Ἀχαιῶν.
τῶν ὑπαλευάμενος θάνατον καὶ κῆρα μέλαιναν 275
φεύγω, ἐπεί νύ μοι αἶσα κατ' ἀνθρώπους ἀλάλησθαι.
ἀλλά με νηὸς ἔφεσσαι, ἐπεί σε φυγὼν ἱκέτευσα,
μή με κατακτείνωσι· διωκέμεναι γὰρ ὀίω."
Τὸν δ' αὖ Τηλέμαχος πεπνυμένος ἀντίον ηὔδα·
" οὐ μὲν δή σ' ἐθέλοντά γ' ἀπώσω νηὸς ἐίσης, 280

ἀλλ' ἔπευ· αὐτὰρ κεῖθι φιλήσεαι, οἷά κ' ἔχωμεν."
"Ὡς ἄρα φωνήσας οἱ ἐδέξατο χάλκεον ἔγχος,
καὶ τό γ' ἐπ' ἰκριόφιν τάνυσεν νεὸς ἀμφιελίσσης·
ἂν δὲ καὶ αὐτὸς νηὸς ἐβήσετο ποντοπόροιο.
ἐν πρύμνῃ δ' ἄρ' ἔπειτα καθέζετο, πὰρ δὲ οἱ αὐτῷ
εἷσε Θεοκλύμενον· τοὶ δὲ πρυμνῆσι' ἔλυσαν.   286
Τηλέμαχος δ' ἑτάροισιν ἐποτρύνας ἐκέλευσεν
ὅπλων ἅπτεσθαι· τοὶ δ' ἐσσυμένως ἐπίθοντο.
ἱστὸν δ' εἰλάτινον κοίλης ἔντοσθε μεσόδμης
στῆσαν ἀείραντες, κατὰ δὲ προτόνοισιν ἔδησαν,   290
ἕλκον δ' ἱστία λευκὰ ἐϋστρέπτοισι βοεῦσι.
τοῖσιν δ' ἴκμενον οὖρον ἵει γλαυκῶπις Ἀθήνη,
λάβρον ἐπαιγίζοντα δι' αἰθέρος, ὄφρα τάχιστα
νηῦς ἀνύσειε θέουσα θαλάσσης ἁλμυρὸν ὕδωρ.
βὰν δὲ παρὰ Κρουνοὺς καὶ Χαλκίδα καλλιρέεθρον.   295
Δύσετό τ' ἠέλιος σκιόωντό τε πᾶσαι ἀγυιαί·
ἡ δὲ Φεὰς ἐπέβαλλεν ἐπειγομένη Διὸς οὔρῳ,
ἠδὲ παρ' Ἤλιδα δῖαν, ὅθι κρατέουσιν Ἐπειοί.
ἔνθεν δ' αὖ νήσοισιν ἐπιπροέηκε θοῇσιν,
ὁρμαίνων ἤ κεν θάνατον φύγοι ἦ κεν ἁλώῃ.   300

Τὼ δ' αὖτ' ἐν κλισίῃ Ὀδυσεὺς καὶ δῖος ὑφορβὸς
δορπείτην· παρὰ δέ σφιν ἐδόρπεον ἀνέρες ἄλλοι.
αὐτὰρ ἐπεὶ πόσιος καὶ ἐδητύος ἐξ ἔρον ἕντο,
τοῖς δ' Ὀδυσεὺς μετέειπε, συβώτεω πειρητίζων,
ἤ μιν ἔτ' ἐνδυκέως φιλέοι μεῖναί τε κελεύοι   305
αὐτοῦ ἐνὶ σταθμῷ, ἦ ὀτρύνειε πόλινδε·
"κέκλυθι νῦν, Εὔμαιε, καὶ ἄλλοι πάντες ἑταῖροι·
ἠῶθεν προτὶ ἄστυ λιλαίομαι ἀπονέεσθαι
πτωχεύσων, ἵνα μή σε κατατρύχω καὶ ἑταίρους.   309
ἀλλά μοι εὖ θ' ὑπόθεν καὶ ἅμ' ἡγεμόν' ἐσθλὸν ὄπασσον,
ὅς κέ με κεῖσ' ἀγάγῃ· κατὰ δὲ πτόλιν αὐτὸς ἀνάγκῃ

πλάγξομαι, αἴ κέν τις κοτύλην καὶ πύρνον ὀρέξῃ.
καί κ' ἐλθὼν πρὸς δώματ' Ὀδυσσῆος θείοιο
ἀγγελίην εἴποιμι περίφρονι Πηνελοπείῃ,
καί κε μνηστήρεσσιν ὑπερφιάλοισι μιγείην,   315
εἴ μοι δεῖπνον δοῖεν ὀνείατα μυρί' ἔχοντες.
αἶψά κεν εὖ δρώοιμι μετὰ σφίσιν ἅσσ' ἐθέλοιεν.
ἐκ γάρ τοι ἐρέω, σὺ δὲ σύνθεο καί μευ ἄκουσον·
Ἑρμείαο ἕκητι διακτόρου, ὅς ῥά τε πάντων
ἀνθρώπων ἔργοισι χάριν καὶ κῦδος ὀπάζει,   320
δρηστοσύνῃ οὐκ ἄν μοι ἐρίσσειε βροτὸς ἄλλος,
πῦρ τ' εὖ νηῆσαι διά τε ξύλα δανὰ κεάσσαι,
δαιτρεῦσαί τε καὶ ὀπτῆσαι καὶ οἰνοχοῆσαι,
οἷά τε τοῖς ἀγαθοῖσι παραδρώωσι χέρηες."
Τὸν δὲ μέγ' ὀχθήσας προσέφης, Εὔμαιε συβῶτα· 325
"ὤ μοι, ξεῖνε, τίη τοι ἐνὶ φρεσὶ τοῦτο νόημα
ἔπλετο; ἦ σύ γε πάγχυ λιλαίεαι αὐτόθ' ὀλέσθαι,
εἰ δὴ μνηστήρων ἐθέλεις καταδῦναι ὅμιλον,
τῶν ὕβρις τε βίη τε σιδήρεον οὐρανὸν ἵκει.
οὔ τοι τοιοίδ' εἰσὶν ὑποδρηστῆρες ἐκείνων,   330
ἀλλὰ νέοι, χλαίνας εὖ εἱμένοι ἠδὲ χιτῶνας,
αἰεὶ δὲ λιπαροὶ κεφαλὰς καὶ καλὰ πρόσωπα,
οἵ σφιν ὑποδρώωσιν· ἐΰξεστοι δὲ τράπεζαι
σίτου καὶ κρειῶν ἠδ' οἴνου βεβρίθασιν.
ἀλλὰ μέν'· οὐ γάρ τίς τοι ἀνιᾶται παρεόντι,   335
οὔτ' ἐγὼ οὔτε τις ἄλλος ἑταίρων, οἵ μοι ἔασιν.
αὐτὰρ ἐπὴν ἔλθῃσιν Ὀδυσσῆος φίλος υἱός,
κεῖνός σε χλαῖνάν τε χιτῶνά τε εἵματα ἕσσει,
πέμψει δ' ὅππῃ σε κραδίη θυμός τε κελεύει."
Τὸν δ' ἠμείβετ' ἔπειτα πολύτλας δῖος Ὀδυσσεύς· 340
"αἴθ' οὕτως, Εὔμαιε, φίλος Διὶ πατρὶ γένοιο
ὡς ἐμοί, ὅττι μ' ἔπαυσας ἄλης καὶ ὀϊζύος αἰνῆς.
πλαγκτοσύνης δ' οὐκ ἔστι κακώτερον ἄλλο βροτοῖσιν·

ἀλλ᾽ ἕνεκ᾽ οὐλομένης γαστρὸς κακὰ κήδε᾽ ἔχουσιν
ἀνέρες, ὅν τιν᾽ ἵκηται ἄλη καὶ πῆμα καὶ ἄλγος. 345
νῦν δ᾽ ἐπεὶ ἰσχανάᾳς μεῖναί τέ με κεῖνον ἄνωγας,
εἴπ᾽ ἄγε μοι περὶ μητρὸς Ὀδυσσῆος θείοιο
πατρός θ᾽, ὃν κατέλειπεν ἰὼν ἐπὶ γήραος οὐδῷ,
ἤ που ἔτι ζώουσιν ὑπ᾽ αὐγὰς ἠελίοιο,
ἦ ἤδη τεθνᾶσι καὶ εἰν Ἀΐδαο δόμοισι." 350
Τὸν δ᾽ αὖτε προσέειπε συβώτης, ὄρχαμος ἀνδρῶν·
"τοιγὰρ ἐγώ τοι, ξεῖνε, μάλ᾽ ἀτρεκέως ἀγορεύσω.
Λαέρτης μὲν ἔτι ζώει, Διὶ δ᾽ εὔχεται αἰεὶ
θυμὸν ἀπὸ μελέων φθίσθαι οἷς ἐν μεγάροισιν·
ἐκπάγλως γὰρ παιδὸς ὀδύρεται οἰχομένοιο 355
κουριδίης τ᾽ ἀλόχοιο δαΐφρονος, ἥ ἑ μάλιστα
ἤκαχ᾽ ἀποφθιμένη καὶ ἐν ὠμῷ γήραϊ θῆκεν.
ἡ δ᾽ ἄχεϊ οὗ παιδὸς ἀπέφθιτο κυδαλίμοιο,
λευγαλέῳ θανάτῳ—ὡς μὴ θάνοι ὅς τις ἐμοί γε
ἐνθάδε ναιετάων φίλος εἴη καὶ φίλα ἔρδοι! 360
ὄφρα μὲν οὖν δὴ κείνη ἔην, ἀχέουσά περ ἔμπης,
τόφρα τί μοι φίλον ἔσκε μεταλλῆσαι καὶ ἐρέσθαι,
οὕνεκά μ᾽ αὐτὴ θρέψεν ἅμα Κτιμένῃ τανυπέπλῳ,
θυγατέρ᾽ ἰφθίμῃ, τὴν ὁπλοτάτην τέκε παίδων·
τῇ ὁμοῦ ἐτρεφόμην, ὀλίγον δέ τί μ᾽ ἧσσον ἐτίμα. 365
αὐτὰρ ἐπεί ῥ᾽ ἥβην πολυήρατον ἱκόμεθ᾽ ἄμφω,
τὴν μὲν ἔπειτα Σάμηνδ᾽ ἔδοσαν καὶ μυρί᾽ ἕλοντο,
αὐτὰρ ἐμὲ χλαῖνάν τε χιτῶνά τε εἵματ᾽ ἐκείνη
καλὰ μάλ᾽ ἀμφιέσασα, ποσὶν δ᾽ ὑποδήματα δοῦσα
ἀγρόνδε προΐαλλε· φίλει δέ με κηρόθι μᾶλλον. 370
νῦν δ᾽ ἤδη τούτων ἐπιδεύομαι· ἀλλά μοι αὐτῷ
ἔργον ἀέξουσιν μάκαρες θεοὶ ᾧ ἐπιμίμνω·
τῶν ἔφαγόν τ᾽ ἔπιόν τε καὶ αἰδοίοισιν ἔδωκα.
ἐκ δ᾽ ἄρα δεσποίνης οὐ μείλιχον ἔστιν ἀκοῦσαι
οὔτ᾽ ἔπος οὔτε τι ἔργον, ἐπεὶ κακὸν ἔμπεσεν οἴκῳ,

ἄνδρες ὑπερφίαλοι· μέγα δὲ δμῶες χατέουσιν 376
ἀντία δεσποίνης φάσθαι καὶ ἕκαστα πυθέσθαι
καὶ φαγέμεν πιέμεν τε, ἔπειτα δὲ καί τι φέρεσθαι
ἀγρόνδ᾽, οἷά τε θυμὸν ἀεὶ δμώεσσιν ἰαίνει."
    Τὸν δ᾽ ἀπαμειβόμενος προσέφη πολύμητις Ὀδυσ-
        σεύς· 380
"ὦ πόποι, ὡς ἄρα τυτθὸς ἐών, Εὔμαιε συβῶτα,
πολλὸν ἀπεπλάγχθης σῆς πατρίδος ἠδὲ τοκήων!
ἀλλ᾽ ἄγε μοι τόδε εἰπὲ καὶ ἀτρεκέως κατάλεξον,
ἠὲ διεπράθετο πτόλις ἀνδρῶν εὐρυάγυια,
ᾗ ἔνι ναιετάασκε πατὴρ καὶ πότνια μήτηρ, 385
ἦ σέ γε μουνωθέντα παρ᾽ οἴεσιν ἢ παρὰ βουσὶν
ἄνδρες δυσμενέες νήυσιν λάβον ἠδ᾽ ἐπέρασσαν
τοῦδ᾽ ἀνδρὸς πρὸς δώμαθ᾽, ὁ δ᾽ ἄξιον ὦνον ἔδωκε."
    Τὸν δ᾽ αὖτε προσέειπε συβώτης, ὄρχαμος ἀνδρῶν·
"ξεῖν᾽, ἐπεὶ ἂρ δὴ ταῦτά μ᾽ ἀνείρεαι ἠδὲ μεταλλᾷς, 390
σιγῇ νῦν ξυνίει καὶ τέρπεο, πῖνέ τε οἶνον
ἥμενος. αἵδε δὲ νύκτες ἀθέσφατοι· ἔστι μὲν εὕδειν,
ἔστι δὲ τερπομένοισιν ἀκούειν· οὐδέ τί σε χρή,
πρὶν ὥρη, καταλέχθαι· ἀνίη καὶ πολὺς ὕπνος.
τῶν δ᾽ ἄλλων ὅτινα κραδίη καὶ θυμὸς ἀνώγει, 395
εὑδέτω ἐξελθών· ἅμα δ᾽ ἠοῖ φαινομένηφι
δειπνήσας ἅμ᾽ ὕεσσιν ἀνακτορίῃσιν ἑπέσθω.
νῶϊ δ᾽ ἐνὶ κλισίῃ πίνοντέ τε δαινυμένω τε
κήδεσιν ἀλλήλων τερπώμεθα λευγαλέοισι,
μνωομένω· μετὰ γάρ τε καὶ ἄλγεσι τέρπεται ἀνήρ, 400
ὅς τις δὴ μάλα πολλὰ πάθῃ καὶ πόλλ᾽ ἐπαληθῇ.
τοῦτο δέ τοι ἐρέω ὅ μ᾽ ἀνείρεαι ἠδὲ μεταλλᾷς.
    Νῆσός τις Συρίη κικλήσκεται, εἴ που ἀκούεις,
Ὀρτυγίης καθύπερθεν, ὅθι τροπαὶ ἠελίοιο,
οὔ τι περιπληθὴς λίην τόσον, ἀλλ᾽ ἀγαθὴ μέν, 405
εὔβοτος εὔμηλος, οἰνοπληθὴς πολύπυρος.

πείνη δ' οὔ ποτε δῆμον ἐσέρχεται, οὐδέ τις ἄλλη
νοῦσος ἐπὶ στυγερὴ πέλεται δειλοῖσι βροτοῖσιν·
ἀλλ' ὅτε γηράσκωσι πόλιν κάτα φῦλ' ἀνθρώπων,
ἐλθὼν ἀργυρότοξος Ἀπόλλων Ἀρτέμιδι ξὺν   410
οἷς ἀγανοῖς βελέεσσιν ἐποιχόμενος κατέπεφνεν.
ἔνθα δύω πόλιες, δίχα δέ σφισι πάντα δέδασται·
τῇσιν δ' ἀμφοτέρῃσι πατὴρ ἐμὸς ἐμβασίλευε,
Κτήσιος Ὀρμενίδης, ἐπιείκελος ἀθανάτοισιν.
Ἔνθα δὲ Φοίνικες ναυσικλυτοὶ ἤλυθον ἄνδρες,   415
τρῶκται, μυρί' ἄγοντες ἀθύρματα νηῒ μελαίνῃ.
ἔσκε δὲ πατρὸς ἐμοῖο γυνὴ Φοίνισσ' ἐνὶ οἴκῳ,
καλή τε μεγάλη τε καὶ ἀγλαὰ ἔργ' εἰδυῖα·
τὴν δ' ἄρα Φοίνικες πολυπαίπαλοι ἠπερόπευον.
πλυνούσῃ τις πρῶτα μίγη κοίλῃ παρὰ νηῒ   420
εὐνῇ καὶ φιλότητι, τά τε φρένας ἠπεροπεύει
θηλυτέρῃσι γυναιξί, καὶ ἥ κ' εὐεργὸς ἔῃσιν.
εἰρώτα δὴ ἔπειτα τίς εἴη καὶ πόθεν ἔλθοι·
ἡ δὲ μάλ' αὐτίκα πατρὸς ἐπέφραδεν ὑψερεφὲς δῶ·
'ἐκ μὲν Σιδῶνος πολυχάλκου εὔχομαι εἶναι,   425
κούρη δ' εἴμ' Ἀρύβαντος ἐγὼ ῥυδὸν ἀφνειοῖο·
ἀλλά μ' ἀνήρπαξαν Τάφιοι ληΐστορες ἄνδρες
ἀγρόθεν ἐρχομένην, πέρασαν δέ τε δεῦρ' ἀγαγόντες
τοῦδ' ἀνδρὸς πρὸς δώμαθ'· ὁ δ' ἄξιον ὦνον ἔδωκε.'
Τὴν δ' αὖτε προσέειπεν ἀνήρ, ὃς ἐμίσγετο λάθρῃ· 430
'ἦ ῥά κε νῦν πάλιν αὖτις ἅμ' ἡμῖν οἴκαδ' ἔποιο,
ὄφρα ἴδῃ πατρὸς καὶ μητέρος ὑψερεφὲς δῶ
αὐτούς τ'; ἦ γὰρ ἔτ' εἰσὶ καὶ ἀφνειοὶ καλέονται.'
Τὸν δ' αὖτε προσέειπε γυνὴ καὶ ἀμείβετο μύθῳ·
'εἴη κεν καὶ τοῦτ', εἴ μοι ἐθέλοιτέ γε, ναῦται,   435
ὅρκῳ πιστωθῆναι ἀπήμονά μ' οἴκαδ' ἀπάξειν.'
Ὣς ἔφαθ'· οἱ δ' ἄρα πάντες ἐπόμνυον ὡς ἐκέλευεν.
αὐτὰρ ἐπεί ῥ' ὄμοσάν τε τελεύτησάν τε τὸν ὅρκον,

τοῖς δ' αὖτις μετέειπε γυνὴ καὶ ἀμείβετο μύθῳ·
'σιγῇ νῦν, μή τίς με προσαυδάτω ἐπέεσσιν   440
ὑμετέρων ἑτάρων, ξυμβλήμενος ἢ ἐν ἀγυιῇ
ἤ που ἐπὶ κρήνῃ· μή τις ποτὶ δῶμα γέροντι
ἐλθὼν ἐξείπῃ, ὁ δ' ὀϊσάμενος καταδήσῃ
δεσμῷ ἐν ἀργαλέῳ, ὑμῖν δ' ἐπιφράσσετ' ὄλεθρον.
ἀλλ' ἔχετ' ἐν φρεσὶ μῦθον, ἐπείγετε δ' ὦνον ὁδαίων.
ἀλλ' ὅτε κεν δὴ νηῦς πλείη βιότοιο γένηται,   446
ἀγγελίη μοι ἔπειτα θοῶς ἐς δώμαθ' ἱκέσθω·
οἴσω γὰρ καὶ χρυσόν, ὅτις χ' ὑποχείριος ἔλθῃ·
καὶ δέ κεν ἄλλ' ἐπίβαθρον ἐγὼν ἐθέλουσά γε δοίην.
παῖδα γὰρ ἀνδρὸς ἑῆος ἐνὶ μεγάροις ἀτιτάλλω,   450
κερδαλέον δὴ τοῖον, ἅμα τροχόωντα θύραζε·
τόν κεν ἄγοιμ' ἐπὶ νηός, ὁ δ' ὑμῖν μυρίον ὦνον
ἄλφοι, ὅπῃ περάσητε κατ' ἀλλοθρόους ἀνθρώπους.'
'Η μὲν ἄρ' ὣς εἰποῦσ' ἀπέβη πρὸς δώματα καλά,
οἱ δ' ἐνιαυτὸν ἅπαντα παρ' ἡμῖν αὖθι μένοντες   455
ἐν νηῒ γλαφυρῇ βίοτον πολὺν ἐμπολόωντο.
ἀλλ' ὅτε δὴ κοίλη νηῦς ἤχθετο τοῖσι νέεσθαι,
καὶ τότ' ἄρ' ἄγγελον ἧκαν, ὃς ἀγγείλειε γυναικί.
ἤλυθ' ἀνὴρ πολύϊδρις ἐμοῦ πρὸς δώματα πατρὸς
χρύσεον ὅρμον ἔχων, μετὰ δ' ἠλέκτροισιν ἔερτο.   460
τὸν μὲν ἄρ' ἐν μεγάρῳ δμῳαὶ καὶ πότνια μήτηρ
χερσίν τ' ἀμφαφόωντο καὶ ὀφθαλμοῖσιν ὁρῶντο,
ὦνον ὑπισχόμεναι· ὁ δὲ τῇ κατένευσε σιωπῇ.
ἦ τοι ὁ καννεύσας κοίλην ἐπὶ νῆα βεβήκει,
ἡ δ' ἐμὲ χειρὸς ἑλοῦσα δόμων ἐξῆγε θύραζε.   465
εὗρε δ' ἐνὶ προδόμῳ ἠμὲν δέπα' ἠδὲ τραπέζας
ἀνδρῶν δαιτυμόνων, οἵ μευ πατέρ' ἀμφεπένοντο.
οἱ μὲν ἄρ' ἐς θῶκον πρόμολον δήμοιό τε φῆμιν,
ἡ δ' αἶψα τρί' ἄλεισα κατακρύψασ' ὑπὸ κόλπῳ
ἔκφερεν· αὐτὰρ ἐγὼν ἑπόμην ἀεσιφροσύνῃσι.   470

δύσετό τ' ἠέλιος σκιόωντό τε πᾶσαι ἀγυιαί·
ἡμεῖς δ' ἐς λιμένα κλυτὸν ἤλθομεν ὦκα κιόντες·
ἔνθ' ἄρα Φοινίκων ἀνδρῶν ἦν ὠκύαλος νηῦς.
οἱ μὲν ἔπειτ' ἀναβάντες ἐπέπλεον ὑγρὰ κέλευθα,
νὼ ἀναβησάμενοι· ἐπὶ δὲ Ζεὺς οὖρον ἴαλλεν.   475
ἑξῆμαρ μὲν ὁμῶς πλέομεν νύκτας τε καὶ ἦμαρ·
ἀλλ' ὅτε δὴ ἕβδομον ἦμαρ ἐπὶ Ζεὺς θῆκε Κρονίων,
τὴν μὲν ἔπειτα γυναῖκα βάλ' Ἄρτεμις ἰοχέαιρα,
ἄντλῳ δ' ἐνδούπησε πεσοῦσ' ὡς εἰναλίη κήξ.
καὶ τὴν μὲν φώκῃσι καὶ ἰχθύσι κύρμα γενέσθαι   480
ἔκβαλον· αὐτὰρ ἐγὼ λιπόμην ἀκαχήμενος ἦτορ·
τοὺς δ' Ἰθάκῃ ἐπέλασσε φέρων ἄνεμός τε καὶ ὕδωρ,
ἔνθα με Λαέρτης πρίατο κτεάτεσσιν ἑοῖσιν.
οὕτω τήνδε γε γαῖαν ἐγὼν ἴδον ὀφθαλμοῖσι."
    Τὸν δ' αὖ διογενὴς Ὀδυσεὺς ἠμείβετο μύθῳ·   485
"Εὔμαι', ἦ μάλα δή μοι ἐνὶ φρεσὶ θυμὸν ὄρινας
ταῦτα ἕκαστα λέγων, ὅσα δὴ πάθες ἄλγεα θυμῷ.
ἀλλ' ἦ τοι σοὶ μὲν παρὰ καὶ κακῷ ἐσθλὸν ἔθηκε
Ζεύς, ἐπεὶ ἀνδρὸς δώματ' ἀφίκεο πολλὰ μογήσας
ἠπίου, ὃς δή τοι παρέχει βρῶσίν τε πόσιν τε   490
ἐνδυκέως, ζώεις δ' ἀγαθὸν βίον· αὐτὰρ ἐγώ γε
πολλὰ βροτῶν ἐπὶ ἄστε' ἀλώμενος ἐνθάδ' ἱκάνω."
    Ὣς οἱ μὲν τοιαῦτα πρὸς ἀλλήλους ἀγόρευον,
καδδραθέτην δ' οὐ πολλὸν ἐπὶ χρόνον, ἀλλὰ μίνυνθα·
αἶψα γὰρ Ἠὼς ἦλθεν ἐύθρονος.
                                Οἱ δ' ἐπὶ χέρσου   495
Τηλεμάχου ἔταροι λύον ἱστία, κὰδ δ' ἕλον ἱστὸν
καρπαλίμως, τὴν δ' εἰς ὅρμον προέρεσσαν ἐρετμοῖς.
ἐκ δ' εὐνὰς ἔβαλον, κατὰ δὲ πρυμνῇσι ἔδησαν·
ἐκ δὲ καὶ αὐτοὶ βαῖνον ἐπὶ ῥηγμῖνι θαλάσσης,
δεῖπνόν τ' ἐντύνοντο κερῶντό τε αἴθοπα οἶνον.   500
αὐτὰρ ἐπεὶ πόσιος καὶ ἐδητύος ἐξ ἔρον ἔντο,

τοῖσι δὲ Τηλέμαχος πεπνυμένος ἄρχετο μύθων·
"ὑμεῖς μὲν νῦν ἄστυδ' ἐλαύνετε νῆα μέλαιναν,
αὐτὰρ ἐγὼν ἀγροὺς ἐπιείσομαι ἠδὲ βοτῆρας·
ἑσπέριος δ' ἐς ἄστυ ἰδὼν ἐμὰ ἔργα κάτειμι.   505
ἠῶθεν δέ κεν ὔμμιν ὁδοιπόριον παραθείμην,
δαῖτ' ἀγαθὴν κρειῶν τε καὶ οἴνου ἡδυπότοιο."
Τὸν δ' αὖτε προσέειπε Θεοκλύμενος θεοειδής·
"πῇ γὰρ ἐγώ, φίλε τέκνον, ἴω; τεῦ δώμαθ' ἵκωμαι
ἀνδρῶν οἳ κραναὴν Ἰθάκην κάτα κοιρανέουσιν;   510
ἦ ἰθὺς σῆς μητρὸς ἴω καὶ σοῖο δόμοιο;"
Τὸν δ' αὖ Τηλέμαχος πεπνυμένος ἀντίον ηὔδα·
"ἄλλως μέν σ' ἂν ἐγώ γε καὶ ἡμέτερόνδε κελοίμην
ἔρχεσθ'· οὐ γάρ τι ξενίων ποθή· ἀλλὰ σοὶ αὐτῷ
χεῖρον, ἐπεί τοι ἐγὼ μὲν ἀπέσσομαι, οὐδέ σε μήτηρ 515
ὄψεται· οὐ μὲν γάρ τι θαμὰ μνηστῆρσ' ἐνὶ οἴκῳ
φαίνεται, ἀλλ' ἀπὸ τῶν ὑπερωΐῳ ἱστὸν ὑφαίνει.
ἀλλά τοι ἄλλον φῶτα πιφαύσκομαι ὅν κεν ἵκοιο,
Εὐρύμαχον, Πολύβοιο δαΐφρονος ἀγλαὸν υἱόν,
τὸν νῦν ἶσα θεῷ Ἰθακήσιοι εἰσορόωσι·   520
καὶ γὰρ πολλὸν ἄριστος ἀνὴρ μέμονέν τε μάλιστα
μητέρ' ἐμὴν γαμέειν καὶ Ὀδυσσῆος γέρας ἕξειν.
ἀλλὰ τά γε Ζεὺς οἶδεν Ὀλύμπιος, αἰθέρι ναίων,
εἴ κέ σφι πρὸ γάμοιο τελευτήσει κακὸν ἦμαρ."
Ὣς ἄρα οἱ εἰπόντι ἐπέπτατο δεξιὸς ὄρνις,   525
κίρκος, Ἀπόλλωνος ταχὺς ἄγγελος· ἐν δὲ πόδεσσι
τίλλε πέλειαν ἔχων, κατὰ δὲ πτερὰ χεῦεν ἔραζε
μεσσηγὺς νηός τε καὶ αὐτοῦ Τηλεμάχοιο.
τὸν δὲ Θεοκλύμενος ἑτάρων ἀπονόσφι καλέσσας
ἔν τ' ἄρα οἱ φῦ χειρὶ ἔπος τ' ἔφατ' ἔκ τ' ὀνόμαζε·
"Τηλέμαχ', οὔ τοι ἄνευ θεοῦ ἔπτατο δεξιὸς ὄρνις· 531
ἔγνων γάρ μιν ἐσάντα ἰδὼν οἰωνὸν ἐόντα.
ὑμετέρου δ' οὐκ ἔστι γένευς βασιλεύτερον ἄλλο

ἐν δήμῳ Ἰθάκης, ἀλλ᾽ ὑμεῖς καρτεροὶ αἰεί."
Τὸν δ᾽ αὖ Τηλέμαχος πεπνυμένος ἀντίον ηὔδα· 535
"αἲ γὰρ τοῦτο, ξεῖνε, ἔπος τετελεσμένον εἴη!
τῶ κε τάχα γνοίης φιλότητά τε πολλά τε δῶρα
ἐξ ἐμεῦ, ὡς ἄν τίς σε συναντόμενος μακαρίζοι."
Ἡ καὶ Πείραιον προσεφώνεε, πιστὸν ἑταῖρον·
"Πείραιε Κλυτίδη, σὺ δέ μοι τά περ ἄλλα μάλιστα 540
πείθῃ ἐμῶν ἑτάρων, οἵ μοι Πύλον εἰς ἅμ᾽ ἕποντο·
καὶ νῦν μοι τὸν ξεῖνον ἄγων ἐν δώμασι σοῖσιν
ἐνδυκέως φιλέειν καὶ τιέμεν, εἰς ὅ κεν ἔλθω."
Τὸν δ᾽ αὖ Πείραιος δουρικλυτὸς ἀντίον ηὔδα·
"Τηλέμαχ᾽, εἰ γάρ κεν σὺ πολὺν χρόνον ἐνθάδε μίμ-
νοις, 545
τόνδε γ᾽ ἐγὼ κομιῶ, ξενίων δέ οἱ οὐ ποθὴ ἔσται."
Ὣς εἰπὼν ἐπὶ νηὸς ἔβη, ἐκέλευσε δ᾽ ἑταίρους
αὐτούς τ᾽ ἀμβαίνειν ἀνά τε πρυμνήσια λῦσαι.
οἱ δ᾽ αἶψ᾽ εἴσβαινον καὶ ἐπὶ κληῖσι καθῖζον.
Τηλέμαχος δ᾽ ὑπὸ ποσσὶν ἐδήσατο καλὰ πέδιλα, 550
εἵλετο δ᾽ ἄλκιμον ἔγχος, ἀκαχμένον ὀξέϊ χαλκῷ,
νηὸς ἀπ᾽ ἰκριόφιν· τοὶ δὲ πρυμνήσι᾽ ἔλυσαν.
οἱ μὲν ἀνώσαντες πλέον ἐς πόλιν, ὡς ἐκέλευσε
Τηλέμαχος, φίλος υἱὸς Ὀδυσσῆος θείοιο·
τὸν δ᾽ ὦκα προβιβάντα πόδες φέρον, ὄφρ᾽ ἵκετ᾽ αὐλήν,
ἔνθα οἱ ἦσαν ὕες μάλα μυρίαι, ᾗσι συβώτης 555
ἐσθλὸς ἐὼν ἐνίαυεν, ἀνάκτεσιν ἤπια εἰδώς.

ΟΔΥΣΣΕΙΑΣ Π

Τὼ δ' αὖτ' ἐν κλισίῃ Ὀδυσεὺς καὶ δῖος ὑφορβὸς
ἐντύνοντ' ἄριστον ἅμ' ἠοῖ, κηαμένω πῦρ,
ἔκπεμψάν τε νομῆας ἅμ' ἀγρομένοισι σύεσσι·
Τηλέμαχον δὲ περίσσαινον κύνες ὑλακόμωροι,
οὐδ' ὕλαον προσιόντα. νόησε δὲ δῖος Ὀδυσσεὺς   5
σαίνοντάς τε κύνας, περί τε κτύπος ἦλθε ποδοῖιν.
αἶψα δ' ἄρ' Εὔμαιον ἔπεα πτερόεντα προσηύδα·
"Εὔμαι', ἦ μάλα τίς τοι ἐλεύσεται ἐνθάδ' ἑταῖρος
ἢ καὶ γνώριμος ἄλλος, ἐπεὶ κύνες οὐχ ὑλάουσιν,
ἀλλὰ περισσαίνουσι· ποδῶν δ' ὑπὸ δοῦπον ἀκούω."   10
Οὔ πω πᾶν εἴρητο ἔπος, ὅτε οἱ φίλος υἱὸς
ἔστη ἐνὶ προθύροισι. ταφὼν δ' ἀνόρουσε συβώτης,
ἐκ δ' ἄρα οἱ χειρῶν πέσον ἄγγεα, τοῖς ἐπονεῖτο,
κιρνὰς αἴθοπα οἶνον. ὁ δ' ἀντίος ἦλθεν ἄνακτος,
κύσσε δέ μιν κεφαλήν τε καὶ ἄμφω φάεα καλὰ   15
χεῖράς τ' ἀμφοτέρας· θαλερὸν δέ οἱ ἔκπεσε δάκρυ.
ὡς δὲ πατὴρ ὃν παῖδα φίλα φρονέων ἀγαπάζῃ
ἐλθόντ' ἐξ ἀπίης γαίης δεκάτῳ ἐνιαυτῷ,
μοῦνον τηλύγετον, τῷ ἔπ' ἄλγεα πολλὰ μογήσῃ,
ὣς τότε Τηλέμαχον θεοειδέα δῖος ὑφορβὸς   20
πάντα κύσεν περιφύς, ὡς ἐκ θανάτοιο φυγόντα·
καί ῥ' ὀλοφυρόμενος ἔπεα πτερόεντα προσηύδα·
"ἦλθες, Τηλέμαχε, γλυκερὸν φάος· οὔ σ' ἔτ' ἐγώ γε
ὄψεσθαι ἐφάμην, ἐπεὶ οἴχεο νηῒ Πύλονδε.
ἀλλ' ἄγε νῦν εἴσελθε, φίλον τέκος, ὄφρα σε θυμῷ   25

51

τέρψομαι εἰσορόων νέον ἄλλοθεν ἔνδον ἐόντα.
οὐ μὲν γάρ τι θάμ' ἀγρὸν ἐπέρχεαι οὐδὲ νομῆας,
ἀλλ' ἐπιδημεύεις· ὣς γάρ νύ τοι εὔαδε θυμῷ,
ἀνδρῶν μνηστήρων ἐσορᾶν ἀΐδηλον ὅμιλον."
Τὸν δ' αὖ Τηλέμαχος πεπνυμένος ἀντίον ηὔδα·   30
"ἔσσεται οὕτως, ἄττα· σέθεν δ' ἕνεκ' ἐνθάδ' ἱκάνω,
ὄφρα σέ τ' ὀφθαλμοῖσιν ἴδω καὶ μῦθον ἀκούσω,
ἤ μοι ἔτ' ἐν μεγάροις μήτηρ μένει, ἦέ τις ἤδη
ἀνδρῶν ἄλλος ἔγημεν, Ὀδυσσῆος δέ που εὐνὴ
χήτει ἐνευναίων κάκ' ἀράχνια κεῖται ἔχουσα."   35
Τὸν δ' αὖτε προσέειπε συβώτης, ὄρχαμος ἀνδρῶν·
"καὶ λίην κείνη γε μένει τετληότι θυμῷ
σοῖσιν ἐνὶ μεγάροισιν· ὀϊζυραὶ δέ οἱ αἰεὶ
φθίνουσιν νύκτες τε καὶ ἤματα δάκρυ χεούσῃ."
Ὣς ἄρα φωνήσας οἱ ἐδέξατο χάλκεον ἔγχος·   40
αὐτὰρ ὅ γ' εἴσω ἴεν καὶ ὑπέρβη λάϊνον οὐδόν.
τῷ δ' ἕδρης ἐπιόντι πατὴρ ὑπόειξεν Ὀδυσσεύς·
Τηλέμαχος δ' ἑτέρωθεν ἐρήτυε φώνησέν τε·
"ἧσο, ξεῖν'· ἡμεῖς δὲ καὶ ἄλλοθι δήομεν ἕδρην
σταθμῷ ἐν ἡμετέρῳ· παρὰ δ' ἀνὴρ ὃς καταθήσει."   45
Ὣς φάθ'· ὁ δ' αὖτις ἰὼν κατ' ἄρ' ἕζετο· τῷ δὲ
    συβώτης
χεῦεν ὕπο χλωρὰς ῥῶπας καὶ κῶας ὕπερθεν·
ἔνθα καθέζετ' ἔπειτα Ὀδυσσῆος φίλος υἱός.
τοῖσιν δ' αὖ κρειῶν πίνακας παρέθηκε συβώτης
ὀπταλέων, ἅ ῥα τῇ προτέρῃ ὑπέλειπον ἔδοντες,   50
σῖτον δ' ἐσσυμένως παρενήνεεν ἐν κανέοισιν,
ἐν δ' ἄρα κισσυβίῳ κίρνη μελιηδέα οἶνον·
αὐτὸς δ' ἀντίον ἷζεν Ὀδυσσῆος θείοιο.
οἱ δ' ἐπ' ὀνείαθ' ἑτοῖμα προκείμενα χεῖρας ἴαλλον.
αὐτὰρ ἐπεὶ πόσιος καὶ ἐδητύος ἐξ ἔρον ἕντο,   55
δὴ τότε Τηλέμαχος προσεφώνεε δῖον ὑφορβόν·

"ἄττα, πόθεν τοι ξεῖνος ὅδ' ἵκετο; πῶς δέ ἑ ναῦται
ἤγαγον εἰς Ἰθάκην; τίνες ἔμμεναι εὐχετόωντο;
οὐ μὲν γάρ τί ἑ πεζὸν οἴομαι ἐνθάδ' ἱκέσθαι."
Τὸν δ' ἀπαμειβόμενος προσέφης, Εὔμαιε συβῶτα· 60
" τοιγὰρ ἐγώ τοι, τέκνον, ἀληθέα πάντ' ἀγορεύσω.
ἐκ μὲν Κρητάων γένος εὔχεται εὐρειάων,
φησὶ δὲ πολλὰ βροτῶν ἐπὶ ἄστεα δινηθῆναι
πλαζόμενος· ὡς γάρ οἱ ἐπέκλωσεν τά γε δαίμων.
νῦν αὖ Θεσπρωτῶν ἀνδρῶν παρὰ νηὸς ἀποδρὰς   65
ἤλυθ' ἐμὸν πρὸς σταθμόν, ἐγὼ δέ τοι ἐγγυαλίξω·
ἔρξον ὅπως ἐθέλεις· ἱκέτης δέ τοι εὔχεται εἶναι."
Τὸν δ' αὖ Τηλέμαχος πεπνυμένος ἀντίον ηὔδα·
" Εὔμαι', ἦ μάλα τοῦτο ἔπος θυμαλγὲς ἔειπες·
πῶς γὰρ δὴ τὸν ξεῖνον ἐγὼν ὑποδέξομαι οἴκῳ;   70
αὐτὸς μὲν νέος εἰμὶ καὶ οὔ πω χερσὶ πέποιθα
ἄνδρ' ἀπαμύνασθαι, ὅτε τις πρότερος χαλεπήνῃ·
μητρὶ δ' ἐμῇ δίχα θυμὸς ἐνὶ φρεσὶ μερμηρίζει,
ἢ αὐτοῦ παρ' ἐμοί τε μένῃ καὶ δῶμα κομίζῃ,
εὐνήν τ' αἰδομένη πόσιος δήμοιό τε φῆμιν,   75
ἢ ἤδη ἅμ' ἔπηται Ἀχαιῶν ὅς τις ἄριστος
μνᾶται ἐνὶ μεγάροισιν ἀνὴρ καὶ πλεῖστα πόρῃσιν.
ἀλλ' ἦ τοι τὸν ξεῖνον, ἐπεὶ τεὸν ἵκετο δῶμα,
ἔσσω μιν χλαῖνάν τε χιτῶνά τε, εἵματα καλά,
δώσω δὲ ξίφος ἄμφηκες καὶ ποσσὶ πέδιλα,   80
πέμψω δ' ὅππη μιν κραδίη θυμός τε κελεύει.
εἰ δ' ἐθέλεις, σὺ κόμισσον ἐνὶ σταθμοῖσιν ἐρύξας·
εἵματα δ' ἐνθάδ' ἐγὼ πέμψω καὶ σῖτον ἅπαντα
ἔδμεναι, ὡς ἂν μή σε κατατρύχῃ καὶ ἑταίρους.
κεῖσε δ' ἂν οὔ μιν ἐγώ γε μετὰ μνηστῆρας ἐῶμι   85
ἔρχεσθαι· λίην γὰρ ἀτάσθαλον ὕβριν ἔχουσι·
μή μιν κερτομέωσιν, ἐμοὶ δ' ἄχος ἔσσεται αἰνόν.
πρῆξαι δ' ἀργαλέον τι μετὰ πλεόνεσσιν ἐόντα

ἄνδρα καὶ ἴφθιμον, ἐπεὶ ἦ πολὺ φέρτεροί εἰσι."

Τὸν δ' αὖτε προσέειπε πολύτλας δῖος Ὀδυσσεύς· 90
"ὦ φίλ', ἐπεί θήν μοι καὶ ἀμείψασθαι θέμις ἐστίν,
ἦ μάλα μευ καταδάπτετ' ἀκούοντος φίλον ἦτορ,
οἷά φατε μνηστῆρας ἀτάσθαλα μηχανάασθαι
ἐν μεγάροις, ἀέκητι σέθεν τοιούτου ἐόντος.
εἰπέ μοι ἠὲ ἑκὼν ὑποδάμνασαι, ἦ σέ γε λαοὶ 95
ἐχθαίρουσ' ἀνὰ δῆμον, ἐπισπόμενοι θεοῦ ὀμφῇ,
ἦ τι κασιγνήτοις ἐπιμέμφεαι, οἷσί περ ἀνὴρ
μαρναμένοισι πέποιθε, καὶ εἰ μέγα νεῖκος ὄρηται.
αἲ γὰρ ἐγὼν οὕτω νέος εἴην τῷδ' ἐπὶ θυμῷ,
ἢ παῖς ἐξ Ὀδυσῆος ἀμύμονος ἠὲ καὶ αὐτὸς 100
ἔλθοι ἀλητεύων· ἔτι γὰρ καὶ ἐλπίδος αἶσα·
αὐτίκ' ἔπειτ' ἀπ' ἐμεῖο κάρη τάμοι ἀλλότριος φώς,
εἰ μὴ ἐγὼ κείνοισι κακὸν πάντεσσι γενοίμην
ἐλθὼν ἐς μέγαρον Λαερτιάδεω Ὀδυσῆος.
εἰ δ' αὖ με πληθυῖ δαμασαίατο μοῦνον ἐόντα, 105
βουλοίμην κ' ἐν ἐμοῖσι κατακτάμενος μεγάροισι
τεθνάμεν ἢ τάδε γ' αἰὲν ἀεικέα ἔργ' ὁράασθαι,
ξείνους τε στυφελιζομένους δμῳάς τε γυναῖκας
ῥυστάζοντας ἀεικελίως κατὰ δώματα καλά,
καὶ οἶνον διαφυσσόμενον, καὶ σῖτον ἔδοντας 110
μὰψ αὔτως, ἀτέλεστον, ἀνηνύστῳ ἐπὶ ἔργῳ."

Τὸν δ' αὖ Τηλέμαχος πεπνυμένος ἀντίον ηὔδα·
"τοιγὰρ ἐγώ τοι, ξεῖνε, μάλ' ἀτρεκέως ἀγορεύσω.
οὔτε τί μοι πᾶς δῆμος ἀπεχθόμενος χαλεπαίνει,
οὔτε κασιγνήτοις ἐπιμέμφομαι, οἷσί περ ἀνὴρ 115
μαρναμένοισι πέποιθε, καὶ εἰ μέγα νεῖκος ὄρηται.
ὧδε γὰρ ἡμετέρην γενεὴν μούνωσε Κρονίων·
μοῦνον Λαέρτην Ἀρκείσιος υἱὸν ἔτικτε,
μοῦνον δ' αὖτ' Ὀδυσῆα πατὴρ τέκεν· αὐτὰρ Ὀδυσσεὺς
μοῦνον ἔμ' ἐν μεγάροισι τεκὼν λίπεν οὐδ' ἀπόνητο.

τῷ νῦν δυσμενέες μάλα μυρίοι εἰσ' ἐνὶ οἴκῳ.   121
ὅσσοι γὰρ νήσοισιν ἐπικρατέουσιν ἄριστοι,
Δουλιχίῳ τε Σάμῃ τε καὶ ὑλήεντι Ζακύνθῳ,
ἠδ' ὅσσοι κραναὴν Ἰθάκην κάτα κοιρανέουσι,
τόσσοι μητέρ' ἐμὴν μνῶνται, τρύχουσι δὲ οἶκον.   125
ἡ δ' οὔτ' ἀρνεῖται στυγερὸν γάμον οὔτε τελευτὴν
ποιῆσαι δύναται· τοὶ δὲ φθινύθουσιν ἔδοντες
οἶκον ἐμόν· τάχα δή με διαρραίσουσι καὶ αὐτόν.
ἀλλ' ἦ τοι μὲν ταῦτα θεῶν ἐν γούνασι κεῖται·
ἄττα, σὺ δ' ἔρχεο θᾶσσον, ἐχέφρονι Πηνελοπείῃ   130
εἴφ' ὅτι οἱ σῶς εἰμι καὶ ἐκ Πύλου εἰλήλουθα.
αὐτὰρ ἐγὼν αὐτοῦ μενέω, σὺ δὲ δεῦρο νέεσθαι,
οἴῃ ἀπαγγείλας· τῶν δ' ἄλλων μή τις Ἀχαιῶν
πευθέσθω· πολλοὶ γὰρ ἐμοὶ κακὰ μηχανόωνται."
    Τὸν δ' ἀπαμειβόμενος προσέφης, Εὔμαιε συβῶτα·
"γιγνώσκω, φρονέω· τά γε δὴ νοέοντι κελεύεις.   136
ἀλλ' ἄγε μοι τόδε εἰπὲ καὶ ἀτρεκέως κατάλεξον,
ἦ καὶ Λαέρτῃ αὐτὴν ὁδὸν ἄγγελος ἔλθω
δυσμόρῳ, ὃς τῆος μὲν Ὀδυσσῆος μέγ' ἀχεύων
ἔργα τ' ἐποπτεύεσκε μετὰ δμώων τ' ἐνὶ οἴκῳ   140
πῖνε καὶ ἦσθ', ὅτε θυμὸς ἐνὶ στήθεσσιν ἀνώγοι·
αὐτὰρ νῦν, ἐξ οὗ σύ γε οἴχεο νηΐ Πύλονδε,
οὔ πώ μίν φασιν φαγέμεν καὶ πιέμεν αὔτως,
οὐδ' ἐπὶ ἔργα ἰδεῖν, ἀλλὰ στοναχῇ τε γόῳ τε
ἦσται ὀδυρόμενος, φθινύθει δ' ἀμφ' ὀστεόφι χρώς."   145
    Τὸν δ' αὖ Τηλέμαχος πεπνυμένος ἀντίον ηὔδα·
"ἄλγιον, ἀλλ' ἔμπης μιν ἐάσομεν, ἀχνύμενοί περ·
εἰ γάρ πως εἴη αὐτάγρετα πάντα βροτοῖσι,
πρῶτόν κεν τοῦ πατρὸς ἑλοίμεθα νόστιμον ἦμαρ.
ἀλλὰ σύ γ' ἀγγείλας ὀπίσω κίε, μηδὲ κατ' ἀγροὺς   150
πλάζεσθαι μετ' ἐκεῖνον· ἀτὰρ πρὸς μητέρα εἰπεῖν
ἀμφίπολον ταμίην ὀτρυνέμεν ὅττι τάχιστα

κρύβδην· κείνη γάρ κεν ἀπαγγείλειε γέροντι."
Ἧ ῥα καὶ ὧρσε συφορβόν· ὁ δ᾽ εἵλετο χερσὶ πέδιλα,
δησάμενος δ᾽ ὑπὸ ποσσὶ πόλινδ᾽ ἴεν. οὐδ᾽ ἄρ᾽ Ἀθήνην
λῆθεν ἀπὸ σταθμοῖο κιὼν Εὔμαιος ὑφορβός,   156
ἀλλ᾽ ἥ γε σχεδὸν ἦλθε· δέμας δ᾽ ἤϊκτο γυναικὶ
καλῇ τε μεγάλῃ τε καὶ ἀγλαὰ ἔργ᾽ εἰδυίῃ.
στῆ δὲ κατ᾽ ἀντίθυρον κλισίης Ὀδυσῆϊ φανεῖσα·
οὐδ᾽ ἄρα Τηλέμαχος ἴδεν ἀντίον οὐδ᾽ ἐνόησεν—   160
οὐ γάρ πως πάντεσσι θεοὶ φαίνονται ἐναργεῖς—
ἀλλ᾽ Ὀδυσεύς τε κύνες τε ἴδον, καί ῥ᾽ οὐχ ὑλάοντο,
κνυζηθμῷ δ᾽ ἑτέρωσε διὰ σταθμοῖο φόβηθεν.
ἡ δ᾽ ἄρ᾽ ἐπ᾽ ὀφρύσι νεῦσε· νόησε δὲ δῖος Ὀδυσσεύς,
ἐκ δ᾽ ἦλθεν μεγάροιο παρὲκ μέγα τειχίον αὐλῆς,   165
στῆ δὲ πάροιθ᾽ αὐτῆς· τὸν δὲ προσέειπεν Ἀθήνη·
"διογενὲς Λαερτιάδη, πολυμήχαν᾽ Ὀδυσσεῦ,
ἤδη νῦν σῷ παιδὶ ἔπος φάο μηδ᾽ ἐπίκευθε,
ὡς ἂν μνηστῆρσιν θάνατον καὶ κῆρ᾽ ἀραρόντε
ἔρχησθον προτὶ ἄστυ περικλυτόν· οὐδ᾽ ἐγὼ αὐτὴ   170
δηρὸν ἀπὸ σφῶϊν ἔσομαι μεμαυῖα μάχεσθαι."
Ἦ καὶ χρυσείῃ ῥάβδῳ ἐπεμάσσατ᾽ Ἀθήνη.
φᾶρος μέν οἱ πρῶτον ἐϋπλυνὲς ἠδὲ χιτῶνα
θῆκ᾽ ἀμφὶ στήθεσσι, δέμας δ᾽ ὤφελλε καὶ ἥβην.
ἂψ δὲ μελαγχροιὴς γένετο, γναθμοὶ δὲ τάνυσθεν,   175
κυάνεαι δ᾽ ἐγένοντο γενειάδες ἀμφὶ γένειον.
ἡ μὲν ἄρ᾽ ὣς ἔρξασα πάλιν κίεν· αὐτὰρ Ὀδυσσεὺς
ἤϊεν ἐς κλισίην· θάμβησε δέ μιν φίλος υἱός,
ταρβήσας δ᾽ ἑτέρωσε βάλ᾽ ὄμματα μὴ θεὸς εἴη,
καί μιν φωνήσας ἔπεα πτερόεντα προσηύδα·   180
"ἀλλοῖός μοι, ξεῖνε, φάνης νέον ἠὲ πάροιθεν,
ἄλλα δὲ εἵματ᾽ ἔχεις, καί τοι χρὼς οὐκέθ᾽ ὁμοῖος.
ἦ μάλα τις θεός ἐσσι, τοὶ οὐρανὸν εὐρὺν ἔχουσιν·
ἀλλ᾽ ἴληθ᾽, ἵνα τοι κεχαρισμένα δώομεν ἱρὰ

ἠδὲ χρύσεα δῶρα, τετυγμένα· φείδεο δ' ἡμέων." 185
Τὸν δ' ἠμείβετ' ἔπειτα πολύτλας δῖος Ὀδυσσεύς·
"οὔ τίς τοι θεός εἰμι· τί μ' ἀθανάτοισιν ἐΐσκεις;
ἀλλὰ πατὴρ τεός εἰμι, τοῦ εἴνεκα σὺ στεναχίζων
πάσχεις ἄλγεα πολλά, βίας ὑποδέγμενος ἀνδρῶν."
Ὣς ἄρα φωνήσας υἱὸν κύσε, κὰδ δὲ παρειῶν 190
δάκρυον ἧκε χαμᾶζε· πάρος δ' ἔχε νωλεμὲς αἰεί.
Τηλέμαχος δ'—οὐ γάρ πω ἐπείθετο ὃν πατέρ' εἶναι—
ἐξαῦτίς μιν ἔπεσσιν ἀμειβόμενος προσέειπεν·
" οὐ σύ γ' Ὀδυσσεύς ἐσσι πατὴρ ἐμός, ἀλλά με δαίμων
θέλγει, ὄφρ' ἔτι μᾶλλον ὀδυρόμενος στεναχίζω. 195
οὐ γάρ πως ἂν θνητὸς ἀνὴρ τάδε μηχανόωτο
ᾧ αὐτοῦ γε νόῳ, ὅτε μὴ θεὸς αὐτὸς ἐπελθὼν
ῥηϊδίως ἐθέλων θείη νέον ἠὲ γέροντα.
ἦ γάρ τοι νέον ἦσθα γέρων καὶ ἀεικέα ἔσσο·
νῦν δὲ θεοῖσιν ἔοικας, οἳ οὐρανὸν εὐρὺν ἔχουσι." 200
Τὸν δ' ἀπαμειβόμενος προσέφη πολύμητις Ὀδυσ-
σεύς·
"Τηλέμαχ', οὔ σε ἔοικε φίλον πατέρ' ἔνδον ἐόντα
οὔτε τι θαυμάζειν περιώσιον οὔτ' ἀγάασθαι·
οὐ μὲν γάρ τοι ἔτ' ἄλλος ἐλεύσεται ἐνθάδ' Ὀδυσσεύς,
ἀλλ' ὅδ' ἐγὼ τοιόσδε, παθὼν κακά, πολλὰ δ' ἀληθείς,
ἤλυθον εἰκοστῷ ἔτεϊ ἐς πατρίδα γαῖαν. 206
αὐτάρ τοι τόδε ἔργον Ἀθηναίης ἀγελείης,
ἥ τέ με τοῖον ἔθηκεν ὅπως ἐθέλει—δύναται γάρ—
ἄλλοτε μὲν πτωχῷ ἐναλίγκιον, ἄλλοτε δ' αὖτε
ἀνδρὶ νέῳ καὶ καλὰ περὶ χροῒ εἵματ' ἔχοντι. 210
ῥηΐδιον δὲ θεοῖσι, τοὶ οὐρανὸν εὐρὺν ἔχουσιν,
ἠμὲν κυδῆναι θνητὸν βροτὸν ἠδὲ κακῶσαι."
Ὣς ἄρα φωνήσας κατ' ἄρ' ἕζετο· Τηλέμαχος δὲ
ἀμφιχυθεὶς πατέρ' ἐσθλὸν ὀδύρετο, δάκρυα λείβων.
ἀμφοτέροισι δὲ τοῖσιν ὑφ' ἵμερος ὦρτο γόοιο· 215

κλαῖον δὲ λιγέως, ἀδινώτερον ἤ τ' οἰωνοί,
φῆναι ἢ αἰγυπιοὶ γαμψώνυχες, οἷσί τε τέκνα
ἀγρόται ἐξείλοντο πάρος πετεηνὰ γενέσθαι·
ὣς ἄρα τοί γ' ἐλεεινὸν ὑπ' ὀφρύσι δάκρυον εἶβον.
καί νύ κ' ὀδυρομένοισιν ἔδυ φάος ἠελίοιο,   220
εἰ μὴ Τηλέμαχος προσεφώνεεν ὃν πατέρ' αἶψα·
" ποίῃ γὰρ νῦν δεῦρο, πάτερ φίλε, νηῒ σε ναῦται
ἤγαγον εἰς Ἰθάκην; τίνες ἔμμεναι εὐχετόωντο;
οὐ μὲν γάρ τί σε πεζὸν ὀΐομαι ἐνθάδ' ἱκέσθαι."
Τὸν δ' αὖτε προσέειπε πολύτλας δῖος Ὀδυσσεύς· 225
" τοιγὰρ ἐγώ τοι, τέκνον, ἀληθείην καταλέξω.
Φαίηκές μ' ἄγαγον ναυσικλυτοί, οἵ τε καὶ ἄλλους
ἀνθρώπους πέμπουσιν, ὅτις σφέας εἰσαφίκηται·
καί μ' εὕδοντ' ἐν νηῒ θοῇ ἐπὶ πόντον ἄγοντες
κάτθεσαν εἰς Ἰθάκην, ἔπορον δέ μοι ἀγλαὰ δῶρα, 230
χαλκόν τε χρυσόν τε ἅλις ἐσθῆτά θ' ὑφαντήν.
καὶ τὰ μὲν ἐν σπήεσσι θεῶν ἰότητι κέονται·
νῦν αὖ δεῦρ' ἱκόμην ὑποθημοσύνῃσιν Ἀθήνης,
ὄφρα κε δυσμενέεσσι φόνου πέρι βουλεύσωμεν.
ἀλλ' ἄγε μοι μνηστῆρας ἀριθμήσας κατάλεξον,   235
ὄφρ' εἰδέω ὅσσοι τε καὶ οἵ τινες ἀνέρες εἰσί·
καί κεν ἐμὸν κατὰ θυμὸν ἀμύμονα μερμηρίξας
φράσσομαι, ἤ κεν νῶϊ δυνησόμεθ' ἀντιφέρεσθαι
μούνῳ ἄνευθ' ἄλλων, ἦ καὶ διζησόμεθ' ἄλλους."
Τὸν δ' αὖ Τηλέμαχος πεπνυμένος ἀντίον ηὔδα· 240
" ὦ πάτερ, ἦ τοι σεῖο μέγα κλέος αἰὲν ἄκουον,
χεῖράς τ' αἰχμητὴν ἔμεναι καὶ ἐπίφρονα βουλήν·
ἀλλὰ λίην μέγα εἶπες· ἄγη μ' ἔχει· οὐδέ κεν εἴη
ἄνδρε δύω πολλοῖσι καὶ ἰφθίμοισι μάχεσθαι.
μνηστήρων δ' οὔτ' ἂρ δεκὰς ἀτρεκὲς οὔτε δύ' οἷαι,
ἀλλὰ πολὺ πλέονες· τάχα δ' εἴσεαι ἐνθάδ' ἀριθμόν. 246
ἐκ μὲν Δουλιχίοιο δύω καὶ πεντήκοντα

κοῦροι κεκριμένοι, ἐξ δὲ δρηστῆρες ἕπονται·
ἐκ δὲ Σάμης πίσυρες καὶ εἴκοσι φῶτες ἔασιν,
ἐκ δὲ Ζακύνθου ἔασιν ἐείκοσι κοῦροι Ἀχαιῶν,   250
ἐκ δ' αὐτῆς Ἰθάκης δυοκαίδεκα πάντες ἄριστοι,
καί σφιν ἅμ' ἐστὶ Μέδων κῆρυξ καὶ θεῖος ἀοιδὸς
καὶ δοιὼ θεράποντε, δαήμονε δαιτροσυνάων.
τῶν εἴ κεν πάντων ἀντήσομεν ἔνδον ἐόντων,
μὴ πολύπικρα καὶ αἰνὰ βίας ἀποτίσεαι ἐλθών.   255
ἀλλὰ σύ γ', εἰ δύνασαί τιν' ἀμύντορα μερμηρίξαι,
φράζευ, ὅ κέν τις νῶϊν ἀμύνοι πρόφρονι θυμῷ."
Τὸν δ' αὖτε προσέειπε πολύτλας δῖος Ὀδυσσεύς·
"τοιγὰρ ἐγὼν ἐρέω, σὺ δὲ σύνθεο καί μευ ἄκουσον,
καὶ φράσαι ἤ κεν νῶϊν Ἀθήνη σὺν Διὶ πατρὶ   260
ἀρκέσει, ἦέ τιν' ἄλλον ἀμύντορα μερμηρίξω."
Τὸν δ' αὖ Τηλέμαχος πεπνυμένος ἀντίον ηὔδα·
εσθλώ τοι τούτω γ' ἐπαμύντορε, τοὺς ἀγορεύεις,
ὕψι περ ἐν νεφέεσσι καθημένω· ὥ τε καὶ ἄλλοις
ἀνδράσι τε κρατέουσι καὶ ἀθανάτοισι θεοῖσι."   265
Τὸν δ' αὖτε προσέειπε πολύτλας δῖος Ὀδυσσεύς·
"οὐ μέν τοι κείνω γε πολὺν χρόνον ἀμφὶς ἔσεσθον
φυλόπιδος κρατερῆς, ὁπότε μνηστῆρσι καὶ ἡμῖν
ἐν μεγάροισιν ἐμοῖσι μένος κρίνηται Ἄρηος.
ἀλλὰ σὺ μὲν νῦν ἔρχευ ἅμ' ἠοῖ φαινομένηφιν   270
οἴκαδε, καὶ μνηστῆρσιν ὑπερφιάλοισιν ὁμίλει·
αὐτὰρ ἐμὲ προτὶ ἄστυ συβώτης ὕστερον ἄξει,
πτωχῷ λευγαλέῳ ἐναλίγκιον ἠδὲ γέροντι.
εἰ δέ μ' ἀτιμήσουσι δόμον κάτα, σὸν δὲ φίλον κῆρ
τετλάτω ἐν στήθεσσι κακῶς πάσχοντος ἐμεῖο,   275
ἤν περ καὶ διὰ δῶμα ποδῶν ἕλκωσι θύραζε
ἢ βέλεσιν βάλλωσι· σὺ δ' εἰσορόων ἀνέχεσθαι.
ἀλλ' ἦ τοι παύεσθαι ἀνωγέμεν ἀφροσυνάων,
μειλιχίοις ἐπέεσσι παραυδῶν· οἱ δέ τοι οὔ τι

πείσονται· δὴ γάρ σφι παρίσταται αἴσιμον ἦμαρ.   280
ἄλλο δέ τοι ἐρέω, σὺ δ' ἐνὶ φρεσὶ βάλλεο σῇσιν·
ὁππότε κεν πολύβουλος ἐνὶ φρεσὶ θῇσιν Ἀθήνη,
νεύσω μέν τοι ἐγὼ κεφαλῇ, σὺ δ' ἔπειτα νοήσας
ὅσσα τοι ἐν μεγάροισιν ἀρήϊα τεύχεα κεῖται
ἐς μυχὸν ὑψηλοῦ θαλάμου καταθεῖναι ἀείρας   285
πάντα μάλ'· αὐτὰρ μνηστῆρας μαλακοῖς ἐπέεσσι
παρφάσθαι, ὅτε κέν σε μεταλλῶσιν ποθέοντες·
'ἐκ καπνοῦ κατέθηκ', ἐπεὶ οὐκέτι τοῖσιν ἐῴκει
οἷά ποτε Τροίηνδε κιὼν κατέλειπεν Ὀδυσσεύς,
ἀλλὰ κατήκισται, ὅσσον πυρὸς ἵκετ' ἀϋτμή.   290
πρὸς δ' ἔτι καὶ τόδε μεῖζον ἐνὶ φρεσὶ θῆκε Κρονίων,
μή πως οἰνωθέντες, ἔριν στήσαντες ἐν ὑμῖν,
ἀλλήλους τρώσητε καταισχύνητέ τε δαῖτα
καὶ μνηστύν· αὐτὸς γὰρ ἐφέλκεται ἄνδρα σίδηρος.'
νῶϊν δ' οἴοισιν δύο φάσγανα καὶ δύο δοῦρε   295
καλλιπέειν καὶ δοιὰ βοάγρια χερσὶν ἑλέσθαι,
ὡς ἂν ἐπιθύσαντες ἑλοίμεθα· τοὺς δέ κ' ἔπειτα
Παλλὰς Ἀθηναίη θέλξει καὶ μητίετα Ζεύς.
ἄλλο δέ τοι ἐρέω, σὺ δ' ἐνὶ φρεσὶ βάλλεο σῇσιν·
εἰ ἐτεόν γ' ἐμός ἐσσι καὶ αἵματος ἡμετέροιο,   300
μή τις ἔπειτ' Ὀδυσῆος ἀκουσάτω ἔνδον ἐόντος,
μήτ' οὖν Λαέρτης ἴστω τό γε μήτε συβώτης
μήτε τις οἰκήων μήτ' αὐτὴ Πηνελόπεια,
ἀλλ' οἶοι σύ τ' ἐγώ τε γυναικῶν γνώομεν ἰθύν·
καί κέ τεο δμώων ἀνδρῶν ἔτι πειρηθεῖμεν,   305
ἠμὲν ὅπου τις νῶϊ τίει καὶ δείδιε θυμῷ,
ἠδ' ὅτις οὐκ ἀλέγει, σὲ δ' ἀτιμᾷ τοῖον ἐόντα."
   Τὸν δ' ἀπαμειβόμενος προσεφώνεε φαίδιμος υἱός·
"ὦ πάτερ, ἦ τοι ἐμὸν θυμὸν καὶ ἔπειτά γ', οἴω,
γνώσεαι· οὐ μὲν γάρ τι χαλιφροσύναι γέ μ' ἔχουσιν·   310
ἀλλ' οὔ τοι τόδε κέρδος ἐγὼν ἔσσεσθαι ὀΐω

ἡμῖν ἀμφοτέροισι· σὲ δὲ φράζεσθαι ἄνωγα.
δηθὰ γὰρ αὕτως εἴσῃ ἑκάστου πειρητίζων,
ἔργα μετερχόμενος· τοὶ δ᾽ ἐν μεγάροισιν ἔκηλοι
χρήματα δαρδάπτουσιν ὑπέρβιον, οὐδ᾽ ἔπι φειδώ.   315
ἀλλ᾽ ἦ τοί σε γυναῖκας ἐγὼ δεδάασθαι ἄνωγα,
αἵ τέ σ᾽ ἀτιμάζουσι καὶ αἳ νηλίτιδές εἰσιν·
ἀνδρῶν δ᾽ οὐκ ἂν ἐγώ γε κατὰ σταθμοὺς ἐθέλοιμι
ἡμέας πειράζειν, ἀλλ᾽ ὕστερα ταῦτα πένεσθαι,
εἰ ἐτεόν γέ τι οἶσθα Διὸς τέρας αἰγιόχοιο."   320
Ὣς οἱ μὲν τοιαῦτα πρὸς ἀλλήλους ἀγόρευον.

Ἡ δ᾽ ἄρ᾽ ἔπειτ᾽ Ἰθάκηνδε κατήγετο νηῦς εὐεργής,
ἣ φέρε Τηλέμαχον Πυλόθεν καὶ πάντας ἑταίρους.
οἱ δ᾽ ὅτε δὴ λιμένος πολυβενθέος ἐντὸς ἵκοντο,
νῆα μὲν οἵ γε μέλαιναν ἐπ᾽ ἠπείροιο ἔρυσσαν,   325
τεύχεα δέ σφ᾽ ἀπένεικαν ὑπέρθυμοι θεράποντες,
αὐτίκα δ᾽ ἐς Κλυτίοιο φέρον περικαλλέα δῶρα.
αὐτὰρ κήρυκα πρόεσαν δόμον εἰς Ὀδυσῆος,
ἀγγελίην ἐρέοντα περίφρονι Πηνελοπείῃ,
οὕνεκα Τηλέμαχος μὲν ἐπ᾽ ἀγροῦ, νῆα δ᾽ ἀνώγει   330
ἄστυδ᾽ ἀποπλείειν, ἵνα μὴ δείσασ᾽ ἐνὶ θυμῷ
ἰφθίμη βασίλεια τέρεν κατὰ δάκρυον εἴβοι.
Τὼ δὲ συναντήτην κῆρυξ καὶ δῖος ὑφορβὸς
τῆς αὐτῆς ἕνεκ᾽ ἀγγελίης, ἐρέοντε γυναικί.
ἀλλ᾽ ὅτε δή ῥ᾽ ἵκοντο δόμον θείου βασιλῆος,   335
κῆρυξ μέν ῥα μέσῃσι μετὰ δμῳῆσιν ἔειπεν·
"ἤδη τοι, βασίλεια, φίλος πάϊς εἰλήλουθε."
Πηνελοπείῃ δ᾽ εἶπε συβώτης ἄγχι παραστὰς
πάνθ᾽ ὅσα οἱ φίλος υἱὸς ἀνώγει μυθήσασθαι.
αὐτὰρ ἐπεὶ δὴ πᾶσαν ἐφημοσύνην ἀπέειπε,   340
βῆ ῥ᾽ ἴμεναι μεθ᾽ ὗας, λίπε δ᾽ ἕρκεά τε μέγαρόν τε.
Μνηστῆρες δ᾽ ἀκάχοντο κατήφησάν τ᾽ ἐνὶ θυμῷ,

ἐκ δ' ἦλθον μεγάροιο παρὲκ μέγα τειχίον αὐλῆς,
αὐτοῦ δὲ προπάροιθε θυράων ἑδριόωντο.
τοῖσιν δ' Εὐρύμαχος, Πολύβου πάϊς ἄρχ' ἀγορεύειν·
"ὦ φίλοι, ἦ μέγα ἔργον ὑπερφιάλως τετέλεσται　　346
Τηλεμάχῳ ὁδὸς ἥδε! φάμεν δέ οἱ οὐ τελέεσθαι.
ἀλλ' ἄγε νῆα μέλαιναν ἐρύσσομεν, ἥ τις ἀρίστη,
ἐς δ' ἐρέτας ἁλιῆας ἀγείρομεν, οἵ κε τάχιστα
κείνοις ἀγγείλωσι θοῶς οἰκόνδε νέεσθαι."　　350
Οὔ πω πᾶν εἴρηθ', ὅτ' ἄρ' Ἀμφίνομος ἴδε νῆα,
στρεφθεὶς ἐκ χώρης, λιμένος πολυβενθέος ἐντός,
ἱστία τε στέλλοντας ἐρετμά τε χερσὶν ἔχοντας.
ἡδὺ δ' ἄρ' ἐκγελάσας μετεφώνεεν οἷς ἑτάροισι·
"μή τιν' ἔτ' ἀγγελίην ὀτρύνομεν· οἵδε γὰρ ἔνδον.　　355
ἤ τίς σφιν τόδ' ἔειπε θεῶν, ἢ εἴσιδον αὐτοὶ
νῆα παρερχομένην, τὴν δ' οὐκ ἐδύναντο κιχῆναι."
Ὣς ἔφαθ'· οἱ δ' ἀνστάντες ἔβαν ἐπὶ θῖνα θαλάσσης,
αἶψα δὲ νῆα μέλαιναν ἐπ' ἠπείροιο ἔρυσσαν,
τεύχεα δέ σφ' ἀπένεικαν ὑπέρθυμοι θεράποντες.　　360
αὐτοὶ δ' εἰς ἀγορὴν κίον ἀθρόοι, οὐδέ τιν' ἄλλον
εἴων οὔτε νέων μεταΐζειν οὔτε γερόντων.
τοῖσιν δ' Ἀντίνοος μετέφη, Εὐπείθεος υἱός·
"ὦ πόποι, ὡς τόνδ' ἄνδρα θεοὶ κακότητος ἔλυσαν!
ἤματα μὲν σκοποὶ ἷζον ἐπ' ἄκριας ἠνεμοέσσας　　365
αἰὲν ἐπασσύτεροι· ἅμα δ' ἠελίῳ καταδύντι
οὔ ποτ' ἐπ' ἠπείρου νύκτ' ἄσαμεν, ἀλλ' ἐνὶ πόντῳ
νηὶ θοῇ πλείοντες ἐμίμνομεν Ἠῶ δῖαν,
Τηλέμαχον λοχόωντες, ἵνα φθίσωμεν ἑλόντες
αὐτόν· τὸν δ' ἄρα τῆος ἀπήγαγεν οἴκαδε δαίμων.　　370
ἡμεῖς δ' ἐνθάδε οἱ φραζώμεθα λυγρὸν ὄλεθρον
Τηλεμάχῳ, μηδ' ἧμας ὑπεκφύγοι· οὐ γὰρ ὀΐω
τούτου γε ζώοντος ἀνύσσεσθαι τάδε ἔργα.
αὐτὸς μὲν γὰρ ἐπιστήμων βουλῇ τε νόῳ τε,

λαοὶ δ' οὐκέτι πάμπαν ἐφ' ἡμῖν ἦρα φέρουσιν.   375
ἀλλ' ἄγετε, πρὶν κεῖνον ὁμηγυρίσασθαι 'Αχαιοὺς
εἰς ἀγορήν—οὐ γάρ τι μεθησέμεναί μιν ὀίω,
ἀλλ' ἀπομηνίσει, ἐρέει δ' ἐν πᾶσιν ἀναστὰς
οὕνεκά οἱ φόνον αἰπὺν ἐράπτομεν οὐδ' ἐκίχημεν·
οἱ δ' οὐκ αἰνήσουσιν ἀκούοντες κακὰ ἔργα·   380
μή τι κακὸν ῥέξωσι καὶ ἡμέας ἐξελάσωσι
γαίης ἡμετέρης, ἄλλων δ' ἀφικώμεθα δῆμον·
ἀλλὰ φθέωμεν ἑλόντες ἐπ' ἀγροῦ νόσφι πόληος
ἢ ἐν ὁδῷ· βίοτον δ' αὐτοὶ καὶ κτήματ' ἔχωμεν,
δασσάμενοι κατὰ μοῖραν ἐφ' ἡμέας, οἰκία δ' αὖτε   385
κείνου μητέρι δοῖμεν ἔχειν ἠδ' ὅς τις ὀπυίοι.
εἰ δ' ὑμῖν ὅδε μῦθος ἀφανδάνει, ἀλλὰ βόλεσθε
αὐτόν τε ζώειν καὶ ἔχειν πατρώϊα πάντα,
μή οἱ χρήματ' ἔπειτα ἅλις θυμηδέ' ἔδωμεν
ἐνθάδ' ἀγειρόμενοι, ἀλλ' ἐκ μεγάροιο ἕκαστος   390
μνάσθω ἐέδνοισιν διζήμενος· ἡ δέ κ' ἔπειτα
γήμαιθ' ὅς κε πλεῖστα πόροι καὶ μόρσιμος ἔλθοι."
Ὣς ἔφαθ'· οἱ δ' ἄρα πάντες ἀκὴν ἐγένοντο σιωπῇ.
τοῖσιν δ' 'Αμφίνομος ἀγορήσατο καὶ μετέειπε,
Νίσου φαίδιμος υἱός, 'Αρητιάδαο ἄνακτος,   395
ὅς ῥ' ἐκ Δουλιχίου πολυπύρου ποιήεντος
ἡγεῖτο μνηστῆρσι, μάλιστα δὲ Πηνελοπείῃ
ἥνδανε μύθοισι· φρεσὶ γὰρ κέχρητ' ἀγαθῇσιν·
ὅ σφιν ἐϋφρονέων ἀγορήσατο καὶ μετέειπεν·
"ὦ φίλοι, οὐκ ἂν ἐγώ γε κατακτείνειν ἐθέλοιμι   400
Τηλέμαχον· δεινὸν δὲ γένος βασιλήϊόν ἐστι
κτείνειν· ἀλλὰ πρῶτα θεῶν εἰρώμεθα βουλάς.
εἰ μέν κ' αἰνήσωσι Διὸς μεγάλοιο θέμιστες,
αὐτός τε κτενέω τούς τ' ἄλλους πάντας ἀνώξω·
εἰ δέ κ' ἀποτρωπῶσι θεοί, παύσασθαι ἄνωγα."   405
Ὣς ἔφατ' 'Αμφίνομος· τοῖσιν δ' ἐπιήδανε μῦθος.

αὐτίκ᾽ ἔπειτ᾽ ἀνστάντες ἔβαν δόμον εἰς Ὀδυσῆος,
ἐλθόντες δὲ καθῖζον ἐπὶ ξεστοῖσι θρόνοισιν.
Ἡ δ᾽ αὖτ᾽ ἄλλ᾽ ἐνόησε περίφρων Πηνελόπεια,
μνηστήρεσσι φανῆναι ὑπέρβιον ὕβριν ἔχουσι·   410
πεύθετο γὰρ οὗ παιδὸς ἐνὶ μεγάροισιν ὄλεθρον·
κῆρυξ γάρ οἱ ἔειπε Μέδων, ὃς ἐπεύθετο βουλάς.
βῆ δ᾽ ἴεναι μέγαρόνδε σὺν ἀμφιπόλοισι γυναιξίν.
ἀλλ᾽ ὅτε δὴ μνηστῆρας ἀφίκετο δῖα γυναικῶν,
στῆ ῥα παρὰ σταθμὸν τέγεος πύκα ποιητοῖο,   415
ἄντα παρειάων σχομένη λιπαρὰ κρήδεμνα,
Ἀντίνοον δ᾽ ἐνένιπεν ἔπος τ᾽ ἔφατ᾽ ἔκ τ᾽ ὀνόμαζεν·
"Ἀντίνο᾽, ὕβριν ἔχων, κακομήχανε, καὶ δέ σέ φασιν
ἐν δήμῳ Ἰθάκης μεθ᾽ ὁμήλικας ἔμμεν ἄριστον
βουλῇ καὶ μύθοισι· σὺ δ᾽ οὐκ ἄρα τοῖος ἔησθα.   420
μάργε, τίη δὲ σὺ Τηλεμάχῳ θάνατόν τε μόρον τε
ῥάπτεις, οὐδ᾽ ἱκέτας ἐμπάζεαι, οἷσιν ἄρα Ζεὺς
μάρτυρος; οὐδ᾽ ὁσίη κακὰ ῥάπτειν ἀλλήλοισιν.
ἦ οὐκ οἶσθ᾽ ὅτε δεῦρο πατὴρ τεὸς ἵκετο φεύγων,
δῆμον ὑποδείσας; δὴ γὰρ κεχολώατο λίην,   425
οὕνεκα ληϊστῆρσιν ἐπισπόμενος Ταφίοισιν
ἤκαχε Θεσπρωτούς· οἱ δ᾽ ἡμῖν ἄρθμιοι ἦσαν.
τόν ῥ᾽ ἔθελον φθῖσαι καὶ ἀπορραῖσαι φίλον ἦτορ
ἠδὲ κατὰ ζωὴν φαγέειν μενοεικέα πολλήν·
ἀλλ᾽ Ὀδυσεὺς κατέρυκε καὶ ἔσχεθεν ἱεμένους περ.   430
τοῦ νῦν οἶκον ἄτιμον ἔδεις, μνάᾳ δὲ γυναῖκα
παῖδά τ᾽ ἀποκτείνεις, ἐμὲ δὲ μεγάλως ἀκαχίζεις·
ἀλλά σε παύσασθαι κέλομαι καὶ ἀνωγέμεν ἄλλους."
Τὴν δ᾽ αὖτ᾽ Εὐρύμαχος, Πολύβου πάϊς, ἀντίον ηὔδα·
"κούρη Ἰκαρίοιο, περίφρον Πηνελόπεια,   435
θάρσει· μή τοι ταῦτα μετὰ φρεσὶ σῇσι μελόντων.
οὐκ ἔσθ᾽ οὗτος ἀνὴρ οὐδ᾽ ἔσσεται οὐδὲ γένηται,
ὅς κεν Τηλεμάχῳ σῷ υἱέϊ χεῖρας ἐποίσει

ζώοντός γ' ἐμέθεν καὶ ἐπὶ χθονὶ δερκομένοιο.
ὧδε γὰρ ἐξερέω, καὶ μὴν τετελεσμένον ἔσται· 440
αἶψά οἱ αἷμα κελαινὸν ἐρωήσει περὶ δουρὶ
ἡμετέρῳ, ἐπεὶ ἦ καὶ ἐμὲ πτολίπορθος Ὀδυσσεὺς
πολλάκι γούνασιν οἷσιν ἐφεσσάμενος κρέας ὀπτὸν
ἐν χείρεσσιν ἔθηκεν, ἐπέσχε τε οἶνον ἐρυθρόν.
τώ μοι Τηλέμαχος πάντων πολὺ φίλτατός ἐστιν 445
ἀνδρῶν, οὐδέ τί μιν θάνατον τρομέεσθαι ἄνωγα
ἔκ γε μνηστήρων· θεόθεν δ' οὐκ ἔστ' ἀλέασθαι."
Ὡς φάτο θαρσύνων, τῷ δ' ἤρτυεν αὐτὸς ὄλεθρον.
ἡ μὲν ἄρ' εἰσαναβᾶσ' ὑπερώϊα σιγαλόεντα
κλαῖεν ἔπειτ' Ὀδυσῆα, φίλον πόσιν, ὄφρα οἱ ὕπνον 450
ἡδὺν ἐπὶ βλεφάροισι βάλε γλαυκῶπις Ἀθήνη.

Ἑσπέριος δ' Ὀδυσῆϊ καὶ υἱέϊ δῖος ὑφορβὸς
ἤλυθεν· οἱ δ' ἄρα δόρπον ἐπισταδὸν ὁπλίζοντο,
σῦν ἱερεύσαντες ἐνιαύσιον. αὐτὰρ Ἀθήνη
ἄγχι παρισταμένη Λαερτιάδην Ὀδυσῆα 455
ῥάβδῳ πεπληγυῖα πάλιν ποίησε γέροντα,
λυγρὰ δὲ εἵματα ἔσσε περὶ χροΐ, μή ἑ συβώτης
γνοίη ἐσάντα ἰδὼν καὶ ἐχέφρονι Πηνελοπείῃ
ἔλθοι ἀπαγγέλλων μηδὲ φρεσὶν εἰρύσσαιτο.
Τὸν καὶ Τηλέμαχος πρότερος πρὸς μῦθον ἔειπεν· 460
" ἦλθες, δῖ' Εὔμαιε. τί δὴ κλέος ἔστ' ἀνὰ ἄστυ;
ἦ ῥ' ἤδη μνηστῆρες ἀγήνορες ἔνδον ἔασιν
ἐκ λόχου, ἦ ἔτι μ' αὖθ' εἰρύαται οἴκαδ' ἰόντα; "
Τὸν δ' ἀπαμειβόμενος προσέφης, Εὔμαιε συβῶτα·
" οὐκ ἐμέλέν μοι ταῦτα μεταλλῆσαι καὶ ἐρέσθαι 465
ἄστυ καταβλώσκοντα· τάχιστά με θυμὸς ἀνώγει
ἀγγελίην εἰπόντα πάλιν δεῦρ' ἀπονέεσθαι.
ὡμήρησε δέ μοι παρ' ἑταίρων ἄγγελος ὠκύς,
κῆρυξ, ὃς δὴ πρῶτος ἔπος σῇ μητρὶ ἔειπεν.

ἄλλο δέ τοι τό γε οἶδα· τὸ γὰρ ἴδον ὀφθαλμοῖσιν. 470
ἤδη ὑπὲρ πόλιος, ὅθι "Ερμαιος λόφος ἐστίν,
ἦα κιών, ὅτε νῆα θοὴν ἰδόμην κατιοῦσαν
ἐς λιμέν' ἡμέτερον· πολλοὶ δ' ἔσαν ἄνδρες ἐν αὐτῇ,
βεβρίθει δὲ σάκεσσι καὶ ἔγχεσιν ἀμφιγύοισι·
καὶ σφέας ὠΐσθην τοὺς ἔμμεναι, οὐδέ τι οἶδα." 475
"Ως φάτο· μείδησεν δ' ἱερὴ ἲς Τηλεμάχοιο
ἐς πατέρ' ὀφθαλμοῖσιν ἰδών, ἀλέεινε δ' ὑφορβόν.
Οἱ δ' ἐπεὶ οὖν παύσαντο πόνου τετύκοντό τε δαῖτα,
δαίνυντ', οὐδέ τι θυμὸς ἐδεύετο δαιτὸς ἐΐσης.
αὐτὰρ ἐπεὶ πόσιος καὶ ἐδητύος ἐξ ἔρον ἔντο, 480
κοίτου τε μνήσαντο καὶ ὕπνου δῶρον ἕλοντο.

ΟΔΥΣΣΕΙΑΣ Ρ

Ἦμος δ' ἠριγένεια φάνη ῥοδοδάκτυλος Ἠώς,
δὴ τότ' ἔπειθ' ὑπὸ ποσσὶν ἐδήσατο καλὰ πέδιλα
Τηλέμαχος, φίλος υἱὸς Ὀδυσσῆος θείοιο,
εἵλετο δ' ἄλκιμον ἔγχος, ὅ οἱ παλάμηφιν ἀρήρει,
ἄστυδε ἱέμενος, καὶ ἑὸν προσέειπε συβώτην·   5
" ἄττ', ἦ τοι μὲν ἐγὼν εἶμ' ἐς πόλιν, ὄφρα με μήτηρ
ὄψεται· οὐ γάρ μιν πρόσθεν παύσεσθαι ὀίω
κλαυθμοῦ τε στυγεροῖο γόοιό τε δακρυόεντος,
πρίν γ' αὐτόν με ἴδηται· ἀτὰρ σοί γ' ὧδ' ἐπιτέλλω.
τὸν ξεῖνον δύστηνον ἄγ' ἐς πόλιν, ὄφρ' ἂν ἐκεῖθι   10
δαῖτα πτωχεύῃ· δώσει δέ οἱ ὅς κ' ἐθέλῃσι
πύρνον καὶ κοτύλην· ἐμὲ δ' οὔ πως ἔστιν ἅπαντας
ἀνθρώπους ἀνέχεσθαι, ἔχοντά περ ἄλγεα θυμῷ.
ὁ ξεῖνος δ' εἴ περ μάλα μηνίει, ἄλγιον αὐτῷ
ἔσσεται· ἦ γὰρ ἐμοὶ φίλ' ἀληθέα μυθήσασθαι."   15
Τὸν δ' ἀπαμειβόμενος προσέφη πολύμητις Ὀδυσ-
σεύς·
" ὦ φίλος, οὐδέ τοι αὐτὸς ἐρύκεσθαι μενεαίνω·
πτωχῷ βέλτερόν ἐστι κατὰ πτόλιν ἠὲ κατ' ἀγροὺς
δαῖτα πτωχεύειν· δώσει δέ μοι ὅς κ' ἐθέλῃσιν.
οὐ γὰρ ἐπὶ σταθμοῖσι μένειν ἔτι τηλίκος εἰμί,   20
ὥς τ' ἐπιτειλαμένῳ σημάντορι πάντα πιθέσθαι.
ἀλλ' ἔρχευ· ἐμὲ δ' ἄξει ἀνὴρ ὅδε, τὸν σὺ κελεύεις,
αὐτίκ' ἐπεί κε πυρὸς θερέω ἀλέη τε γένηται.
αἰνῶς γὰρ τάδε εἵματ' ἔχω κακά· μή με δαμάσσῃ

67

στίβη ὑπηοίη· ἔκαθεν δέ τε ἄστυ φάτ᾽ εἶναι." 25
Ὡς φάτο· Τηλέμαχος δὲ διὰ σταθμοῖο βεβήκει,
κραιπνὰ ποσὶ προβιβάς, κακὰ δὲ μνηστῆρσι φύτευεν.
αὐτὰρ ἐπεί ῥ᾽ ἵκανε δόμους εὖ ναιετάοντας,
ἔγχος μὲν στῆσε πρὸς κίονα μακρὸν ἐρείσας,
αὐτὸς δ᾽ εἴσω ἴεν καὶ ὑπέρβη λάϊνον οὐδόν. 30
Τὸν δὲ πολὺ πρώτη εἶδε τροφὸς Εὐρύκλεια,
κώεα καστορνῦσα θρόνοις ἔνι δαιδαλέοισι,
δακρύσασα δ᾽ ἔπειτ᾽ ἰθὺς κίεν· ἀμφὶ δ᾽ ἄρ᾽ ἄλλαι
δμωαὶ Ὀδυσσῆος ταλασίφρονος ἠγερέθοντο,
καὶ κύνεον ἀγαπαζόμεναι κεφαλήν τε καὶ ὤμους. 35
Ἡ δ᾽ ἴεν ἐκ θαλάμοιο περίφρων Πηνελόπεια,
Ἀρτέμιδι ἰκέλη ἠὲ χρυσέῃ Ἀφροδίτῃ,
ἀμφὶ δὲ παιδὶ φίλῳ βάλε πήχεε δακρύσασα,
κύσσε δέ μιν κεφαλήν τε καὶ ἄμφω φάεα καλά,
καί ῥ᾽ ὀλοφυρομένη ἔπεα πτερόεντα προσηύδα· 40
"ἦλθες, Τηλέμαχε, γλυκερὸν φάος. οὔ σ᾽ ἔτ᾽ ἐγώ γε
ὄψεσθαι ἐφάμην, ἐπεὶ οἴχεο νηὶ Πύλονδε
λάθρῃ, ἐμεῦ ἀέκητι, φίλου μετὰ πατρὸς ἀκουήν.
ἀλλ᾽ ἄγε μοι κατάλεξον ὅπως ἤντησας ὀπωπῆς."
Τὴν δ᾽ αὖ Τηλέμαχος πεπνυμένος ἀντίον ηὔδα· 45
"μῆτερ ἐμή, μή μοι γόον ὄρνυθι μηδέ μοι ἦτορ
ἐν στήθεσσιν ὄρινε φυγόντι περ αἰπὺν ὄλεθρον·
ἀλλ᾽ ὑδρηναμένη, καθαρὰ χροῒ εἵμαθ᾽ ἑλοῦσα,
εἰς ὑπερῷ᾽ ἀναβᾶσα σὺν ἀμφιπόλοισι γυναιξὶν
εὔχεο πᾶσι θεοῖσι τεληέσσας ἑκατόμβας 50
ῥέξειν, αἴ κέ ποθι Ζεὺς ἄντιτα ἔργα τελέσσῃ.
αὐτὰρ ἐγὼν ἀγορὴν ἐσελεύσομαι, ὄφρα καλέσσω
ξεῖνον, ὅτις μοι κεῖθεν ἅμ᾽ ἔσπετο δεῦρο κιόντι.
τὸν μὲν ἐγὼ προὔπεμψα σὺν ἀντιθέοις ἑτάροισι,
Πείραιον δέ μιν ἠνώγεα προτὶ οἶκον ἄγοντα 55
ἐνδυκέως φιλέειν καὶ τιέμεν, εἰς ὅ κεν ἔλθω."

Ὣς ἄρ᾽ ἐφώνησεν· τῇ δ᾽ ἄπτερος ἔπλετο μῦθος.
ἡ δ᾽ ὑδρηναμένη, καθαρὰ χροῒ εἵμαθ᾽ ἑλοῦσα,
εὔχετο πᾶσι θεοῖσι τελεέσσας ἑκατόμβας
ῥέξειν, αἴ κέ ποθι Ζεὺς ἄντιτα ἔργα τελέσσῃ.   60
Τηλέμαχος δ᾽ ἄρ᾽ ἔπειτα διὲκ μεγάροιο βεβήκει
ἔγχος ἔχων· ἅμα τῷ γε δύω κύνες ἀργοὶ ἔποντο.
θεσπεσίην δ᾽ ἄρα τῷ γε χάριν κατέχευεν Ἀθήνη·
τὸν δ᾽ ἄρα πάντες λαοὶ ἐπερχόμενον θηεῦντο.
ἀμφὶ δέ μιν μνηστῆρες ἀγήνορες ἠγερέθοντο   65
ἔσθλ᾽ ἀγορεύοντες, κακὰ δὲ φρεσὶ βυσσοδόμευον.
αὐτὰρ ὁ τῶν μὲν ἔπειτα ἀλεύατο πουλὺν ὅμιλον,
ἀλλ᾽ ἵνα Μέντωρ ἧστο καὶ Ἄντιφος ἠδ᾽ Ἁλιθέρσης,
οἵ τέ οἱ ἐξ ἀρχῆς πατρώϊοι ἦσαν ἑταῖροι,
ἔνθα καθέζετ᾽ ἰών· τοὶ δ᾽ ἐξερέεινον ἕκαστα.   70
τοῖσι δὲ Πείραιος δουρικλυτὸς ἐγγύθεν ἦλθε
ξεῖνον ἄγων ἀγορήνδε διὰ πτόλιν· οὐδ᾽ ἄρ᾽ ἔτι δὴν
Τηλέμαχος ξείνοιο ἑκὰς τράπετ᾽, ἀλλὰ παρέστη.
τὸν καὶ Πείραιος πρότερος πρὸς μῦθον ἔειπε·
"Τηλέμαχ᾽, αἶψ᾽ ὄτρυνον ἐμὸν ποτὶ δῶμα γυναῖκας,   75
ὥς τοι δῶρ᾽ ἀποπέμψω, ἅ τοι Μενέλαος ἔδωκε."
Τὸν δ᾽ αὖ Τηλέμαχος πεπνυμένος ἀντίον ηὔδα·
"Πείραι᾽, οὐ γὰρ ἴδμεν ὅπως ἔσται τάδε ἔργα.
εἴ κεν ἐμὲ μνηστῆρες ἀγήνορες ἐν μεγάροισι
λάθρῃ κτείναντες πατρώϊα πάντα δάσωνται,   80
αὐτὸν ἔχοντά σε βούλομ᾽ ἐπαυρέμεν ἤ τινα τῶνδε·
εἰ δέ κ᾽ ἐγὼ τούτοισι φόνον καὶ κῆρα φυτεύσω,
δὴ τότε μοι χαίροντι φέρειν πρὸς δώματα χαίρων."
Ὣς εἰπὼν ξεῖνον ταλαπείριον ἦγεν ἐς οἶκον.
αὐτὰρ ἐπεί ῥ᾽ ἵκοντο δόμους εὖ ναιετάοντας,   85
χλαίνας μὲν κατέθεντο κατὰ κλισμούς τε θρόνους τε,
ἐς δ᾽ ἀσαμίνθους βάντες ἐϋξέστας λούσαντο.
τοὺς δ᾽ ἐπεὶ οὖν δμωαὶ λοῦσαν καὶ χρῖσαν ἐλαίῳ,

ἀμφὶ δ' ἄρα χλαίνας οὔλας βάλον ἠδὲ χιτῶνας,
ἔκ ῥ' ἀσαμίνθων βάντες ἐπὶ κλισμοῖσι καθῖζον.   90
χέρνιβα δ' ἀμφίπολος προχόῳ ἐπέχευε φέρουσα
καλῇ χρυσείῃ, ὑπὲρ ἀργυρέοιο λέβητος,
νίψασθαι· παρὰ δὲ ξεστὴν ἐτάνυσσε τράπεζαν.
σῖτον δ' αἰδοίη ταμίη παρέθηκε φέρουσα,
εἴδατα πόλλ' ἐπιθεῖσα, χαριζομένη παρεόντων.   95
μήτηρ δ' ἀντίον ἷζε παρὰ σταθμὸν μεγάροιο
κλισμῷ κεκλιμένη, λέπτ' ἠλάκατα στρωφῶσα.
οἱ δ' ἐπ' ὀνείαθ' ἑτοῖμα προκείμενα χεῖρας ἴαλλον.
αὐτὰρ ἐπεὶ πόσιος καὶ ἐδητύος ἐξ ἔρον ἕντο,
τοῖσι δὲ μύθων ἄρχε περίφρων Πηνελόπεια·   100
"Τηλέμαχ', ἦ τοι ἐγὼν ὑπερώιον εἰσαναβᾶσα
λέξομαι εἰς εὐνήν, ἥ μοι στονόεσσα τέτυκται,
αἰεὶ δάκρυσ' ἐμοῖσι πεφυρμένη, ἐξ οὗ 'Οδυσσεὺς
οἴχεθ' ἅμ' 'Ατρείδῃσιν ἐς "Ιλιον· οὐδέ μοι ἔτλης,
πρὶν ἐλθεῖν μνηστῆρας ἀγήνορας ἐς τόδε δῶμα,   105
νόστον σοῦ πατρὸς σάφα εἰπέμεν, εἴ που ἄκουσας."
Τὴν δ' αὖ Τηλέμαχος πεπνυμένος ἀντίον ηὔδα·
"τοιγὰρ ἐγώ τοι, μῆτερ, ἀληθείην καταλέξω.
οἰχόμεθ' ἔς τε Πύλον καὶ Νέστορα, ποιμένα λαῶν·
δεξάμενος δέ με κεῖνος ἐν ὑψηλοῖσι δόμοισιν   110
ἐνδυκέως ἐφίλει, ὡς εἴ τε πατὴρ ἑὸν υἱὸν
ἐλθόντα χρόνιον νέον ἄλλοθεν· ὡς ἐμὲ κεῖνος
ἐνδυκέως ἐκόμιζε σὺν υἱάσι κυδαλίμοισιν.
αὐτὰρ 'Οδυσσῆος ταλασίφρονος οὔ ποτ' ἔφασκε
ζωοῦ οὐδὲ θανόντος ἐπιχθονίων τευ ἀκοῦσαι,   115
ἀλλά μ' ἐς 'Ατρείδην, δουρικλειτὸν Μενέλαον,
ἵπποισι προὔπεμψε καὶ ἅρμασι κολλητοῖσιν.
ἔνθ' ἴδον 'Αργείην 'Ελένην, ἧς εἵνεκα πολλὰ
'Αργεῖοι Τρῶές τε θεῶν ἰότητι μόγησαν.
εἴρετο δ' αὐτίκ' ἔπειτα βοὴν ἀγαθὸς Μενέλαος   120

ὅττευ χρηΐζων ἱκόμην Λακεδαίμονα δῖαν·
αὐτὰρ ἐγὼ τῷ πᾶσαν ἀληθείην κατέλεξα·
καὶ τότε δή με ἔπεσσιν ἀμειβόμενος προσέειπεν·
'ὦ πόποι, ἦ μάλα δὴ κρατερόφρονος ἀνδρὸς ἐν εὐνῇ
ἤθελον εὐνηθῆναι, ἀνάλκιδες αὐτοὶ ἐόντες.   125
ὡς δ' ὁπότ' ἐν ξυλόχῳ ἔλαφος κρατεροῖο λέοντος
νεβροὺς κοιμήσασα νεηγενέας γαλαθηνοὺς
κνημοὺς ἐξερέῃσι καὶ ἄγκεα ποιήεντα
βοσκομένη, ὁ δ' ἔπειτα ἑὴν εἰσήλυθεν εὐνήν,
ἀμφοτέροισι δὲ τοῖσιν ἀεικέα πότμον ἐφῆκεν,   130
ὣς 'Οδυσεὺς κείνοισιν ἀεικέα πότμον ἐφήσει.
αἲ γάρ, Ζεῦ τε πάτερ καὶ 'Αθηναίη καὶ "Απολλον·
τοῖος ἐὼν οἷός ποτ' ἐϋκτιμένῃ ἐνὶ Λέσβῳ
ἐξ ἔριδος Φιλομηλεΐδῃ ἐπάλαισεν ἀναστάς,
κὰδ δ' ἔβαλε κρατερῶς, κεχάροντο δὲ πάντες 'Αχαιοί,
τοῖος ἐὼν μνηστῆρσιν ὁμιλήσειεν 'Οδυσσεύς·   136
πάντες κ' ὠκύμοροί τε γενοίατο πικρόγαμοί τε.
ταῦτα δ' ἅ μ' εἰρωτᾷς καὶ λίσσεαι, οὐκ ἄν ἐγώ γε
ἄλλα παρὲξ εἴποιμι παρακλιδὸν οὐδ' ἀπατήσω·
ἀλλὰ τὰ μέν μοι ἔειπε γέρων ἅλιος νημερτής,   140
τῶν οὐδέν τοι ἐγὼ κρύψω ἔπος οὐδ' ἐπικεύσω.
φῆ μιν ὅ γ' ἐν νήσῳ ἰδέειν κρατέρ' ἄλγε' ἔχοντα,
νύμφης ἐν μεγάροισι Καλυψοῦς, ἥ μιν ἀνάγκῃ
ἴσχει· ὁ δ' οὐ δύναται ἣν πατρίδα γαῖαν ἱκέσθαι.
οὐ γάρ οἱ πάρα νῆες ἐπήρετμοι καὶ ἑταῖροι,   145
οἵ κέν μιν πέμποιεν ἐπ' εὐρέα νῶτα θαλάσσης.'
ὣς ἔφατ' 'Ατρεΐδης, δουρικλειτὸς Μενέλαος.
ταῦτα τελευτήσας νεόμην· ἔδοσαν δέ μοι οὖρον
ἀθάνατοι, τοί μ' ὦκα φίλην ἐς πατρίδ' ἔπεμψαν."
῞Ως φάτο, τῇ δ' ἄρα θυμὸν ἐνὶ στήθεσσιν ὄρινε.   150
τοῖσι δὲ καὶ μετέειπε Θεοκλύμενος θεοειδής·
"ὦ γύναι αἰδοίη Λαερτιάδεω 'Οδυσῆος,

ἦ τοι ὅ γ᾽ οὐ σάφα οἶδεν, ἐμεῖο δὲ σύνθεο μῦθον·
ἀτρεκέως γάρ τοι μαντεύσομαι οὐδ᾽ ἐπικεύσω.
ἴστω νῦν Ζεὺς πρῶτα θεῶν ξενίη τε τράπεζα   155
ἱστίη τ᾽ Ὀδυσῆος ἀμύμονος, ἥν ἀφικάνω,
ὡς ἦ τοι Ὀδυσεὺς ἤδη ἐν πατρίδι γαίη,
ἥμενος ἢ ἕρπων, τάδε πευθόμενος κακὰ ἔργα,
ἔστιν, ἀτὰρ μνηστῆρσι κακὸν πάντεσσι φυτεύει·
οἷον ἐγὼν οἰωνὸν ἐϋσσέλμου ἐπὶ νηὸς   160
ἥμενος ἐφρασάμην καὶ Τηλεμάχῳ ἐγεγώνευν."
   Τὸν δ᾽ αὖτε προσέειπε περίφρων Πηνελόπεια·
"αἲ γὰρ τοῦτο, ξεῖνε, ἔπος τετελεσμένον εἴη·
τῶ κε τάχα γνοίης φιλότητά τε πολλά τε δῶρα
ἐξ ἐμεῦ, ὡς ἄν τίς σε συναντόμενος μακαρίζοι."   165
   Ὣς οἱ μὲν τοιαῦτα πρὸς ἀλλήλους ἀγόρευον·
μνηστῆρες δὲ πάροιθεν Ὀδυσσῆος μεγάροιο
δίσκοισιν τέρποντο καὶ αἰγανέῃσιν ἱέντες,
ἐν τυκτῷ δαπέδῳ, ὅθι περ πάρος, ὕβριν ἔχοντες.
ἀλλ᾽ ὅτε δὴ δείπνηστος ἔην καὶ ἐπήλυθε μῆλα   170
πάντοθεν ἐξ ἀγρῶν, οἱ δ᾽ ἤγαγον οἳ τὸ πάρος περ,
καὶ τότε δή σφιν ἔειπε Μέδων—ὃς γάρ ῥα μάλιστα
ἥνδανε κηρύκων, καί σφιν παρεγίγνετο δαιτί—
"κοῦροι, ἐπεὶ δὴ πάντες ἐτέρφθητε φρέν᾽ ἀέθλοις,
ἔρχεσθε πρὸς δώμαθ᾽, ἵν᾽ ἐντυνώμεθα δαῖτα·   175
οὐ μὲν γάρ τι χέρειον ἐν ὥρῃ δεῖπνον ἑλέσθαι."
   Ὣς ἔφαθ᾽· οἱ δ᾽ ἀνστάντες ἔβαν πείθοντό τε μύθῳ.
αὐτὰρ ἐπεί ῥ᾽ ἵκοντο δόμους εὖ ναιετάοντας,
χλαίνας μὲν κατέθεντο κατὰ κλισμούς τε θρόνους τε,
οἱ δ᾽ ἱέρευον ὄϊς μεγάλους καὶ πίονας αἶγας,   180
ἴρευον δὲ σύας σιάλους καὶ βοῦν ἀγελαίην,
δαῖτ᾽ ἐντυνόμενοι. τοὶ δ᾽ ἐξ ἀγροῖο πόλινδε
ὀτρύνοντ᾽ Ὀδυσεύς τ᾽ ἰέναι καὶ δῖος ὑφορβός.
τοῖσι δὲ μύθων ἄρχε συβώτης, ὄρχαμος ἀνδρῶν·

"ξεῖν᾽, ἐπεὶ ἄρ δὴ ἔπειτα πόλινδ᾽ ἰέναι μενεαίνεις 185
σήμερον, ὡς ἐπέτελλεν ἄναξ ἐμός,—ἦ σ᾽ ἂν ἐγώ γε
αὐτοῦ βουλοίμην σταθμῶν ῥυτῆρα λιπέσθαι·
ἀλλὰ τὸν αἰδέομαι καὶ δείδια, μή μοι ὀπίσσω
νεικείῃ· χαλεπαὶ δὲ ἀνάκτων εἰσὶν ὁμοκλαί·
ἀλλ᾽ ἄγε νῦν ἴομεν· δὴ γὰρ μέμβλωκε μάλιστα 190
ἦμαρ, ἀτὰρ τάχα τοι ποτὶ ἕσπερα ῥίγιον ἔσται."
Τὸν δ᾽ ἀπαμειβόμενος προσέφη πολύμητις Ὀδυσ-
σεύς·
"γιγνώσκω, φρονέω· τά γε δὴ νοέοντι κελεύεις.
ἀλλ᾽ ἴομεν, σὺ δ᾽ ἔπειτα διαμπερὲς ἡγεμόνευε.
δὸς δέ μοι, εἴ ποθί τοι ῥόπαλον τετμημένον ἐστί, 195
σκηρίπτεσθ᾽, ἐπεὶ ἦ φατ᾽ ἀρισφαλέ᾽ ἔμμεναι οὐδόν."
Ἦ ῥα καὶ ἀμφ᾽ ὤμοισιν ἀεικέα βάλλετο πήρην,
πυκνὰ ῥωγαλέην· ἐν δὲ στρόφος ἦεν ἀορτήρ.
Εὔμαιος δ᾽ ἄρα οἱ σκῆπτρον θυμαρὲς ἔδωκε.
τὼ βήτην, σταθμὸν δὲ κύνες καὶ βώτορες ἄνδρες 200
ῥύατ᾽ ὄπισθε μένοντες· ὁ δ᾽ ἐς πόλιν ἦγεν ἄνακτα
πτωχῷ λευγαλέῳ ἐναλίγκιον ἠδὲ γέροντι,
σκηπτόμενον· τὰ δὲ λυγρὰ περὶ χροῒ εἵματα ἕστο.
Ἀλλ᾽ ὅτε δὴ στείχοντες ὁδὸν κάτα παιπαλόεσσαν
ἄστεος ἐγγὺς ἔσαν καὶ ἐπὶ κρήνην ἀφίκοντο 205
τυκτὴν καλλίροον, ὅθεν ὑδρεύοντο πολῖται,
τὴν ποίησ᾽ Ἴθακος καὶ Νήριτος ἠδὲ Πολύκτωρ—
ἀμφὶ δ᾽ ἄρ᾽ αἰγείρων ὑδατοτρεφέων ἦν ἄλσος,
πάντοσε κυκλοτερές, κατὰ δὲ ψυχρὸν ῥέεν ὕδωρ
ὑψόθεν ἐκ πέτρης· βωμὸς δ᾽ ἐφύπερθε τέτυκτο 210
νυμφάων, ὅθι πάντες ἐπιρρέζεσκον ὁδῖται—
ἔνθα σφέας ἐκίχανεν υἱὸς Δολίοιο Μελανθεὺς
αἶγας ἄγων, αἳ πᾶσι μετέπρεπον αἰπολίοισι,
δεῖπνον μνηστήρεσσι· δύω δ᾽ ἅμ᾽ ἕποντο νομῆες.
τοὺς δὲ ἰδὼν νείκεσσεν ἔπος τ᾽ ἔφατ᾽ ἔκ τ᾽ ὀνόμαζεν

ἔκπαγλον καὶ ἀεικές· ὄρινε δὲ κῆρ 'Οδυσῆος· 216
"νῦν μὲν δὴ μάλα πάγχυ κακὸς κακὸν ἡγηλάζει,
ὡς αἰεὶ τὸν ὁμοῖον ἄγει θεὸς ὡς τὸν ὁμοῖον.
πῇ δὴ τόνδε μολοβρὸν ἄγεις, ἀμέγαρτε συβῶτα,
πτωχὸν ἀνιηρόν, δαιτῶν ἀπολυμαντῆρα; 220
ὃς πολλῆς φλιῆσι παραστὰς θλίψεται ὤμους,
αἰτίζων ἀκόλους, οὐκ ἄορας οὐδὲ λέβητας·
τόν κ' εἴ μοι δοίης σταθμῶν ῥυτῆρα γενέσθαι
σηκοκόρον τ' ἔμεναι θαλλόν τ' ἐρίφοισι φορῆναι,
καί κεν ὀρὸν πίνων μεγάλην ἐπιγουνίδα θεῖτο. 225
ἀλλ' ἐπεὶ οὖν δὴ ἔργα κάκ' ἔμμαθεν, οὐκ ἐθελήσει
ἔργον ἐποίχεσθαι, ἀλλὰ πτώσσων κατὰ δῆμον
βούλεται αἰτίζων βόσκειν ἣν γαστέρ' ἄναλτον.
ἀλλ' ἔκ τοι ἐρέω, τὸ δὲ καὶ τετελεσμένον ἔσται·
αἴ κ' ἔλθῃ πρὸς δώματ' 'Οδυσσῆος θείοιο, 230
πολλά οἱ ἀμφὶ κάρη σφέλα ἀνδρῶν ἐκ παλαμάων
πλευραὶ ἀποτρίψουσι δόμον κάτα βαλλομένοιο."
Ὣς φάτο, καὶ παριὼν λὰξ ἔνθορεν ἀφραδίῃσιν
ἰσχίῳ· οὐδέ μιν ἐκτὸς ἀταρπιτοῦ ἐστυφέλιξεν,
ἀλλ' ἔμεν' ἀσφαλέως· ὁ δὲ μερμήριξεν 'Οδυσσεὺς 235
ἠὲ μεταΐξας ῥοπάλῳ ἐκ θυμὸν ἕλοιτο,
ἦ πρὸς γῆν ἐλάσειε κάρη ἀμφουδὶς ἀείρας.
ἀλλ' ἐπετόλμησε, φρεσὶ δ' ἔσχετο· τὸν δὲ συβώτης
νείκεσ' ἐσάντα ἰδών, μέγα δ' εὔξατο χεῖρας ἀνασχών
"νύμφαι κρηναῖαι, κοῦραι Διός, εἴ ποτ' 'Οδυσσεὺς
ὕμμ' ἐπὶ μηρί' ἔκηε, καλύψας πίονι δημῷ, 241
ἀρνῶν ἠδ' ἐρίφων, τόδε μοι κρηήνατ' ἐέλδωρ,
ὡς ἔλθοι μὲν κεῖνος ἀνήρ, ἀγάγοι δέ ἑ δαίμων·
τῷ κέ τοι ἀγλαΐας γε διασκεδάσειεν ἁπάσας,
τὰς νῦν ὑβρίζων φορέεις, ἀλαλήμενος αἰεὶ 245
ἄστυ κάτ'· αὐτὰρ μῆλα κακοὶ φθείρουσι νομῆες."
Τὸν δ' αὖτε προσέειπε Μελάνθιος, αἰπόλος αἰγῶν·

"ὢ πόποι, οἷον ἔειπε κύων ὀλοφώϊα εἰδώς,
τόν ποτ' ἐγὼν ἐπὶ νηὸς ἐϋσσέλμοιο μελαίνης
ἄξω τῆλ' Ἰθάκης, ἵνα μοι βίοτον πολὺν ἄλφοι.   250
αἲ γὰρ Τηλέμαχον βάλοι ἀργυρότοξος Ἀπόλλων
σήμερον ἐν μεγάροις, ἢ ὑπὸ μνηστῆρσι δαμείη,
ὡς Ὀδυσῆΐ γε τηλοῦ ἀπώλετο νόστιμον ἦμαρ."
Ὣς εἰπὼν τοὺς μὲν λίπεν αὐτόθι ἦκα κιόντας,
αὐτὰρ ὁ βῆ, μάλα δ' ὦκα δόμους ἵκανεν ἄνακτος.   255
αὐτίκα δ' εἴσω ἴεν, μετὰ δὲ μνηστῆρσι καθῖζεν,
ἀντίον Εὐρυμάχου· τὸν γὰρ φιλέεσκε μάλιστα.
τῷ πάρα μὲν κρειῶν μοῖραν θέσαν οἳ πονέοντο,
σῖτον δ' αἰδοίη ταμίη παρέθηκε φέρουσα
ἔδμεναι.
Ἀγχίμολον δ' Ὀδυσεὺς καὶ δῖος ὑφορβὸς   260
στήτην ἐρχομένω, περὶ δέ σφεας ἤλυθ' ἰωὴ
φόρμιγγος γλαφυρῆς· ἀνὰ γάρ σφισι βάλλετ' ἀείδειν
Φήμιος. αὐτὰρ ὁ χειρὸς ἑλὼν προσέειπε συβώτην·
"Εὔμαι', ἦ μάλα δὴ τάδε δώματα κάλ' Ὀδυσῆος,
ῥεῖα δ' ἀρίγνωτ' ἐστὶ καὶ ἐν πολλοῖσιν ἰδέσθαι.   265
ἐξ ἑτέρων ἕτερ' ἐστίν, ἐπήσκηται δέ οἱ αὐλὴ
τοίχῳ καὶ θριγκοῖσι, θύραι δ' εὐερκέες εἰσὶ
δικλίδες· οὐκ ἄν τίς μιν ἀνὴρ ὑπεροπλίσσαιτο.
γιγνώσκω δ' ὅτι πολλοὶ ἐν αὐτῷ δαῖτα τίθενται
ἄνδρες, ἐπεὶ κνίση μὲν ἐνήνοθεν, ἐν δέ τε φόρμιγξ   270
ἠπύει, ἣν ἄρα δαιτὶ θεοὶ ποίησαν ἑταίρην."
Τὸν δ' ἀπαμειβόμενος προσέφης, Εὔμαιε συβῶτα·
"ῥεῖ' ἔγνως, ἐπεὶ οὐδὲ τά τ' ἄλλα πέρ ἐσσ' ἀνοήμων.
ἀλλ' ἄγε δὴ φραζώμεθ' ὅπως ἔσται τάδε ἔργα.
ἠὲ σὺ πρῶτος ἔσελθε δόμους εὖ ναιετάοντας,   275
δύσεο δὲ μνηστῆρας, ἐγὼ δ' ὑπολείψομαι αὐτοῦ·
εἰ δ' ἐθέλεις, ἐπίμεινον, ἐγὼ δ' εἶμι προπάροιθε.
μηδὲ σὺ δηθύνειν, μή τίς σ' ἔκτοσθε νοήσας

ἢ βάλῃ ἢ ἐλάσῃ· τὰ δέ σε φράζεσθαι ἄνωγα."
Τὸν δ' ἠμείβετ' ἔπειτα πολύτλας δῖος Ὀδυσσεύς· 280
"γιγνώσκω, φρονέω· τά γε δὴ νοέοντι κελεύεις.
ἀλλ' ἔρχευ προπάροιθεν, ἐγὼ δ' ὑπολείψομαι αὐτοῦ.
οὐ γάρ τι πληγέων ἀδαήμων οὐδὲ βολάων.
τολμήεις μοι θυμός, ἐπεὶ κακὰ πολλὰ πέπονθα
κύμασι καὶ πολέμῳ· μετὰ καὶ τόδε τοῖσι γενέσθω. 285
γαστέρα δ' οὔ πως ἔστιν ἀποκρύψαι μεμαυῖαν,
οὐλομένην, ἣ πολλὰ κάκ' ἀνθρώποισι δίδωσι,
τῆς ἔνεκεν καὶ νῆες ἐΰζυγοι ὁπλίζονται
πόντον ἐπ' ἀτρύγετον, κακὰ δυσμενέεσσι φέρουσαι."
Ὣς οἱ μὲν τοιαῦτα πρὸς ἀλλήλους ἀγόρευον· 290
ἂν δὲ κύων κεφαλήν τε καὶ οὔατα κείμενος ἔσχεν,
Ἄργος, Ὀδυσσῆος ταλασίφρονος, ὅν ῥά ποτ' αὐτὸς
θρέψε μέν, οὐδ' ἀπόνητο, πάρος δ' ἐς Ἴλιον ἱρὴν
οἴχετο. τὸν δὲ πάροιθεν ἀγίνεσκον νέοι ἄνδρες
αἶγας ἐπ' ἀγροτέρας ἠδὲ πρόκας ἠδὲ λαγωούς· 295
δὴ τότε κεῖτ' ἀπόθεστος ἀποιχομένοιο ἄνακτος,
ἐν πολλῇ κόπρῳ, ἥ οἱ προπάροιθε θυράων
ἡμιόνων τε βοῶν τε ἅλις κέχυτ', ὄφρ' ἂν ἄγοιεν
δμῶες Ὀδυσσῆος τέμενος μέγα κοπρήσοντες·
ἔνθα κύων κεῖτ' Ἄργος, ἐνίπλειος κυνοραιστέων. 300
δὴ τότε γ', ὡς ἐνόησεν Ὀδυσσέα ἐγγὺς ἐόντα,
οὐρῇ μέν ῥ' ὅ γ' ἔσηνε καὶ οὔατα κάββαλεν ἄμφω,
ἆσσον δ' οὐκέτ' ἔπειτα δυνήσατο οἷο ἄνακτος
ἐλθέμεν· αὐτὰρ ὁ νόσφιν ἰδὼν ἀπομόρξατο δάκρυ,
ῥεῖα λαθὼν Εὔμαιον, ἄφαρ δ' ἐρεείνετο μύθῳ· 305
"Εὔμαι', ἦ μάλα θαῦμα κύων ὅδε κεῖτ' ἐνὶ κόπρῳ.
καλὸς μὲν δέμας ἐστίν, ἀτὰρ τόδε γ' οὐ σάφα οἶδα,
ἢ δὴ καὶ ταχὺς ἔσκε θέειν ἐπὶ εἴδεϊ τῷδε,
ἦ αὔτως οἷοί τε τραπεζῆες κύνες ἀνδρῶν
γίγνοντ', ἀγλαΐης δ' ἔνεκεν κομέουσιν ἄνακτες." 310

Τὸν δ' ἀπαμειβόμενος προσέφης, Εὔμαιε συβῶτα·
"καὶ λίην ἀνδρός γε κύων ὅδε τῆλε θανόντος.
εἰ τοιόσδ' εἴη ἠμὲν δέμας ἠδὲ καὶ ἔργα,
οἷόν μιν Τροίηνδε κιὼν κατέλειπεν Ὀδυσσεύς,
αἶψά κε θηήσαιο ἰδὼν ταχυτῆτα καὶ ἀλκήν.   315
οὐ μὲν γάρ τι φύγεσκε βαθείης βένθεσιν ὕλης
κνώδαλον, ὅττι δίοιτο· καὶ ἴχνεσι γὰρ περιῄδη.
νῦν δ' ἔχεται κακότητι, ἄναξ δέ οἱ ἄλλοθι πάτρης
ὤλετο, τὸν δὲ γυναῖκες ἀκηδέες οὐ κομέουσι.
δμῶες δ', εὖτ' ἂν μηκέτ' ἐπικρατέωσιν ἄνακτες,   320
οὐκέτ' ἔπειτ' ἐθέλουσιν ἐναίσιμα ἐργάζεσθαι·
ἥμισυ γάρ τ' ἀρετῆς ἀποαίνυται εὐρύοπα Ζεὺς
ἀνέρος, εὖτ' ἄν μιν κατὰ δούλιον ἦμαρ ἕλῃσιν."
Ὣς εἰπὼν εἰσῆλθε δόμους εὖ ναιετάοντας,
βῆ δ' ἰθὺς μεγάροιο μετὰ μνηστῆρας ἀγαυούς.   325
Ἄργον δ' αὖ κατὰ μοῖρ' ἔλαβεν μέλανος θανάτοιο,
αὐτίκ' ἰδόντ' Ὀδυσῆα ἐεικοστῷ ἐνιαυτῷ.
Τὸν δὲ πολὺ πρῶτος ἴδε Τηλέμαχος θεοειδὴς
ἐρχόμενον κατὰ δῶμα συβώτην, ὦκα δ' ἔπειτα
νεῦσ' ἐπὶ οἷ καλέσας· ὁ δὲ παπτήνας ἕλε δίφρον   330
κείμενον, ἔνθα τε δαιτρὸς ἐφίζεσκε κρέα πολλὰ
δαιόμενος μνηστῆρσι δόμον κάτα δαινυμένοισι·
τὸν κατέθηκε φέρων πρὸς Τηλεμάχοιο τράπεζαν
ἀντίον, ἔνθα δ' ἄρ' αὐτὸς ἐφέζετο· τῷ δ' ἄρα κῆρυξ
μοῖραν ἑλὼν ἐτίθει κανέου τ' ἐκ σίτον ἀείρας.   335
Ἀγχίμολον δὲ μετ' αὐτὸν ἐδύσετο δώματ' Ὀδυσ-
    σεύς,
πτωχῷ λευγαλέῳ ἐναλίγκιος ἠδὲ γέροντι,
σκηπτόμενος· τὰ δὲ λυγρὰ περὶ χροῒ εἵματα ἔστο.
ἷζε δ' ἐπὶ μελίνου οὐδοῦ ἔντοσθε θυράων,
κλινάμενος σταθμῷ κυπαρισσίνῳ, ὅν ποτε τέκτων   340
ξέσσεν ἐπισταμένως καὶ ἐπὶ στάθμην ἴθυνε.

78 ΟΔΥΣΣΕΙΑΣ Ρ (XVII)

Τηλέμαχος δ' ἐπὶ οἷ καλέσας προσέειπε συβώτην,
ἄρτον τ' οὖλον ἑλὼν περικαλλέος ἐκ κανέοιο
καὶ κρέας, ὥς οἱ χεῖρες ἐχάνδανον ἀμφιβαλόντι·
" δὸς τῷ ξείνῳ ταῦτα φέρων αὐτόν τε κέλευε 345
αἰτίζειν μάλα πάντας ἐποιχόμενον μνηστῆρας·
αἰδὼς δ' οὐκ ἀγαθὴ κεχρημένῳ ἀνδρὶ παρεῖναι."
Ὣς φάτο· βῆ δὲ συφορβός, ἐπεὶ τὸν μῦθον ἄκουσεν,
ἀγχοῦ δ' ἱστάμενος ἔπεα πτερόεντ' ἀγόρευε·
" Τηλέμαχός τοι, ξεῖνε, διδοῖ τάδε, καί σε κελεύει 350
αἰτίζειν μάλα πάντας ἐποιχόμενον μνηστῆρας·
αἰδῶ δ' οὐκ ἀγαθήν φησ' ἔμμεναι ἀνδρὶ προΐκτῃ."
Τὸν δ' ἀπαμειβόμενος προσέφη πολύμητις Ὀδυσσεύς·
" Ζεῦ ἄνα, Τηλέμαχόν μοι ἐν ἀνδράσιν ὄλβιον εἶναι,
καί οἱ πάντα γένοιτο ὅσα φρεσὶν ᾗσι μενοινᾷ." 355
Ἦ ῥα καὶ ἀμφοτέρῃσιν ἐδέξατο καὶ κατέθηκεν
αὖθι ποδῶν προπάροιθεν, ἀεικελίης ἐπὶ πήρης,
ἤσθιε δ' ἧος ἀοιδὸς ἐνὶ μεγάροισιν ἄειδεν·
εὖθ' ὁ δεδειπνήκειν, ὁ δ' ἐπαύετο θεῖος ἀοιδός,
μνηστῆρες δ' ὁμάδησαν ἀνὰ μέγαρ'· αὐτὰρ Ἀθήνη 360
ἄγχι παρισταμένη Λαερτιάδην Ὀδυσῆα
ὄτρυν', ὡς ἂν πύρνα κατὰ μνηστῆρας ἀγείροι,
γνοίη θ' οἵ τινές εἰσιν ἐναίσιμοι οἵ τ' ἀθέμιστοι·
ἀλλ' οὐδ' ὣς τιν' ἔμελλ' ἀπαλεξήσειν κακότητος.
βῆ δ' ἴμεν αἰτήσων ἐνδέξια φῶτα ἕκαστον, 365
πάντοσε χεῖρ' ὀρέγων, ὡς εἰ πτωχὸς πάλαι εἴη.
οἱ δ' ἐλεαίροντες δίδοσαν, καὶ ἐθάμβεον αὐτόν,
ἀλλήλους τ' εἴροντο τίς εἴη καὶ πόθεν ἔλθοι.
τοῖσι δὲ καὶ μετέειπε Μελάνθιος, αἰπόλος αἰγῶν·
" κέκλυτέ μευ, μνηστῆρες ἀγακλειτῆς βασιλείης, 370
τοῦδε περὶ ξείνου· ἦ γάρ μιν πρόσθεν ὄπωπα.
ἦ τοι μέν οἱ δεῦρο συβώτης ἡγεμόνευεν,

αὐτὸν δ' οὐ σάφα οἶδα, πόθεν γένος εὔχεται εἶναι.'
Ὣς ἔφατ'· Ἀντίνοος δ' ἔπεσιν νείκεσσε συβώτην·
"ὦ ἀρίγνωτε συβῶτα, τίη δὲ σὺ τόνδε πόλινδε 375
ἤγαγες; ἦ οὐχ ἅλις ἦμιν ἀλήμονές εἰσι καὶ ἄλλοι,
πτωχοὶ ἀνιηροί, δαιτῶν ἀπολυμαντῆρες;
ἦ ὄνοσαι ὅτι τοι βίοτον κατέδουσιν ἄνακτος
ἐνθάδ' ἀγειρόμενοι, σὺ δὲ καὶ προτὶ τόνδ' ἐκάλεσσας;"
Τὸν δ' ἀπαμειβόμενος προσέφης, Εὔμαιε συβῶτα·
"'Ἀντίνο', οὐ μὲν καλὰ καὶ ἐσθλὸς ἐὼν ἀγορεύεις· 381
τίς γὰρ δὴ ξεῖνον καλεῖ ἄλλοθεν αὐτὸς ἐπελθὼν
ἄλλον γ', εἰ μὴ τῶν οἳ δημιοεργοὶ ἔασι,
μάντιν ἢ ἰητῆρα κακῶν ἢ τέκτονα δούρων
ἢ καὶ θέσπιν ἀοιδόν, ὅ κεν τέρπησιν ἀείδων; 385
οὗτοι γὰρ κλητοί γε βροτῶν ἐπ' ἀπείρονα γαῖαν·
πτωχὸν δ' οὐκ ἄν τις καλέοι τρύξοντα ἓ αὐτόν.
ἀλλ' αἰεὶ χαλεπὸς περὶ πάντων εἰς μνηστήρων
δμωσὶν Ὀδυσσῆος, πέρι δ' αὖτ' ἐμοί· αὐτὰρ ἐγώ γε
οὐκ ἀλέγω, ἥός μοι ἐχέφρων Πηνελόπεια 390
ζώει ἐνὶ μεγάροις καὶ Τηλέμαχος θεοειδής."
Τὸν δ' αὖ Τηλέμαχος πεπνυμένος ἀντίον ηὔδα·
"σίγα, μή μοι τοῦτον ἀμείβεο πολλὰ ἔπεσσιν·
Ἀντίνοος δ' εἴωθε κακῶς ἐρεθιζέμεν αἰεὶ
μύθοισιν χαλεποῖσιν, ἐποτρύνει δὲ καὶ ἄλλους." 395
Ἦ ῥα καὶ Ἀντίνοον ἔπεα πτερόεντα προσηύδα·
"'Ἀντίνο', ἦ μευ καλὰ πατὴρ ὣς κήδεαι υἷος!
ὃς τὸν ξεῖνον ἄνωγας ἀπὸ μεγάροιο δίεσθαι
μύθῳ ἀναγκαίῳ—μὴ τοῦτο θεὸς τελέσειε!
δός οἱ ἑλών· οὔ τοι φθονέω· κέλομαι γὰρ ἐγώ γε· 400
μήτ' οὖν μητέρ' ἐμὴν ἅζευ τό γε μήτε τιν' ἄλλον
δμώων, οἳ κατὰ δώματ' Ὀδυσσῆος θείοιο.
ἀλλ' οὔ τοι τοιοῦτον ἐνὶ στήθεσσι νόημα·
αὐτὸς γὰρ φαγέμεν πολὺ βούλεαι ἢ δόμεν ἄλλῳ."

Τὸν δ' αὖτ' Ἀντίνοος ἀπαμειβόμενος προσέειπε· 405
"Τηλέμαχ' ὑψαγόρη, μένος ἄσχετε, ποῖον ἔειπες.
εἴ οἱ τόσσον πάντες ὀρέξειαν μνηστῆρες,
καί κέν μιν τρεῖς μῆνας ἀπόπροθεν οἶκος ἐρύκοι."
Ὣς ἄρ' ἔφη, καὶ θρῆνυν ἑλὼν ὑπέφηνε τραπέζης
κείμενον, ᾧ ῥ' ἔπεχεν λιπαροὺς πόδας εἰλαπινάζων. 410
οἱ δ' ἄλλοι πάντες δίδοσαν, πλῆσαν δ' ἄρα πήρην
σίτου καὶ κρειῶν· τάχα δὴ καὶ ἔμελλεν Ὀδυσσεὺς
αὖτις ἐπ' οὐδὸν ἰὼν προικὸς γεύσεσθαι Ἀχαιῶν·
στῆ δὲ παρ' Ἀντίνοον, καί μιν πρὸς μῦθον ἔειπε·
"δός, φίλος· οὐ μέν μοι δοκέεις ὁ κάκιστος Ἀχαιῶν
ἔμμεναι, ἀλλ' ὥριστος, ἐπεὶ βασιλῆϊ ἔοικας. 416
τώ σε χρὴ δόμεναι καὶ λώϊον ἠέ περ ἄλλοι
σίτου· ἐγὼ δέ κέ σε κλείω κατ' ἀπείρονα γαῖαν.
καὶ γὰρ ἐγώ ποτε οἶκον ἐν ἀνθρώποισιν ἔναιον
ὄλβιος ἀφνειὸν καὶ πολλάκι δόσκον ἀλήτῃ 420
τοίῳ, ὁποῖος ἔοι καὶ ὅτευ κεχρημένος ἔλθοι·
ἦσαν δὲ δμῶες μάλα μυρίοι ἄλλα τε πολλὰ
οἷσίν τ' εὖ ζώουσι καὶ ἀφνειοὶ καλέονται.
ἀλλὰ Ζεὺς ἀλάπαξε Κρονίων—ἤθελε γάρ που—
ὅς μ' ἅμα λῃστῆρσι πολυπλάγκτοισιν ἀνῆκεν 425
Αἰγυπτόνδ' ἰέναι, δολιχὴν ὁδόν, ὄφρ' ἀπολοίμην.
στῆσα δ' ἐν Αἰγύπτῳ ποταμῷ νέας ἀμφιελίσσας.
ἔνθ' ἦ τοι μὲν ἐγὼ κελόμην ἐρίηρας ἑταίρους
αὐτοῦ πὰρ νήεσσι μένειν καὶ νῆα ἔρυσθαι,
ὀπτῆρας δὲ κατὰ σκοπιὰς ὄτρυνα νέεσθαι. 430
οἱ δ' ὕβρει εἴξαντες, ἐπισπόμενοι μένεϊ σφῷ,
αἶψα μάλ' Αἰγυπτίων ἀνδρῶν περικαλλέας ἀγροὺς
πόρθεον, ἐκ δὲ γυναῖκας ἄγον καὶ νήπια τέκνα,
αὐτούς τ' ἔκτεινον· τάχα δ' ἐς πόλιν ἵκετ' ἀϋτή.
οἱ δὲ βοῆς ἀΐοντες ἅμ' ἠοῖ φαινομένηφιν 435
ἦλθον· πλῆτο δὲ πᾶν πεδίον πεζῶν τε καὶ ἵππων

χαλκοῦ τε στεροπῆς· ἐν δὲ Ζεὺς τερπικέραυνος
φύζαν ἐμοῖς ἑτάροισι κακὴν βάλεν, οὐδέ τις ἔτλη
στῆναι ἐναντίβιον· περὶ γὰρ κακὰ πάντοθεν ἔστη.
ἔνθ' ἡμέων πολλοὺς μὲν ἀπέκτανον ὀξέϊ χαλκῷ,   440
τοὺς δ' ἄναγον ζωούς, σφίσιν ἐργάζεσθαι ἀνάγκῃ.
αὐτὰρ ἔμ' ἐς Κύπρον ξείνῳ δόσαν ἀντιάσαντι,
Δμήτορι Ἰασίδῃ, ὃς Κύπρου ἶφι ἄνασσεν·
ἔνθεν δὴ νῦν δεῦρο τόδ' ἵκω πήματα πάσχων."
    Τὸν δ' αὖτ' Ἀντίνοος ἀπαμείβετο φώνησέν τε·   445
"τίς δαίμων τόδε πῆμα προσήγαγε, δαιτὸς ἀνίην;
στῆθ' οὕτως ἐς μέσσον, ἐμῆς ἀπάνευθε τραπέζης,
μὴ τάχα πικρὴν Αἴγυπτον καὶ Κύπρον ἵκηαι·
ὥς τις θαρσαλέος καὶ ἀναιδής ἐσσι προΐκτης.
ἑξείης πάντεσσι παρίστασαι· οἱ δὲ διδοῦσι   450
μαψιδίως, ἐπεὶ οὔ τις ἐπίσχεσις οὐδ' ἐλεητὺς
ἀλλοτρίων χαρίσασθαι, ἐπεὶ πάρα πολλὰ ἑκάστῳ."
    Τὸν δ' ἀναχωρήσας προσέφη πολύμητις Ὀδυσσεύς·
"ὦ πόποι, οὐκ ἄρα σοί γ' ἐπὶ εἴδεϊ καὶ φρένες ἦσαν!
οὐ σύ γ' ἂν ἐξ οἴκου σῷ ἐπιστάτῃ οὐδ' ἅλα δοίης,   455
ὃς νῦν ἀλλοτρίοισι παρήμενος οὔ τί μοι ἔτλης
σίτου ἀποπροελὼν δόμεναι· τὰ δὲ πολλὰ πάρεστιν."
    Ὣς ἔφατ'· Ἀντίνοος δ' ἐχολώσατο κηρόθι μᾶλλον,
καί μιν ὑπόδρα ἰδὼν ἔπεα πτερόεντα προσηύδα·
"νῦν δή σ' οὐκέτι καλὰ διὲκ μεγάροιό γ' ὀΐω   460
ἂψ ἀναχωρήσειν, ὅτε δὴ καὶ ὀνείδεα βάζεις."
    Ὣς ἄρ' ἔφη, καὶ θρῆνυν ἑλὼν βάλε δεξιὸν ὦμον,
πρυμνότατον, κατὰ νῶτον· ὁ δ' ἐστάθη ἠΰτε πέτρη
ἔμπεδον, οὐδ' ἄρα μιν σφῆλεν βέλος Ἀντινόοιο,
ἀλλ' ἀκέων κίνησε κάρη, κακὰ βυσσοδομεύων.   465
ἂψ δ' ὅ γ' ἐπ' οὐδὸν ἰὼν κατ' ἄρ' ἕζετο, κὰδ δ' ἄρα
    πήρην
θῆκεν ἐϋπλείην, μετὰ δὲ μνηστῆρσιν ἔειπε·

" κέκλυτέ μευ, μνηστῆρες ἀγακλειτῆς βασιλείης,
ὄφρ' εἴπω τά με θυμὸς ἐνὶ στήθεσσι κελεύει.
οὐ μὰν οὔτ' ἄχος ἐστὶ μετὰ φρεσὶν οὔτε τι πένθος,
ὁππότ' ἀνὴρ περὶ οἷσι μαχειόμενος κτεάτεσσι   471
βλήεται, ἢ περὶ βουσὶν ἢ ἀργεννῆς ὀΐεσσιν·
αὐτὰρ ἔμ' Ἀντίνοος βάλε γαστέρος εἵνεκα λυγρῆς,
οὐλομένης, ἢ πολλὰ κάκ' ἀνθρώποισι δίδωσιν.
ἀλλ' εἴ που πτωχῶν γε θεοὶ καὶ ἐρινύες εἰσίν,   475
Ἀντίνοον πρὸ γάμοιο τέλος θανάτοιο κιχείη."
     Τὸν δ' αὖτ' Ἀντίνοος προσέφη, Εὐπείθεος υἱός·
" ἔσθι' ἔκηλος, ξεῖνε, καθήμενος, ἢ ἄπιθ' ἄλλη,
μή σε νέοι διὰ δῶμα ἐρύσσωσ', οἷ' ἀγορεύεις,
ἢ ποδὸς ἢ καὶ χειρός, ἀποδρύψωσι δὲ πάντα."   480
     Ὣς ἔφαθ'· οἱ δ' ἄρα πάντες ὑπερφιάλως νεμέσησαν·
ὧδε δέ τις εἴπεσκε νέων ὑπερηνορεόντων·
" Ἀντίνο', οὐ μὲν κάλ' ἔβαλες δύστηνον ἀλήτην,
οὐλόμεν', εἰ δή πού τις ἐπουράνιος θεός ἐστι.
καί τε θεοὶ ξείνοισιν ἐοικότες ἀλλοδαποῖσι,   485
παντοῖοι τελέθοντες, ἐπιστρωφῶσι πόληας,
ἀνθρώπων ὕβριν τε καὶ εὐνομίην ἐφορῶντες."
     Ὣς ἄρ' ἔφαν μνηστῆρες· ὁ δ' οὐκ ἐμπάζετο μύθων.
Τηλέμαχος δ' ἐν μὲν κραδίῃ μέγα πένθος ἄεξε
βλημένου, οὐδ' ἄρα δάκρυ χαμαὶ βάλεν ἐκ βλεφάροιϊν,
ἀλλ' ἀκέων κίνησε κάρη, κακὰ βυσσοδομεύων.   491
     Τοῦ δ' ὡς οὖν ἤκουσε περίφρων Πηνελόπεια
βλημένου ἐν μεγάρῳ, μετ' ἄρα δμῳῆσιν ἔειπεν·
" αἴθ' οὕτως αὐτόν σε βάλοι κλυτότοξος Ἀπόλλων."
     τὴν δ' αὖτ' Εὐρυνόμη ταμίη πρὸς μῦθον ἔειπεν·   495
" εἰ γὰρ ἐπ' ἀρῇσιν τέλος ἡμετέρῃσι γένοιτο·
οὐκ ἄν τις τούτων γε ἐΰθρονον Ἠῶ ἵκοιτο."
     Τὴν δ' αὖτε προσέειπε περίφρων Πηνελόπεια·
" μαῖ', ἐχθροὶ μὲν πάντες, ἐπεὶ κακὰ μηχανόωνται·

'Αντίνοος δὲ μάλιστα μελαίνῃ κηρὶ ἔοικε.   500
ξεῖνός τις δύστηνος ἀλητεύει κατὰ δῶμα
ἀνέρας αἰτίζων· ἀχρημοσύνη γὰρ ἀνώγει·
ἔνθ' ἄλλοι μὲν πάντες ἐνέπλησάν τ' ἔδοσάν τε,
οὗτος δὲ θρήνυι πρυμνὸν βάλε δεξιὸν ὦμον.''
'Η μὲν ἄρ' ὣς ἀγόρευε μετὰ δμῳῇσι γυναιξίν,   505
ἡμένη ἐν θαλάμῳ· ὁ δ' ἐδείπνει δῖος 'Οδυσσεύς.
ἡ δ' ἐπὶ οἷ καλέσασα προσηύδα δῖον ὑφορβόν·
"ἔρχεο, δῖ' Εὔμαιε, κιὼν τὸν ξεῖνον ἄνωχθι
ἐλθέμεν, ὄφρα τί μιν προσπτύξομαι ἠδ' ἐρέωμαι
εἴ που 'Οδυσσῆος ταλασίφρονος ἠὲ πέπυσται   510
ἢ ἴδεν ὀφθαλμοῖσι· πολυπλάγκτῳ γὰρ ἔοικε.''
Τὴν δ' ἀπαμειβόμενος προσέφης, Εὔμαιε συβῶτα·
"εἰ γάρ τοι, βασίλεια, σιωπήσειαν 'Αχαιοί·
οἷ' ὅ γε μυθεῖται, θέλγοιτό κέ τοι φίλον ἦτορ.
τρεῖς γὰρ δή μιν νύκτας ἔχον, τρία δ' ἤματ' ἔρυξα
ἐν κλισίῃ· πρῶτον γὰρ ἔμ' ἵκετο νηὸς ἀποδράς·   515
ἀλλ' οὔ πω κακότητα διήνυσεν ἣν ἀγορεύων.
ὡς δ' ὅτ' ἀοιδὸν ἀνὴρ ποτιδέρκεται, ὅς τε θεῶν ἒξ
ἀείδῃ δεδαὼς ἔπε' ἱμερόεντα βροτοῖσι,
τοῦ δ' ἄμοτον μεμάασιν ἀκουέμεν, ὁππότ' ἀείδῃ·   520
ὣς ἐμὲ κεῖνος ἔθελγε παρήμενος ἐν μεγάροισι.
φησὶ δ' 'Οδυσσῆος ξεῖνος πατρώιος εἶναι,
Κρήτῃ ναιετάων, ὅθι Μίνωος γένος ἐστίν.
ἔνθεν δὴ νῦν δεῦρο τόδ' ἵκετο πήματα πάσχων,
προπροκυλινδόμενος· στεῦται δ' 'Οδυσῆος ἀκοῦσαι
ἀγχοῦ, Θεσπρωτῶν ἀνδρῶν ἐν πίονι δήμῳ,   525
ζωοῦ· πολλὰ δ' ἄγει κειμήλια ὅνδε δόμονδε.''
Τὸν δ' αὖτε προσέειπε περίφρων Πηνελόπεια·
"ἔρχεο, δεῦρο κάλεσσον, ἵν' ἀντίον αὐτὸς ἐνίσπῃ.
οὗτοι δ' ἠὲ θύρῃσι καθήμενοι ἑψιαάσθων   530
ἢ αὐτοῦ κατὰ δώματ', ἐπεί σφισι θυμὸς ἐύφρων.

αὐτῶν μὲν γὰρ κτήματ' ἀκήρατα κεῖτ' ἐνὶ οἴκῳ,
σῖτος καὶ μέθυ ἡδύ· τὰ μὲν οἰκῆες ἔδουσιν,
οἱ δ' εἰς ἡμέτερον πωλεύμενοι ἤματα πάντα,
βοῦς ἱερεύοντες καὶ ὄϊς καὶ πίονας αἶγας,   535
εἰλαπινάζουσιν πίνουσί τε αἴθοπα οἶνον
μαψιδίως· τὰ δὲ πολλὰ κατάνεται· οὐ γὰρ ἔπ' ἀνήρ,
οἷος Ὀδυσσεὺς ἔσκεν, ἀρὴν ἀπὸ οἴκου ἀμῦναι.
εἰ δ' Ὀδυσεὺς ἔλθοι καὶ ἵκοιτ' ἐς πατρίδα γαῖαν,
αἶψά κε σὺν ᾧ παιδὶ βίας ἀποτίσεται ἀνδρῶν.''   540
῍Ως φάτο· Τηλέμαχος δὲ μέγ' ἔπταρεν, ἀμφὶ δὲ δῶμα
σμερδαλέον κονάβησε. γέλασσε δὲ Πηνελόπεια,
αἶψα δ' ἄρ' Εὔμαιον ἔπεα πτερόεντα προσηύδα·
'' ἔρχεό μοι, τὸν ξεῖνον ἐναντίον ὧδε κάλεσσον.
οὐχ ὁράᾳς ὅ μοι υἱὸς ἐπέπταρε πᾶσι ἔπεσσι;   545
τώ κε καὶ οὐκ ἀτελὴς θάνατος μνηστῆρσι γένοιτο
πᾶσι μάλ', οὐδέ κέ τις θάνατον καὶ κῆρας ἀλύξει.
ἄλλο δέ τοι ἐρέω, σὺ δ' ἐνὶ φρεσὶ βάλλεο σῇσιν·
αἴ κ' αὐτὸν γνώω νημερτέα πάντ' ἐνέποντα,
ἕσσω μιν χλαῖνάν τε χιτῶνά τε, εἵματα καλά.''   550
῍Ως φάτο· βῆ δὲ συφορβός, ἐπεὶ τὸν μῦθον ἄκουσεν,
ἀγχοῦ δ' ἱστάμενος ἔπεα πτερόεντα προσηύδα·
'' ξεῖνε πάτερ, καλέει σε περίφρων Πηνελόπεια,
μήτηρ Τηλεμάχοιο· μεταλλῆσαί τί ἑ θυμὸς
ἀμφὶ πόσει κέλεται, καὶ κήδεά περ πεπαθυίη.   555
εἰ δέ κέ σε γνώῃ νημερτέα πάντ' ἐνέποντα,
ἕσσει σε χλαῖνάν τε χιτῶνά τε, τῶν σὺ μάλιστα
χρηΐζεις· σῖτον δὲ καὶ αἰτίζων κατὰ δῆμον
γαστέρα βοσκήσεις· δώσει δέ τοι ὅς κ' ἐθέλῃσι.''
Τὸν δ' αὖτε προσέειπε πολύτλας δῖος Ὀδυσσεύς·   560
'' Εὔμαι', αἶψά κ' ἐγὼ νημερτέα πάντ' ἐνέποιμι
κούρῃ Ἰκαρίοιο, περίφρονι Πηνελοπείῃ·
οἶδα γὰρ εὖ περὶ κείνου, ὁμὴν δ' ἀνεδέγμεθ' ὀϊζύν.

ἀλλὰ μνηστήρων χαλεπῶν ὑποδείδι' ὅμιλον,
τῶν ὕβρις τε βίη τε σιδήρεον οὐρανὸν ἵκει. 565
καὶ γὰρ νῦν, ὅτε μ' οὗτος ἀνὴρ κατὰ δῶμα κιόντα
οὔ τι κακὸν ῥέξαντα βαλὼν ὀδύνῃσιν ἔδωκεν,
οὔτε τι Τηλέμαχος τό γ' ἐπήρκεσεν οὔτε τις ἄλλος.
τῷ νῦν Πηνελόπειαν ἐνὶ μεγάροισιν ἄνωχθι
μεῖναι, ἐπειγομένην περ, ἐς ἥλιον καταδύντα· 570
καὶ τότε μ' εἰρέσθω πόσιος πέρι νόστιμον ἦμαρ,
ἀσσοτέρω καθίσασα παραὶ πυρί· εἵματα γάρ τοι
λύγρ' ἔχω· οἶσθα καὶ αὐτός, ἐπεί σε πρῶθ' ἱκέτευσα."
Ὣς φάτο· βῆ δὲ συφορβός, ἐπεὶ τὸν μῦθον ἄκουσε.
τὸν δ' ὑπὲρ οὐδοῦ βάντα προσηύδα Πηνελόπεια· 575
"οὐ σύ γ' ἄγεις, Εὔμαιε; τί τοῦτ' ἐνόησεν ἀλήτης;
ἦ τινά που δείσας ἐξαίσιον ἦε καὶ ἄλλως
αἰδεῖται κατὰ δῶμα; κακὸς δ' αἰδοῖος ἀλήτης."
Τὴν δ' ἀπαμειβόμενος προσέφης, Εὔμαιε συβῶτα·
"μυθεῖται κατὰ μοῖραν, ἅ πέρ κ' οἴοιτο καὶ ἄλλος,
ὕβριν ἀλυσκάζων ἀνδρῶν ὑπερηνορεόντων. 581
ἀλλά σε μεῖναι ἄνωγεν ἐς ἥλιον καταδύντα.
καὶ δὲ σοὶ ὧδ' αὐτῇ πολὺ κάλλιον, ὦ βασίλεια,
οἴην πρὸς ξεῖνον φάσθαι ἔπος ἠδ' ἐπακοῦσαι."
Τὸν δ' αὖτε προσέειπε περίφρων Πηνελόπεια· 585
"οὐκ ἄφρων ὁ ξεῖνος ὀΐεται, ὥς περ ἂν εἴη·
οὐ γάρ πώ τινες ὧδε καταθνητῶν ἀνθρώπων
ἀνέρες ὑβρίζοντες ἀτάσθαλα μηχανόωνται."
Ἡ μὲν ἄρ' ὣς ἀγόρευεν· ὁ δ' οἴχετο δῖος ὑφορβὸς
μνηστήρων ἐς ὅμιλον, ἐπεὶ διεπέφραδε πάντα. 590
αἶψα δὲ Τηλέμαχον ἔπεα πτερόεντα προσηύδα,
ἄγχι σχὼν κεφαλήν, ἵνα μὴ πευθοίαθ' οἱ ἄλλοι·
"ὦ φίλ', ἐγὼ μὲν ἄπειμι, σύας καὶ κεῖνα φυλάξων,
σὺν καὶ ἐμὸν βίοτον· σοὶ δ' ἐνθάδε πάντα μελόντων.
αὐτὸν μέν σε πρῶτα σάω, καὶ φράζεο θυμῷ 595

μή τι πάθῃς· πολλοὶ δὲ κακὰ φρονέουσιν Ἀχαιῶν,
τοὺς Ζεὺς ἐξολέσειε πρὶν ἡμῖν πῆμα γενέσθαι."
    Τὸν δ' αὖ Τηλέμαχος πεπνυμένος ἀντίον ηὔδα·
"ἔσσεται οὕτως, ἄττα· σὺ δ' ἔρχεο δειελιήσας·
ἠῶθεν δ' ἰέναι καὶ ἄγειν ἱερήϊα καλά·   600
αὐτὰρ ἐμοὶ τάδε πάντα καὶ ἀθανάτοισι μελήσει."
    Ὣς φάθ'· ὁ δ' αὖτις ἄρ' ἕζετ' ἐϋξέστου ἐπὶ δίφρου.
πλησάμενος δ' ἄρα θυμὸν ἐδητύος ἠδὲ ποτῆτος
βῆ ῥ' ἴμεναι μεθ' ὕας, λίπε δ' ἕρκεά τε μέγαρόν τε
πλεῖον δαιτυμόνων· οἱ δ' ὀρχηστυῖ καὶ ἀοιδῇ   605
τέρποντ'· ἤδη γὰρ καὶ ἐπήλυθε δείελον ἦμαρ.

ΟΔΥΣΣΕΙΑΣ Σ

Ἦλθε δ' ἐπὶ πτωχὸς πανδήμιος, ὃς κατὰ ἄστυ
πτωχεύεσκ' Ἰθάκης, μετὰ δ' ἔπρεπε γαστέρι μάργῃ
ἀζηχὲς φαγέμεν καὶ πιέμεν· οὐδέ οἱ ἦν ἲς
οὐδὲ βίη, εἶδος δὲ μάλα μέγας ἦν ὁράασθαι.
Ἀρναῖος δ' ὄνομ' ἔσκε· τὸ γὰρ θέτο πότνια μήτηρ   5
ἐκ γενετῆς· Ἶρον δὲ νέοι κίκλησκον ἅπαντες,
οὕνεκ' ἀπαγγέλλεσκε κιών, ὅτε πού τις ἀνώγοι·
ὅς ῥ' ἐλθὼν Ὀδυσῆα διώκετο οἷο δόμοιο,
καί μιν νεικείων ἔπεα πτερόεντα προσηύδα·
"εἶκε, γέρον, προθύρου, μὴ δὴ τάχα καὶ ποδὸς ἕλκῃ.
οὐκ ἀίεις ὅτι δή μοι ἐπιλλίζουσιν ἅπαντες,   11
ἑλκέμεναι δὲ κέλονται; ἐγὼ δ' αἰσχύνομαι ἔμπης.
ἀλλ' ἄνα, μὴ τάχα νῶϊν ἔρις καὶ χερσὶ γένηται."
Τὸν δ' ἄρ' ὑπόδρα ἰδὼν προσέφη πολύμητις Ὀδυσσεύς·
"δαιμόνι', οὔτε τί σε ῥέζω κακὸν οὔτ' ἀγορεύω,   15
οὔτε τινὰ φθονέω δόμεναι καὶ πόλλ' ἀνελόντα.
οὐδὸς δ' ἀμφοτέρους ὅδε χείσεται, οὐδέ τί σε χρὴ
ἀλλοτρίων φθονέειν· δοκέεις δέ μοι εἶναι ἀλήτης
ὥς περ ἐγών· ὄλβον δὲ θεοὶ μέλλουσιν ὀπάζειν.
χερσὶ δὲ μή τι λίην προκαλίζεο, μή με χολώσῃς,   20
μή σε γέρων περ ἐὼν στῆθος καὶ χείλεα φύρσω
αἵματος· ἡσυχίη δ' ἂν ἐμοὶ καὶ μᾶλλον ἔτ' εἴη
αὔριον· οὐ μὲν γάρ τί σ' ὑποστρέψεσθαι ὀίω
δεύτερον ἐς μέγαρον Λαερτιάδεω Ὀδυσῆος."

Τὸν δὲ χολωσάμενος προσεφώνεεν Ἶρος ἀλήτης· 25
" ὦ πόποι, ὡς ὁ μολοβρὸς ἐπιτροχάδην ἀγορεύει,
γρηῒ καμινοῖ ἶσος! ὅν ἂν κακὰ μητισαίμην
κόπτων ἀμφοτέρῃσι, χαμαὶ δέ κε πάντας ὀδόντας
γναθμῶν ἐξελάσαιμι συὸς ὣς ληϊβοτείρης.
ζῶσαι νῦν, ἵνα πάντες ἐπιγνώωσι καὶ οἶδε 30
μαρναμένους. πῶς δ᾽ ἂν σὺ νεωτέρῳ ἀνδρὶ μάχοιο; "
Ὣς οἱ μὲν προπάροιθε θυράων ὑψηλάων
οὐδοῦ ἔπι ξεστοῦ πανθυμαδὸν ὀκριόωντο.
τοῖιν δὲ ξυνέηχ᾽ ἱερὸν μένος Ἀντινόοιο,
ἡδὺ δ᾽ ἄρ᾽ ἐκγελάσας μετεφώνει μνηστήρεσσιν· 35
" ὦ φίλοι, οὐ μέν πώ τι πάρος τοιοῦτον ἐτύχθη,
οἵην τερπωλὴν θεὸς ἤγαγεν ἐς τόδε δῶμα.
ὁ ξεῖνος καὶ Ἶρος ἐρίζετον ἀλλήλοιϊν
χερσὶ μαχέσσασθαι. ἀλλὰ ξυνελάσσομεν ὦκα."
Ὣς ἔφαθ᾽· οἱ δ᾽ ἄρα πάντες ἀνήϊξαν γελόωντες, 40
ἀμφὶ δ᾽ ἄρα πτωχοὺς κακοείμονας ἠγερέθοντο.
τοῖσιν δ᾽ Ἀντίνοος μετέφη, Εὐπείθεος υἱός·
" κέκλυτέ μευ, μνηστῆρες ἀγήνορες, ὄφρα τι εἴπω.
γαστέρες αἵδ᾽ αἰγῶν κέατ᾽ ἐν πυρί, τὰς ἐπὶ δόρπῳ
κατθέμεθα κνίσης τε καὶ αἵματος ἐμπλήσαντες. 45
ὁππότερος δέ κε νικήσῃ κρείσσων τε γένηται,
τάων ἥν κ᾽ ἐθέλῃσιν ἀναστὰς αὐτὸς ἑλέσθω·
αἰεὶ δ᾽ αὖθ᾽ ἡμῖν μεταδαίσεται, οὐδέ τιν᾽ ἄλλον
πτωχὸν ἔσω μίσγεσθαι ἐάσομεν αἰτήσοντα."
Ὣς ἔφατ᾽ Ἀντίνοος· τοῖσιν δ᾽ ἐπιήνδανε μῦθος. 50
τοῖς δὲ δολοφρονέων μετέφη πολύμητις Ὀδυσσεύς·
" ὦ φίλοι, οὔ πως ἔστι νεωτέρῳ ἀνδρὶ μάχεσθαι
ἄνδρα γέροντα, δύῃ ἀρημένον· ἀλλά με γαστὴρ
ὀτρύνει κακοεργός, ἵνα πληγῇσι δαμείω.
ἀλλ᾽ ἄγε νῦν μοι πάντες ὀμόσσατε καρτερὸν ὅρκον, 55
μή τις ἐπ᾽ Ἴρῳ ἦρα φέρων ἐμὲ χειρὶ βαρείῃ

πλήξῃ ἀτασθάλλων, τούτῳ δέ με ἶφι δαμάσσῃ.
"Ὡς ἔφαθ'· οἱ δ' ἄρα πάντες ἐπόμνυον ὡς ἐκέλευεν.
αὐτὰρ ἐπεί ῥ' ὄμοσάν τε τελεύτησάν τε τὸν ὅρκον,
τοῖς αὖτις μετέειφ' ἱερὴ ἲς Τηλεμάχοιο·   60
"ξεῖν', εἴ σ' ὀτρύνει κραδίη καὶ θυμὸς ἀγήνωρ
τοῦτον ἀλέξασθαι, τῶν δ' ἄλλων μή τιν' Ἀχαιῶν
δείδιθ', ἐπεὶ πλεόνεσσι μαχήσεται ὅς κέ σε θείνῃ.
ξεινοδόκος μὲν ἐγών, ἐπὶ δ' αἰνεῖτον βασιλῆε,
Ἀντίνοός τε καὶ Εὐρύμαχος, πεπνυμένω ἄμφω."   65
"Ὡς ἔφαθ'· οἱ δ' ἄρα πάντες ἐπήνεον. αὐτὰρ Ὀδυσ-
σεὺς
ζώσατο μὲν ῥάκεσιν περὶ μήδεα, φαῖνε δὲ μηροὺς
καλούς τε μεγάλους τε, φάνεν δέ οἱ εὐρέες ὦμοι
στήθεά τε στιβαροί τε βραχίονες· αὐτὰρ Ἀθήνη
ἄγχι παρισταμένη μέλε' ἤλδανε ποιμένι λαῶν.   70
μνηστῆρες δ' ἄρα πάντες ὑπερφιάλως ἀγάσαντο·
ὧδε δέ τις εἴπεσκεν ἰδὼν ἐς πλησίον ἄλλον·
"ἦ τάχα Ἶρος Ἄϊρος ἐπίσπαστον κακὸν ἕξει,
οἵην ἐκ ῥακέων ὁ γέρων ἐπιγουνίδα φαίνει."
"Ὡς ἄρ' ἔφαν· Ἴρῳ δὲ κακῶς ὠρίνετο θυμός.   75
ἀλλὰ καὶ ὣς δρηστῆρες ἄγον ζώσαντες ἀνάγκῃ,
δειδιότα· σάρκες δὲ περιτρομέοντο μέλεσσιν.
Ἀντίνοος δ' ἐνένιπεν ἔπος τ' ἔφατ' ἔκ τ' ὀνόμαζε·
"νῦν μὲν μήτ' εἴης, βουγάϊε, μήτε γένοιο,
εἰ δὴ τοῦτόν γε τρομέεις καὶ δείδιας αἰνῶς,   80
ἄνδρα γέροντα, δύῃ ἀρημένον, ἥ μιν ἱκάνει.
ἀλλ' ἔκ τοι ἐρέω, τὸ δὲ καὶ τετελεσμένον ἔσται·
αἴ κέν σ' οὗτος νικήσῃ κρείσσων τε γένηται,
πέμψω σ' ἤπειρόνδε, βαλὼν ἐν νηῒ μελαίνῃ,
εἰς Ἔχετον βασιλῆα, βροτῶν δηλήμονα πάντων,   85
ὅς κ' ἀπὸ ῥῖνα τάμῃσι καὶ οὔατα νηλέϊ χαλκῷ,
μήδεά τ' ἐξερύσας δώῃ κυσὶν ὠμὰ δάσασθαι."

Ὣς φάτο· τῷ δ' ἔτι μᾶλλον ὑπὸ τρόμος ἔλλαβε γυῖα.
ἐς μέσσον δ' ἄναγον· τὼ δ' ἄμφω χεῖρας ἀνέσχον.
δὴ τότε μερμήριξε πολύτλας δῖος Ὀδυσσεὺς   90
ἢ ἐλάσει' ὥς μιν ψυχὴ λίποι αὖθι πεσόντα,
ἠέ μιν ἦκ' ἐλάσειε τανύσσειέν τ' ἐπὶ γαίῃ.
ὧδε δέ οἱ φρονέοντι δοάσσατο κέρδιον εἶναι,
ἦκ' ἐλάσαι, ἵνα μή μιν ἐπιφρασσαίατ' Ἀχαιοί.
δὴ τότ' ἀνασχομένω ὁ μὲν ἤλασε δεξιὸν ὦμον   95
Ἶρος, ὁ δ' αὐχέν' ἔλασσεν ὑπ' οὔατος, ὀστέα δ' εἴσω
ἔθλασεν· αὐτίκα δ' ἦλθε κατὰ στόμα φοίνιον αἷμα,
κὰδ δ' ἔπεσ' ἐν κονίῃσι μακών, σὺν δ' ἤλασ' ὀδόντας
λακτίζων ποσὶ γαῖαν· ἀτὰρ μνηστῆρες ἀγαυοὶ
χεῖρας ἀνασχόμενοι γέλῳ ἔκθανον. αὐτὰρ Ὀδυσσεὺς
ἕλκε διὲκ προθύροιο λαβὼν ποδός, ὄφρ' ἵκετ' αὐλὴν   101
αἰθούσης τε θύρας· καί μιν ποτὶ ἑρκίον αὐλῆς
εἷσεν ἀνακλίνας, σκῆπτρον δέ οἱ ἔμβαλε χειρί,
καί μιν φωνήσας ἔπεα πτερόεντα προσηύδα·
"ἐνταυθοῖ νῦν ἧσο σύας τε κύνας τ' ἀπερύκων,   105
μηδὲ σύ γε ξείνων καὶ πτωχῶν κοίρανος εἶναι
λυγρὸς ἐών, μή πού τι κακὸν καὶ μεῖζον ἐπαύρῃ."
Ἦ ῥα καὶ ἀμφ' ὤμοισιν ἀεικέα βάλλετο πήρην,
πυκνὰ ῥωγαλέην· ἐν δὲ στρόφος ἦεν ἀορτήρ.
ἂψ δ' ὅ γ' ἐπ' οὐδὸν ἰὼν κατ' ἄρ' ἕζετο· τοὶ δ' ἴσαν
εἴσω   110
ἡδὺ γελώωντες καὶ δεικανόωντο ἔπεσσι·
ὧδε δέ τις εἴπεσκε νέων ὑπερηνορεόντων·   111a
"Ζεύς τοι δοίη, ξεῖνε, καὶ ἀθάνατοι θεοὶ ἄλλοι
ὅττι μάλιστ' ἐθέλεις καί τοι φίλον ἔπλετο θυμῷ,
ὃς τοῦτον τὸν ἄναλτον ἀλητεύειν ἀπέπαυσας
ἐν δήμῳ· τάχα γάρ μιν ἀνάξομεν ἤπειρόνδε   115
εἰς Ἔχετον βασιλῆα, βροτῶν δηλήμονα πάντων."
Ὣς ἄρ' ἔφαν· χαῖρεν δὲ κλεηδόνι δῖος Ὀδυσσεύς.

ΟΔΥΣΣΕΙΑΣ Σ (xviii) 91

Ἀντίνοος δ᾽ ἄρα οἱ μεγάλην παρὰ γαστέρα θῆκεν,
ἐμπλείην κνίσης τε καὶ αἵματος· Ἀμφίνομος δὲ
ἄρτους ἐκ κανέοιο δύω παρέθηκεν ἀείρας   120
καὶ δέπαϊ χρυσέῳ δειδίσκετο φώνησέν τε·
"χαῖρε, πάτερ ὦ ξεῖνε· γένοιτό τοι ἔς περ ὀπίσσω
ὄλβος· ἀτὰρ μὲν νῦν γε κακοῖς ἔχεαι πολέεσσι."
Τὸν δ᾽ ἀπαμειβόμενος προσέφη πολύμητις Ὀδυσ-
σεύς·
"Ἀμφίνομ᾽, ἦ μάλα μοι δοκέεις πεπνυμένος εἶναι·
τοίου γὰρ καὶ πατρός—ἐπεὶ κλέος ἐσθλὸν ἄκουον, 126
Νῖσον Δουλιχιῆα ἐΰν τ᾽ ἔμεν ἀφνειόν τε·
τοῦ σ᾽ ἔκ φασι γενέσθαι, ἐπητῇ δ᾽ ἀνδρὶ ἔοικας.
τοὔνεκά τοι ἐρέω, σὺ δὲ σύνθεο καί μευ ἄκουσον·
οὐδὲν ἀκιδνότερον γαῖα τρέφει ἀνθρώποιο   130
πάντων ὅσσα τε γαῖαν ἔπι πνείει τε καὶ ἕρπει.
οὐ μὲν γάρ ποτέ φησι κακὸν πείσεσθαι ὀπίσσω,
ὄφρ᾽ ἀρετὴν παρέχωσι θεοὶ καὶ γούνατ᾽ ὀρώρῃ·
ἀλλ᾽ ὅτε δὴ καὶ λυγρὰ θεοὶ μάκαρες τελέσωσι,
καὶ τὰ φέρει ἀεκαζόμενος τετληότι θυμῷ.   135
τοῖος γὰρ νόος ἐστὶν ἐπιχθονίων ἀνθρώπων
οἷον ἐπ᾽ ἦμαρ ἄγῃσι πατὴρ ἀνδρῶν τε θεῶν τε.
καὶ γὰρ ἐγώ ποτ᾽ ἔμελλον ἐν ἀνδράσιν ὄλβιος εἶναι,
πολλὰ δ᾽ ἀτάσθαλ᾽ ἔρεξα βίῃ καὶ κάρτεϊ εἴκων,
πατρί τ᾽ ἐμῷ πίσυνος καὶ ἐμοῖσι κασιγνήτοισι.   140
τῷ μή τίς ποτε πάμπαν ἀνὴρ ἀθεμίστιος εἴη,
ἀλλ᾽ ὅ γε σιγῇ δῶρα θεῶν ἔχοι, ὅττι διδοῖεν·
οἳ ὁρόω μνηστῆρας ἀτάσθαλα μηχανόωντας,
κτήματα κείροντας καὶ ἀτιμάζοντας ἄκοιτιν
ἀνδρός, ὃν οὐκέτι φημὶ φίλων καὶ πατρίδος αἴης 145
δηρὸν ἀπέσσεσθαι· μάλα δὲ σχεδόν. ἀλλά σε δαίμων
οἴκαδ᾽ ὑπεξαγάγοι, μηδ᾽ ἀντιάσειας ἐκείνῳ,
ὁππότε νοστήσειε φίλην ἐς πατρίδα γαῖαν·

οὐ γὰρ ἀναιμωτί γε διακρινέεσθαι ὀίω
μνηστῆρας καὶ κεῖνον, ἐπεί κε μέλαθρον ὑπέλθῃ." 150
Ὣς φάτο, καὶ σπείσας ἔπιεν μελιηδέα οἶνον,
ἂψ δ' ἐν χερσὶν ἔθηκε δέπας κοσμήτορι λαῶν.
αὐτὰρ ὁ βῆ διὰ δῶμα φίλον τετιημένος ἦτορ,
νευστάζων κεφαλῇ· δὴ γὰρ κακὸν ὄσσετο θυμῷ.
ἀλλ' οὐδ' ὣς φύγε κῆρα· πέδησε δὲ καὶ τὸν Ἀθήνη 155
Τηλεμάχου ὑπὸ χερσὶ καὶ ἔγχεϊ ἶφι δαμῆναι.
ἂψ δ' αὖτις κατ' ἄρ' ἕζετ' ἐπὶ θρόνου ἔνθεν ἀνέστη.
Τῇ δ' ἄρ' ἐπὶ φρεσὶ θῆκε θεὰ γλαυκῶπις Ἀθήνη,
κούρῃ Ἰκαρίοιο, περίφρονι Πηνελοπείῃ,
μνηστήρεσσι φανῆναι, ὅπως πετάσειε μάλιστα 160
θυμὸν μνηστήρων ἰδὲ τιμήεσσα γένοιτο
μᾶλλον πρὸς πόσιός τε καὶ υἱέος ἢ πάρος ἦεν.
ἀχρεῖον δ' ἐγέλασσεν ἔπος τ' ἔφατ' ἔκ τ' ὀνόμαζεν·
"Εὐρυνόμη, θυμός μοι ἐέλδεται, οὔ τι πάρος γε,
μνηστήρεσσι φανῆναι, ἀπεχθομένοισί περ ἔμπης· 165
παιδὶ δέ κεν εἴποιμι ἔπος, τό κε κέρδιον εἴη,
μὴ πάντα μνηστῆρσιν ὑπερφιάλοισιν ὁμιλεῖν,
οἵ τ' εὖ μὲν βάζουσι, κακῶς δ' ὄπιθεν φρονέουσι.'
Τὴν δ' αὖτ' Εὐρυνόμη ταμίη πρὸς μῦθον ἔειπε·
"ναὶ δὴ ταῦτά γε πάντα, τέκος, κατὰ μοῖραν ἔειπες.
ἀλλ' ἴθι καὶ σῷ παιδὶ ἔπος φάο μηδ' ἐπίκευθε, 171
χρῶτ' ἀπονιψαμένη καὶ ἐπιχρίσασα παρειάς·
μηδ' οὕτω δακρύοισι πεφυρμένη ἀμφὶ πρόσωπα
ἔρχευ, ἐπεὶ κάκιον πενθήμεναι ἄκριτον αἰεί.
ἤδη μὲν γάρ τοι παῖς τηλίκος, ὃν σὺ μάλιστα 175
ἠρῶ ἀθανάτοισι γενειήσαντα ἰδέσθαι."
Τὴν δ' αὖτε προσέειπε περίφρων Πηνελόπεια·
"Εὐρυνόμη, μὴ ταῦτα παραύδα, κηδομένη περ,
χρῶτ' ἀπονίπτεσθαι καὶ ἐπιχρίεσθαι ἀλοιφῇ·
ἀγλαΐην γὰρ ἐμοί γε θεοί, τοὶ Ὄλυμπον ἔχουσιν, 180

ὤλεσαν, ἐξ οὗ κεῖνος ἔβη κοίλης ἐνὶ νηυσίν.
ἀλλά μοι Αὐτονόην τε καὶ Ἱπποδάμειαν ἄνωχθι
ἐλθέμεν, ὄφρα κέ μοι παρστήετον ἐν μεγάροισιν·
οἴη δ' οὐκ εἴσειμι μετ' ἀνέρας· αἰδέομαι γάρ."
Ὣς ἄρ' ἔφη· γρηῢς δὲ διὲκ μεγάροιο βεβήκει   185
ἀγγελέουσα γυναιξὶ καὶ ὀτρυνέουσα νέεσθαι.
Ἔνθ' αὖτ' ἄλλ' ἐνόησε θεὰ γλαυκῶπις Ἀθήνη·
κούρῃ Ἰκαρίοιο κατὰ γλυκὺν ὕπνον ἔχευεν·
εὗδε δ' ἀνακλινθεῖσα, λύθεν δέ οἱ ἅψεα πάντα
αὐτοῦ ἐνὶ κλιντῆρι· τέως δ' ἄρα δῖα θεάων   190
ἄμβροτα δῶρα δίδου, ἵνα μιν θησαίατ' Ἀχαιοί.
κάλλεϊ μέν οἱ πρῶτα προσώπατα καλὰ κάθηρεν
ἀμβροσίῳ, οἵῳ περ ἐϋστέφανος Κυθέρεια
χρίεται, εὖτ' ἂν ἴῃ Χαρίτων χορὸν ἱμερόεντα·
καί μιν μακροτέρην καὶ πάσσονα θῆκεν ἰδέσθαι,   195
λευκοτέρην δ' ἄρα μιν θῆκε πριστοῦ ἐλέφαντος.
ἡ μὲν ἄρ' ὣς ἔρξασ' ἀπεβήσετο δῖα θεάων·
ἦλθον δ' ἀμφίπολοι λευκώλενοι ἐκ μεγάροιο
φθόγγῳ ἐπερχόμεναι· τὴν δὲ γλυκὺς ὕπνος ἀνῆκε,
καί ῥ' ἀπομόρξατο χερσὶ παρειὰς φώνησέν τε·   200
"ἦ με μάλ' αἰνοπαθῆ μαλακὸν περὶ κῶμ' ἐκάλυψεν.
αἴθε μοι ὣς μαλακὸν θάνατον πόροι Ἄρτεμις ἁγνὴ
αὐτίκα νῦν, ἵνα μηκέτ' ὀδυρομένη κατὰ θυμὸν
αἰῶνα φθινύθω, πόσιος ποθέουσα φίλοιο
παντοίην ἀρετήν, ἐπεὶ ἔξοχος ἦεν Ἀχαιῶν."   205
Ὣς φαμένη κατέβαιν' ὑπερώϊα σιγαλόεντα,
οὐκ οἴη, ἅμα τῇ γε καὶ ἀμφίπολοι δύ' ἕποντο.
ἡ δ' ὅτε δὴ μνηστῆρας ἀφίκετο δῖα γυναικῶν,
στῆ ῥα παρὰ σταθμὸν τέγεος πύκα ποιητοῖο
ἄντα παρειάων σχομένη λιπαρὰ κρήδεμνα·   210
ἀμφίπολος δ' ἄρα οἱ κεδνὴ ἑκάτερθε παρέστη.
τῶν δ' αὐτοῦ λύτο γούνατ', ἔρῳ δ' ἄρα θυμὸν ἔθελχθεν,

πάντες δ' ἠρήσαντο παραὶ λεχέεσσι κλιθῆναι.
ἡ δ' αὖ Τηλέμαχον προσεφώνεεν, ὃν φίλον υἱόν·
"Τηλέμαχ', οὐκέτι τοι φρένες ἔμπεδοι οὐδὲ νόημα·
παῖς ἔτ' ἐὼν καὶ μᾶλλον ἐνὶ φρεσὶ κέρδε' ἐνώμας· 216
νῦν δ' ὅτε δὴ μέγας ἐσσὶ καὶ ἥβης μέτρον ἱκάνεις,
καί κέν τις φαίη γόνον ἔμμεναι ὀλβίου ἀνδρός,
ἐς μέγεθος καὶ κάλλος ὁρώμενος, ἀλλότριος φώς.
οὐκέτι τοι φρένες εἰσὶν ἐναίσιμοι οὐδὲ νόημα, 220
οἷον δὴ τόδε ἔργον ἐνὶ μεγάροισιν ἐτύχθη,
ὃς τὸν ξεῖνον ἔασας ἀεικισθήμεναι οὕτως.
πῶς νῦν, εἴ τι ξεῖνος ἐν ἡμετέροισι δόμοισιν
ἥμενος ὧδε πάθοι ῥυστακτύος ἐξ ἀλεγεινῆς;
σοί κ' αἶσχος λώβη τε μετ' ἀνθρώποισι πέλοιτο." 225
Τὴν δ' αὖ Τηλέμαχος πεπνυμένος ἀντίον ηὔδα·
"μῆτερ ἐμή, τὸ μὲν οὔ σε νεμεσσῶμαι κεχολῶσθαι·
αὐτὰρ ἐγὼ θυμῷ νοέω καὶ οἶδα ἕκαστα,
ἐσθλά τε καὶ τὰ χέρεια· πάρος δ' ἔτι νήπιος ἦα.
ἀλλά τοι οὐ δύναμαι πεπνυμένα πάντα νοῆσαι· 230
ἐκ γάρ με πλήσσουσι παρήμενοι ἄλλοθεν ἄλλος
οἵδε κακὰ φρονέοντες, ἐμοὶ δ' οὐκ εἰσὶν ἀρωγοί.
οὐ μέν τοι ξείνου γε καὶ Ἴρου μῶλος ἐτύχθη
μνηστήρων ἰότητι, βίῃ δ' ὅ γε φέρτερος ἦεν.
αἲ γάρ, Ζεῦ τε πάτερ καὶ Ἀθηναίη καὶ Ἄπολλον, 235
οὕτω νῦν μνηστῆρες ἐν ἡμετέροισι δόμοισι
νεύοιεν κεφαλὰς δεδμημένοι, οἱ μὲν ἐν αὐλῇ,
οἱ δ' ἔντοσθε δόμοιο, λελῦτο δὲ γυῖα ἑκάστου,
ὡς νῦν Ἶρος κεῖνος ἐπ' αὐλείῃσι θύρῃσιν
ἧσται νευστάζων κεφαλῇ, μεθύοντι ἐοικώς, 240
οὐδ' ὀρθὸς στῆναι δύναται ποσὶν οὐδὲ νέεσθαι
οἴκαδ', ὅπῃ οἱ νόστος, ἐπεὶ φίλα γυῖα λέλυνται."
Ὣς οἱ μὲν τοιαῦτα πρὸς ἀλλήλους ἀγόρευον.
Εὐρύμαχος δὲ ἔπεσσι προσηύδα Πηνελόπειαν·

"κούρη Ἰκαρίοιο, περίφρον Πηνελόπεια,   245
εἰ πάντες σε ἴδοιεν ἀν' Ἴασον Ἄργος Ἀχαιοί,
πλέονές κε μνηστῆρες ἐν ὑμετέροισι δόμοισιν
ἠῶθεν δαινύατ', ἐπεὶ περίεσσι γυναικῶν
εἶδός τε μέγεθός τε ἰδὲ φρένας ἔνδον ἐίσας."
Τὸν δ' ἠμείβετ' ἔπειτα περίφρων Πηνελόπεια·   250
"Εὐρύμαχ', ἦ τοι ἐμὴν ἀρετὴν εἶδός τε δέμας τε
ὤλεσαν ἀθάνατοι, ὅτε Ἴλιον εἰσανέβαινον
Ἀργεῖοι, μετὰ τοῖσι δ' ἐμὸς πόσις ἦεν Ὀδυσσεύς.
εἰ κεῖνός γ' ἐλθὼν τὸν ἐμὸν βίον ἀμφιπολεύοι,
μεῖζόν κε κλέος εἴη ἐμὸν καὶ κάλλιον οὕτως.   255
νῦν δ' ἄχομαι· τόσα γάρ μοι ἐπέσσευεν κακὰ δαίμων.
ἦ μὲν δὴ ὅτε τ' ἦε λιπὼν κάτα πατρίδα γαῖαν,
δεξιτερὴν ἐπὶ καρπῷ ἑλὼν ἐμὲ χεῖρα προσηύδα·
'ὦ γύναι, οὐ γὰρ ὀίω ἐϋκνήμιδας Ἀχαιοὺς
ἐκ Τροίης εὖ πάντας ἀπήμονας ἀπονέεσθαι·   260
καὶ γὰρ Τρῶάς φασι μαχητὰς ἔμμεναι ἄνδρας,
ἠμὲν ἀκοντιστὰς ἠδὲ ῥυτῆρας ὀϊστῶν
ἵππων τ' ὠκυπόδων ἐπιβήτορας, οἵ τε τάχιστα
ἔκριναν μέγα νεῖκος ὁμοιίου πολέμοιο.
τῶ οὐκ οἶδ' ἤ κέν μ' ἀνέσει θεός, ἦ κεν ἁλώω   265
αὐτοῦ ἐνὶ Τροίῃ· σοὶ δ' ἐνθάδε πάντα μελόντων.
μεμνῆσθαι πατρὸς καὶ μητέρος ἐν μεγάροισιν
ὡς νῦν, ἢ ἔτι μᾶλλον ἐμεῦ ἀπονόσφιν ἐόντος·
αὐτὰρ ἐπὴν δὴ παῖδα γενειήσαντα ἴδηαι,
γήμασθ' ᾧ κ' ἐθέλησθα, τεὸν κατὰ δῶμα λιποῦσα.'   270
κεῖνος τὼς ἀγόρευε· τὰ δὴ νῦν πάντα τελεῖται.
νὺξ δ' ἔσται ὅτε δὴ στυγερὸς γάμος ἀντιβολήσει
οὐλομένης ἐμέθεν, τῆς τε Ζεὺς ὄλβον ἀπηύρα.
ἀλλὰ τόδ' αἰνὸν ἄχος κραδίην καὶ θυμὸν ἱκάνει·
μνηστήρων οὐχ ἥδε δίκη τὸ πάροιθε τέτυκτο,   275
οἵ τ' ἀγαθήν τε γυναῖκα καὶ ἀφνειοῖο θύγατρα

μνηστεύειν ἐθέλωσι καὶ ἀλλήλοις ἐρίσωσιν·
αὐτοὶ τοί γ' ἀπάγουσι βόας καὶ ἴφια μῆλα,
κούρης δαῖτα φίλοισι, καὶ ἀγλαὰ δῶρα διδοῦσιν·
ἀλλ' οὐκ ἀλλότριον βίοτον νήποινον ἔδουσιν." 280
Ὣς φάτο· γήθησεν δὲ πολύτλας δῖος Ὀδυσσεύς,
οὕνεκα τῶν μὲν δῶρα παρέλκετο, θέλγε δὲ θυμὸν
μειλιχίοις ἐπέεσσι, νόος δέ οἱ ἄλλα μενοίνα.
Τὴν δ' αὖτ' Ἀντίνοος προσέφη, Εὐπείθεος υἱός·
"κούρη Ἰκαρίοιο, περίφρον Πηνελόπεια, 285
δῶρα μὲν ὅς κ' ἐθέλῃσιν Ἀχαιῶν ἐνθάδ' ἐνεῖκαι,
δέξασθ'· οὐ γὰρ καλὸν ἀνήνασθαι δόσιν ἐστίν·
ἡμεῖς δ' οὔτ' ἐπὶ ἔργα πάρος γ' ἴμεν οὔτε πῃ ἄλλῃ,
πρίν γέ σε τῷ γήμασθαι Ἀχαιῶν ὅς τις ἄριστος."
Ὣς ἔφατ' Ἀντίνοος· τοῖσιν δ' ἐπιήνδανε μῦθος· 290
δῶρα δ' ἄρ' οἰσέμεναι πρόεσαν κήρυκα ἕκαστος.
Ἀντινόῳ μὲν ἔνεικε μέγαν περικαλλέα πέπλον,
ποικίλον· ἐν δ' ἄρ' ἔσαν περόναι δυοκαίδεκα πᾶσαι
χρύσειαι, κληῖσιν ἐϋγνάμπτοις ἀραρυῖαι.
ὅρμον δ' Εὐρυμάχῳ πολυδαίδαλον αὐτίκ' ἔνεικε, 295
χρύσεον, ἠλέκτροισιν ἐερμένον, ἠέλιον ὥς.
ἕρματα δ' Εὐρυδάμαντι δύω θεράποντες ἔνεικαν
τρίγληνα μορόεντα· χάρις δ' ἀπελάμπετο πολλή.
ἐκ δ' ἄρα Πεισάνδροιο Πολυκτορίδαο ἄνακτος
ἴσθμιον ἤνεικεν θεράπων, περικαλλὲς ἄγαλμα. 300
ἄλλο δ' ἄρ' ἄλλος δῶρον Ἀχαιῶν καλὸν ἔνεικεν.
Ἡ μὲν ἔπειτ' ἀνέβαιν' ὑπερώϊα δῖα γυναικῶν,
τῇ δ' ἄρ' ἅμ' ἀμφίπολοι ἔφερον περικαλλέα δῶρα.
οἱ δ' εἰς ὀρχηστύν τε καὶ ἱμερόεσσαν ἀοιδὴν
τρεψάμενοι τέρποντο, μένον δ' ἐπὶ ἕσπερον ἐλθεῖν. 305
τοῖσι δὲ τερπομένοισι μέλας ἐπὶ ἕσπερος ἦλθεν.
αὐτίκα λαμπτῆρας τρεῖς ἵστασαν ἐν μεγάροισιν,
ὄφρα φαείνοιεν· περὶ δὲ ξύλα κάγκανα θῆκαν,

αὖα πάλαι, περίκηλα, νέον κεκεασμένα χαλκῷ,
καὶ δαΐδας μετέμισγον· ἀμοιβηδὶς δ' ἀνέφαινον   310
δμῳαὶ 'Οδυσσῆος ταλασίφρονος· αὐτὰρ ὁ τῇσιν
αὐτὸς διογενὴς μετέφη πολύμητις 'Οδυσσεύς·
"δμῳαὶ 'Οδυσσῆος, δὴν οἰχομένοιο ἄνακτος,
ἔρχεσθε πρὸς δώμαθ', ἵν' αἰδοίη βασίλεια·
τῇ δὲ παρ' ἠλάκατα στροφαλίζετε, τέρπετε δ' αὐτὴν
ἥμεναι ἐν μεγάρῳ, ἢ εἴρια πείκετε χερσίν·   316
αὐτὰρ ἐγὼ τούτοισι φάος πάντεσσι παρέξω.
ἤν περ γάρ κ' ἐθέλωσιν ἐΰθρονον 'Ηῶ μίμνειν,
οὔ τί με νικήσουσι· πολυτλήμων δὲ μάλ' εἰμί."
*Ὣς ἔφαθ'· αἱ δ' ἐγέλασσαν, ἐς ἀλλήλας δὲ ἴδοντο.   320
τὸν δ' αἰσχρῶς ἐνένιπε Μελανθὼ καλλιπάρῃος,
τὴν Δολίος μὲν ἔτικτε, κόμισσε δὲ Πηνελόπεια,
παῖδα δὲ ὣς ἀτίταλλε, δίδου δ' ἄρ' ἀθύρματα θυμῷ·
ἀλλ' οὐδ' ὣς ἔχε πένθος ἐνὶ φρεσὶ Πηνελοπείης,
ἀλλ' ἥ γ' Εὐρυμάχῳ μισγέσκετο καὶ φιλέεσκεν.   325
ἥ ῥ' 'Οδυσῆ' ἐνένιπεν ὀνειδείοις ἐπέεσσι·
"ξεῖνε τάλαν, σύ γέ τις φρένας ἐκπεπαταγμένος ἐσσί,
οὐδ' ἐθέλεις εὕδειν χαλκήϊον ἐς δόμον ἐλθών
ἠέ που ἐς λέσχην, ἀλλ' ἐνθάδε πόλλ' ἀγορεύεις
θαρσαλέως πολλοῖσι μετ' ἀνδράσιν, οὐδέ τι θυμῷ   330
ταρβεῖς· ἦ ῥά σε οἶνος ἔχει φρένας, ἤ νύ τοι αἰεὶ
τοιοῦτος νόος ἐστίν, ὃ καὶ μεταμώνια βάζεις.
ἦ ἀλύεις ὅτι Ἶρον ἐνίκησας τὸν ἀλήτην;
μή τίς τοι τάχα Ἴρου ἀμείνων ἄλλος ἀναστῇ,
ὅς τίς σ' ἀμφὶ κάρη κεκοπὼς χερσὶ στιβαρῇσι   335
δώματος ἐκπέμψῃσι φορύξας αἵματι πολλῷ."
Τὴν δ' ἄρ' ὑπόδρα ἰδὼν προσέφη πολύμητις 'Οδυσ-
σεύς·
"ἦ τάχα Τηλεμάχῳ ἐρέω, κύον, οἷ' ἀγορεύεις,
κεῖσ' ἐλθών, ἵνα σ' αὖθι διὰ μελεϊστὶ τάμῃσιν."

Ὣς εἰπὼν ἐπέεσσι διεπτοίησε γυναῖκας. 340
βὰν δ' ἴμεναι διὰ δῶμα, λύθεν δ' ὑπὸ γυῖα ἑκάστης
ταρβοσύνῃ· φὰν γάρ μιν ἀληθέα μυθήσασθαι.
αὐτὰρ ὁ πὰρ λαμπτῆρσι φαείνων αἰθομένοισιν
ἑστήκειν ἐς πάντας ὁρώμενος· ἄλλα δέ οἱ κῆρ
ὅρμαινε φρεσὶν ᾗσιν, ἅ ῥ' οὐκ ἀτέλεστα γένοντο. 345
Μνηστῆρας δ' οὐ πάμπαν ἀγήνορας εἴα Ἀθήνη
λώβης ἴσχεσθαι θυμαλγέος, ὄφρ' ἔτι μᾶλλον
δύη ἄχος κραδίην Λαερτιάδεω Ὀδυσῆος.
τοῖσιν δ' Εὐρύμαχος, Πολύβου πάϊς, ἄρχ' ἀγορεύειν,
κερτομέων Ὀδυσῆα· γέλω δ' ἑτάροισιν ἔτευχε· 350
" κέκλυτέ μευ, μνηστῆρες ἀγακλειτῆς βασιλείης,
ὄφρ' εἴπω τά με θυμὸς ἐνὶ στήθεσσι κελεύει.
οὐκ ἀθεεὶ ὅδ' ἀνὴρ Ὀδυσήϊον ἐς δόμον ἵκει·
ἔμπης μοι δοκέει δαΐδων σέλας ἔμμεναι αὐτοῦ
κὰκ κεφαλῆς, ἐπεὶ οὔ οἱ ἔνι τρίχες οὐδ' ἠβαιαί." 355
Ἦ ῥ', ἅμα τε προσέειπεν Ὀδυσσῆα πτολίπορθον·
"ξεῖν', ἦ ἄρ κ' ἐθέλοις θητευέμεν, εἴ σ' ἀνελοίμην,
ἀγροῦ ἐπ' ἐσχατιῆς—μισθὸς δέ τοι ἄρκιος ἔσται—
αἱμασιάς τε λέγων καὶ δένδρεα μακρὰ φυτεύων;
ἔνθα κ' ἐγὼ σῖτον μὲν ἐπηετανὸν παρέχοιμι, 360
εἵματα δ' ἀμφιέσαιμι ποσίν θ' ὑποδήματα δοίην.
ἀλλ' ἐπεὶ οὖν δὴ ἔργα κάκ' ἔμμαθες, οὐκ ἐθελήσεις
ἔργον ἐποίχεσθαι, ἀλλὰ πτώσσειν κατὰ δῆμον
βούλεαι, ὄφρ' ἂν ἔχῃς βόσκειν σὴν γαστέρ' ἄναλτον."
Τὸν δ' ἀπαμειβόμενος προσέφη πολύμητις Ὀδυσ-
σεύς· 365
"Εὐρύμαχ', εἰ γὰρ νῶϊν ἔρις ἔργοιο γένοιτο
ὥρῃ ἐν εἰαρινῇ, ὅτε τ' ἤματα μακρὰ πέλονται,
ἐν ποίῃ, δρέπανον μὲν ἐγὼν εὐκαμπὲς ἔχοιμι,
καὶ δὲ σὺ τοῖον ἔχοις, ἵνα πειρησαίμεθα ἔργου
νήστιες ἄχρι μάλα κνέφαος, ποίη δὲ παρείη. 370

εἰ δ' αὖ καὶ βόες εἶεν ἐλαυνέμεν, οἵ περ ἄριστοι,
αἴθωνες μεγάλοι, ἄμφω κεκορηότε ποίης,
ἥλικες ἰσοφόροι, τῶν τε σθένος οὐκ ἀλαπαδνόν,
τετράγυον δ' εἴη, εἴκοι δ' ὑπὸ βῶλος ἀρότρῳ·
τῶ κέ μ' ἴδοις, εἰ ὦλκα διηνεκέα προταμοίμην. 375
εἰ δ' αὖ καὶ πόλεμόν ποθεν ὁρμήσειε Κρονίων
σήμερον, αὐτὰρ ἐμοὶ σάκος εἴη καὶ δύο δοῦρε
καὶ κυνέη πάγχαλκος, ἐπὶ κροτάφοις ἀραρυῖα,
τῶ κέ μ' ἴδοις πρώτοισιν ἐνὶ προμάχοισι μιγέντα,
οὐδ' ἄν μοι τὴν γαστέρ' ὀνειδίζων ἀγορεύοις. 380
ἀλλὰ μάλ' ὑβρίζεις καί τοι νόος ἐστὶν ἀπηνής·
καί πού τις δοκέεις μέγας ἔμμεναι ἠδὲ κραταιός,
οὕνεκα πὰρ παύροισι καὶ οὐκ ἀγαθοῖσιν ὁμιλεῖς.
εἰ δ' Ὀδυσεὺς ἔλθοι καὶ ἵκοιτ' ἐς πατρίδα γαῖαν,
αἶψά κέ τοι τὰ θύρετρα, καὶ εὐρέα περ μάλ' ἐόντα,
φεύγοντι στείνοιτο διὲκ προθύροιο θύραζε." 386
Ὣς ἔφατ'· Εὐρύμαχος δ' ἐχολώσατο κηρόθι μᾶλλον,
καί μιν ὑπόδρα ἰδὼν ἔπεα πτερόεντα προσηύδα·
" ἆ δειλ', ἦ τάχα τοι τελέω κακόν, οἷ' ἀγορεύεις
θαρσαλέως πολλοῖσι μετ' ἀνδράσιν, οὐδέ τι θυμῷ 390
ταρβεῖς· ἦ ῥά σε οἶνος ἔχει φρένας, ἤ νύ τοι αἰεὶ
τοιοῦτος νόος ἐστίν, ὃ καὶ μεταμώνια βάζεις.
ἦ ἀλύεις, ὅτι Ἶρον ἐνίκησας τὸν ἀλήτην;"
Ὣς ἄρα φωνήσας σφέλας ἔλλαβεν· αὐτὰρ Ὀδυσσεὺς
Ἀμφινόμου πρὸς γοῦνα καθέζετο Δουλιχιῆος, 395
Εὐρύμαχον δείσας· ὁ δ' ἄρ' οἰνοχόον βάλε χεῖρα
δεξιτερήν· πρόχοος δὲ χαμαὶ βόμβησε πεσοῦσα,
αὐτὰρ ὅ γ' οἰμώξας πέσεν ὕπτιος ἐν κονίῃσι.
μνηστῆρες δ' ὁμάδησαν ἀνὰ μέγαρα σκιόεντα,
ὧδε δέ τις εἴπεσκεν ἰδὼν ἐς πλησίον ἄλλον· 400
" αἴθ' ὤφελλ' ὁ ξεῖνος ἀλώμενος ἄλλοθ' ὀλέσθαι
πρὶν ἐλθεῖν· τῶ κ' οὔ τι τόσον κέλαδον μετέθηκε.

νῦν δὲ περὶ πτωχῶν ἐριδαίνομεν, οὐδέ τι δαιτὸς
ἐσθλῆς ἔσσεται ἦδος, ἐπεὶ τὰ χερείονα νικᾷ."
Τοῖσι δὲ καὶ μετέειφ' ἱερὴ ἲς Τηλεμάχοιο· 405
"δαιμόνιοι, μαίνεσθε καὶ οὐκέτι κεύθετε θυμῷ
βρωτὺν οὐδὲ ποτῆτα· θεῶν νύ τις ὔμμ' ὀροθύνει.
ἀλλ' εὖ δαισάμενοι κατακείετε οἴκαδ' ἰόντες,
ὁππότε θυμὸς ἄνωγε· διώκω δ' οὔ τιν' ἐγώ γε."
Ὣς ἔφαθ'· οἱ δ' ἄρα πάντες ὀδὰξ ἐν χείλεσι φύντες
Τηλέμαχον θαύμαζον, ὃ θαρσαλέως ἀγόρευε. 411
τοῖσιν δ' Ἀμφίνομος ἀγορήσατο καὶ μετέειπε
Νίσου φαίδιμος υἱός, Ἀρητιάδαο ἄνακτος·
"ὦ φίλοι, οὐκ ἂν δή τις ἐπὶ ῥηθέντι δικαίῳ
ἀντιβίοις ἐπέεσσι καθαπτόμενος χαλεπαίνοι· 415
μήτε τι τὸν ξεῖνον στυφελίζετε μήτε τιν' ἄλλον
δμώων, οἳ κατὰ δώματ' Ὀδυσσῆος θείοιο.
ἀλλ' ἄγε, οἰνοχόος μὲν ἐπαρξάσθω δεπάεσσιν,
ὄφρα σπείσαντες κατακείομεν οἴκαδ' ἰόντες·
τὸν ξεῖνον δὲ ἐῶμεν ἐνὶ μεγάροις Ὀδυσῆος 420
Τηλεμάχῳ μελέμεν· τοῦ γὰρ φίλον ἵκετο δῶμα."
Ὣς φάτο· τοῖσι δὲ πᾶσιν ἑαδότα μῦθον ἔειπε.
τοῖσιν δὲ κρητῆρα κεράσσατο Μούλιος ἥρως,
κῆρυξ Δουλιχιεύς—θεράπων δ' ἦν Ἀμφινόμοιο—
νώμησεν δ' ἄρα πᾶσιν ἐπισταδόν· οἱ δὲ θεοῖσι 425
λείψαντες μακάρεσσι πίον μελιηδέα οἶνον.
αὐτὰρ ἐπεὶ σπεῖσάν τ' ἔπιόν θ' ὅσον ἤθελε θυμός,
βάν ῥ' ἴμεναι κείοντες ἑὰ πρὸς δώμαθ' ἕκαστος.

ΟΔΥΣΣΕΙΑΣ Τ

Αὐτὰρ ὁ ἐν μεγάρῳ ὑπελείπετο δῖος Ὀδυσσεύς,
μνηστήρεσσι φόνον σὺν Ἀθήνῃ μερμηρίζων·
αἶψα δὲ Τηλέμαχον ἔπεα πτερόεντα προσηύδα·
"Τηλέμαχε, χρὴ τεύχε' ἀρήϊα κατθέμεν εἴσω
πάντα μάλ', αὐτὰρ μνηστῆρας μαλακοῖς ἐπέεσσι   5
παρφάσθαι, ὅτε κέν σε μεταλλῶσιν ποθέοντες·
'ἐκ καπνοῦ κατέθηκ', ἐπεὶ οὐκέτι τοῖσιν ἐῴκει,
οἷά ποτε Τροίηνδε κιὼν κατέλειπεν Ὀδυσσεύς,
ἀλλὰ κατήκισται, ὅσσον πυρὸς ἵκετ' ἀϋτμή.
πρὸς δ' ἔτι καὶ τόδε μεῖζον ἐνὶ φρεσὶν ἔμβαλε δαίμων,
μή πως οἰνωθέντες, ἔριν στήσαντες ἐν ὑμῖν,   11
ἀλλήλους τρώσητε καταισχύνητέ τε δαῖτα
καὶ μνηστύν· αὐτὸς γὰρ ἐφέλκεται ἄνδρα σίδηρος.'"
Ὣς φάτο· Τηλέμαχος δὲ φίλῳ ἐπεπείθετο πατρί,
ἐκ δὲ καλεσσάμενος προσέφη τροφὸν Εὐρύκλειαν·   15
"μαῖ', ἄγε δή μοι ἔρυξον ἐνὶ μεγάροισι γυναῖκας,
ὄφρα κεν ἐς θάλαμον καταθείομαι ἔντεα πατρὸς
καλά, τά μοι κατὰ οἶκον ἀκηδέα καπνὸς ἀμέρδει
πατρὸς ἀποιχομένοιο· ἐγὼ δ' ἔτι νήπιος ἦα.
νῦν δ' ἐθέλω καταθέσθαι, ἵν' οὐ πυρὸς ἵξετ' ἀϋτμή."
Τὸν δ' αὖτε προσέειπε φίλη τροφὸς Εὐρύκλεια·   21
"αἲ γὰρ δή ποτε, τέκνον, ἐπιφροσύνας ἀνέλοιο
οἴκου κήδεσθαι καὶ κτήματα πάντα φυλάσσειν.
ἀλλ' ἄγε, τίς τοι ἔπειτα μετοιχομένη φάος οἴσει;
δμῳὰς δ' οὐκ εἴας προβλωσκέμεν, αἵ κεν ἔφαινον."   25

Τὴν δ' αὖ Τηλέμαχος πεπνυμένος ἀντίον ηὔδα·
"ξεῖνος ὅδ'· οὐ γὰρ ἀεργὸν ἀνέξομαι ὅς κεν ἐμῆς γε
χοίνικος ἅπτηται, καὶ τηλόθεν εἰληλουθώς."
Ὣς ἄρ' ἐφώνησεν· τῇ δ' ἄπτερος ἔπλετο μῦθος.
κλῇσεν δὲ θύρας μεγάρων εὖ ναιεταόντων.   30
τὼ δ' ἄρ' ἀναΐξαντ' Ὀδυσεὺς καὶ φαίδιμος υἱὸς
ἐσφόρεον κόρυθάς τε καὶ ἀσπίδας ὀμφαλοέσσας
ἔγχεά τ' ὀξυόεντα· πάροιθε δὲ Παλλὰς Ἀθήνη,
χρύσεον λύχνον ἔχουσα, φάος περικαλλὲς ἐποίει.
δὴ τότε Τηλέμαχος προσεφώνεεν ὃν πατέρ' αἶψα·   35
"ὦ πάτερ, ἦ μέγα θαῦμα τόδ' ὀφθαλμοῖσιν ὁρῶμαι.
ἔμπης μοι τοῖχοι μεγάρων καλαί τε μεσόδμαι
εἰλάτιναί τε δοκοὶ καὶ κίονες ὑψόσ' ἔχοντες
φαίνοντ' ὀφθαλμοῖς ὡς εἰ πυρὸς αἰθομένοιο.
ἦ μάλα τις θεὸς ἔνδον, οἳ οὐρανὸν εὐρὺν ἔχουσι." 40
Τὸν δ' ἀπαμειβόμενος προσέφη πολύμητις Ὀδυσ-
         σεύς·
"σίγα καὶ κατὰ σὸν νόον ἴσχανε μηδ' ἐρέεινε·
αὕτη τοι δίκη ἐστὶ θεῶν, οἳ Ὄλυμπον ἔχουσιν.
ἀλλὰ σὺ μὲν κατάλεξαι, ἐγὼ δ' ὑπολείψομαι αὐτοῦ,
ὄφρα κ' ἔτι δμωὰς καὶ μητέρα σὴν ἐρεθίζω·   45
ἡ δέ μ' ὀδυρομένη εἰρήσεται ἀμφὶ ἕκαστα."
Ὣς φάτο· Τηλέμαχος δὲ διὲκ μεγάροιο βεβήκει
κείων ἐς θάλαμον, δαΐδων ὕπο λαμπομενάων,
ἔνθα πάρος κοιμᾶθ', ὅτε μιν γλυκὺς ὕπνος ἱκάνοι·
ἔνθ' ἄρα καὶ τότ' ἔλεκτο καὶ Ἠῶ δῖαν ἔμιμνεν.   50
αὐτὰρ ὁ ἐν μεγάρῳ ὑπελείπετο δῖος Ὀδυσσεύς,
μνηστήρεσσι φόνον σὺν Ἀθήνῃ μερμηρίζων.
Ἡ δ' ἴεν ἐκ θαλάμοιο περίφρων Πηνελόπεια,
Ἀρτέμιδι ἰκέλη ἠὲ χρυσέῃ Ἀφροδίτῃ.
τῇ παρὰ μὲν κλισίην πυρὶ κάτθεσαν, ἔνθ' ἄρ' ἐφῖζε, 55
δινωτὴν ἐλέφαντι καὶ ἀργύρῳ· ἥν ποτε τέκτων

ποίησ' Ἰκμάλιος, καὶ ὑπὸ θρῆνυν ποσὶν ἧκε
προσφυέ' ἐξ αὐτῆς, ὅθ' ἐπὶ μέγα βάλλετο κῶας.
ἔνθα καθέζετ' ἔπειτα περίφρων Πηνελόπεια.
ἦλθον δὲ δμῳαὶ λευκώλενοι ἐκ μεγάροιο.   60
αἱ δ' ἀπὸ μὲν σῖτον πολὺν ᾖρεον ἠδὲ τραπέζας
καὶ δέπα', ἔνθεν ἄρ' ἄνδρες ὑπερμενέοντες ἔπινον·
πῦρ δ' ἀπὸ λαμπτήρων χαμάδις βάλον, ἄλλα δ' ἐπ'
  αὐτῶν
νήησαν ξύλα πολλά, φόως ἔμεν ἠδὲ θέρεσθαι.
ἡ δ' Ὀδυσῆ' ἐνένιπε Μελανθὼ δεύτερον αὖτις·   65
"ξεῖν', ἔτι καὶ νῦν ἐνθάδ' ἀνιήσεις διὰ νύκτα
δινεύων κατὰ οἶκον, ὀπιπεύσεις δὲ γυναῖκας;
ἀλλ' ἔξελθε θύραζε, τάλαν, καὶ δαιτὸς ὄνησο·
ἢ τάχα καὶ δαλῷ βεβλημένος εἶσθα θύραζε."
  Τὴν δ' ἄρ' ὑπόδρα ἰδὼν προσέφη πολύμητις Ὀδυσ-
      σεύς·   70
"δαιμονίη, τί μοι ὧδ' ἐπέχεις κεκοτηότι θυμῷ;
ἦ ὅτι δὴ ῥυπόω, κακὰ δὲ χροῒ εἵματα εἷμαι,
πτωχεύω δ' ἀνὰ δῆμον; ἀναγκαίη γὰρ ἐπείγει.
τοιοῦτοι πτωχοὶ καὶ ἀλήμονες ἄνδρες ἔασι.
καὶ γὰρ ἐγώ ποτε οἶκον ἐν ἀνθρώποισιν ἔναιον   75
ὄλβιος ἀφνειὸν καὶ πολλάκι δόσκον ἀλήτῃ
τοίῳ, ὁποῖος ἔοι καὶ ὅτευ κεχρημένος ἔλθοι·
ἦσαν δὲ δμῶες μάλα μυρίοι, ἄλλα τε πολλὰ
οἷσίν τ' εὖ ζώουσι καὶ ἀφνειοὶ καλέονται.
ἀλλὰ Ζεὺς ἀλάπαξε Κρονίων· ἤθελε γάρ που·   80
τὼ νῦν μή ποτε καὶ σύ, γύναι, ἀπὸ πᾶσαν ὀλέσσῃς
ἀγλαΐην, τῇ νῦν γε μετὰ δμῳῆσι κέκασσαι·
μή πώς τοι δέσποινα κοτεσσαμένη χαλεπήνῃ,
ἢ Ὀδυσεὺς ἔλθῃ· ἔτι γὰρ καὶ ἐλπίδος αἶσα.
εἰ δ' ὁ μὲν ὣς ἀπόλωλε καὶ οὐκέτι νόστιμός ἐστιν,   85
ἀλλ' ἤδη παῖς τοῖος Ἀπόλλωνός γε ἕκητι,

104   ΟΔΥΣΣΕΙΑΣ Τ (xix)

Τηλέμαχος· τὸν δ᾽ οὔ τις ἐνὶ μεγάροισι γυναικῶν
λήθει ἀτασθάλλουσ᾽, ἐπεὶ οὐκέτι τηλίκος ἐστίν."
Ὣς φάτο· τοῦ δ᾽ ἤκουσε περίφρων Πηνελόπεια,
ἀμφίπολον δ᾽ ἐνένιπεν ἔπος τ᾽ ἔφατ᾽ ἔκ τ᾽ ὀνόμαζε· 90
" πάντως, θαρσαλέη, κύον ἀδεές, οὔ τί με λήθεις
ἔρδουσα μέγα ἔργον, ὃ σῇ κεφαλῇ ἀναμάξεις·
πάντα γὰρ εὖ ᾔδησθ᾽, ἐπεὶ ἐξ ἐμεῦ.ἔκλυες αὐτῆς,
ὡς τὸν ξεῖνον ἔμελλον ἐνὶ μεγάροισιν ἐμοῖσιν
ἀμφὶ πόσει εἴρεσθαι, ἐπεὶ πυκινῶς ἀκάχημαι."   95
Ἦ ῥα καὶ Εὐρυνόμην ταμίην πρὸς μῦθον ἔειπεν·
" Εὐρυνόμη, φέρε δὴ δίφρον καὶ κῶας ἐπ᾽ αὐτοῦ,
ὄφρα καθεζόμενος εἴπῃ ἔπος ἠδ᾽ ἐπακούσῃ
ὁ ξεῖνος ἐμέθεν· ἐθέλω δέ μιν ἐξερέεσθαι."
Ὣς ἔφαθ᾽· ἡ δὲ μάλ᾽ ὀτραλέως κατέθηκε φέρουσα
δίφρον ἐΰξεστον καὶ ἐπ᾽ αὐτῷ κῶας ἔβαλλεν·   101
ἔνθα καθέζετ᾽ ἔπειτα πολύτλας δῖος Ὀδυσσεύς.
τοῖσι δὲ μύθων ἄρχε περίφρων Πηνελόπεια·
" ξεῖνε, τὸ μέν σε πρῶτον ἐγὼν εἰρήσομαι αὐτή·
τίς πόθεν εἰς ἀνδρῶν; πόθι τοι πόλις ἠδὲ τοκῆες;"
Τὴν δ᾽ ἀπαμειβόμενος προσέφη πολύμητις Ὀδυσ-
σεύς·   106
" ὦ γύναι, οὐκ ἄν τίς σε βροτῶν ἐπ᾽ ἀπείρονα γαῖαν
νεικέοι· ἦ γάρ σευ κλέος οὐρανὸν εὐρὺν ἱκάνει,
ὥς τέ τευ ἢ βασιλῆος ἀμύμονος, ὅς τε θεουδὴς
ἀνδράσιν ἐν πολλοῖσι καὶ ἰφθίμοισιν ἀνάσσων   110
εὐδικίας ἀνέχῃσι, φέρῃσι δὲ γαῖα μέλαινα
πυροὺς καὶ κριθάς, βρίθῃσι δὲ δένδρεα καρπῷ,
τίκτῃ δ᾽ ἔμπεδα μῆλα, θάλασσα δὲ παρέχῃ ἰχθῦς
ἐξ εὐηγεσίης, ἀρετῶσι δὲ λαοὶ ὑπ᾽ αὐτοῦ.
τῶ ἐμὲ νῦν τὰ μὲν ἄλλα μετάλλα σῷ ἐνὶ οἴκῳ,   115
μηδ᾽ ἐμὸν ἐξερέεινε γένος καὶ πατρίδα γαῖαν,
μή μοι μᾶλλον θυμὸν ἐνιπλήσῃς ὀδυνάων

μνησαμένῳ· μάλα δ' εἰμὶ πολύστονος· οὐδέ τί με χρὴ
οἴκῳ ἐν ἀλλοτρίῳ γοόωντά τε μυρόμενόν τε
ἧσθαι, ἐπεὶ κάκιον πενθήμεναι ἄκριτον αἰεί·   120
μή τίς μοι δμῳῶν νεμεσήσεται, ἠὲ σύ γ' αὐτή,
φῇ δὲ δακρυπλώειν βεβαρηότα με φρένας οἴνῳ."
Τὸν δ' ἠμείβετ' ἔπειτα περίφρων Πηνελόπεια·
"ξεῖν', ἦ τοι μὲν ἐμὴν ἀρετὴν εἶδός τε δέμας τε
ὤλεσαν ἀθάνατοι, ὅτε Ἴλιον εἰσανέβαινον   125
Ἀργεῖοι, μετὰ τοῖσι δ' ἐμὸς πόσις ἦεν Ὀδυσσεύς.
εἰ κεῖνός γ' ἐλθὼν τὸν ἐμὸν βίον ἀμφιπολεύοι,
μεῖζόν κε κλέος εἴη ἐμὸν καὶ κάλλιον οὕτω.
νῦν δ' ἄχομαι· τόσα γάρ μοι ἐπέσσευεν κακὰ δαίμων.
ὅσσοι γὰρ νήσοισιν ἐπικρατέουσιν ἄριστοι,   130
Δουλιχίῳ τε Σάμῃ τε καὶ ὑλήεντι Ζακύνθῳ,
οἵ τ' αὐτὴν Ἰθάκην εὐδείελον ἀμφινέμονται,
οἵ μ' ἀεκαζομένην μνῶνται, τρύχουσι δὲ οἶκον.
τῷ οὔτε ξείνων ἐμπάζομαι οὔθ' ἱκετάων
οὔτε τι κηρύκων, οἳ δημιοεργοὶ ἔασιν·   135
ἀλλ' Ὀδυσῆ ποθέουσα φίλον κατατήκομαι ἦτορ.
οἱ δὲ γάμον σπεύδουσιν· ἐγὼ δὲ δόλους τολυπεύω.
φᾶρος μέν μοι πρῶτον ἐνέπνευσε φρεσὶ δαίμων
στησαμένη μέγαν ἱστὸν ἐνὶ μεγάροισιν ὑφαίνειν,
λεπτὸν καὶ περίμετρον· ἄφαρ δ' αὐτοῖς μετέειπον·   140
'κοῦροι, ἐμοὶ μνηστῆρες, ἐπεὶ θάνε δῖος Ὀδυσσεύς,
μίμνετ' ἐπειγόμενοι τὸν ἐμὸν γάμον, εἰς ὅ κε φᾶρος
ἐκτελέσω—μή μοι μεταμώνια νήματ' ὄληται—
Λαέρτῃ ἥρωϊ ταφήϊον, εἰς ὅτε κέν μιν
μοῖρ' ὀλοὴ καθέλῃσι τανηλεγέος θανάτοιο·   145
μή τίς μοι κατὰ δῆμον Ἀχαιϊάδων νεμεσήσῃ,
αἴ κεν ἄτερ σπείρου κεῖται πολλὰ κτεατίσσας.'
ὣς ἐφάμην· τοῖσιν δ' ἐπεπείθετο θυμὸς ἀγήνωρ.
ἔνθα καὶ ἠματίη μὲν ὑφαίνεσκον μέγαν ἱστόν,

νύκτας δ' ἀλλύεσκον, ἐπεὶ δαΐδας παραθείμην.　150
ὣς τρίετες μὲν ἔληθον ἐγὼ καὶ ἔπειθον Ἀχαιούς·
ἀλλ' ὅτε τέτρατον ἦλθεν ἔτος καὶ ἐπήλυθον ὧραι,
μηνῶν φθινόντων, περὶ δ' ἤματα πόλλ' ἐτελέσθη,
καὶ τότε δή με διὰ δμῳάς, κύνας οὐκ ἀλεγούσας,
εἷλον ἐπελθόντες καὶ ὁμόκλησαν ἐπέεσσιν.　155
ὣς τὸ μὲν ἐξετέλεσσα, καὶ οὐκ ἐθέλουσ', ὑπ' ἀνάγκης·
νῦν δ' οὔτ' ἐκφυγέειν δύναμαι γάμον οὔτε τιν' ἄλλην
μῆτιν ἔθ' εὑρίσκω· μάλα δ' ὀτρύνουσι τοκῆες
γήμασθ', ἀσχαλάᾳ δὲ πάϊς βίοτον κατεδόντων,
γιγνώσκων· ἤδη γὰρ ἀνὴρ οἷός τε μάλιστα　160
οἴκου κήδεσθαι, τῷ τε Ζεὺς κῦδος ὀπάζει.
ἀλλὰ καὶ ὣς μοι εἰπὲ τεὸν γένος, ὁππόθεν ἐσσί·
οὐ γὰρ ἀπὸ δρυός ἐσσι παλαιφάτου οὐδ' ἀπὸ πέτρης."
　　Τὴν δ' ἀπαμειβόμενος προσέφη πολύμητις Ὀδυσ-
　　　　σεύς·
"ὦ γύναι αἰδοίη Λαερτιάδεω Ὀδυσῆος,　165
οὐκέτ' ἀπολλήξεις τὸν ἐμὸν γόνον ἐξερέουσα;
ἀλλ' ἔκ τοι ἐρέω· ἦ μέν μ' ἀχέεσσί γε δώσεις
πλείοσιν ἢ ἔχομαι· ἡ γὰρ δίκη, ὁππότε πάτρης
ἧς ἀπέῃσιν ἀνὴρ τόσσον χρόνον ὅσσον ἐγὼ νῦν,
πολλὰ βροτῶν ἐπὶ ἄστε' ἀλώμενος, ἄλγεα πάσχων.　170
ἀλλὰ καὶ ὣς ἐρέω ὅ μ' ἀνείρεαι ἠδὲ μεταλλᾷς.
Κρήτη τις γαῖ' ἔστι, μέσῳ ἐνὶ οἴνοπι πόντῳ,
καλὴ καὶ πίειρα, περίρρυτος· ἐν δ' ἄνθρωποι
πολλοί, ἀπειρέσιοι, καὶ ἐννήκοντα πόληες—
ἄλλη δ' ἄλλων γλῶσσα μεμιγμένη· ἐν μὲν Ἀχαιοί,　175
ἐν δ' Ἐτεόκρητες μεγαλήτορες, ἐν δὲ Κύδωνες,
Δωριέες τε τριχάϊκες δῖοί τε Πελασγοί—
τῇσι δ' ἐνὶ Κνωσός, μεγάλη πόλις, ἔνθα τε Μίνως
ἐννέωρος βασίλευε Διὸς μεγάλου ὀαριστής,
πατρὸς ἐμοῖο πατήρ, μεγαθύμου Δευκαλίωνος.　180

Δευκαλίων δ' ἐμὲ τίκτε καὶ Ἰδομενῆα ἄνακτα·
ἀλλ' ὁ μὲν ἐν νήεσσι κορωνίσιν Ἴλιον εἴσω
οἴχεθ' ἅμ' Ἀτρεΐδησιν, ἐμοὶ δ' ὄνομα κλυτὸν Αἴθων,
ὁπλότερος γενεῇ· ὁ δ' ἄρα πρότερος καὶ ἀρείων.
ἔνθ' Ὀδυσῆα ἐγὼν ἰδόμην καὶ ξείνια δῶκα.   185
καὶ γὰρ τὸν Κρήτηνδε κατήγαγεν ἲς ἀνέμοιο,
ἱέμενον Τροίηνδε παραπλάγξασα Μαλειῶν·
στῆσε δ' ἐν Ἀμνισῷ ὅθι τε σπέος Εἰλειθυίης,
ἐν λιμέσιν χαλεποῖσι, μόγις δ' ὑπάλυξεν ἀέλλας.
αὐτίκα δ' Ἰδομενῆα μετάλλα ἄστυδ' ἀνελθών·   190
ξεῖνον γάρ οἱ ἔφασκε φίλον τ' ἔμεν αἰδοῖόν τε.
τῷ δ' ἤδη δεκάτη ἢ ἑνδεκάτη πέλεν ἠὼς
οἰχομένῳ σὺν νηυσὶ κορωνίσιν Ἴλιον εἴσω.
τὸν μὲν ἐγὼ πρὸς δώματ' ἄγων ἐῢ ἐξείνισσα,
ἐνδυκέως φιλέων, πολλῶν κατὰ οἶκον ἐόντων·   195
καί οἱ τοῖς ἄλλοις ἑτάροις, οἳ ἅμ' αὐτῷ ἕποντο,
δημόθεν ἄλφιτα δῶκα καὶ αἴθοπα οἶνον ἀγείρας
καὶ βοῦς ἱρεύσασθαι, ἵνα πλησαίατο θυμόν.
ἔνθα δυώδεκα μὲν μένον ἤματα δῖοι Ἀχαιοί·
εἴλει γὰρ Βορέης ἄνεμος μέγας οὐδ' ἐπὶ γαίῃ   200
εἴα ἵστασθαι, χαλεπὸς δέ τις ὦρορε δαίμων·
τῇ τρισκαιδεκάτῃ δ' ἄνεμος πέσε, τοὶ δ' ἀνάγοντο."
Ἴσκε ψεύδεα πολλὰ λέγων ἐτύμοισιν ὁμοῖα·
τῆς δ' ἄρ' ἀκουούσης ῥέε δάκρυα, τήκετο δὲ χρώς.
ὡς δὲ χιὼν κατατήκετ' ἐν ἀκροπόλοισιν ὄρεσσιν,   205
ἥν τ' Εὖρος κατέτηξεν, ἐπὴν Ζέφυρος καταχεύῃ·
τηκομένης δ' ἄρα τῆς ποταμοὶ πλήθουσι ῥέοντες·
ὣς τῆς τήκετο καλὰ παρήϊα δάκρυ χεούσης,
κλαιούσης ἑὸν ἄνδρα παρήμενον. αὐτὰρ Ὀδυσσεὺς
θυμῷ μὲν γοόωσαν ἑὴν ἐλέαιρε γυναῖκα,   210
ὀφθαλμοὶ δ' ὡς εἰ κέρα' ἕστασαν ἠὲ σίδηρος
ἀτρέμας ἐν βλεφάροισι· δόλῳ δ' ὅ γε δάκρυα κεῦθεν.

ἡ δ' ἐπεὶ οὖν τάρφθη πολυδακρύτοιο γόοιο,
ἐξαῦτίς μιν ἔπεσσιν ἀμειβομένη προσέειπε·
" νῦν μὲν δή σευ, ξεῖνε, ὀίω πειρήσεσθαι,   215
εἰ ἐτεὸν δὴ κεῖθι σὺν ἀντιθέοις ἑτάροισι
ξείνισας ἐν μεγάροισιν ἐμὸν πόσιν, ὡς ἀγορεύεις.
εἰπέ μοι ὁπποῖ' ἄσσα περὶ χροῒ εἵματα ἕστο,
αὐτός θ' οἷος ἔην, καὶ ἑταίρους, οἵ οἱ ἕποντο."
Τὴν δ' ἀπαμειβόμενος προσέφη πολύμητις 'Οδυσ-
σεύς·   220
" ὦ γύναι, ἀργαλέον τόσσον χρόνον ἀμφὶς ἐόντα
εἰπέμεν· ἤδη γάρ οἱ ἐεικοστὸν ἔτος ἐστὶν
ἐξ οὗ κεῖθεν ἔβη καὶ ἐμῆς ἀπελήλυθε πάτρης·
αὐτάρ τοι ἐρέω ὥς μοι ἰνδάλλεται ἦτορ.
χλαῖναν πορφυρέην οὔλην ἔχε δῖος 'Οδυσσεύς,   225
διπλῆν· αὐτάρ οἱ περόνη χρυσοῖο τέτυκτο
αὐλοῖσιν διδύμοισι· πάροιθε δὲ δαίδαλον ἦεν·
ἐν προτέροισι πόδεσσι κύων ἔχε ποικίλον ἐλλόν,
ἀσπαίροντα λάων· τὸ δὲ θαυμάζεσκον ἅπαντες,
ὡς οἱ χρύσεοι ἐόντες ὁ μὲν λάε νεβρὸν ἀπάγχων,   230
αὐτὰρ ὁ ἐκφυγέειν μεμαὼς ἤσπαιρε πόδεσσι.
τὸν δὲ χιτῶν' ἐνόησα περὶ χροῒ σιγαλόεντα,
οἷόν τε κρομύοιο λοπὸν κάτα ἰσχαλέοιο·
τὼς μὲν ἔην μαλακός, λαμπρὸς δ' ἦν ἠέλιος ὥς·
ἦ μὲν πολλαί γ' αὐτὸν ἐθηήσαντο γυναῖκες.   235
ἄλλο δέ τοι ἐρέω, σὺ δ' ἐνὶ φρεσὶ βάλλεο σῇσιν·
οὐκ οἶδ' ἢ τάδε ἕστο περὶ χροῒ οἴκοθ' 'Οδυσσεύς,
ἦ τις ἑταίρων δῶκε θοῆς ἐπὶ νηὸς ἰόντι,
ἤ τίς που καὶ ξεῖνος, ἐπεὶ πολλοῖσιν 'Οδυσσεὺς
ἔσκε φίλος· παῦροι γὰρ 'Αχαιῶν ἦσαν ὁμοῖοι.   240
καί οἱ ἐγὼ χάλκειον ἄορ καὶ δίπλακα δῶκα
καλὴν πορφυρέην καὶ τερμιόεντα χιτῶνα,
αἰδοίως δ' ἀπόπεμπον ἐϋσσέλμου ἐπὶ νηός.

καὶ μέν οἱ κῆρυξ ὀλίγον προγενέστερος αὐτοῦ
εἵπετο· καὶ τόν τοι μυθήσομαι, οἷος ἔην περ. 245
γυρὸς ἐν ὤμοισιν, μελανόχροος, οὐλοκάρηνος,
Εὐρυβάτης δ᾽ ὄνομ᾽ ἔσκε· τίεν δέ μιν ἔξοχον ἄλλων
ὧν ἑτάρων Ὀδυσεύς, ὅτι οἱ φρεσὶν ἄρτια ᾔδη."
Ὣς φάτο· τῇ δ᾽ ἔτι μᾶλλον ὑφ᾽ ἵμερον ὦρσε γόοιο,
σήματ᾽ ἀναγνούσῃ τά οἱ ἔμπεδα πέφραδ᾽ Ὀδυσσεύς.
ἡ δ᾽ ἐπεὶ οὖν τάρφθη πολυδακρύτοιο γόοιο, 251
καὶ τότε μιν μύθοισιν ἀμειβομένη προσέειπε·
" νῦν μὲν δή μοι, ξεῖνε, πάρος περ ἐὼν ἐλεεινός,
ἐν μεγάροισιν ἐμοῖσι φίλος τ᾽ ἔσῃ αἰδοῖός τε·
αὐτὴ γὰρ τάδε εἵματ᾽ ἐγὼ πόρον, οἵ᾽ ἀγορεύεις, 255
πτύξασ᾽ ἐκ θαλάμου, περόνην τ᾽ ἐπέθηκα φαεινὴν
κείνῳ ἄγαλμ᾽ ἔμεναι· τὸν δ᾽ οὐχ ὑποδέξομαι αὖτις
οἴκαδε νοστήσαντα φίλην ἐς πατρίδα γαῖαν.
τῶ ῥα κακῇ αἴσῃ κοίλης ἐπὶ νηὸς Ὀδυσσεὺς
ᾤχετ᾽ ἐποψόμενος Κακοΐλιον οὐκ ὀνομαστήν." 260
Τὴν δ᾽ ἀπαμειβόμενος προσέφη πολύμητις Ὀδυσ-
σεύς·
" ὦ γύναι αἰδοίη Λαερτιάδεω Ὀδυσῆος,
μηκέτι νῦν χρόα καλὸν ἐναίρεο μηδέ τι θυμὸν
τῆκε πόσιν γοόωσα· νεμεσσῶμαί γε μὲν οὐδέν·
καὶ γάρ τίς τ᾽ ἀλλοῖον ὀδύρεται ἄνδρ᾽ ὀλέσασα 265
κουρίδιον, τῷ τέκνα τέκῃ φιλότητι μιγεῖσα,
ἢ Ὀδυσῆ᾽, ὅν φασι θεοῖς ἐναλίγκιον εἶναι.
ἀλλὰ γόου μὲν παῦσαι, ἐμεῖο δὲ σύνθεο μῦθον·
νημερτέως γάρ τοι μυθήσομαι οὐδ᾽ ἐπικεύσω
ὡς ἤδη Ὀδυσῆος ἐγὼ περὶ νόστου ἄκουσα 270
ἀγχοῦ, Θεσπρωτῶν ἀνδρῶν ἐν πίονι δήμῳ,
ζωοῦ· αὐτὰρ ἄγει κειμήλια πολλὰ καὶ ἐσθλὰ
αἰτίζων ἀνὰ δῆμον· ἀτὰρ ἐρίηρας ἑταίρους
ὤλεσε καὶ νῆα γλαφυρὴν ἐνὶ οἴνοπι πόντῳ,

Θρινακίης ἄπο νήσου ἰών· ὀδύσαντο γὰρ αὐτῷ 275
Ζεύς τε καὶ Ἥλιος· τοῦ γὰρ βόας ἔκταν ἑταῖροι.
οἱ μὲν πάντες ὄλοντο πολυκλύστῳ ἐνὶ πόντῳ·
τὸν δ᾽ ἄρ᾽ ἐπὶ τρόπιος νεὸς ἔκβαλε κῦμ᾽ ἐπὶ χέρσου,
Φαιήκων ἐς γαῖαν, οἳ ἀγχίθεοι γεγάασιν,
οἳ δή μιν περὶ κῆρι θεὸν ὣς τιμήσαντο 280
καί οἱ πολλὰ δόσαν πέμπειν τέ μιν ἤθελον αὐτοὶ
οἴκαδ᾽ ἀπήμαντον. καί κεν πάλαι ἐνθάδ᾽ Ὀδυσσεὺς
ἦην· ἀλλ᾽ ἄρα οἱ τό γε κέρδιον εἴσατο θυμῷ,
χρήματ᾽ ἀγυρτάζειν πολλὴν ἐπὶ γαῖαν ἰόντι·
ὣς περὶ κέρδεα πολλὰ καταθνητῶν ἀνθρώπων 285
οἶδ᾽ Ὀδυσεύς, οὐδ᾽ ἄν τις ἐρίσσειε βροτὸς ἄλλος.
ὥς μοι Θεσπρωτῶν βασιλεὺς μυθήσατο Φείδων·
ὄμνυε δὲ πρὸς ἔμ᾽ αὐτόν, ἀποσπένδων ἐνὶ οἴκῳ,
νῆα κατειρύσθαι καὶ ἐπαρτέας ἔμμεν ἑταίρους,
οἳ δή μιν πέμψουσι φίλην ἐς πατρίδα γαῖαν. 290
ἀλλ᾽ ἐμὲ πρὶν ἀπέπεμψε· τύχησε γὰρ ἐρχομένη νηῦς
ἀνδρῶν Θεσπρωτῶν ἐς Δουλίχιον πολύπυρον.
καί μοι κτήματ᾽ ἔδειξεν, ὅσα ξυναγείρατ᾽ Ὀδυσσεύς·
καί νύ κεν ἐς δεκάτην γενεὴν ἕτερόν γ᾽ ἔτι βόσκοι,
ὅσσα οἱ ἐν μεγάροις κειμήλια κεῖτο ἄνακτος. 295
τὸν δ᾽ ἐς Δωδώνην φάτο βήμεναι, ὄφρα θεοῖο
ἐκ δρυὸς ὑψικόμοιο Διὸς βουλὴν ἐπακοῦσαι,
ὅππως νοστήσειε φίλην ἐς πατρίδα γαῖαν
ἤδη δὴν ἀπεών, ἢ ἀμφαδὸν ἦε κρυφηδόν.
ὣς ὁ μὲν οὕτως ἐστὶ σόος καὶ ἐλεύσεται ἤδη 300
ἄγχι μάλ᾽, οὐδ᾽ ἔτι τῆλε φίλων καὶ πατρίδος αἴης
δηρὸν ἀπεσσεῖται· ἔμπης δέ τοι ὅρκια δώσω.
ἴστω νῦν Ζεὺς πρῶτα, θεῶν ὕπατος καὶ ἄριστος,
ἱστίη τ᾽ Ὀδυσῆος ἀμύμονος, ἣν ἀφικάνω·
ἦ μέν τοι τάδε πάντα τελείεται ὡς ἀγορεύω. 305
τοῦδ᾽ αὐτοῦ λυκάβαντος ἐλεύσεται ἐνθάδ᾽ Ὀδυσσεύς,

τοῦ μὲν φθίνοντος μηνός, τοῦ δ' ἱσταμένοιο."
Τὸν δ' αὖτε προσέειπε περίφρων Πηνελόπεια·
"αἲ γὰρ τοῦτο, ξεῖνε, ἔπος τετελεσμένον εἴη!
τῶ κε τάχα γνοίης φιλότητά τε πολλά τε δῶρα   310
ἐξ ἐμεῦ, ὡς ἄν τίς σε συναντόμενος μακαρίζοι.
ἀλλά μοι ὧδ' ἀνὰ θυμὸν ὀίεται, ὡς ἔσεταί περ·
οὔτ' Ὀδυσεὺς ἔτι οἶκον ἐλεύσεται, οὔτε σὺ πομπῆς
τεύξῃ, ἐπεὶ οὐ τοῖοι σημάντορές εἰσ' ἐνὶ οἴκῳ
οἷος Ὀδυσσεὺς ἔσκε μετ' ἀνδράσιν, εἴ ποτ' ἔην γε,
ξείνους αἰδοίους ἀποπεμπέμεν ἠδὲ δέχεσθαι.   316
ἀλλά μιν, ἀμφίπολοι, ἀπονίψατε, κάτθετε δ' εὐνήν,
δέμνια καὶ χλαίνας καὶ ῥήγεα σιγαλόεντα,
ὥς κ' εὖ θαλπιόων χρυσόθρονον Ἠῶ ἵκηται
ἠῶθεν δὲ μάλ' ἦρι λοέσσαι τε χρῖσαί τε,   320
ὥς κ' ἔνδον παρὰ Τηλεμάχῳ δείπνοιο μέδηται
ἥμενος ἐν μεγάρῳ· τῷ δ' ἄλγιον ὅς κεν ἐκείνων
τοῦτον ἀνιάζῃ θυμοφθόρος· οὐδέ τι ἔργον
ἐνθάδ' ἔτι πρήξει, μάλα περ κεχολωμένος αἰνῶς.
πῶς γὰρ ἐμεῦ σύ, ξεῖνε, δαήσεαι εἴ τι γυναικῶν   325
ἀλλάων περίειμι νόον καὶ ἐπίφρονα μῆτιν,
εἴ κεν ἀϋσταλέος κακὰ εἱμένος ἐν μεγάροισι
δαινύῃ; ἄνθρωποι δὲ μινυνθάδιοι τελέθουσιν.
ὃς μὲν ἀπηνὴς αὐτὸς ἔῃ καὶ ἀπηνέα εἰδῇ,
τῷ δὲ καταρῶνται πάντες βροτοὶ ἄλγε' ὀπίσσω   330
ζωῷ, ἀτὰρ τεθνεῶτί γ' ἐφεψιόωνται ἅπαντες·
ὃς δ' ἂν ἀμύμων αὐτὸς ἔῃ καὶ ἀμύμονα εἰδῇ,
τοῦ μέν τε κλέος εὐρὺ διὰ ξεῖνοι φορέουσι
πάντας ἐπ' ἀνθρώπους, πολλοί τέ μιν ἐσθλὸν ἔειπον."
Τὴν δ' ἀπαμειβόμενος προσέφη πολύμητις Ὀδυσ-
σεύς·   335
"ὦ γύναι αἰδοίη Λαερτιάδεω Ὀδυσῆος,
ἦ τοι ἐμοὶ χλαῖναι καὶ ῥήγεα σιγαλόεντα

ἤχθεθ', ὅτε πρῶτον Κρήτης ὄρεα νιφόεντα
νοσφισάμην ἐπὶ νηὸς ἰὼν δολιχηρέτμοιο,
κείω δ' ὡς τὸ πάρος περ ἀΰπνους νύκτας ἴαυον· 340
πολλὰς γὰρ δὴ νύκτας ἀεικελίῳ ἐνὶ κοίτῃ
ἄεσα καί τ' ἀνέμεινα ἐΰθρονον Ἠῶ δῖαν.
οὐδέ τί μοι ποδάνιπτρα ποδῶν ἐπιήρανα θυμῷ
γίγνεται· οὐδὲ γυνὴ ποδὸς ἅψεται ἡμετέροιο
τάων αἵ τοι δῶμα κάτα δρήστειραι ἔασιν, 345
εἰ μή τις γρηῦς ἐστι παλαιή, κεδν' εἰδυῖα,
ἥ τις δὴ τέτληκε τόσα φρεσὶν ὅσσα τ' ἐγώ περ·
τῇ δ' οὐκ ἂν φθονέοιμι ποδῶν ἅψασθαι ἐμεῖο."
Τὸν δ' αὖτε προσέειπε περίφρων Πηνελόπεια·
"ξεῖνε φίλ'—οὐ γάρ πώ τις ἀνὴρ πεπνυμένος ὧδε
ξείνων τηλεδαπῶν φιλίων ἐμὸν ἵκετο δῶμα, 351
ὡς σὺ μάλ' εὐφραδέως πεπνυμένα πάντ' ἀγορεύεις—
ἔστι δέ μοι γρηῦς πυκινὰ φρεσὶ μήδε' ἔχουσα,
ἣ κεῖνον δύστηνον ἐΰ τρέφεν ἠδ' ἀτίταλλε,
δεξαμένη χείρεσσ', ὅτε μιν πρῶτον τέκε μήτηρ, 355
ἥ σε πόδας νίψει, ὀλιγηπελέουσά περ ἔμπης.
ἀλλ' ἄγε νῦν ἀνστᾶσα, περίφρων Εὐρύκλεια,
νίψον σοῖο ἄνακτος ὁμήλικα. καί που Ὀδυσσεὺς
ἤδη τοιόσδ' ἐστὶ πόδας τοιόσδε τε χεῖρας·
αἶψα γὰρ ἐν κακότητι βροτοὶ καταγηράσκουσιν." 360
Ὣς ἄρ' ἔφη· γρηῦς δὲ κατέσχετο χερσὶ πρόσωπα,
δάκρυα δ' ἔκβαλε θερμά, ἔπος δ' ὀλοφυδνὸν ἔειπεν·
"ὤ μοι ἐγὼ σέο, τέκνον, ἀμήχανος· ἦ σε περὶ Ζεὺς
ἀνθρώπων ἔχθαιρε θεουδέα θυμὸν ἔχοντα.
οὐ γάρ πώ τις τόσσα βροτῶν Διὶ τερπικεραύνῳ 365
πίονα μηρία κῆ' οὐδ' ἐξαίτους ἑκατόμβας,
ὅσσα σὺ τῷ ἐδίδους, ἀρώμενος ἧος ἵκοιο
γῆράς τε λιπαρὸν θρέψαιό τε φαίδιμον υἱόν·
νῦν δέ τοι οἴῳ πάμπαν ἀφείλετο νόστιμον ἦμαρ.

οὕτω που καὶ κείνῳ ἐφεψιόωντο γυναῖκες 370
ξείνων τηλεδαπῶν, ὅτε τευ κλυτὰ δώμαθ᾽ ἵκοιτο,
ὡς σέθεν αἱ κύνες αἵδε καθεψιόωνται ἅπασαι,
τάων νῦν λώβην τε καὶ αἴσχεα πόλλ᾽ ἀλεείνων
οὐκ ἐάᾳς νίζειν· ἐμὲ δ᾽ οὐκ ἀέκουσαν ἄνωγε
κούρη Ἰκαρίοιο, περίφρων Πηνελόπεια. 375
τώ σε πόδας νίψω ἅμα τ᾽ αὐτῆς Πηνελοπείης
καὶ σέθεν εἵνεκ᾽, ἐπεί μοι ὀρώρεται ἔνδοθι θυμὸς
κήδεσιν. ἀλλ᾽ ἄγε νῦν ξυνίει ἔπος, ὅττι κεν εἴπω·
πολλοὶ δὴ ξεῖνοι ταλαπείριοι ἐνθάδ᾽ ἵκοντο,
ἀλλ᾽ οὔ πώ τινά φημι ἐοικότα ὧδε ἰδέσθαι 380
ὡς σὺ δέμας φωνήν τε πόδας τ᾽ Ὀδυσῆϊ ἔοικας."
Τὴν δ᾽ ἀπαμειβόμενος προσέφη πολύμητις Ὀδυσ-
σεύς·
" ὦ γρηῦ, οὕτω φασὶν ὅσοι ἴδον ὀφθαλμοῖσιν
ἡμέας ἀμφοτέρους, μάλα εἰκέλω ἀλλήλοιϊν
ἔμμεναι, ὡς σύ περ αὐτὴ ἐπιφρονέουσ᾽ ἀγορεύεις." 385
Ὣς ἄρ᾽ ἔφη· γρηῦς δὲ λέβηθ᾽ ἕλε παμφανόωντα,
τοῦ πόδας ἐξαπένιζεν, ὕδωρ δ᾽ ἐνεχεύατο πουλὺ
ψυχρόν, ἔπειτα δὲ θερμὸν ἐπήφυσεν. αὐτὰρ Ὀδυσ-
σεύς
ἷζεν ἐπ᾽ ἐσχαρόφιν, ποτὶ δὲ σκότον ἐτράπετ᾽ αἶψα·
αὐτίκα γὰρ κατὰ θυμὸν ὀΐσατο, μή ἑ λαβοῦσα 390
οὐλὴν ἀμφράσσαιτο καὶ ἀμφαδὰ ἔργα γένοιτο.
νίζε δ᾽ ἄρ᾽ ἄσσον ἰοῦσα ἄναχθ᾽ ἑόν· αὐτίκα δ᾽ ἔγνω
οὐλήν, τήν ποτέ μιν σῦς ἤλασε λευκῷ ὀδόντι
Παρνησόνδ᾽ ἐλθόντα μετ᾽ Αὐτόλυκόν τε καὶ υἷας,
μητρὸς ἑῆς πατέρ᾽ ἐσθλόν, ὃς ἀνθρώπους ἐκέκαστο
κλεπτοσύνῃ θ᾽ ὅρκῳ τε· θεὸς δέ οἱ αὐτὸς ἔδωκεν 396
Ἑρμείας· τῷ γὰρ κεχαρισμένα μηρία καῖεν
ἀρνῶν ἠδ᾽ ἐρίφων· ὁ δέ οἱ πρόφρων ἅμ᾽ ὀπήδει.
Αὐτόλυκος δ᾽ ἐλθὼν Ἰθάκης ἐς πίονα δῆμον

παῖδα νέον γεγαῶτα κιχήσατο θυγατέρος ἧς· 400
τόν ῥά οἱ Εὐρύκλεια φίλοις ἐπὶ γούνασι θῆκε
παυομένῳ δόρποιο, ἔπος τ' ἔφατ' ἔκ τ' ὀνόμαζεν·
'' Αὐτόλυκ', αὐτὸς νῦν ὄνομ' εὕρεο ὅττι κε θῆαι
παιδὸς παιδὶ φίλῳ· πολυάρητος δέ τοί ἐστι."
Τὴν δ' αὖτ' Αὐτόλυκος ἀπαμείβετο φώνησέν τε· 405
''γαμβρὸς ἐμὸς θυγάτηρ τε, τίθεσθ' ὄνομ' ὅττι κεν
εἴπω·
πολλοῖσιν γὰρ ἐγώ γε ὀδυσσάμενος τόδ' ἱκάνω,
ἀνδράσιν ἠδὲ γυναιξὶν ἀνὰ χθόνα πουλυβότειραν·
τῷ δ' Ὀδυσεὺς ὄνομ' ἔστω ἐπώνυμον. αὐτὰρ ἐγώ γε,
ὁππότ' ἂν ἡβήσας μητρώϊον ἐς μέγα δῶμα 410
ἔλθῃ Παρνησόνδ', ὅθι πού μοι κτήματ' ἔασι,
τῶν οἱ ἐγὼ δώσω καί μιν χαίροντ' ἀποπέμψω."
Τῶν ἕνεκ' ἦλθ' Ὀδυσεύς, ἵνα οἱ πόροι ἀγλαὰ δῶρα.
τὸν μὲν ἄρ' Αὐτόλυκός τε καὶ υἱέες Αὐτολύκοιο
χερσίν τ' ἠσπάζοντο ἔπεσσί τε μειλιχίοισι· 415
μήτηρ δ' Ἀμφιθέη μητρὸς περιφῦσ' Ὀδυσῆϊ
κύσσ' ἄρα μιν κεφαλήν τε καὶ ἄμφω φάεα καλά.
Αὐτόλυκος δ' υἱοῖσιν ἐκέκλετο κυδαλίμοισι
δεῖπνον ἐφοπλίσσαι· τοὶ δ' ὀτρύνοντος ἄκουσαν,
αὐτίκα δ' εἰσάγαγον βοῦν ἄρσενα πενταέτηρον· 420
τὸν δέρον ἀμφί θ' ἕπον, καί μιν διέχευαν ἅπαντα,
μίστυλλόν τ' ἄρ' ἐπισταμένως πεῖράν τ' ὀβελοῖσιν,
ὤπτησάν τε περιφραδέως δάσσαντό τε μοίρας.
ὣς τότε μὲν πρόπαν ἦμαρ ἐς ἠέλιον καταδύντα
δαίνυντ', οὐδέ τι θυμὸς ἐδεύετο δαιτὸς ἐΐσης· 425
ἦμος δ' ἠέλιος κατέδυ καὶ ἐπὶ κνέφας ἦλθε,
δὴ τότε κοιμήσαντο καὶ ὕπνου δῶρον ἕλοντο.
Ἦμος δ' ἠριγένεια φάνη ῥοδοδάκτυλος Ἠώς,
βάν ῥ' ἴμεν ἐς θήρην, ἠμὲν κύνες ἠδὲ καὶ αὐτοὶ
υἱέες Αὐτολύκου· μετὰ τοῖσι δὲ δῖος Ὀδυσσεὺς 430

ἤϊεν· αἰπὺ δ' ὄρος προσέβαν καταειμένον ὕλῃ
Παρνησοῦ, τάχα δ' ἵκανον πτύχας ἠνεμοέσσας.
Ἥλιος μὲν ἔπειτα νέον προσέβαλλεν ἀρούρας
ἐξ ἀκαλαρρείταο βαθυρρόου Ὠκεανοῖο,
οἱ δ' ἐς βῆσσαν ἵκανον ἐπακτῆρες· πρὸ δ' ἄρ' αὐτῶν
ἴχνι' ἐρευνῶντες κύνες ἤϊσαν, αὐτὰρ ὄπισθεν   436
υἱέες Αὐτολύκου· μετὰ τοῖσι δὲ δῖος Ὀδυσσεὺς
ἤϊεν ἄγχι κυνῶν, κραδάων δολιχόσκιον ἔγχος.
ἔνθα δ' ἄρ' ἐν λόχμῃ πυκινῇ κατέκειτο μέγας σῦς·
τὴν μὲν ἄρ' οὔτ' ἀνέμων διάη μένος ὑγρὸν ἀέντων,
οὔτε μιν Ἥλιος φαέθων ἀκτῖσιν ἔβαλλεν,   441
οὔτ' ὄμβρος περάασκε διαμπερές· ὣς ἄρα πυκνὴ
ἦεν, ἀτὰρ φύλλων ἐνέην χύσις ἤλιθα πολλή.
τὸν δ' ἀνδρῶν τε κυνῶν τε περὶ κτύπος ἦλθε ποδοῖϊν,
ὡς ἐπάγοντες ἐπῆσαν· ὁ δ' ἀντίος ἐκ ξυλόχοιο,   445
φρίξας εὖ λοφιήν, πῦρ δ' ὀφθαλμοῖσι δεδορκώς,
στῆ ῥ' αὐτῶν σχεδόθεν· ὁ δ' ἄρα πρώτιστος Ὀδυσσεὺς
ἔσσυτ' ἀνασχόμενος δολιχὸν δόρυ χειρὶ παχείῃ,
οὐτάμεναι μεμαώς· ὁ δέ μιν φθάμενος ἔλασεν σῦς
γουνὸς ὕπερ, πολλὸν δὲ διήφυσε σαρκὸς ὀδόντι   450
λικριφὶς ἀΐξας, οὐδ' ὀστέον ἵκετο φωτός.
τὸν δ' Ὀδυσεὺς οὔτησε τυχὼν κατὰ δεξιὸν ὦμον,
ἀντικρὺ δὲ διῆλθε φαεινοῦ δουρὸς ἀκωκή·
κὰδ δ' ἔπεσ' ἐν κονίῃσι μακών, ἀπὸ δ' ἔπτατο θυμός.
τὸν μὲν ἄρ' Αὐτολύκου παῖδες φίλοι ἀμφιπένοντο,
ὠτειλὴν δ' Ὀδυσῆος ἀμύμονος ἀντιθέοιο   456
δῆσαν ἐπισταμένως, ἐπαοιδῇ δ' αἷμα κελαινὸν
ἔσχεθον, αἶψα δ' ἵκοντο φίλου πρὸς δώματα πατρός.
τὸν μὲν ἄρ' Αὐτόλυκός τε καὶ υἱέες Αὐτολύκοιο
εὖ ἰησάμενοι ἠδ' ἀγλαὰ δῶρα πορόντες   460
καρπαλίμως χαίροντα φίλην ἐς πατρίδ' ἔπεμπον
εἰς Ἰθάκην. τῷ μέν ῥα πατὴρ καὶ πότνια μήτηρ

χαῖρον νοστήσαντι καὶ ἐξερέεινον ἅπαντα,
οὐλὴν ὅττι πάθοι· ὁ δ' ἄρα σφίσιν εὖ κατέλεξεν
ὡς μιν θηρεύοντ' ἔλασεν σῦς λευκῷ ὀδόντι,   465
Παρνησόνδ' ἐλθόντα σὺν υἱάσιν Αὐτολύκοιο.
Τὴν γρηῢς χείρεσσι καταπρηνέσσι λαβοῦσα
γνῶ ῥ' ἐπιμασσαμένη, πόδα δὲ προέηκε φέρεσθαι·
ἐν δὲ λέβητι πέσε κνήμη, κανάχησε δὲ χαλκός,   469
ἂψ δ' ἑτέρωσ' ἐκλίθη· τὸ δ' ἐπὶ χθονὸς ἐξέχυθ' ὕδωρ.
τὴν δ' ἅμα χάρμα καὶ ἄλγος ἕλε φρένα, τὼ δέ οἱ ὄσσε
δακρυόφι πλῆσθεν, θαλερὴ δέ οἱ ἔσχετο φωνή.
ἁψαμένη δὲ γενείου Ὀδυσσῆα προσέειπεν·
" ἦ μάλ' Ὀδυσσεύς ἐσσι, φίλον τέκος· οὐδέ σ' ἐγώ γε
πρὶν ἔγνων, πρὶν πάντα ἄνακτ' ἐμὸν ἀμφαφάασθαι."
Ἦ καὶ Πηνελόπειαν ἐσέδρακεν ὀφθαλμοῖσι,   476
πεφραδέειν ἐθέλουσα φίλον πόσιν ἔνδον ἐόντα.
ἡ δ' οὔτ' ἀθρῆσαι δύνατ' ἀντίη οὔτε νοῆσαι·
τῇ γὰρ Ἀθηναίη νόον ἔτραπεν. αὐτὰρ Ὀδυσσεὺς
χείρ' ἐπιμασσάμενος φάρυγος λάβε δεξιτερῆφι,   480
τῇ δ' ἑτέρῃ ἕθεν ἄσσον ἐρύσσατο φώνησέν τε·
" μαῖα, τίη μ' ἐθέλεις ὀλέσαι; σὺ δέ μ' ἔτρεφες αὐτὴ
τῷ σῷ ἐπὶ μαζῷ· νῦν δ' ἄλγεα πολλὰ μογήσας
ἤλυθον εἰκοστῷ ἔτεϊ ἐς πατρίδα γαῖαν.
ἀλλ' ἐπεὶ ἐφράσθης καί τοι θεὸς ἔμβαλε θυμῷ,   485
σίγα, μή τίς τ' ἄλλος ἐνὶ μεγάροισι πύθηται.
ὧδε γὰρ ἐξερέω, καὶ μὴν τετελεσμένον ἔσται·
εἴ χ' ὑπ' ἐμοί γε θεὸς δαμάσῃ μνηστῆρας ἀγαυούς,
οὐδὲ τροφοῦ οὔσης σεῦ ἀφέξομαι, ὁππότ' ἂν ἄλλας
δμῳὰς ἐν μεγάροισιν ἐμοῖς κτείνωμι γυναῖκας."   490
Τὸν δ' αὖτε προσέειπε περίφρων Εὐρύκλεια·
" τέκνον ἐμόν, ποῖόν σε ἔπος φύγεν ἕρκος ὀδόντων!
οἶσθα μὲν οἷον ἐμὸν μένος ἔμπεδον οὐδ' ἐπιεικτόν,
ἔξω δ' ὡς ὅτε τις στερεὴ λίθος ἠὲ σίδηρος.

ἄλλο δέ τοι ἐρέω, σὺ δ' ἐνὶ φρεσὶ βάλλεο σῇσιν·   495
εἴ χ' ὑπὸ σοί γε θεὸς δαμάσῃ μνηστῆρας ἀγανούς,
δὴ τότε τοι καταλέξω ἐνὶ μεγάροισι γυναῖκας,
αἵ τέ σ' ἀτιμάζουσι καὶ αἳ νηλίτιδές εἰσι."
Τὴν δ' ἀπαμειβόμενος προσέφη πολύμητις 'Οδυσ-
σεύς·
"μαῖα, τίη δὲ σὺ τὰς μυθήσεαι; οὐδέ τί σε χρή.   500
εὖ νυ καὶ αὐτὸς ἐγὼ φράσομαι καὶ εἴσομ' ἑκάστην·
ἀλλ' ἔχε σιγῇ μῦθον, ἐπίτρεψον δὲ θεοῖσιν."
Ὣς ἄρ' ἔφη· γρηῢς δὲ διὲκ μεγάροιο βεβήκει
οἰσομένη ποδάνιπτρα· τὰ γὰρ πρότερ' ἔκχυτο πάντα.
αὐτὰρ ἐπεὶ νίψεν τε καὶ ἤλειψεν λίπ' ἐλαίῳ,   505
αὖτις ἄρ' ἀσσοτέρω πυρὸς ἕλκετο δίφρον 'Οδυσσεὺς
θερσόμενος, οὐλὴν δὲ κατὰ ῥακέεσσι κάλυψε.
τοῖσι δὲ μύθων ἄρχε περίφρων Πηνελόπεια·
"ξεῖνε, τὸ μέν σ' ἔτι τυτθὸν ἐγὼν εἰρήσομαι αὐτή·
καὶ γὰρ δὴ κοίτοιο τάχ' ἔσσεται ἡδέος ὥρη,   510
ὅν τινά γ' ὕπνος ἕλοι γλυκερός, καὶ κηδόμενόν περ.
αὐτὰρ ἐμοὶ καὶ πένθος ἀμέτρητον πόρε δαίμων·
ἤματα μὲν γὰρ τέρπομ' ὀδυρομένη, γοόωσα,
ἔς τ' ἐμὰ ἔργ' ὁρόωσα καὶ ἀμφιπόλων ἐνὶ οἴκῳ·
αὐτὰρ ἐπεὶ νὺξ ἔλθῃ, ἕλῃσί τε κοῖτος ἅπαντας,   515
κεῖμαι ἐνὶ λέκτρῳ, πυκιναὶ δέ μοι ἀμφ' ἀδινὸν κῆρ
ὀξεῖαι μελεδῶναι ὀδυρομένην ἐρέθουσιν.
ὡς δ' ὅτε Πανδαρέου κούρη, χλωρηῒς ἀηδών,
καλὸν ἀείδῃσιν ἔαρος νέον ἱσταμένοιο,
δενδρέων ἐν πετάλοισι καθεζομένη πυκινοῖσιν,   520
ἥ τε θαμὰ τρωπῶσα χέει πολυηχέα φωνήν,
παῖδ' ὀλοφυρομένη Ἴτυλον φίλον, ὅν ποτε χαλκῷ
κτεῖνε δι' ἀφραδίας, κοῦρον Ζήθοιο ἄνακτος,
ὣς καὶ ἐμοὶ δίχα θυμὸς ὀρώρεται ἔνθα καὶ ἔνθα,
ἠὲ μένω παρὰ παιδὶ καὶ ἔμπεδα πάντα φυλάσσω,   525

κτῆσιν ἐμήν, δμωάς τε καὶ ὑψερεφὲς μέγα δῶμα,
εὐνήν τ' αἰδομένη πόσιος δήμοιό τε φῆμιν,
ἢ ἤδη ἄμ' ἕπωμαι 'Αχαιῶν ὅς τις ἄριστος
μνᾶται ἐνὶ μεγάροισι, πορὼν ἀπερείσια ἔδνα,
παῖς δ' ἐμὸς ἧος ἔην ἔτι νήπιος ἠδὲ χαλίφρων, 530
γήμασθ' οὔ μ' εἴα πόσιος κατὰ δῶμα λιποῦσαν·
νῦν δ' ὅτε δὴ μέγας ἐστὶ καὶ ἥβης μέτρον ἱκάνει,
καὶ δή μ' ἀρᾶται πάλιν ἐλθέμεν ἐκ μεγάροιο,
κτήσιος ἀσχαλόων, τήν οἱ κατέδουσιν 'Αχαιοί.
ἀλλ' ἄγε μοι τὸν ὄνειρον ὑπόκριναι καὶ ἄκουσον. 535
χῆνές μοι κατὰ οἶκον ἐείκοσι πυρὸν ἔδουσιν
ἐξ ὕδατος, καί τέ σφιν ἰαίνομαι εἰσορόωσα·
ἐλθὼν δ' ἐξ ὄρεος μέγας αἰετὸς ἀγκυλοχείλης
πᾶσι κατ' αὐχένας ἧξε καὶ ἔκτανεν· οἱ δὲ κέχυντο
ἀθρόοι ἐν μεγάροις, ὁ δ' ἐς αἰθέρα δῖαν ἀέρθη. 540
αὐτὰρ ἐγὼ κλαῖον καὶ ἐκώκυον ἔν περ ὀνείρῳ,
ἀμφὶ δ' ἔμ' ἠγερέθοντο ἐϋπλοκαμῖδες 'Αχαιαί,
οἴκτρ' ὀλοφυρομένην ὅ μοι αἰετὸς ἔκτανε χῆνας.
ἂψ δ' ἐλθὼν κατ' ἄρ' ἕζετ' ἐπὶ προὔχοντι μελάθρῳ,
φωνῇ δὲ βροτέῃ κατερήτυε φώνησέν τε· 545
'θάρσει, 'Ικαρίου κούρη τηλεκλειτοῖο·
οὐκ ὄναρ, ἀλλ' ὕπαρ ἐσθλόν, ὅ τοι τετελεσμένον ἔσται.
χῆνες μὲν μνηστῆρες, ἐγὼ δέ τοι αἰετὸς ὄρνις
ἦα πάρος, νῦν αὖτε τεὸς πόσις εἰλήλουθα,
ὃς πᾶσι μνηστῆρσιν ἀεικέα πότμον ἐφήσω.' 550
ὣς ἔφατ'· αὐτὰρ ἐμὲ μελιηδὴς ὕπνος ἀνῆκε·
παπτήνασα δὲ χῆνας ἐνὶ μεγάροισι νόησα
πυρὸν ἐρεπτομένους παρὰ πύελον, ἧχι πάρος περ."
   Τὴν δ' ἀπαμειβόμενος προσέφη πολύμητις 'Οδυσ-
      σεύς·
"ὦ γύναι, οὔ πως ἔστιν ὑποκρίνασθαι ὄνειρον 555
ἄλλῃ ἀποκλίναντ', ἐπεὶ ἦ ῥά τοι αὐτὸς 'Οδυσσεὺς

πέφραδ' ὅπως τελέει· μνηστῆρσι δὲ φαίνετ' ὄλεθρος
πᾶσι μάλ', οὐδέ κέ τις θάνατον καὶ κῆρας ἀλύξει."
  Τὸν δ' αὖτε προσέειπε περίφρων Πηνελόπεια·
"ξεῖν', ἦ τοι μὲν ὄνειροι ἀμήχανοι ἀκριτόμυθοι   560
γίγνοντ', οὐδέ τι πάντα τελείεται ἀνθρώποισι.
δοιαὶ γάρ τε πύλαι ἀμενηνῶν εἰσιν ὀνείρων·
αἱ μὲν γὰρ κεράεσσι τετεύχαται, αἱ δ' ἐλέφαντι·
τῶν οἳ μέν κ' ἔλθωσι διὰ πριστοῦ ἐλέφαντος,
οἵ ῥ' ἐλεφαίρονται, ἔπε' ἀκράαντα φέροντες·   565
οἳ δὲ διὰ ξεστῶν κεράων ἔλθωσι θύραζε,
οἵ ῥ' ἔτυμα κραίνουσι, βροτῶν ὅτε κέν τις ἴδηται.
ἀλλ' ἐμοὶ οὐκ ἐντεῦθεν ὀΐομαι αἰνὸν ὄνειρον
ἐλθέμεν· ἦ κ' ἀσπαστὸν ἐμοὶ καὶ παιδὶ γένοιτο.
ἄλλο δέ τοι ἐρέω, σὺ δ' ἐνὶ φρεσὶ βάλλεο σῇσιν·   570
ἥδε δὴ ἠὼς εἶσι δυσώνυμος, ἥ μ' Ὀδυσῆος
οἴκου ἀποσχήσει· νῦν γὰρ καταθήσω ἄεθλον,
τοὺς πελέκεας, τοὺς κεῖνος ἐνὶ μεγάροισιν ἑοῖσιν
ἵστασχ' ἑξείης, δρυόχους ὥς, δώδεκα πάντας·
στὰς δ' ὅ γε πολλὸν ἄνευθε διαρρίπτασκεν ὀϊστόν.   575
νῦν δὲ μνηστήρεσσιν ἄεθλον τοῦτον ἐφήσω·
ὃς δέ κε ῥηΐτατ' ἐντανύσῃ βιὸν ἐν παλάμῃσι
καὶ διοϊστεύσῃ πελέκεων δυοκαίδεκα πάντων,
τῷ κεν ἅμ' ἑσποίμην, νοσφισσαμένη τόδε δῶμα
κουρίδιον, μάλα καλόν, ἐνίπλειον βιότοιο,   580
τοῦ ποτε μεμνήσεσθαι ὀΐομαι ἔν περ ὀνείρῳ."
  Τὴν δ' ἀπαμειβόμενος προσέφη πολύμητις Ὀδυσ-
          σεύς·
"ὦ γύναι αἰδοίη Λαερτιάδεω Ὀδυσῆος,
μηκέτι νῦν ἀνάβαλλε δόμοις ἔνι τοῦτον ἄεθλον·
πρὶν γάρ τοι πολύμητις ἐλεύσεται ἐνθάδ' Ὀδυσσεύς,
πρὶν τούτους τόδε τόξον ἐΰξοον ἀμφαφόωντας   586
νευρήν τ' ἐντανύσαι διοϊστεῦσαί τε σιδήρου."

Τὸν δ᾽ αὖτε προσέειπε περίφρων Πηνελόπεια·
"εἴ κ᾽ ἐθέλοις μοι, ξεῖνε, παρήμενος ἐν μεγάροισι
τέρπειν, οὔ κέ μοι ὕπνος ἐπὶ βλεφάροισι χυθείη.   590
ἀλλ᾽ οὐ γάρ πως ἔστιν ἀΰπνους ἔμμεναι αἰὲν
ἀνθρώπους· ἐπὶ γάρ τοι ἑκάστῳ μοῖραν ἔθηκαν
ἀθάνατοι θνητοῖσιν ἐπὶ ζείδωρον ἄρουραν.
ἀλλ᾽ ἦ τοι μὲν ἐγὼν ὑπερώϊον εἰσαναβᾶσα
λέξομαι εἰς εὐνήν, ἥ μοι στονόεσσα τέτυκται,   595
αἰεὶ δάκρυσ᾽ ἐμοῖσι πεφυρμένη, ἐξ οὗ Ὀδυσσεὺς
οἴχετ᾽ ἐποψόμενος Κακοΐλιον οὐκ ὀνομαστήν.
ἔνθα κε λεξαίμην· σὺ δὲ λέξεο τῷδ᾽ ἐνὶ οἴκῳ,
ἢ χαμάδις στορέσας ἤ τοι κατὰ δέμνια θέντων."
Ὣς εἰποῦσ᾽ ἀνέβαιν᾽ ὑπερώϊα σιγαλόεντα,   600
οὐκ οἴη· ἅμα τῇ γε καὶ ἀμφίπολοι κίον ἄλλαι.
ἐς δ᾽ ὑπερῷ᾽ ἀναβᾶσα σὺν ἀμφιπόλοισι γυναιξὶ
κλαῖεν ἔπειτ᾽ Ὀδυσῆα, φίλον πόσιν, ὄφρα οἱ ὕπνον
ἡδὺν ἐπὶ βλεφάροισι βάλε γλαυκῶπις Ἀθήνη.

ΟΔΥΣΣΕΙΑΣ Υ

Αὐτὰρ ὁ ἐν προδόμῳ εὐνάζετο δῖος Ὀδυσσεύς·
κὰμ μὲν ἀδέψητον βοέην στόρεσ᾽, αὐτὰρ ὕπερθε
κώεα πόλλ᾽ οἴων, τοὺς ἱρεύεσκον Ἀχαιοί·
Εὐρυνόμη δ᾽ ἄρ᾽ ἐπὶ χλαῖναν βάλε κοιμηθέντι.
ἔνθ᾽ Ὀδυσεὺς μνηστῆρσι κακὰ φρονέων ἐνὶ θυμῷ   5
κεῖτ᾽ ἐγρηγορόων. Ταὶ δ᾽ ἐκ μεγάροιο γυναῖκες
ἤισαν, αἳ μνηστῆρσιν ἐμισγέσκοντο πάρος περ,
ἀλλήλῃσι γέλω τε καὶ εὐφροσύνην παρέχουσαι.
τοῦ δ᾽ ὠρίνετο θυμὸς ἐνὶ στήθεσσι φίλοισι·
πολλὰ δὲ μερμήριζε κατὰ φρένα καὶ κατὰ θυμόν,   10
ἠὲ μεταΐξας θάνατον τεύξειεν ἑκάστῃ,
ἦ ἔτ᾽ ἐῷ μνηστῆρσιν ὑπερφιάλοισι μιγῆναι
ὕστατα καὶ πύματα· κραδίη δέ οἱ ἔνδον ὑλάκτει.
ὡς δὲ κύων ἀμαλῇσι περὶ σκυλάκεσσι βεβῶσα
ἄνδρ᾽ ἀγνοιήσασ᾽ ὑλάει μέμονέν τε μάχεσθαι,   15
ὥς ῥα τοῦ ἔνδον ὑλάκτει ἀγαιομένου κακὰ ἔργα·
στῆθος δὲ πλήξας κραδίην ἠνίπαπε μύθῳ·
"τέτλαθι δή, κραδίη· καὶ κύντερον ἄλλο ποτ᾽ ἔτλης,
ἤματι τῷ ὅτε μοι μένος ἄσχετος ἤσθιε Κύκλωψ
ἰφθίμους ἑτάρους· σὺ δ᾽ ἐτόλμας, ὄφρα σε μῆτις   20
ἐξάγαγ᾽ ἐξ ἄντροιο ὀιόμενον θανέεσθαι."
Ὣς ἔφατ᾽, ἐν στήθεσσι καθαπτόμενος φίλον ἦτορ.
τῷ δὲ μάλ᾽ ἐν πείσῃ κραδίη μένε τετληυῖα
νωλεμέως· ἀτὰρ αὐτὸς ἑλίσσετο ἔνθα καὶ ἔνθα.

ὡς δ' ὅτε γαστέρ' ἀνὴρ πολέος πυρὸς αἰθομένοιο, 25
ἐμπλείην κνίσης τε καὶ αἵματος, ἔνθα καὶ ἔνθα
αἰόλλῃ, μάλα δ' ὦκα λιλαίεται ὀπτηθῆναι,
ὣς ἄρ' ὅ γ' ἔνθα καὶ ἔνθα ἑλίσσετο μερμηρίζων
ὅππως δὴ μνηστῆρσιν ἀναιδέσι χεῖρας ἐφήσει
μοῦνος ἐὼν πολέσι.

Σχεδόθεν δέ οἱ ἦλθεν Ἀθήνη 30
οὐρανόθεν καταβᾶσα· δέμας δ' ἤικτο γυναικί·
στῆ δ' ἄρ' ὑπὲρ κεφαλῆς καί μιν πρὸς μῦθον ἔειπε·
" τίπτ' αὖτ' ἐγρήσσεις, πάντων περὶ κάμμορε φωτῶν;
οἶκος μέν τοι ὅδ' ἐστί, γυνὴ δέ τοι ἥδ' ἐνὶ οἴκῳ
καὶ πάϊς, οἷόν πού τις ἐέλδεται ἔμμεναι υἷα." 35

Τὴν δ' ἀπαμειβόμενος προσέφη πολύμητις Ὀδυσ-
σεύς·
" ναὶ δὴ ταῦτά γε πάντα, θεά, κατὰ μοῖραν ἔειπες·
ἀλλά τί μοι τόδε θυμὸς ἐνὶ φρεσὶ μερμηρίζει,
ὅππως δὴ μνηστῆρσιν ἀναιδέσι χεῖρας ἐφήσω,
μοῦνος ἐών· οἱ δ' αἰὲν ἀολλέες ἔνδον ἔασι. 40
πρὸς δ' ἔτι καὶ τόδε μεῖζον ἐνὶ φρεσὶ μερμηρίζω·
εἴ περ γὰρ κτείναιμι Διός τε σέθεν τε ἕκητι,
πῇ κεν ὑπεκπροφύγοιμι; τά σε φράζεσθαι ἄνωγα."

Τὸν δ' αὖτε προσέειπε θεὰ γλαυκῶπις Ἀθήνη·
" σχέτλιε, καὶ μέν τίς τε χερείονι πείθεθ' ἑταίρῳ, 45
ὅς περ θνητός τ' ἐστὶ καὶ οὐ τόσα μήδεα οἶδεν·
αὐτὰρ ἐγὼ θεός εἰμι, διαμπερὲς ἥ σε φυλάσσω
ἐν πάντεσσι πόνοις. ἐρέω δέ τοι ἐξαναφανδόν·
εἴ περ πεντήκοντα λόχοι μερόπων ἀνθρώπων
νῶϊ περισταῖεν, κτεῖναι μεμαῶτες Ἄρηϊ, 50
καί κεν τῶν ἐλάσαιο βόας καὶ ἴφια μῆλα.
ἀλλ' ἑλέτω σε καὶ ὕπνος· ἀνίη καὶ τὸ φυλάσσειν
πάννυχον ἐγρήσσοντα, κακῶν δ' ὑπεδύσεαι ἤδη."

Ὣς φάτο, καί ῥά οἱ ὕπνον ἐπὶ βλεφάροισιν ἔχευεν,

αὐτὴ δ' ἂψ ἐς Ὄλυμπον ἀφίκετο δῖα θεάων.　55
Εὖτε τὸν ὕπνος ἔμαρπτε, λύων μελεδήματα θυμοῦ,
λυσιμελής, ἄλοχος δ' ἄρ' ἐπέγρετο κέδν' εἰδυῖα,
κλαῖε δ' ἄρ' ἐν λέκτροισι καθεζομένη μαλακοῖσιν.
αὐτὰρ ἐπεὶ κλαίουσα κορέσσατο ὃν κατὰ θυμόν,
Ἀρτέμιδι πρώτιστον ἐπεύξατο δῖα γυναικῶν·　60
'"Ἄρτεμι, πότνα θεά, θύγατερ Διός, αἴθε μοι ἤδη
ἰὸν ἐνὶ στήθεσσι βαλοῦσ' ἐκ θυμὸν ἕλοιο
αὐτίκα νῦν, ἢ ἔπειτά μ' ἀναρπάξασα θύελλα
οἴχοιτο προφέρουσα κατ' ἠερόεντα κέλευθα,
ἐν προχοῇς δὲ βάλοι ἀψορρόου Ὠκεανοῖο.　65
ὡς δ' ὅτε Πανδαρέου κούρας ἀνέλοντο θύελλαι·
τῇσι τοκῆας μὲν φθῖσαν θεοί, αἱ δὲ λίποντο
ὀρφαναὶ ἐν μεγάροισι, κόμισσε δὲ δῖ' Ἀφροδίτη
τυρῷ καὶ μέλιτι γλυκερῷ καὶ ἡδέϊ οἴνῳ·
Ἥρη δ' αὐτῇσιν περὶ πασέων δῶκε γυναικῶν　70
εἶδος καὶ πινυτήν, μῆκος δ' ἔπορ' Ἄρτεμις ἁγνή,
ἔργα δ' Ἀθηναίη δέδαε κλυτὰ ἐργάζεσθαι.
εὖτ' Ἀφροδίτη δῖα προσέστιχε μακρὸν Ὄλυμπον,
κούρης αἰτήσουσα τέλος θαλεροῖο γάμοιο,
ἐς Δία τερπικέραυνον—ὁ γάρ τ' εὖ οἶδεν ἅπαντα,　75
μοῖράν τ' ἀμμορίην τε καταθνητῶν ἀνθρώπων—
τόφρα δὲ τὰς κούρας ἅρπυιαι ἀνηρείψαντο
καί ῥ' ἔδοσαν στυγερῇσιν ἐρινύσιν ἀμφιπολεύειν·
ὣς ἔμ' ἀϊστώσειαν Ὀλύμπια δώματ' ἔχοντες,
ἠέ μ' ἐϋπλόκαμος βάλοι Ἄρτεμις, ὄφρ' Ὀδυσῆα　80
ὀσσομένη καὶ γαῖαν ὕπο στυγερὴν ἀφικοίμην,
μηδέ τι χείρονος ἀνδρὸς ἐϋφραίνοιμι νόημα.
ἀλλὰ τὸ μὲν καὶ ἀνεκτὸν ἔχει κακόν, ὁππότε κέν τις
ἤματα μὲν κλαίῃ, πυκινῶς ἀκαχήμενος ἦτορ,
νύκτας δ' ὕπνος ἔχῃσιν—ὁ γάρ τ' ἐπέλησεν ἁπάντων,　85
ἐσθλῶν ἠδὲ κακῶν, ἐπεὶ ἂρ βλέφαρ' ἀμφικαλύψῃ—

αὐτὰρ ἐμοὶ καὶ ὀνείρατ' ἐπέσσευεν κακὰ δαίμων.
τῇδε γὰρ αὖ μοι νυκτὶ παρέδραθεν εἴκελος αὐτῷ,
τοῖος ἐὼν οἷος ἦεν ἅμα στρατῷ· αὐτὰρ ἐμὸν κῆρ
χαῖρ', ἐπεὶ οὐκ ἐφάμην ὄναρ ἔμμεναι, ἀλλ' ὕπαρ ἤδη."
Ὣς ἔφατ'· αὐτίκα δὲ χρυσόθρονος ἤλυθεν Ἠώς. 91
τῆς δ' ἄρα κλαιούσης ὄπα σύνθετο δῖος Ὀδυσσεύς·
μερμήριζε δ' ἔπειτα, δόκησε δέ οἱ κατὰ θυμὸν
ἤδη γιγνώσκουσα παρεστάμεναι κεφαλῆφι.
χλαῖναν μὲν συνελὼν καὶ κώεα, τοῖσιν ἐνεῦδεν,   95
ἐς μέγαρον κατέθηκεν ἐπὶ θρόνου, ἐκ δὲ βοείην
θῆκε θύραζε φέρων, Διὶ δ' εὔξατο χεῖρας ἀνασχών·
"Ζεῦ πάτερ, εἴ μ' ἐθέλοντες ἐπὶ τραφερήν τε καὶ ὑγ-
ρὴν
ἤγετ' ἐμὴν ἐς γαῖαν, ἐπεί μ' ἐκακώσατε λίην,
φήμην τίς μοι φάσθω ἐγειρομένων ἀνθρώπων   100
ἔνδοθεν, ἔκτοσθεν δὲ Διὸς τέρας ἄλλο φανήτω."
Ὣς ἔφατ' εὐχόμενος· τοῦ δ' ἔκλυε μητίετα Ζεύς,
αὐτίκα δὲ βρόντησεν ἀπ' αἰγλήεντος Ὀλύμπου,
ὑψόθεν ἐκ νεφέων· γήθησε δὲ δῖος Ὀδυσσεύς.
φήμην δ' ἐξ οἴκοιο γυνὴ προέηκεν ἀλετρὶς   105
πλησίον, ἔνθ' ἄρα οἱ μύλαι ἥατο ποιμένι λαῶν,
τῇσιν δώδεκα πᾶσαι ἐπερρώοντο γυναῖκες
ἄλφιτα τεύχουσαι καὶ ἀλείατα, μυελὸν ἀνδρῶν.
αἱ μὲν ἄρ' ἄλλαι εὗδον, ἐπεὶ κατὰ πυρὸν ἄλεσσαν,
ἡ δὲ μί' οὔ πω παύετ', ἀφαυροτάτη δ' ἐτέτυκτο·   110
ἥ ῥα μύλην στήσασα ἔπος φάτο, σῆμα ἄνακτι·
"Ζεῦ πάτερ, ὅς τε θεοῖσι καὶ ἀνθρώποισιν ἀνάσσεις,
ἦ μεγάλ' ἐβρόντησας ἀπ' οὐρανοῦ ἀστερόεντος,
οὐδέ ποθι νέφος ἐστί· τέρας νύ τεῳ τόδε φαίνεις.
κρῆνον νῦν καὶ ἐμοὶ δειλῇ ἔπος, ὅττι κεν εἴπω·   115
μνηστῆρες πύματόν τε καὶ ὕστατον ἤματι τῷδε
ἐν μεγάροις Ὀδυσῆος ἑλοίατο δαῖτ' ἐρατεινήν,

οἳ δή μοι καμάτῳ θυμαλγέϊ γούνατ' ἔλυσαν
ἄλφιτα τευχούσῃ· νῦν ὕστατα δειπνήσειαν."
Ὣς ἄρ' ἔφη· χαῖρεν δὲ κλεηδόνι δῖος Ὀδυσσεὺς 120
Ζηνός τε βροντῇ· φάτο γὰρ τίσασθαι ἀλείτας.
Αἱ δ' ἄλλαι δμῳαὶ κατὰ δώματα κάλ' Ὀδυσῆος
ἀγρόμεναι ἀνέκαιον ἐπ' ἐσχάρῃ ἀκάματον πῦρ.
Τηλέμαχος δ' εὐνῆθεν ἀνίστατο, ἰσόθεος φώς,
εἵματα ἑσσάμενος· περὶ δὲ ξίφος ὀξὺ θέτ' ὤμῳ·   125
ποσσὶ δ' ὑπὸ λιπαροῖσιν ἐδήσατο καλὰ πέδιλα,
εἵλετο δ' ἄλκιμον ἔγχος, ἀκαχμένον ὀξέϊ χαλκῷ·
στῆ δ' ἄρ' ἐπ' οὐδὸν ἰών, πρὸς δ' Εὐρύκλειαν ἔειπε·
"μαῖα φίλη, πῶς ξεῖνον ἐτιμήσασθ' ἐνὶ οἴκῳ
εὐνῇ καὶ σίτῳ, ἦ αὔτως κεῖται ἀκηδής;   130
τοιαύτη γὰρ ἐμὴ μήτηρ, πινυτή περ ἐοῦσα·
ἐμπλήγδην ἕτερόν γε τίει μερόπων ἀνθρώπων
χείρονα, τὸν δέ τ' ἀρείον' ἀτιμήσασ' ἀποπέμπει."
Τὸν δ' αὖτε προσέειπε περίφρων Εὐρύκλεια·
"οὐκ ἄν μιν νῦν, τέκνον, ἀναίτιον αἰτιόῳο.   135
οἶνον μὲν γὰρ πῖνε καθήμενος, ὄφρ' ἔθελ' αὐτός,
σίτου δ' οὐκέτ' ἔφη πεινήμεναι· εἴρετο γάρ μιν.
ἀλλ' ὅτε δὴ κοίτοιο καὶ ὕπνου μιμνήσκοιτο,
ἡ μὲν δέμνι' ἄνωγεν ὑποστορέσαι δμῳῆσιν,
αὐτὰρ ὅ γ', ὥς τις πάμπαν ὀϊζυρὸς καὶ ἄποτμος, 140
οὐκ ἔθελ' ἐν λέκτροισι καὶ ἐν ῥήγεσσι καθεύδειν,
ἀλλ' ἐν ἀδεψήτῳ βοέῃ καὶ κώεσιν οἰῶν
ἔδραθ' ἐνὶ προδόμῳ· χλαῖναν δ' ἐπιέσσαμεν ἡμεῖς."
Ὣς φάτο· Τηλέμαχος δὲ διὲκ μεγάροιο βεβήκει
ἔγχος ἔχων· ἅμα τῷ γε δύω κύνες ἀργοὶ ἕποντο.   145
βῆ δ' ἴμεν εἰς ἀγορὴν μετ' ἐϋκνήμιδας Ἀχαιούς.
ἡ δ' αὖτε δμῳῆσιν ἐκέκλετο δῖα γυναικῶν,
Εὐρύκλει', Ὦπος θυγάτηρ Πεισηνορίδαο·
"ἀγρεῖθ', αἱ μὲν δῶμα κορήσατε ποιπνύσασαι,

ράσσατέ τ' ἔν τε θρόνοις εὐποιήτοισι τάπητας 150
βάλλετε πορφυρέους· αἱ δὲ σπόγγοισι τραπέζας
πάσας ἀμφιμάσασθε, καθήρατε δὲ κρητῆρας
καὶ δέπα' ἀμφικύπελλα τετυγμένα· ταὶ δὲ μεθ' ὕδωρ
ἔρχεσθε κρήνηνδε, καὶ οἴσετε θᾶσσον ἰοῦσαι.
οὐ γὰρ δὴν μνηστῆρες ἀπέσσονται μεγάροιο, 155
ἀλλὰ μάλ' ἦρι νέονται, ἐπεὶ καὶ πᾶσιν ἑορτή."
Ὣς ἔφαθ'· αἱ δ' ἄρα τῆς μάλα μὲν κλύον ἠδὲ πίθοντο.
αἱ μὲν ἐείκοσι βῆσαν ἐπὶ κρήνην μελάνυδρον,
αἱ δ' αὐτοῦ κατὰ δώματ' ἐπισταμένως πονέοντο.
Ἐς δ' ἦλθον δρηστῆρες ἀγήνορες· οἱ μὲν ἔπειτα 160
εὖ καὶ ἐπισταμένως κέασαν ξύλα, ταὶ δὲ γυναῖκες
ἦλθον ἀπὸ κρήνης· ἐπὶ δέ σφισιν ἦλθε συβώτης
τρεῖς σιάλους κατάγων, οἳ ἔσαν μετὰ πᾶσιν ἄριστοι.
καὶ τοὺς μέν ῥ' εἴασε καθ' ἕρκεα καλὰ νέμεσθαι,
αὐτὸς δ' αὖτ' Ὀδυσῆα προσηύδα μειλιχίοισι· 165
"ξεῖν', ἦ ἄρ τί σε μᾶλλον Ἀχαιοὶ εἰσορόωσιν,
ἦέ σ' ἀτιμάζουσι κατὰ μέγαρ', ὡς τὸ πάρος περ;"
Τὸν δ' ἀπαμειβόμενος προσέφη πολύμητις Ὀδυσ-
σεύς·
"αἲ γὰρ δή, Εὔμαιε, θεοὶ τισαίατο λώβην,
ἣν οἵδ' ὑβρίζοντες ἀτάσθαλα μηχανόωνται 170
οἴκῳ ἐν ἀλλοτρίῳ, οὐδ' αἰδοῦς μοῖραν ἔχουσιν."
Ὣς οἱ μὲν τοιαῦτα πρὸς ἀλλήλους ἀγόρευον·
ἀγχίμολον δέ σφ' ἦλθε Μελάνθιος, αἰπόλος αἰγῶν,
αἶγας ἄγων αἳ πᾶσι μετέπρεπον αἰπολίοισι,
δεῖπνον μνηστήρεσσι· δύω δ' ἅμ' ἕποντο νομῆες. 175
καὶ τὰς μὲν κατέδησαν ὑπ' αἰθούσῃ ἐριδούπῳ,
αὐτὸς δ' αὖτ' Ὀδυσῆα προσηύδα κερτομίοισι·
"ξεῖν', ἔτι καὶ νῦν ἐνθάδ' ἀνιήσεις κατὰ δῶμα
ἀνέρας αἰτίζων, ἀτὰρ οὐκ ἔξεισθα θύραζε;
πάντως οὐκέτι νῶϊ διακρινέεσθαι ὀΐω 180

πρὶν χειρῶν γεύσασθαι, ἐπεὶ σύ περ οὐ κατὰ κόσμον
αἰτίζεις· εἰσὶν δὲ καὶ ἄλλαι δαῖτες Ἀχαιῶν."
Ὣς φάτο· τὸν δ' οὔ τι προσέφη πολύμητις Ὀδυσ-
σεύς,
ἀλλ' ἀκέων κίνησε κάρη, κακὰ βυσσοδομεύων.
Τοῖσι δ' ἐπὶ τρίτος ἦλθε Φιλοίτιος, ὄρχαμος ἀνδρῶν,
βοῦν στεῖραν μνηστῆρσιν ἄγων καὶ πίονας αἶγας. 186
πορθμῆες δ' ἄρα τούς γε διήγαγον, οἵ τε καὶ ἄλλους
ἀνθρώπους πέμπουσιν, ὅτις σφέας εἰσαφίκηται.
καὶ τὰ μὲν εὖ κατέδησεν ὑπ' αἰθούσῃ ἐριδούπῳ,
αὐτὸς δ' αὖτ' ἐρέεινε συβώτην ἄγχι παραστάς· 190
"τίς δὴ ὅδε ξεῖνος νέον εἰλήλουθε, συβῶτα,
ἡμέτερον πρὸς δῶμα; τέων δ' ἐξ εὔχεται εἶναι
ἀνδρῶν; ποῦ δέ νύ οἱ γενεὴ καὶ πατρὶς ἄρουρα;
δύσμορος, ἦ τε ἔοικε δέμας βασιλῆϊ ἄνακτι·
ἀλλὰ θεοὶ δυόωσι πολυπλάγκτους ἀνθρώπους, 195
ὁππότε—καὶ βασιλεῦσιν—ἐπικλώσωνται ὀϊζύν."
Ἦ καὶ δεξιτερῇ δειδίσκετο χειρὶ παραστάς,
καί μιν φωνήσας ἔπεα πτερόεντα προσηύδα·
"χαῖρε, πάτερ ὦ ξεῖνε· γένοιτό τοι ἔς περ ὀπίσσω
ὄλβος· ἀτὰρ μὲν νῦν γε κακοῖς ἔχεαι πολέεσσι. 200
Ζεῦ πάτερ, οὔ τις σεῖο θεῶν ὀλοώτερος ἄλλος·
οὐκ ἐλεαίρεις ἄνδρας, ἐπὴν δὴ γείνεαι αὐτός,
μισγέμεναι κακότητι καὶ ἄλγεσι λευγαλέοισιν.
ἴδιον, ὡς ἐνόησα, δεδάκρυνται δέ μοι ὄσσε
μνησαμένῳ Ὀδυσῆος, ἐπεὶ καὶ κεῖνον ὀΐω 205
τοιάδε λαίφε' ἔχοντα κατ' ἀνθρώπους ἀλάλησθαι,
εἴ που ἔτι ζώει καὶ ὁρᾷ φάος ἠελίοιο.
εἰ δ' ἤδη τέθνηκε καὶ εἰν Ἀΐδαο δόμοισιν,
ὤ μοι ἔπειτ' Ὀδυσῆος ἀμύμονος, ὅς μ' ἐπὶ βουσὶν
εἷσ' ἔτι τυτθὸν ἐόντα Κεφαλλήνων ἐνὶ δήμῳ. 210
νῦν δ' αἱ μὲν γίγνονται ἀθέσφατοι, οὐδέ κεν ἄλλως

ἀνδρί γ' ὑποσταχύοιτο βοῶν γένος εὐρυμετώπων·
τὰς δ' ἄλλοι με κέλονται ἀγινέμεναί σφισιν αὐτοῖς
ἔδμεναι· οὐδέ τι παιδὸς ἐνὶ μεγάροις ἀλέγουσιν,
οὐδ' ὄπιδα τρομέουσι θεῶν· μεμάασι γὰρ ἤδη   215
κτήματα δάσσασθαι δὴν οἰχομένοιο ἄνακτος.
αὐτὰρ ἐμοὶ τόδε θυμὸς ἐνὶ στήθεσσι φίλοισι
πόλλ' ἐπιδινεῖται· μάλα μὲν κακὸν υἷος ἐόντος
ἄλλων δῆμον ἱκέσθαι ἰόντ' αὐτῇσι βόεσσιν,
ἄνδρας ἐς ἀλλοδαπούς· τὸ δὲ ῥίγιον αὖθι μένοντα   220
βουσὶν ἐπ' ἀλλοτρίῃσι καθήμενον ἄλγεα πάσχειν.
καί κεν δὴ πάλαι ἄλλον ὑπερμενέων βασιλήων
ἐξικόμην φεύγων, ἐπεὶ οὐκέτ' ἀνεκτὰ πέλονται·
ἀλλ' ἔτι τὸν δύστηνον ὀΐομαι, εἴ ποθεν ἐλθὼν
ἀνδρῶν μνηστήρων σκέδασιν κατὰ δώματα θείη."   225
  Τὸν δ' ἀπαμειβόμενος προσέφη πολύμητις 'Οδυσ-
    σεύς·
"βουκόλ', ἐπεὶ οὔτε κακῷ οὔτ' ἄφρονι φωτὶ ἔοικας,
γιγνώσκω δὲ καὶ αὐτὸς ὅ τοι πινυτὴ φρένας ἵκει,
τοὔνεκά τοι ἐρέω καὶ ἐπὶ μέγαν ὅρκον ὀμοῦμαι·
ἴστω νῦν Ζεὺς πρῶτα θεῶν ξενίη τε τράπεζα,   230
ἱστίη τ' 'Οδυσῆος ἀμύμονος, ἣν ἀφικάνω,
ἦ σέθεν ἐνθάδ' ἐόντος ἐλεύσεται οἴκαδ' 'Οδυσσεύς·
σοῖσιν δ' ἐφθαλμοῖσιν ἐπόψεαι, αἴ κ' ἐθέλῃσθα,
κτεινομένους μνηστῆρας, οἳ ἐνθάδε κοιρανέουσι."
  Τὸν δ' αὖτε προσέειπε βοῶν ἐπιβουκόλος ἀνήρ·   235
"αἲ γὰρ τοῦτο, ξεῖνε, ἔπος τελέσειε Κρονίων·
γνοίης χ' οἵη ἐμὴ δύναμις καὶ χεῖρες ἔπονται."
  Ὣς δ' αὔτως Εὔμαιος ἐπεύξατο πᾶσι θεοῖσι
νοστῆσαι 'Οδυσῆα πολύφρονα ὅνδε δόμονδε.
  Ὣς οἱ μὲν τοιαῦτα πρὸς ἀλλήλους ἀγόρευον,   240
μνηστῆρες δ' ἄρα Τηλεμάχῳ θάνατόν τε μόρον τε
ἤρτυον· αὐτὰρ ὁ τοῖσιν ἀριστερὸς ἤλυθεν ὄρνις,

αἰετὸς ὑψιπέτης, ἔχε δὲ τρήρωνα πέλειαν.
τοῖσιν δ᾽ Ἀμφίνομος ἀγορήσατο καὶ μετέειπεν·
"ὦ φίλοι, οὐχ ἡμῖν συνθεύσεται ἥδε γε βουλή,   245
Τηλεμάχοιο φόνος· ἀλλὰ μνησώμεθα δαιτός."
Ὣς ἔφατ᾽ Ἀμφίνομος· τοῖσιν δ᾽ ἐπιήνδανε μῦθος.
ἐλθόντες δ᾽ ἐς δώματ᾽ Ὀδυσσῆος θείοιο
χλαίνας μὲν κατέθεντο κατὰ κλισμούς τε θρόνους τε,
οἱ δ᾽ ἱέρευον ὄϊς μεγάλους καὶ πίονας αἶγας,   250
ἵρευον δὲ σύας σιάλους καὶ βοῦν ἀγελαίην·
σπλάγχνα δ᾽ ἄρ᾽ ὀπτήσαντες ἐνώμων, ἐν δέ τε οἶνον
κρητῆρσιν κερόωντο· κύπελλα δὲ νεῖμε συβώτης.
σῖτον δέ σφ᾽ ἐπένειμε Φιλοίτιος, ὄρχαμος ἀνδρῶν,
καλοῖς ἐν κανέοισιν, ἐοινοχόει δὲ Μελανθεύς.   255
οἱ δ᾽ ἐπ᾽ ὀνείαθ᾽ ἑτοῖμα προκείμενα χεῖρας ἴαλλον.

Τηλέμαχος δ᾽ Ὀδυσῆα καθίδρυε, κέρδεα νωμῶν,
ἐντὸς ἐϋσταθέος μεγάρου, παρὰ λάϊνον οὐδόν,
δίφρον ἀεικέλιον καταθεὶς ὀλίγην τε τράπεζαν·
πὰρ δ᾽ ἐτίθει σπλάγχνων μοίρας, ἐν δ᾽ οἶνον ἔχευεν   260
ἐν δέπαϊ χρυσέῳ, καί μιν πρὸς μῦθον ἔειπεν·
"ἐνταυθοῖ νῦν ἧσο μετ᾽ ἀνδράσιν οἰνοποτάζων·
κερτομίας δέ τοι αὐτὸς ἐγὼ καὶ χεῖρας ἀφέξω
πάντων μνηστήρων, ἐπεὶ οὔ τοι δήμιός ἐστιν
οἶκος ὅδ᾽, ἀλλ᾽ Ὀδυσῆος, ἐμοὶ δὲ κτήσατο κεῖνος.   265
ὑμεῖς δέ, μνηστῆρες, ἐπίσχετε θυμὸν ἐνιπῆς
καὶ χειρῶν, ἵνα μή τις ἔρις καὶ νεῖκος ὄρηται."
Ὣς ἔφαθ᾽· οἱ δ᾽ ἄρα πάντες ὀδὰξ ἐν χείλεσι φύντες
Τηλέμαχον θαύμαζον, ὃ θαρσαλέως ἀγόρευε.
τοῖσιν δ᾽ Ἀντίνοος μετέφη, Εὐπείθεος υἱός·   270
"καὶ χαλεπόν περ ἐόντα δεχώμεθα μῦθον Ἀχαιοὶ
Τηλεμάχου· μάλα δ᾽ ἧμιν ἀπειλήσας ἀγορεύει.
οὐ γὰρ Ζεὺς εἴασε Κρονίων· τῶ κέ μιν ἤδη
παύσαμεν ἐν μεγάροισι, λιγύν περ ἐόντ᾽ ἀγορητήν."

Ὡς ἔφατ' Ἀντίνοος· ὁ δ' ἄρ' οὐκ ἐμπάζετο μύθων.
κήρυκες δ' ἀνὰ ἄστυ θεῶν ἱερὴν ἑκατόμβην   276
ἦγον· τοὶ δ' ἀγέροντο κάρη κομόωντες Ἀχαιοὶ
ἄλσος ὕπο σκιερὸν ἑκατηβόλου Ἀπόλλωνος.
Οἱ δ' ἐπεὶ ὤπτησαν κρέ' ὑπέρτερα καὶ ἐρύσαντο,
μοίρας δασσάμενοι δαίνυντ' ἐρικυδέα δαῖτα·   280
πὰρ δ' ἄρ' Ὀδυσσῆϊ μοῖραν θέσαν οἳ πονέοντο
ἴσην, ὡς αὐτοί περ ἐλάγχανον· ὡς γὰρ ἀνώγει
Τηλέμαχος, φίλος υἱὸς Ὀδυσσῆος θείοιο.
Μνηστῆρας δ' οὐ πάμπαν ἀγήνορας εἴα Ἀθήνη
λώβης ἴσχεσθαι θυμαλγέος, ὄφρ' ἔτι μᾶλλον   285
δύη ἄχος κραδίην Λαερτιάδεω Ὀδυσῆος.
ἦν δέ τις ἐν μνηστῆρσιν ἀνὴρ ἀθεμίστια εἰδώς,
Κτήσιππος δ' ὄνομ' ἔσκε, Σάμῃ δ' ἐνὶ οἰκία ναῖεν·
ὃς δή τοι κτεάτεσσι πεποιθὼς θεσπεσίοισι
μνάσκετ' Ὀδυσῆος δὴν οἰχομένοιο δάμαρτα.   290
ὅς ῥα τότε μνηστῆρσιν ὑπερφιάλοισι μετηύδα·
" κέκλυτέ μευ, μνηστῆρες ἀγήνορες, ὄφρα τι εἴπω·
μοῖραν μὲν δὴ ξεῖνος ἔχει πάλαι, ὡς ἐπέοικεν,
ἴσην· οὐ γὰρ καλὸν ἀτέμβειν οὐδὲ δίκαιον
ξείνους Τηλεμάχου, ὅς κεν τάδε δώμαθ' ἵκηται.   295
ἀλλ' ἄγε οἱ καὶ ἐγὼ δῶ ξείνιον, ὄφρα καὶ αὐτὸς
ἠὲ λοετροχόῳ δώῃ γέρας ἠέ τῳ ἄλλῳ
δμώων, οἳ κατὰ δώματ' Ὀδυσσῆος θείοιο."
Ὡς εἰπὼν ἔρριψε βοὸς πόδα χειρὶ παχείῃ,
κείμενον ἐκ κανέοιο λαβών· ὁ δ' ἀλεύατ' Ὀδυσσεὺς   300
ἦκα παρακλίνας κεφαλήν, μείδησε δὲ θυμῷ
σαρδάνιον μάλα τοῖον· ὁ δ' εὔδμητον βάλε τοῖχον.
Κτήσιππον δ' ἄρα Τηλέμαχος ἠνίπαπε μύθῳ·
" Κτήσιππ', ἦ μάλα τοι τόδε κέρδιον ἔπλετο θυμῷ·
οὐκ ἔβαλες τὸν ξεῖνον· ἀλεύατο γὰρ βέλος αὐτός.   305
ἦ γάρ κέν σε μέσον βάλον ἔγχεϊ ὀξυόεντι,

καί κέ τοι ἀντὶ γάμοιο πατὴρ τάφον ἀμφιπονεῖτο
ἐνθάδε. τὼ μή τίς μοι ἀεικείας ἐνὶ οἴκῳ
φαινέτω· ἤδη γὰρ νοέω καὶ οἶδα ἕκαστα,
ἐσθλά τε καὶ τὰ χέρεια· πάρος δ' ἔτι νήπιος ἦα.   310
ἀλλ' ἔμπης τάδε μὲν καὶ τέτλαμεν εἰσορόωντες,
μήλων σφαζομένων οἴνοιό τε πινομένοιο
καὶ σίτου· χαλεπὸν γὰρ ἐρυκακέειν ἕνα πολλούς.
ἀλλ' ἄγε μηκέτι μοι κακὰ ῥέζετε δυσμενέοντες·
εἰ δ' ἤδη μ' αὐτὸν κτεῖναι μενεαίνετε χαλκῷ,   315
καί κε τὸ βουλοίμην, καί κεν πολὺ κέρδιον εἴη
τεθνάμεν ἢ τάδε γ' αἰὲν ἀεικέα ἔργ' ὁράασθαι,
ξείνους τε στυφελιζομένους δμῳάς τε γυναῖκας
ῥυστάζοντας ἀεικελίως κατὰ δώματα καλά."
     Ὣς ἔφαθ'· οἱ δ' ἄρα πάντες ἀκὴν ἐγένοντο σιωπῇ·
ὀψὲ δὲ δὴ μετέειπε Δαμαστορίδης Ἀγέλαος·   321
" ὦ φίλοι, οὐκ ἂν δή τις ἐπὶ ῥηθέντι δικαίῳ
ἀντιβίοις ἐπέεσσι καθαπτόμενος χαλεπαίνοι·
μήτε τι τὸν ξεῖνον στυφελίζετε μήτε τιν' ἄλλον
δμώων, οἳ κατὰ δώματ' Ὀδυσσῆος θείοιο.   325
Τηλεμάχῳ δέ κε μῦθον ἐγὼ καὶ μητέρι φαίην
ἤπιον, εἰ σφῶϊν κραδίη ἅδοι ἀμφοτέροιϊν.
ὄφρα μὲν ὑμῖν θυμὸς ἐνὶ στήθεσσιν ἐώλπει
νοστήσειν Ὀδυσῆα πολύφρονα ὅνδε δόμονδε,
τόφρ' οὔ τις νέμεσις μενέμεν τ' ἦν ἰσχέμεναί τε   330
μνηστῆρας κατὰ δώματ', ἐπεὶ τόδε κέρδιον ἦεν,
εἰ νόστησ' Ὀδυσεὺς καὶ ὑπότροπος ἵκετο δῶμα·
νῦν δ' ἤδη τόδε δῆλον, ὅ τ' οὐκέτι νόστιμός ἐστιν.
ἀλλ' ἄγε σῇ τάδε μητρὶ παρεζόμενος κατάλεξον,
γήμασθ' ὅς τις ἄριστος ἀνὴρ καὶ πλεῖστα πόρῃσιν,
ὄφρα σὺ μὲν χαίρων πατρώϊα πάντα νέμηαι,   336
ἔσθων καὶ πίνων, ἡ δ' ἄλλου δῶμα κομίζῃ."
     Τὸν δ' αὖ Τηλέμαχος πεπνυμένος ἀντίον ηὔδα·

" οὐ μὰ Ζῆν᾽, Ἀγέλαε, καὶ ἄλγεα πατρὸς ἐμοῖο,
ὅς που τηλ᾽ Ἰθάκης ἢ ἔφθιται ἢ ἀλάληται,   340
οὔ τι διατρίβω μητρὸς γάμον, ἀλλὰ κελεύω
γήμασθ᾽ ᾧ κ᾽ ἐθέλῃ, ποτὶ δ᾽ ἄσπετα δῶρα δίδωμι.
αἰδέομαι δ᾽ ἀέκουσαν ἀπὸ μεγάροιο δίεσθαι
μύθῳ ἀναγκαίῳ· μὴ τοῦτο θεὸς τελέσειεν."
Ὣς φάτο Τηλέμαχος· μνηστῆρσι δὲ Παλλὰς Ἀθήνη
ἄσβεστον γέλω ὦρσε, παρέπλαγξεν δὲ νόημα.   346
οἱ δ᾽ ἤδη γναθμοῖσι γελώων ἀλλοτρίοισιν,
αἱμοφόρυκτα δὲ δὴ κρέα ἤσθιον· ὄσσε δ᾽ ἄρα σφέων
δακρυόφιν πίμπλαντο, γόον δ᾽ ὠΐετο θυμός.
τοῖσι δὲ καὶ μετέειπε Θεοκλύμενος θεοειδής·   350
" ἆ δειλοί, τί κακὸν τόδε πάσχετε; νυκτὶ μὲν ὑμέων
εἰλύαται κεφαλαί τε πρόσωπά τε νέρθε τε γοῦνα,
οἰμωγὴ δὲ δέδηε, δεδάκρυνται δὲ παρειαί,
αἵματι δ᾽ ἐρράδαται τοῖχοι καλαί τε μεσόδμαι·
εἰδώλων δὲ πλέον πρόθυρον, πλείη δὲ καὶ αὐλή,   355
ἱεμένων Ἔρεβόσδε ὑπὸ ζόφον· ἠέλιος δὲ
οὐρανοῦ ἐξαπόλωλε, κακὴ δ᾽ ἐπιδέδρομεν ἀχλύς."
Ὣς ἔφαθ᾽· οἱ δ᾽ ἄρα πάντες ἐπ᾽ αὐτῷ ἡδὺ γέλασσαν.
τοῖσιν δ᾽ Εὐρύμαχος, Πολύβου πάϊς, ἄρχ᾽ ἀγορεύειν·
" ἀφραίνει ξεῖνος νέον ἄλλοθεν εἰληλουθώς.   360
ἀλλά μιν αἶψα, νέοι, δόμου ἐκπέμψασθε θύραζε
εἰς ἀγορὴν ἔρχεσθαι, ἐπεὶ τάδε νυκτὶ ἐΐσκει."
Τὸν δ᾽ αὖτε προσέειπε Θεοκλύμενος θεοειδής·
" Εὐρύμαχ᾽, οὔ τί σ᾽ ἄνωγα ἐμοὶ πομπῆας ὀπάζειν·
εἰσί μοι ὀφθαλμοί τε καὶ οὔατα καὶ πόδες ἄμφω   365
καὶ νόος ἐν στήθεσσι τετυγμένος οὐδὲν ἀεικής.
τοῖς ἔξειμι θύραζε, ἐπεὶ νοέω κακὸν ὕμμιν
ἐρχόμενον, τό κεν οὔ τις ὑπεκφύγοι οὐδ᾽ ἀλέαιτο
μνηστήρων, οἳ δῶμα κατ᾽ ἀντιθέου Ὀδυσῆος
ἀνέρας ὑβρίζοντες ἀτάσθαλα μηχανάασθε."   370

Ὣς εἰπὼν ἐξῆλθε δόμων εὖ ναιεταόντων,
ἵκετο δ' ἐς Πείραιον, ὅ μιν πρόφρων ὑπέδεκτο.
μνηστῆρες δ' ἄρα πάντες ἐς ἀλλήλους ὁρόωντες
Τηλέμαχον ἐρέθιζον, ἐπὶ ξείνοις γελόωντες·
ὧδε δέ τις εἴπεσκε νέων ὑπερηνορεόντων· 375
"Τηλέμαχ', οὔ τις σεῖο κακοξεινώτερος ἄλλος·
οἷον μέν τινα τοῦτον ἔχεις ἐπίμαστον ἀλήτην,
σίτου καὶ οἴνου κεχρημένον, οὐδέ τι ἔργων
ἔμπαιον οὐδὲ βίης, ἀλλ' αὔτως ἄχθος ἀρούρης.
ἄλλος δ' αὖτέ τις οὗτος ἀνέστη μαντεύεσθαι. 380
ἀλλ' εἴ μοί τι πίθοιο, τό κεν πολὺ κέρδιον εἴη·
τοὺς ξείνους ἐν νηῒ πολυκληῖδι βαλόντες
ἐς Σικελοὺς πέμψωμεν, ὅθεν κέ τοι ἄξιον ἄλφοι."
Ὣς ἔφασαν μνηστῆρες· ὁ δ' οὐκ ἐμπάζετο μύθων,
ἀλλ' ἀκέων πατέρα προσεδέρκετο, δέγμενος αἰεί, 385
ὁππότε δὴ μνηστῆρσιν ἀναιδέσι χεῖρας ἐφήσει.
Ἡ δὲ κατ' ἄντηστιν θεμένη περικαλλέα δίφρον
κούρη Ἰκαρίοιο, περίφρων Πηνελόπεια,
ἀνδρῶν ἐν μεγάροισιν ἑκάστου μῦθον ἄκουε.
δεῖπνον μὲν γὰρ τοί γε γελώωντες τετύκοντο 390
ἡδύ τε καὶ μενοεικές, ἐπεὶ μάλα πόλλ' ἱέρευσαν·
δόρπου δ' οὐκ ἄν πως ἀχαρίστερον ἄλλο γένοιτο,
οἷον δὴ τάχ' ἔμελλε θεὰ καὶ καρτερὸς ἀνήρ
θησέμεναι· πρότεροι γὰρ ἀεικέα μηχανόωντο.

ΟΔΥΣΣΕΙΑΣ Φ

Τῇ δ' ἄρ' ἐπὶ φρεσὶ θῆκε θεὰ γλαυκῶπις Ἀθήνη,
κούρῃ Ἰκαρίοιο, περίφρονι Πηνελοπείῃ,
τόξον μνηστήρεσσι θέμεν πολιόν τε σίδηρον
ἐν μεγάροις Ὀδυσῆος, ἀέθλια καὶ φόνου ἀρχήν.
κλίμακα δ' ὑψηλὴν προσεβήσετο οἷο δόμοιο,   5
εἵλετο δὲ κληῖδ' εὐκαμπέα χειρὶ παχείῃ
καλὴν χαλκείην· κώπη δ' ἐλέφαντος ἐπῆεν.
βῆ δ' ἴμεναι θάλαμόνδε σὺν ἀμφιπόλοισι γυναιξὶν
ἔσχατον· ἔνθα δέ οἱ κειμήλια κεῖτο ἄνακτος,
χαλκός τε χρυσός τε πολύκμητός τε σίδηρος.   10
ἔνθα δὲ τόξον κεῖτο παλίντονον ἠδὲ φαρέτρη
ἰοδόκος, πολλοὶ δ' ἔνεσαν στονόεντες ὀϊστοί,
δῶρα τά οἱ ξεῖνος Λακεδαίμονι δῶκε τυχήσας
Ἴφιτος Εὐρυτίδης, ἐπιείκελος ἀθανάτοισι.
τὼ δ' ἐν Μεσσήνῃ ξυμβλήτην ἀλλήλοιϊν   15
οἴκῳ ἐν Ὀρτιλόχοιο δαΐφρονος. ἦ τοι Ὀδυσσεὺς
ἦλθε μετὰ χρεῖος, τό ῥά οἱ πᾶς δῆμος ὄφελλε·
μῆλα γὰρ ἐξ Ἰθάκης Μεσσήνιοι ἄνδρες ἄειραν
νηυσὶ πολυκλήϊσι τριηκόσι' ἠδὲ νομῆας.
τῶν ἕνεκ' ἐξεσίην πολλὴν ὁδὸν ἦλθεν Ὀδυσσεὺς   20
παιδνὸς ἐών· πρὸ γὰρ ἧκε πατὴρ ἄλλοι τε γέροντες.
Ἴφιτος αὖθ' ἵππους διζήμενος, αἵ οἱ ὄλοντο
δώδεκα θήλειαι, ὑπὸ δ' ἡμίονοι ταλαεργοί·
αἳ δή οἱ καὶ ἔπειτα φόνος καὶ μοῖρα γένοντο,
ἐπεὶ δὴ Διὸς υἱὸν ἀφίκετο καρτερόθυμον,   25

φῶθ' Ἡρακλῆα, μεγάλων ἐπιίστορα ἔργων,
ὅς μιν ξεῖνον ἐόντα κατέκτανεν ᾧ ἐνὶ οἴκῳ,
σχέτλιος, οὐδὲ θεῶν ὄπιν αἰδέσατ' οὐδὲ τράπεζαν,
τὴν ἥν οἱ παρέθηκεν· ἔπειτα δὲ πέφνε καὶ αὐτόν,
ἵππους δ' αὐτὸς ἔχε κρατερώνυχας ἐν μεγάροισι.   30
τὰς ἐρέων Ὀδυσῆϊ συνήντετο, δῶκε δὲ τόξον,
τὸ πρὶν μέν ῥ' ἐφόρει μέγας Εὔρυτος, αὐτὰρ ὁ παιδὶ
κάλλιπ' ἀποθνήσκων ἐν δώμασιν ὑψηλοῖσι.
τῷ δ' Ὀδυσεὺς ξίφος ὀξὺ καὶ ἄλκιμον ἔγχος ἔδωκεν,
ἀρχὴν ξεινοσύνης προσκηδέος. οὐδὲ τραπέζῃ   35
γνώτην ἀλλήλων· πρὶν γὰρ Διὸς υἱὸς ἔπεφνεν
Ἴφιτον Εὐρυτίδην, ἐπιείκελον ἀθανάτοισιν,
ὅς οἱ τόξον ἔδωκε. τὸ δ' οὔ ποτε δῖος Ὀδυσσεὺς
ἐρχόμενος πόλεμόνδε μελαινάων ἐπὶ νηῶν
ἡρεῖτ', ἀλλ' αὐτοῦ μνῆμα ξείνοιο φίλοιο   40
κέσκετ' ἐνὶ μεγάροισι, φόρει δέ μιν ἧς ἐπὶ γαίης.
Ἡ δ' ὅτε δὴ θάλαμον τὸν ἀφίκετο δῖα γυναικῶν,
οὐδόν τε δρύϊνον προσεβήσετο, τόν ποτε τέκτων
ξέσσεν ἐπισταμένως καὶ ἐπὶ στάθμην ἴθυνεν,
ἐν δὲ σταθμοὺς ἄρσε, θύρας δ' ἐπέθηκε φαεινάς·   45
αὐτίκ' ἄρ' ἥ γ' ἱμάντα θοῶς ἀπέλυσε κορώνης,
ἐν δὲ κληῖδ' ἧκε, θυρέων δ' ἀνέκοπτεν ὀχῆας
ἄντα τιτυσκομένη· τὰ δ' ἀνέβραχεν ἠΰτε ταῦρος
βοσκόμενος λειμῶνι· τόσσ' ἔβραχε καλὰ θύρετρα
πληγέντα κληῖδι, πετάσθησαν δέ οἱ ὦκα.   50
ἡ δ' ἄρ' ἐφ' ὑψηλῆς σανίδος βῆ· ἔνθα δὲ χηλοὶ
ἔστασαν, ἐν δ' ἄρα τῇσι θυώδεα εἵματ' ἔκειτο.
ἔνθεν ὀρεξαμένη ἀπὸ πασσάλου αἴνυτο τόξον
αὐτῷ γωρυτῷ, ὅς οἱ περίκειτο φαεινός.
ἑζομένη δὲ κατ' αὖθι, φίλοις ἐπὶ γούνασι θεῖσα,   55
κλαῖε μάλα λιγέως, ἐκ δ' ἧρεε τόξον ἄνακτος.
ἡ δ' ἐπεὶ οὖν τάρφθη πολυδακρύτοιο γόοιο,

βῆ ῥ' ἴμεναι μέγαρόνδε μετὰ μνηστῆρας ἀγαυοὺς
τόξον ἔχουσ' ἐν χειρὶ παλίντονον ἠδὲ φαρέτρην
ἰοδόκον· πολλοὶ δ' ἔνεσαν στονόεντες ὀϊστοί. 60
τῇ δ' ἄρ' ἄμ' ἀμφίπολοι φέρον ὄγκιον, ἔνθα σίδηρος
κεῖτο πολὺς καὶ χαλκός, ἀέθλια τοῖο ἄνακτος.
ἡ δ' ὅτε δὴ μνηστῆρας ἀφίκετο δῖα γυναικῶν,
στῆ ῥα παρὰ σταθμὸν τέγεος πύκα ποιητοῖο
ἄντα παρειάων σχομένη λιπαρὰ κρήδεμνα. 65
ἀμφίπολος δ' ἄρα οἱ κεδνὴ ἑκάτερθε παρέστη.
αὐτίκα δὲ μνηστῆρσι μετηύδα καὶ φάτο μῦθον·
'' κέκλυτέ μευ, μνηστῆρες ἀγήνορες, οἳ τόδε δῶμα
ἐχράετ' ἐσθιέμεν καὶ πινέμεν ἐμμενὲς αἰεὶ
ἀνδρὸς ἀποιχομένοιο πολὺν χρόνον· οὐδέ τιν' ἄλλην 70
μύθου ποιήσασθαι ἐπισχεσίην ἐδύνασθε,
ἀλλ' ἐμὲ ἱέμενοι γῆμαι θέσθαι τε γυναῖκα.
ἀλλ' ἄγετε, μνηστῆρες, ἐπεὶ τόδε φαίνετ' ἄεθλον·
θήσω γὰρ μέγα τόξον 'Οδυσσῆος θείοιο·
ὃς δέ κε ῥηῖτατ' ἐντανύσῃ βιὸν ἐν παλάμῃσι 75
καὶ διοϊστεύσῃ πελέκεων δυοκαίδεκα πάντων,
τῷ κεν ἄμ' ἑσποίμην νοσφισσαμένη τόδε δῶμα
κουρίδιον, μάλα καλόν, ἐνίπλειον βιότοιο,
τοῦ ποτε μεμνήσεσθαι ὀΐομαι ἔν περ ὀνείρῳ.''
῝Ως φάτο, καί ῥ' Εὔμαιον ἀνώγει, δῖον ὑφορβόν, 80
τόξον μνηστήρεσσι θέμεν πολιόν τε σίδηρον.
δακρύσας δ' Εὔμαιος ἐδέξατο καὶ κατέθηκε·
κλαῖε δὲ βουκόλος ἄλλοθ', ἐπεὶ ἴδε τόξον ἄνακτος.
'Αντίνοος δ' ἐνένιπεν ἔπος τ' ἔφατ' ἔκ τ' ὀνόμαζε·
'' νήπιοι ἀγροιῶται, ἐφημέρια φρονέοντες! 85
ἆ δειλώ, τί νυ δάκρυ κατείβετον ἠδὲ γυναικὶ
θυμὸν ἐνὶ στήθεσσιν ὀρίνετον; ᾗ τε καὶ ἄλλως
κεῖται ἐν ἄλγεσι θυμός, ἐπεὶ φίλον ὤλεσ' ἀκοίτην.
ἀλλ' ἀκέων δαίνυσθε καθήμενοι, ἠὲ θύραζε

κλαίετον ἐξελθόντε, κατ' αὐτόθι τόξα λιπόντε   90
μνηστήρεσσιν ἄεθλον ἀάατον· οὐ γὰρ ὀίω
ῥηϊδίως τόδε τόξον ἐύξοον ἐντανύεσθαι.
οὐ γάρ τις μέτα τοῖος ἀνὴρ ἐν τοῖσδεσι πᾶσιν
οἷος Ὀδυσσεὺς ἔσκεν· ἐγὼ δέ μιν αὐτὸς ὄπωπα—
καὶ γὰρ μνήμων εἰμί—πάϊς δ' ἔτι νήπιος ἦα."   95
Ὣς φάτο· τῷ δ' ἄρα θυμὸς ἐνὶ στήθεσσιν ἐώλπει
νευρὴν ἐντανύειν διοϊστεύσειν τε σιδήρου.
ἦ τοι ὀϊστοῦ γε πρῶτος γεύσεσθαι ἔμελλεν
ἐκ χειρῶν Ὀδυσῆος ἀμύμονος, ὃν τότ' ἀτίμα
ἥμενος ἐν μεγάροις, ἐπὶ δ' ὄρνυε πάντας ἑταίρους.
τοῖσι δὲ καὶ μετέειφ' ἱερὴ ἲς Τηλεμάχοιο·   101
" ὦ πόποι, ἦ μάλα με Ζεὺς ἄφρονα θῆκε Κρονίων·
μήτηρ μέν μοί φησι φίλη, πινυτή περ ἐοῦσα,
ἄλλῳ ἅμ' ἕψεσθαι νοσφισσαμένη τόδε δῶμα·
αὐτὰρ ἐγὼ γελόω καὶ τέρπομαι ἄφρονι θυμῷ.   105
ἀλλ' ἄγετε, μνηστῆρες, ἐπεὶ τόδε φαίνετ' ἄεθλον,
οἵη νῦν οὐκ ἔστι γυνὴ κατ' Ἀχαιΐδα γαῖαν,
οὔτε Πύλου ἱερῆς οὔτ' Ἄργεος οὔτε Μυκήνης·
οὔτ' αὐτῆς Ἰθάκης οὔτ' ἠπείροιο μελαίνης·
καὶ δ' αὐτοὶ τόδε ἴστε· τί με χρὴ μητέρος αἴνου;   110
ἀλλ' ἄγε μὴ μύνῃσι παρέλκετε μηδ' ἔτι τόξου
δηρὸν ἀποτρωπᾶσθε τανυστύος, ὄφρα ἴδωμεν.
καὶ δέ κεν αὐτὸς ἐγὼ τοῦ τόξου πειρησαίμην·
εἰ δέ κεν ἐντανύσω διοϊστεύσω τε σιδήρου,
οὔ κέ μοι ἀχνυμένῳ τάδε δώματα πότνια μήτηρ   115
λείποι ἅμ' ἄλλῳ ἰοῦσ', ὅτ' ἐγὼ κατόπισθε λιποίμην
οἷός τ' ἤδη πατρὸς ἀέθλια κάλ' ἀνελέσθαι."
Ἦ καὶ ἀπ' ὤμοιϊν χλαῖναν θέτο φοινικόεσσαν
ὀρθὸς ἀναΐξας, ἀπὸ δὲ ξίφος ὀξὺ θέτ' ὤμων.
πρῶτον μὲν πελέκεας στῆσεν, διὰ τάφρον ὀρύξας   120
πᾶσι μίαν μακρήν, καὶ ἐπὶ στάθμην ἴθυνεν,

ἀμφὶ δὲ γαῖαν ἔναξε· τάφος δ' ἕλε πάντας ἰδόντας,
ὡς εὐκόσμως στῆσε· πάρος δ' οὔ πώ ποτ' ὀπώπει.
στῆ δ' ἄρ' ἐπ' οὐδὸν ἰὼν καὶ τόξου πειρήτιζε.
τρὶς μέν μιν πελέμιξεν ἐρύσσασθαι μενεαίνων,   125
τρὶς δὲ μεθῆκε βίης, ἐπιελπόμενος τό γε θυμῷ
νευρὴν ἐντανύειν διοϊστεύσειν τε σιδήρου.
καί νύ κε δή ῥ' ἐτάνυσσε βίῃ τὸ τέταρτον ἀνέλκων,
ἀλλ' Ὀδυσεὺς ἀνένευε καὶ ἔσχεθεν ἱέμενόν περ.
τοῖς δ' αὖτις μετέειφ' ἱερὴ ἲς Τηλεμάχοιο·   130
"ὢ πόποι, ἦ καὶ ἔπειτα κακός τ' ἔσομαι καὶ ἄκικυς,
ἠὲ νεώτερός εἰμι καὶ οὔ πω χερσὶ πέποιθα
ἄνδρ' ἀπαμύνασθαι, ὅτε τις πρότερος χαλεπήνῃ.
ἀλλ' ἄγεθ', οἵ περ ἐμεῖο βίῃ προφερέστεροί ἐστε,
τόξου πειρήσασθε, καὶ ἐκτελέωμεν ἄεθλον."   135
Ὣς εἰπὼν τόξον μὲν ἀπὸ ἕο θῆκε χαμᾶζε,
κλίνας κολλητῇσιν ἐϋξέστῃς σανίδεσσιν,
αὐτοῦ δ' ὠκὺ βέλος καλῇ προσέκλινε κορώνῃ·
ἂψ δ' αὖτις κατ' ἄρ' ἕζετ' ἐπὶ θρόνου ἔνθεν ἀνέστη.
τοῖσιν δ' Ἀντίνοος μετέφη, Εὐπείθεος υἱός·   140
"ὄρνυσθ' ἐξείης ἐπιδέξια πάντες ἑταῖροι,
ἀρξάμενοι τοῦ χώρου ὅθεν τέ περ οἰνοχοεύει."
Ὣς ἔφατ' Ἀντίνοος· τοῖσιν δ' ἐπιήνδανε μῦθος.
Ληώδης δὲ πρῶτος ἀνίστατο, Οἴνοπος υἱός,
ὅ σφι θυοσκόος ἔσκε, παρὰ κρητῆρα δὲ καλὸν   145
ἷζε μυχοίτατος αἰεί· ἀτασθαλίαι δέ οἱ οἴῳ
ἐχθραὶ ἔσαν, πᾶσιν δὲ νεμέσσα μνηστήρεσσιν·
ὅς ῥα τότε πρῶτος τόξον λάβε καὶ βέλος ὠκύ.
στῆ δ' ἄρ' ἐπ' οὐδὸν ἰὼν καὶ τόξου πειρήτιζεν,
οὐδέ μιν ἐντάνυσε· πρὶν γὰρ κάμε χεῖρας ἀνέλκων   150
ἀτρίπτους ἁπαλάς· μετὰ δὲ μνηστῆρσιν ἔειπεν·
"ὢ φίλοι, οὐ μὲν ἐγὼ τανύω, λαβέτω δὲ καὶ ἄλλος.
πολλοὺς γὰρ τόδε τόξον ἀριστῆας κεκαδήσει

θυμοῦ καὶ ψυχῆς, ἐπεὶ ἦ πολὺ φέρτερόν ἐστι
τεθνάμεν ἢ ζώοντας ἁμαρτεῖν, οὖ θ' ἕνεκ' αἰεὶ 155
ἐνθάδ' ὁμιλέομεν ποτιδέγμενοι ἤματα πάντα.
νῦν μέν τις καὶ ἔλπετ' ἐνὶ φρεσὶν ἠδὲ μενοινᾷ
γῆμαι Πηνελόπειαν, Ὀδυσσῆος παράκοιτιν.
αὐτὰρ ἐπὴν τόξου πειρήσεται ἠδὲ ἴδηται,
ἄλλην δή τιν' ἔπειτα Ἀχαιάδων εὐπέπλων 160
μνάσθω ἐέδνοισιν διζήμενος· ἡ δέ κ' ἔπειτα
γήμαιθ' ὅς κε πλεῖστα πόροι καὶ μόρσιμος ἔλθοι."
Ὣς ἄρ' ἐφώνησεν καὶ ἀπὸ ἕο τόξον ἔθηκε,
κλίνας κολλητῇσιν ἐϋξέστῃς σανίδεσσιν,
αὐτοῦ δ' ὠκὺ βέλος καλῇ προσέκλινε κορώνῃ· 165
ἂψ δ' αὖτις κατ' ἄρ' ἕζετ' ἐπὶ θρόνου ἔνθεν ἀνέστη.
Ἀντίνοος δ' ἐνένιπεν ἔπος τ' ἔφατ' ἔκ τ' ὀνόμαζε·
"Ληῶδες, ποῖόν σε ἔπος φύγεν ἕρκος ὀδόντων!
δεινόν τ' ἀργαλέον τε—νεμεσσῶμαι δέ τ' ἀκούων—
εἰ δὴ τοῦτό γε τόξον ἀριστῆας κεκαδήσει 170
θυμοῦ καὶ ψυχῆς, ἐπεὶ οὐ δύνασαι σὺ τανύσσαι.
οὐ γάρ τοι σέ γε τοῖον ἐγείνατο πότνια μήτηρ
οἷόν τε ῥυτῆρα βιοῦ τ' ἔμεναι καὶ ὀϊστῶν·
ἀλλ' ἄλλοι τανύουσι τάχα μνηστῆρες ἀγαυοί."
Ὣς φάτο, καί ῥ' ἐκέλευσε Μελάνθιον, αἰπόλον αἰγῶν·
"ἄγρει δή, πῦρ κῆον ἐνὶ μεγάροισι, Μελανθεῦ, 176
πὰρ δὲ τίθει δίφρον τε μέγαν καὶ κῶας ἐπ' αὐτοῦ,
ἐκ δὲ στέατος ἔνεικε μέγαν τροχὸν ἔνδον ἐόντος,
ὄφρα νέοι θάλποντες, ἐπιχρίοντες ἀλοιφῇ,
τόξου πειρώμεσθα καὶ ἐκτελέωμεν ἄεθλον." 180
Ὣς φάθ'· ὁ δ' αἶψ' ἀνέκαιε Μελάνθιος ἀκάματον πῦρ,
πὰρ δὲ φέρων δίφρον θῆκεν καὶ κῶας ἐπ' αὐτοῦ,
ἐκ δὲ στέατος ἔνεικε μέγαν τροχὸν ἔνδον ἐόντος·
τῷ ῥα νέοι θάλποντες ἐπειρῶντ'· οὐδ' ἐδύναντο
ἐντανύσαι, πολλὸν δὲ βίης ἐπιδευέες ἦσαν. 185

Ἀντίνοος δ' ἔτ' ἐπεῖχε καὶ Εὐρύμαχος θεοειδής,
ἀρχοὶ μνηστήρων· ἀρετῇ δ' ἔσαν ἔξοχ' ἄριστοι.
Τὼ δ' ἐξ οἴκου βῆσαν ὁμαρτήσαντες ἅμ' ἄμφω
βουκόλος ἠδὲ συφορβὸς Ὀδυσσῆος θείοιο·
ἐκ δ' αὐτὸς μετὰ τοὺς δόμου ἤλυθε δῖος Ὀδυσσεύς. 190
ἀλλ' ὅτε δή ῥ' ἐκτὸς θυρέων ἔσαν ἠδὲ καὶ αὐλῆς,
φθεγξάμενός σφε ἔπεσσι προσηύδα μειλιχίοισι·
" βουκόλε καὶ σύ, συφορβέ, ἔπος τί κε μυθησαίμην,
ἦ αὐτὸς κεύθω; φάσθαι δέ με θυμὸς ἀνώγει.
ποῖοί κ' εἶτ' Ὀδυσῆϊ ἀμυνέμεν, εἴ ποθεν ἔλθοι 195
ὧδε μάλ' ἐξαπίνης καί τις θεὸς αὐτὸν ἐνείκαι;
ἦ κε μνηστήρεσσιν ἀμύνοιτ' ἦ Ὀδυσῆϊ;
εἴπαθ' ὅπως ὑμέας κραδίη θυμός τε κελεύει."
Τὸν δ' αὖτε προσέειπε βοῶν ἐπιβουκόλος ἀνήρ·
" Ζεῦ πάτερ, αἲ γὰρ τοῦτο τελευτήσειας ἐέλδωρ, 200
ὡς ἔλθοι μὲν κεῖνος ἀνήρ, ἀγάγοι δέ ἑ δαίμων!
γνοίης χ' οἵη ἐμὴ δύναμις καὶ χεῖρες ἕπονται.
Ὣς δ' αὔτως Εὔμαιος ἐπεύχετο πᾶσι θεοῖσι
νοστῆσαι Ὀδυσῆα πολύφρονα ὅνδε δόμονδε.
αὐτὰρ ἐπεὶ δὴ τῶν γε νόον νημερτέ' ἀνέγνω, 205
ἐξαῦτίς σφε ἔπεσσιν ἀμειβόμενος προσέειπεν·
" ἔνδον μὲν δὴ ὅδ' αὐτὸς ἐγώ· κακὰ πολλὰ μογήσας,
ἤλυθον εἰκοστῷ ἔτεϊ ἐς πατρίδα γαῖαν.
γιγνώσκω δ' ὡς σφῶϊν ἐελδομένοισιν ἱκάνω
οἴοισι δμώων· τῶν δ' ἄλλων οὔ τευ ἄκουσα 210
εὐξαμένου ἐμὲ αὖτις ὑπότροπον οἴκαδ' ἱκέσθαι.
σφῶϊν δ', ὡς ἔσεταί περ, ἀληθείην καταλέξω·
εἴ χ' ὑπ' ἐμοί γε θεὸς δαμάσῃ μνηστῆρας ἀγαυούς,
ἄξομαι ἀμφοτέροις ἀλόχους καὶ κτήματ' ὀπάσσω
οἰκία τ' ἐγγὺς ἐμεῖο τετυγμένα· καί μοι ἔπειτα 215
Τηλεμάχου ἑτάρω τε κασιγνήτω τε ἔσεσθον.
εἰ δ' ἄγε δὴ καὶ σῆμα ἀριφραδὲς ἄλλο τι δείξω,

ὄφρα μ' εὖ γνῶτον πιστωθῆτόν τ' ἐνὶ θυμῷ,
οὐλήν, τήν ποτέ με σῦς ἤλασε λευκῷ ὀδόντι
Παρνησόνδ' ἐλθόντα σὺν υἱάσιν Αὐτολύκοιο.''   220
Ὣς εἰπὼν ῥάκεα μεγάλης ἀποέργαθεν οὐλῆς.
τὼ δ' ἐπεὶ εἰσιδέτην εὖ τ' ἐφράσσαντο ἔκαστα,
κλαῖον ἄρ' ἀμφ' Ὀδυσῆϊ δαΐφρονι χεῖρε βαλόντε,
καὶ κύνεον ἀγαπαζόμενοι κεφαλήν τε καὶ ὤμους·
ὣς δ' αὔτως Ὀδυσεὺς κεφαλὰς καὶ χεῖρας ἔκυσσε.   225
καί νύ κ' ὀδυρομένοισιν ἔδυ φάος ἠελίοιο,
εἰ μὴ Ὀδυσσεὺς αὐτὸς ἐρύκακε φώνησέν τε·
''παύεσθον κλαυθμοῖο γόοιό τε, μή τις ἴδηται
ἐξελθὼν μεγάροιο, ἀτὰρ εἴπῃσι καὶ εἴσω.
ἀλλὰ προμνηστῖνοι ἐσέλθετε, μηδ' ἅμα πάντες,   230
πρῶτος ἐγώ, μετὰ δ' ὕμμες. ἀτὰρ τόδε σῆμα τετύχθω·
ἄλλοι μὲν γὰρ πάντες, ὅσοι μνηστῆρες ἀγαυοί,
οὐκ ἐάσουσιν ἐμοὶ δόμεναι βιὸν ἠδὲ φαρέτρην·
ἀλλὰ σύ, δι' Εὔμαιε, φέρων ἀνὰ δώματα τόξον
ἐν χείρεσσιν ἐμοὶ θέμεναι, εἰπεῖν τε γυναιξὶ   235
κληῖσαι μεγάροιο θύρας πυκινῶς ἀραρυίας·
ἢν δέ τις ἢ στοναχῆς ἠὲ κτύπου ἔνδον ἀκούσῃ
ἀνδρῶν ἡμετέροισιν ἐν ἕρκεσι, μή τι θύραζε
προβλώσκειν, ἀλλ' αὐτοῦ ἀκὴν ἔμεναι παρὰ ἔργῳ.
σοὶ δέ, Φιλοίτιε δῖε, θύρας ἐπιτέλλομαι αὐλῆς   240
κληῖσαι κληῖδι, θοῶς δ' ἐπὶ δεσμὸν ἰῆλαι.''
Ὣς εἰπὼν εἰσῆλθε δόμους εὖ ναιετάοντας·
ἕζετ' ἔπειτ' ἐπὶ δίφρον ἰών, ἔνθεν περ ἀνέστη.
ἐς δ' ἄρα καὶ τὼ δμῶε ἴτην θείου Ὀδυσῆος.
Εὐρύμαχος δ' ἤδη τόξον μετὰ χερσὶν ἐνώμα,   245
θάλπων ἔνθα καὶ ἔνθα σέλαι πυρός· ἀλλά μιν οὐδ' ὣς
ἐντανύσαι δύνατο, μέγα δ' ἔστενε κυδάλιμον κῆρ.
ὀχθήσας δ' ἄρα εἶπεν ἔπος τ' ἔφατ' ἔκ τ' ὀνόμαζεν·
''ὦ πόποι, ἦ μοι ἄχος περί τ' αὐτοῦ καὶ περὶ πάντων·

οὔ τι γάμου τοσσοῦτον ὀδύρομαι, ἀχνύμενός περ— 250
εἰσὶ καὶ ἄλλαι πολλαὶ 'Αχαιΐδες, αἱ μὲν ἐν αὐτῇ
ἀμφιάλῳ 'Ιθάκῃ, αἱ δ' ἄλλῃσιν πόλίεσσιν—
ἀλλ' εἰ δὴ τοσσόνδε βίης ἐπιδευέες εἰμὲν
ἀντιθέου 'Οδυσῆος, ὅ τ' οὐ δυνάμεσθα τανύσσαι
τόξον· ἐλεγχείη δὲ καὶ ἐσσομένοισι πυθέσθαι." 255
Τὸν δ' αὖτ' 'Αντίνοος προσέφη, Εὐπείθεος υἱός·
" Εὐρύμαχ', οὐχ οὕτως ἔσται· νοέεις δὲ καὶ αὐτός.
νῦν μὲν γὰρ κατὰ δῆμον ἑορτὴ τοῖο θεοῖο
ἀγνή· τίς δέ κε τόξα τιταίνοιτ'; ἀλλὰ ἕκηλοι
κάτθετ'· ἀτὰρ πελέκεάς γε καὶ εἴ κ' εἰῶμεν ἅπαντας
ἑστάμεν—οὐ μὲν γὰρ τιν' ἀναιρήσεσθαι ὀΐω 261
ἐλθόντ' ἐς μέγαρον Λαερτιάδεω 'Οδυσῆος.
ἀλλ' ἄγετ', οἰνοχόος μὲν ἐπαρξάσθω δεπάεσσιν,
ὄφρα σπείσαντες καταθείομεν ἀγκύλα τόξα·
ἠῶθεν δὲ κέλεσθε Μελάνθιον, αἰπόλον αἰγῶν, 265
αἶγας ἄγειν, αἳ πᾶσι μέγ' ἔξοχοι αἰπολίοισιν,
ὄφρ' ἐπὶ μηρία θέντες 'Απόλλωνι κλυτοτόξῳ
τόξου πειρώμεσθα καὶ ἐκτελέωμεν ἄεθλον."
῝Ως ἔφατ' 'Αντίνοος· τοῖσιν δ' ἐπιήνδανε μῦθος.
τοῖσι δὲ κήρυκες μὲν ὕδωρ ἐπὶ χεῖρας ἔχευαν, 270
κοῦροι δὲ κρητῆρας ἐπεστέψαντο ποτοῖο,
νώμησαν δ' ἄρα πᾶσιν ἐπαρξάμενοι δεπάεσσιν.
οἱ δ' ἐπεὶ οὖν σπεῖσάν τ' ἔπιόν θ' ὅσον ἤθελε θυμός,
τοῖς δὲ δολοφρονέων μετέφη πολύμητις 'Οδυσσεύς·
" κέκλυτέ μευ, μνηστῆρες ἀγακλειτῆς βασιλείης· 275
ὄφρ' εἴπω τά με θυμὸς ἐνὶ στήθεσσι κελεύει·
Εὐρύμαχον δὲ μάλιστα καὶ 'Αντίνοον θεοειδέα
λίσσομ', ἐπεὶ καὶ τοῦτο ἔπος κατὰ μοῖραν ἔειπε,
νῦν μὲν παῦσαι τόξον, ἐπιτρέψαι δὲ θεοῖσιν·
ἠῶθεν δὲ θεὸς δώσει κράτος ᾧ κ' ἐθέλῃσιν. 280
ἀλλ' ἄγ' ἐμοὶ δότε τόξον ἐΰξοον, ὄφρα μεθ' ὑμῖν

χειρῶν καὶ σθένεος πειρήσομαι, ἤ μοι ἔτ' ἐστὶν
ἴς, οἵη πάρος ἔσκεν ἐνὶ γναμπτοῖσι μέλεσσιν,
ἢ ἤδη μοι ὄλεσσεν ἄλη τ' ἀκομιστίη τε."
    Ὣς ἔφαθ'· οἱ δ' ἄρα πάντες ὑπερφιάλως νεμέσησαν,
δείσαντες μὴ τόξον ἐΰξοον ἐντανύσειεν.   286
Ἀντίνοος δ' ἐνένιπεν ἔπος τ' ἔφατ' ἔκ τ' ὀνόμαζεν·
"ἆ δειλὲ ξείνων, ἔνι τοι φρένες οὐδ' ἠβαιαί·
οὐκ ἀγαπᾷς ὃ ἔκηλος ὑπερφιάλοισι μεθ' ἡμῖν
δαίνυσαι, οὐδέ τι δαιτὸς ἀμέρδεαι, αὐτὰρ ἀκούεις   290
μύθων ἡμετέρων καὶ ῥήσιος; οὐδέ τις ἄλλος
ἡμετέρων μύθων ξεῖνος καὶ πτωχὸς ἀκούει.
οἶνός σε τρώει μελιηδής, ὅς τε καὶ ἄλλους
βλάπτει, ὃς ἄν μιν χανδὸν ἕλῃ μηδ' αἴσιμα πίνῃ.
οἶνος καὶ Κένταυρον, ἀγακλυτὸν Εὐρυτίωνα,   295
ἄασ' ἐνὶ μεγάρῳ μεγαθύμου Πειριθόοιο,
ἐς Λαπίθας ἐλθόνθ'· ὁ δ' ἐπεὶ φρένας ἄασεν οἴνῳ,
μαινόμενος κάκ' ἔρεξε δόμον κάτα Πειριθόοιο·
ἥρωας δ' ἄχος εἷλε, διὲκ προθύρου δὲ θύραζε
ἕλκον ἀναΐξαντες, ἀπ' οὔατα νηλέϊ χαλκῷ   300
ῥῖνάς τ' ἀμήσαντες· ὁ δὲ φρεσὶν ᾗσιν ἀασθεὶς
ἤϊεν ἣν ἄτην ὀχέων ἀεσίφρονι θυμῷ.
ἐξ οὗ Κενταύροισι καὶ ἀνδράσι νεῖκος ἐτύχθη,
οἱ δ' αὐτῷ πρώτῳ κακὸν εὕρετο οἰνοβαρείων.
ὣς καὶ σοὶ μέγα πῆμα πιφαύσκομαι, αἴ κε τὸ τόξον 305
ἐντανύσῃς· οὐ γάρ τευ ἐπητύος ἀντιβολήσεις
ἡμετέρῳ ἐνὶ δήμῳ ἄφαρ δέ σε νηὶ μελαίνῃ
εἰς Ἔχετον βασιλῆα, βροτῶν δηλήμονα πάντων,
πέμψομεν· ἔνθεν δ' οὔ τι σαώσεαι· ἀλλὰ ἔκηλος
πῖνέ τε, μηδ' ἐρίδαινε μετ' ἀνδράσι κουροτέροισι."
    Τὸν δ' αὖτε προσέειπε περίφρων Πηνελόπεια·   311
"Ἀντίνο', οὐ μὲν καλὸν ἀτέμβειν οὐδὲ δίκαιον
ξείνους Τηλεμάχου, ὃς κεν τάδε δώμαθ' ἵκηται.

ἔλπεαι, αἴ χ' ὁ ξεῖνος Ὀδυσσῆος μέγα τόξον
ἐντανύσῃ χερσίν τε βίηφί τε ἧφι πιθήσας,   315
οἴκαδέ μ' ἄξεσθαι καὶ ἑὴν θήσεσθαι ἄκοιτιν;
οὐδ' αὐτός που τοῦτό γ' ἐνὶ στήθεσσιν ἔολπε·
μηδέ τις ὑμείων τοῦ γ' εἵνεκα θυμὸν ἀχεύων
ἐνθάδε δαινύσθω, ἐπεὶ οὐδὲ μὲν οὐδὲ ἔοικε."
   Τὴν δ' αὖτ' Εὐρύμαχος, Πολύβου πάϊς, ἀντίον ηὔδα·
"κούρη Ἰκαρίοιο, περίφρον Πηνελόπεια,   321
οὔ τί σε τόνδ' ἄξεσθαι ὀϊόμεθ', οὐδὲ ἔοικεν·
ἀλλ' αἰσχυνόμενοι φάτιν ἀνδρῶν ἠδὲ γυναικῶν,
μή ποτέ τις εἴπῃσι κακώτερος ἄλλος Ἀχαιῶν·
'ἦ πολὺ χείρονες ἄνδρες ἀμύμονος ἀνδρὸς ἄκοιτιν 325
μνῶνται, οὐδέ τι τόξον ἐΰξοον ἐντανύουσιν·
ἀλλ' ἄλλος τις πτωχὸς ἀνὴρ ἀλαλήμενος ἐλθὼν
ῥηϊδίως ἐτάνυσσε βιόν, διὰ δ' ἧκε σιδήρου.'
ὣς ἐρέουσ'· ἡμῖν δ' ἂν ἐλέγχεα ταῦτα γένοιτο."
   Τὸν δ' αὖτε προσέειπε περίφρων Πηνελόπεια· 330
"Εὐρύμαχ', οὔ πως ἔστιν ἐϋκλείας κατὰ δῆμον
ἔμμεναι οἳ δὴ οἶκον ἀτιμάζοντες ἔδουσιν
ἀνδρὸς ἀριστῆος· τί δ' ἐλέγχεα ταῦτα τίθεσθε;
οὗτος δὲ ξεῖνος μάλα μὲν μέγας ἠδ' εὐπηγής,
πατρὸς δ' ἐξ ἀγαθοῦ γένος εὔχεται ἔμμεναι υἱός. 335
ἀλλ' ἄγε οἱ δότε τόξον ἐΰξοον, ὄφρα ἴδωμεν.
ὧδε γὰρ ἐξερέω, τὸ δὲ καὶ τετελεσμένον ἔσται·
εἴ κέ μιν ἐντανύσῃ, δώῃ δέ οἱ εὖχος Ἀπόλλων,
ἔσσω μιν χλαῖνάν τε χιτῶνά τε, εἵματα καλά,
δώσω δ' ὀξὺν ἄκοντα, κυνῶν ἀλκτῆρα καὶ ἀνδρῶν, 340
καὶ ξίφος ἄμφηκες· δώσω δ' ὑπὸ ποσσὶ πέδιλα,
πέμψω δ' ὅππῃ μιν κραδίη θυμός τε κελεύει."
   Τὴν δ' αὖ Τηλέμαχος πεπνυμένος ἀντίον ηὔδα·
"μῆτερ ἐμή, τόξον μὲν Ἀχαιῶν οὔ τις ἐμεῖο
κρείσσων, ᾧ κ' ἐθέλω, δόμεναί τε καὶ ἀρνήσασθαι, 345

οὔθ' ὅσσοι κραναὴν Ἰθάκην κάτα κοιρανέουσιν,
οὔθ' ὅσσοι νήσοισι πρὸς Ἤλιδος ἱπποβότοιο·
τῶν οὔ τίς μ' ἀέκοντα βιήσεται αἴ κ' ἐθέλωμι
καὶ καθάπαξ ξείνῳ δόμεναι τάδε τόξα φέρεσθαι.
ἀλλ' εἰς οἶκον ἰοῦσα τὰ σ' αὐτῆς ἔργα κόμιζε,   350
ἱστόν τ' ἠλακάτην τε, καὶ ἀμφιπόλοισι κέλευε
ἔργον ἐποίχεσθαι· τόξον δ' ἄνδρεσσι μελήσει
πᾶσι, μάλιστα δ' ἐμοί· τοῦ γὰρ κράτος ἔστ' ἐνὶ οἴκῳ."
Ἡ μὲν θαμβήσασα πάλιν οἰκόνδε βεβήκει·
παιδὸς γὰρ μῦθον πεπνυμένον ἔνθετο θυμῷ.   355
ἐς δ' ὑπερῷ' ἀναβᾶσα σὺν ἀμφιπόλοισι γυναιξὶ
κλαῖεν ἔπειτ' Ὀδυσῆα, φίλον πόσιν, ὄφρα οἱ ὕπνον
ἡδὺν ἐπὶ βλεφάροισι βάλε γλαυκῶπις Ἀθήνη.
Αὐτὰρ ὁ τόξα λαβὼν φέρε καμπύλα δῖος ὑφορβός·
μνηστῆρες δ' ἄρα πάντες ὁμόκλεον ἐν μεγάροισιν·   360
ὧδε δέ τις εἴπεσκε νέων ὑπερηνορεόντων·
"πῇ δὴ καμπύλα τόξα φέρεις, ἀμέγαρτε συβῶτα,
πλαγκτέ; τάχ' αὖ σ' ἐφ' ὕεσσι κύνες ταχέες κατέ-
    δονται
οἶον ἀπ' ἀνθρώπων, οὓς ἔτρεφες, εἴ κεν Ἀπόλλων
ἡμῖν ἱλήκῃσι καὶ ἀθάνατοι θεοὶ ἄλλοι."   365
Ὣς φάσαν· αὐτὰρ ὁ θῆκε φέρων αὐτῇ ἐνὶ χώρῃ,
δείσας, οὕνεκα πολλοὶ ὁμόκλεον ἐν μεγάροισι.
Τηλέμαχος δ' ἑτέρωθεν ἀπειλήσας ἐγεγώνει·
"ἄττα, πρόσω φέρε τόξα· τάχ' οὐκ εὖ πᾶσι πιθήσεις·
μή σε καὶ ὁπλότερός περ ἐὼν ἀγρόνδε δίωμαι,   370
βάλλων χερμαδίοισι· βίηφι δὲ φέρτερός εἰμι.
αἰ γὰρ πάντων τόσσον, ὅσοι κατὰ δώματ' ἔασι,
μνηστήρων χερσίν τε βίηφί τε φέρτερος εἴην!
τῶ κε τάχα στυγερῶς τιν' ἐγὼ πέμψαιμι νέεσθαι
ἡμετέρου ἐξ οἴκου, ἐπεὶ κακὰ μηχανόωνται."   375
Ὣς ἔφαθ'· οἱ δ' ἄρα πάντες ἐπ' αὐτῷ ἡδὺ γέλασσαν

μνηστῆρες, καὶ δὴ μέθιεν χαλεποῖο χόλοιο
Τηλεμάχῳ· τὰ δὲ τόξα φέρων ἀνὰ δῶμα συβώτης
ἐν χείρεσσ' Ὀδυσῆϊ δαΐφρονι θῆκε παραστάς.
ἐκ δὲ καλεσσάμενος προσέφη τροφὸν Εὐρύκλειαν· 380
" Τηλέμαχος κέλεταί σε, περίφρων Εὐρύκλεια,
κλῆῖσαι μεγάροιο θύρας πυκινῶς ἀραρυίας·
ἢν δέ τις ἢ στοναχῆς ἠὲ κτύπου ἔνδον ἀκούσῃ
ἀνδρῶν ἡμετέροισιν ἐν ἕρκεσι, μή τι θύραζε
προβλώσκειν, ἀλλ' αὐτοῦ ἀκὴν ἔμεναι παρὰ ἔργῳ." 385
Ὡς ἄρ' ἐφώνησεν· τῇ δ' ἄπτερος ἔπλετο μῦθος,
κλήϊσεν δὲ θύρας μεγάρων εὖ ναιεταόντων.
Σιγῇ δ' ἐξ οἴκοιο Φιλοίτιος ἆλτο θύραζε,
κλήϊσεν δ' ἄρ' ἔπειτα θύρας εὐερκέος αὐλῆς.
κεῖτο δ' ὑπ' αἰθούσῃ ὅπλον νεὸς ἀμφιελίσσης 390
βύβλινον, ᾧ ῥ' ἐπέδησε θύρας, ἐς δ' ἤϊεν αὐτός.
ἕζετ' ἔπειτ' ἐπὶ δίφρον ἰών, ἔνθεν περ ἀνέστη,
εἰσορόων Ὀδυσῆα. ὁ δ' ἤδη τόξον ἐνώμα
πάντῃ ἀναστρωφῶν, πειρώμενος ἔνθα καὶ ἔνθα,
μὴ κέρα' ἶπες ἔδοιεν ἀποιχομένοιο ἄνακτος. 395
ὧδε δέ τις εἴπεσκεν ἰδὼν ἐς πλησίον ἄλλον·
" ἦ τις θηητὴρ καὶ ἐπίκλοπος ἔπλετο τόξων.
ἦ ῥά νύ που τοιαῦτα καὶ αὐτῷ οἴκοθι κεῖται,
ἢ ὅ γ' ἐφορμᾶται ποιησέμεν, ὡς ἐνὶ χερσὶ
νωμᾷ ἔνθα καὶ ἔνθα κακῶν ἔμπαιος ἀλήτης." 400
Ἄλλος δ' αὖ εἴπεσκε νέων ὑπερηνορεόντων·
" αἲ γὰρ δὴ τοσσοῦτον ὀνήσιος ἀντιάσειεν
ὡς οὗτός ποτε τοῦτο δυνήσεται ἐντανύσασθαι!"
Ὡς ἄρ' ἔφαν μνηστῆρες· ἀτὰρ πολύμητις Ὀδυσ-
σεύς,
αὐτίκ' ἐπεὶ μέγα τόξον ἐβάστασε καὶ ἴδε πάντῃ, 405
ὡς ὅτ' ἀνὴρ φόρμιγγος ἐπιστάμενος καὶ ἀοιδῆς
ῥηϊδίως ἐτάνυσσε νέῳ περὶ κόλλοπι χορδήν,

ἄψας ἀμφοτέρωθεν ἐϋστρεφὲς ἔντερον οἰός,
ὡς ἄρ' ἄτερ σπουδῆς τάνυσεν μέγα τόξον Ὀδυσσεύς.
δεξιτερῇ δ' ἄρα χειρὶ λαβὼν πειρήσατο νευρῆς· 410
ἡ δ' ὑπὸ καλὸν ἄεισε, χελιδόνι εἰκέλη αὐδήν.
μνηστῆρσιν δ' ἄρ' ἄχος γένετο μέγα, πᾶσι δ' ἄρα χρὼς
ἐτράπετο. Ζεὺς δὲ μεγάλ' ἔκτυπε σήματα φαίνων·
γήθησέν τ' ἄρ' ἔπειτα πολύτλας δῖος Ὀδυσσεύς,
ὅττι ῥά οἱ τέρας ἧκε Κρόνου πάϊς ἀγκυλομήτεω. 415
εἵλετο δ' ὠκὺν ὀϊστόν, ὅ οἱ παρέκειτο τραπέζῃ
γυμνός· τοὶ δ' ἄλλοι κοίλης ἔντοσθε φαρέτρης
κείατο, τῶν τάχ' ἔμελλον Ἀχαιοὶ πειρήσεσθαι.
τόν ῥ' ἐπὶ πήχει ἑλὼν ἕλκεν νευρὴν γλυφίδας τε,
αὐτόθεν ἐκ δίφροιο καθήμενος, ἧκε δ' ὀϊστὸν 420
ἄντα τιτυσκόμενος, πελέκεων δ' οὐκ ἤμβροτε πάντων
πρώτης στειλειῆς, διὰ δ' ἀμπερὲς ἦλθε θύραζε
ἰὸς χαλκοβαρής· ὁ δὲ Τηλέμαχον προσέειπε·
"Τηλέμαχ', οὔ σ' ὁ ξεῖνος ἐνὶ μεγάροισιν ἐλέγχει
ἥμενος, οὐδέ τι τοῦ σκοποῦ ἤμβροτον οὐδέ τι τόξον 425
δὴν ἔκαμον τανύων· ἔτι μοι μένος ἔμπεδόν ἐστιν,
οὐχ ὥς με μνηστῆρες ἀτιμάζοντες ὄνονται.
νῦν δ' ὥρη καὶ δόρπον Ἀχαιοῖσιν τετυκέσθαι
ἐν φάει, αὐτὰρ ἔπειτα καὶ ἄλλως ἑψιάασθαι
μολπῇ καὶ φόρμιγγι· τὰ γάρ τ' ἀναθήματα δαιτός." 430
Ἦ καὶ ἐπ' ὀφρύσι νεῦσεν· ὁ δ' ἀμφέθετο ξίφος ὀξὺ
Τηλέμαχος, φίλος υἱὸς Ὀδυσσῆος θείοιο,
ἀμφὶ δὲ χεῖρα φίλην βάλεν ἔγχεϊ, ἄγχι δ' ἄρ' αὐτοῦ
πὰρ θρόνον ἑστήκει κεκορυθμένος αἴθοπι χαλκῷ.

ΟΔΥΣΣΕΙΑΣ Χ

Αὐτὰρ ὁ γυμνώθη ῥακέων πολύμητις 'Οδυσσεύς,
ἆλτο δ' ἐπὶ μέγαν οὐδόν, ἔχων βιὸν ἠδὲ φαρέτρην
ἰῶν ἐμπλείην, ταχέας δ' ἐκχεύατ' ὀϊστοὺς
αὐτοῦ πρόσθε ποδῶν, μετὰ δὲ μνηστῆρσιν ἔειπεν·
" οὗτος μὲν δὴ ἄεθλος ἀάατος ἐκτετέλεσται·   5
νῦν αὖτε σκοπὸν ἄλλον, ὃν οὔ πώ τις βάλεν ἀνήρ,
εἴσομαι, αἴ κε τύχωμι, πόρῃ δέ μοι εὖχος 'Απόλλων."
Ἦ καὶ ἐπ' 'Αντινόῳ ἰθύνετο πικρὸν ὀϊστόν.
ἦ τοι ὁ καλὸν ἄλεισον ἀναιρήσεσθαι ἔμελλε,
χρύσεον ἄμφωτον, καὶ δὴ μετὰ χερσὶν ἐνώμα,   10
ὄφρα πίοι οἴνοιο· φόνος δέ οἱ οὐκ ἐνὶ θυμῷ
μέμβλετο· τίς κ' οἴοιτο μετ' ἀνδράσι δαιτυμόνεσσι
μοῦνον ἐνὶ πλεόνεσσι, καὶ εἰ μάλα καρτερὸς εἴη,
οἷ τεύξειν θάνατόν τε κακὸν καὶ κῆρα μέλαιναν;
τὸν δ' 'Οδυσεὺς κατὰ λαιμὸν ἐπισχόμενος βάλεν ἰῷ,   15
ἀντικρὺ δ' ἁπαλοῖο δι' αὐχένος ἤλυθ' ἀκωκή.
ἐκλίνθη δ' ἑτέρωσε, δέπας δέ οἱ ἔκπεσε χειρὸς
βλημένου, αὐτίκα δ' αὐλὸς ἀνὰ ῥῖνας παχὺς ἦλθεν
αἵματος ἀνδρομέοιο· θοῶς δ' ἀπὸ εἷο τράπεζαν
ὦσε ποδὶ πλήξας, ἀπὸ δ' εἴδατα χεῦεν ἔραζε·   20
σῖτός τε κρέα τ' ὀπτὰ φορύνετο. τοὶ δ' ὁμάδησαν
μνηστῆρες κατὰ δώμαθ', ὅπως ἴδον ἄνδρα πεσόντα,
ἐκ δὲ θρόνων ἀνόρουσαν ὀρινθέντες κατὰ δῶμα,
πάντοσε παπταίνοντες ἐϋδμήτους ποτὶ τοίχους·
οὐδέ που ἀσπὶς ἔην οὐδ' ἄλκιμον ἔγχος ἑλέσθαι.   25

νείκειον δ' 'Οδυσῆα χολωτοῖσιν ἐπέεσσι·
"ξεῖνε, κακῶς ἀνδρῶν τοξάζεαι· οὐκέτ' ἀέθλων
ἄλλων ἀντιάσεις· νῦν τοι σῶς αἰπὺς ὄλεθρος.
καὶ γὰρ δὴ νῦν φῶτα κατέκτανες ὃς μέγ' ἄριστος
κούρων εἰν 'Ιθάκῃ· τώ σ' ἐνθάδε γῦπες ἔδονται." 30
'Ίσκεν ἕκαστος ἀνήρ, ἐπεὶ ἦ φάσαν οὐκ ἐθέλοντα
ἄνδρα κατακτεῖναι· τὸ δὲ νήπιοι οὐκ ἐνόησαν,
ὡς δή σφιν καὶ πᾶσιν ὀλέθρου πείρατ' ἐφῆπτο.
τοὺς δ' ἄρ' ὑπόδρα ἰδὼν προσέφη πολύμητις 'Οδυσ-
σεύς·
"ὦ κύνες, οὔ μ' ἔτ' ἐφάσκεθ' ὑπότροπον οἴκαδ'
ἱκέσθαι 35
δήμου ἄπο Τρώων, ὅτι μοι κατεκείρετε οἶκον,
δμῳῆσιν δὲ γυναιξὶ παρευνάζεσθε βιαίως,
αὐτοῦ τε ζώοντος ὑπεμνάασθε γυναῖκα,
οὔτε θεοὺς δείσαντες, οἳ οὐρανὸν εὐρὺν ἔχουσιν,
οὔτε τιν' ἀνθρώπων νέμεσιν κατόπισθεν ἔσεσθαι· 40
νῦν ὑμῖν καὶ πᾶσιν ὀλέθρου πείρατ' ἐφῆπται."
"Ὡς φάτο· τοὺς δ' ἄρα πάντας ὑπὸ χλωρὸν δέος εἷλε·
πάπτηνεν δὲ ἕκαστος ὅπῃ φύγοι αἰπὺν ὄλεθρον·
Εὐρύμαχος δέ μιν οἶος ἀμειβόμενος προσέειπεν·
"εἰ μὲν δὴ 'Οδυσεὺς 'Ιθακήσιος εἰλήλουθας, 45
ταῦτα μὲν αἴσιμα εἶπας, ὅσα ῥέζεσκον 'Αχαιοί,
πολλὰ μὲν ἐν μεγάροισιν ἀτάσθαλα, πολλὰ δ' ἐπ' ἀγ-
ροῦ.
ἀλλ' ὁ μὲν ἤδη κεῖται ὃς αἴτιος ἔπλετο πάντων,
'Αντίνοος· οὗτος γὰρ ἐπίηλεν τάδε ἔργα,
οὔ τι γάμου τόσσον κεχρημένος οὐδὲ χατίζων, 50
ἀλλ' ἄλλα φρονέων, τά οἱ οὐκ ἐτέλεσσε Κρονίων,
ὄφρ' 'Ιθάκης κατὰ δῆμον ἐϋκτιμένης βασιλεύοι
αὐτός, ἀτὰρ σὸν παῖδα κατακτείνειε λοχήσας.
νῦν δ' ὁ μὲν ἐν μοίρῃ πέφαται, σὺ δὲ φείδεο λαῶν

σῶν· ἀτὰρ ἄμμες ὄπισθεν ἀρεσσάμενοι κατὰ δῆμον, 55
ὅσσα τοι ἐκπέποται καὶ ἐδήδοται ἐν μεγάροισι,
τιμὴν ἀμφὶς ἄγοντες ἐεικοσάβοιον ἕκαστος,
χαλκόν τε χρυσόν τ' ἀποδώσομεν, εἰς ὅ κε σὸν κῆρ
ἰανθῇ· πρὶν δ' οὔ τι νεμεσσητὸν κεχολῶσθαι."
    Τὸν δ' ἄρ' ὑπόδρα ἰδὼν προσέφη πολύμητις Ὀδυσ-
        σεύς· 60
" Εὐρύμαχ', οὐδ' εἴ μοι πατρώϊα πάντ' ἀποδοῖτε,
ὅσσα τε νῦν ὔμμ' ἐστὶ καὶ εἴ ποθεν ἄλλ' ἐπιθεῖτε,
οὐδέ κεν ὣς ἔτι χεῖρας ἐμὰς λήξαιμι φόνοιο
πρὶν πᾶσαν μνηστῆρας ὑπερβασίην ἀποτῖσαι.
νῦν ὑμῖν παράκειται ἐναντίον ἠὲ μάχεσθαι 65
ἢ φεύγειν, ὅς κεν θάνατον καὶ κῆρας ἀλύξῃ·
ἀλλά τιν' οὐ φεύξεσθαι ὀΐομαι αἰπὺν ὄλεθρον."
    Ὣς φάτο· τῶν δ' αὐτοῦ λύτο γούνατα καὶ φίλον
        ἦτορ.
τοῖσιν δ' Εὐρύμαχος μετεφώνεε δεύτερον αὗτις·
" ὦ φίλοι, οὐ γὰρ σχήσει ἀνὴρ ὅδε χεῖρας ἀάπτους, 70
ἀλλ' ἐπεὶ ἔλλαβε τόξον ἐΰξοον ἠδὲ φαρέτρην,
οὐδοῦ ἄπο ξεστοῦ τοξάσσεται, εἰς ὅ κε πάντας
ἄμμε κατακτείνῃ· ἀλλὰ μνησώμεθα χάρμης·
φάσγανά τε σπάσσασθε καὶ ἀντίσχεσθε τραπέζας
ἰῶν ὠκυμόρων· ἐπὶ δ' αὐτῷ πάντες ἔχωμεν 75
ἀθρόοι, εἴ κέ μιν οὐδοῦ ἀπώσομεν ἠδὲ θυράων,
ἔλθωμεν δ' ἀνὰ ἄστυ, βοὴ δ' ὤκιστα γένοιτο·
τῶ κε τάχ' οὗτος ἀνὴρ νῦν ὕστατα τοξάσσαιτο."
    Ὣς ἄρα φωνήσας εἰρύσσατο φάσγανον ὀξύ,
χάλκεον, ἀμφοτέρωθεν ἀκαχμένον, ἆλτο δ' ἐπ' αὐτῷ
σμερδαλέα ἰάχων· ὁ δ' ἁμαρτῇ δῖος Ὀδυσσεὺς 81
ἰὸν ἀποπροΐει, βάλε δὲ στῆθος παρὰ μαζόν,
ἐν δέ οἱ ἥπατι πῆξε θοὸν βέλος· ἐκ δ' ἄρα χειρὸς
φάσγανον ἧκε χαμᾶζε, περιρρηδὴς δὲ τραπέζῃ

κάππεσεν ἰδνωθείς, ἀπὸ δ᾽ εἴδατα χεῦεν ἔραζε　85
καὶ δέπας ἀμφικύπελλον· ὁ δὲ χθόνα τύπτε μετώπῳ
θυμῷ ἀνιάζων, ποσὶ δὲ θρόνον ἀμφοτέροισι
λακτίζων ἐτίνασσε· κατ᾽ ὀφθαλμῶν δ᾽ ἔχυτ᾽ ἀχλύς.
Ἀμφίνομος δ᾽ Ὀδυσῆος ἐείσατο κυδαλίμοιο
ἀντίος ἀΐξας, εἴρυτο δὲ φάσγανον ὀξύ,　90
εἴ πώς οἱ εἴξειε θυράων. ἀλλ᾽ ἄρα μιν φθῆ
Τηλέμαχος κατόπισθε βαλὼν χαλκήρεϊ δουρὶ
ὤμων μεσσηγύς, διὰ δὲ στήθεσφιν ἔλασσε·
δούπησεν δὲ πεσών, χθόνα δ᾽ ἤλασε παντὶ μετώπῳ.
Τηλέμαχος δ᾽ ἀπόρουσε, λιπὼν δολιχόσκιον ἔγχος　95
αὐτοῦ ἐν Ἀμφινόμῳ· περὶ γὰρ δίε μή τις Ἀχαιῶν
ἔγχος ἀνελκόμενον δολιχόσκιον ἢ ἐλάσειε
φασγάνῳ ἀΐξας ἠὲ προπρηνέα τύψας.
βῆ δὲ θέειν, μάλα δ᾽ ὦκα φίλον πατέρ᾽ εἰσαφίκανεν,
ἀγχοῦ δ᾽ ἱστάμενος ἔπεα πτερόεντα προσηύδα·　100
"ὦ πάτερ, ἤδη τοι σάκος οἴσω καὶ δύο δοῦρε
καὶ κυνέην πάγχαλκον, ἐπὶ κροτάφοις ἀραρυῖαν,
αὐτός τ᾽ ἀμφιβαλεῦμαι ἰών, δώσω δὲ συβώτῃ
καὶ τῷ βουκόλῳ ἄλλα· τετευχῆσθαι γὰρ ἄμεινον."
Τὸν δ᾽ ἀπαμειβόμενος προσέφη πολύμητις Ὀδυσ-
σεύς·　105
"οἶσε θέων ἧός μοι ἀμύνεσθαι πάρ᾽ ὀϊστοί,
μή μ᾽ ἀποκινήσωσι θυράων μοῦνον ἐόντα."
Ὣς φάτο· Τηλέμαχος δὲ φίλῳ ἐπεπείθετο πατρί,
βῆ δ᾽ ἴμεναι θάλαμόνδ᾽, ὅθι οἱ κλυτὰ τεύχεα κεῖτο.
ἔνθεν τέσσαρα μὲν σάκε᾽ ἔξελε, δούρατα δ᾽ ὀκτὼ　110
καὶ πίσυρας κυνέας χαλκήρεας ἱπποδασείας·
βῆ δὲ φέρων, μάλα δ᾽ ὦκα φίλον πατέρ᾽ εἰσαφίκανεν,
αὐτὸς δὲ πρώτιστα περὶ χροῒ δύσετο χαλκόν.
ὣς δ᾽ αὔτως τὼ δμῶε δυέσθην τεύχεα καλά,
ἔσταν δ᾽ ἀμφ᾽ Ὀδυσῆα δαΐφρονα ποικιλομήτην.　115

Αὐτὰρ ὅ γ', ὄφρα μὲν αὐτῷ ἀμύνεσθαι ἔσαν ἰοί,
τόφρα μνηστήρων ἕνα γ' αἰεὶ ᾧ ἐνὶ οἴκῳ
βάλλε τιτυσκόμενος· τοὶ δ' ἀγχιστῖνοι ἔπιπτον.
αὐτὰρ ἐπεὶ λίπον ἰοὶ ὀϊστεύοντα ἄνακτα,
τόξον μὲν πρὸς σταθμὸν ἐϋσταθέος μεγάροιο   120
ἔκλιν' ἑστάμεναι, πρὸς ἐνώπια παμφανόωντα,
αὐτὸς δ' ἀμφ' ὤμοισι σάκος θέτο τετραθέλυμνον,
κρατὶ δ' ἐπ' ἰφθίμῳ κυνέην εὔτυκτον ἔθηκεν,
ἵππουριν· δεινὸν δὲ λόφος καθύπερθεν ἔνευεν·
εἵλετο δ' ἄλκιμα δοῦρε δύω κεκορυθμένα χαλκῷ.   125
Ὀρσοθύρη δέ τις ἔσκεν ἐϋδμήτῳ ἐνὶ τοίχῳ,
ἀκρότατον δὲ παρ' οὐδὸν ἐϋσταθέος μεγάροιο
ἦν ὁδὸς ἐς λαύρην, σανίδες δ' ἔχον εὖ ἀραρυῖαι·
τὴν δ' Ὀδυσεὺς φράζεσθαι ἀνώγει δῖον ὑφορβὸν
ἑσταότ' ἀγχοῦ τῆς· μία δ' οἴη γίγνετ' ἐφορμή.   130
τοῖς δ' Ἀγέλεως μετέειπεν, ἔπος πάντεσσι πιφαύ-
    σκων·
"ὦ φίλοι, οὐκ ἂν δή τις ἀν' ὀρσοθύρην ἀναβαίη
καὶ εἴποι λαοῖσι, βοὴ δ' ὤκιστα γένοιτο;
τῷ κε τάχ' οὗτος ἀνὴρ νῦν ὕστατα τοξάσσαιτο."   134
Τὸν δ' αὖτε προσέειπε Μελάνθιος, αἰπόλος αἰγῶν·
"οὔ πως ἔστ', Ἀγέλαε διοτρεφές· ἄγχι γὰρ αἰνῶς
αὐλῆς καλὰ θύρετρα καὶ ἀργαλέον στόμα λαύρης·
καί χ' εἷς πάντας ἐρύκοι ἀνήρ, ὅς τ' ἄλκιμος εἴη.
ἀλλ' ἄγεθ', ὑμῖν τεύχε' ἐνείκω θωρηχθῆναι
ἐκ θαλάμου· ἔνδον γάρ, ὀΐομαι, οὐδέ πη ἄλλη   140
τεύχεα κατθέσθην Ὀδυσεὺς καὶ φαίδιμος υἱός."
Ὣς εἰπὼν ἀνέβαινε Μελάνθιος, αἰπόλος αἰγῶν,
ἐς θαλάμους Ὀδυσῆος ἀνὰ ῥῶγας μεγάροιο.
ἔνθεν δώδεκα μὲν σάκε' ἔξελε, τόσσα δὲ δοῦρα
καὶ τόσσας κυνέας χαλκήρεας ἱπποδασείας·   145
βῆ δ' ἴμεναι, μάλα δ' ὦκα φέρων μνηστῆρσιν ἔδωκε.

καὶ τότ' Ὀδυσσῆος λύτο γούνατα καὶ φίλον ἦτορ,
ὡς περιβαλλομένους ἴδε τεύχεα χερσί τε δοῦρα
μακρὰ τινάσσοντας· μέγα δ' αὐτῷ φαίνετο ἔργον.
αἶψα δὲ Τηλέμαχον ἔπεα πτερόεντα προσηύδα·   150
"Τηλέμαχ', ἦ μάλα δή τις ἐνὶ μεγάροισι γυναικῶν
νῶϊν ἐποτρύνει πόλεμον κακὸν ἠὲ Μελανθεύς."
Τὸν δ' αὖ Τηλέμαχος πεπνυμένος ἀντίον ηὔδα·
"ὦ πάτερ, αὐτὸς ἐγὼ τόδε γ' ἤμβροτον—οὐδέ τις
      ἄλλος
αἴτιος—ὃς θαλάμοιο θύρην πυκινῶς ἀραρυῖαν   155
κάλλιπον ἀγκλίνας· τῶν δὲ σκοπὸς ἦεν ἀμείνων.
ἀλλ' ἴθι, δι' Εὔμαιε, θύρην ἐπίθες θαλάμοιο,
καὶ φράσαι ἤ τις ἄρ' ἐστὶ γυναικῶν ἢ τάδε ῥέζει,
ἢ υἱὸς Δολίοιο Μελανθεύς, τόν περ ὀΐω."
Ὣς οἱ μὲν τοιαῦτα πρὸς ἀλλήλους ἀγόρευον,   160
βῆ δ' αὖτις θαλαμόνδε Μελάνθιος, αἰπόλος αἰγῶν,
οἴσων τεύχεα καλά. νόησε δὲ δῖος ὑφορβός,
αἶψα δ' Ὀδυσσῆα προσεφώνεεν ἐγγὺς ἐόντα·
"διογενὲς Λαερτιάδη, πολυμήχαν' Ὀδυσσεῦ,
κεῖνος δὴ αὖτ' ἀίδηλος ἀνήρ, ὃν ὀιόμεθ' αὐτοί,   165
ἔρχεται ἐς θάλαμον· σὺ δέ μοι νημερτὲς ἐνίσπες,
ἤ μιν ἀποκτείνω, αἴ κε κρείσσων γε γένωμαι,
ἦέ σοι ἐνθάδ' ἄγω, ἵν' ὑπερβασίας ἀποτίσῃ
πολλάς, ὅσσας οὗτος ἐμήσατο σῷ ἐνὶ οἴκῳ."
Τὸν δ' ἀπαμειβόμενος προσέφη πολύμητις Ὀδυσ-
      σεύς·   170
"ἦ τοι ἐγὼ καὶ Τηλέμαχος μνηστῆρας ἀγαυοὺς
σχήσομεν ἔντοσθεν μεγάρων, μάλα περ μεμαῶτας·
σφῶϊ δ' ἀποστρέψαντε πόδας καὶ χεῖρας ὕπερθεν
ἐς θάλαμον βαλέειν, σανίδας δ' ἐκδῆσαι ὄπισθε,
σειρὴν δὲ πλεκτὴν ἐξ αὐτοῦ πειρήναντε   175
κίον' ἀν' ὑψηλὴν ἐρύσαι πελάσαι τε δοκοῖσιν,

ὥς κεν δηθὰ ζωὸς ἐὼν χαλέπ' ἄλγεα πάσχῃ."
Ὣς ἔφαθ'· οἱ δ' ἄρα τοῦ μάλα μὲν κλύον ἠδ' ἐπί-
θοντο,
βὰν δ' ἴμεν ἐς θάλαμον, λαθέτην δέ μιν ἔνδον ἐόντα.
ἦ τοι ὁ μὲν θαλάμοιο μυχὸν κάτα τεύχε' ἐρεύνα,   180
τὼ δ' ἔσταν ἑκάτερθε παρὰ σταθμοῖσι μένοντε.
εὖθ' ὑπὲρ οὐδὸν ἔβαινε Μελάνθιος, αἰπόλος αἰγῶν,
τῇ ἑτέρῃ μὲν χειρὶ φέρων καλὴν τρυφάλειαν,
τῇ δ' ἑτέρῃ σάκος εὐρὺ γέρον, πεπαλαγμένον ἄζῃ,
Λαέρτεω ἥρωος, ὃ κουρίζων φορέεσκε·   185
δὴ τότε γ' ἤδη κεῖτο, ῥαφαὶ δ' ἐλέλυντο ἱμάντων·
τὼ δ' ἄρ' ἐπαΐξανθ' ἑλέτην, ἔρυσάν τέ μιν εἴσω
κουρίξ, ἐν δαπέδῳ δὲ χαμαὶ βάλον ἀχνύμενον κῆρ,
σὺν δὲ πόδας χεῖράς τε δέον θυμαλγέϊ δεσμῷ
εὖ μάλ' ἀποστρέψαντε διαμπερές, ὡς ἐκέλευσεν   190
υἱὸς Λαέρταο, πολύτλας δῖος Ὀδυσσεύς·
σειρὴν δὲ πλεκτὴν ἐξ αὐτοῦ πειρήναντε
κίον' ἀν' ὑψηλὴν ἔρυσαν πέλασάν τε δοκοῖσι.
τὸν δ' ἐπικερτομέων προσέφης, Εὔμαιε συβῶτα·
"νῦν μὲν δὴ μάλα πάγχυ, Μελάνθιε, νύκτα φυλάξεις,
εὐνῇ ἔνι μαλακῇ καταλέγμενος, ὥς σε ἔοικεν·   196
οὐδὲ σέ γ' ἠριγένεια παρ' Ὠκεανοῖο ῥοάων
λήσει ἐπερχομένη χρυσόθρονος, ἡνίκ' ἀγινεῖς
αἶγας μνηστήρεσσι δόμον κάτα δαῖτα πένεσθαι."
Ὣς ὁ μὲν αὖθι λέλειπτο, ταθεὶς ὀλοῷ ἐνὶ δεσμῷ· 200
τὼ δ' ἐς τεύχεα δύντε, θύρην ἐπιθέντε φαεινήν,
βήτην εἰς Ὀδυσῆα δαΐφρονα ποικιλομήτην.
ἔνθα μένος πνείοντες ἐφέστασαν, οἱ μὲν ἐπ' οὐδοῦ
τέσσαρες, οἱ δ' ἔντοσθε δόμων πολέες τε καὶ ἐσθλοί.
τοῖσι δ' ἐπ' ἀγχίμολον θυγάτηρ Διὸς ἦλθεν Ἀθήνη, 205
Μέντορι εἰδομένη ἠμὲν δέμας ἠδὲ καὶ αὐδήν.
τὴν δ' Ὀδυσεὺς γήθησεν ἰδὼν καὶ μῦθον ἔειπε·

"Μέντορ, ἄμυνον ἀρήν, μνῆσαι δ' ἑτάροιο φίλοιο,
ὅς σ' ἀγαθὰ ῥέζεσκον· ὁμηλικίη δέ μοί ἐσσι."
Ὣς φάτ' ὀϊόμενος λαοσσόον ἔμμεν' Ἀθήνην.   210
μνηστῆρες δ' ἑτέρωθεν ὁμόκλεον ἐν μεγάροισι.
πρῶτος τήν γ' ἐνένιπε Δαμαστορίδης Ἀγέλαος·
"Μέντορ, μή σε ἔπεσσι παραιπεπίθησιν Ὀδυσσεὺς
μνηστήρεσσι μάχεσθαι, ἀμυνέμεναι δέ οἱ αὐτῷ.
ὧδε γὰρ ἡμέτερόν γε νόον τελέεσθαι ὀΐω·   215
ὁππότε κεν τούτους κτέωμεν, πατέρ' ἠδὲ καὶ υἱόν,
ἐν δὲ σὺ τοῖσιν ἔπειτα πεφήσεαι, οἷα μενοινᾷς
ἔρδειν ἐν μεγάροις· σῷ δ' αὐτοῦ κράατι τίσεις.
αὐτὰρ ἐπὴν ὑμέων γε βίας ἀφελώμεθα χαλκῷ,
κτήμαθ' ὁπόσσα τοί ἐστι, τά τ' ἔνδοθι καὶ τὰ θύρηφι,
τοῖσιν Ὀδυσσῆος μεταμίξομεν· οὐδέ τοι υἷας   221
ζώειν ἐν μεγάροισιν ἐάσομεν, οὐδὲ θύγατρας
οὐδ' ἄλοχον κεδνὴν Ἰθάκης κατὰ ἄστυ πολεύειν."
Ὣς φάτ'· Ἀθηναίη δὲ χολώσατο κηρόθι μᾶλλον,
νείκεσσεν δ' Ὀδυσῆα χολωτοῖσιν ἐπέεσσιν·   225
"οὐκέτι σοί γ', Ὀδυσεῦ, μένος ἔμπεδον οὐδέ τις ἀλκή,
οἵη ὅτ' ἀμφ' Ἑλένῃ λευκωλένῳ εὐπατερείῃ
εἰνάετες Τρώεσσιν ἐμάρναο νωλεμὲς αἰεί,
πολλοὺς δ' ἄνδρας ἔπεφνες ἐν αἰνῇ δηϊοτῆτι,
σῇ δ' ἥλω βουλῇ Πριάμου πόλις εὐρυάγυια.   230
πῶς δὴ νῦν, ὅτε σόν γε δόμον καὶ κτήμαθ' ἱκάνεις,
ἄντα μνηστήρων ὀλοφύρεαι ἄλκιμος εἶναι;
ἀλλ' ἄγε δεῦρο, πέπον, παρ' ἔμ' ἵστασο καὶ ἴδε ἔργον,
ὄφρα ἴδῃς οἷός τοι ἐν ἀνδράσι δυσμενέεσσι
Μέντωρ Ἀλκιμίδης εὐεργεσίας ἀποτίνειν."   235
Ἦ ῥα, καὶ οὔ πω πάγχυ δίδου ἑτεραλκέα νίκην,
ἀλλ' ἔτ' ἄρα σθένεός τε καὶ ἀλκῆς πειρήτιζεν
ἠμὲν Ὀδυσσῆος ἠδ' υἱοῦ κυδαλίμοιο.
αὐτὴ δ' αἰθαλόεντος ἀνὰ μεγάροιο μέλαθρον

ἕζετ' ἀναΐξασα, χελιδόνι εἰκέλη ἄντην.　　240
Μνηστῆρας δ' ὅτρυνε Δαμαστορίδης Ἀγέλαος
Εὐρύνομός τε καὶ Ἀμφιμέδων Δημοπτόλεμός τε
Πείσανδρός τε Πολυκτορίδης Πόλυβός τε δαΐφρων·
οἱ γὰρ μνηστήρων ἀρετῇ ἔσαν ἔξοχ' ἄριστοι,
ὅσσοι ἔτ' ἔζωον περί τε ψυχέων ἐμάχοντο·　　245
τοὺς δ' ἤδη ἐδάμασσε βιὸς καὶ ταρφέες ἰοί.
τοῖς δ' Ἀγέλεως μετέειπεν, ἔπος πάντεσσι πιφαύσ-
　　κων·
" ὦ φίλοι, ἤδη σχήσει ἀνὴρ ὅδε χεῖρας ἀάπτους·
καὶ δή οἱ Μέντωρ μὲν ἔβη κενὰ εὔγματα εἰπών,
οἱ δ' οἶοι λείπονται ἐπὶ πρώτῃσι θύρῃσι.　　250
τὼ νῦν μὴ ἅμα πάντες ἐφίετε δούρατα μακρά,
ἀλλ' ἄγεθ' οἱ ἓξ πρῶτον ἀκοντίσατ', αἴ κέ ποθι Ζεὺς
δώῃ Ὀδυσσῆα βλῆσθαι καὶ κῦδος ἀρέσθαι.
τῶν δ' ἄλλων οὐ κῆδος, ἐπεί χ' οὗτός γε πέσῃσιν."
Ὣς ἔφαθ'· οἱ δ' ἄρα πάντες ἀκόντισαν ὡς ἐκέλευεν,
ἱέμενοι· τὰ δὲ πάντα ἐτώσια θῆκεν Ἀθήνη.　　256
τῶν ἄλλος μὲν σταθμὸν ἐϋσταθέος μεγάροιο
βεβλήκει, ἄλλος δὲ θύρην πυκινῶς ἀραρυῖαν·
ἄλλου δ' ἐν τοίχῳ μελίη πέσε χαλκοβάρεια.
αὐτὰρ ἐπεὶ δὴ δούρατ' ἀλεύαντο μνηστήρων,　　260
τοῖς ἄρα μύθων ἄρχε πολύτλας δῖος Ὀδυσσεύς·
" ὦ φίλοι, ἤδη μέν κεν ἐγὼν εἴποιμι καὶ ἄμμι
μνηστήρων ἐς ὅμιλον ἀκοντίσαι, οἳ μεμάασιν
ἡμέας ἐξεναρίξαι ἐπὶ προτέροισι κακοῖσιν."
Ὣς ἔφαθ'· οἱ δ' ἄρα πάντες ἀκόντισαν ὀξέα δοῦρα 265
ἄντα τιτυσκόμενοι. Δημοπτόλεμον μὲν Ὀδυσσεύς,
Εὐρυάδην δ' ἄρα Τηλέμαχος, Ἔλατον δὲ συβώτης,
Πείσανδρον δ' ἄρ' ἔπεφνε βοῶν ἐπιβουκόλος ἀνήρ.
οἱ μὲν ἔπειθ' ἅμα πάντες ὀδὰξ ἕλον ἄσπετον οὖδας,
μνηστῆρες δ' ἀνεχώρησαν μεγάροιο μυχόνδε·　　270

τοὶ δ' ἄρ' ἐπήϊξαν, νεκύων δ' ἐξ ἔγχε' ἕλοντο.
Αὖτις δὲ μνηστῆρες ἀκόντισαν ὀξέα δοῦρα
ἱέμενοι· τὰ δὲ πολλὰ ἐτώσια θῆκεν 'Αθήνη.
τῶν ἄλλος μὲν σταθμὸν ἐϋσταθέος μεγάροιο
βεβλήκει, ἄλλος δὲ θύρην πυκινῶς ἀραρυῖαν·   275
ἄλλου δ' ἐν τοίχῳ μελίη πέσε χαλκοβάρεια.
'Αμφιμέδων δ' ἄρα Τηλέμαχον βάλε χεῖρ' ἐπὶ καρπῷ
λίγδην, ἄκρον δὲ ῥινὸν δηλήσατο χαλκός.
Κτήσιππος δ' Εὔμαιον ὑπὲρ σάκος ἔγχεϊ μακρῷ
ὦμον ἐπέγραψεν· τὸ δ' ὑπέρπτατο, πῖπτε δ' ἔραζε.   280
τοὶ δ' αὖτ' ἀμφ' 'Οδυσῆα δαΐφρονα ποικιλομήτην
μνηστήρων ἐς ὅμιλον ἀκόντισαν ὀξέα δοῦρα.
ἔνθ' αὖτ' Εὐρυδάμαντα βάλε πτολίπορθος 'Οδυσσεύς,
'Αμφιμέδοντα δὲ Τηλέμαχος, Πόλυβον δὲ συβώτης·
Κτήσιππον δ' ἄρ' ἔπειτα βοῶν ἐπιβουκόλος ἀνὴρ   285
βεβλήκει πρὸς στῆθος, ἐπευχόμενος δὲ προσηύδα·
" ὦ Πολυθερσεΐδη φιλοκέρτομε, μή ποτε πάμπαν
εἴκων ἀφραδίῃς μέγα εἰπεῖν, ἀλλὰ θεοῖσι
μῦθον ἐπιτρέψαι, ἐπεὶ ἦ πολὺ φέρτεροί εἰσι.
τοῦτό τοι ἀντὶ ποδὸς ξεινήϊον, ὅν ποτ' ἔδωκας   290
ἀντιθέῳ 'Οδυσῆϊ δόμον κάτ' ἀλητεύοντι."
'Η ῥα βοῶν ἑλίκων ἐπιβουκόλος· αὐτὰρ 'Οδυσσεὺς
οὖτα Δαμαστορίδην αὐτοσχεδὸν ἔγχεϊ μακρῷ.
Τηλέμαχος δ' Εὐηνορίδην Λῃόκριτον οὖτα
δουρὶ μέσον κενεῶνα, διαπρὸ δὲ χαλκὸν ἔλασσεν·   295
ἤριπε δὲ πρηνής, χθόνα δ' ἤλασε παντὶ μετώπῳ.
δὴ τότ' 'Αθηναίη φθισίμβροτον αἰγίδ' ἀνέσχεν
ὑψόθεν ἐξ ὀροφῆς· τῶν δὲ φρένες ἐπτοίηθεν.
οἱ δ' ἐφέβοντο κατὰ μέγαρον βόες ὣς ἀγελαῖαι·
τὰς μέν τ' αἰόλος οἶστρος ἐφορμηθεὶς ἐδόνησεν   300
ὥρῃ ἐν εἰαρινῇ, ὅτε τ' ἤματα μακρὰ πέλονται.
οἱ δ' ὥς τ' αἰγυπιοὶ γαμψώνυχες ἀγκυλοχεῖλαι

ἐξ ὀρέων ἐλθόντες ἐπ' ὀρνίθεσσι θόρωσι—
ταὶ μέν τ' ἐν πεδίῳ νέφεα πτώσσουσαι ἵενται,
οἱ δέ τε τὰς ὀλέκουσιν ἐπάλμενοι, οὐδέ τις ἀλκὴ 305
γίγνεται οὐδὲ φυγή· χαίρουσι δέ τ' ἀνέρες ἄγρῃ—
ὣς ἄρα τοὶ μνηστῆρας ἐπεσσύμενοι κατὰ δῶμα
τύπτον ἐπιστροφάδην· τῶν δὲ στόνος ὄρνυτ' ἀεικὴς
κράτων τυπτομένων, δάπεδον δ' ἄπαν αἵματι θῦε.
Ληώδης δ' Ὀδυσῆος ἐπεσσύμενος λάβε γούνων, 310
καί μιν λισσόμενος ἔπεα πτερόεντα προσηύδα·
"γουνοῦμαί σ', Ὀδυσεῦ· σὺ δέ μ' αἴδεο καί μ' ἐλέη-
σον·
οὐ γάρ πώ τινά φημι γυναικῶν ἐν μεγάροισιν
εἰπεῖν οὐδέ τι ῥέξαι ἀτάσθαλον· ἀλλὰ καὶ ἄλλους
παύεσκον μνηστῆρας, ὅτις τοιαῦτά γε ῥέζοι. 315
ἀλλά μοι οὐ πείθοντο κακῶν ἄπο χεῖρας ἔχεσθαι·
τὼ καὶ ἀτασθαλίῃσιν ἀεικέα πότμον ἐπέσπον.
αὐτὰρ ἐγὼ μετὰ τοῖσι θυοσκόος οὐδὲν ἐοργὼς
κείσομαι, ὡς οὐκ ἔστι χάρις μετόπισθ' εὐεργέων."
Τὸν δ' ἄρ' ὑπόδρα ἰδὼν προσέφη πολύμητις Ὀδυσ-
σεύς· 320
"εἰ μὲν δὴ μετὰ τοῖσι θυοσκόος εὔχεαι εἶναι,
πολλάκι που μέλλεις ἀρήμεναι ἐν μεγάροισι
τηλοῦ ἐμοὶ νόστοιο τέλος γλυκεροῖο γενέσθαι,
σοὶ δ' ἄλοχόν τε φίλην σπέσθαι καὶ τέκνα τεκέσθαι·
τὼ οὐκ ἂν θάνατόν γε δυσηλεγέα προφύγοισθα." 325
Ὣς ἄρα φωνήσας ξίφος εἵλετο χειρὶ παχείῃ
κείμενον, ὅ ῥ' Ἀγέλαος ἀποπροέηκε χαμᾶζε
κτεινόμενος· τῷ τόν γε κατ' αὐχένα μέσσον ἔλασσε.
φθεγγομένου δ' ἄρα τοῦ γε κάρη κονίῃσιν ἐμίχθη.
Τερπιάδης δ' ἔτ' ἀοιδὸς ἀλύσκανε κῆρα μέλαιναν,
Φήμιος, ὅς ῥ' ἤειδε μετὰ μνηστῆρσιν ἀνάγκῃ. 331
ἔστη δ' ἐν χείρεσσιν ἔχων φόρμιγγα λίγειαν

ἄγχι παρ' ὀρσοθύρην· δίχα δὲ φρεσὶ μερμήριζεν,
ἢ ἐκδὺς μεγάροιο Διὸς μεγάλου ποτὶ βωμὸν
ἑρκείου ἵζοιτο τετυγμένον, ἔνθ' ἄρα πολλὰ   335
Λαέρτης 'Οδυσεύς τε βοῶν ἐπὶ μηρί' ἔκηαν,
ἢ γούνων λίσσοιτο προσαΐξας 'Οδυσῆα.
ὣδε δέ οἱ φρονέοντι δοάσσατο κέρδιον εἶναι,
γούνων ἅψασθαι Λαερτιάδεω 'Οδυσῆος.
ἢ τοι ὁ φόρμιγγα γλαφυρὴν κατέθηκε χαμᾶζε   340
μεσσηγὺς κρητῆρος ἰδὲ θρόνου ἀργυροήλου,
αὐτὸς δ' αὖτ' 'Οδυσῆα προσαΐξας λάβε γούνων,
καί μιν λισσόμενος ἔπεα πτερόεντα προσηύδα·
"γουνοῦμαί σ', 'Οδυσεῦ· σὺ δέ μ' αἴδεο καί μ' ἐλέη-
    σον·
αὐτῷ τοι μετόπισθ' ἄχος ἔσσεται, εἴ κεν ἀοιδὸν   345
πέφνῃς, ὅς τε θεοῖσι καὶ ἀνθρώποισιν ἀείδω.
αὐτοδίδακτος δ' εἰμί, θεὸς δέ μοι ἐν φρεσὶν οἴμας
παντοίας ἐνέφυσεν· ἔοικα δέ τοι παραείδειν
ὥς τε θεῷ· τὼ μή με λιλαίεο δειροτομῆσαι.
καί κεν Τηλέμαχος τάδε γ' εἴποι, σὸς φίλος υἱός,   350
ὡς ἐγὼ οὔ τι ἑκὼν ἐς σὸν δόμον οὐδὲ χατίζων
πωλεύμην μνηστῆρσιν ἀεισόμενος μετὰ δαῖτας,
ἀλλὰ πολὺ πλέονες καὶ κρείσσονες ἦγον ἀνάγκῃ."
Ὣς φάτο· τοῦ δ' ἤκουσ' ἱερὴ ἲς Τηλεμάχοιο,
αἶψα δ' ἑὸν πατέρα προσεφώνεεν ἐγγὺς ἐόντα·   355
"ἴσχεο, μηδέ τι τοῦτον ἀναίτιον οὔταε χαλκῷ·
καὶ κήρυκα Μέδοντα σαώσομεν, ὅς τέ μευ αἰεὶ
οἴκῳ ἐν ἡμετέρῳ κηδέσκετο παιδὸς ἐόντος,
εἰ δὴ μή μιν ἔπεφνε Φιλοίτιος ἠὲ συβώτης,
ἠὲ σοὶ ἀντεβόλησεν ὀρινομένῳ κατὰ δῶμα."   360
Ὣς φάτο· τοῦ δ' ἤκουσε Μέδων πεπνυμένα εἰδώς·
πεπτηὼς γὰρ ἔκειτο ὑπὸ θρόνον, ἀμφὶ δὲ δέρμα
ἕστο βοὸς νεοδάρτον, ἀλύσκων κῆρα μέλαιναν.

αἶψα δ' ὑπὸ θρόνου ὦρτο, βοὸς δ' ἀπέδυνε βοείην,
Τηλέμαχον δ' ἄρ' ἔπειτα προσαΐξας λάβε γούνων, 365
καί μιν λισσόμενος ἔπεα πτερόεντα προσηύδα·
" ὦ φίλ', ἐγὼ μὲν ὅδ' εἰμί, σὺ δ' ἴσχεο· εἰπὲ δὲ πατρὶ
μή με περισθενέων δηλήσεται ὀξέϊ χαλκῷ,
ἀνδρῶν μνηστήρων κεχολωμένος, οἵ οἱ ἔκειρον
κτήματ' ἐνὶ μεγάρῳ, σὲ δὲ νήπιοι οὐδὲν ἔτιον." 370
Τὸν δ' ἐπιμειδήσας προσέφη πολύμητις Ὀδυσσεύς·
" θάρσει, ἐπεὶ δή σ' οὗτος ἐρύσατο καὶ ἐσάωσεν,
ὄφρα γνῷς κατὰ θυμόν, ἀτὰρ εἴπησθα καὶ ἄλλῳ,
ὡς κακοεργίης εὐεργεσίη μέγ' ἀμείνων.
ἀλλ' ἐξελθόντες μεγάρων ἕζεσθε θύραζε 375
ἐκ φόνου εἰς αὐλήν, σύ τε καὶ πολύφημος ἀοιδός,
ὄφρ' ἂν ἐγὼ κατὰ δῶμα πονήσομαι ὅττεό με χρή."
Ὣς φάτο· τὼ δ' ἔξω βήτην μεγάροιο κιόντε.
ἑζέσθην δ' ἄρα τώ γε Διὸς μεγάλου ποτὶ βωμόν,
πάντοσε παπταίνοντε, φόνον ποτιδεγμένω αἰεί. 380
Πάπτηνεν δ' Ὀδυσεὺς καθ' ἑὸν δόμον, εἴ τις ἔτ'
ἀνδρῶν
ζωὸς ὑποκλοπέοιτο, ἀλύσκων κῆρα μέλαιναν.
τοὺς δὲ ἴδεν μάλα πάντας ἐν αἵματι καὶ κονίῃσι
πεπτεῶτας πολλούς, ὥς τ' ἰχθύας, οὕς θ' ἁλιῆες
κοῖλον ἐς αἰγιαλὸν πολιῆς ἔκτοσθε θαλάσσης 385
δικτύῳ ἐξέρυσαν πολυωπῷ· οἱ δέ τε πάντες
κύμαθ' ἁλὸς ποθέοντες ἐπὶ ψαμάθοισι κέχυνται·
τῶν μέν τ' Ἠέλιος φαέθων ἐξείλετο θυμόν·
ὣς τότ' ἄρα μνηστῆρες ἐπ' ἀλλήλοισι κέχυντο.
δὴ τότε Τηλέμαχον προσέφη πολύμητις Ὀδυσσεύς· 390
" Τηλέμαχ', εἰ δ' ἄγε μοι κάλεσον τροφὸν Εὐρύκλειαν,
ὄφρα ἔπος εἴπωμι τό μοι καταθύμιόν ἐστιν."
Ὣς φάτο· Τηλέμαχος δὲ φίλῳ ἐπεπείθετο πατρί,
κινήσας δὲ θύρην προσέφη τροφὸν Εὐρύκλειαν·

"δεῦρο δὴ ὄρσο, γρηῦ παλαιγενές, ἥ τε γυναικῶν 395
δμῳάων σκοπός ἐσσι κατὰ μέγαρ' ἡμετεράων·
ἔρχεο· κικλήσκει σε πατὴρ ἐμός, ὄφρα τι εἴπῃ."
Ὣς ἄρ' ἐφώνησεν· τῇ δ' ἄπτερος ἔπλετο μῦθος,
ὤϊξεν δὲ θύρας μεγάρων εὖ ναιεταόντων,
βῆ δ' ἴμεν· αὐτὰρ Τηλέμαχος πρόσθ' ἡγεμόνευεν. 400
εὗρεν ἔπειτ' Ὀδυσῆα μετὰ κταμένοισι νέκυσσιν,
αἵματι καὶ λύθρῳ πεπαλαγμένον ὥς τε λέοντα,
ὅς ῥά τε βεβρωκὼς βοὸς ἔρχεται ἀγραύλοιο·
πᾶν δ' ἄρα οἱ στῆθός τε παρήϊά τ' ἀμφοτέρωθεν
αἱματόεντα πέλει, δεινὸς δ' εἰς ὦπα ἰδέσθαι· 405
ὣς Ὀδυσεὺς πεπάλακτο πόδας καὶ χεῖρας ὕπερθεν.
ἡ δ' ὡς οὖν νέκυάς τε καὶ ἄσπετον εἴσιδεν αἷμα,
ἴθυσέν ῥ' ὀλολύξαι, ἐπεὶ μέγα εἴσιδεν ἔργον·
ἀλλ' Ὀδυσεὺς κατέρυκε καὶ ἔσχεθεν ἱεμένην περ,
καί μιν φωνήσας ἔπεα πτερόεντα προσηύδα· 410
"ἐν θυμῷ, γρηῦ, χαῖρε καὶ ἴσχεο μηδ' ὀλόλυζε·
οὐχ ὁσίη κταμένοισιν ἐπ' ἀνδράσιν εὐχετάασθαι.
τούσδε δὲ μοῖρ' ἐδάμασσε θεῶν καὶ σχέτλια ἔργα·
οὔ τινα γὰρ τίεσκον ἐπιχθονίων ἀνθρώπων,
οὐ κακὸν οὐδὲ μὲν ἐσθλόν, ὅτις σφέας εἰσαφίκοιτο· 415
τὼ καὶ ἀτασθαλίῃσιν ἀεικέα πότμον ἐπέσπον.
ἀλλ' ἄγε μοι σὺ γυναῖκας ἐνὶ μεγάροις κατάλεξον,
αἵ τέ μ' ἀτιμάζουσι καὶ αἳ νηλίτιδές εἰσιν."
Τὸν δ' αὖτε προσέειπε φίλη τροφὸς Εὐρύκλεια·
"τοιγὰρ ἐγώ τοι, τέκνον, ἀληθείην καταλέξω. 420
πεντήκοντά τοί εἰσιν ἐνὶ μεγάροισι γυναῖκες
δμῳαί, τὰς μέν τ' ἔργα διδάξαμεν ἐργάζεσθαι,
εἴριά τε ξαίνειν καὶ δουλοσύνην ἀνέχεσθαι·
τάων δώδεκα πᾶσαι ἀναιδείης ἐπέβησαν,
οὔτ' ἐμὲ τίουσαι οὔτ' αὐτὴν Πηνελόπειαν. 425
Τηλέμαχος δὲ νέον μὲν ἀέξετο, οὐδέ ἑ μήτηρ

σημαίνειν εἴασκεν ἐπὶ δμωῆσι γυναιξίν.
ἀλλ᾽ ἄγ᾽ ἐγὼν ἀναβὰσ᾽ ὑπερώϊα σιγαλόεντα
εἴπω σῇ ἀλόχῳ, τῇ τις θεὸς ὕπνον ἐπῶρσε."
Τὴν δ᾽ ἀπαμειβόμενος προσέφη πολύμητις Ὀδυσ-
σεύς·   430
"μή πω τήνδ᾽ ἐπέγειρε· σὺ δ᾽ ἐνθάδε εἰπὲ γυναιξὶν
ἐλθέμεν, αἵ περ πρόσθεν ἀεικέα μηχανόωντο."
Ὣς ἄρ᾽ ἔφη· γρηῢς δὲ διὲκ μεγάροιο βεβήκει
ἀγγελέουσα γυναιξὶ καὶ ὀτρυνέουσα νέεσθαι.
αὐτὰρ ὁ Τηλέμαχον καὶ βουκόλον ἠδὲ συβώτην   435
εἰς ἓ καλεσσάμενος ἔπεα πτερόεντα προσηύδα·
"ἄρχετε νῦν νέκυας φορέειν καὶ ἄνωχθε γυναῖκας·
αὐτὰρ ἔπειτα θρόνους περικαλλέας ἠδὲ τραπέζας
ὕδατι καὶ σπόγγοισι πολυτρήτοισι καθαίρειν.
αὐτὰρ ἐπὴν δὴ πάντα δόμον κατακοσμήσησθε,   440
δμῳὰς ἐξαγαγόντες ἐϋσταθέος μεγάροιο,
μεσσηγύς τε θόλου καὶ ἀμύμονος ἕρκεος αὐλῆς,
θεινέμεναι ξίφεσιν τανυήκεσιν, εἰς ὅ κε πασέων
ψυχὰς ἐξαφέλησθε, καὶ ἐκλελάθωντ᾽ Ἀφροδίτης,
τὴν ἄρ᾽ ὑπὸ μνηστῆρσιν ἔχον μίσγοντό τε λάθρῃ." 445
Ὣς ἔφαθ᾽· αἱ δὲ γυναῖκες ἀολλέες ἦλθον ἄπασαι,
αἴν᾽ ὀλοφυρόμεναι, θαλερὸν κατὰ δάκρυ χέουσαι.
πρῶτα μὲν οὖν νέκυας φόρεον κατατεθνηῶτας,
κὰδ δ᾽ ἄρ᾽ ὑπ᾽ αἰθούσῃ τίθεσαν εὐερκέος αὐλῆς,
ἀλλήλοισιν ἐρείδουσαι· σήμαινε δ᾽ Ὀδυσσεὺς   450
αὐτὸς ἐπισπέρχων· ταὶ δ᾽ ἐκφόρεον καὶ ἀνάγκῃ.
αὐτὰρ ἔπειτα θρόνους περικαλλέας ἠδὲ τραπέζας
ὕδατι καὶ σπόγγοισι πολυτρήτοισι κάθαιρον.
αὐτὰρ Τηλέμαχος καὶ βουκόλος ἠδὲ συβώτης
λίστροισιν δάπεδον πύκα ποιητοῖο δόμοιο   455
ξῦον· ταὶ δ᾽ ἐφόρεον δμῳαί, τίθεσαν δὲ θύραζε.
αὐτὰρ ἐπεὶ δὴ πᾶν μέγαρον διεκοσμήσαντο,

δμῳὰς δ' ἐξαγαγόντες ἐϋσταθέος μεγάροιο,
μεσσηγύς τε θόλου καὶ ἀμύμονος ἕρκεος αὐλῆς,
εἴλεον ἐν στείνει, ὅθεν οὔ πως ἦεν ἀλύξαι.   460
τοῖσι δὲ Τηλέμαχος πεπνυμένος ἄρχ' ἀγορεύειν·
"μὴ μὲν δὴ καθαρῷ θανάτῳ ἀπὸ θυμὸν ἑλοίμην
τάων, αἳ δὴ ἐμῇ κεφαλῇ κατ' ὀνείδεα χεῦαν
μητέρι θ' ἡμετέρῃ, παρά τε μνηστῆρσιν ἴαυον!"
Ὣς ἄρ' ἔφη, καὶ πεῖσμα νεὸς κυανοπρῴροιο   465
κίονος ἐξάψας μεγάλης περίβαλλε θόλοιο,
ὑψόσ' ἐπεντανύσας, μή τις ποσὶν οὖδας ἵκοιτο.
ὡς δ' ὅτ' ἂν ἢ κίχλαι τανυσίπτεροι ἠὲ πέλειαι
ἕρκει ἐνιπλήξωσι, τό θ' ἑστήκῃ ἐνὶ θάμνῳ,
αὖλιν ἐσιέμεναι, στυγερὸς δ' ὑπεδέξατο κοῖτος,   470
ὣς αἵ γ' ἐξείης κεφαλὰς ἔχον, ἀμφὶ δὲ πάσαις
δειρῇσι βρόχοι ἦσαν, ὅπως οἴκτιστα θάνοιεν.
ἤσπαιρον δὲ πόδεσσι μίνυνθά περ, οὔ τι μάλα δήν.
Ἐκ δὲ Μελάνθιον ἦγον ἀνὰ πρόθυρόν τε καὶ αὐλήν·
τοῦ δ' ἀπὸ μὲν ῥῖνάς τε καὶ οὔατα νηλέϊ χαλκῷ   475
τάμνον, μήδεά τ' ἐξέρυσαν, κυσὶν ὠμὰ δάσασθαι,
χεῖράς τ' ἠδὲ πόδας κόπτον κεκοτηότι θυμῷ.
Οἱ μὲν ἔπειτ' ἀπονιψάμενοι χεῖράς τε πόδας τε
εἰς Ὀδυσῆα δόμονδε κίον, τετέλεστο δὲ ἔργον·
αὐτὰρ ὅ γε προσέειπε φίλην τροφὸν Εὐρύκλειαν·   480
"οἶσε θέειον, γρῃῦ, κακῶν ἄκος, οἶσε δέ μοι πῦρ,
ὄφρα θεειώσω μέγαρον· σὺ δὲ Πηνελόπειαν
ἐλθεῖν ἐνθάδ' ἄνωχθι σὺν ἀμφιπόλοισι γυναιξί·
πάσας δ' ὄτρυνον δμῳὰς κατὰ δῶμα νέεσθαι."
Τὸν δ' αὖτε προσέειπε φίλη τροφὸς Εὐρύκλεια·   485
"ναὶ δὴ ταῦτά γε, τέκνον ἐμόν, κατὰ μοῖραν ἔειπες.
ἀλλ' ἄγε τοι χλαῖνάν τε χιτῶνά τε εἵματ' ἐνείκω,
μηδ' οὕτω ῥάκεσιν πεπυκασμένος εὐρέας ὤμους
ἕσταθ' ἐνὶ μεγάροισι· νεμεσσητὸν δέ κεν εἴη."

Τὴν δ' ἀπαμειβόμενος προσέφη πολύμητις Ὀδυσ-
σεύς·   490
" πῦρ νῦν μοι πρώτιστον ἐνὶ μεγάροισι γενέσθω."
Ὣς ἔφατ'· οὐδ' ἀπίθησε φίλη τροφὸς Εὐρύκλεια,
ἤνεικεν δ' ἄρα πῦρ καὶ θήϊον. αὐτὰρ Ὀδυσσεὺς
εὖ διεθείωσεν μέγαρον καὶ δῶμα καὶ αὐλήν.
Γρηῢς δ' αὖτ' ἀπέβη διὰ δώματα κάλ' Ὀδυσῆος 495
ἀγγελέουσα γυναιξὶ καὶ ὀτρυνέουσα νέεσθαι·
αἱ δ' ἴσαν ἐκ μεγάροιο δάος μετὰ χερσὶν ἔχουσαι.
αἱ μὲν ἄρ' ἀμφεχέοντο καὶ ἠσπάζοντ' Ὀδυσῆα,
καὶ κύνεον ἀγαπαζόμεναι κεφαλήν τε καὶ ὤμους
χεῖράς τ' αἰνύμεναι· τὸν δὲ γλυκὺς ἵμερος ἧρει   500
κλαυθμοῦ καὶ στοναχῆς, γίγνωσκε δ' ἄρα φρεσὶ πάσας.

ΟΔΥΣΣΕΙΑΣ Ψ

Γρηῢς δ' εἰς ὑπερῷ' ἀνεβήσετο καγχαλόωσα,
δεσποίνῃ ἐρέουσα φίλον πόσιν ἔνδον ἐόντα·
γούνατα δ' ἐρρώσαντο, πόδες δ' ὑπερικταίνοντο.
στῆ δ' ἄρ' ὑπὲρ κεφαλῆς καί μιν πρὸς μῦθον ἔειπεν·
"ἔγρεο, Πηνελόπεια, φίλον τέκος, ὄφρα ἴδηαι   5
ὀφθαλμοῖσι τεοῖσι τά τ' ἔλδεαι ἤματα πάντα.
ἦλθ' 'Οδυσεὺς καὶ οἶκον ἱκάνεται, ὀψέ περ ἐλθών·
μνηστῆρας δ' ἔκτεινεν ἀγήνορας, οἵ θ' ἑὸν οἶκον
κήδεσκον καὶ κτήματ' ἔδον βιόωντό τε παῖδα."
Τὴν δ' αὖτε προσέειπε περίφρων Πηνελόπεια·   10
"μαῖα φίλη, μάργην σε θεοὶ θέσαν, οἵ τε δύνανται
ἄφρονα ποιῆσαι καὶ ἐπίφρονά περ μάλ' ἐόντα,
καί τε χαλιφρονέοντα σαοφροσύνης ἐπέβησαν·
οἵ σέ περ ἔβλαψαν· πρὶν δὲ φρένας αἰσίμη ἦσθα.
τίπτε με λωβεύεις πολυπενθέα θυμὸν ἔχουσαν   15
ταῦτα παρὲξ ἐρέουσα καὶ ἐξ ὕπνου μ' ἀνεγείρεις
ἡδέος, ὅς μ' ἐπέδησε φίλα βλέφαρ' ἀμφικαλύψας;
οὐ γάρ πω τοιόνδε κατέδραθον, ἐξ οὗ 'Οδυσσεὺς
οἴχετ' ἐποψόμενος Κακοΐλιον οὐκ ὀνομαστήν.
ἀλλ' ἄγε νῦν κατάβηθι καὶ ἂψ ἔρχευ μέγαρόνδε.   20
εἰ γάρ τίς μ' ἄλλη γε γυναικῶν, αἵ μοι ἔασι,
ταῦτ' ἐλθοῦσ' ἤγγειλε καὶ ἐξ ὕπνου ἀνέγειρε,
τῶ κε τάχα στυγερῶς μιν ἐγὼν ἀπέπεμψα νέεσθαι
αὖτις ἔσω μέγαρον· σὲ δὲ τοῦτό γε γῆρας ὀνήσει."
Τὴν δ' αὖτε προσέειπε φίλη τροφὸς Εὐρύκλεια·   25

165

"οὔ τί σε λωβεύω, τέκνον φίλον, ἀλλ᾽ ἔτυμόν τοι
ἦλθ᾽ Ὀδυσεὺς καὶ οἶκον ἱκάνεται, ὡς ἀγορεύω,
ὁ ξεῖνος, τὸν πάντες ἀτίμων ἐν μεγάροισι.
Τηλέμαχος δ᾽ ἄρα μιν πάλαι ᾔδεεν ἔνδον ἐόντα,
ἀλλὰ σαοφροσύνῃσι νοήματα πατρὸς ἔκευθεν,   30
ὄφρ᾽ ἀνδρῶν τίσαιτο βίην ὑπερηνορεόντων."
Ὣς ἔφαθ᾽· ἡ δ᾽ ἐχάρη καὶ ἀπὸ λέκτροιο θοροῦσα
γρηῒ περιπλέχθη, βλεφάρων δ᾽ ἀπὸ δάκρυον ἧκε,
καί μιν φωνήσασ᾽ ἔπεα πτερόεντα προσηύδα·
"εἰ δ᾽ ἄγε δή μοι, μαῖα φίλη, νημερτὲς ἐνίσπες,   35
εἰ ἐτεὸν δὴ οἶκον ἱκάνεται, ὡς ἀγορεύεις,
ὅππως δὴ μνηστῆρσιν ἀναιδέσι χεῖρας ἐφῆκε
μοῦνος ἐών, οἱ δ᾽ αἰὲν ἀολλέες ἔνδον ἔμιμνον."
Τὴν δ᾽ αὖτε προσέειπε φίλη τροφὸς Εὐρύκλεια·
"οὐκ ἴδον, οὐ πυθόμην, ἀλλὰ στόνον οἶον ἄκουσα   40
κτεινομένων· ἡμεῖς δὲ μυχῷ θαλάμων εὐπήκτων
ἥμεθ᾽ ἀτυζόμεναι, σανίδες δ᾽ ἔχον εὖ ἀραρυῖαι,
πρίν γ᾽ ὅτε δή με σὸς υἱὸς ἀπὸ μεγάροιο κάλεσσε
Τηλέμαχος· τὸν γάρ ῥα πατὴρ προέηκε καλέσσαι.
εὗρον ἔπειτ᾽ Ὀδυσῆα μετὰ κταμένοισι νέκυσσιν   45
ἑσταόθ᾽· οἱ δέ μιν ἀμφὶ κραταίπεδον οὖδας ἔχοντες
κεῖατ᾽ ἐπ᾽ ἀλλήλοισιν· ἰδοῦσά κε θυμὸν ἰάνθης
αἵματι καὶ λύθρῳ πεπαλαγμένον ὥς τε λέοντα.
νῦν δ᾽ οἱ μὲν δὴ πάντες ἐπ᾽ αὐλείῃσι θύρῃσιν
ἀθρόοι, αὐτὰρ ὁ δῶμα θεειοῦται περικαλλές,   50
πῦρ μέγα κηάμενος· σὲ δέ με προέηκε καλέσσαι.
ἀλλ᾽ ἕπευ, ὄφρα σφῶϊν ἐϋφροσύνης ἐπιβῆτον
ἀμφοτέρω φίλον ἦτορ, ἐπεὶ κακὰ πολλὰ πέποσθε.
νῦν δ᾽ ἤδη τόδε μακρὸν ἐέλδωρ ἐκτετέλεσται·
ἦλθε μὲν αὐτὸς ζωὸς ἐφέστιος, εὗρε δὲ καὶ σὲ   55
καὶ παῖδ᾽ ἐν μεγάροισι· κακῶς δ᾽ οἵ πέρ μιν ἔρεζον
μνηστῆρες, τοὺς πάντας ἐτίσατο ᾧ ἐνὶ οἴκῳ."

Τὴν δ᾽ αὖτε προσέειπε περίφρων Πηνελόπεια·
"μαῖα φίλη, μή πω μέγ᾽ ἐπεύχεο καγχαλόωσα.
οἶσθα γὰρ ὡς κ᾽ ἀσπαστὸς ἐνὶ μεγάροισι φανείη   60
πᾶσι, μάλιστα δ᾽ ἐμοί τε καὶ υἱέϊ, τὸν τεκόμεσθα·
ἀλλ᾽ οὐκ ἔσθ᾽ ὅδε μῦθος ἐτήτυμος, ὡς ἀγορεύεις,
ἀλλά τις ἀθανάτων κτεῖνε μνηστῆρας ἀγαυούς,
ὕβριν ἀγασσάμενος θυμαλγέα καὶ κακὰ ἔργα·
οὔ τινα γὰρ τίεσκον ἐπιχθονίων ἀνθρώπων,   65
οὐ κακὸν οὐδὲ μὲν ἐσθλόν, ὅτις σφέας εἰσαφίκοιτο·
τὼ δι᾽ ἀτασθαλίας ἔπαθον κακόν· αὐτὰρ Ὀδυσσεὺς
ὤλεσε τηλοῦ νόστον Ἀχαιΐδος, ὤλετο δ᾽ αὐτός."
Τὴν δ᾽ ἠμείβετ᾽ ἔπειτα φίλη τροφὸς Εὐρύκλεια·
"τέκνον ἐμόν, ποῖόν σε ἔπος φύγεν ἔρκος ὀδόντων,   70
ἣ πόσιν ἔνδον ἐόντα παρ᾽ ἐσχάρῃ οὔ ποτ᾽ ἔφησθα
οἴκαδ᾽ ἐλεύσεσθαι! θυμὸς δέ τοι αἰὲν ἄπιστος.
ἀλλ᾽ ἄγε τοι καὶ σῆμα ἀριφραδὲς ἄλλο τι εἴπω·
οὐλήν, τήν ποτέ μιν σῦς ἤλασε λευκῷ ὀδόντι,
τὴν ἀπονίζουσα φρασάμην, ἔθελον δὲ σοὶ αὐτῇ   75
εἰπέμεν· ἀλλά με κεῖνος ἑλὼν ἐπὶ μάστακα χερσὶν
οὐκ ἔα εἰπέμεναι πολυκερδείῃσι νόοιο.
ἀλλ᾽ ἕπευ· αὐτὰρ ἐγὼν ἐμέθεν περιδώσομαι αὐτῆς,
αἴ κέν σ᾽ ἐξαπάφω, κτεῖναί μ᾽ οἰκτίστῳ ὀλέθρῳ."
Τὴν δ᾽ ἠμείβετ᾽ ἔπειτα περίφρων Πηνελόπεια·   80
"μαῖα φίλη, χαλεπόν σε θεῶν αἰειγενετάων
δήνεα εἴρυσθαι, μάλα περ πολύϊδριν ἐοῦσαν·
ἀλλ᾽ ἔμπης ἴομεν μετὰ παῖδ᾽ ἐμόν, ὄφρα ἴδωμαι
ἄνδρας μνηστῆρας τεθνηότας, ἠδ᾽ ὃς ἔπεφνεν."
Ὣς φαμένη κατέβαιν᾽ ὑπερώϊα· πολλὰ δέ οἱ κῆρ   85
ὅρμαιν᾽, ἢ ἀπάνευθε φίλον πόσιν ἐξερεείνοι,
ἢ παραστᾶσα κύσειε κάρη καὶ χεῖρε λαβοῦσα.
ἡ δ᾽ ἐπεὶ εἰσῆλθεν καὶ ὑπέρβη λάϊνον οὐδόν,
ἕζετ᾽ ἔπειτ᾽ Ὀδυσῆος ἐναντίη, ἐν πυρὸς αὐγῇ.

τοίχου τοῦ ἐτέρου· ὁ δ᾽ ἄρα πρὸς κίονα μακρὴν   90
ἧστο κάτω ὁρόων, ποτιδέγμενος εἴ τί μιν εἴποι
ἰφθίμη παράκοιτις, ἐπεὶ ἴδεν ὀφθαλμοῖσιν.
ἡ δ᾽ ἄνεω δὴν ἧστο, τάφος δέ οἱ ἦτορ ἵκανεν·
ὄψει δ᾽ ἄλλοτε μέν μιν ἐνωπαδίως ἤϊσκεν,
ἄλλοτε δ᾽ ἀγνώσασκε κακὰ χροΐ εἵματ᾽ ἔχοντα.   95
Τηλέμαχος δ᾽ ἐνένιπεν ἔπος τ᾽ ἔφατ᾽ ἔκ τ᾽ ὀνόμαζε
"μῆτερ ἐμή, δύσμητερ, ἀπηνέα θυμὸν ἔχουσα,
τίφθ᾽ οὕτω πατρὸς νοσφίζεαι, οὐδὲ παρ᾽ αὐτὸν
ἑζομένη μύθοισιν ἀνείρεαι οὐδὲ μεταλλᾷς;
οὐ μέν κ᾽ ἄλλη γ᾽ ὧδε γυνὴ τετληότι θυμῷ   100
ἀνδρὸς ἀφεσταίη, ὅς οἱ κακὰ πολλὰ μογήσας
ἔλθοι ἐεικοστῷ ἔτεϊ ἐς πατρίδα γαῖαν·
σοὶ δ᾽ αἰεὶ κραδίη στερεωτέρη ἐστὶ λίθοιο."
Τὸν δ᾽ αὖτε προσέειπε περίφρων Πηνελόπεια·
"τέκνον ἐμόν, θυμός μοι ἐνὶ στήθεσσι τέθηπεν,   105
οὐδέ τι προσφάσθαι δύναμαι ἔπος οὐδ᾽ ἐρέεσθαι
οὐδ᾽ εἰς ὦπα ἰδέσθαι ἐναντίον. εἰ δ᾽ ἐτεὸν δὴ
ἔστ᾽ Ὀδυσεὺς καὶ οἶκον ἱκάνεται, ἦ μάλα νῶϊ
γνωσόμεθ᾽ ἀλλήλων καὶ λώϊον· ἔστι γὰρ ἡμῖν
σήμαθ᾽, ἃ δὴ καὶ νῶϊ κεκρυμμένα ἴδμεν ἀπ᾽ ἄλλων."
Ὣς φάτο· μείδησεν δὲ πολύτλας δῖος Ὀδυσσεύς,   111
αἶψα δὲ Τηλέμαχον ἔπεα πτερόεντα προσηύδα·
"Τηλέμαχ᾽, ἦ τοι μητέρ᾽ ἐνὶ μεγάροισιν ἔασον
πειράζειν ἐμέθεν· τάχα δὲ φράσεται καὶ ἄρειον.
νῦν δ᾽ ὅττι ῥυπόω, κακὰ δὲ χροΐ εἵματα εἷμαι,   115
τοὔνεκ᾽ ἀτιμάζει με καὶ οὔ πώ φησι τὸν εἶναι.
ἡμεῖς δὲ φραζώμεθ᾽ ὅπως ὄχ᾽ ἄριστα γένηται.
καὶ γάρ τίς θ᾽ ἕνα φῶτα κατακτείνας ἐνὶ δήμῳ,
ᾧ μὴ πολλοὶ ἔωσιν ἀοσσητῆρες ὀπίσσω,
φεύγει πηούς τε προλιπὼν καὶ πατρίδα γαῖαν·   120
ἡμεῖς δ᾽ ἔρμα πόληος ἀπέκταμεν, οἳ μέγ᾽ ἄριστοι

κούρων εἰν Ἰθάκῃ· τὰ δέ σε φράζεσθαι ἄνωγα."
Τὸν δ' αὖ Τηλέμαχος πεπνυμένος ἀντίον ηὔδα·
"αὐτὸς ταῦτά γε λεῦσσε, πάτερ φίλε· σὴν γὰρ ἀρίστην
μῆτιν ἐπ' ἀνθρώπους φάσ' ἔμμεναι, οὐδέ κέ τίς τοι
ἄλλος ἀνὴρ ἐρίσειε καταθνητῶν ἀνθρώπων.   126
ἡμεῖς δ' ἐμμεμαῶτες ἅμ' ἑψόμεθ', οὐδέ τί φημι
ἀλκῆς δευήσεσθαι, ὅση δύναμίς γε πάρεστιν."
Τὸν δ' ἀπαμειβόμενος προσέφη πολύμητις Ὀδυσ-
σεύς·
"τοιγὰρ ἐγὼν ἐρέω ὥς μοι δοκεῖ εἶναι ἄριστα.   130
πρῶτα μὲν ἂρ λούσασθε καὶ ἀμφιέσασθε χιτῶνας,
δμῳὰς δ' ἐν μεγάροισιν ἀνώγετε εἵμαθ' ἑλέσθαι·
αὐτὰρ θεῖος ἀοιδὸς ἔχων φόρμιγγα λίγειαν
ἡμῖν ἡγείσθω φιλοπαίγμονος ὀρχηθμοῖο,
ὥς κέν τις φαίη γάμον ἔμμεναι ἐκτὸς ἀκούων,   135
ἢ ἀν' ὁδὸν στείχων ἢ οἳ περιναιετάουσι·
μὴ πρόσθε κλέος εὐρὺ φόνου κατὰ ἄστυ γένηται
ἀνδρῶν μνηστήρων, πρίν γ' ἡμέας ἐλθέμεν ἔξω
ἀγρὸν ἐς ἡμέτερον πολυδένδρεον. ἔνθα δ' ἔπειτα
φρασσόμεθ' ὅττι κε κέρδος Ὀλύμπιος ἐγγυαλίξῃ."   140
Ὣς ἔφαθ'· οἱ δ' ἄρα τοῦ μάλα μὲν κλύον ἠδὲ πίθοντο.
πρῶτα μὲν οὖν λούσαντο καὶ ἀμφιέσαντο χιτῶνας,
ὅπλισθεν δὲ γυναῖκες· ὁ δ' εἵλετο θεῖος ἀοιδὸς
φόρμιγγα γλαφυρήν, ἐν δέ σφισιν ἵμερον ὦρσε
μολπῆς τε γλυκερῆς καὶ ἀμύμονος ὀρχηθμοῖο.   145
τοῖσιν δὲ μέγα δῶμα περιστεναχίζετο ποσσὶν
ἀνδρῶν παιζόντων καλλιζώνων τε γυναικῶν.
ὧδε δέ τις εἴπεσκε δόμων ἔκτοσθεν ἀκούων·
"ἦ μάλα δή τις ἔγημε πολυμνήστην βασίλειαν.
σχετλίη! οὐδ' ἔτλη πόσιος οὗ κουριδίοιο   150
εἴρυσθαι μέγα δῶμα διαμπερές, ἧος ἵκοιτο."
Ὣς ἄρα τις εἴπεσκε, τὰ δ' οὐκ ἴσαν ὡς ἐτέτυκτο.

αὐτὰρ Ὀδυσσῆα μεγαλήτορα ᾧ ἐνὶ οἴκῳ
Εὐρυνόμη ταμίη λοῦσεν καὶ χρίσεν ἐλαίῳ,
ἀμφὶ δέ μιν φᾶρος καλὸν βάλεν ἠδὲ χιτῶνα· 155
αὐτὰρ κὰκ κεφαλῆς χεῦεν πολὺ κάλλος Ἀθήνη
μείζονά τ' εἰσιδέειν καὶ πάσσονα· κὰδ δὲ κάρητος
οὔλας ἧκε κόμας, ὑακινθίνῳ ἄνθει ὁμοίας.
ὡς δ' ὅτε τις χρυσὸν περιχεύεται ἀργύρῳ ἀνὴρ
ἴδρις, ὃν Ἥφαιστος δέδαεν καὶ Παλλὰς Ἀθήνη 160
τέχνην παντοίην—χαρίεντα δὲ ἔργα τελείει—
ὣς μὲν τῷ περίχευε χάριν κεφαλῇ τε καὶ ὤμοις.
ἐκ δ' ἀσαμίνθου βῆ δέμας ἀθανάτοισιν ὁμοῖος.
ἂψ δ' αὖτις κατ' ἄρ' ἕζετ' ἐπὶ θρόνου ἔνθεν ἀνέστη,
ἀντίον ἧς ἀλόχου, καί μιν πρὸς μῦθον ἔειπε· 165
"δαιμονίη, περὶ σοί γε γυναικῶν θηλυτεράων
κῆρ ἀτέραμνον ἔθηκαν Ὀλύμπια δώματ' ἔχοντες·
οὐ μέν κ' ἄλλη γ' ὧδε γυνὴ τετληότι θυμῷ
ἀνδρὸς ἀφεσταίη, ὅς οἱ κακὰ πολλὰ μογήσας
ἔλθοι ἐεικοστῷ ἔτεϊ ἐς πατρίδα γαῖαν. 170
ἀλλ' ἄγε μοι, μαῖα, στόρεσον λέχος, ὄφρα καὶ αὐτὸς
λέξομαι· ἦ γὰρ τῇ γε σιδήρεον ἐν φρεσὶν ἦτορ."
Τὸν δ' αὖτε προσέειπε περίφρων Πηνελόπεια·
"δαιμόνι', οὔτ' ἄρ τι μεγαλίζομαι οὔτ' ἀθερίζω
οὔτε λίην ἄγαμαι, μάλα δ' εὖ οἶδ' οἷος ἔησθα 175
ἐξ Ἰθάκης ἐπὶ νηὸς ἰὼν δολιχηρέτμοιο.
ἀλλ' ἄγε οἱ στόρεσον πυκινὸν λέχος, Εὐρύκλεια,
ἐκτὸς ἐϋσταθέος θαλάμου, τόν ῥ' αὐτὸς ἐποίει·
ἔνθα οἱ ἐκθεῖσαι πυκινὸν λέχος ἐμβάλετ' εὐνήν,
κώεα καὶ χλαίνας καὶ ῥήγεα σιγαλόεντα." 180
Ὣς ἄρ' ἔφη πόσιος πειρωμένη· αὐτὰρ Ὀδυσσεὺς
ὀχθήσας ἄλοχον προσεφώνεε κέδν' εἰδυῖαν·
"ὦ γύναι, ἦ μάλα τοῦτο ἔπος θυμαλγὲς ἔειπες.
τίς δέ μοι ἄλλοσε θῆκε λέχος; χαλεπὸν δέ κεν εἴη

καὶ μάλ' ἐπισταμένῳ, ὅτε μὴ θεὸς αὐτὸς ἐπελθὼν 185
ῥηϊδίως ἐθέλων θείη ἄλλῃ ἐνὶ χώρῃ.
ἀνδρῶν δ' οὔ κέν τις ζωὸς βροτός, οὐδὲ μάλ' ἡβῶν,
ῥεῖα μετοχλίσσειεν, ἐπεὶ μέγα σῆμα τέτυκται
ἐν λέχει ἀσκητῷ· τὸ δ' ἐγὼ κάμον οὐδέ τις ἄλλος.
θάμνος ἔφυ τανύφυλλος ἐλαίης ἕρκεος ἐντός, 190
ἀκμηνὸς θαλέθων· πάχετος δ' ἦν ἠΰτε κίων.
τῷ δ' ἐγὼ ἀμφιβαλὼν θάλαμον δέμον, ὄφρ' ἐτέλεσσα,
πυκνῇσιν λιθάδεσσι, καὶ εὖ καθύπερθεν ἔρεψα,
κολλητὰς δ' ἐπέθηκα θύρας, πυκινῶς ἀραρυίας.
καὶ τότ' ἔπειτ' ἀπέκοψα κόμην τανυφύλλου ἐλαίης, 195
κορμὸν δ' ἐκ ῥίζης προταμὼν ἀμφέξεσα χαλκῷ
εὖ καὶ ἐπισταμένως, καὶ ἐπὶ στάθμην ἴθυνα,
ἑρμῖν' ἀσκήσας, τέτρηνα δὲ πάντα τερέτρῳ.
ἐκ δὲ τοῦ ἀρχόμενος λέχος ἔξεον, ὄφρ' ἐτέλεσσα,
δαιδάλλων χρυσῷ τε καὶ ἀργύρῳ ἠδ' ἐλέφαντι· 200
ἐν δ' ἐτάνυσσ' ἱμάντα βοὸς φοίνικι φαεινόν.
οὕτω τοι τόδε σῆμα πιφαύσκομαι· οὐδέ τι οἶδα,
ἤ μοι ἔτ' ἔμπεδόν ἐστι, γύναι, λέχος, ἠέ τις ἤδη
ἀνδρῶν ἄλλοσε θῆκε, ταμὼν ὕπο πυθμέν' ἐλαίης." 204
Ὣς φάτο· τῆς δ' αὐτοῦ λύτο γούνατα καὶ φίλον ἦτορ,
σήματ' ἀναγνούσῃ τά οἱ ἔμπεδα πέφραδ' Ὀδυσσεύς.
δακρύσασα δ' ἔπειτ' ἰθὺς δράμεν, ἀμφὶ δὲ χεῖρας
δειρῇ βάλλ' Ὀδυσῆϊ, κάρη δ' ἔκυσ' ἠδὲ προσηύδα·
"μή μοι, Ὀδυσσεῦ, σκύζευ, ἐπεὶ τά περ ἄλλα μάλιστα
ἀνθρώπων πέπνυσο· θεοὶ δ' ὤπαζον ὀϊζύν, 210
οἳ νῶϊν ἀγάσαντο παρ' ἀλλήλοισι μένοντε
ἥβης ταρπῆναι καὶ γήραος οὐδὸν ἱκέσθαι.
αὐτὰρ μὴ νῦν μοι τόδε χώεο μηδὲ νεμέσσα,
οὕνεκά σ' οὐ τὸ πρῶτον, ἐπεὶ ἴδον, ὧδ' ἀγάπησα.
αἰεὶ γάρ μοι θυμὸς ἐνὶ στήθεσσι φίλοισιν 215
ἐρρίγει μή τίς με βροτῶν ἀπάφοιτο ἔπεσσιν

ἐλθών—πολλοὶ γὰρ κακὰ κέρδεα βουλεύουσιν·
οὐδέ κεν Ἀργείη Ἑλένη, Διὸς ἐκγεγαυῖα,
ἀνδρὶ παρ' ἀλλοδαπῷ ἐμίγη φιλότητι καὶ εὐνῇ,
εἰ ᾔδη ὅ μιν αὖτις ἀρήϊοι υἷες Ἀχαιῶν   220
ἀξέμεναι οἶκόνδε φίλην ἐς πατρίδ' ἔμελλον.
τὴν δ' ἦ τοι ῥέξαι θεὸς ὦρορεν ἔργον ἀεικές·
τὴν δ' ἄτην οὐ πρόσθεν ἑῷ ἐγκάτθετο θυμῷ
λυγρήν, ἐξ ἧς πρῶτα καὶ ἡμέας ἵκετο πένθος—
νῦν δ', ἐπεὶ ἤδη σήματ' ἀριφραδέα κατέλεξας   225
εὐνῆς ἡμετέρης, τὴν οὐ βροτὸς ἄλλος ὀπώπει,
ἀλλ' οἶοι σύ τ' ἐγώ τε καὶ ἀμφίπολος μία μούνη,
Ἀκτορίς, ἥν μοι δῶκε πατὴρ ἔτι δεῦρο κιούσῃ,
ἣ νῶϊν εἴρυτο θύρας πυκινοῦ θαλάμοιο,
πείθεις δή μευ θυμόν, ἀπηνέα περ μάλ' ἐόντα.''   230
Ὣς φάτο· τῷ δ' ἔτι μᾶλλον ὑφ' ἵμερον ὦρσε γόοιο·
κλαῖε δ' ἔχων ἄλοχον θυμαρέα, κεδν' εἰδυῖαν.
ὡς δ' ὅτ' ἂν ἀσπάσιος γῆ νηχομένοισι φανήῃ,
ὧν τε Ποσειδάων εὐεργέα νῆ' ἐνὶ πόντῳ
ῥαίσῃ, ἐπειγομένην ἀνέμῳ καὶ κύματι πηγῷ—   235
παῦροι δ' ἐξέφυγον πολιῆς ἁλὸς ἤπειρόνδε
νηχόμενοι, πολλὴ δὲ περὶ χροῒ τέτροφεν ἅλμη,
ἀσπάσιοι δ' ἐπέβαν γαίης, κακότητα φυγόντες—
ὣς ἄρα τῇ ἀσπαστὸς ἔην πόσις εἰσοροώσῃ,
δειρῆς δ' οὔ πω πάμπαν ἀφίετο πήχεε λευκώ.   240
καί νύ κ' ὀδυρομένοισι φάνη ῥοδοδάκτυλος Ἠώς,
εἰ μὴ ἄρ' ἄλλ' ἐνόησε θεὰ γλαυκῶπις Ἀθήνη.
νύκτα μὲν ἐν περάτῃ δολιχὴν σχέθεν, Ἠῶ δ' αὖτε
ῥύσατ' ἐπ' Ὠκεανῷ χρυσόθρονον, οὐδ' ἔα ἵππους
ζεύγνυσθ' ὠκύποδας, φάος ἀνθρώποισι φέροντας,   245
Λάμπον καὶ Φαέθονθ', οἵ τ' Ἠῶ πῶλοι ἄγουσι.
καὶ τότ' ἄρ' ἦν ἄλοχον προσέφη πολύμητις Ὀδυσσεύς·
'' ὦ γύναι, οὐ γάρ πω πάντων ἐπὶ πείρατ' ἀέθλων

ἤλθομεν, ἀλλ' ἔτ' ὄπισθεν ἀμέτρητος πόνος ἔσται,
πολλὸς καὶ χαλεπός, τὸν ἐμὲ χρὴ πάντα τελέσσαι.   250
ὡς γάρ μοι ψυχὴ μαντεύσατο Τειρεσίαο
ἤματι τῷ ὅτε δὴ κατέβην δόμον Ἄϊδος εἴσω,
νόστον ἑταίροισιν διζήμενος ἠδ' ἐμοὶ αὐτῷ.
ἀλλ' ἔρχευ, λέκτρονδ' ἴομεν, γύναι, ὄφρα καὶ ἤδη
ὕπνῳ ὕπο γλυκερῷ ταρπώμεθα κοιμηθέντε."   255
Τὸν δ' αὖτε προσέειπε περίφρων Πηνελόπεια·
"εὐνὴ μὲν δὴ σοί γε τότ' ἔσσεται ὁππότε θυμῷ
σῷ ἐθέλῃς, ἐπεὶ ἄρ σε θεοὶ ποίησαν ἱκέσθαι
οἶκον ἐϋκτίμενον καὶ σὴν ἐς πατρίδα γαῖαν·
ἀλλ' ἐπεὶ ἐφράσθης καί τοι θεὸς ἔμβαλε θυμῷ,   260
εἴπ' ἄγε μοι τὸν ἄεθλον, ἐπεὶ καὶ ὄπισθεν, ὀΐω,
πεύσομαι, αὐτίκα δ' ἐστὶ δαήμεναι οὔ τι χέρειον."
Τὴν δ' ἀπαμειβόμενος προσέφη πολύμητις Ὀδυσ-
σεύς·
"δαιμονίη, τί τ' ἄρ' αὖ με μάλ' ὀτρύνουσα κελεύεις
εἰπέμεν; αὐτὰρ ἐγὼ μυθήσομαι οὐδ' ἐπικεύσω.   265
οὐ μέν τοι θυμὸς κεχαρήσεται· οὐδὲ γὰρ αὐτὸς
χαίρω, ἐπεὶ μάλα πολλὰ βροτῶν ἐπὶ ἄστε' ἄνωγεν
ἐλθεῖν, ἐν χείρεσσιν ἔχοντ' εὐῆρες ἐρετμόν,
εἰς ὅ κε τοὺς ἀφίκωμαι οἳ οὐκ ἴσασι θάλασσαν
ἀνέρες, οὐδέ θ' ἅλεσσι μεμιγμένον εἶδαρ ἔδουσιν·   270
οὐδ' ἄρα τοί γ' ἴσασι νέας φοινικοπαρῄους,
οὐδ' εὐήρε' ἐρετμά, τά τε πτερὰ νηυσὶ πέλονται.
σῆμα δέ μοι τόδ' ἔειπεν ἀριφραδές, οὐδέ σε κεύσω·
ὁππότε κεν δή μοι ξυμβλήμενος ἄλλος ὁδίτης
φήῃ ἀθηρηλοιγὸν ἔχειν ἀνὰ φαιδίμῳ ὤμῳ,   275
καὶ τότε μ' ἐν γαίῃ πήξαντ' ἐκέλευσεν ἐρετμόν,
ἔρξανθ' ἱερὰ καλὰ Ποσειδάωνι ἄνακτι,
ἀρνειὸν ταῦρόν τε συῶν τ' ἐπιβήτορα κάπρον,
οἴκαδ' ἀποστείχειν, ἔρδειν θ' ἱερὰς ἑκατόμβας

ἀθανάτοισι θεοῖσι, τοὶ οὐρανὸν εὐρὺν ἔχουσι, 280
πᾶσι μάλ' ἐξείης. θάνατος δέ μοι ἐξ ἁλὸς αὐτῷ
ἀβληχρὸς μάλα τοῖος ἐλεύσεται, ὅς κέ με πέφνῃ
γήρᾳ ὕπο λιπαρῷ ἀρημένον· ἀμφὶ δὲ λαοὶ
ὄλβιοι ἔσσονται· τὰ δέ μοι φάτο πάντα τελεῖσθαι."
Τὸν δ' αὖτε προσέειπε περίφρων Πηνελόπεια· 285
"εἰ μὲν δὴ γῆράς γε θεοὶ τελέουσιν ἄρειον,
ἐλπωρή τοι ἔπειτα κακῶν ὑπάλυξιν ἔσεσθαι."
Ὣς οἱ μὲν τοιαῦτα πρὸς ἀλλήλους ἀγόρευον·
τόφρα δ' ἄρ' Εὐρυνόμη τε ἰδὲ τροφὸς ἔντυον εὐνὴν
ἐσθῆτος μαλακῆς, δαΐδων ὕπο λαμπομενάων. 290
αὐτὰρ ἐπεὶ στόρεσαν πυκινὸν λέχος ἐγκονέουσαι,
γρηῢς μὲν κείουσα πάλιν οἰκόνδε βεβήκει,
τοῖσιν δ' Εὐρυνόμη θαλαμηπόλος ἡγεμόνευεν
ἐρχομένοισι λέχοσδε, δάος μετὰ χερσὶν ἔχουσα·
ἐς θάλαμον δ' ἀγαγοῦσα πάλιν κίεν. οἱ μὲν ἔπειτα 295
ἀσπάσιοι λέκτροιο παλαιοῦ θεσμὸν ἵκοντο.
Αὐτὰρ Τηλέμαχος καὶ βουκόλος ἠδὲ συβώτης
παῦσαν ἄρ' ὀρχηθμοῖο πόδας, παῦσαν δὲ γυναῖκας,
αὐτοὶ δ' εὐνάζοντο κατὰ μέγαρα σκιόεντα.
Τὼ δ' ἐπεὶ οὖν φιλότητος ἐταρπήτην ἐρατεινῆς, 300
τερπέσθην μύθοισι, πρὸς ἀλλήλους ἐνέποντε,
ἡ μὲν ὅσ' ἐν μεγάροισιν ἀνέσχετο δῖα γυναικῶν,
ἀνδρῶν μνηστήρων ἐσορῶσ' ἀΐδηλον ὅμιλον,
οἳ ἕθεν εἵνεκα πολλά, βόας καὶ ἴφια μῆλα,
ἔσφαζον, πολλὸς δὲ πίθων ἠφύσσετο οἶνος· 305
αὐτὰρ ὁ διογενὴς Ὀδυσεὺς ὅσα κήδε' ἔθηκεν
ἀνθρώποις ὅσα τ' αὐτὸς ὀϊζύσας ἐμόγησε,
πάντ' ἔλεγ'· ἡ δ' ἄρ' ἐτέρπετ' ἀκούουσ', οὐδέ οἱ ὕπνος
πῖπτεν ἐπὶ βλεφάροισι πάρος καταλέξαι ἅπαντα.
Ἄρξατο δ' ὡς πρῶτον Κίκονας δάμασ', αὐτὰρ
ἔπειτα 310

ἦλθ' ἐς Λωτοφάγων ἀνδρῶν πίειραν ἄρουραν·
ἠδ' ὅσα Κύκλωψ ἔρξε, καὶ ὡς ἀπετίσατο ποινὴν
ἰφθίμων ἑτάρων, οὓς ἤσθιεν οὐδ' ἐλέαιρεν·
ἠδ' ὡς Αἴολον ἵκεθ', ὅ μιν πρόφρων ὑπέδεκτο
καὶ πέμπ', οὐδέ πω αἶσα φίλην ἐς πατρίδ' ἱκέσθαι
ἤην, ἀλλά μιν αὖτις ἀναρπάξασα θύελλα   316
πόντον ἐπ' ἰχθυόεντα φέρεν βαρέα στενάχοντα·
ἠδ' ὡς Τηλέπυλον Λαιστρυγονίην ἀφίκανεν,
οἳ νῆάς τ' ὄλεσαν καὶ ἐϋκνήμιδας ἑταίρους
[πάντας· Ὀδυσσεὺς δ' οἶος ὑπέκφυγε νηὶ μελαίνῃ]. 320
καὶ Κίρκης κατέλεξε δόλον πολυμηχανίην τε,
ἠδ' ὡς εἰς Ἀΐδεω δόμον ἤλυθεν εὐρώεντα,
ψυχῇ χρησόμενος Θηβαίου Τειρεσίαο,
νηὶ πολυκληῖδι, καὶ εἴσιδε πάντας ἑταίρους
μητέρα θ', ἥ μιν ἔτικτε καὶ ἔτρεφε τυτθὸν ἐόντα· 325
ἠδ' ὡς Σειρήνων ἀδινάων φθόγγον ἄκουσεν,
ὥς θ' ἵκετο Πλαγκτὰς πέτρας δεινήν τε Χάρυβδιν
Σκύλλην θ', ἣν οὔ πώ ποτ' ἀκήριοι ἄνδρες ἄλυξαν·
ἠδ' ὡς Ἡελίοιο βόας κατέπεφνον ἑταῖροι·
ἠδ' ὡς νῆα θοὴν ἔβαλε ψολόεντι κεραυνῷ   330
Ζεὺς ὑψιβρεμέτης, ἀπὸ δ' ἔφθιθεν ἐσθλοὶ ἑταῖροι
πάντες ὁμῶς, αὐτὸς δὲ κακὰς ὑπὸ κῆρας ἄλυξεν·
ὥς θ' ἵκετ' Ὠγυγίην νῆσον νύμφην τε Καλυψώ,
ἣ δή μιν κατέρυκε λιλαιομένη πόσιν εἶναι
ἐν σπέσσι γλαφυροῖσι, καὶ ἔτρεφεν ἠδὲ ἔφασκε   335
θήσειν ἀθάνατον καὶ ἀγήραον ἤματα πάντα·
ἀλλὰ τοῦ οὔ ποτε θυμὸν ἐνὶ στήθεσσιν ἔπειθεν·
ἠδ' ὡς ἐς Φαίηκας ἀφίκετο πολλὰ μογήσας,
οἳ δή μιν περὶ κῆρι θεὸν ὣς τιμήσαντο
καὶ πέμψαν σὺν νηὶ φίλην ἐς πατρίδα γαῖαν,   340
χαλκόν τε χρυσόν τε ἅλις ἐσθῆτά τε δόντες.
τοῦτ' ἄρα δεύτατον εἶπεν ἔπος, ὅτε οἱ γλυκὺς ὕπνος

λυσιμελὴς ἐπόρουσε, λύων μελεδήματα θυμοῦ.
Ἡ δ᾿ αὖτ᾿ ἀλλ᾿ ἐνόησε θεὰ γλαυκῶπις Ἀθήνη·
ὁππότε δή ῥ᾿ Ὀδυσῆα ἐέλπετο ὂν κατὰ θυμὸν   345
εὐνῆς . ἧς ἀλόχου ταρπήμεναι ἠδὲ καὶ ὕπνου,
αὐτίκ᾿ ἀπ᾿ Ὠκεανοῦ χρυσόθρονον ἠριγένειαν
ὦρσεν, ἵν᾿ ἀνθρώποισι φόως φέροι· ὦρτο δ᾿ Ὀδυσσεὺς
εὐνῆς ἐκ μαλακῆς, ἀλόχῳ δ᾿ ἐπὶ μῦθον ἔτελλεν·
" ὦ γύναι, ἤδη μὲν πολέων κεκορήμεθ᾿ ἀέθλων   350
ἀμφοτέρω, σὺ μὲν ἐνθάδ᾿ ἐμὸν πολυκηδέα νόστον
κλαίουσ᾿· αὐτὰρ ἐμὲ Ζεὺς ἄλγεσι καὶ θεοὶ ἄλλοι
ἱέμενον πεδάασκον ἐμῆς ἀπὸ πατρίδος αἴης.
νῦν δ᾿ ἐπεὶ ἀμφοτέρω πολυήρατον ἱκόμεθ᾿ εὐνήν,
κτήματα μὲν τά μοί ἐστι κομιζέμεν ἐν μεγάροισι,   355
μῆλα δ᾿ ἅ μοι μνηστῆρες ὑπερφίαλοι κατέκειραν,
πολλὰ μὲν αὐτὸς ἐγὼ ληΐσσομαι, ἄλλα δ᾿ Ἀχαιοὶ
δώσουσ᾿, εἰς ὅ κε πάντας ἐνιπλήσωσιν ἐπαύλους.
ἀλλ᾿ ἦ τοι μὲν ἐγὼ πολυδένδρεον ἀγρὸν ἔπειμι,
ὀψόμενος πατέρ᾿ ἐσθλόν, ὅ μοι πυκινῶς ἀκάχηται· 360
σοὶ δέ, γύναι, τάδ᾿ ἐπιτέλλω πινυτῇ περ ἐούσῃ·
αὐτίκα γὰρ φάτις εἶσιν ἅμ᾿ ἠελίῳ ἀνιόντι
ἀνδρῶν μνηστήρων, οὓς ἔκτανον ἐν μεγάροισιν·
εἰς ὑπερῷ᾿ ἀναβᾶσα σὺν ἀμφιπόλοισι γυναιξὶν
ἧσθαι, μηδέ τινα προτιόσσεο μηδ᾿ ἐρέεινε."   365
Ἧ ῥα καὶ ἀμφ᾿ ὤμοισιν ἐδύσετο τεύχεα καλά,
ὦρσε δὲ Τηλέμαχον καὶ βουκόλον ἠδὲ συβώτην,
πάντας δ᾿ ἔντε᾿ ἄνωγεν ἀρήϊα χερσὶν ἑλέσθαι.
οἱ δέ οἱ οὐκ ἀπίθησαν, ἐθωρήσσοντο δὲ χαλκῷ,
ὤϊξαν δὲ θύρας, ἐκ δ᾿ ἤϊον· ἄρχε δ᾿ Ὀδυσσεύς.   370
ἤδη μὲν φάος ἦεν ἐπὶ χθόνα, τοὺς δ᾿ ἄρ᾿ Ἀθήνη
νυκτὶ κατακρύψασα θοῶς ἐξῆγε πόληος.

ΟΔΥΣΣΕΙΑΣ Ω

Ἑρμῆς δὲ ψυχὰς Κυλλήνιος ἐξεκαλεῖτο
ἀνδρῶν μνηστήρων· ἔχε δὲ ῥάβδον μετὰ χερσὶ
καλὴν χρυσείην, τῇ τ' ἀνδρῶν ὄμματα θέλγει
ὧν ἐθέλει, τοὺς δ' αὖτε καὶ ὑπνώοντας ἐγείρει·
τῇ ῥ' ἄγε κινήσας, ταὶ δὲ τρίζουσαι ἕποντο.   5
ὡς δ' ὅτε νυκτερίδες μυχῷ ἄντρου θεσπεσίοιο
τρίζουσαι ποτέονται, ἐπεί κέ τις ἀποπέσῃσιν
ὁρμαθοῦ ἐκ πέτρης, ἀνά τ' ἀλλήλῃσιν ἔχονται,
ὡς αἱ τετριγυῖαι ἅμ' ἤϊσαν· ἄρχε δ' ἄρα σφιν
Ἑρμείας ἀκάκητα κατ' εὐρώεντα κέλευθα.   10
πὰρ δ' ἴσαν Ὠκεανοῦ τε ῥοὰς καὶ Λευκάδα πέτρην,
ἠδὲ παρ' Ἠελίοιο πύλας καὶ δῆμον ὀνείρων
ἤϊσαν· αἶψα δ' ἵκοντο κατ' ἀσφοδελὸν λειμῶνα,
ἔνθα τε ναίουσι ψυχαί, εἴδωλα καμόντων.
Εὗρον δὲ ψυχὴν Πηληϊάδεω Ἀχιλῆος   15
καὶ Πατροκλῆος καὶ ἀμύμονος Ἀντιλόχοιο
Αἴαντός θ', ὃς ἄριστος ἔην εἶδός τε δέμας τε
τῶν ἄλλων Δαναῶν μετ' ἀμύμονα Πηλείωνα.
ὡς οἱ μὲν περὶ κεῖνον ὁμίλεον· ἀγχίμολον δὲ
ἤλυθ' ἔπι ψυχὴ Ἀγαμέμνονος Ἀτρεΐδαο   20
ἀχνυμένη· περὶ δ' ἄλλαι ἀγηγέραθ', ὅσσαι ἅμ' αὐτῷ
οἴκῳ ἐν Αἰγίσθοιο θάνον καὶ πότμον ἐπέσπον.
τὸν προτέρη ψυχὴ προσεφώνεε Πηλείωνος·
"Ἀτρεΐδη, περὶ μέν σ' ἔφαμεν Διὶ τερπικεραύνῳ
ἀνδρῶν ἡρώων φίλον ἔμμεναι ἤματα πάντα,   25
177

οὕνεκα πολλοῖσίν τε καὶ ἰφθίμοισιν ἄνασσες
δήμῳ ἔνι Τρώων, ὅθι πάσχομεν ἄλγε' Ἀχαιοί.
ἦ τ' ἄρα καὶ σοὶ πρῶϊ παραστήσεσθαι ἔμελλε
μοῖρ' ὀλοή, τὴν οὔ τις ἀλεύεται ὅς κε γένηται.
ὡς ὄφελες τιμῆς ἀπονήμενος, ἧς περ ἄνασσες,   30
δήμῳ ἔνι Τρώων θάνατον καὶ πότμον ἐπισπεῖν·
τῷ κέν τοι τύμβον μὲν ἐποίησαν Παναχαιοί,
ἠδέ κε καὶ σῷ παιδὶ μέγα κλέος ἦρα' ὀπίσσω·
νῦν δ' ἄρα σ' οἰκτίστῳ θανάτῳ εἵμαρτο ἁλῶναι."
Τὸν δ' αὖτε ψυχὴ προσεφώνεεν Ἀτρεΐδαο·   35
"ὄλβιε Πηλέος υἱέ, θεοῖς ἐπιείκελ' Ἀχιλλεῦ,
ὃς θάνες ἐν Τροίῃ ἑκὰς Ἄργεος· ἀμφὶ δέ σ' ἄλλοι
κτείνοντο Τρώων καὶ Ἀχαιῶν υἱες ἄριστοι,
μαρνάμενοι περὶ σεῖο· σὺ δ' ἐν στροφάλιγγι κονίης
κεῖσο μέγας μεγαλωστί, λελασμένος ἱπποσυνάων.   40
ἡμεῖς δὲ πρόπαν ἦμαρ ἐμαρνάμεθ'· οὐδέ κε πάμπαν
παυσάμεθα πτολέμου, εἰ μὴ Ζεὺς λαίλαπι παῦσεν.
αὐτὰρ ἐπεί σ' ἐπὶ νῆας ἐνείκαμεν ἐκ πολέμοιο,
κάτθεμεν ἐν λεχέεσσι, καθήραντες χρόα καλὸν
ὕδατί τε λιαρῷ καὶ ἀλείφατι· πολλὰ δέ σ' ἀμφὶ   45
δάκρυα θερμὰ χέον Δαναοὶ κείραντό τε χαίτας.
μήτηρ δ' ἐξ ἁλὸς ἦλθε σὺν ἀθανάτῃς ἁλίῃσιν
ἀγγελίης ἀΐουσα· βοὴ δ' ἐπὶ πόντον ὀρώρει
θεσπεσίη, ὑπὸ δὲ τρόμος ἔλλαβε πάντας Ἀχαιούς·
καί νύ κ' ἀναΐξαντες ἔβαν κοίλας ἐπὶ νῆας,   50
εἰ μὴ ἀνὴρ κατέρυκε παλαιά τε πολλά τε εἰδώς,
Νέστωρ, οὗ καὶ πρόσθεν ἀρίστη φαίνετο βουλή·
ὅ σφιν ἐϋφρονέων ἀγορήσατο καὶ μετέειπεν·
'ἴσχεσθ', Ἀργεῖοι, μὴ φεύγετε, κοῦροι Ἀχαιῶν·
μήτηρ ἐξ ἁλὸς ἥδε σὺν ἀθανάτῃς ἁλίῃσιν   55
ἔρχεται, οὗ παιδὸς τεθνηότος ἀντιόωσα.'
ὡς ἔφαθ'· οἱ δ' ἔσχοντο φόβου μεγάθυμοι Ἀχαιοί.

ἀμφὶ δέ σ᾽ ἔστησαν κοῦραι ἁλίοιο γέροντος
οἴκτρ᾽ ὀλοφυρόμεναι, περὶ δ᾽ ἄμβροτα εἵματα ἕσσαν.
Μοῦσαι δ᾽ ἐννέα πᾶσαι ἀμειβόμεναι ὀπὶ καλῇ 60
θρήνεον. ἔνθα κεν οὔ τιν᾽ ἀδάκρυτόν γ᾽ ἐνόησας
Ἀργείων· τοῖον γὰρ ὑπώρορε Μοῦσα λίγεια.
ἑπτὰ δὲ καὶ δέκα μέν σε ὁμῶς νύκτας τε καὶ ἦμαρ
κλαίομεν ἀθάνατοί τε θεοὶ θνητοί τ᾽ ἄνθρωποι·
ὀκτωκαιδεκάτῃ δ᾽ ἔδομεν πυρί, πολλὰ δέ σ᾽ ἀμφὶ 65
μῆλα κατεκτάνομεν μάλα πίονα καὶ ἕλικας βοῦς.
καίεο δ᾽ ἔν τ᾽ ἐσθῆτι θεῶν καὶ ἀλείφατι πολλῷ
καὶ μέλιτι γλυκερῷ· πολλοὶ δ᾽ ἥρωες Ἀχαιοὶ
τεύχεσιν ἐρρώσαντο πυρὴν πέρι καιομένοιο,
πεζοί θ᾽ ἱππῆές τε· πολὺς δ᾽ ὀρυμαγδὸς ὀρώρει. 70
αὐτὰρ ἐπεὶ δή σε φλὸξ ἤνυσεν Ἡφαίστοιο,
ἠῶθεν δή τοι λέγομεν λεύκ᾽ ὀστέ᾽, Ἀχιλλεῦ,
οἴνῳ ἐν ἀκρήτῳ καὶ ἀλείφατι· δῶκε δὲ μήτηρ
χρύσεον ἀμφιφορῆα· Διωνύσοιο δὲ δῶρον
φάσκ᾽ ἔμεναι, ἔργον δὲ περικλυτοῦ Ἡφαίστοιο. 75
ἐν τῷ τοι κεῖται λεύκ᾽ ὀστέα, φαίδιμ᾽ Ἀχιλλεῦ,
μίγδα δὲ Πατρόκλοιο Μενοιτιάδαο θανόντος,
χωρὶς δ᾽ Ἀντιλόχοιο, τὸν ἔξοχα τῖες ἀπάντων
τῶν ἄλλων ἑτάρων μετὰ Πάτροκλόν γε θανόντα.
ἀμφ᾽ αὐτοῖσι δ᾽ ἔπειτα μέγαν καὶ ἀμύμονα τύμβον 80
χεύαμεν Ἀργείων ἱερὸς στρατὸς αἰχμητάων
ἀκτῇ ἔπι προὐχούσῃ, ἐπὶ πλατεῖ Ἑλλησπόντῳ,
ὥς κεν τηλεφανὴς ἐκ ποντόφιν ἀνδράσιν εἴη
τοῖς οἳ νῦν γεγάασι καὶ οἳ μετόπισθεν ἔσονται.
μήτηρ δ᾽ αἰτήσασα θεοὺς περικαλλέ᾽ ἄεθλα 85
θῆκε μέσῳ ἐν ἀγῶνι ἀριστήεσσιν Ἀχαιῶν.
ἤδη μὲν πολέων τάφῳ ἀνδρῶν ἀντεβόλησας
ἡρώων, ὅτε κέν ποτ᾽ ἀποφθιμένου βασιλῆος
ζώννυνταί τε νέοι καὶ ἐπεντύνονται ἄεθλα·

ἀλλά κε κεῖνα μάλιστα ἰδὼν θηήσαο θυμῷ,   90
οἵ᾽ ἐπὶ σοὶ κατέθηκε θεὰ περικαλλέ᾽ ἄεθλα,
ἀργυρόπεζα Θέτις· μάλα γὰρ φίλος ἦσθα θεοῖσιν.
ὣς σὺ μὲν οὐδὲ θανὼν ὄνομ᾽ ὤλεσας, ἀλλά τοι αἰεὶ
πάντας ἐπ᾽ ἀνθρώπους κλέος ἔσσεται ἐσθλόν, Ἀχιλλεῦ·
αὐτὰρ ἐμοὶ τί τόδ᾽ ἦδος, ἐπεὶ πόλεμον τολύπευσα; 95
ἐν νόστῳ γάρ μοι Ζεὺς μήσατο λυγρὸν ὄλεθρον
Αἰγίσθου ὑπὸ χερσὶ καὶ οὐλομένης ἀλόχοιο."
Ὣς οἱ μὲν τοιαῦτα πρὸς ἀλλήλους ἀγόρευον.
ἀγχίμολον δέ σφ᾽ ἦλθε διάκτορος ἀργειφόντης,
ψυχὰς μνηστήρων κατάγων Ὀδυσῆϊ δαμέντων.   100
τὼ δ᾽ ἄρα θαμβήσαντ᾽ ἰθὺς κίον, ὡς ἐσιδέσθην.
ἔγνω δὲ ψυχὴ Ἀγαμέμνονος Ἀτρεΐδαο
παῖδα φίλον Μελανῆος, ἀγακλυτὸν Ἀμφιμέδοντα·
ξεῖνος γάρ οἱ ἔην Ἰθάκῃ ἔνι οἰκία ναίων.
τὸν προτέρη ψυχὴ προσεφώνεεν Ἀτρεΐδαο·   105
"Ἀμφίμεδον, τί παθόντες ἐρεμνὴν γαῖαν ἔδυτε
πάντες κεκριμένοι καὶ ὁμήλικες; οὐδέ κεν ἄλλως
κρινάμενος λέξαιτο κατὰ πτόλιν ἄνδρας ἀρίστους.
ἦ ὔμμ᾽ ἐν νήεσσι Ποσειδάων ἐδάμασσεν
ὄρσας ἀργαλέους ἀνέμους καὶ κύματα μακρά,   110
ἦ που ἀνάρσιοι ἄνδρες ἐδηλήσαντ᾽ ἐπὶ χέρσου
βοῦς περιταμνομένους ἠδ᾽ οἰῶν πώεα καλά,
ἠὲ περὶ πτόλιος μαχεούμενοι ἠδὲ γυναικῶν;
εἰπέ μοι εἰρομένῳ· ξεῖνος δέ τοι εὔχομαι εἶναι.
ἦ οὐ μέμνῃ ὅτε κεῖσε κατήλυθον ὑμέτερον δῶ,   115
ὀτρυνέων Ὀδυσῆα σὺν ἀντιθέῳ Μενελάῳ
Ἴλιον εἰς ἅμ᾽ ἔπεσθαι ἐϋσσέλμων ἐπὶ νηῶν;
μηνὶ δ᾽ ἄρ᾽ οὔλῳ πάντα περήσαμεν εὐρέα πόντον,
σπουδῇ παρπεπιθόντες Ὀδυσῆα πτολίπορθον."
Τὸν δ᾽ αὖτε ψυχὴ προσεφώνεεν Ἀμφιμέδοντος· 120
"Ἀτρεΐδη κύδιστε, ἄναξ ἀνδρῶν Ἀγάμεμνον,

μέμνημαι τάδε πάντα, διοτρεφές, ὡς ἀγορεύεις·
σοὶ δ' ἐγὼ εὖ μάλα πάντα καὶ ἀτρεκέως καταλέξω,
ἡμετέρου θανάτοιο κακὸν τέλος, οἷον ἐτύχθη.
μνώμεθ' Ὀδυσσῆος δὴν οἰχομένοιο δάμαρτα·   125
ἡ δ' οὔτ' ἠρνεῖτο στυγερὸν γάμον οὔτ' ἐτελεύτα,
ἡμῖν φραζομένη θάνατον καὶ κῆρα μέλαιναν,
ἀλλὰ δόλον τόνδ' ἄλλον ἐνὶ φρεσὶ μερμήριξε·
στησαμένη μέγαν ἱστὸν ἐνὶ μεγάροισιν ὕφαινε,
λεπτὸν καὶ περίμετρον· ἄφαρ δ' ἡμῖν μετέειπε·   130
' κοῦροι, ἐμοὶ μνηστῆρες, ἐπεὶ θάνε δῖος Ὀδυσσεύς,
μίμνετ' ἐπειγόμενοι τὸν ἐμὸν γάμον, εἰς ὅ κε φᾶρος
ἐκτελέσω—μή μοι μεταμώνια νήματ' ὄληται—
Λαέρτῃ ἥρωϊ ταφήϊον, εἰς ὅτε κέν μιν
μοῖρ' ὀλοὴ καθέλῃσι τανηλεγέος θανάτοιο,   135
μή τίς μοι κατὰ δῆμον Ἀχαιϊάδων νεμεσήσῃ,
αἵ κεν ἄτερ σπείρου κῆται πολλὰ κτεατίσσας.'
ὣς ἔφαθ'· ἡμῖν δ' αὖτ' ἐπεπείθετο θυμὸς ἀγήνωρ.
ἔνθα καὶ ἠματίη μὲν ὑφαίνεσκεν μέγαν ἱστόν,
νύκτας δ' ἀλλύεσκεν, ἐπεὶ δαΐδας παραθεῖτο.   140
ὣς τρίετες μὲν ἔληθε δόλῳ καὶ ἔπειθεν Ἀχαιούς·
ἀλλ' ὅτε τέτρατον ἦλθεν ἔτος καὶ ἐπήλυθον ὧραι,
μηνῶν φθινόντων, περὶ δ' ἤματα πόλλ' ἐτελέσθη,
καὶ τότε δή τις ἔειπε γυναικῶν, ἣ σάφα ᾔδη,
καὶ τήν γ' ἀλλύουσαν ἐφεύρομεν ἀγλαὸν ἱστόν.   145
ὣς τὸ μὲν ἐξετέλεσσε καὶ οὐκ ἐθέλουσ', ὑπ' ἀνάγκης.
εὖθ' ἡ φᾶρος ἔδειξεν, ὑφήνασα μέγαν ἱστόν,
πλύνασ', ἠελίῳ ἐναλίγκιον ἠὲ σελήνῃ,
καὶ τότε δή ῥ' Ὀδυσῆα κακός ποθεν ἤγαγε δαίμων
ἀγροῦ ἐπ' ἐσχατιήν, ὅθι δώματα ναῖε συβώτης. 150
ἔνθ' ἦλθεν φίλος υἱὸς Ὀδυσσῆος θείοιο,
ἐκ Πύλου ἠμαθόεντος ἰὼν σὺν νηῒ μελαίνῃ·
τὼ δὲ μνηστῆρσιν θάνατον κακὸν ἀρτύναντε

ἵκοντο προτὶ ἄστυ περικλυτόν, ἧ τοι Ὀδυσσεὺς
ὕστερος, αὐτὰρ Τηλέμαχος πρόσθ' ἡγεμόνευε.   155
τὸν δὲ συβώτης ἦγε κακὰ χροῒ εἵματ' ἔχοντα,
πτωχῷ λευγαλέῳ ἐναλίγκιον ἠδὲ γέροντι
σκηπτόμενον· τὰ δὲ λυγρὰ περὶ χροῒ εἵματα ἔστο·
οὐδέ τις ἡμείων δύνατο γνῶναι τὸν ἐόντα
ἐξαπίνης προφανέντ', οὐδ' οἱ προγενέστεροι ἦσαν,   160
ἀλλ' ἔπεσίν τε κακοῖσιν ἐνίσσομεν ἠδὲ βολῇσιν.
αὐτὰρ ὁ τῆος ἐτόλμα ἐνὶ μεγάροισιν ἑοῖσι
βαλλόμενος καὶ ἐνισσόμενος τετληότι θυμῷ·
ἀλλ' ὅτε δή μιν ἔγειρε Διὸς νόος αἰγιόχοιο,
σὺν μὲν Τηλεμάχῳ περικαλλέα τεύχε' ἀείρας   165
ἐς θάλαμον κατέθηκε καὶ ἐκλήϊσεν ὀχῆας,
αὐτὰρ ὁ ἣν ἄλοχον πολυκερδείῃσιν ἄνωγε
τόξον μνηστήρεσσι θέμεν πολιόν τε σίδηρον,
ἡμῖν αἰνομόροισιν ἀέθλια καὶ φόνου ἀρχήν.
οὐδέ τις ἡμείων δύνατο κρατεροῖο βιοῖο   170
νευρὴν ἐντανύσαι, πολλὸν δ' ἐπιδευέες ἦμεν.
ἀλλ' ὅτε χεῖρας ἵκανεν Ὀδυσσῆος μέγα τόξον,
ἔνθ' ἡμεῖς μὲν πάντες ὁμοκλέομεν ἐπέεσσι
τόξον μὴ δόμεναι, μηδ' εἰ μάλα πόλλ' ἀγορεύοι,
Τηλέμαχος δέ μιν οἶος ἐποτρύνων ἐκέλευσεν.   175
αὐτὰρ ὁ δέξατο χειρὶ πολύτλας δῖος Ὀδυσσεύς,
ῥηϊδίως δ' ἐτάνυσσε βιόν, διὰ δ' ἧκε σιδήρου·
στῆ δ' ἄρ' ἐπ' οὐδὸν ἰών, ταχέας δ' ἐκχεύατ' ὀϊστοὺς
δεινὸν παπταίνων, βάλε δ' Ἀντίνοον βασιλῆα.
αὐτὰρ ἔπειτ' ἄλλοις ἐφίει βέλεα στονόεντα   180
ἄντα τιτυσκόμενος· τοὶ δ' ἀγχιστῖνοι ἔπιπτον.
γνωτὸν δ' ἦν ὅ ῥά τίς σφι θεῶν ἐπιτάρροθος ἦεν·
αὐτίκα γὰρ κατὰ δώματ' ἐπισπόμενοι μένεϊ σφῷ
κτεῖνον ἐπιστροφάδην, τῶν δὲ στόνος ὄρνυτ' ἀεικὴς
κράτων τυπτομένων, δάπεδον δ' ἅπαν αἵματι θῦεν. 185

ὡς ἡμεῖς, Ἀγάμεμνον, ἀπωλόμεθ', ὧν ἔτι καὶ νῦν
σώματ' ἀκηδέα κεῖται ἐνὶ μεγάροις Ὀδυσῆος·
οὐ γάρ πω ἴσασι φίλοι κατὰ δώμαθ' ἑκάστου,
οἵ κ' ἀπονίψαντες μέλανα βρότον ἐξ ὠτειλέων
κατθέμενοι γοάοιεν· ὁ γὰρ γέρας ἐστὶ θανόντων."   190
Τὸν δ' αὖτε ψυχὴ προσεφώνεεν Ἀτρεΐδαο·
"ὄλβιε Λαέρταο πάϊ, πολυμήχαν' Ὀδυσσεῦ,
ἦ ἄρα σὺν μεγάλῃ ἀρετῇ ἐκτήσω ἄκοιτιν·
ὡς ἀγαθαὶ φρένες ἦσαν ἀμύμονι Πηνελοπείῃ,
κούρῃ Ἰκαρίου! ὡς εὖ μέμνητ' Ὀδυσῆος,   195
ἀνδρὸς κουριδίου! τώ οἱ κλέος οὔ ποτ' ὀλεῖται
ἧς ἀρετῆς, τεύξουσι δ' ἐπιχθονίοισιν ἀοιδὴν
ἀθάνατοι χαρίεσσαν ἐχέφρονι Πηνελοπείῃ,
οὐχ ὡς Τυνδαρέου κούρη κακὰ μήσατο ἔργα,
κουρίδιον κτείνασα πόσιν, στυγερὴ δέ τ' ἀοιδὴ   200
ἔσσετ' ἐπ' ἀνθρώπους, χαλεπὴν δέ τε φῆμιν ὀπάσσει
θηλυτέρῃσι γυναιξί, καὶ ἥ κ' εὐεργὸς ἔῃσιν."
Ὣς οἱ μὲν τοιαῦτα πρὸς ἀλλήλους ἀγόρευον,
ἑσταότ' εἰν Ἀΐδαο δόμοις, ὑπὸ κεύθεσι γαίης.

Οἱ δ' ἐπεὶ ἐκ πόλιος κατέβαν, τάχα δ' ἀγρὸν ἵκοντο
καλὸν Λαέρταο τετυγμένον, ὅν ῥά ποτ' αὐτὸς   206
Λαέρτης κτεάτισσεν, ἐπεὶ μάλα πόλλ' ἐμόγησεν.
ἔνθα οἱ οἶκος ἔην, περὶ δὲ κλίσιον θέε πάντῃ,
ἐν τῷ σιτέσκοντο καὶ ἵζανον ἠδὲ ἴαυον
δμῶες ἀναγκαῖοι, τοί οἱ φίλα ἐργάζοντο.   210
ἐν δὲ γυνὴ Σικελὴ γρηῦς πέλεν, ἥ ῥα γέροντα
ἐνδυκέως κομέεσκεν ἐπ' ἀγροῦ, νόσφι πόληος.
ἔνθ' Ὀδυσεὺς δμώεσσι καὶ υἱέι μῦθον ἔειπεν·
"ὑμεῖς μὲν νῦν ἔλθετ' ἐϋκτίμενον δόμον εἴσω,
δεῖπνον δ' αἶψα συῶν ἱερεύσατε ὅς τις ἄριστος·   215
αὐτὰρ ἐγὼ πατρὸς πειρήσομαι ἡμετέροιο,

αἴ κέ μ' ἐπιγνώῃ καὶ φράσσεται ὀφθαλμοῖσιν,
ἦέ κεν ἀγνοιῇσι πολὺν χρόνον ἀμφὶς ἐόντα."
"Ὣς εἰπὼν δμώεσσιν ἀρήϊα τεύχε' ἔδωκεν.
οἱ μὲν ἔπειτα δόμονδε θοῶς κίον, αὐτὰρ Ὀδυσσεὺς 220
ἆσσον ἴεν πολυκάρπου ἀλωῆς πειρητίζων.
οὐδ' εὗρεν Δολίον, μέγαν ὄρχατον ἐσκαταβαίνων,
οὐδέ τινα δμώων οὐδ' υἱῶν· ἀλλ' ἄρα τοί γε
αἱμασιὰς λέξοντες ἀλωῆς ἔμμεναι ἕρκος
οἴχοντ', αὐτὰρ ὁ τοῖσι γέρων ὁδὸν ἡγεμόνευε. 225
τὸν δ' οἶον πατέρ' εὗρεν ἐϋκτιμένῃ ἐν ἀλωῇ,
λιστρεύοντα φυτόν· ῥυπόωντα δὲ ἕστο χιτῶνα
ῥαπτὸν ἀεικέλιον, περὶ δὲ κνήμῃσι βοείας
κνημῖδας ῥαπτὰς δέδετο, γραπτῦς ἀλεείνων,
χειρῖδάς τ' ἐπὶ χερσὶ βάτων ἕνεκ'· αὐτὰρ ὕπερθεν 230
αἰγείην κυνέην κεφαλῇ ἔχε, πένθος ἀέξων.
τὸν δ' ὡς οὖν ἐνόησε πολύτλας δῖος Ὀδυσσεὺς
γήραϊ τειρόμενον, μέγα δὲ φρεσὶ πένθος ἔχοντα,
στὰς ἄρ' ὑπὸ βλωθρὴν ὄγχνην κατὰ δάκρυον εἶβε.
μερμήριξε δ' ἔπειτα κατὰ φρένα καὶ κατὰ θυμὸν 235
κύσσαι καὶ περιφῦναι ἑὸν πατέρ', ἠδὲ ἕκαστα
εἰπεῖν, ὡς ἔλθοι καὶ ἵκοιτ' ἐς πατρίδα γαῖαν,
ἦ πρῶτ' ἐξερέοιτο ἕκαστά τε πειρήσαιτο.
ὧδε δέ οἱ φρονέοντι δοάσσατο κέρδιον εἶναι,
πρῶτον κερτομίοις ἐπέεσσιν πειρηθῆναι. 240
τὰ φρονέων ἰθὺς κίεν αὐτοῦ δῖος Ὀδυσσεύς.
ἦ τοι ὁ μὲν κατέχων κεφαλὴν φυτὸν ἀμφελάχαινε·
τὸν δὲ παριστάμενος προσεφώνεε φαίδιμος υἱός·
"ὦ γέρον, οὐκ ἀδαημονίη σ' ἔχει ἀμφιπολεύειν
ὄρχατον, ἀλλ' εὖ τοι κομιδὴ ἔχει, οὐδέ τι πάμπαν, 245
οὐ φυτόν, οὐ συκῆ, οὐκ ἄμπελος, οὐ μὲν ἐλαίη,
οὐκ ὄγχνη, οὐ πρασιή τοι ἄνευ κομιδῆς κατὰ κῆπον.
ἄλλο δέ τοι ἐρέω, σὺ δὲ μὴ χόλον ἔνθεο θυμῷ·

αὐτόν σ οὐκ ἀγαθὴ κομιδὴ ἔχει, ἀλλ᾽ ἅμα γῆρας
λυγρὸν ἔχεις αὐχμεῖς τε κακῶς καὶ ἀεικέα ἔσσαι.   250
οὐ μὲν ἀεργίης γε ἄναξ ἕνεκ᾽ οὐ σε κομίζει,
οὐδέ τί τοι δούλειον ἐπιπρέπει εἰσοράασθαι
εἶδος καὶ μέγεθος· βασιλῆι γὰρ ἀνδρὶ ἔοικας.
τοιούτῳ δὲ ἔοικας, ἐπεὶ λούσαιτο φάγοι τε,
εὐδέμεναι μαλακῶς· ἡ γὰρ δίκη ἐστὶ γερόντων.   255
ἀλλ᾽ ἄγε μοι τόδε εἰπὲ καὶ ἀτρεκέως κατάλεξον·
τεῦ δμώς εἰς ἀνδρῶν; τεῦ δ᾽ ὄρχατον ἀμφιπολεύεις;
καί μοι τοῦτ᾽ ἀγόρευσον ἐτήτυμον, ὄφρ᾽ εὖ εἰδῶ,
εἰ ἐτεόν γ᾽ Ἰθάκην τήνδ᾽ ἱκόμεθ᾽, ὥς μοι ἔειπεν
οὗτος ἀνὴρ νῦν δὴ ξυμβλήμενος ἐνθάδ᾽ ἰόντι,   260
οὔ τι μάλ᾽ ἀρτίφρων, ἐπεὶ οὐ τόλμησεν ἕκαστα
εἰπεῖν ἠδ᾽ ἐπακοῦσαι ἐμὸν ἔπος, ὡς ἐρέεινον
ἀμφὶ ξείνῳ ἐμῷ, ἤ που ζώει τε καὶ ἔστιν,
ἢ ἤδη τέθνηκε καὶ εἰν Ἀΐδαο δόμοισιν.
ἐκ γάρ τοι ἐρέω, σὺ δὲ σύνθεο καί μευ ἄκουσον·   265
ἄνδρα ποτέ ξείνισσα φίλη ἐν πατρίδι γαίῃ
ἡμέτερόνδ᾽ ἐλθόντα, καὶ οὔ πώ τις βροτὸς ἄλλος
ξείνων τηλεδαπῶν φιλίων ἐμὸν ἵκετο δῶμα·
εὔχετο δ᾽ ἐξ Ἰθάκης γένος ἔμμεναι, αὐτὰρ ἔφασκε
Λαέρτην Ἀρκεισιάδην πατέρ᾽ ἔμμεναι αὐτῷ.   270
τὸν μὲν ἐγὼ πρὸς δώματ᾽ ἄγων εὖ ἐξείνισσα,
ἐνδυκέως φιλέων, πολλῶν κατὰ οἶκον ἐόντων,
καί οἱ δῶρα πόρον ξεινήϊα, οἷα ἐῴκει.
χρυσοῦ μέν οἱ δῶκ᾽ εὐεργέος ἑπτὰ τάλαντα,
δῶκα δέ οἱ κρητῆρα πανάργυρον ἀνθεμόεντα,   275
δώδεκα δ᾽ ἁπλοΐδας χλαίνας, τόσσους δὲ τάπητας,
τόσσα δὲ φάρεα καλά, τόσους δ᾽ ἐπὶ τοῖσι χιτῶνας,
χωρὶς δ᾽ αὖτε γυναῖκας ἀμύμονα ἔργ᾽ εἰδυίας
τέσσαρας εἰδαλίμας, ἃς ἤθελεν αὐτὸς ἑλέσθαι."
Τὸν δ᾽ ἠμείβετ᾽ ἔπειτα πατὴρ κατὰ δάκρυον εἴβων·

"ξεῖν', ἦ τοι μὲν γαῖαν ἱκάνεις ἣν ἐρεείνεις,   281
ὑβρισταὶ δ' αὐτὴν καὶ ἀτάσθαλοι ἄνδρες ἔχουσι.
δῶρα δ' ἐτώσια ταῦτα χαρίζεο, μυρί' ὀπάζων·
εἰ γάρ μιν ζωόν γε κίχεις Ἰθάκης ἐνὶ δήμῳ,
τῶ κέν σ' εὖ δώροισιν ἀμειψάμενος ἀπέπεμψε   285
καὶ ξενίῃ ἀγαθῇ· ἡ γὰρ θέμις, ὅς τις ὑπάρξῃ·
ἀλλ' ἄγε μοι τόδε εἰπὲ καὶ ἀτρεκέως κατάλεξον·
πόστον δὴ ἔτος ἐστίν, ὅτε ξείνισσας ἐκεῖνον
σὸν ξεῖνον δύστηνον, ἐμὸν παῖδ', εἴ ποτ' ἔην γε,
δύσμορον; ὅν που τῆλε φίλων καὶ πατρίδος αἴης   290
ἠέ που ἐν πόντῳ φάγον ἰχθύες, ἢ ἐπὶ χέρσου
θηρσὶ καὶ οἰωνοῖσιν ἕλωρ γένετ'· οὐδέ ἑ μήτηρ
κλαῦσε περιστείλασα πατήρ θ', οἵ μιν τεκόμεσθα·
οὐδ' ἄλοχος πολύδωρος, ἐχέφρων Πηνελόπεια,
κώκυσ' ἐν λεχέεσσιν ἑὸν πόσιν, ὡς ἐπεῴκει,   295
ὀφθαλμοὺς καθελοῦσα· τὸ γὰρ γέρας ἐστὶ θανόντων.
καί μοι τοῦτ' ἀγόρευσον ἐτήτυμον, ὄφρ' ἐῢ εἰδῶ·
τίς πόθεν εἰς ἀνδρῶν; πόθι τοι πόλις ἠδὲ τοκῆες;
ποῦ δαὶ νηῦς ἔστηκε θοή, ἥ σ' ἤγαγε δεῦρο
ἀντιθέους θ' ἑτάρους; ἦ ἔμπορος εἰλήλουθας   300
νηὸς ἐπ' ἀλλοτρίης, οἱ δ' ἐκβήσαντες ἔβησαν;"
   Τὸν δ' ἀπαμειβόμενος προσέφη πολύμητις Ὀδυσ-
     σεύς·
"τοιγὰρ ἐγώ τοι πάντα μάλ' ἀτρεκέως καταλέξω.
εἰμὶ μὲν ἐξ Ἀλύβαντος, ὅθι κλυτὰ δώματα ναίω,
υἱὸς Ἀφείδαντος Πολυπημονίδαο ἄνακτος·   305
αὐτὰρ ἐμοί γ' ὄνομ' ἐστὶν Ἐπήριτος· ἀλλά με δαίμων
πλάγξ' ἀπὸ Σικανίης δεῦρ' ἐλθέμεν οὐκ ἐθέλοντα·
νηῦς δέ μοι ἥδ' ἕστηκεν ἐπ' ἀγροῦ νόσφι πόληος.
αὐτὰρ Ὀδυσσῆι τόδε δὴ πέμπτον ἔτος ἐστίν,
ἐξ οὗ κεῖθεν ἔβη καὶ ἐμῆς ἀπελήλυθε πάτρης,   310
δύσμορος· ἦ τέ οἱ ἐσθλοὶ ἔσαν ὄρνιθες ἰόντι,

δεξιοί, οἷς χαίρων μὲν ἐγὼν ἀπέπεμπον ἐκεῖνον,
χαῖρε δὲ κεῖνος ἰών· θυμὸς δ᾽ ἔτι νῶϊν ἐώλπει
μίξεσθαι ξενίῃ ἠδ᾽ ἀγλαὰ δῶρα διδώσειν."
Ὣς φάτο· τὸν δ᾽ ἄχεος νεφέλη ἐκάλυψε μέλαινα· 315
ἀμφοτέρῃσι δὲ χερσὶν ἑλὼν κόνιν αἰθαλόεσσαν
χεύατο κὰκ κεφαλῆς πολιῆς, ἁδινὰ στεναχίζων.
τοῦ δ᾽ ὠρίνετο θυμός, ἀνὰ ῥῖνας δέ οἱ ἤδη
δριμὺ μένος προὔτυψε φίλον πατέρ᾽ εἰσορόωντι.
κύσσε δέ μιν περιφὺς ἐπιάλμενος ἠδὲ προσηύδα· 320
" κεῖνος μέν τοι ὅδ᾽ αὐτὸς ἐγώ, πάτερ, ὃν σὺ μεταλλᾷς,
ἤλυθον εἰκοστῷ ἔτεϊ ἐς πατρίδα γαῖαν.
ἀλλ᾽ ἴσχεο κλαυθμοῖο γόοιό τε δακρυόεντος.
ἐκ γάρ τοι ἐρέω—μάλα δὲ χρὴ σπευδέμεν ἔμπης—
μνηστῆρας κατέπεφνον ἐν ἡμετέροισι δόμοισι, 325
λώβην τινύμενος θυμαλγέα καὶ κακὰ ἔργα."
Τὸν δ᾽ αὖ Λαέρτης ἀπαμείβετο φώνησέν τε·
" εἰ μὲν δὴ Ὀδυσεύς γε ἐμὸς πάϊς ἐνθάδ᾽ ἱκάνεις,
σῆμά τί μοι νῦν εἰπὲ ἀριφραδές, ὄφρα πεποίθω."
Τὸν δ᾽ ἀπαμειβόμενος προσέφη πολύμητις Ὀδυσ-
        σεύς· 330
" οὐλὴν μὲν πρῶτον τήνδε φράσαι ὀφθαλμοῖσι,
τὴν ἐν Παρνησῷ μ᾽ ἔλασεν σῦς λευκῷ ὀδόντι
οἰχόμενον· σὺ δέ με προΐεις καὶ πότνια μήτηρ
ἐς πατέρ᾽ Αὐτόλυκον μητρὸς φίλον, ὄφρ᾽ ἂν ἑλοίμην
δῶρα, τὰ δεῦρο μολών μοι ὑπέσχετο καὶ κατένευσεν.
εἰ δ᾽ ἄγε τοι καὶ δένδρε᾽ ἐϋκτιμένην κατ᾽ ἀλωὴν 336
εἴπω, ἅ μοί ποτ᾽ ἔδωκας, ἐγὼ δ᾽ ᾔτεόν σε ἕκαστα
παιδνὸς ἐών, κατὰ κῆπον ἐπισπόμενος· διὰ δ᾽ αὐτῶν
ἱκνεύμεσθα, σὺ δ᾽ ὠνόμασας καὶ ἔειπες ἕκαστα.
ὄγχνας μοι δῶκας τρισκαίδεκα καὶ δέκα μηλέας, 340
συκέας τεσσαράκοντ᾽· ὄρχους δέ μοι ὧδ᾽ ὀνόμηνας
δώσειν πεντήκοντα, διατρύγιος δὲ ἕκαστος

ἤην· ἔνθα δ' ἀνὰ σταφυλαὶ παντοῖαι ἔασιν,
ὁππότε δὴ Διὸς ὧραι ἐπιβρίσειαν ὕπερθεν." 344
"Ὣς φάτο· τοῦ δ' αὐτοῦ λύτο γούνατα καὶ φίλον ἦτορ,
σήματ' ἀναγνόντος τά οἱ ἔμπεδα πέφραδ' Ὀδυσσεύς·
ἀμφὶ δὲ παιδὶ φίλῳ βάλε πήχεε· τὸν δὲ ποτὶ οἷ
εἷλεν ἀποψύχοντα πολύτλας δῖος Ὀδυσσεύς.
αὐτὰρ ἐπεί ῥ' ἔμπνυτο καὶ ἐς φρένα θυμὸς ἀγέρθη,
ἐξαῦτις μύθοισιν ἀμειβόμενος προσέειπε· 350
"Ζεῦ πάτερ, ἦ ῥα ἔτ' ἐστὲ θεοὶ κατὰ μακρὸν Ὄλυμ-
πον,
εἰ ἐτεὸν μνηστῆρες ἀτάσθαλον ὕβριν ἔτισαν.
νῦν δ' αἰνῶς δείδοικα κατὰ φρένα μὴ τάχα πάντες
ἐνθάδ' ἐπέλθωσιν Ἰθακήσιοι, ἀγγελίας δὲ
πάντῃ ἐποτρύνωσι Κεφαλλήνων πολίεσσι." 355
Τὸν δ' ἀπαμειβόμενος προσέφη πολύμητις Ὀδυσ-
σεύς·
"θάρσει, μή τοι ταῦτα μετὰ φρεσὶ σῇσι μελόντων.
ἀλλ' ἴομεν προτὶ οἶκον, ὃς ὀρχάτου ἐγγύθι κεῖται·
ἔνθα δὲ Τηλέμαχον καὶ βουκόλον ἠδὲ συβώτην
προὔπεμψ', ὡς ἂν δεῖπνον ἐφοπλίσσωσι τάχιστα." 360
Ὣς ἄρα φωνήσαντε βάτην πρὸς δώματα καλά.
οἱ δ' ὅτε δή ῥ' ἵκοντο δόμους εὖ ναιετάοντας,
εὗρον Τηλέμαχον καὶ βουκόλον ἠδὲ συβώτην
ταμνομένους κρέα πολλὰ κερῶντάς τ' αἴθοπα οἶνον.
Τόφρα δὲ Λαέρτην μεγαλήτορα ᾧ ἐνὶ οἴκῳ 365
ἀμφίπολος Σικελὴ λοῦσεν καὶ χρῖσεν ἐλαίῳ,
ἀμφὶ δ' ἄρα χλαῖναν καλὴν βάλεν· αὐτὰρ Ἀθήνη
ἄγχι παρισταμένη μέλε' ἤλδανε ποιμένι λαῶν,
μείζονα δ' ἠὲ πάρος καὶ πάσσονα θῆκεν ἰδέσθαι.
ἐκ δ' ἀσαμίνθου βῆ· θαύμαζε δέ μιν φίλος υἱός, 370
ὡς ἴδεν ἀθανάτοισι θεοῖς ἐναλίγκιον ἄντην·
καί μιν φωνήσας ἔπεα πτερόεντα προσηύδα·

"ὦ πάτερ, ἦ μάλα τίς σε θεῶν αἰειγενετάων
εἶδός τε μέγεθός τε ἀμείνονα θῆκεν ἰδέσθαι."
Τὸν δ' αὖ Λαέρτης πεπνυμένος ἀντίον ηὔδα·   375
"αἲ γάρ, Ζεῦ τε πάτερ καὶ 'Αθηναίη καὶ "Απολλον,
οἷος Νήρικον εἷλον, ἐϋκτίμενον πτολίεθρον,
ἀκτὴν ἠπείροιο, Κεφαλλήνεσσιν ἀνάσσων,
τοῖος ἐών τοι χθιζὸς ἐν ἡμετέροισι δόμοισι,
τεύχε' ἔχων ὤμοισιν, ἐφεστάμεναι καὶ ἀμύνειν   380
ἄνδρας μνηστῆρας· τῶ κε σφέων γούνατ' ἔλυσα
πολλῶν ἐν μεγάροισι, σὺ δὲ φρένας ἔνδον ἐγήθεις."
"Ὣς οἱ μὲν τοιαῦτα πρὸς ἀλλήλους ἀγόρευον.
οἱ δ' ἐπεὶ οὖν παύσαντο πόνου τετύκοντό τε δαῖτα,
ἑξείης ἕζοντο κατὰ κλισμούς τε θρόνους τε.   385
ἔνθ' οἱ μὲν δείπνῳ ἐπεχείρεον· ἀγχίμολον δὲ
ἦλθ' ὁ γέρων Δολίος, σὺν δ' υἱεῖς τοῖο γέροντος,
ἐξ ἔργων μογέοντες, ἐπεὶ προμολοῦσα κάλεσσε
μήτηρ, γρηῦς Σικελή, ἣ σφεας τρέφε καί ῥα γέροντα
ἐνδυκέως κομέεσκεν, ἐπεὶ κατὰ γῆρας ἔμαρψεν.   390
οἱ δ' ὡς οὖν 'Οδυσῆα ἴδον φράσσαντό τε θυμῷ,
ἔσταν ἐνὶ μεγάροισι τεθηπότες· αὐτὰρ 'Οδυσσεὺς
μειλιχίοις ἐπέεσσι καθαπτόμενος προσέειπεν·
"ὦ γέρον, ἵζ' ἐπὶ δεῖπνον, ἀπεκλελάθεσθε δὲ θάμβευς·
δηρὸν γὰρ σίτῳ ἐπιχειρήσειν μεμαῶτες   395
μίμνομεν ἐν μεγάροις, ὑμέας ποτιδέγμενοι αἰεί."
"Ὣς ἄρ' ἔφη· Δολίος δ' ἰθὺς κίε χεῖρε πετάσσας
ἀμφοτέρας, 'Οδυσεῦς δὲ λαβὼν κύσε χεῖρ' ἐπὶ καρπῷ,
καί μιν φωνήσας ἔπεα πτερόεντα προσηύδα·
"ὦ φίλ', ἐπεὶ νόστησας ἐελδομένοισι μάλ' ἡμῖν   400
οὐδ' ἔτ' ὀϊομένοισι, θεοὶ δέ σε ἤγαγον αὐτοί,
οὐλέ τε καὶ μάλα χαῖρε, θεοὶ δέ τοι ὄλβια δοῖεν.
καί μοι τοῦτ' ἀγόρευσον ἐτήτυμον, ὄφρ' ἐῢ εἰδῶ,
ἢ ἤδη σάφα οἶδε περίφρων Πηνελόπεια

νοστήσαντά σε δεῦρ', ἢ ἄγγελον ὀτρύνωμεν." 405
Τὸν δ' ἀπαμειβόμενος προσέφη πολύμητις Ὀδυσ-
σεύς·
" ὦ γέρον, ἤδη οἶδε· τί σε χρὴ ταῦτα πένεσθαι;"
Ὣς φάθ'· ὁ δ' αὖτις ἄρ' ἔζετ' ἐϋξέστου ἐπὶ δίφρου.
ὣς δ' αὔτως παῖδες Δολίου κλυτὸν ἀμφ' Ὀδυσῆα
δεικανόωντ' ἐπέεσσι καὶ ἐν χείρεσσι φύοντο, 410
ἐξείης δ' ἕζοντο παραὶ Δολίον, πατέρα σφόν.
Ὣς οἱ μὲν περὶ δεῖπνον ἐνὶ μεγάροισι πένοντο·
Ὄσσα δ' ἄρ' ἄγγελος ὦκα κατὰ πτόλιν οἴχετο πάντη,
μνηστήρων στυγερὸν θάνατον καὶ κῆρ' ἐνέπουσα.
οἱ δ' ἄρ' ὁμῶς ἀΐοντες ἐφοίτων ἄλλοθεν ἄλλος 415
μυχμῷ τε στοναχῇ τε δόμων προπάροιθ' Ὀδυσῆος,
ἐκ δὲ νέκυς οἴκων φόρεον καὶ θάπτον ἕκαστοι,
τοὺς δ' ἐξ ἀλλάων πολίων οἰκόνδε ἕκαστον
πέμπον ἄγειν ἁλιεῦσι θοῆς ἐπὶ νηυσὶ τιθέντες·
αὐτοὶ δ' εἰς ἀγορὴν κίον ἀθρόοι, ἀχνύμενοι κῆρ. 420
αὐτὰρ ἐπεί ῥ' ἤγερθεν ὁμηγερέες τ' ἐγένοντο,
τοῖσιν δ' Εὐπείθης ἀνά θ' ἵστατο καὶ μετέειπε·
παιδὸς γάρ οἱ ἄλαστον ἐνὶ φρεσὶ πένθος ἔκειτο,
Ἀντινόου, τὸν πρῶτον ἐνήρατο δῖος Ὀδυσσεύς·
τοῦ ὅ γε δάκρυ χέων ἀγορήσατο καὶ μετέειπεν· 425
" ὦ φίλοι, ἦ μέγα ἔργον ἀνὴρ ὅδε μήσατ' Ἀχαιούς·
τοὺς μὲν σὺν νήεσσιν ἄγων πολέας τε καὶ ἐσθλοὺς
ὤλεσε μὲν νῆας γλαφυράς, ἀπὸ δ' ὤλεσε λαούς,
τοὺς δ' ἐλθὼν ἔκτεινε Κεφαλλήνων ὄχ' ἀρίστους.
ἀλλ' ἄγετε, πρὶν τοῦτον ἢ ἐς Πύλον ὦκα ἱκέσθαι 430
ἢ καὶ ἐς Ἤλιδα δῖαν, ὅθι κρατέουσιν Ἐπειοί,
ἴομεν· ἢ καὶ ἔπειτα κατηφέες ἐσσόμεθ' αἰεί·
λώβη γὰρ τάδε γ' ἐστὶ καὶ ἐσσομένοισι πυθέσθαι,
εἰ δὴ μὴ παίδων τε κασιγνήτων τε φονῆας
τισόμεθ'. οὐκ ἂν ἐμοί γε μετὰ φρεσὶν ἡδὺ γένοιτο 435

ζωέμεν, ἀλλὰ τάχιστα θανὼν φθιμένοισι μετείην.
ἀλλ' ἴομεν, μὴ φθέωσι περαιωθέντες ἐκεῖνοι."
Ὣς φάτο δάκρυ χέων· οἶκτος δ' ἔλε πάντας
Ἀχαιούς.
ἀγχίμολον δέ σφ' ἦλθε Μέδων καὶ θεῖος ἀοιδὸς
ἐκ μεγάρων Ὀδυσῆος, ἐπεί σφεας ὕπνος ἀνῆκεν,   440
ἔσταν δ' ἐν μέσσοισι· τάφος δ' ἕλεν ἄνδρα ἕκαστον.
τοῖσι δὲ καὶ μετέειπε Μέδων πεπνυμένα εἰδώς·
" κέκλυτε δὴ νῦν μευ, Ἰθακήσιοι· οὐ γὰρ Ὀδυσσεὺς
ἀθανάτων ἀέκητι θεῶν τάδε μήσατο ἔργα·
αὐτὸς ἐγὼν εἶδον θεὸν ἄμβροτον, ὅς ῥ' Ὀδυσῆϊ   445
ἐγγύθεν ἑστήκει καὶ Μέντορι πάντα ἐῴκει.
ἀθάνατος δὲ θεὸς τοτὲ μὲν προπάροιθ' Ὀδυσῆος,
φαίνετο θαρσύνων, τοτὲ δὲ μνηστῆρας ὀρίνων
θῦνε κατὰ μέγαρον· τοὶ δ' ἀγχιστῖνοι ἔπιπτον."
Ὣς φάτο· τοὺς δ' ἄρα πάντας ὑπὸ χλωρὸν δέος ᾕρει.
τοῖσι δὲ καὶ μετέειπε γέρων ἥρως Ἁλιθέρσης   451
Μαστορίδης—ὁ γὰρ οἶος ὅρα πρόσσω καὶ ὀπίσσω—
ὅ σφιν ἐϋφρονέων ἀγορήσατο καὶ μετέειπε·
" κέκλυτε δὴ νῦν μευ, Ἰθακήσιοι, ὅττι κεν εἴπω·
ὑμετέρῃ κακότητι, φίλοι, τάδε ἔργα γένοντο·   455
οὐ γὰρ ἐμοὶ πείθεσθ', οὐ Μέντορι ποιμένι λαῶν,
ὑμετέρους παῖδας καταπαυέμεν ἀφροσυνάων,
οἳ μέγα ἔργον ἔρεξαν ἀτασθαλίῃσι κακῇσι,
κτήματα κείροντες καὶ ἀτιμάζοντες ἄκοιτιν
ἀνδρὸς ἀριστῆος· τὸν δ' οὐκέτι φάντο νέεσθαι.   460
καὶ νῦν ὧδε γένοιτο· πίθεσθέ μοι ὡς ἀγορεύω·
μὴ ἴομεν, μή πού τις ἐπίσπαστον κακὸν εὕρῃ."
Ὣς ἔφαθ'· οἱ δ' ἄρ' ἀνήϊξαν μεγάλῳ ἀλαλητῷ
ἡμίσεων πλείους—τοὶ δ' ἀθρόοι αὐτόθι μίμνον—
οὐ γάρ σφιν ἅδε μῦθος ἐνὶ φρεσίν, ἀλλ' Εὐπείθει   465
πείθοντ'· αἶψα δ' ἔπειτ' ἐπὶ τεύχεα ἐσσεύοντο.

αὐτὰρ ἐπεί ῥ᾽ ἔσσαντο περὶ χροΐ νώροπα χαλκόν,
ἀθρόοι ἠγερέθοντο πρὸ ἄστεος εὐρυχόροιο.
τοῖσιν δ᾽ Εὐπείθης ἡγήσατο νηπιέῃσι·
φῆ δ᾽ ὅ γε τίσεσθαι παιδὸς φόνον, οὐδ᾽ ἄρ᾽ ἔμελλεν   470
ἂψ ἀπονοστήσειν, ἀλλ᾽ αὐτοῦ πότμον ἐφέψειν.

Αὐτὰρ Ἀθηναίη Ζῆνα Κρονίωνα προσηύδα·
"ὦ πάτερ ἡμέτερε, Κρονίδη, ὕπατε κρειόντων,
εἰπέ μοι εἰρομένῃ, τί νύ τοι νόος ἔνδοθι κεύθει;
ἢ προτέρω πόλεμόν τε κακὸν καὶ φύλοπιν αἰνὴν   475
τεύξεις, ἦ φιλότητα μετ᾽ ἀμφοτέροισι τίθησθα;"
Τὴν δ᾽ ἀπαμειβόμενος προσέφη νεφεληγερέτα Ζεύς·
"τέκνον ἐμόν, τί με ταῦτα διείρεαι ἠδὲ μεταλλᾷς;
οὐ γὰρ δὴ τοῦτον μὲν ἐβούλευσας νόον αὐτή,
ὡς ἦ τοι κείνους Ὀδυσεὺς ἀποτίσεται ἐλθών;   480
ἔρξον ὅπως ἐθέλεις· ἐρέω δέ τοι ὡς ἐπέοικεν.
ἐπεὶ δὴ μνηστῆρας ἐτίσατο δῖος Ὀδυσσεύς,
ὅρκια πιστὰ ταμόντες ὁ μὲν βασιλευέτω αἰεί,
ἡμεῖς δ᾽ αὖ παίδων τε κασιγνήτων τε φόνοιο
ἔκλησιν θέωμεν· τοὶ δ᾽ ἀλλήλους φιλεόντων   485
ὡς τὸ πάρος, πλοῦτος δὲ καὶ εἰρήνη ἅλις ἔστω."
Ὣς εἰπὼν ὄτρυνε πάρος μεμαυῖαν Ἀθήνην,
βῆ δὲ κατ᾽ Οὐλύμποιο καρήνων ἀΐξασα.

Οἱ δ᾽ ἐπεὶ οὖν σίτοιο μελίφρονος ἐξ ἔρον ἔντο,
τοῖς ἄρα μύθων ἄρχε πολύτλας δῖος Ὀδυσσεύς·   490
"ἐξελθών τις ἴδοι μὴ δὴ σχεδὸν ὦσι κιόντες."
ὣς ἔφατ᾽· ἐκ δ᾽ υἱὸς Δολίου κίεν, ὡς ἐκέλευε,
στῆ δ᾽ ἄρ᾽ ἐπ᾽ οὐδὸν ἰών, τοὺς δὲ σχεδὸν εἴσιδε πάντας.
αἶψα δ᾽ Ὀδυσσῆα ἔπεα πτερόεντα προσηύδα·
"οἵδε δὴ ἐγγὺς ἔασ᾽· ἀλλ᾽ ὁπλιζώμεθα θᾶσσον."   495
ὣς ἔφαθ᾽· οἱ δ᾽ ὄρνυντο καὶ ἐν τεύχεσσι δύοντο,

τέσσαρες ἀμφ' 'Οδυσῆ', ἓξ δ' υἱεῖς οἱ Δολίοιο·
ἐν δ' ἄρα Λαέρτης Δολίος τ' ἐς τεύχε' ἔδυνον,
καὶ πολιοί περ ἐόντες, ἀναγκαῖοι πολεμισταί.
αὐτὰρ ἐπεί ῥ' ἕσσαντο περὶ χροῒ νώροπα χαλκόν, 500
ὤιξάν ῥα θύρας, ἐκ δ' ἤιον, ἄρχε δ' 'Οδυσσεύς.
Τοῖσι δ' ἐπ' ἀγχίμολον θυγάτηρ Διὸς ἦλθεν 'Αθήνη,
Μέντορι εἰδομένη ἠμὲν δέμας ἠδὲ καὶ αὐδήν.
τὴν μὲν ἰδὼν γήθησε πολύτλας δῖος 'Οδυσσεύς·
αἶψα δὲ Τηλέμαχον προσεφώνεεν ὃν φίλον υἱόν· 505
"Τηλέμαχ', ἤδη μὲν τόδε γ' εἴσεαι αὐτὸς ἐπελθών,
ἀνδρῶν μαρναμένων ἵνα τε κρίνονται ἄριστοι,
μή τι καταισχύνειν πατέρων γένος, οἳ τὸ πάρος περ
ἀλκῇ τ' ἠνορέῃ τε κεκάσμεθα πᾶσαν ἐπ' αἶαν."
Τὸν δ' αὖ Τηλέμαχος πεπνυμένος ἀντίον ηὔδα· 510
"ὄψεαι, αἴ κ' ἐθέλῃσθα, πάτερ φίλε, τῷδ' ἐνὶ θυμῷ
οὔ τι καταισχύνοντα τεὸν γένος, ὡς ἀγορεύεις."
Ὣς φάτο· Λαέρτης δ' ἐχάρη καὶ μῦθον ἔειπε·
"τίς νύ μοι ἡμέρη ἥδε, θεοὶ φίλοι! ἦ μάλα χαίρω·
υἱός θ' υἱωνός τ' ἀρετῆς πέρι δῆριν ἔχουσι." 515
Τὸν δὲ παρισταμένη προσέφη γλαυκῶπις 'Αθήνη·
"ὦ 'Αρκεισιάδη, πάντων πολὺ φίλταθ' ἑταίρων,
εὐξάμενος κούρῃ γλαυκώπιδι καὶ Διὶ πατρί,
αἶψα μάλ' ἀμπεπαλὼν προΐει δολιχόσκιον ἔγχος."
Ὣς φάτο· καί ῥ' ἔμπνευσε μένος μέγα Παλλὰς
'Αθήνη. 520
εὐξάμενος δ' ἄρ' ἔπειτα Διὸς κούρῃ μεγάλοιο,
αἶψα μάλ' ἀμπεπαλὼν προΐει δολιχόσκιον ἔγχος,
καὶ βάλεν Εὐπείθεα κόρυθος διὰ χαλκοπαρῄου.
ἡ δ' οὐκ ἔγχος ἔρυτο, διαπρὸ δὲ εἴσατο χαλκός·
δούπησεν δὲ πεσών, ἀράβησε δὲ τεύχε' ἐπ' αὐτῷ. 525
ἐν δ' ἔπεσον προμάχοις 'Οδυσεὺς καὶ φαίδιμος υἱός,
τύπτον δὲ ξίφεσίν τε καὶ ἔγχεσιν ἀμφιγύοισι.

καί νύ κε δὴ πάντας ὄλεσαν καὶ ἔθηκαν ἀνόστους,
εἰ μὴ Ἀθηναίη, κούρη Διὸς αἰγιόχοιο,
ἤϋσεν φωνῇ, κατὰ δ᾽ ἔσχεθε λαὸν ἅπαντα·   530
"ἴσχεσθε πτολέμου, Ἰθακήσιοι, ἀργαλέοιο,
ὥς κεν ἀναιμωτί γε διακρινθῆτε τάχιστα."
Ὣς φάτ᾽ Ἀθηναίη, τοὺς δὲ χλωρὸν δέος εἷλε·
τῶν δ᾽ ἄρα δεισάντων ἐκ χειρῶν ἔπτατο τεύχεα,
πάντα δ᾽ ἐπὶ χθονὶ πῖπτε, θεᾶς ὄπα φωνησάσης·   535
πρὸς δὲ πόλιν τρωπῶντο λιλαιόμενοι βιότοιο·
σμερδαλέον δ᾽ ἐβόησε πολύτλας δῖος Ὀδυσσεύς,
οἴμησεν δὲ ἀλεὶς ὥς τ᾽ αἰετὸς ὑψιπετήεις.
καὶ τότε δὴ Κρονίδης ἀφίει ψολόεντα κεραυνόν,
κὰδ δ᾽ ἔπεσε πρόσθε γλαυκώπιδος ὀβριμοπάτρης.   540
δὴ τότ᾽ Ὀδυσσῆα προσέφη γλαυκῶπις Ἀθήνη·
"διογενὲς Λαερτιάδη, πολυμήχαν᾽ Ὀδυσσεῦ,
ἴσχεο, παῦε δὲ νεῖκος ὁμοιίου πολέμοιο,
μή πώς τοι Κρονίδης κεχολώσεται εὐρύοπα Ζεύς."
Ὣς φάτ᾽ Ἀθηναίη· ὁ δ᾽ ἐπείθετο, χαῖρε δὲ θυμῷ.
ὅρκια δ᾽ αὖ κατόπισθε μετ᾽ ἀμφοτέροισιν ἔθηκε   546
Παλλὰς Ἀθηναίη, κούρη Διὸς αἰγιόχοιο,
Μέντορι εἰδομένη ἠμὲν δέμας ἠδὲ καὶ αὐδήν.

COMMENTARY

BOOK THIRTEEN

N.B.—The Greek index should be consulted for words not directly annotated as they occur. Cross-references will not usually be given. Topics and names printed in italics like *Dress, Furniture, Papyri, Aristarchus*, will be discussed at the places referred to in the English index.

The following abbreviations have been used : O. = Odysseus; *Od.* = *Odyssey* ; *Il.* = *Iliad* ; H. = Homer ; *M.-R.* = the Merry-Riddell edn. of Books 1–12; *A.-H.* and *A.-H.-C.* = the edns. of Ameis, Hentze and Cauer ; *O.T.* = Allen's Oxford Text of *Od.* ; *L.-S.-J.* = 9th edn. of the Lexicon of Liddell and Scott, revised by H. Stuart Jones. An asterisk as in *τλάω denotes a root, hypothetical form, or a form not found in H.; *al.* after references means ' and elsewhere in H.'. *Synizesis* is marked as in ἡμέων.

Philological notes : a distinction should be observed between etymologies of the old-fashioned kind, some dating back to the earliest days of Homeric scholarship, and those based on modern methods of comparative philology (developed since the early 19th century : see O. Jespersen, *Language* (1922). pp. 34 ff.). The former are often naïve, dubious and far-fetched ; but they illustrate the development of Homeric exegesis and in some cases offer the only available explanation of *Glosses* ; for examples see on ἠλίβατοι in 13, 196 and ἀθέσφατος in 20, 211. The more recent type will be recognized by the citation of roots, cognates from other languages, or references to *Digamma, e.g.* on ἴσχοντο in 13, 2 and ἄσπετα in 13, 135 ; my authorities for these are chiefly Boisacq, Muller, *L.-S.-J.* and the other philological works listed in the bibliography. Sometimes both types have to be considered, *e.g.* on 13, 79-80.

Translations (see bibliography) have been chosen to illustrate varieties of style as well as to explain the meaning. Differences in taste and method in this matter are well surveyed in the Introduction (part II) to *The Oxford Book of Greek Verse in Translation*, edited by T. F. Higham and C. M. Bowra (1938). Cp. on 17, 450 ff.

SUMMARY

Odysseus at the Court of King Alcinous in the land of the Phaeacians has just ended an account of his previous wanderings. He receives further presents, which next day are stowed away under Alcinous' supervision in a ship prepared for O.'s departure (1-22). That evening, after sacrifice, feasting and music, O. says farewell and departs (23-77). He falls asleep while the ship carries him swiftly to Ithaca. There with his gifts he is landed, still asleep (78-124). Poseidon in anger at O.'s return turns the ship to stone at the mouth of the Phaeacian harbour (125-87). O. awakens, but fails to recognize that he is in Ithaca till Athena, disguised as a shepherd, informs him (187-249). O. pretends to be a Cretan fugitive. Amused at his cunning, Athena reveals herself and encourages him (250-310). O., having demanded and received proof that he is really in Ithaca, prays to the local nymphs. Athena helps him to hide his treasures. She warns him about the Suitors (311-81). When asked by O. for her help she magically disguises him as a beggar and goes to Sparta to recall Telemachus (382-end).

1-2 = 11, 333-4 : Here, as there, the lines describe the pregnant silence in the hall of Alcinous when O. pauses in his narrative. Cp. Virgil, *Aen.* 2, 1, *Conticuere omnes,* when Aeneas is about to begin his story. The second line—' And through the shadowy halls they were held by the spell of his words '—is one of the finest in H. κηληθμός probably has a magical implication here (cp. ἀκήλητος w. ref. to Circe's enchantments in 10, 329). Among the earliest uses of *Poetry* some were magical, in spells, runes, incantations (see on 19, 457), cp. the song of the Seirens in 12, 39 ff. and on θέλγειν in 16, 298. The force of ἴσχοντο (mid. aor. in pass. sense) is ' were possessed, dominated by ', a primary meaning of ἴχω, which is cogn. w. German *Sieg* ' victory ', from a root *seǵh (see *L.-S.-J.*). For the lack of light in the μέγαρα see p. xlii.

4. χαλκοβατὲς δῶ : literally ' house standing on bronze ', referring to the bronze used in the walls and threshold (7, 86, 89), and perhaps on the floor, of Alcinous' palace. δῶ is perhaps not an abbreviation of δῶμα (as Aristotle, *Poetic* 21, 1458 a 5, takes it) but an older form = *dōm. This epithet-noun *Formula* is al. used only of the palaces of gods.

5-6. τώ etc. : ' for that reason I believe you will return home with no further reverses on your course, though indeed your sufferings [which O. has just finished describing] have been very many '. With a typical mixture of egoism and sympathy Alcinous says ' your arrival at *my* home [*sc.* because we shall take care of you] is bound to end your troubles '.

τώ is Ludwich's preference here against Allen's τῷ here *et al.* :
some MSS. also have τώ. Leaf on *Il.* 1, 418 accepts τώ as an
old ablatival form ; for τώ see *L.-S.-J.* on τῷ, and cp. τὰς in
19, 234. In this very uncertain matter I have followed
Ludwich throughout in this volume. Against the version
given above, ἂψ ἀπονοστήσειν is taken by Monro with παλιμ-
πλαγχθέντα as referring to a return to Alcinous' palace (cp. 10,
54 ff.) because the phrases certainly must be taken together
in *Il.* 1, 59-60. But this disregards the free use of *Formula*
and weakens the force of τώ.

7. As A. thinks O. will not return (οὔ τι παλιμπλαγχθέντα
in 5) he exhorts his courtiers to give him lavish gifts. Note
ὑμέων, *Synizesis*.

8. ' The glowing wine of the Elders ', *i.e.* that shared by the
councillor-chiefs ; see further on 14, 463. Note the initial
Digammas preventing elision before Fείρω (7), οἶνον here and
'Fοι (13), etc.

14-15. ἀνδρακάς : ' man by man ', *viritim* ; only here in H.
The variant in the *Scholia* ἄνδρα κάτ' is only a simplification.
This would make 13 tripods and cauldrons (see 8, 390-1).
Rieu translates on : ' Later we will recoup ourselves by a tax on
the people, since it would be hard on us singly to have to make
so generous a donation '. προικὸς : lit. ' of a gift, as a present ',
apparently a kind of genitive of price : in Attic the accus.
προῖκα was similarly used. The implication of ' without
recompense, *gratis* ' need not be pressed.

17. κακκείοντες : § 1, 10. κατακείω is used regularly for
κατάκειμαι as a future and in the imperative. κείω etc.
may be explained either as desideratives from which σ has
dropped out or as athematic subjunctives (Chantraine, *G.H.*
p. 453).

18-19. The regular *Formula* for the coming of a new day.
' Rosy-fingered ', as Eustathius explains, probably refers to
the fanning out of the crimson rays of the rising sun. The
rose, introduced in its cultivated form into Europe from the
Near East, is only mentioned by H. in the epithets ῥοδοδάκτυλος
and ῥοδόεις ' rose-scented ' (only in *Il.* 23, 186). ἠριγένεια,
' early-born ', is from ἦρι ' early ' (from the same root) and
γενέσθαι. ἠώς (*Ionic*)=Attic ἕως, Doric ἀώς, is cogn. w. Latin
aurora. In 19 ' man-delighting bronze ' (εὐήνωρ is also
applied to wine ' that maketh glad the heart of man ' in 4,
622 : not used *al.* in H.) refers to the gifts in 13.

20-3. ὑπὸ ζυγά in 21 goes w. κατέθηχ'. Note the epic peri-
phrasis for Alcinous : in ἱερὸν there is a vestige of the
primitive notion of a supernatural power in the holder of the
kingship, see further on 16, 401. For σπερχοίατ' in 22 see

§ 16, 7. The subject of βλάπτοι is τὰ in 20. In 23 with Ἀλκινόοιο sc. δῶμα.

25-6. κελαινεφής is a syncopated form (cp. on 15, 46; 19, 445) for *κελαινο-νεφής, cp. Eng(la)land, pacif(ic)ist, vi(vi)pera. Its meaning, ' of the dark [storm] cloud ', reminds us that Zeus was primarily a sky-god as his name (cogn. w. Sanskrit dyaús ' sky, heaven, day ') implied, cp. νεφεληγερέτα ' cloud-gatherer ' in 139. For 26 see Sacrifice.

28. ' Demodocus, the people's favourite ', the second phrase is an Epexegesis of the Significant Name (δῆμος, δοκέω) of the Bard.

30. Some have thought emendation necessary here : Agar suggests ἐπειγόμενον agreeing with ἠέλιον, Nauck δῦναι ἐπευχόμενος· δὴν γὰρ . . . But ἐπειγόμενος ' being eager for it to descend ' is fair Greek. (Rieu's ' as though to hasten its descent ' is not implied.) Alcinous had persuaded O. to stay ἐς αὔριον (11, 351-3) which would begin at sunset (see on 7, 317-18).

31. For τε see on 60 below.

31-4. ' Even as a man to supper longs to go, | Whose wine-red oxen all day long have drawn | Across the tilth the plough-frame to and fro ; | And welcome to him is the dusking grey | At sundown, when to supper go he may, | And his knees ache in going . . .' (Mackail). οἴνοπε : ' wine-dark ', a deep purple-crimson colour, a favourite epithet of the sea, cp. on 85. πηκτὸν : ' jointed ' as distinct from a primitive one-piece plough, Hesiod's ἄροτρον αὐτόγυον (Works 433). As Monro observes one should not understand εὖ with such epithets (cp. 13, 306 ; 17, 169 ; 19, 56) ; no aesthetic judgement is implied. With 34 cp. ' The ploughman homeward plods his weary way ' and see on 16, 2 and 14, 69 ; ἐποίχεσθαι is an infin. of purpose, cp. ἡγεῖσθαι in 65.

40. ' For now my dearest wish has been fulfilled ': so Rieu, admirably. φίλος with words like θυμός, ἦτορ implies ' own dear ' sometimes with more emphasis on ' own ' as in φίλα εἵματα. In 41 it means ' welcome, acceptable ', in 43 ' loved ones, kith and kin '. The meaning ' friendly ' is rare in H. The basic meaning seems to have implied ' that unalterable relation, far deeper than fondness and compatible with all changes of mood, which unites a normal man to his wife, his home, or his own body—the tie of a mutual " belonging " which is there even when he dislikes them ' (C. S. Lewis ; cp. on 1, 60).

45. ἀρετή has a wide range of meaning in H. Here it implies ' prosperity, success '. In general it means ' excellence '

in strength, beauty, swiftness or, sometimes, in goodness and justice. But the last two categories may not be involved at all, as, for example, in 21, 187 where *Antinous* and *Eurymachus* are certainly not to be described as surpassing even the other Suitors in ' virtue '. See further in Adkins as cited on p. 453. Recent scholars tend to reject the suggested connexion of ἀρετή with ἀνήρ : but cp. *virtus* and *vir*.

47 ff. The first four lines = 7, 226, 227, 178, 179. In 50 note κρητῆρα κερασσάμενος ' when you have mixed [the water and *Wine* in the] mixing-bowl ' : this combination of a noun and verb derived from the same root is called the *Schema etymologicum* (see p. xxii), though H. perhaps favoured it mainly for the *Alliteration* and *Assonance* involved. H. does not use κεράννυμι in the present or imperf., but κεράω (cp. 15, 500 ; 20, 253), κιρνάω (cp. 53) and κίρνημι (cp. 14, 78 ; 16, 14, 52). 53-4 = 7, 182 ; 18, 425 (cp. 7, 183 and 3, 340). Observe how H. often does not trouble to invent new lines for similar situations. Why should he, if the first were the best that he could devise? See p. xvi.

56. ' From just where they sat.' The *v.l.* ἰδίων (ἴδος, cogn. w. ' seat ') avoids the short vowel before mute and liquid, which is unusual in H. ; or perhaps we should scan ἑδρέων with *Synizesis*.

57. Ἀρήτη, Queen of the Phaeacians, has a *Significant Name* meaning either ' Prayed for ' (ἀρητός, ἀράομαι ; for the recessive acc. on the proper name cp. on 10, 2 ; and see further on 19, 404) or else ' Prayed to ', as O. made his first supplications to her (7, 142 ff.). The masculine form Ἄρατος is frequent in later Greek. Cp. on 7, 54 ff. ἀμφικύπελλον probably means, as *Aristarchus* held, ' two-handled ', not ' cupped on both sides ', for reasons given on 3, 63.

58. A common *Formula*. For the double accus. after προσηύδα see § 29 2 ; φωνήσας is intransitive. πτερόεντα could mean ' feathered ' like an arrow that flies accurately to its mark (see M. L. Jacks in *C.R.* xxxvi. (1922), pp. 70-1, and J. A. K. Thomson in *C.Q.* xxx. (1936), pp. 1-3). But there are better arguments in favour of retaining the traditional interpretation ' winged ', *sc.* swift, like a bird, to escape the ἕρκος ὀδόντων (cp. on 19, 492) ; see further on 17, 57 and in my *G.M.* pp. 136-7.

60. τά τ' : τε (p. lxxxviii) here has its frequent force with pronouns, adverbs and particles, of denoting an essential characteristic of its antecedent—' old age and death that [inevitably] visit all mankind '—as distinct from a clause adding some incidental item of information, such as ' old age and death, which are the subject of some notable passages in later Greek poetry ' : see Denniston, *G.P.* pp. 520-3, and Chantraine ii. pp. 239 ff. ; and cp. on 1, 50 and 52.

67 ff. φᾶρος seems to be H.'s most general word for a piece of unsewn cloth worn for dress, probably as a loose cloak or wrapper ; the other word for this, **χλαῖνα**, could similarly be used of a cloak or a rug, like the Red Indian's ' blanket '. They were generally only used as a special protection against cold. The essential garment of Homeric man was the **χιτών**, a short close-fitting vest (cp. on 19, 232-3) resembling a long jersey, as shown in the fresco from Tiryns (*Cambridge Anc. History, Plates* i. 158d). Possibly a kind of loin-cloth or drawers (cp. **ζῶστρα** in 6, 38, **ζῶμα** in 14, 482) was also worn. **πέπλος**, another vague term sometimes meaning simply a covering cloth, was the word used for the upper garment of women (never of men in H.), loose-fitting and fastened with brooches (cp. 18, 292-3) and a girdle (**ζώνη**, cp. on **βαθύζωνος** in 3, 154). Note the succession of maid-servants in 67-9 : ' one . . . a second . . . then another '.

71. νηὶ γλαφυρῇ : the epithet (derived from verb **γλάφω**, ' scrape, cut, carve out ') seems primarily to mean ' hollowed out ' (cp. on **σπέσσι γλαφυροῖσι** in I, 15), then ' smoothed ' and later ' polished '. It is dubious to translate ' in the hollow of the ship ' as if it were **ἐν ἄντλῳ** (p. xlv), since that is impossible in 74, and it is a formulaic epithet (p. xviii).

74. νήγρετον = ' without awakening ', from **ἐγείρω** (cp. 124) and **νη-**, the original Indo-European negative, of which the prefix **ἀ-**, as in **ἀτρέμας** (92), **ἀπήμων** (138), is a weakened form.

75. πρύμνης (accent uncertain : some prefer **πρυμνῆς**) is an adjective w. **νηὸς** but best translated ' in the stern '. **ἄν** (§ 1, 10) goes with **ἐβήσετο** (§ 33, 2). **κατέλεκτο** is aor. or imperf. of **καταλέχομαι**, conn. w. **λέχος** ' bed '.

77. ' They loosed the cable from the pierced stone ' : apparently the stern cables were attached to this conveniently holed stone on the land, while the bow cables were, as usual, moored to the **εὐναί** (p. xlvi). Bothe's view that **λίθος** = **εὐναί** here is unlikely, for the latter were drawn up, like the later anchor, with the cable. **πεῖσμα**, from ***πενθ-σμα**, is cogn. w. ' bind '.

79-80. νήδυμος : the etymology and meaning of this *Gloss* are uncertain, but it most likely means ' sweet ' from ***σϜηδυ-**, cp. *suavis* (= ***suadvis**), the initial **ν** being the result of transferring **νῦ ἐφελκυστικόν** (but not here) from the preceding word (cp. English ' nick-name ' from ' an eke-name ', ' newt ' from ' an ewt ') as in 4, 793. But *Aristarchus'* view, that it comes from **νη-** and **δύω** and so = **ἀνέκδυτος** ' inescapable ', is

not impossible, and here it certainly avoids tautology with
ᾗδιστος in 80. With this line cp. Virgil, *Aen.* 6, 522, *Dulcis et
alta quies placidaeque simillima morti.*

81 ff. ἡ δ' (*sc.* νηῦς) has no verb as the construction changes
in 84 (*Anacolouthon,* cp. p. xxv ; but no characterization is
involved here). Of the following vivid *Similes* the first
emphasizes the plunging movement of the ship (as Hayman
notes, a horse's gallop is really a series of leaps), the second
its speed. ἵπποι here seems to refer to the actual horses,
though in the similar comparison in 4, 708-9 ships are described
as the *Chariots* of the sea, *i.e.* the horses *and* cars. The
ship, as it seems to gather itself together and leap upwards
and forwards over the waves at each thrust of the oars,
resembles a living creature. τετράοροι (from ἀείρω : cp. *Il.*
15, 680, πίσυρας συναείρεται ἵππους, where the horses are
ridden, contrary to the usual practice of the Heroic Age)=
'yoked four together', cp. *Il.* 11, 699 ; special speed seems
to be implied. In 85 πορφύρεον (conn. w. πορφύρω, *ferveo,
fermentum,* 'barm') seems to retain something of its original
sense of 'surging, seething' here ; see further on 2, 428.
Van Leeuwen suggests a reference to phosphorescence. In
contrast the emphasis of this epithet in 19, 242 and 20, 151
is entirely on hue, without any suggestion of movement ; but,
as in many other Greek colour terms, the shade is uncertain,
varying apparently from dark violet to crimson. In the present
passage further emphasis is laid on the turmoil of the waters
by the use of θύε (cogn. w. *furo*) 'seethed' and in the famous
epithet πολυφλοίσβοιο 'full-flushing' : note the sigmatic
Alliteration. See *Addenda.*

86-9. Rieu translates well : 'With unfaltering speed she
forged ahead, and not even the wheeling falcon, the fastest
thing that flies, could have kept her company. Thus she sped
lightly on, cutting her way through the waves and carrying a
man wise as the gods are wise . . .' In 86-7 κίρκος may
perhaps mean a species of the ἴρηξ, which is a generic term
for the smaller hawks and falcons ; but its etymology and
precise significance are unknown. See Thompson, *G.G.B.*
pp. 114 ff. and 144 ff. In 89 θεοῖς ἐναλίγκια 'like to <those
of> the gods' is a 'short-cut' comparison (*comparatio com-
pendiaria*), cp. on 4, 279.

90-2. These grave lines with their echo of the exordium
(cp. 1, 1-4) tenderly conclude the story of O.'s wanderings ;
cp. n. 1 on p. xi. Now O.'s destiny is to be worked out in
Ithaca ; cp. on 189 below.

93. This 'most brilliant star' that appears to herald the
dawn (hence 'Εωσφόρος in *Il.* 23, 226 ; later Φωσφόρος, Lucifer)
was probably Venus. At other times of the year this planet

is most conspicuous after sunset, the ἕσπερος of *Il.* 22, 318, so beautifully apostrophized by Sappho in the lines beginning Ἕσπερε πάντα φέρων ὅσα φαίνολις ἐσκέδασ' αὔως. Its beauty was taken into Christian symbolism—ἐγώ εἰμι . . . ὁ ἀστὴρ ὁ λαμπρὸς ὁ πρωϊνός (Revelation 22, 16). Venus in its season is much the brightest of the stars and can even be seen in the middle of the day at certain times. Its appearance here marks the approach of the 35th day in the narrative (p. xii).

96. Phorkys was a lesser sea-divinity, mentioned in 1, 72 as grandfather of the Cyclops. Later poets describe him as the son of Sea and Earth and father of various monsters, including Scylla, the Gorgons and the three Grey Sisters. His haven has been identified by Bérard (*Ph. et l'Od.* ii. pp. 462 ff.) with the modern port of *Vathi*, near which the features described in 97 ff. can be reasonably identified (but see on p. xxxviii); for earlier views see *M.-R.* pp. 555-6. The use of the present tense in ἐστι and the following verbs seems to imply that the harbour was known in H.'s time; cp. footnote on p. xli.

97-8. ' And at its mouth two projecting headlands, sheer to seaward, but sloping down on the side toward the harbour ' (Murray). ἀπορρῶγες (formed from ῥήγνυμι, cp. on 435) is an exact equivalent of the Latin *abruptae*, as προβλῆτες (βάλλω) is of *proiectae*. ποτιπεπτηυῖαι is better taken (with *A.-H.-C.*) as perf. participle of ποτιπίπτω (cp. in 14, 354 and on 22, 362) than from ποτιπτήσσω, though this would have a similar form (cp. πεπτηῶτες in 14, 474). For the gen. λιμένος w. ποτί- meaning ' in the direction of ' cp. on 110.

101. ' Whenever they come within mooring distance of the shore '; μέτρον may imply the length of the cable, cp. on 77 above, but in view of the frequent ἥβης μέτρον (cp. on 18, 217) it is perhaps little more than a *Periphrasis.*

104 ff. Porphyrius of Tyre, a neo-platonic philosopher of the 3rd cent. A.D., wrote a treatise, still extant, *On the Cave of the Nymphs* with a fantastic allegorical interpretation of this passage, suggesting that the cave represents the world: the nymphs and bees, souls : the men, bodies : the two doors, physical birth and the entrance of the soul. Neglecting such otiose speculations, the stone mixing-bowls and two-handled jars in 105-7 (cp. on 2, 349) and the looms were probably stalagmitic formations as often seen in caves and grottos. ἁλιπόρφυρα in 108 is only used *al.* in H. of wool in 6, 53 and 306 : it may mean ' purple, or dark-hued, like the sea ' or ' dyed with sea-purple ', *i.e.* with the dye extracted by Phoenicians from the shell-fish murex, or possibly a reference to the Cretan φῦκος πόντιον (Theophrastus, *Hist. Plant.* 4,

6, 5) is involved. Cp. on 85 ; but the notion of colour is uppermost here.

110. αἱ : probably a poetic plural (p. xix). Note πρὸς Βορέαο = either ' towards the N.' or ' from the N.' (ablatival gen.), cp. on 98.

111. θεώτεραι : not ' more divine ' but ' in contrast [with that of mortals] divine ', a frequent use in H. (Monro, H.G. § 122), cp. πρότερος, δεύτερος, δεξιτερός, ἕτερος, θηλύτερος, νεώτερος, Latin alter, uter. This was probably the original force of the suffix -τερος (cp. Chantraine, G.H. p. 257), the notion of degree coming later.

113 ff. οἱ γ' : the Phaeacian sailors, last referred to in 78. As Denniston, G.P. pp. 121-2, observes, γε is very frequently found with pronouns, and ' often it seems to be otiose, the pronoun apparently requiring no stress, or at most a secondary stress '. How the Phaeacians had ' previous knowledge ' is not explained. As the Phaeacian ships were magical (see on 8, 556), it was hardly needed. ἡ μὲν κ.τ.λ. = ' Then the ship ran ashore as much as to half her whole length, so forcibly was she driven by the arms of the rowers '. The phrase in 114 is abbreviated from τόσον ἐφ' ὅσον τὸ ἥμισυ πάσης πέλεται (cp. Il. 10, 351).

119-21. κὰδ goes with ἔθεσαν and ἐκ with ἄειραν. Grashof's ἑ θέσαν is neat, as the verb needs an object. The rather unnatural profundity of O.'s sleep has vexed some readers and prompted much speculation. But it is simply H.'s way of getting the Phaeacians away without delay, and it also saves a description of O.'s feelings on first seeing Ithaca again. H. had taken care to emphasize the deepness of the sleep (cp. 79-80). In 121 ὤπασάν neglects the Digamma in Fοίκαδ'.

125-8. The cause of the ' Earth-shaker's ' wrath was the blinding of his son the Cyclops by O. (Book 9). Ζεῦ πάτερ sounds slightly odd, since he was Poseidon's brother, but πάτερ is often a term of respect, not of relationship, and the combination is Indo-European, cp. Iu-piter, Dies-piter. Posei-don was also Alcinous' grandfather (7, 61-3), cp. 130.

132. ἀπηύρων : 1 sing. aor. indic. of a defective verb w. fut. ἀπουρήσω and aor. part. act. ἀπούρας (270). The original form was probably ἀπο-Fρᾶ, which would be augmented with η (as is usual before F, see Chantraine, H.G. p. 489 ; cp. on 14, 289).

135. ἄσπετα : ' unutterable, beyond telling ', from ἀ- priva-tive and the root *sequ, cogn. w. Latin insece, and ' say '. Poseidon did not object to O.'s ultimate home-coming (131-3),

but he did object to his returning laden with even more wealth than he would have brought as booty from Troy if he had not been shipwrecked on the way.

139-40. νεφεληγερέτα : Aeolic nominative (p. lx). ὦ πόποι is probably a meaningless exclamation like παπαῖ, βαβαί, and not a Dryopian form for ὦ θεοί—in other words, nearer ' Tut-tut ' than ' Heavens ! ' in most cases. For the variation of accent in ὤ (as an exclamation) and ὦ (with vocatives) see L.-S.-J.

142. πρεσβύτατον : either ' eldest ' or ' most honoured ', after Zeus himself (for whose seniority see Il. 13, 355). Note the lengthening in ἀτιμήσιν (as frequently al., cp. in 14, 159 ; 21, 284 ; 22, 374 ; 24, 251). The use of ἰάλλειν is unparalleled in meaning if = ' assail w. insults ', or in syntax if = ' hurl into dishonour ', which elsewhere has a preposition. Monro prefers the former and compares the use of βάλλω (with the accusative of the person and the dat. of the instrument).

143. ' Yielding to his violence and strength ' ; for κάρτεϊ see §§ 2, 3 and 5, 3. Note the *Tautology* for emphasis on the hybristic (cp. 201) act that violates the traditional restraints of αἰδώς and δέος (cp. on 202 and 16, 86).

144. Note the *Assonance* of -τι- and the *Paronomasia* on τίει = ' pays honour ' and τίσις = ' payment of revenge ' : acc. to L.-S.-J. they are not really cognate. ἐξοπίσω = ' afterwards '.

145. The θυμός, which we may translate ' spirit ', is what strongly stirs within a man as a source of violent feelings, especially anger, desire and boldness ; it is probably conn. w. θύω and *fumus* ; similarly ὀργή (not in H.) is conn. w. ὀργάω ' swell '.

150. ἠεροειδέϊ : lit. ' mist-like ', *i.e.* ' hazy, dim ', also applied to caves and a crag, from the Ionic form of ἀήρ ' mist, haze ' or ' the misty lower air ' (cp. Il. 14, 288) in contrast w. αἰθήρ ' the [clear] upper air ' (I follow *Aristarchus* here). πόντῳ is ' the deep sea, the main ', conn. w. πάτος ' a path ' and Latin *pons* ' a bridge ', the sea being the Greeks' easiest means of transport (cp. the meanings of πόρος).

151-2. ' So that they may now stop and cease from giving men convoy ; and ⟨I intend⟩ to envelop their city with a great mountain.' ἀπολλήξωσι : § 2, 1. ἀμφικαλύψαι, dependent on ἐθέλω in 149, probably means blocking the entrance to the town's two harbours (cp. on 6, 263) to end their marine exploits, a common stratagem in naval warfare. But it might mean ' overwhelm ', *i.e.* destroy all the Phaeacians, as the rulers of Laputa crushed rebellious towns. See on 156-8.

154. I prefer ὡς to ὠς the reading of the better MSS. Cp. on 389.

156-8. θεῖναι (τίθημι) and ἀμφικαλύψαι are imperatival. Zeus suggests that Poseidon's two aims, to punish the offending ship and terminate the Phaeacians' sea-power, may be combined by (156) ' making their ship into a rock like a swift ship near the land ' without moving any mountains. I have adopted Aristophanes' μηδέ in 158, being unable to find any point in the MSS. μέγα δέ. Bothe prefers to delete the line. The whole incident with its triple repetition (152, 158, 177, 183) of the ambiguous threat is perplexing. In the end we are not informed whether Poseidon did hurl his mountain or not. Supporters of the view that Phaeacia is Corcyra proudly point to the shiplike rock in the harbour of the town, locally called ' the ship of Odysseus '.

160-1. Σχερίη, otherwise Phaeacia : the land where the Phaeacians had settled (see on 6, 8). In 161 σχεδόν = ' near ' as always in H. (never ' almost ', as Aristarchus discovered).

167. ἐς πλησίον ἄλλον = ' to a neighbour ' ; the ἄλλον is otiose and probably metri gratia here as al. Its primary meaning in H. and often in later Greek is ' distinct from the preceding ; besides what has been mentioned ', cp. on 434.

168. νῆα θοὴν : the fixed epithet (p. xviii) is used though the ship is ' swift ' no more, cp. on 7, 34. ἐπέδησ' : 1 aor. πεδάω, but cp. on 21, 391.

169. καὶ δὴ προὐφαίνετο πᾶσα : ' Just now [§ 39] she was fully in sight '. Note the coronis over the diphthong in προὑ-, denoting crasis, which is rare in H. Van Leeuwen prefers to read the uncontracted προεφαίνετο.

173. ἔφασκε : see on 14, 521. ἀγάσεσθαι is probably Aristarchus' reading for the MSS. aor. and pres. forms. See on 4, 181 for the probable connexion of ἄγαμαι w. ἄγαν meaning ' consider too much, envy '.

187. There is an abrupt change of scene in the middle of the line. Here we leave the good Phaeacians standing round their altar, their fate uncertain for ever. Up to this the Od. had three main centres of contemporaneous human action : (a) Ithaca, (b) the successive scenes of O.'s wanderings, (c) the various stages of Telemachus' journey to Menelaus. Now (a) and (b) are merged, and after Telemachus' return (Book 15) the action is concentrated on O.'s palace for the final climax (see p. xii).

189. ἤδη δὴν ἀπεών : ' after so long an absence ' ; I follow Merry in taking this as an addition for the sake of Pathos to εὕδων, etc. (not A.-H. who take it as giving the cause of οὐδέ

μιν ἔγνω); then γάρ in 189 introduces the explanation of
O.'s failure to recognize his own homeland. Athena prevents
him because otherwise he might have gone straight to his
palace to reveal himself, with small chance of survival. The
haze (cp. on 150 above) resembles the ' Druid mists ' of Irish
legends.

190-1. ' To give herself time to make him unrecognizable
and tell him the circumstances.' ὄφρα varies between temporal
and final uses in H. (see on 12, 428-9 for details) : here it is
intermediate between the two. Similarly ' till ' is sometimes
colloquially used for ' so that '.

194. I have followed Monro in adopting Payne Knight's
ἀλλοειδέ' ἐφαίνετο here. The lengthening of the o is strange,
but not impossible metri gratia and in view of the original
Digamma in -Fειδέα. The MSS. are divided between ἀλλοειδέα
φαίνετο and ἀλλοειδέα φαινέσκετο. The former, if scanned
τούνεκ' ἄρ' | ἀλλό|ειδέα |ι, involves a violation of Meister's
rule (see p. xcii). In the latter we must scan ἀλλοῇϊδέᾳ as
a trisyllable by a harsh double Synizesis or else read the
dubious ἀλλοϊδέᾳ with Merry and others ; it is also hard to
justify the use of the iterative here, though Hayman's
suggestion that it means the oftener O. looked, the stranger
it seemed, is not impossible. Grashof's suggestion ἀλλοιειδε'
ἐφαίνετο, though further from the text than Payne Knight's,
deserves consideration.

195. ἀτραπιτοί τε διηνεκέες : with this noun (probably from
ἀ- intensive and τραπέω ' tread down ', cp. 7, 125) compare
the form with metathesis ἀταρπιτός in 17, 234 (see § 2, 3). The
epithet (conn. w. ἤνεικα, φέρω) resembles ' thoroughfares ' in
derivation and meaning.

196. ἠλίβατοι : Gloss, only used as an epithet of rocks in
H., presumably implying ' high ' or ' steep '. Connexions have
been suggested with ἄλιψ or ἀλίβας or λείβω, or λέπας, or
λείπω, or βαίνω, or αἰγίλιψ, or ἥλιος. In other words, its
etymology is quite uncertain.

200-2 = 6, 119-21. αὗτε = ' now, this time, once more ', im-
plying how weary O. is of his wanderings from land to land.
θεουδής = θεοδϜεής ' god-fearing ' : respect for the anger of the
gods against cruelty formed one of the strongest restraints on
conduct in the Heroic Age, cp. on 143 and 213.

203-5. χρήματα in 203 is subj. of ὄφελον. In a strange and
perhaps savage country O. would have been better without
this envy-provoking wealth : cantabit vacuus coram latrone
viator. For the plural verb with a neuter pl. subj. cp. 13, 362 ;
14, 138, 489 ; 17, 594 ; 18, 345, 367.

209. 'Aha—it seems those Phaeacian leaders and council lors were not entirely [πάντα : § 29, 1 (a)] thoughtful and honest as I thought ': ἄρα with the imperfect denotes discovery of a pre-existing fact—' so, all along, they were . . .'. O., who had dined generously and talked lengthily on the previous day (p. xi), feels a little morning-afterish ; so he quite unjustifiably blames his hosts for untrustworthiness and even prays for their punishment (213). For δίκαιοι see on 14, 56.

212-13. For Ithaca see pp. xxxvii ff., and cp. on 9, 21 ff. Zeus, under the title ξένιος, was the special protector of strangers and travellers ; when they formally supplicated protection they also came under his guardianship as ἱκετήσιος. In an age before inns and consulates such a belief had a very practical value in curbing natural inclinations to ill-treat strangers.

215-16. ' But now let me count [§ 36, 1] and examine [a slight πρωθύστερον, see index] these [§ 11, 1] belongings, for fear they may prove to have gone off with something in their hollow ship.' There is a well-attested v.l. οἴχονται, which would imply that he thought they had done it : cp. Monro, H.G. § 358 d, ' While the clause, as an expression of the speaker's mind about an event—his fear or his purpose— should have a Subjunctive or Optative, the sense that the happening of the event is a matter of past fact causes the Indicative to be preferred '. It is hard to say which reading is preferable here : both would be OIXONTAI originally (p. xxxiii). Cp. the use of the pres. subj. in 24, 491, and aor. opt. (in historic sequence) in 21, 395, but aor. indic. in 5, 300 (see note). O.'s care for his goods and fear of robbery is characteristic.

219-21. ' But nothing miss'd of all. Then he bewail'd | His native isle, with pensive steps and slow | Pacing the border of the billowy flood, | Forlorn . . .' (Cowper). O. is not comforted by the fact that his possessions are intact. There is both Irony and Pathos in his grieving for Ithaca when he already stands on its very shores.

225. ποσσὶ δ' ὑπὸ λιπαροῖσι : ' under her glistening feet '. This is a favourite epithet in H. (cp. on 2, 4) : it implies ' shining as with oil ' (cp. on 19, 505). Only since the popularizing of machinery have the associations of oil and grease become predominantly disagreeable. Similarly in communities where boots or shoes are universally worn the beauty of feet is rarely mentioned, in contrast with classical and biblical custom, as, for example, here and in 8, 265. Another cultural difference is observable in 222-3 : in early times the sons of rulers were not above tending their father's herds (and their daughters washed the clothes ; cp. 6, 31 ff.).

230. σάω: 2 sing. pres. imperat. **σάωμι**, a non-thematic (§ 15) form of **σαόω**, as in 17, 595.

237. νήπιός εἰς etc. : ' Stranger! thou sure art simple ' (Cowper). The adjective, used by H. sometimes contemptuously, sometimes pityingly (cp. on 1, 8), may come from **νη-** and **εἰπεῖν, ἔπος,** ' unable to speak ', Latin *infans*, hence ' childish, foolish '. But for another view see on 24, 469. **εἰς** : § 17, 5 *b*. Monro, *H.G.* § 5, holds that this is a false form and that **ἐσσ'[ι]** should always be read. But that is impossible in 17, 388. L. R. Palmer in *Transactions of the Philological Society* (1938), pp. 96-100, convincingly argues that the original form of **εἰς** was *****εσς**. This can be introduced in all the Homeric instances. It would originally have been written **ΕΣ**, which Ionic scribes would naturally translate as **ΕΙΣ**, when a long syllable was required.

238. τε is the reading of most mss. here, of all at 15, 484, and most at 15, 546, but is hardly tolerable in syntax. Following Monro and others I have read **γε** in the first two and **γ'** (Monro prefers **δ'**) in the last.

240-1. The Greeks *orientated* their directions in terms of East and West, in contrast with our more dominant North and South (since the discovery of the magnetic pole). They usually faced E. ; hence **μετόπισθε** for the W. in 241. For **ἠερόεντα** cp. on 150 : ' toward the western gloom ' (Rieu).

242 ff. See p. xxxviii. The patriotic description (cp. 9, 21 ff.) would please all Greek islanders : but the abundance of rainfall is a feature confined to the western Greek islands from Zante to Corfu. The references to fertility, however, are out of keeping with other descriptions of *Ithaca*. Ancient critics try to explain it either as including O.'s possessions on the mainland (cp. 14, 96 ff. ; 20, 187 ff., 210 ff.), or as exaggerated praise. But many modern critics believe that 242-7, or at least 243-5, should be deleted (see, *e.g.*, P. Von der Mühllin *Philologus*, lxxxix. (1934), pp. 394-6). It is noteworthy that **λυπρή** ' miserable ' occurs only here in H., and he uses no other cogn. of **λύπη, λυπεῖν** ; **βούβοτος** is also **ἅπαξ λεγόμενον** here in H. and conflicts with **οὔτε τι λειμών** in 4, 605 (and cp. 4, 607).

247-8. ἐπηετανοί=' continuous, never failing ' (for possible derivations see on 4, 89). **παρέασι** : § 17, 5 *b*. Note how the actual name of Ithaca has been effectively kept back till the end of the speech, keeping O. in suspense from the tantalizing phrase in 239. There is a sly touch of humour and pathos in mentioning Troy's remoteness to this far-travelled veteran of the Trojan war.

254-5. ' But he did not speak the truth. Instead he kept

back his story, in all the unfailing cunning of his inner
thoughts.' The *Od.* exemplifies many virtues, but frankness
and truth are not among them (cp. *Lies* in index to vol. I).
So some have seen a certain aptness here in O.'s pretence of
being a Cretan, for from at least the time of Epimenides
(6th cent. B.C.) Κρῆτες were ἀεὶ ψεῦσται (cp. St. Paul, Epistle
to Titus 1, 12). But from the time of the naval supremacy
of Minos the Minoan Cretans were also renowned as adventu-
rous sailors and raiders (cp. p. xiii n. 1 and p. xxvii): that is
no doubt why O. assumes their nationality here and in 14,
199 ff. ; 19, 172 ff.

258. τοίσδεσσι (cp. τοίσδεσι in 10, 268 ; 21, 93): a
curious double dative form, cp. the double gen. τῶνδεων in
Alcaeus *fr.* 126 (Bergk). It is generally connected w. δδε, as
if the pl. were οἵδες. Possibly the second part is from an
obsolete pronoun *δείς as in οὐδείς; cp. on δείνα and δείς
in *L.-S.-J.* τοσαῦτα = ' an equal amount '.

259 ff. φεύγω = ' I am an exile '. The gist of O.'s story is
this : he is a Cretan noble, who, declining to serve under
Idomeneus the Cretan leader, led his own contingent to
Troy. Idomeneus' son Orsilochus to gratify his father wanted
to deprive O. of his share in the plunder of Troy. For this O.
ambushed and killed him. He then went into exile to escape
vengeance. Note the connexion between the name Ὀρσίλοχος
' Ambush-causer ' and λοχέω in 268 (see p. xxi). Bonner,
A.J.H. p. 16, notes that despite O.'s statement that he is a
murderer Eumaeus receives him ' with all the respect due to
a stranger in accordance with the prevailing customs '. Cp.
on 15, 273.

261. ἀληστάς : some derive this *Gloss* from ἀλφάνω and
translate ' gain-getting, earners ', others (with more likelihood)
from ἀλφί[τον] and ἔδω, ἐσθίω, = ' grain-eating ', cp. 8, 222,
ὅσσοι νῦν βροτοί εἰσιν ἐπὶ χθονὶ σῖτον ἔδοντες. But some
better etymology may supersede both. Note νίκα, unaug-
mented imperf. (§ 13) as πόθει in 219, πολεμίζομεν in 315 and
often *al.*

270. ' So [δέ, note hiatus before Ϝε and *Parataxis*] I was
unobserved in taking away his life.' ἀπούρας (see on 132)
takes a double acc. regularly.

272. For the Phoenicians and Sidonia (285) see on 15, 415
and 425.

274. Πύλονδε : it is impossible to determine whether the
Pylos in Triphylia or Messenia is intended here, but 275
seems to rule out the third in Elis (see map on p. xxxvi),
unless Ἦλις is the town, not district here, See further on 3, 4.
ἐφέσσαι : *sc.* γαίης = ' put me ashore, land me ', aor. infin. act.,

ἐφίζω: elsewhere the middle is always used for this transitive sense. Cp. on 15, 277.

279-81. σπουδῇ='with an effort'. αὔτως='just as we were'.

288-9. ἤϊκτο: 3 sing. pluperf. pass. ἔοικα: 'her appearance had changed to that of a woman beautiful, tall and skilled in fine work'; in other words Athena had resumed her normal appearance, apparently without her armour as in archaic Greek art. Note ἀγλαὰ Ϝέργ' εἰδυίῃ: one would expect Ϝιδυίῃ (which Allen reads), but it has no. MS. support here; cp. 15, 418; 16, 158. For ἀγλαός see on 18, 180.

291-3. In H. κέρδος and its cognates (cp. 255, 297; 14, 31) imply 'skill, cunning, wile' more than 'desire of gain, profits', being akin to Welsh cerdd 'craft' or 'music' and Irish ceárd 'art, craft'. σχέτλιος (conn. w. ἔχω) means 'obstinate, stubborn', or 'hard-hearted', sometimes used, as here, in a tone of friendly banter. For ἄρ' see on 209, for μέλλω, on 383.

295. πεδόθεν is apparently from πέδον (cp. ἔμπεδος) meaning 'from the ground up, fundamentally', like the Latin funditus. The variant παιδόθεν 'from childhood' is neither plausible nor metrical.

303. 'And here I am once more, to plan your future course with you' (Rieu). τοι is governed by σύν. For the metaphor from weaving in ὑφήνω see further on 5, 62. The subjunctives (instead of opts.) after the aor. ἱκόμην are explained by its meaning, 'I am here, have arrived', as if it were ἥκω.

307. τετλάμεναι: infin. used for imperative, as often. 'Endure' is a key-word of the Od., cp. 20, 18.

309-10. οὔνεκα='that', as elsewhere. ὑποδέγμενος: here a syncopated pres. part. of ὑποδέχομαι (not aorist).

312 ff. Greeks would enjoy this back-chat between the wisest of gods and wiliest of men. O.'s retort to Athena's taunt in 299 ff.—'Even so, for all your cleverness, you failed to recognize me'—is just—'Even a highly intelligent person must find it hard to recognize you since you are always changing your disguise': in previous encounters Athena had appeared as man, woman, child and bird. See on Recognition Scenes.

315. ἦος: this is a conjectural form; the MSS. invariably have ἕως (with variation of breathing) or εἵως. But all these were probably ΕΟΣ or ΗΕΟΣ in the earliest Text. So, following Allen, I read ἦος where the scansion prescribes. See on 18, 190. Ἀχαιοί is H.'s commonest name for the Greeks; he also uses Δαναοί and Ἀργεῖοι. The question whether the names Ἀχαιοί and Δαναοί are to be connected with the references to *Danuna* and *Ahhijawā* in pre-homeric Egyptian and Hittite records is much disputed : for a recent discussion and bibliography see Page (as cited in additional bibliography), chapter one, who dismisses many of the older identifications. Ἀργεῖοι, literally ' Argives ', sometimes means only ' citizens of Argos ' ; the other two are most often used with reference to the Greek host at Troy (as here and 317). But the words are frequently interchanged, being metrically adapted to different parts of the line. (For Ἕλληνες see on 15, 80.) H.'s epithets (see Cunliffe at Ἀχαιοί, Ἀργεῖοι, Δαναοί) illustrate their standards of conduct and appearance, ' warlike, war-loving, glorious, glancing-eyed, well-greaved, long-haired, great-hearted, spirited, far-famed, bronze-armoured, mighty, ministers of Ares, swift-horsed, breast-plated, spearmen, arrow-shooters '. For the Achaean women see on 19, 542. See also on pp. xxvii and xlvii.

320-3. Suspected by *Aristarchus* and many later of being an *Interpolation*. Some (Merry, Wilamowitz) condemn only 322-3 on the grounds that O. did not know that it was Athena who had helped him in Scherie (7, 19 ff. ; 8, 193 ff.) ; but the audience knew it, and elsewhere H. allows himself this convenient licence (cp. on 17, 501). Aristarchus objected to ἧσιν (§ 12, 2) = ' my ', but see n. on 9, 28. The syntax of 316-23 is certainly awkward. I have followed van Leeuwen's punctuation : apparently πρίν γ' ὅτε is a qualification of 318-319, with 320-1 as a parenthesis (this Monro says is ' quite un-Homeric ': so he condemns 320-1, but retains, with doubts, 322-3 which ' have in some degree the air of an insertion intended to reconcile the present speech with the Phaeacian episode, esp. 7, 12-81 ').

332 ff. ' Because you are courteous, keen-witted and firm-minded.' The accent (*v.l.* ἐπήτης) and meaning of the first epithet are uncertain : suggested etymologies are from Ϝεῖπον, Ϝέπος (hence = ' eloquent ' ; but there is no trace of a *Digamma*), ἐπί and ἄω (hence = ' intelligent ') · and (despite the difference of breathing) ἕπω (cogn. w. *sepelire*) = ' attentive, courteous ' (so Wackernagel, *S.U.H.* p. 42 n. 2, and *L.-S.-J.*). The last seems best. The following lines (333-8, suspected by ancient editors) exemplify O.'s self-control : anyone else would either have rushed off to see his family or at least have asked eager questions about them ; but O. intends to find out for himself. Cp. 11, 454-6, where the ghost of Agamemnon advises O. to be cautious (see further on 383-4).

345 ff. 345 almost = 96 (see note). 346-8 almost = 102-4 (see notes) : suspected as an *Interpolation* and omitted in two *Papyri*. τοῦτο in 349 and 351 needs a gesture = ' over there, yonder.' In 349 τοι (§ 10 and p. lxxxix) is an ethical dative.

κατηρεφές =' with arching roof ' (ἐρέφω, cp. ὀροφή in !22, 298). τελήεσσαι in 350 is a fixed epithet for hecatombs in H. : its meaning is uncertain, possibly ' of full number ' or ' of prime victims ', but probably ' effective, securing its τέλος '. ἐκατόμβη is from ἐκατόν and βοῦς, but has the general meaning of a great or costly sacrifice in H.   For ' forest-clad ' (perf. pass. part. καταϜέννυμι) Neriton in 351 cp. on 17, 207.   In 352 εἴσατο =' showed clear ' (aor. mid. *εἴδω).

354. ' And he kissed the grain-giving soil ' :   for the action cp. 4, 522 ; 5, 463.   ζείδωρος is probably from ζειαί ' emmer ', a primitive kind of cereal (see further on 4, 41), though as early as Empedocles (5th cent. B.C.) the epithet was connected with ζάω and understood as ' life-giving '.

355. ' Then at once he raised his hands and prayed to [aor. mid. ἀράομαι] the nymphs.'   The ancient Greeks regularly prayed standing with hands raised palm upwards (supinas as in Virgil, Aen. 3, 176-7, Hor. Odes 3, 23, 1) and always speaking aloud if possible (cp. on 1, 366 and 5, 444).

357 ff. 357 : ὕμμ'[ε] : Aeolic acc. pl. (§ 10).   ἐφάμην : φημί = ' think, expect ', as often.   358-60 : ' For the present have joy in my loving prayers ; later we shall give gifts also, as before, if the victorious daughter of Zeus of her grace allows [subjunctive of ἐάω § 36] me to live and brings my dear son to maturity '. ἀγελείη is traditionally derived from ἄγειν λείαν ' driver of spoil ' (especially cattle), cp. her title ληῖτις in Il. 10, 460.

365. ὅχ' ἄριστα =' the best results ', neut. pl. for substantive as often al.   ὅχ'[α] occurs only in H. and always before forms of ἄριστος.   It seems to be an intensive, probably conn. w. ὀχυρός (ἔχω) ' strong '.   For γένηται see § 36, 3.

373. ὑπερφιάλοισιν apparently means ' arrogant, presumptuous ', the ὑπερ- implying excess.   But the second part of the word has not been conclusively explained.   Some connect it w. ὑπερφυής, as σίαλος w. σῦς.   The connexion with ὑπὲρ φιάλην ' overflowing the cup ' is probably only a folk-etymology.   Others compare Latin superbus.   L. R. Palmer in Transactions of the Philological Society (1938), pp. 100-3, derives it from ὑπερ + the adverbial particle φι (as in νόσφι) + the termination -αλος, and for the meaning compares ' uppish '.

374. τοῖσι δέ : though only two are involved in the conversation the metrically convenient formula is retained, as in 17, 184 ; 19, 103, 508.

377-81. With τρίετες cp. 2, 89 : it presumably means three completed years, i.e. over three years.   [σϜ]έδνα are the gifts given to the bride's relatives at a marriage in the Heroic

Age; probably conn. w. ἡδύς, ἀνδάνω, *suavis*. See further on 1, 277. νόστον =' for your home-coming ', an accus. of respect, § 29, 1 *b*, cp. οἶτον in 384. In 381 ἀγγελίας προϊεῖσα = ' sending them messages ', presumably to explain her delays.

383-4.   ' Alas ! Indeed I would most likely have perished in my home with the miserable fate of Agamemnon, son of Atreus.' Agamemnon's murder by his wife was a solemn warning to O. since he had heard of it in Book 11, 405 ff. Note the Homeric uses of μέλλω : its basic meaning seems to have been likelihood, not futurity, thus :

μέλλω ποιήσειν =' It is likely that I shall do '
„   ποιεῖν   =' „ „   „   „ I am doing '
„   ποιῆσαι =' „ „   „   „ I did '.

So here in the imperf. with the future infin. it means ' It was likely that I should perish '.

388.   κρήδεμνα : literally ' head-bindings ' from κάρη and δέω. Here it suggests Troy's ' diadem of towers '. For λιπαρός see on 225 above.

389.   ὡς =' thus, so, *sic* ' is oxytone usually, but perispomenon after καί, οὐδ', μηδ'. In other meanings it has no accent except before enclitics or when it follows its noun in similes. γλαυκῶπις, the commonest traditional epithet for Athena, may mean ' bright-eyed ' or ' grey-green-eyed ' or ' owl-eyed '. Anthropologists have suggested that the last may originally have referred to an actually owl-headed image of Athena (cp. βοῶπις of Hera, κυανοχαίτης of Poseidon) like the animal-headed statues of Egyptian deities. But ' bright-eyed ' is the safest rendering.

399-401.   Note the elevated phrase for ' I shall make you bald '. ξανθάς : an auburn or dark-yellow shade apparently, not blonde or pale yellow. It is a favourite epithet for the greater heroes, also applied to ' chestnut ' horses and ripe corn. See further on 16, 176. In 400 as given in the text ἄνθρωπος has to be taken as meaning ' any man ', τις, which, as Monro emphasizes, following Nitzsch, is very dubious. (ἄνθρωπος in the sing. occurs only here in *Od.* and rarely in *Il.*) Eustathius records a variant στυγέει τις ἰδὼν ἄνθρωπον, but the subjunctive is required, and a neglect of the *Digamma* in Ϝιδὼν is involved. Monro adopts the accusative from this and reads στυγέῃσιν ἰδὼν ἄνθρωπον (the -ν being, of course, a late intrusion ; see footnote on p. xxxv) ; for the omission of τις see his *H.G.* § 243, 3 *e*. If this is right—and it may well be so—we should translate ' such as one would loathe to see worn by a human being '. For κνυζώσω in 401 see on 16, 163.

404-5.   εἰσαφικέσθαι : infin. for imperative as in 411. In 405 ὁμῶς has been interpreted in four ways : (*a*) as = ὡς ἀπ' ἀρχῆς καὶ νῦν, i.e. ' as ever ' : so the *Scholiast* ; (b) ' equally ,' *sc.* with his faithfulness to the swine, which makes rather a dubious compliment ; (c) ' equally ', *sc.* with his affection for Telemachus and Penelope as expressed in 406, but this is impossible in 15, 39 where the phrase is repeated ; (d) ὁμῶς τοι together =' at one with you, in full sympathy with you, in the loyalty of his heart ' (so another *Scholiast*). Monro in support of the last compares *Il.* 4, 360-1, ὥς τοι θυμὸς . . . | ἤπια δήνεα οἶδε· τὰ γὰρ φρονέεις ἅ τ' ἐγώ περ, and Thucydides 3, 9, ἴσοι τῇ γνώμῃ ὄντες καὶ εὐνοίᾳ, adding ' In such passages we see the endeavour to express the complex notion of *sympathy* '.

407. δήεις, δήομεν, and δήετε are the only forms of this verb extant. They are always found in a future sense =' will learn, find '. It is perhaps conn. w. *δάω, ἐδάην ' learn '.

408. With ' the Raven's Rock ' cp. ' Ravenhill ' in Belfast. No less than eight ancient wells were called Arethusa, perhaps because it was conn. w. ἄρδειν, ἀρδμός ' watering-place ' (as in 13, 247). Attempts to identify these landmarks in *Thiaki* are frequent but inconclusive (cp. p. xxxviii).

409-10. ' Eating their heart's desire of acorns and drinking the dark water.' μέλαν ὕδωρ here implies deep, still and overshadowed pools, in contrast with ὕδατι λευκῷ ' sparkling, flowing streams ' in 5, 70 (see n. there and on 4, 359). Cp. Virgil, *Georgics* 4, 126, *niger* . . . *Galaesus*, and modern Greek names like *Mavromati* ; also Dublin (*Duibh-linn*, Blackpool) and Devlin : see P. W. Joyce, *Irish Names of Places*, vol. i. p. 363. I owe the last reference and many other suggestions in this vol. to Dr. R. W. Reynolds.

413-15. καλέουσα (cp. § 24, 2) and πευσόμενος are future participles expressing purpose. For Lacedaemon see on 15, 1. In 415 σὸν κλέος =' news of you ' as *al.* ; contrast the meaning ' fame ' in 422. Basically κλέος means something heard about (κλύω, κλυτός, Latin *clueo*, *inclutus*).

417. ' But why did you, in your omniscience, not tell him all? ' The answer to this, as H. well knew, was that it would spoil part of the story : Athena's reply in 422 implies as much—no adventures, no story (or poem) ; no story, no fame. For a discussion of the significance of Telemachus and his journey consult, with caution, Woodhouse, *C.H.O.* chap. xxiii.

419. ἀτρύγετος is used only of the sea and upper air in H. Some connect it w. ἄτρυτος ' untiring ', but it is more likely from ἀ-, τρυγάω, ' barren, unharvested ' in contrast with the ζείδωρος ἄρουρα (see on 354). οἷ =ʹΓοι (§ 10) : a dative of disadvantage.

429. ' Touched him [ἐπιμαίομαι] with a wand ' : here the ῥάβδος clearly has magical powers ; contrast on 10, 238.

434-5. ῥάκος ἄλλο: literally equivalent to ' another garment, a ragged one ', cp. on 167. Translate ' And she dressed him differently, in ragged garments, a cloak [understand χλαῖναν as in 5, 229] and tunic [see on 13, 67], all torn and filthy, stained with foul smoke '. With ῥωγαλέα literally ' in holes ' cp. ῥῶγας in 22, 143 and on 98 above.

437. ψιλόν : ' bare, hairless ' in contrast to δασύ in 14, 51. H. uses the unadorned word for ' bald ' here (contrast on 399).

438. πυκνὰ ῥωγαλέην = ' full of holes ' ; the neut. pl. used adverbially as often al. The last syllable of πυκνὰ (a shorter form of πυκινός, cp. πύκα) is probably lengthened before Ϝρ, unless the line is λαγαρός (§ 42, b).

439. διέτμαγεν : ' they parted ', 2 aor. pass. διατμήγω (epic for -τέμνω). Originally this third pl. in -εν ended in -εντ as in Latin -nt. It is commoner than the Ionic -σαν in H. (See § 16, 6, and for full discussion, Chantraine, G.H. pp. 471-3.)

BOOK FOURTEEN

N.B.—For abbreviations and use of indexes see preliminary notes to Book Thirteen.

SUMMARY

Odysseus goes to the hut of Eumaeus, his swineherd, and is hospitably received by him (1-80). Eumaeus describes the arrogance of the Suitors. O. skilfully elicits evidence of his despairing loyalty, and hears of Telemachus' danger (81-184). In reply to Eumaeus' enquiry O. tells an elaborately false story about his identity and history, describing himself as a wandering Cretan (185-313). Among his fictions O. states that he has had recent news of Odysseus in Thesprotia (314-59). This Eumaeus declines to believe, although O. affirms it on his life (360-406). They have supper. O. by means of an apt anecdote hints that he would like a warm covering for the cold night. The hint is taken, and he enjoys a comfortable night's sleep (407-end).

3. πέφραδε δῖον ὑφορβόν = ' had shown [the way to] the noble swineherd '. The verb is a reduplicated epic 2 aor. of φράζω (cp. on 16, 257). The *Epithet* is surprising for a swineherd. Some take it as mainly *metri gratia*. But Eumaeus was of royal birth, cp. 15, 413. For alleged parody see on 22 below.

5 ff. προδόμῳ =' the front part of the house ', hardly anything so elaborate as a ' vestibule ' (see p. xlii) here. περισκέπτῳ may mean ' sheltered ' (σκέπας) or ' conspicuous ' (σκέπτομαι); another suggestion, ' commanding a wide view ' (also σκέπτομαι) in the military sense, i.e. for defensive purposes, is possible, but not in the modern aesthetic sense, as the Homeric heroes were apparently not interested in scenery.

10. ' With quarried stones, and he set wild pear-wood on top.' With ῥυτοῖσιν λάεσσι L.-S.-J. compares Latin rūta caesa, probably not conn. w. ἐρύω. Wild pear (Pyrus amygdaliformis), a prickly shrub, would make an effective barricade on top of the stones ; it was hardly planted as a hedge, as some suggest. ἐθρίγκωσεν literally means ' put on as a coping '; cp. on 17, 267.

12. τὸ μέλαν =' the black part of the tree ', i.e. the dark core : the article implies a contrast w. the rest of the wood ; cp. οἱ τρεῖς in 26 and οἱ νέοι (' the young kind ') in 61 : Monro, H.G. § 260 c. Aristarchus took it to mean the bark. For δρῦς see on 328.

18. ' The godlike Suitors ' : physical perfection is intended : moral excellence was not an attribute of the Homeric divinities.

19. ζατρεφέων =' well nourished '. Note the intensive prefix ζα-. Others in H. are ἐρι- (Ionic), ἀρι- (Aeolic), περι-, παν-, πολυ-.

20-1. οἱ δὲ=ἄρσενες (16). For dogs cp. on 16, 162.

22. ὄρχαμος ἀνδρῶν =' chief of men ' : though Eumaeus had been a servant all his life, the phrase is justified by his royal birth (see on 3 above), his prestige at the Palace (see on 375 below), his command over the other herdsmen (cp. 26 below) and his fine character. Altogether he is a man of the most admirable and lovable nature (see index at Eumaeus). Some have thought that there is a vein of parody of the Iliad running through this book, e.g. in 3 ; 13-15 (which Monro, p. 331, thinks is a parody of Priam's palace in Il. 6, 242 ff.) ; here ; and in 29 (supposed to parody ἐγχεσίμωροι). Against this see end of my footnote on p. xvii.

28. The sacrificial implication in ἱερεύω is almost lost here (see on 422 ff.). κορεσαίατο : 3rd pl. 1 aor. opt. mid. of κορέννυμι ; see § 16, 7.

29. ὑλακόμωροι : if Bowra's suggestion that this is conn. w. the Cyprian -μωρος ' sharp ' is correct, it will mean ' with sharp barks, yelping ' ; cp. on ἐγχεσιμώρους in 3, 188.

30. κεκλήγοντες (κλάζω) is apparently an Aeolic ending of the perfect for κεκληγότες. The original Aeolic would be κεκλάγοντες, cp. κεχλάδοντας in Pindar, Pythians 4, 179. Cp.

on 12, 256. Perfect participles in -ῶτες etc. are also found,
e.g. μεμαῶτες in 15, 183 ; they are perhaps compromises be-
tween the unusual endings in -οντες and the unmetrical -ότες
(see Chantraine, G.H. pp. 430-1).

30-1. '. . . They set up a howl, and at him ! But Odysseus
knew the trick, sat on the ground and dropt his cudgel '
(Rouse). The manœuvre was recognized in antiquity as a
means of checking the ferocity of dogs (cp. Aristotle, Rhetoric
2, 3, 1380 a 24, Plutarch, On the Intelligence of Animals 15,
970 E, and Pliny, Nat. Hist. 8, 40) ; but to judge from 32
H. had not much confidence in it. ἔκπεσε is used here as a
passive of βάλλω : the action would show the dogs that he
was not hostile. O. is acting his part as a beggarman well,
feigning fear.

32-3. The syntax is that of an unfulfilled condition with
ἀλλὰ for εἰ μή in 33. Compare 37-8 where the protasis ' If I
had not come ' is omitted. μετα-σπών : from μεθ-έπω (*seqʷ,
sequor) : contrast ἔπω ' tend ' (cogn. w. Latin sepelio) in 195.

34. πρόθυρον = ' the outer gateway ', sc. of the αὐλή : the
swineherd's dwelling is built with the typical approach to
any Homeric House. σκῦτος = ' the hide ', i.e. leather for his
sandals, cp. 24 : cogn. w. Latin obscurus, scutum, Sanskrit
skunomi ' cover ' and Irish cúil ' sheltered place '.

37. ὀλίγου, sc. χρόνου, tautologically w. ἐξαπίνης : ' surely
the dogs would have harmed you quick and soon '. Cp. on
32-3 for the syntax. Eumaeus' pietas towards gods and men
(and especially his master) is immediately displayed in the
following phrases.

41-2. ἡμαῖ, ἄλλοισιν : for the legitimate hiatus see § 1, 14
Note. For σύας σιάλους see on 17, 181. 42 : αὐτὰρ : Parataxis ;
' while ' would be used in the hypotactic style. κεῖνος = O.
There is some Irony in the following supposition about O.'s
condition.

45. ἴομεν : subjunctive, §§ 17, 5 a and 25, 1. For ὄφρα see
index.

50. ' Of a shaggy wild goat ' : probably feminine and female,
ἀγρίου being then of two terminations as in Il. 19, 88 ; but
A.-H. comparing Il. 4, 105-6 thinks masculine and male.
ἰονθάς is perh. cogn. w. Old Irish find ' hair '.

51. ' As his own mattress ', cp. on 16, 35. For δασύ ' hairy ',
the opposite of ψιλόν, cp. on 13, 437.

52-4. ὅττι (= ὅτι, § 2, 1) in 52 is a conjunction = ' that ',
or ' because ' (as ὅτι in 54) ; in 54 it is acc. neut. sing. of
ὅστις (§ 12, 5). The former is derived from the latter used as
an accus. of respect (see Monro, H.G. § 269). The pronominal

form is often by a modern convention (due to Bekker) written ὅ τι or ὅ, τι to distinguish it from the conjunctival use.

55. This *Formula* is used fourteen times in Books 14–17; there is a variation in 15, 325. The use of the second pers. sing. and the vocative (apostrophe) is noteworthy : it is unparalleled in *Od.*, but in the *Il.* occurs in connexion with the names of Patroclus (eight times), Menelaus (seven), and three others (Melanippus once, Phoebus twice, Achilles once : see *A.-H., Anhang*). Reasons of *Euphony* may have suggested it : προσέφη Εὔμαιος ὑφορβός, the simplest metrical alternative, involves a disagreeable hiatus. Some editors follow Eustathius' suggestion that it is a mark of the poet's special affection for Eumaeus (cp. scholium on *Il.* 16, 787). This, however, is highly uncharacteristic of H.'s very impersonal style. Hayman remarks that it may be a vestige of a primitive ballad-singer's phrase.

56-9. θέμις . . . δίκη: the first implies ʻ what is customary ʼ (cp. in 130), ʻ that which has been laid down as a precedent ʼ (from τίθημι ; and cogn. w. ʻ doom ʼ, ʻ deemster ʼ), *i.e.* a rule or set of rules laid down by judges or arbitrators in specific cases. For δίκη, used in 59 in its vaguer meaning of ʻ way, manner ʼ, see further on 84 below.

57-60. The first two lines are almost = 6, 207-8. But here the proverbial δόσις κ.τ.λ. (see on 15, 74) is joined on to the next line : translate ʻ A gift " slender, but friendly " is ours ʼ. Eumaeus uses the plural pronoun because he is thinking of the whole household. ἡ in 59 is an assimilation of τὸ ʻ which ʼ, and refers to the giving of small gifts. δειδιότων in 60 is best taken causally =ʻ because they are always afraid when . . .ʼ. Young lords and masters were proverbially harsh.

61-2. τοῦ γε refers on to ὅς : ʻ that master who used to love me so dearly . . .ʼ. If ἐνδυκέως is conn. w. the gloss δεύκει=φροντίζει, it means ʻ attentively, considerately ʼ; if with δεῦκος=γλεῦκος, ʻ sweetly ʼ; the former suits 14, 109 better.

63-5. οἷά, ʻ such things as ʼ, is in *Epexegesis* to κτῆσιν with a further epexegesis in 64. Wolf thought that 63 should be placed after 64. ἔδωκεν is a ʻ gnomic ʼ aorist, cp. on 87. ὅς in 65 refers back to οἰκῆϊ. ἐπὶ =ʻ as well ʼ : such a servant has heaven's favour besides his own diligence to prosper his work.

67. τώ =ʻ wherefore, so ʼ (see on 13, 5), *sc.* ʻ because my work prospers ʼ. γῆρα : a second aor. form from γήραμι or γήρημι=γηράσκω : ʻ if he had grown old here ʼ.

68-9. ὤφελλ' : imperf. of ὀφέλλω, epic form of ὀφείλω (*ὀφέλγω) ʻ ought ʼ; not to be confused with ὀφέλλω ʻ increase, strengthen ' (cp. in 16, 174). Translate 'Would that the whole of Helen's breed had perished in utter abasement, since she brought down the strength of many a man!' πρόχνυ is taken to be a shortening of πρό and γόνυ, literally 'knees forward ', *i.e.* sinking down from a standing position, a sign of utter weariness, the same notion as in γούνατ' ἔλυσε; cp. Aeschylus, *Agamemnon* 64, γόνατος κονίαισιν ἐρειδομένου. The knees in such phrases symbolize strength to stand up against attack.

75-8. '. . . And singed and jointed, and through every bit | A spit he ran, and having roasted it | Drew it from off the fire and by his lord | Odysseus laid it smoking on the spit. | Then over it white barley-flour he strewed | And mingled in a bowl of ivy-wood | Wine sweet as honey . . .' (Mackail). This method of roasting meat (it is never boiled in H.) and eating it, on skewers, *en brochette*, is still favoured in Greece. For κίρνη in 78 see on 13, 53. The κισσύβιον, a rustic wooden bowl (see on 9, 346), serves as κρητήρ here. Similarly the σκύφος in 112 was a peasant's substitute for a δέπας.

82. ' Who reck not in their hearts of the wrath of the gods, nor have any pity ' (Murray). For ὄπιδα cp. 20, 215 ; 21, 28.

83-8. The emphatic οὐ μὲν (=μὴν as in 85, see § 39) introduces a moralizing passage. Eumaeus' syntax is deranged by his fervour ; the nominatives in 85 have no verb : one would expect something like δέος οὐκ ἔχουσι in 87. For the defining τ' in 85 see on 13, 60. In 86 καί σφι=καί οἷς : H. prefers to use a personal pronoun like this (as in the normal classical idiom) instead of repeating the relative ; cp. 9, 19-20. ἴβαν in 87 is the ' gnomic ' aor., regularly used for customary actions : it should be translated by the present in English.

The use of δίκη in 84 is noteworthy : it comes closest in H. here to its later meaning of abstract ' justice '. Elsewhere in H. it is nearer to ' custom, usage ' (cp. on 59 above) and in pl. 'judgements, pleas, principles of law'. See V. Ehrenberg, *Die Rechtsidee im frühern Griechentum* (Leipzig, 1921), p. 59, and Bonner, *A.J.* pp. 10-11 ; and cp. on 2, 68.

89-90. ' But these men here [*i.e.* the Suitors] certainly have learned—having heard some heaven-sent rumour—about his destruction, since. . . .' For τοι in 89 there are *v.ll.* τι and τι. A rumour is ascribed to divine agency when no human source is apparent ; cp. on 1, 282. For δ τ'='(as is plain) because ' see Monro, *H.G.* § 269 (3). δικαίως more likely means ' in the customary way, properly ' than ' justly, righteously ' here : see end of previous note.

96. ἦ γάρ '[F]οι ζωή γ' ἦν ἄσπετος: 'For his livelihood [cp. use of βίοτος] was beyond telling ' (see on 13, 135).

97. ἠπείροιο μελαίνης: 'on the dark mainland', a locative gen. ; the epithet implies more fertile soil. The noun does not seem to have been used as the proper name Epirus before Pindar, *Nem.* 4, 51. It is derived from ἀπερ-yos, cogn. w. German *Ufer*.

99. κέ τοι καταλέξω: the κε implies '(if you wish to hear) I shall give an account [κατα-] of it to you ': a touch of deferential politeness ; cp. on 17, 193.

100-1. ἀγέλαι, sc. **βοῶν** : the larger cattle were grazed on the mainland owing to the infertility of *Ithaca* (cp. on 13, 242). This custom of grazing flocks belonging to the islands on the mainland is still practised in N.-W. Greece.   Note συβόσια *metri gratia* in 101.   πλατέ' ='broad, extensive', probably in the sense of 'scattered, widespread' in contrast with μῆλ' ἀδινά, huddling close-packed flocks.

104-5. ἐσχατιῇ : 'the remotest part, the extreme confines ', of what is not quite certain ; but the part beyond the cultivated area is probably meant, cp. ἀγροῦ ἐπ' ἐσχατιῆς in 18, 358 ; goats can live on very scanty herbage.   In 105 I take τῶν with ἕκαστος to refer to the goatherds (with Pierron), not the flocks (Merry).   σφιν = the Suitors.   μῆλον = 'an animal ', either sheep or goat in H. (cogn. w. Old Irish *mil* '(small) animal ', Dutch *maal* ' young cow ' ; to be distinguished from μῆλον ' apple, or any tree-fruit ', Latin *mālum*).

109-10. Cauer (*G.H.* p. 526) suggests that the ἁρπαλέως [lit. ' snatchingly ', ἁρπάζω] is not simply a sign of hunger here, but indicates the strength of O.'s suppressed emotion, cp. ἄφαρ in 17, 305. In contrast with the situation in 6, 250 (where O. has been without food for many days) he has no reason to be voraciously hungry here : he had eaten large feasts on the previous days. So it is better to take it that ἐνδυκέως ' attentively, without relaxing ' (see on 61-2 above) is the key-word : hasty and silent eating is characteristic of an anxious and preoccupied man. O. ' wolfs ' his food because he wants to give his immediate attention to the planning of revenge on the Suitors. 110 : ' In haste and silence as he sowed the seed of evil for the Suitors '. Cp. 17, 27. Note the agricultural *Metaphor* in φυτεύω.

111-13. The syntax is uncertain here. Merry takes Eumaeus as the subject of the verbs in 112, and O. of ἐδέξατο in 113. But then the change of subj. from 111 to 112 is awkward and inadequately indicated. Van Leeuwen takes O. as subj. of all the verbs up to ἐδέξατο and χαῖρε, which he understands as a parenthesis with Eumaeus as subj. This gesture by a guest of offering food or wine to his host or another member of the party is exactly paralleled in 13, 57 ; 18, 119 ff. ; 8,

474 ff. (see note), and seems to have been characteristic of O. ; so I prefer this and translate 112-14 ' Filled the rustic bowl [cp. on 78], from which he had been drinking, full of wine. Then, when the other had received it with heartfelt pleasure, Odysseus. . . .' For 'winged words' see on 13, 58. It is uncertain whether the masculine σκύφον or the neut. σκύφος is the better reading in 112.

115. Eumaeus has not yet mentioned O.'s name, so O., who always likes to hear others' opinion of himself (partly as a precaution, partly in hopes of hearing his own praises sung), prompts him to speak more specifically. In 144-6, where Eumaeus first utters O.'s name, the swineherd says that it was through respect and affection that he avoided naming his master. But Homer's true reason is a literary one : to make the most of this poignant scene between the long-absent lord and his most loyal servant, and to show how skilfully O. can control and guide another's thoughts. The whole episode will seem long, perhaps even tedious, to modern readers unless they discern its subtle characterization and ingenious handling, and feel the suspense of wondering when O. will reveal himself. See further on *Eumaeus*.

122. ἀλαλήμενος is formed from the perfect of ἀλάομαι (cp. aor. ἀλήθην in 120) with a recessive accent, as an adj. : compare the Irish expression ' a travelling man ' for a wanderer or tramp. The veracity of such was justly suspected (124-5), cp. 11, 365-6 ; they combined ' travellers' tales ' with beggars' lies.

128. ' But she receives him kindly and asks him every detail ' : it is characteristic (as *Aristarchus* noted here) of most people to ask questions about the matters nearest to their heart even when they have every reason to expect untrustworthy answers. A lonely woman is especially likely to enjoy hearing good news about her husband even if the source is most dubious. From μεταλλάω ' inquire, search, seek ' is derived ' metal ' (*via* μέταλλον ' mine, quarry ').

131. ' Would rig up a false yarn ' : the *Metaphor* in the Greek is from the work of a carpenter and builder (τέκτων, cp. 17, 340, 384 ; 19, 56). παρα- implies away from, sc. the truth, here.

133 ff. Hayman observes : ' The speaker in bitterness of heart overstates his convictions ; for he expresses, as through the souring effect of long baffled hope, a belief in the worst that can be, as a refuge from disappointment '. For μέλλω w. aor. infin. see on 13, 383 ; for ψυχή, 24, 1. No object need be understood w. λέλοιπεν ; it is probably intransitive as in 213 below, ' has departed '.

142-3. τῶν: sc. πατρὸς καὶ μητέρος in 140. ὀφθαλμοῖσιν
ἰδέσθαι: the instrumental dative of the noun is used in
such phrases as this and οὖασιν ἀκούειν, ἐκαλέσσατο φωνῇ,
θυμῷ . . . ἐθέλεις (and cp. 17, 27 ; 19, 476), for emphasis
on the physical action (and, perhaps, to help the metre).

145-6. ' So, stranger, even in his absence I scruple to utter
his name, for he loved me dearly and took affectionate thought
for me. But though he is far away I call him my dear [lord
and] brother.' ἠθεῖον is derived directly from ἦθος, ἔθω.
Its basic connotation is customary intimacy, familiarity (cp.
Latin sodalitas, sodalis). (It is not to be confused with ἤθεος
' bachelor '.) But a notion of respect is implied in its other
contexts, and a Scholiast says it is the proper term for an elder
brother or close friend (see Cunliffe, s.v.). So here it implies
' lord and brother ' in contrast with the implications of ' lord
and master '. There is Irony in Eumaeus' calling O. οὐ
παρεόντα here. Note that it and ἐόντα in 147 imply that
Eumaeus still cherishes hopes of O.'s survival, despite his
gloomy thoughts in 133-7.

152. νεῖται = ' is coming [or ' will come '] back ' ; this verb
very regularly has a quasi-future sense in H., like εἶμι, ibo.
The εὐαγγέλιον was the reward or ' tip ' given to any bringer
of good news. O. says he does not intend to claim it till the
very moment (αὐτίκ', ἐπεί) of his return home. More Irony here.

154 is omitted in many MSS., in a Papyrus, by Eustathius, and
by the Scholiast ; it is probably spurious. Its Asyndeton is
harsh, but not unusual if ἔσσαι (Γέννυμι) is an infinitive in
Epexegesis of εὐαγγέλιον : it might also be the infin. used as an
imperative. The expression of cupidity is suited to O.'s dis-
guise as a beggar.

159. ἱστίη : this Ionic form (with -ίη metri gratia) occurs
in H. only in this Formula (= 17, 156 ; 19, 304 ; 20, 231).
The Attic form ἑστία is an unlikely v.l. here ; but it occurs
in H. in the compounds ἐφέστιος and ἀνέστιος. The word may
have had an original Digamma (as in Latin Vesta) ; but see
Chantraine's objections in his G.H., p. 156. Except in this
Formula H. regularly uses ἐσχάρη (see further on 19, 389)
for ' hearth ' ; cp. p. xlii.

161-2. A very vexed passage, recurring in 19, 306-7. First
the meaning of λυκάβας (only here and loc. cit. in H.) is
uncertain. Some derive it from the root *λυκ ' light ' (as in
Latin lux, lucis) and βαίνω, and explain it as ' a going of
light ', which might mean a day, a year, or (if one thinks of
the moon instead of the sun) a month. E. Maas (Indogerma-
nische Forschungen, 1925, pp. 259-70) derives it from λύκος
' wolf ' and ἄβα ' running ', making it ' the time when wolves

run ', *i.e.* the winter (cp. on ἐνιαυτόν in 196 below). In 162,
at any rate, we have a definite reference to dating by moons
and months : here, having reviewed the complex issues
involved (see Monro, van Leeuwen, *A.-H.*, *Anhang*), I feel that
it is best to take μηνός (μείς) as meaning something inter-
mediate between the actual state of the moon and the calendar
month, so I translate ' in the time when one *moontide* is
waning and the other taking its place ', *i.e.* at the end of the
lunar period while the moon was invisible, cp. 457 below.
The time implied, then, will be a period of several days and
not a precise date like the Attic ἕνη καὶ νέα. If this view is
tenable we may take O. to mean ' Within this very year [or
winter, or month]—yes even between [gen. of time within
which] this moontide's end and the beginning of the next—
O. will come '. But many editors think that all or part of
158-62 should be deleted as an interpolation from 19, 303-7.

168. ἀλλὰ πάρεξ : ' other things, apart from these ', *i.e.* ' let
us change the subject '.

176. χέρεια is *Aristarchus*' emendation ; most of the MSS.
have χερείω, both being epic for χερείονα ' inferior ' govern-
ing the gen. πατρὸς in 177. Others prefer the *v.l.* χέρηα
(*Eustathius* χέρηα), comparing χέρηες in 15, 324, etc. (see
L.-S.-J.).

177 ff. ἀγητόν, from ἄγαμαι ' wonder at, admire ', is prob.
masculine agreeing w. μιν. εἶσος (from *ϜισϜος, the ε being
probably a prothetic vowel, as often w. *Digamma* : Attic
ἶσος) is applied by H. to ships, banquets, shields and the
mind (as here), meaning ' trim, equally apportioned, sym-
metrical, balanced '. 179 : μετὰ . . . ἀκουήν = ' seeking news
of . . .'. For Arceisius, father of O.'s father Laertes, see on
16, 118.

185. ἐνίσπες : 2 aor. imperative of ἐν[ν]έπω, consisting of
ἐνι- with an ending like σχές, θές, δός. Wherever it occurs
in H. there is a *v.l.* ἐνίσπε the more regular form (and therefore
less likely to be the original, on the principle of *Difficilior
lectio potior*). Proparoxytone forms of each also occur in
several MSS. Note that this aor. ἔσπον retains the *sigma* of
the original *seqᵘ, being cogn. w. Latin *in-sece* (cp. on 1, 1),
English ' say '. It is not conn. w. Ϝέπος, Ϝεῖπον.

187-90 = 1, 170-3. εἰς : see on 13, 237. The indirect inter-
rogative ὁπποίης is used in 188 as if governed by ἐνίσπες.
The platitude in 190 was apparently a stock jest among the
Ithacans as H. conceived them ; cp. 1, 173 ; 16, 59, 224.
It is the kind of phrase that islanders might naturally use in
gentle mockery of mainlanders and of presumptive land-
lubbers in general. Eumaeus has carefully observed the rule

of Heroic etiquette that such questions should be postponed till after a stranger has been hospitably entertained : contrast on 9, 252-5.

193-8. 'If only there were food and sweet drink to last us long [ἐπὶ χρόνον] while we remained inside the hut, for us to feast in quiet while others tended the work, then I should easily spend all a year without making an end in telling the sorrows of my heart. . . .' The protasis is half wish, half conditional. For μέθυ see on 18, 240. Note the variation of number (see *Dual*) and case in νῶϊν.(§ 10), ἐοῦσι, ἀκέοντ'[ε], as commonly in H. ἀκέοντ' elsewhere means 'in silence', which is inappropriate here. Agar has some doubts on translating it 'in quiet' (Butcher and Lang). In 195 ἐπὶ goes with ἔποιεν (see on 33 above). In 196-7 some prefer to take ἅπαντα with κήδεα, but I doubt the possibility of this in *Oral Technique*. The etymology of ἐνιαυτός is still a matter of guesswork : some take it from ἐνὶ αὐτῷ ' in the same place ', a reference to the earth's seasonal return to the same astronomical position ; others take it from ἐνιαύω ' rest ', as the sun seems to pause at the solstices ; E. Maas (*loc. cit.* on 161-2 above) taking it from the latter word understands it as ' the time when wolves sleep ' (*i.e.* the summer, when wolves do not hunt men), the reference to wolves having been suppressed by a well-known primitive taboo against mentioning the names of dangerous animals.

199. Note the plural (only here and in 16, 62 of an island ; see van Leeuwen) place-name Κρῆται, like the names of cities, Ἀθῆναι, Θῆβαι : their singular forms also occur in H. See on 13, 256. The story that follows is the most elaborate of O.'s improvisations, five in all : see further on 17, 415 ff.

201. τράφεν = ἐτράφησαν : see § 16, 6 and on 13, 439. But *L.-S.-J.* favours Buttmann's suggestion that τράφον, an intrans. 2 aor. act., is the true reading here, as in 4, 723. Observe the πρωθύστερον in ' bred and born '; the more significant point is put first, cp. ' saved and pitied me ' in 279.

206. ὄλβῳ κ.τ.λ. : the datives here mean ' because of, for ', see Monro, *H.G.* § 144.

214-15. ' Still, if you look at the straw you can see what the ear was, for I have had trouble enough and to spare ' (Butler). Another agricultural *Metaphor* (cp. *Il.* 19, 222) : an experienced farmer can judge from the straw or stubble alone how good the grain must have been ; cp. *ex stipula cognoscere aristam.* Eumaeus, as a good judge of men, will recognize O.'s former prowess despite his weak and withered appearance now.

216 ff. ἔδοσαν : a plural verb between two singular subjects,

a usage called the σχῆμα 'Αλκμανικόν from Alcman's fondness for it. I follow Monro in punctuating with a comma after ῥηξηνορίην (from ῥήγνυμι and ἀνήρ : ' power to break through a line of warriors ') and a colon after φυτεύων, on the grounds that it is not Homeric to begin a sentence with ὁπότε in the middle of a line. Then οὔ ποτέ μοι κ.τ.λ. in 219 is a kind of apodosis : ' (in such a case) I never feared, etc.', repeating the statement in 216-17 in a new foim : hence the Asyndeton. Monro compares 15, 317 ; 16, 466 ; 18, 278. Most of the other editors put a colon after ῥηξηνορίην and a comma after φυτεύων, taking ὁπότε κρίνοιμι κ.τ.λ. with the following clause.

221. ' Any enemy who was inferior to me in speed of foot.' Others translate ' who fled before me on foot '. ὅ τε=ὅτε τις or εἴ τις here. Professor W. H. Porter suggests that the original may have been ὅτε τις changed to ὅτε μοι when the Digamma ceased to be felt in Ϝείκω.

222. The scansion is difficult. As the line stands we must scan ἴα as one syllable by Synizesis and short by Correption (cp. μοί οὐ in the same line), which is very harsh. A.-H. suggests a kind of prodelision=ἴᾱ 'ν. Some MSS. elide ἴ' ἰν ; others have ἰην πολέμῳ ; others omit ἴα ; Ludwich lists other variants. Of emendations the best I have seen is Leo Meyer's ἴα πτολέμῳ. ἔργον here presumably means agricultural work (as in Hesiod's title,"Εργα καὶ 'Ημέραι), which in peacetime was the men's main work, as spinning was the women's.

222 ff. ' Such was I in war, | But labour in the fields I never loved, | Nor household thrift, that nurse of goodly children : | But ever to my taste were ships of oars, | And war and polished spears and darts . . .' (Marris). Perhaps O. is speaking the feelings of his own heart, when young, here : at all events the lines are typical of the adventurous, undomesti- cated, Greek heroic temperament. οἰκωφελίη lit.=' home- development ' (from ὀφέλλω ' increase ' ; see 233 below and on 68 above), cp. 15, 21 ; here apparently in the narrower sense of ' domestic affairs, home-keeping ', while 233 below gives the wider notion of increasing the fortune of one's household (with far from domestic activities : piracy, in fact). Compare Pindar's description of the maiden Cyrene in Pythians 9, 18-25.

228. The gnomic line has been suspected of being an Inter- polation. Monro notes that -ταῖ ἔργοις (Attic dat.) is doubly dubious for -ταῖ Ϝέργοισι.

230. νέεσσιν : a very curious form with Aeolic case-ending, Ionic stem, and Ionic -ν ἐφελκυστικόν. Perhaps an indication that H.'s dialect was partly an artificial poetic diction corre-

sponding to no living language. See p. xvii and Nilsson, *H.M.* p. 172 and his reference to Meister's *Die homerische Kunstsprache.*

237. ἤνωγον : vague plural : ' They (the Cretans) kept urging me ' (force of imperfect : he needed considerable persuasion).

239. δήμου φῆμις : the double spondee with *Diaeresis* makes an inelegant ending. Most recent editors are inclined to think that the archaic gen. form in -οο was used by H. in such cases (cp. on 10, 36), but are deterred from introducing it into the text by the fact that it never occurs in the MSS. or any ancient commentator (see end of footnote on p. xxxv for this principle). Note how strong a force was *Public Opinion* on the ancient Greeks (cp. index to vol. I). Translate : ' The harsh censure of the populace compelled us '.

240-1. Note the tenses : imperfect πολεμίζομεν (§ 13, 1) for the prolonged process, Aorist ἔβημεν for the rapid action or (if ' ingressive ') for the sudden change.

246. The following description of a raid on Egypt may be an echo of actual events : see p. xlvii. Rhys Carpenter in *Folktale, Fiction and Saga in the Homeric Epics* (Berkeley, 1946), pp. 94 ff., compares Herodotus' account of Psammetichos and the ' bronze men ', and refers this description to the raids by Ionians and Carians on Egypt just after 650 B.C. Lorimer, pp. 90-100, prefers the earlier date. In 257-8 Αἴγυπτος clearly means the Nile, but it may mean the country, Egypt here : actually the country was more or less the river valley (δῶρον τοῦ ποταμοῦ as Hecataeus called it) and Herodotus calls the parts away from the river Libya. Monro (*H.G.* § 365, 7) thinks we should read Αἴγυπτόνδ' ἐμὲ to preserve the usual order of the enclitics in H.

251. θεοῖσιν : this *Synizesis*, common later in Tragedy, occurs in H. only here and at *Il.* 1, 18.

253. ἀκραέϊ : ἀκραής is traditionally derived from ἄκρος and ἄημι and understood as ' blowing strongly ', or from ἀκέραιος ' unmixed ' so as to mean ' blowing steadily '. Neither is certain, but the former is preferable.

255. ἀσκηθέες (probably from ἀ- privative and the root of ' scathe ', German *schaden* : *L.-S.-J.*) must be pronounced with -ῆς by *Synizesis* to scan—a step towards the later contracted -εῖς. The *v.l.* ἀσκιθέες looks like an *ad hoc* formation, but see on 500 below.

258. ἀμφιελίσσας : the meaning of this fixed epithet of ships is uncertain : if formed from ἑλίσσω it presumably means ' turning, or rolling, to either side ', if from a fem. form of ἕλιξ, 'curved on both sides or at both ends' (cp. στρογγύλαι νῆες in Herodotus 1, 163).

262. οἱ=the ἑταῖροι in 259. 'Yielding to arrogance' refers not to the act of piracy, which was quite a gentleman's profession in the Heroic Age, but their neglect of suitable precautions against a reverse.

263. Scan Αἰγυπτίην as a trisyllable by *Synizesis* here like Αἰγυπτίους in 286. Observe the *Intensive* περι- in the epithet applied to the Egyptian lands, so fertile and easily cultivated compared with those of rocky Greece.

268. '*Zeus*, brandisher of the thunderbolt': τερπι- is probably by *Metathesis* from τρέπω, a cogn. of *torqueo*, cp. Virgil's *fulmina torques* (of Jupiter: *Aen.* 4, 208), and not from τέρπω, whose compounds have τερψι-. The thunderbolt was the Greeks' way of explaining the damage done by lightning. They distinguished three elements in a stroke of lightning: the thunder (βροντή), the flash (στεροπή, used of the glitter of armour in this line) and some missile that caused destruction, *i.e.* the κεραυνός. As now known, all these are aspects of the same electrical discharge. On this and the folklore of 'thunderstones' see K. P. Oakley in *The Illustrated London News* (Oct. 26, 1946), p. 474.

272. ἄναγον (§ 13, 1): 'led inland', 'up from the shore', a frequent use of ἀνα-; cp. κατα- of going down to the shore in 13, 70: cp. on 3, 10. But, since the sea also seems to slope upwards from the shore to the horizon, ἀνα- also has the force 'out to sea', as in 15, 553.

278-9. ἵππων: the king was in a chariot; see on 13, 81. For the conventional suppliants' gesture of touching the knees in 279 cp. on 3, 92.

280. The δίφρος was the chariot-board on which the driver and warrior stood: probably derived from διφόρος 'two-bearing'. But all notion of two seems to be lost in its use = 'seat, stool' as in 17, 330, etc. ἴσας: aor. part. ἵζω in a causal sense, cp. on 295.

287. 'But when the eighth year came upon its circuit': cp. Virgil, *Aen.* 1, 234, *volventibus annis*. ἐπιτέλλομαι is cogn. w. πόλος, κύκλος, τέλλω (cp. in 294), *colo*, 'going round' being the basic notion: cp. 1, 16 and note. As the line stands we must scan δὴ ὀγ|δῶ̈ον μοί ἔ| . . . with *Synizesis* and *Correption*. The line is repeated from 7, 261: see also n. there. μοι is in an unusual position here to emphasize the numeral (Monro, *H.G.* § 365 n.).

289. 'One of those nipscrews, one who had done plenty of mischief in the world already' (Rouse). τρώκτης is from τρώγω 'nibble, gnaw' and means literally a 'nibbler', hence

someone intent on stealing something away by surreptitiously
picking at it, a petty swindler ; cp. the use of περιτρώγειν =
' purloin ' in Aristophanes, *Acharnians* 258, and H.'s descrip-
tion of the *Phoenicians* in 15, 419. ἐώργει : pluperf. ἔρδω.
Chantraine, *G.H.* p. 479, explains it as being formed by *metathesis
quantitatis* from ἠΓόργει, as ἐψνοχόει (cp. on 20, 255) from
ἠοινοχόει, and cp. ἐῴκει (ἐπεῴκει in 24, 295), ἐῴλπει (24, 313),
ἀνέῳγε, all being from forms with inital F (before which the
Augment was generally η). ἔρδω is from *Fεργ-yω through
*Fεrzδω ; hence also ῥέζω from a form with metathesis of ρ,
*Fρεγ-yω. Both are, of course, conn. w. ἔργον and ' work '.

292. ' Till the completion of a twelvemonth.' τελεσφόρος
occurs only in this phrase in H. : literally ' bringing fulfilment '
(perhaps of the seasons or crops).

295. ἵσσατο is a unique form of the aor. mid. of ἵω
used in a causal sense. *Zenodotus* preferred to emend to
ἐφείσατο (the regular form later), Rhianus to ἐφίσσατο (cp.
15, 277 ; 13, 274). But it may be a genuine form, retaining
a trace of the original initial *s* in *si-sd-ō*, aor. *e-sed-s-.

299 ff. ' She then was speeding on in mid sea above [*i.e.* N.
of] Crete with the north wind blowing strong [cp. on 253
above] and fair.' As Monro explains, they sailed along the
windward shore of *Crete* till they were just leaving it out of
sight to the N.E., when the storm came down. St. Paul in
Acts 27, 7 takes the other course S. of Crete. With ὑπέρ and
μέσσον, cp. on 3, 172 and 174. In Virgil, *Aen.* 3, 192 ff., there
is a similar description of a storm.

307. For the brimstone or sulphur see on 22, 481. Its smell
was thought to be noticeable after a ' thunderbolt ' (see on
268 above).

308. κορώνῃσιν ἵκελοι : no doubt the κορῶναι εἰνάλιαι of
5, 66 are intended here. Thompson, *G.G.B.* p. 173, identifies
these as cormorants or shearwaters.

311. ἱστὸν ἀμαιμάκετον : the epithet is perplexing. H. only
uses it elsewhere of the Chimaera. Later poets apply it to
fire, sea, Poseidon's trident, courage, quarrelling. The general
meaning seems to be ' irresistible ', here ' proof against any
strain '. Derivations from μαιμάω and ἄμαχος are very dubious.
Monro and Merry connect it w. μακ-ρός = ' of vast length '.

315. Thesprotia was a district on the coast of Epirus,
between Corcyra to the N. and *Leukas* to the S., containing
Dodona (see 327) and the river Acheron. The wind had
evidently shifted to the S. or S.E. J. L. Myres comments
' But from Crete to Thesprotia is the regular course of drift
(independent of the wind) owing to the set of the main

current of circulation in the Mediterranean. In the same way
St. Paul is " driven about in Adria " for fourteen days, before
getting to Malta ' (quoted by Monro). With this description
of the storm cp. 12, 403 ff., whence many lines are repeated
here.

316-17. Φείδων: probably a *Significant Name*, from φείδομαι,
either ' Sparer ' because he spared O.'s life or, by a *lucus a non
lucendo* pun, ' Thrifty ', looking on to ἀπριάτην in 317. The
latter word is an adverb (from πρίασθαι) = ' without purchase-
money, unpaid ', *i.e.* he did not claim the reward for saving
O.'s life (the ζωάγρια : see on 8, 462).

319. χειρός = ' by the hand ' since the notion of grasping is
involved : a very frequent use of the gen. For ὄφρα w. the
indic. (as in 290) = ' till ' see on 12, 428.

324. πολύκμητόν = ' wrought with much labour ', *sc.* in con-
trast with the easier working of other metals. See on 15, 329
for iron.

325 ff. ἔτερόν γ' : ' the next ⟨in succession⟩ at any rate
[but γε implies little more than an emphatic inflexion here]
even to the tenth generation '. 326 = ' So great is the treasure
lying ready for him in the house of that prince '. Cp. the
repetitions from this passage in 19, 293 ff. In 329 I have
accepted νοστήσει'[ε], Voss's probable emendation of the MSS.
νοστήσῃ, -σει, supported by 19, 298, and adopted by most
editors (but not Ludwich who follows Hermann, *Op.* ii. 29).
There is a similar variation in 328 between subj. ἐπακούσῃ
(which *Aristarchus* and most MSS. support) and opt. ἐπακούσαι
(which has the support of *Aristophanes*, a *Papyrus*, Strabo,
Herodian, and a few MSS.).

327-8. Dodona in Epirus (N.E. of *Thiaki*) was the seat of
the most ancient oracle of Zeus. (H. only refers to the
Delphic oracle in 8, 80-1 ; see note.) The oracles were said
to be received from the sacred oak there (328), perhaps from
the rustling of the leaves. δρῦς is cogn. w. δόρυ and ' tree ' ;
it seems to have been the tree most venerated by Indo-
European peoples, *e.g.* in Druidic cults. (' Druid ' is probably
cogn. w. δρῦς.)

334-5. πρὶν, *sc.* before O.'s return. τύχησε 1 aor. of τυγ-
χάνω is found only in Epic. Dulichium : see p. xxxviii.

338. ἔτι πάγχυ δύης ἐπὶ πῆμα γενοίμην : ' so that I might
still more completely arrive at woeful disaster ': so W. J.
Verdenius in *Mnemosyne*, s. iv., xi. (1958) . p. 24, who finds
parallels for ἔτι = ' still more completely ' in Aristophanes,
Frogs 864 etc. No exact parallel for γενέσθαι ἐπί with the
accusative has been quoted. As emendation Aristophanes

suggested δύη ἔπι πῆμα γένηται (rather too drastic a change) :
cp. W. B. Sedgewick, *Philologus*, ci. (1957), pp. 163-4.

342-3. ῥάκος ἄλλο . . . ῥωγαλέα : see on 13, 434-5. μοι,
the reading of most MSS. here, is probably a corruption
through failure to appreciate the lengthening before Ϝράκος
of με (as in our text). The subject of the verbs is to be under-
stood as something like ' hostile men '.

344. For ' Ithaca fair in the evening light ' (if conn. w. δεί-
λη) or ' clear to see ' (from δῆλος, perhaps *δέελος) see p. xxxviii.
ἔργ' = ' cultivated lands, farms ', cp. on 222.

346. ' With a well-twined rope.' Observe how words that
have a military significance in the *Il.* often refer to more
peaceful arts or qualities in the *Od.*, *e.g.* ὅπλον here, δαίφρων
(see on 15, 356), τεύχεα (15, 218).

348. ἀνέγναμψαν : lit. ' bent back ', hence ' unwound, un-
tied '. Merry compares the sailors' expression ' to bend ' =
' fasten, tie '.

349 ff. O., released from his bonds, wraps his head in his
cloak—to keep it dry or so as to be less noticeable in the
water—slides down the smooth plank till he is breast high in
the sea, and swims away using both arms, so that he very
quickly comes to the shore well away from [ἀμφίς] where his
captors were having their supper (347). ἐφόλκαιον (from
ἐφέλκω ' drag on ') ' lading plank ' occurs only here in Greek.
(Some editors identify it with its late cognate ἐφόλκιον,
a small boat dragged after a larger ship and possibly also a
rudder : wrongly, I think.) The ἐφόλκαιον was doubtless
also used as a gangway for disembarking (later ἀποβάθρα,
κλῖμαξ). θύρηθ'[ι] occurs only here in H. for θύραζε: all
notion of ' doors ' has been lost, as in our ' outdoor ', ' outside '.
The δι- in διερέσσω may be taken with χερσί (cp. 12, 444)
to imply dividing the arms as in a breast-stroke ; or it may
simply mean ' through [the water] '. Note how O. to avoid
making a splash does not dive, but lets himself down only
breast high into the water : the incident is vividly imagined.

353. ' A thicket of flowering woodland ' : the phrase evokes
for anyone who has lived in Greece vivid memories of the
aromatic shrubs—tamarisk, myrtle, rosemary, heath and
mastic—that form the typical *maquis* country of Greece and
the Mediterranean. Cp. 10, 150.

356. πάλιν = ' back ', always local and never temporal
(= ' again ', which is αὖτις here) in H., as *Aristarchus* noted.

361 ff. Eumaeus pities O. for his fictitious sufferings, but
refuses to believe what he has said about his master, assuming
that this was only invented by the beggar to please him.

The syntax in 363-5 is staccato and gruff in tone, revealing the depth of E.'s affection for his lord.

368-71 = 1, 238-41, where Telemachus is the speaker. τολύπευσε is one of H.'s many metaphors from *Spinning* (cp. index to vol. I). The verb meant to spin carded wool into a continuous thread (τολύπη) on a spindle. Here it implies the completion of a tedious task : ' Had spun out the long thread of war '. Παναχαιοί = all the Greek host as confederated against Troy : the word contains the germ of the much later panhellenic national (or racial) feeling : cp. on 15, 80. The Greeks attached great importance to an honourable and ceremonial burial, cp. *Il.* 7, 85 ff., *Od.* 11, 71 ff. and 24, 80 ff., and Chadwick, *H.A.* pp. 325-6. The τύμβος, a rath or barrow, perpetuated the hero's fame. In 370 ἥρατ'[ο] is apparently aor. of ἄρνυμαι, not from ἀείρω. Monro thinks that ἥρετ'[ο] (2 aor. ἄρνυμαι) should be restored. The ἅρπυιαι in 371 are probably whirlwinds—they are not yet personified as Harpies (' Snatchers ') in H., but (once) as a semi-divine mare (*Il.* 16, 150)—cp. ἀνέλοντο θύελλαι with a similar force in 20, 66. ἀνηρείψαντο is formed as if from *ἀνερείπομαι ; but Fick has suggested that ἀνηρέψαντο from -αρεπ- was the original form ; and so also, perhaps, 'Αρέπυιαι should be restored for ἅρπυιαι, giving a *Schema etymologicum*. See *L.-S.-J.* at "Αρπυιαι. Note the rare trochaic caesura in the fourth foot in 371 (cp. p. xcii).

375 ff. Eumaeus is apparently respected as a man whose opinions are worth hearing, not only by Penelope and those loyal to O., but even by the Suitors' coterie. For his rank and position see on 3 above and 450 below. For speculations on 378 ff. see Woodhouse, *C.H.O.* chap. xvii., especially p. 132.

387. ' Do not try to win my favour with lies, nor charm me in any way.' For θέλγε see on 16, 298.

392-4. Merry and several others take οἷόν as masculine agreeing w. σ' and understand it as = ὅτι τοιόν σε ὄντα κ.τ.λ., translating ' since not even with an oath could I win thee over, being such an one as thou art ' (cp. 15, 212). Monro apparently does not : he translates ' Seeing that in such wise ' : this is preferable. The oath referred to is in 158 ff. In 394 with θεοί understand ἔσονται ; cp. *Il.* 22, 255.

399-400. ἐπισσεύας : particip. of asigmatic 1 aor. (§ 18 *b*) of ἐπι-σεύω (always in H. w. double sigma to lengthen the ι) ' urge on, incite '. βαλέειν is imperatival here. ἀλεύεται is another asigmatic aor. (here mid. subj. : cp. § 25, 1) of ἀλέ[F]ομαι ' avoid, escape ', a variant of ἀλάομαι ' wander ' (cp. ἀληθείς in 380).

402-5 are heavily ironical. (*Irony* in the strictest sense—

contrast on pp. lvii ff.—is the making of statements either counter to, or else undervaluing, one's actual convictions : it differs from plain lying by the fact that either the context or the tone of the speaker's words warn at least some of his hearers of his attitude. Socrates was its greatest exponent in antiquity, but it was always a favourite device among Greeks : see J. A. K. Thomson's *Irony: an Historical Introduction* (London, 1926) and my *A.G.L.* pp. 61-8.) In reality Eumaeus would be the last man to violate the laws of hospitality.

406. Monro translates ' Then I should be eager to beseech Zeus, Cronos' son (*sc.* for pardon)', arguing that the aor. must refer to some single prayer. But I follow *A.-H.* and others in taking it as a continuation of the irony='With good heart, to be sure, could I, after that, make my prayer . . .'. There is a well-supported *v.l.* Κρονίων ἀλιτοίμην which would give 'Then I should indeed be guilty of a deliberate sin against . . .'. Note the patronymic form in -ίων (fem. -ιώνη, *e.g.* 'Ακρισιώνη). Others are -ίδης, -ιάδης, -άδης, and the *Aeolic* -ιος. Thus from Δάρδανος we find Δαρδάνιος, Δαρδανίων, Δαρδανίδης; from Πηλεύς, Πηλείων, Πηληϊάδης. Patronymics are rarer in *Od.* than in *Il.* Curiously, Telemachus is never given one.

407-8. ' But now it is the time for supper. I hope my companions will soon be home that we may prepare a tasty meal in the hut.' εἶεν expresses his wish. λαρός is perhaps from *λαƑερός and cogn. w. ἀπο-λαύω, hence ' enjoyable ' : contrast on λάρος, sea-gull, in 5, 51. See *Meals*.

413-14. οἷς : § 12, 2.   ἄξεθ' : § 19, 2.

418. νηλέϊ from νη- and ἐλεέω ' pity ' ; cp. νήποινον in 417, νηκερδές in 509 and on 16, 317.

420-1. Note the unaffected piety implied both in the swineherd's action and in the poet's comment here. Eumaeus had not merely a disposition towards goodness (421), but he *knew* the recognized way of putting it into effect (cp. αἴσιμα in 433 and note the repetition of φρεσί). Cp. on 19, 248.

422-9. Here we have, as elsewhere, the ritual of the preliminary sacrifice before a special feast. Its principle was that the gods should have a first share of the meat and cereal food. The first ceremony was to cut off some of the hair of the animal as an offering (ἀπαρχή) to be burnt, with prayer : this formally dedicated the whole animal to the gods. Then when the victim had been killed and prepared for cooking, the thigh bones (μηρία not mentioned, but assumed, here : cp. 17, 241 ; 19, 366 ; *al.*) were wrapped in fat (ἐς πίονα δημόν, 428), covered with strips of raw flesh (ὠμοθετεῖτο, 427) from every limb as first offerings (ἀρχόμενος, 428), sprinkled

405-441COMMENTARY Ξ (XIV) 233

with meal (429), and burnt. The savour of the burning flesh
was thought to rise up to the gods in heaven : κνίση οὐρανὸν
ἶκεν (*Il.* 1, 317). This was the usual ritual, but it varied
(cp., *e.g.*, 3, 430-61). It was always performed by the heroes
themselves ; for the only reference to a priest in *Od.* see on
9, 198. In 425 ἀνασχόμενος = ' raising himself up ', *i.e.* to
put his full force into the blow. In the same line κείων is
generally taken as a form of κεάζων ' splitting, cleaving ',
perhaps for *κείων, *κεάων. Schulze (*Quaestiones epicae*, p. 434)
emends to κεών (see § 42, c). Tyrrell explains it as from κείω,
desiderative of κεῖμαι, as in 532, ' when he was going to bed '.

430-2. After the gods have received their share, the meat
is prepared for the guests : they chop up the rest of the meat,
spit it on skewers, roast it carefully, draw it off the skewers
and heap it on dishes for serving ; then the host divides it
fairly among the guests. μιστύλλω means ' cut up small ' :
διέχευαν in 427 (§ 18, *b*) means ' dismembered, cut into
joints '. From this formulaic line Martial wrote his epigram
(1, 50) : *Si tibi Mistyllus cocus, Aemiliane, vocatur,* | *Dicatur
quare non Taratalla mihi ?*

435. ἴαν (*Aeolic* and *Ionic* for μίαν), *sc.* μοῖραν : ' one share '.
There was a local cult of the Nymphs (see 13, 104 ff.) and
Hermes (cp. on 24, 1 ff.) was the special patron of herdsmen,
but the two were often worshipped together, cp. Simoni-
des *fr.* 18, θύουσι νύμφαις τῷ τε Μαιάδος τόκῳ· | οὗτοι γὰρ
ἀνδρῶν αἷμ' ἔχουσι ποιμένων and Aristophanes, *Thesmo-
phoriazusae* 977. That is why they are offered a special share
of the cooked food in this rustic setting.

440-1. O. has not explicitly learned Eumaeus' name, but
he could have heard it in the conversation of the other
herdsmen. H. is too good an artist (or, some would say, too
naïve) to delay over such a trifle. In τοῖον ἐόντα O. repeats
Eumaeus' slightly irritated words in 364, with a touch of
Irony. But he is deeply moved by such kindness to one who
seems utterly destitute and helpless. The whole of this scene
is remarkable for that mixture of unsophisticated piety,
courtesy and humanity—here a thousand years before the
Sermon on the Mount—which still survives in traditional
country communities, based on a proper valuation of human
personality and the knowledge that misfortune is not a proof
of wickedness (see 444-5 and cp. 6, 188-90). It contrasts
brightly with the discourtesies that O. suffers later in the
palace from the Suitors and their gang. But observe that O.
does not scruple, all the same, to try a typical trick of sophisti-
cated roguery later (459 ff.) on his host. Countryfolk, however,
are shrewd as well as kind : Eumaeus sees through the ruse
and is more amused than offended at it.

443. δαιμόνιε ξείνων = ' ill-starred of strangers ' ; cp. 361.
The epithet as elsewhere (see index) implies some quality
unusual enough to be ascribed to supernatural origins (see on
δαίμων), here a marvellous degree of misfortune. Or else
Eumaeus has sensed something ' queer ' about his guest.

446-7. ἄργματα (ἄρχω): the first shares described in 435.
Not (pace Monro) those in 428, for they had been burned
already (429). θύω is always used of a burnt offering, never
' slaughter, kill ', in H. The libation of wine in 447 formed a
similar first share, presumably also to the Nymphs and
Hermes.

449. Μεσαύλιος: ' Yardman ', Significant Name: the μέσ-
σαυλος (ὁ or τό: gender uncertain) was apparently an inner
court, inside the αὐλή (see p. xlii), where cattle were kept.

450 ff. αὐτὸς . . . οἷος: ' himself . . . out of his own re-
sources ', with an Epexegesis in 451 and further explanation
in κτεάτεσσιν ἑοῖσιν in 452. Eumaeus, being of royal blood
though now a serf, had saved enough to buy this personal
attendant, as a lowly kind of θεράπων (see on 18, 297), for
himself from the Τάφιοι (see p. xl), the equivalent then of
the Barbary pirates of the 17th and 18th centuries.

454. ' But when they had put away their desire for drinking
and eating.' H., though he recognizes the pleasure of food and
wine (cp. on 9, 1 ff.), never dwells descriptively on it, and the
use of ἐξίημι in this Formula implies that the Heroes regarded
the satisfaction of hunger and thirst as something to be com-
pleted quickly rather than to be prolonged and elaborated. In
other words they were neither gourmands (like the later Romans)
nor gourmets (like later Greeks).

457. νὺξ . . . σκοτομήνιος: ' with darkened moon ', sc.
either by clouds (cp. 9, 143) or because it was the interlunium
when the moon was invisible. The second is preferable in
view of 162 above and 19, 307. Cp. on 20, 278.

461. Despite the swineherd's kindness O. cannot resist trying
a playful trick on him, partly perhaps with the serious intention
of testing his intelligence. ἑο (§ 10) = O. λίην in H. generally
= ' very much ', rarely, if ever, with a suggestion of excess.

463. εὐξάμενός: εὔχομαι can mean ' pray ' (e.g. in 13, 51,
231), ' boast ' (199 above), or ' wish ', which is preferable
here: ' I have formed a wish [ingressive Aorist] and will
speak . . .'. But there is also a hint of boasting in what
follows. The ambiguity of the word is explained by the fact
that pious but self-assertive persons often do not clearly
distinguish between prayers, wishes and ' wishful thinking '
(which, with egoism, is the main source of boasting). The
wish is expressed in 468 ; the boastfulness (conscious in the

apologetic note of 463-6) comes out in 470-1—with a delightful touch of complex irony in that the disguised O. ranks himself as third after Odysseus (put first) and Menelaus. How very Greek!

463-6. O. describes the earlier (the 'merry') stages of intoxication : singing, laughing [ἀπαλὸν is better taken pejoratively as 'feebly', rather than 'gently' with L.-S.-J.], dancing and unrestrained talk. For the disgusting and dangerous next stage see 9, 371-4 and 21, 304. Wine was not a luxury to the Greeks, but a pleasant necessity of life. H. mentions its aroma, taste, colour (always red or dark red in H.), as well as its keeping properties and potency (for references see on 9, 196). Drunkenness was despised (cp. οἰνοβαρής as an abusive word in Il. 1, 225), not pitied. The triple rhyme of -ηκε conceivably may be designed to suggest a drunken jingle here.

467. ἀνέκραγον (ἀνακράζω : only here in H.) may be colloquial, as Monro suggests (cp. on 508 below). Rieu translates : 'However, I've set my tongue wagging now and I might as well go on'.

475-9. ' But the north-wind dropped and the night-time came, a foul and an evil time, | Frosty, with snow a-falling, as bitter as the rime, | And into ice was it setting upon our shields of war. | And now for all the others, both kirtle and cloak they bore, | And with their shoulders shielded all close at ease they lay ' (Morris). For the snowfall after the ceasing of a strong wind cp. Hesiod, Works, 547. πηγυλίς (πήγνυμι) = 'freezing, frosty'. ἥτε πάχνη implies crisp and hard snow, i.e. not in soft, melting flakes. There is some tautology in the lines, but the emendations have not been convincing, e.g. Naber's λάχνη for πάχνη, van Herwerden's πυκνή and Naber's ψεδνή for ψυχρή (where there is a v.l. λεπτή).

479. Literally ' covering themselves as to the shoulders (§ 29, 1 b) with shields '. Very likely the Mycenean figure-of-eight ' man-covering ' shield is intended here (see Appendix A to Leaf and Bayfield's Iliad, vol. 2, for illustrations and discussion, also Nilsson, H.M. p. 143). But it is never specifically described, and the epithet ἀμφίβροτος never used, in Od.

482. ζῶμα (ζώννυμι ' gird on ') φαεινόν : apparently a kind of shorts or loincloth worn in war or athletics (Il. 23, 683). Seymour (L.H.A. p. 659) compares the Celtic bracae, ' breeks ', as illustrated in the lion-hunt scene on the Mycenean dagger (Nilsson, H.M. p. 139). It was a common garment in Minoan times. The ζῶμα may have been partly armoured for protection in battle; φαεινόν may imply metal fittings here. The point is that O. had no warm χλαῖνα (see on 13, 67), only his χιτών (οἰοχίτων' in 489) and shorts.

483. ' But when it was now in the third part of the night, and the stars had changed their course ' (*i.e.* some striking constellations had passed the zenith and begun to descend). The night was divided into three watches (cp. *Il.* 10, 252-3), as by the Old Testament Jews, cp. ' the middle watch ' in Judges 7, 19. In the New Testament we find the Roman system of four watches from 6 P.M. to 6 A.M. adopted. For Homer's star-lore see on 5, 272 ff.

485. ἐμμαπέως : apparently from μαπέειν, 2 aor. μάρπτω ' seize, grasp ', = ' quickly, hastily ' ; cp. ἀρπαλέως (ἁρπάζω).

489. φυκτά : ' ways of escape ', neut. pl. for abstract noun as in 13, 365 ; 20, 223, *et al.* Cp. on 8, 299.

490-1. νόον . . . τόνδ' : Monro takes this as referring to the device that follows, Merry, less convincingly, as meaning ' these thoughts of mine '. οἷος κ.τ.λ. = ' like the schemer and soldier that he was ' (Rieu).

495-6. 495 was rejected by Aristarchus as an interpolation from *Il.* 2, 56 : objections to it are that no explanation of the dream follows, and that leaders should not sleep on an expedition of this kind. But the nature of the dream is easily imagined—some kind of warning as in *Il.* 23, 62 ff., while it may be assumed that the soldiers took it in turn to watch, and ἥδον in 479 may mean ' sleeping ' (but see on 15, 5). Besides, some form of address seems needed. The argument that the line was inserted by some scribe who did not understand the anticipatory γάρ in 496 is unconvincing, for the line fails to motivate that particle at all satisfactorily. Cp. on 10, 189. Translate ' The fact is that we have come very far from the ships. So I wish someone would go and tell . . . in case he may rouse reinforcements to come here from the ships.' The beached ships formed the Greek base at Troy.

500. φοινικόεσσαν : it is rhythmically preferable to scan this as φοινῑκόͅσσαν with *Synizesis* than φοινῑκ- against the usual quantity (cp. ξερόν for ξηρόν in 5, 402). The word is probably derived from the Φοίνικες, the makers of the famous dye, see on 15, 415. The shade implied may be scarlet or crimson : the epithet and cognates are applied to blood (probably the crimson venous kind in *Il.* 23, 717 ; *Od.* 18, 97 ; perhaps scarlet arterial blood in *Il.* 16, 159), a dragon (*Il.* 12, 202, 220), a horse (*Il.* 23, 454), and red pigment (*Od.* 23, 201 ; *al.*). But Greek epithets of colour are generally imprecise as to hue : cp. on 13, 85.

504-6. Some *Alexandrian* critics rejected these lines as spoiling the effect of the hint implied in the previous fiction. Most editors concur. ἀμφότερον etc. = ' For two reasons, friendship and respect for an honourable man '. For ἐῆος see § 5, 2. In the text I have printed this with the rough breathing as in the better MSS., following Allen and Ludwich. But L.-S.-J is probably right in supporting the view that the aspiration is due to confusion with forms of ἑός ' his '.

508 ff. Eumaeus has been aware of O.'s motive in producing this story-with-a-moral (αἶνος). He replies in mildly bantering tones : ' Old man, faultless indeed is the story you have told. Not a word you said was ill-judged—or unprofitable. So you shall not want for clothing or anything else that an unfortunate suppliant should get from those he approaches—for to-night. But at dawn you shall have to knock about in your own rags again.' δνοπαλίζω, a perplexing word, occurs in Il. 4, 472, ἀνὴρ ἄνδρ' ἐδνοπάλιζεν, apparently meaning ' knock down ', but not again till Oppian's Art of Fishing 2, 295, where it refers to the waving tentacles of a polypus. Monro takes it as a colloquialism here, comparing as other possibly colloquial uses ἀνέκραγον in 467, ῥυδόν in 15, 426, ἐπείγετε δ' ὦνον in 15, 445, δινηθῆναι in 16, 63. ' Knock about in ' is Rieu's version (cp. Monro) ; but it might mean ' chuck on ' or possibly ' flutter your rags '. No satisfactory etymology has been suggested.

513. ' Changes of raiment ' in the Biblical phrase : a sign of wealth and luxury ; cp. the description of the Phaeacians in 8, 249. As a matter of fact Eumaeus had a spare χλαῖνα as we learn in 520-2. See on Dress.

515-17 = 15, 337-9. They are omitted in the best MSS. here : perhaps, as many editors think, an Interpolation.

520. κατέλεκτ'[ο]: non-thematic (§ 18) aor. of καταλέχομαι ' lie down ' (cogn. w. λέχος, ἄλοχος).

521-2. παρεκέσκετ'[ο]: the original Text probably had the unaugmented παρακέσκετ' (as in one MS.) : iterative forms (§ 21, 2) do not take the Augment, with the exception of φάσκω (cp. 13, 173) in which the iterative force seems to have been weakened or lost : see also on 20, 7. There are v.ll. παρέχεσκιν, παρεχέσκετ' ; and μαλακήν for μεγάλην.

526. ἰών : fut. part. expressing purpose, ' with the intention of going ' ; cp. κείων in 532, which is probably an asigmatic fut. (§ 24, 2) or a desiderative of κεῖμαι ; cp. on 425 above.

527. οἱ . . . ἰόντος : for this frequent Case-variation cp. 17, 231-2 ; 22, 17-18 ; 6, 155-7 ; and Monro, H.G. § 243, 3 d.

528. περὶ . . . βάλετ'[ο] ὤμοις : §§ 33, 2 and 34. The sword was slung over the shoulders on a baldric (τελαμών) ; cp. 11, 610.

530. νάκη : a fleece, apparently used as an over-cloak,

though Hayman's suggestion that a fur hat like Robinson
Crusoe's is intended may be right, cp. 24, 231.

532. σύες ἀργιόδοντες : the boars which were kept outside
the yard (see 16-17 above).   Note the fixed epithet ' white-
tusked ', emphasizing their most noticeable feature ; cp. on
1, 92 and 9, 464 for other characteristic epithets of domestic
animals.

533. ' Beneath a hollow rock, under shelter from the north
wind.' For γλαφυρός see on 13, 71 ; with ἰωγή (only found
here : perhaps conn. w. ἄγνυμι) cp. ἐπιωγαί in 5, 404 and
σκέπας ἀνέμοιο in 5, 443.   Thus ends the thirty-fifth day of
the *Od.* (see p. xii).

BOOK FIFTEEN

N.B.—For abbreviations and use of indexes see preliminary
notes to Book Thirteen.

SUMMARY

In Sparta Athena tells Telemachus to return to Ithaca
and advises him how to avoid the Suitors' ambush (1-43).
T., having said goodbye to Menelaus, is sent off with presents,
kind words and a favourable omen (44-181).   He reaches
Pylos via Pherae and there rejoins his ship (182-221).   Just
before his departure he is begged by Theoclymenus, a fugitive
prophet, to take him aboard ; after having agreed to do so,
he begins the voyage home (222-300).   Meanwhile in Ithaca
O. offers to leave Eumaeus' hut, but is persuaded to stay.
He enquires about his father and mother.   Eumaeus replies,
and recounts how he became a slave.   O. offers him some
comfort (301-494).   Telemachus arrives safely in Ithaca and
encounters a favourable omen (495-end).

1 ff. The scene changes to Lacedaemon with Telemachus
and Nestor's son, Peisistratus (see on 3, 36), at the palace of
Menelaus and Helen.   The chronology of the poem is uncertain
here (see p. xii).   Two nights intervene (see 185 and 296)
between Telemachus' departure and his arrival in Ithaca.   It
seems simplest to assume that neither H. nor his audience
would vex themselves with considering the possibilities that
Athena's summons to Telemachus had occurred on the day
before the end of the last book, *i.e.* on the same day as O.'s
arrival in Ithaca, or else that a day and a half had passed
unrecorded at the swineherd's hut before the supper mentioned
in 302.   If the matter is to be pressed, the former explanation

seems preferable. οἴχετο may be translated, as often (cp. 16, 24), as a pluperfect : ' Now Pallas Athena had gone to spacious Lacedaemon . . .'.

5. εὕδοντ'[ε] : *Dual* accus. : ' lying ', not ' sleeping ' (see 7). προδόμῳ : see p. xlii.

8. νύκτα . . . ἀμβροσίην : the common translation ' fragrant night ' is contrary to the general primitive attitude to darkness and night ; contrast νὺξ ὀλόη in 11, 19. ' Divine ' in the sense that night was a gift of the gods (like ἀμβρόσιος ὕπνος, *Il.* 2, 19) is a more likely interpretation. But in *Il.* 14, 78 we find νὺξ ἀβρότη and in *Od.* 11, 330 νὺξ ἄμβροτος ; the former might mean ' man-deserted ', *i.e.* the time when mortals do not walk abroad, a notion very typical of primitive fear of darkness. Possibly this was the original concept, later weakened or corrupted to vaguely ' holy, mystic ' with a hint of ' dangerous, taboo ' as in Latin *sacer* (cp. on ἱερός in 16, 476). See further on 18, 192. πατρὸς = ' for his father ', § 31, 1. ἔγειρεν imperf. here but aor. in 44. Its subj. here is μελεδήματα.

10. καλά = καλῶς : always κᾱλός (probably καλϝός) in H., but always κᾰ- in Tragedy. For δόμων ἄπο see § 33, 4. ἀλάλησαι : 2 sing. perf. ἀλάομαι w. present sense. ' It is no longer well for you to be wandering. . . .'

12. μή τοι κατὰ . . . φάγωσι : μή is often used with the subjunctive in this idiom (cp. 19 and 90 below, 16, 87, 255, 381 ; *et al.*) to express a warning. One may understand either ' take care that they do not . . .' or ' I fear that they may . . .'.

14. βοὴν ἀγαθὸν Μενέλαον : the *Formula* recurs five times in this book, four times in the rest of *Od.*, always of Menelaus (as most frequently in *Il.*). Since the first two words seem to be mainly *metri gratia* in the peaceful Odyssean contexts, Rieu is justified in translating simply ' gallant '. But if, as Professor L. J. D. Richardson suggests, βοὴν ἀγαθός means ' good at answering the cry for help ' (cp. βοηθόος, and later βοηθέω), it has some point here with ὄτρυνε, implying a readiness to help, almost = ὡς βοηθήσοντα. For accusative case see § 29, 1 *b*.

16-17. We have no other evidence in the *Od.* for Athena's statement here. It may be simply a lie : the ancient gods were not essentially truthful. Penelope's father was *Icarius* : the brothers mentioned (only here in H.) may be her own or her father's, probably the former.

18. *Eurymachus* would give the δῶρα (cp. 18, 291 ff.) to Penelope, the ἕδνα (see on 13, 378) to her father.

19. *Aristophanes* is said to have rejected this line for its meanness (σμικρολογία). But the acquisitive Homeric *Heroes* (cp. on 54 below) and heroines had no such high-falutin' Alexandrian standards : they missed few chances of self-enrichment. φέρηται has full middle force ' carry away for herself ' (it is less likely to be passive w. τι as subject).

24-5. ' But I should like you to go yourself [γ´ emphasizes σύ] and entrust each of your possessions to whoever of the maidservants seems best to you.' ἐπιτρέψειας is the politer optative instead of an imperative (§ 37, 4). Distinguish δμωαί, δμωάς ' maidservants ' here from δμῶες, δμῶας ' menservants ' (cp. in 379) : both are conn. w. δόμος, δῶμα, δέμω.

27. Merry and others take σù δè σύνθεο θυμῷ = ' store it in your heart ', Virgil's *tu condita mente teneto* (*Aen.* 3, 388) ; cp. 16, 299. But this would demand ἀποτίθημι, not συν- which implies *comprehension*, observance *of the whole*, or else (less likely), agreement, as in later uses of συντίθεμαι, συνθήκη. So I translate ' comprehend it in your heart ' : cp. on 318 below. Note the pleasant *Alliteration* and *Assonance* in the phrase.

29 ff. For the geographical problems involved here see p. xxxviii. The νῆσοι referred to in 33 are probably the group of four discussed on p. xxxix. See map on p. xxxvi. Telemachus' course is specifically described in 297 ff. For various meanings of οὖρος (34) see on 9, 222 and cp. in 89 below. ὁμῶς (34) = ' as well as by day ', cp. p. 476 below. There is more *Assonance* and *Alliteration* in 36. The infinitives in 37, 38, 40, have imperatival force. 38-9 = 13, 404-5 (see notes there), where Athena is giving the same advice to O. For παιπαλοέσσης see on 419 below.

42. οἱ : dat. of interest. ἴσσι (§ 17, 5 *b*) (= εἴ) is enclitic in H. (unlike pure Aeolic). For Pylos see on 193.

43. ' To high Olympus ' : the epithet, if it is anything more than a *metri gratia* cliché, suggests that the actual mountain is still regarded as the abode of the gods, in contrast with the other-worldly description in 6, 42 ff. (see note there). ' Analysts ' (see p. xxxi) have seen proof of multiple authorship in this discrepancy : but a poet may be inconsistent in an unverifiable matter like this, sometimes following convention, sometimes imaginatively innovating. This could be easily demonstrated from the eschatology of modern poets—W. B. Yeats for example.

45. ' Stirring him with a kick of his foot ', though in the Greek λάξ (adverb conn. w. λακτίζω, cp. γνύξ, πύξ, ὀδάξ) probably goes more closely with κινήσας than w. ποδί. The phrase recurs in *Il.* 10, 158, where Nestor kicks Diomedes to arouse him. Many editors follow *Aristarchus* in rejecting the line here, while justifying it in the *Il.* passage on the grounds that (a) Diomedes being in a war hut was probably lying on the ground (while Telemachus is presumably on a bed here) and so in a better position for being kicked ; (b) Nestor was an old man and therefore disinclined to stoop to touch Diomedes ! One suspects that the real reason for wishing to eliminate the line is a pedagogic dislike for ' horse-play ' by youths in or out of class. Telemachus' action is characteristic of his age (probably about twenty) and of his genial comradeship with Peisistratus. If the phrase is to be objected to at all it should be in the case of Peisistratus' staid old sire. (Minute critics may discern poetic justice here ; H. visits the kicks of the fathers upon the children.) But both incidents bear the authentic mark of H.'s flair for introducing vivid unconventionalities.

46. I retain the colon, following Ludwich and others, against Merry, Monro, Allen, A.-H. (Pierron, misled by an ambiguous scholium, goes too far with a full point.) A staccato effect is apt here. Translate : ' Get up, Peisistratus, son of Nestor : harness the whole-hoofed horses to the chariot for us to be going on our way '. ὑφ' ἅρματ'[α] in 47 goes w. ἄγων : for the pl. cp. p. xix. μώνυχας is explained by Düntzer as derived by syncopation (cp. on 13, 25) from μονῶνυξ or μουνῶνυξ, as ποιμάνωρ for ποιμανάνωρ, κελαι[νο]νεφής, ὑψιπε[τέ]της, ἁρμα[το]τροχιή, ἀμφορεύς for ἀμφιφορεύς. (In later writers μονῶνυξ does occur.) But Ameis offers considerable objections to this view (see A.-H., Anhang). Wackernagel connects it with the root sm̥ as in [σ]μία, ἅμα, simul, semel. This seems best. It gives the same meaning as Düntzer's view. The epithet occurs only here in Od., but often in Il.

50. It should be remembered that there were probably few, if any, good roads in Greece in the Heroic Age, or indeed till very recent times. Even where beaten tracks existed they would be impossible to follow on a dark (δνοφερὴν, 50) night.

51. μέν'[ε]: ' wait '. ἐπιδίφρια : predicative ' on the car ' (see on δίφρος). θήῃ : § 25, 3.

54-5. ' For that is the man a guest remembers all his days —the hospitable host who shows him kindness.' The delayed Epexegesis is harsh : I suggest emending τοῦ to τῷ (see on 13, 5): ' For in that way [i.e. by receiving parting gifts and kind words] a guest remembers his host '. The constant harping in Od. on the advantages of extracting ξεινήϊα from hosts demonstrates the deep-seated acquisitiveness of the Greeks and gives one the feeling that the etiquette of Homeric hospitality was coming very near to being exploited as a ' racket '. For Menelaus' promise of gifts see 4, 613-19; and cp. 83-5 below.

58. For Helen, now a tranquil, charming and thoughtful hostess, see index to this vol. and vol. I.

62. **θύραζε**: Menelaus was sleeping in the **θάλαμος** inside the **μέγαρον**, Telemachus (see 4, 297 and 302) in the open-air **αἴθουσα** of the **πρόδομος** (p. xlii).

63. This superfluous line (= 554, etc.) is omitted in most MSS.

65-6. Note the abrupt boyish candour : ' I want to go home ': cp. 88. What a speech O. would have made in similar circumstances !

69-74. The note of this passage is moderation : **ἀμείνω δ' αἴσιμα πάντα**—the typical Greek **μηδὲν ἄγαν** and **μέτρον ἄριστον**: one must not overdo even hospitality. The assonance and rhyme in 74 characterize proverbial utterances, cp. **ὀλίγη τε φίλη τε** in 14, 58 and such English phrases as ' Fast bind, fast find ', ' A stitch in time saves nine '. But the line is absent from many MSS. and a *Scholiast* considers it more Hesiodic than Homeric in form. This observation is just ; but poets quite often write lines more typical of others' work than of their own ; and, as Pierron observes, the maxim neatly sums up the previous sentiments. Cp. ' Welcome the coming, speed the parting guest ' and Horace, *A.P.* 467, *Invitum qui servat idem facit occidenti.*

78-9. ' For it is both honour and glory [cp. **ἐρικυδέα δαῖτα**, 13, 26], as well as an advantage, to have lunch before going on a very long journey.' Menelaus, the soul of courtly generosity and discretion in all his intercourse with the rather temperamental Telemachus, restrains the impetuous youth by a double appeal, to his pride and to his common sense. For the adverbial use of **ἀμφότερον** cp. 14, 505.

80. **ἀν' Ἑλλάδα καὶ μέσον Ἄργος** (cp. 1, 344). The phrase is a conventional one, as Monro insists, and is not to be taken as implying any specific route, but merely as ' If you would like to tour all through Greece '. In *Il.* Hellas is specifically the name of the city and realm of Achilles' father, Peleus, in the valley of the Spercheius in N.E. Greece. But in this *Formula* (found only in *Od.*) it seems to be used loosely for the whole of N.E. Greece, while Argos represents the Peloponnesian region in general (but see further on 18, 246). Hesiod (*Works* 653) is the first to use **Ἑλλάς** for all Greece, Herodotus to include overseas Greek lands in the term. H. uses **Ἕλληνες** only once (*Il.* 2, 684), referring to the tribe of Achilles. **Πανέλληνες** (for **Παναχαιοί**) occurs only in a spurious passage (*Il.* 2, 530).

81-3. **ὄφρα τοι αὐτὸς ἔπωμαι κ.τ.λ.** : the syntax is obscure. Monro, citing *Od.* 4, 388 and 21, 260 as well as *Il.* 6, 150 ;

7, 375 ; **20, 213** ; **21, 487**, argues that the apodosis to εἰ δ' ἐθέλεις in **80** does not begin with ὄφρα or ὑποζεύξω, but must be understood—'if you wish . . . then do so'. But he does not explain how ὄφρα (see index) is then to be construed. Merry takes ὄφρα as introducing the apodosis in the sense ' so long, all that time, I shall go with you myself ', all the subjunctives having a future force ; but this use of ὄφρα is only paralleled in *Il.* 15, 547. Van Leeuwen construes it as if the apodosis extended into **81** (ἔπωμαι, ὑποζεύξω and ἡγήσομαι being governed by ὄφρα), where he marks a gap in the syntax after ἡγήσομαι, translating ' *Quid vero si per terram firmam iter facias, ut ipse te comiter et equos tibi iungam et in singulas urbes te deducam?* ' He compares *Il.* 1, 135-7 and 21, 487 ff. This is similar to Monro's view (who also quotes the latter passage). Bury and *A.-H.* take ὄφρα in a final sense (expressing the natural consequence of the action ; cp. on **12, 428-9**) governing only ἔπωμαι, the apodosis (marked by δέ τοι) beginning with ὑποζεύξω. Perhaps (*pace* Monro) this is best. If so we may translate ' If you wish to make a tour . . . so that I may, naturally, accompany you, then I shall yoke . . . and no one will send us back . . .'.

83. αὔτως='as we are ', *i.e.* ἀδώρους, without ξεινήϊα (cp. on **54-5**). Contrast αὐτὸς (**81**)='in person, myself '. ἀππέμψει : a notable example of apocope, which is usually confined to ἀνά, κατά, παρά (§ 1, 10): it is the reading of *Aristarchus* ; the MSS. give either ἀποπέμψει or ἀμπέμψει. But cp. ὑββάλλειν in *Il.* 19, 80.

85. In **4, 600 ff.** Telemachus refused a gift of horses as unsuitable for rocky Ithaca. Mules (ἡμίονοι, literally ' half-asses ' ; they are hybrids of jack-asses and mares) were specially good draught animals in rough mountainous country, but their other Greek name ὀρεύς may come from ὄρος ' furrow ', not ὄρος ' mountain '.

99. κατεβήσετο (§ 19, 2) probably means ' went back ', *i.e.* κατὰ τὸ μέγαρον, cp. καταδῦσα δόμον in *Il.* 8, 375. If, as is fully possible, it means ' descended ', an underground chamber must be understood. κηώεις (conn. w. καίω) originally referred to the smell of burning woods, here no doubt to boxes (cp. **104**) made of aromatic wood ; cp. on θυώδης in **5, 60**. But this θάλαμος must be a special store-room, not the personal θ. θυώδης of Helen in **4, 121**. Aromatic wood was favoured for preserving clothes (cp. **105**) from moths.

100. Μεγαπένθης, who was the son of a slave-woman (see **4, 12**), has a *Significant Name* : it was ' Great Grief ' to Menelaus that Helen could not bear him a son. Cp. on **4, 11**.

101. Among several *v.ll.* here ἵκανον ὅθι is best attested ; I follow Ludwich. Note the quantities : ἱκᾱνω, ἱκᾱνον (effect of augment), ἵκω always; unaugmented forms of aor. of ἱκνέομαι have ἵκ-, augmented ἵκ.

102 ff. See index for ἀμφικύπελλον, κρητήρ, ἦος, ξανθός etc.

108. 'And it shone out [or 'kept shining', to give full force to the imperf.] like a star' : an effective short *Simile*.

116. 'And the rims [lit. 'lips '] on it [ἐπὶ] are finished [κεκράανται 3rd sing. perf. pass. κραίνω] with gold.' Cp. 4, 132.

117. Its divine workmanship and its Sidonian (see on 415) provenance are mentioned to give prestige to the bowl. 113-19 are identical with 4, 613-19. Some MSS. and two *Papyri* omit them.

125. τέκνον φίλε: Helen's attitude to Telemachus is motherly : she had no son of her own (cp. on 100). In contrast Menelaus had been prudently treating him as a man (cp. on 78-9).

126 ff. μνῆμ' Ἑλένης χειρῶν : ' a keepsake made by Helen's <own> hands': there is a consciousness of her fame in the use of the proper name. 127 : φορέειν = ' for her to wear '. Note the trochaic caesura in the fourth foot (p. xcii) 128 : κεῖσθαι is imperatival = ' let it lie '; *v.l.* κείσθω.

131. πείρινθα apparently means some kind of luggage-basket here. The word occurs only three times in H. (always in the accusative) and not again till Apollonius Rhodius (3rd cent. B.C.). It may, with its -νθα ending, be a pre-Greek word : cp. on 17, 87.

134. The κλισμός (and probably the κλιντήρ in 18, 190) seems to have been an informal easy-chair with a sloping back (κλίνω), the θρόνος a more formal seat, straight-backed with arms. In the houses described by H. the chairs were of wood without upholstery ; but rugs or fleeces were often spread over them. The δίφρος, a light stool without arms or back, was occasionally used as a chair (cp. 19, 97). The θρῆνυς, a kind of footstool, was apparently attached to the θρόνος ; but the σφέλας (17, 231) was unattached and light enough to be thrown. The tables (τράπεζαι : lit. ' four-footed ') were small and movable, allotted separately to one or a few guests. See Seymour, *L.H.A.* pp. 201-6.

135-9 = 1, 136-40. χέρ-νιβα (χείρ, νίζω) = ' water for hand-washing '. 137 : νίψασθαι: H. regularly uses νίζω for the pres. and imperf. of this verb : it generally refers to washing parts of the body, πλύνω being used of inanimate objects. ἐτάνυσσε ' laid out ', sc. in line : see on τράπεζα in last note. Observe how skilfully H. makes his description of such a simple domestic event into a passage of enduring poetic delight. Its epithets are carefully chosen—'fair', 'golden', 'silver', 'polished', 'revered'—to emphasize beauty and dignity. 139 = 'Adding many choice pieces, giving favours from what was there'. εἴδατα from εἶδαρ is conn. w. ἔδω 'eat'. παρεόντων is a partitive genitive.

140 ff. δαίετο = 'carved', the function from which the δαιτρός was named (cp. 17, 331-2). In 141 οἰνοχόει is unaugmented imperf. as the accent shows (Augment). 142-3 : Formula = 14, 453-4. For ἀγλαός in 144 see on 18, 180.

146. The portico is called 'resounding' not, perhaps, simply because of the noise of people and vehicles coming and going, but also because of the natural resonance characteristic of stone colonnades. Cp. ἐρίγδουπος 'thundering' in 112 et al. I have not seen a good explanation of the curious γδουπέω etc.

150. δειδίσκομαι (also δειδίσκομαι, cp. in 18, 121 ; 20, 197) may be a form of δέχομαι with intensive reduplication = 'greet, welcome'. This etymology suits the contexts at 3, 41, 7, 72, 20, 197 better. But the alternative of connecting it w. δείκνυμι and translating 'with an indicatory gesture, indicating' (sc. the object of one's action or words) suits the context here and in 18, 121. (δεικανόωντο in 18, 111 and 24, 410 seems to mean 'greet, welcome', but doubtless is conn. w. δείκνυμι, which further complicates the problem.) In the present passage it probably means that Menelaus held out the cup with a movement of his hand towards his two young guests before he poured the libation. Translate : 'And with a gesture towards them . . .'.

152. εἰπεῖν : imperatival : 'And speak my greeting to Nestor, shepherd of the folk'. The pastoral Metaphor, nowadays mainly confined to ecclesiastics, reminds us that the Greeks (like the Jews) were more a pastoral than an agricultural people.

156-8. The construction of ὡς . . . ὡς (cp. on 13, 389) is obscure and disputed. A.-H. takes ὡς as referring back to the previous statement = 'so surely' (sc. as we are certain to give your message to Nestor) and ὡς = 'how' introducing the object clause of εἴποιμ'; but 9, 523-5 does not give the parallel claimed. Merry, Rieu and others adopt this view, and it may well be right. But Monro rejects it and takes the ὡς in 156 as referring on to ὡς in 158, translating 'would that I may tell it on returning to Ithaca and finding Ulysses in the house, even as I go on my way after receiving all hospitality from you'. So far I follow him, but not when he paraphrases this as 'my debt to you for hospitality is as great and sure as my desire to see my father again in Ithaca'. I should paraphrase 'Would that I were as sure of telling it

to O. at home as I am of my departure now after all your
hospitality and, further (αὐτάρ), with all these fine gifts of
yours'. Telemachus rather gauchely tries to equate his
appreciation of Menelaus' kindness with his yearning to have
his father safe at home again. But his pessimism about his
father's fate (cp. on 3, 227 ; 4, 292) makes him say ' I wish
my chances of seeing my father were as real as your kindness '
instead of ' Your kindness is commensurate with my desire
to see my father ', which *pace* Monro the Greek here will not
admit. For the construction cp. 3, 218 ; 18, 235-40 ; 21, 402-3 ;
and further in Monro. Those who are prepared to overrule
Monro's objections may follow Rieu : ' I only wish I were as
sure of finding Odysseus at home when I reach Ithaca, so that
I could tell him how I have met with nothing but kindness at
your hands during my stay and have come away laden with
precious gifts '.

160-3. ' When he had said this, a bird flew up on his right,
an eagle holding a great white goose in its talons, a tame
farm-yard bird ; and men and women were following it with
shrill cries.' For the luckiness of the right side to the Greeks
(and the left to the Romans) see on 2, 154. For ἀργήν see
on 17, 62. With ἥμερον cp. ἀτιταλλομένην ἐνὶ οἴκῳ in 174.
ἰύζοντες implies ' with cries of ' ἰῦ or ἰού (hence perhaps the
bird's name ἰυγξ). In 163 σφισιν = Telemachus etc.

170. ὑποκρίνομαι : see on 19, 535.

171 ff. Here, as in 4, 140 ff., Helen is quicker to take the
initiative than her husband. Her last remark (177-8) is
presumably deduced from the fact that the eagle went πρόσθ'
ἵππων (164).

174-5. ὅδε = αἰετός. ἐξ ὄρεος if intended to be specific no
doubt refers to the lofty range of Taÿgetus which runs down
the W. border of Lacedaemon. Note the *Tautology* γενεή τε
τόκος τε = ' race and begetting '.

181. ' Then [*i.e.* if your prophecy proves to be true] I should
pray to you there as to a god.' The same phrase is used by
O. to Nausicaa in 8, 467.

183. πεδίονδε διά πτ. : *Onomatopoeia*, the rhythm and
repeated dental letter suggesting the beat of the horses' hooves.

184-92 = 3, 486-494. In 184 ζυγὸν is governed by both
σεῖον and ἀμφὶς ἔχοντες (by the ἀπὸ κοινοῦ construction) :
' All day they kept the yoke a-quiver as they sustained it on
either side '. *Aristophanes* finding this too harsh ' emended '
σεῖον to θεῖον. Van Leeuwen in his earlier edn. (with da
Costa) thought ἀμφύχοντες should be read because in 1, 54
ἀμφὶς ἔχειν apparently means ' keep asunder '. But in his
later edn. he explains that in a sense the yoke does keep the

ὑποζύγια apart as well as joining them ; cp. *Il.* 13, 706, ζυγὸν ἀμφὶς ἔργει.

185 ff. The identification of Φηραί depends on the location of Nestor's *Pylos* (see my note on 3, 4). If Pylos was in Messenia, Pherai is probably to be located near the modern Kalamai in S.E. Messenia. If Pylos was in Triphylia, Bérard may be right in identifying Pherai with *Aliphera* (shortened from *Alphiphera*, cp. on 46 above), *i.e.* ' Pherai on the Alpheios ' (cp. 187) in S.W. Arcadia. Lines 185 and 189 are to our rather romanticized taste perhaps the most ' poetic ' of all H.'s formulaic lines ; the second (cp. on 13, 18) is very frequent in *Il.* and *Od.* ; the first, occurring only in *Od.* (seven times), vividly describes the sudden onset of θοὴ νύξ in Mediterranean regions where there is little twilight, cp. Coleridge's description of a more tropical zone in his *Ancient Mariner* : ' The Sun's rim dips ; the stars rush out : | At one stride comes the dark '. For προθύροιο in 191 see on 18, 100 ff.

193. ' The steep citadel of Pylos ' : see on 13, 274. Cp. on 3, 4 and 17 for the kindly, garrulous, Polonius-like, Nestor, whom Telemachus, being in a hurry, now plans to avoid (cp. 200-1).

195 ff. ' Peisistratus, I want you, if you can, to undertake something on my behalf. We may well claim that our fathers' friendship makes a lasting bond between us. Besides which, we are of the same age and this journey will have served to bring us even closer together ' (Rieu). This elaborate preamble betrays Telemachus' embarrassment at having to make the request that follows, which, put bluntly, says ' I want you to help me to avoid your father '. πῶς in 195 assumes Peisistratus' willingness, but questions the possibility of achieving it, as Hayman notes. παρέξ in 199 shows that Nestor's palace was further along the road than Telemachu''' waiting ship, probably a little inland. For ὁ γέρων cp. § 11, 4. 201 =' For I must reach home more quickly ' (*sc.* than I should if your father gets hold of me !) : with the noun χρεώ one must understand some verb like ἱκάνει (cp. on 1, 124) or ἐστί (taking ἐμὲ w. ἱκέσθαι) : the former is preferable w. χρή in 393 : cp. on 22, 377.

204. *Formula.* δοάσσατο is the only form of this verb found in H. ; it has the same meaning as ἔδοξε. Wackernagel, *S.U.H.* p. 62, suggests it was originally *δεάσσατο (cp. δέατο, δῆλος) and later altered to resemble a part of δοκέω.

205. Note the *Alliteration* of θ. θίς is the raised heap of sand and stones above high-water mark : cogn. (op. gen. θῖνός) w. ' dune '. The ῥηγμίς in 499 is where the waves break in surf and foam upon the shore, cp. *Il.* 4, 422-5, κῦμα . . . χέρσῳ ῥηγνύμενον. The line lacks a connecting participle (*Asyndeton*) because it is in *Epexegesis* to ὥδε. Usually the formulaic phrase in 204 is followed by an infinitive, and it would not be unreasonable to understand στρέψ'[αι] instead of στρέψ'[ε] here. But for the indicative cp. 5, 474-5.

206. ἐξαίνυτο = ' unloaded ', *sc.* from the chariot (cp. 131 above). One must understand some verb meaning ' stowed away ' before νηῒ δ' ἐνὶ πρύμνῃ. In the after parts of the *Ship* the steersman's platform and the half-decks would give cover for valuable cargo. πρύμνῃ is adjectival, as usual; cp. on 13, 75. The pregnant use of ἐνὶ = ' into ' (see *L.-S.-J.* on ἐν, A, I, 8) is strained here and perhaps ἐπὶ (in one *Papyrus*) should be read.

211 ff. I have ventured to alter the usual punctuation (colon after 211, comma after ὑπέρβιος) in 211-12 so as to give the meaning ' I know this well . . ., namely, how over-bearing his spirit is : he won't let you go, but . . .'. καλέων in 213 is future particip. (§ 24, 1). In 214 κενεόν (Attic κενός, Ionic and poetic κεινός: orig. *κενϝος, *κενεϝος) means ' empty-handed, fruitlessly '. Nestor would be very angry if he had to abandon such a polite young victim for his garrulity as Telemachus (whom he knew from their former meeting ; cp. 3, 102 ff.).

218. ' Put all that gear in order.' In *Il.* τεύχεα usually has a military connotation, ' arms, harness '. Monro in view of 16, 474 takes it so here. But it is etymologically a general term for any equipment and probably has a nautical meaning here, like ὅπλων ' tackling ' in 288 : cp. on the ' Odyssean ' meaning of δαΐφρων in 356 below.

225. The fugitive's name was Theoclymenus (' God-famed ', cp. κλύμενος in *L.-S.-J.*). This is not stated till 256. From the phrasing there it would seem that H.'s audience were not expected to know it already. So H. probably withheld it deliberately to arouse their curiosity. Theoclymenus' distinguished pedigree can be constructed from H.'s details as follows :

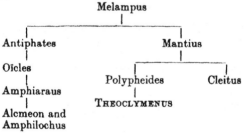

Melampus

Antiphates   Mantius

Oïcles   Polypheides   Cleitus

Amphiaraus   Theoclymenus

Alcmeon and
Amphilochus

For the pedigree of Melampus, reaching back to Deucalion, the Greek Noah, see on 11, 235. It was part of the great Aeolid line, most illustrious of the Minyans who invaded Boeotia and occupied Orchomenos perhaps in the 14th cent. B.C. (see Myres, *W.W.G.* pp. 319 ff.). Their nobility and exploits are little remembered now, in comparison with the Argive or Theban aristocracies, *carent quia vate sacro*. Note that Theoclymenus' gift of divination was hereditary : Melampus (a cousin of Neleus, Nestor's father ; see 229) and Amphiaraus were both famous seers (cp. on 11, 288-97). We learn from what follows that Theoclymenus' great-grandfather Melampus originally lived in Pylos. M.'s brother Bias (cp. 237 ; he is not named in *Od.*) loved Pero, Neleus' daughter. Neleus demanded as her bride-price the herds of Phylacus (apparently = Iphiclus in 11, 290 : obviously conn. w. his country Phylace in 236). Melampus tried to capture these for his brother, but was caught and imprisoned by Phylacus (231). Later, having heard the worms in the beams of the roof of his prison announcing that the wood was nearly eaten through, he predicted its fall. Phylacus, impressed by his prophetic power, released him. He then drove off the herds to Neleus, won Pero for his brother (237-9), and migrated from Pylos to Argos. Hayman, vol. ii, appendix G. 4, observes an unfavourable attitude to Neleus in this version in contrast with that in 11, 229-38, which he thinks is a Pylian account while here we have the Argive view.

233. ἄτη was the influence (often personified) and the resultant state of mind that involved men in acts overriding αἶσα and ignoring αἰδώς and νέμεσις, to their eventual destruction. The meaning varies between ' ruinous folly ', ' delusion ' and ' a spirit of destruction '. Cp. on ἀτάσθαλον in 16, 86.

234. δασπλῆτις : a mysterious *Gloss*, found only here in H. Its second part is perhaps from πελάζω, cp. the epithet τειχεσιπλῆτης of Ares. Its first part has been the subject of many conjectures ; see *A.-H.*, *Anhang*. The best is that which connects it with *dῆs, δόμος, δῶμα, 'house' (cp. δεσπότης), giving the meaning ' attacker of houses '. There are *v.ll.* δ' ἐσπλῆτις, δ' ἀπλῆτις ; Bothe preferred δυσπλῆτις or δαπλῆτις. The Erinys (also plural Erinyes) was a destructive spirit (a ' Fury ') specially concerned with breaches of the moral law among blood relations ; but here no special crime is mentioned.

235. βοῦς ἐριμύκους : *Onomatopoeia.*

236-7. ἐτίσατο takes a double accusative only here in H. ; in 3, 206 it takes a genitive of the object (§ 31, 1).

245-6. A *Scholiast* aptly cites Menander : ὃν οἱ θεοὶ φιλοῦσιν ἀποθνήσκει νέος. For the accusative παντοίην φιλότητ' see § 29, 1 : this is the specifically 'cognate' type, a kind of *Schema etymologicum.* γήραος οὐδόν : lit. 'the threshold of old age'. In the three places where the phrase occurs in *Od.* (cp. 15, 348 ; 23, 212) it can well bear the explanation 'the entrance to old age'. But in *Il.* 22, 60 and 24, 487 it refers to Priam, already an aged man. Some have explained it there as 'the end (*i.e.* the exit) of old age', since one may cross a threshold inwards or outwards. But perhaps Leaf is right in taking οὐδός here as a form of ὁδός (cp. on 17, 196), translating 'the path of old age'.

247. 'Through gifts given to a woman' : Eriphyle, Amphiaraus' wife, was bribed with a golden necklace by Polyneices, son of Oedipus, to persuade her husband to join the expedition of the Seven against Thebes, though he knew he was doomed to die on it if he went. Cp. on 11, 326.

250. Tithonus (see n. on 5, 1) and Orion (5, 121) also had this interesting experience.

254. Hyperesia, a town on the coast of Achaea, afterwards named Aegeira. Note -ιη ; cp. on 13, 142. ἀπενάσσετο (ἀποναίω) : 'migrated to'. πατρὶ = Mantius.

256. τοῦ = Polypheides (252). The story is now resumed after the genealogical excursus, which would specially interest audiences in cities under Neleid influence, such as Miletus and Colophon, whose kings claimed descent from Neleus (cp. 229, 233, 237).

261-2. 'I beseech you by your burnt-offerings [see on 14, 422 ff.] and the god [to whom they are being offered] and, further, by your own person [or 'life', lit. 'head'] and that of your companions . . .' : a pretty thorough adjuration ; but he was in great trouble. The use of δαίμων for a specific deity (261) is unusual but not unparalleled (cp. *Il.* 3, 420 ; 19, 188 ; *Od.* 3, 166) : usually it refers to a supernatural power vaguer and less anthropomorphic than a θεός (see Nilsson, *H.G.R.* pp. 105 f. and 165). Usener aptly defined a δαίμων as 'a momentary god', *i.e.* one without fixed cult, function, or name, but simply the divinity of a single supernatural manifestation.

264 = 14, 187, etc. The regular formula for questioning strangers. Note the importance already of the πόλις, though in H. it was far from the developed 'city-state' of the 5th cent. B.C. Cp. on 308 below.

268. εἴ ποτ' ἔην : the force of this phrase (occurring elsewhere in H. at *Il.* 3, 180 ; 24, 426 ; *Od.* 19, 315 ; 24, 289) is disputed. Merry, Leaf-Bayfield (on *Il.* 3, 180) and others

take it as ' the natural expression of a sad heart recalling a
former joy or happiness now so utterly lost as to seem to have
been but a dream '. But Monro takes it as an assurance ' if
he lived ' (as of course he did), *i.e.* ' as surely as there was a
Ulysses '. I prefer the former view.

273. ἔμφυλον : ' in my own tribe '. It was this fact that
involved his exile, to escape the retribution of the dead man's
' many brothers and kinsmen ' ; for, Bonner, *A.J.H.* pp. 17-
18 notes, ' Shame and disgrace were the portion of him who
failed to take vengeance on the slayer of brother or son, while
honour and glory awaited him who performed this duty '.
In H. murder is still regarded as a private matter to be
punished by kinsmen. As Bonner observes, ' The idea that
murder is a menace to society is modern ' (but contrast the
Jewish and Christian view): compare on 13, 259 ff. ; 16, 402.
So Telemachus does not scruple to help this fugitive killer.

275. τῶν is best taken (with Monro) as governed by the
ὑπό in ὑπαλευάμενος, =' escaping from their power, getting
beyond their reach '. See on 14, 400.

277. ἔφεσσαι : 2 pers. sing. 1 aor. imperative mid. ἐφίζω ;
cp. the infin. ἐφέσσαι (note different accent) in 13, 274.

282. οἱ *(Correption)* ἐδέξατο : ' took his bronze spear for
him ' : a dative of interest or advantage.

284 ff. ἂν . . . νηὸς ἐβήσετο : *Tmesis.* The genitive is
locatival. See pp. xliii-xlvi for the nautical terms in what
follows. The ' well-plaited [strips of] leather ' in 291 are
presumably halyards (κάλοι, Attic κάλῳ), perhaps including
the braces and sheets ; cp. 5, 260.

292. ἴκμενον οὖρον : the etymology and meaning of the
epithet are uncertain : older etymologists connected it w.
ἵκω or ἰκμάς ' moisture '. *L.-S.-J.* rejects the second, doubts
the first, and translates ' fair ' without saying why. Contrast
οὖρος ' breeze ' here with οὖρος ' watcher ' in 89. ἵει : pres.
indic. ἵημι. For γλαυκῶπις see index, as for other words not
directly annotated.

293. ἐπαιγίζοντα : ' rushing on '. This verb is conn. w.
αἰγίς ' aegis ', ἀΐσσω ; cp. on αἰγίοχος.

295 ff. 295 is not found in any MS. of *Od.*, but is included
in a quotation from this passage by the geographer Strabo
(1st cent. A.D.), whence the English scholar Barnes introduced
it into the text in 1711. It and ll. 297-8 are found (in a
different order and with some verbal variations) in *Hymn to
Apollo* 425-7. The textual problems involved are too compli-
cated for consideration here : see Monro, the Allen-Halliday-
Sikes edn. of *Homeric Hymns*, pp. 258-9, and Shewan, *H.E.*
pp. 4 ff. Chalcis was a stream S. of the mouth of the

Alpheus, Κρουνοί apparently being some springs near it. The
MSS. have Φερὰς in 297 here and in *Hymn to Apollo* 427, but
editors generally agree in adopting Φεάς, the reading of Strabo
and perhaps Aristarchus. This they identify with Φειά in *Il.*
7, 135, a cape on the coast of S. Elis (on the map on p. xxxvi
it is at the sharp point running southwards above the river
Alpheios), inside which lies the modern Katakolo. He could
shelter there before undertaking the night voyage northwards
to Ithaca (where they arrive in 495 below).

299. Having sailed northwards along the coast of Elis
Telemachus strikes across the approach to the Corinthian
Gulf till he reaches the Νῆσοι Θοαί. These (cp. p. xl) are
best identified with the Southern Echinades (cp. *Il.* 2, 625)
near the mouth of the Achelous (so Strabo, 8, 3, 26). If the
epithet θοός means ' sharp ' here (not elsewhere in H., but
cp. ἐθόωσα ' sharpened ' in 9, 327) then the modern name
'Οξειά (p. xxxvi) is equivalent. Bérard (*Ph. et l'Od.* i. 138 ff.)
originally identified these ' Sharp (or Swift, *i.e.* appearing
to move rapidly through the water) Islands ' with the Mon-
tague Rocks between Elis and Zante, but has withdrawn this
in the note on this line in his edition. With ' Sharp Islands '
van Leeuwen compares ' The Needles ' in English and the
' Round Rocks ' (Γυραί) in 4, 500, 507.

300 ff. θάνατον: *sc.* at the hands of the Suitors in ambush
at the usual approach to Ithaca (cp. 4, 843-7 and 16, 364 ff.).
We are not told anything more of Telemachus' course till he
safely reaches Ithaca (495 ff. below). Presumably he turned
at right angles when he had reached the Echinades and sailed
almost due W. to the S.E. coast of Ithaca. After this the
poem returns to the Swineherd's hut, resuming the narrative
from the end of 14. For 302 see *Meals.* 304 = 14, 459.

308. ἄστυ: cp. πτόλιν in 311. In *Il.* 17, 144 H. seems to
distinguish between ἄστυ in the sense of the buildings, streets,
houses, *i.e.* the city in a material sense, and πόλις as the
citadel, the centre of the δῆμος, the state. But they are
perhaps no more than synonyms here.

312. κοτύλην καὶ πύρνον: ' a cup and bread '. πύρνον is
apparently a shortened form of πύρινος from πυρός ' wheat '.
The words seem to be specially applied to a scanty portion ;
cp. *Il.* 22, 494 ; *Od.* 17, 12, 362.

316 ff. ' To see if they would give me my dinner as they
have such abundance of good things.' For ἄσσ' in 317 see
§ 12, 5. It is equivalent to ὅττι (cp. on 14, 52), of which the
final syllable is never elided. For σύνθεο in 318 cp. on 27 :
contrast the contracted form of this second aor. imperat. mid.
in 310 (ὑπόθευ).

319. Ἑρμείαο ἕκητι διακτόρου : ' By the favour of Hermes the Messenger '. If διάκτορος comes from διάγω ' carry across ' it means ' messenger ' or possibly ' conductor ' (sc. of souls, cp. 24, 1 ff. and L.-S.-J. s.v. διαγωγεύς). Others connect it with κτέρεα, the funeral honours of the dead. He is perhaps referred to here as a patron of all persons of inferior status, cp. Aeschylus, P.V. 942, where he is called διάκονον ' minister '. Cp. on 14, 435 above.

322 ff. δανά : from *δᾶϜενσος, cogn. w. δαίω ' burn '. Rieu translates it : ' at laying a fire well, at splitting dry faggots, as a carver, a cook, a wine-steward, in short at anything that humble folk do by way of serving their betters '. In 324 note τοῖς ἀγαθοῖσι : the article (§ 11) is used to emphasize the contrast ; cp. τὸ μέλαν in 14, 12 (Monro, H.G. § 260 e).

329. ' The iron sky ' : this striking phrase recurs in 17, 565 only. In Il. 17, 425 and Od. 3, 2 the sky is ' brazen '. The notion seems to be similar to that implied in the biblical concept of a ' firmament ' in the heavens (Genesis 1, 6-8), as if there were a solid metal dome over the earth. Possibly the metallic elements in meteorites may have contributed to this notion. σιδήρεον hardly refers simply to colour, like ' leaden skies ', as some suggest. It is noteworthy that H. mentions iron more often in his imagery than in his direct narrative. When he does mention it in narrative he generally implies that it was uncommon, potent and valuable. Bronze is the everyday metal of the Heroic Age, but H. mentions it only four times in his imagery in contrast with fifteen references in it to iron. Apparently the Heroes lived just at the end of the Bronze Age when iron was still a rarity, while in his imagery H. reflects the conditions of his own time when iron was in full use. As Platt pointed out (see Nilsson, H.M. p. 275 and end of my n. on 4, 293), H.'s imagery often gives us glimpses of the poet's own world as distinct from the world of his long-dead heroes. See further on 19, 13.

330. τοιοῦδ' = ' such as you are ', i.e. old and poorly dressed. The word implies an indicatory gesture.

334. The line is ὁλοσπόνδειος (see p. xc) as it stands, like 22, 175, perhaps to express the notion of heaviness in βεβρίθασι. But probably the original had the resolved Genitives σίτοο, κρειῶν and οἴνοο. Note also the elision before Digamma in ἠδ' [Ϝ]οἴνου, as often.

343. ' There is nothing worse for mortal men than going astray.' Note O.'s attitude to his travels : he was no romantic adventurer indulging his Wanderlust, but a weary ex-soldier always yearning to reach home—yet, it must be added, with enough vitality and curiosity to take an interest in his enforced

travels. But now, looking back on them, in this line he gives his melancholy considered judgement. With πλαγκτοσύνη cp. πλάγχθη in 1, 2 : it implies unwilling deflection from one's chosen course.

344-5. ἀλλ' κ.τ.λ. : ' But the fact is that men suffer cruelly to satisfy their accursed belly, involving themselves in wandering, sorrow, and woe '. ἀλλά here has its common eliminative force ' substituting the true for the false ' (Denniston, *G.P.* p. 1) after a negative clause. οὐλομένης (2 aor. mid. part. of ὄλλυμι, used as an adj.) has the force of the English slang expression ' his perishing ' so-and-so. Schulze explains it as a development from the imprecation ὄλοιο or ὄλοιτο ' may it perish ', as ὀνήμενος from ὄναιο (ὀνίνημι).

347-8. O. asks some more questions : he already knows their answers, for he had conversed with the ghost of his mother Anticleia in 11, 152 ff. and she had told him about the sad retirement of his father Laertes (cp. 24, 226 ff.). This is another example of O.'s caution ; cp. πειρητίζων in 304. For γήραος οὐδῷ see on 245-6 above.

355. ἐκπάγλως : best derived from ἐκπλήσσω (either by metathesis from *ἔκπλαγος or by dissimilation from *ἔκπλαγλος) and rendered ' wonderfully, exceedingly '.

356. κουριδίης τ' ἀλόχοιο δαΐφρονος : ' and for his wise lady-wife '. The first epithet is apparently from κούρη (*Ionic* for κόρη, κόρϝα) ' maiden ', implying a lawful married wife (cp. *Il.* 19, 298). δαΐφρων in the *Od.* generally means ' skilled in the arts of peace ' while in *Il.* it is rather ' skilled in the arts of war '. This is no *Chorizontic* argument, but a natural result of the different circumstances of each poem. The word is perhaps conn. w. δαῆναι ' learn ', and not w. δάϊς ' war ' ; but see *L.-S.-J.*

357. ἐν ὠμῷ γήραϊ : in H. ὠμός has the meanings ' raw, uncooked ', not apparently ' cruel, savage ' (unless here, as some hold) ; but in ὠμογέρων (*Il.* 23, 791) it seems to mean ' early, unripe ', *i.e.* fresh and active ; cp. ' *cruda senectus* ' in *Aeneid* 6, 304. Here the phrase seems to be equivalent to χαλεπὸν γῆρας (also referring to Laertes) in 11, 196. I find it hard to decide between ' premature ' and ' cruel ' here. Contrast λιπαρὸν γῆρας in 19, 368 and 23, 283.

359. I read ὥς (with a few MSS.), following Bekker and Cauer, which makes the wish more abrupt—' May no friend of mine die like that '—as my punctuation is intended to show. But most editors prefer the milder ὡς—' as I hope no friend etc.'. See index for ὥς—ὡς.

361. ἀχέουσά περ ἔμπης : ' though her life was one of sorrow '. The phrase qualifies ἔην, and the force of the περ is

partly determinative, the concessive force being rather in the
ἔμπης. But περ is a perplexing particle in Epic : see Denniston,
G.P. pp. 481-90.

363. Κτιμένη : note the name of O.'s sister : later legend
made her the wife of O.'s most forceful companion, Eurylochus
(cp. on 10, 205-8). There may have been other sisters (if the
superlative and the plural, not Dual, in 364 imply more than
two). O. had no brothers, see 16, 119. Note the implication
that Eumaeus was younger than O.

364. ὁπλότερος, -ότατος, is connected by L.-S.-J. w. ὅπλον,
in the sense of ' more fitted to bear arms ', hence (in comparison
with elderly men) ' younger '. But this and other etymologies
(e.g. from ὁπός ' juice, sap ') are only guesswork. The contexts,
however, establish the meanings ' younger ', ' youngest '.

366-7. ἥβην : not simply ' youth ' but the full flowering
of one's physique, one's adult prime. The word is applied to
O. in 8, 136, though he must have been at least forty years
old (see note there). Like the Latin iuventus the word was
applicable to all whose full vigour was not impaired by old
age or sickness. Here it refers to the beginning of that
maturity. The epithet πολυήρατον (ἀράομαι) here expresses
the Greek's love of that time of life, in contrast with their
dislike of old age and their lack of appreciation of childhood.
In 11, 603 (probably a late interpolation) we find Hebe
married, no doubt allegorically, to Heracles, the personification
of strength. ἔδοσαν = ' gave in marriage '. μυρί', sc. ἕεδνα : see
on 13, 378.

370. μᾶλλον : not ' more than before ' but ' right well ' (cp.
θᾶσσον = ' right quickly '), the comparative having lost its force
in the cliché, as Monro notes.

372-3. ἔργον ἀέξουσιν = ' prosper my work ' ; cp. 14, 65.
ᾧ ἐπιμίμνω = ' at which I remain ' ; cp. 14, 66. τῶν : sc. from
the products of his god-favoured work. αἰδοίοισιν without a
substantive is curious, ' men to be treated with respect ',
presumably ξένοι, ἱκέται, πτωχοί. Cobet fantastically com-
pares the meaning of αἰδοῖα in Il. 13, 568, and translates
amavi as if Eumaeus were a kind of Sardanapalus. Van
Leeuwen thinks that emendation is needed.

374-5. ἀκοῦσαι governs ἔργον by a mild zeugma. ἔργον was
probably only added because the antithetical Greek mind
found it hard to refrain from balancing ' word ' with ' deed '
even at the expense of strict relevance (cp. on 2, 272). Metrical
considerations—namely, to put it crudely, line-filling—are also
involved.

376. ' Greatly do the servants miss talking and asking the
news in their mistress's presence, and eating and drinking,

and then carrying a bit home to their farm as well—the sort of thing that always warms the heart of servants.' Penelope, through O.'s continued absence and the aggression of the Suitors, had retired to her private quarters and avoided even the servants. They missed the old free and easy days, when she was happy and generous.

381 ff. ὦ πόποι: see on 13, 140. Rieu translates : ' "You surprise me ", said Odysseus. " You must have been quite a little fellow, Eumaeus, when you came all that way from your parents and your home!" ' To pass the time he encourages Eumaeus to tell his full story. For ὡς = ' how ' cp. 22, 319 ; 24, 194, etc.

388 = 429. If the line is genuine here—Friedländer and several others think it is not—τοῦδ' ἀνδρὸς ' the man here ' must be strained to mean Laertes (cp. 483). In later idiom it would indicate O. himself, and, although there is no clear case of this use in H., something of the kind may be implied here—a daring ambiguity to make the audience gasp. But the line may well be interpolated. Note Parataxis : translate, ' when he had given a proper price '.

392-3. αἶδε δὲ νύκτες = ' the nights at present '. It was probably autumn (cp. Scott, U.H. p. 109). ἔστι μὲν κ.τ.λ. = ' There is time [sc. on account of their length] both to sleep and to enjoy hearing ⟨a story⟩ '.

394. καταλέχθαι : aor. infin. pass. καταλέχομαι ' lie down ' : cp. on 14, 520. ἀνίη = ' annoyance ', almost ' a bore ' here : but the resilient Greeks were less sensitive to boredom than our generation.

395-6. Eumaeus is the very soul of thoughtfulness. He remembers that his fellow herdsmen have heard the story often before and gives them a chance of withdrawing without offence before he begins.

398-401. ' But we two will drink and feast in the hut and find delight in each other's sorrowful woes as we recall them ; for even in painful things does a man have delight in later time—a man who has suffered much and wandered much.' Cp. the similar sentiment in 12, 212 and Virgil, Aen. 1, 203, Forsan et haec olim meminisse iuvabit. It is a commonplace in all literature of suffering that quae fuit durum pati, meminisse dulce est (Seneca, Hercules 656) or, as Euripides puts it (fr. 131), ἡδύ τοι σωθέντα μεμνῆσθαι πόνων.

403. ἀκούεις : in a perf. sense, ' have heard ' : cp. on 3, 193.

403-4. Another problem in Homeric Geography. The name Ὀρτυγίη (cp. on 5, 123) was applied in antiquity (but not demonstrably in H.) to two places, the island of Delos and the island part of Syracuse. Wackernagel, *S.U.H.* pp. 245 ff., following Voss and others, prefers the second identification here (suggesting a connexion between Σύρίη and Σύράκουσαι). He takes τροπαὶ ἠελίοιο (contrast 12, 4) as the far west where the sun daily turns back to take his underworld course to the east again. So Syrie will be at the πείρατα γαίης, to the far West. But in the most recent discussion of the problem (*Revue des Études homériques* 1, 1 (1931), pp. 1-15) P. Waltz argues cogently that Ortygie is Delos and Σύρίη is Σῦρος (though Wackernagel objects to this variation in quantity and rejects the possibility of a synizesis Σῦρ(η), and identifies the τροπαὶ ἠελίοιο with prominent mountains in Syros which, he suggests, marked for devotees of a solar cult in Delos the points where the sun set at the winter and summer solstices (cp. Hesiod, *Works* 564, 663). As an alternative suggestion, still supporting the identification with Syros and Delos, he is prepared to take τροπαὶ ἠελ. more vaguely as a mere indication of direction : Syros extends up to the W.-N.-W. (approximately where the sun sets at the solstice) of Delos. He explains καθύπερθεν as ' towards Europe ' or ' towards the open sea ' ; cp. on 3, 170, and note the similarity of Ψυρίη in the next line with Σύρίη here. Strabo (10, 5, 8) supports the identification with Syros and Delos, and if H. intends any real places, they are the most probable.

406. εὔβοτος : perhaps from βοτόν = ' ox ', hence ' abounding in fine cattle ', rather than ' with good pasture ' (βόσκω). Wackernagel's emendation εὔβοος is unnecessary.

409 ff. πόλιν κάτα : § 33, 4. Sudden (and therefore painless) deaths were ascribed in the case of men to the intervention of *Apollo*, in the case of women (cp. 478 below) to that of *Artemis* (cp. 5, 123-4 and notes : this parallel slightly supports the identification of 'Ορτυγίη w. Delos here). The point here is that in Syrie everyone died in this pleasant manner.

415-16. Φοίνικες ναυσικλυτοί . . . ἄνδρες : there has been much controversy about the significance of H.'s references to these ; see Nilsson, *H.M.* pp. 130-7. H. represents them as traders and sailors ; cp. 13, 272 ; 14, 288 and *Il.* 23, 744. Many hold that the Φοίνικες were not Phoenicians at all, but Minoans. Nilsson rejects this view, attributing it to a desire to avoid the late date implied by the former identification, for Phoenician trade is unlikely to have developed till after the 12th cent. B.C. and ' in our present state of knowledge the Homeric passages referring to the Phoenicians fit in best with the eighth century, and this is in agreement with the fact that all these passages are found either in the Odyssey or in such parts of the Iliad as are recognized to be late ' (*op. cit.* p. 135). If this is true, the date suggested for the composition of the poem on p. xxvii may be rather too early ; but against Nilsson's view see Lorimer, pp. 66 ff. When Homer stresses the craftsmanship of objects he often refers it to the Sidonians (also in 4, 618 ; 13, 285 ; 15, 118 and 425). Sidon was overthrown in 677 B.C. by Esarhaddon, and its place as a Phoenician trading centre was taken by Tyre (which H. never mentions). For linguistic aspects see ' The Name of the Phoenicians ', by G. Bonfante in C.P. xxxvi. (Jan. 1941), pp. 1-20. He argues for an Illyrian origin of the name Φοίνικες, rejecting the suggested derivations from φοῖνιξ or φοίνιος and others. He notes that the Jews called all Phoenicians Sīdonīm ' men of Sidon '. See also Leaf on Il. 23, 743. For τρῶκται see on 14, 289.

419. πολυπαίπαλοι : this epithet has been best explained by L. R. Palmer in Glotta, xxvii. (1939), p. 142, as a reduplicated form from πάλλω and meaning ' much tossed ', multum iactati, i.e. experienced voyagers. He connects the epithet παιπαλόεις (cp. 29 above) with the same verb and interprets it as ' much shaken ', sc. by volcanic upheavals, hence ' shattered, rough '.

420. πλυνούσῃ =' while she was [supposed to be] washing clothes ', presumably at a river-mouth like Nausicaa in 6, 85 ff.

422. θηλυτέρῃσι γυναιξί : best taken as a comparative of contrast (with men ; cp. on 13, 111), as we speak of the ' gentler sex ' ; cp. ἀρρέντερος in L.-S.-J. Translate ' of tender womenfolk ' or ' of gentle womenkind ' : Rouse takes it as a flat tautology ' of any female woman '.

425-6. For Sidon cp. on 415 above. Note its epithet ' rich in bronze ' : Phoenician metal-work was highly advanced, cp. 4, 615-16, and the illustration in Nilsson, H.M. p. 134. There is clear disproof here of the theory that the Φοίνικες were Minoans : this γυνὴ Φοίνισσα states that she was from Sidon. The attempt to connect the name 'Αρύβας in 426 with the Phoenician Hasdrubal is improbable according to Wackernagel. ῥυδὸν =' affluently ' (ῥέω) : for the Metaphor cp. the later χύδην (χέω).

427-9. For the Taphians see on 14, 452. 429 =388 above (see n. there) : τοῦδ' ἀνδρὸς is difficult here too : apparently ' the man here ' is an expression (perhaps colloquial) for the local landlord.

436. Monro, H.G. § 365 n., argues that μ' is out of the usual place for such enclitics and suggests its deletion. It could easily have been inserted by someone ignorant of the Digamma.

438. ' But when they had sworn and completed that oath ' : Tautology perhaps to emphasize the solemnity of the oath, which they subsequently broke.

444. ἐπιφράσσετ'[αι]: aor. subj. (§ 25, 1) of ἐπιφράζομαι, still governed by μή in 442 : ' for fear that he . . . contrive your destruction '. The short ι before φρ is suspect ; but Naber's conjecture δὲ φράσσετ' will not do as it violates Wernicke's Law that if the fourth foot is an undivided spondee followed by diaeresis the last syllable of the foot must be long by nature (Leaf in Appendix N to his *Iliad* 13-24, pp. 634 ff., gives some necessary qualifications of this).

445. ' And hurry up the buying of your home-cargo.' Actually they took a year (455) over the bartering : such was the patience of Phoenician traders. Or perhaps they were waiting for the season of safe sailing in the following spring ; cp. Acts 27, 9 ff.

449. ἐπίβαθρον : the fare paid by a passenger (ἔμπορος in 2, 319 : later ἐπιβάτης) : from ἐπιβαίνω. It would not be paid in coin, for coined money, unknown in the Heroic Age, was a Lydian invention of the early 7th cent. B.C.

451. τοῖον is generally taken with κερδαλέον = ' such a clever fellow '. But it might be taken separately, accompanied with a gesture = ' just this high '. The following phrase suggests a vivid picture of the friendly and active little boy : its brevity and pregnancy are typical of H.'s *Economy of Phrase*. For κερδαλέον cp. on 13, 291 : it is used here without disparagement like the familiar use of ' cute ', ' cunning ', of children.

453. περάσητε : an exception to the rule for non-thematic subjunctives (§ 25, 1) ; there are others in 16, 234, 293, 369 ; 19, 12 ; 20, 383. Monro, *H.G.* § 82, thinks περάσαιτε preferable in syntax as well as form.

457. ' But when the hollow ship was laden for them to depart.' ἤχθετο (ἄχθομαι) occurs here only in H. in its literal sense : to be distinguished from ἤχθετο (ἔχθομαι) ' was hateful ' in 14, 366 ; 19, 338.

460. μετὰ δ' ἠλέκτροισιν ἔερτο : ' Strung with amber ⟨beads⟩ between ⟨the golden parts⟩ ' : cp. 18, 296. Since the plural of ἤλεκτρον is used here it probably does not refer to the Lydian white metal, a natural alloy of silver and gold (see on 4, 73). Amber has been found at Mycenean sites on the Greek mainland, brought from Baltic regions.

461 ff. Eumaeus' father was at a meeting of the Council (467-8), while his mother and her serving women were concentrating their attention on the unusually fine necklace and agreeing to pay the stipulated price for it (463 : cp. ὑπὸ δ' ἔσχετο μισθόν in 4, 525 and *Il.* 9, 576) : many editors translate ' offering, tendering ', *i.e.* bargaining for it, but, though this makes more dynamic sense, I feel that it demands acceptance of the weakly attested *v.l.* ἐπισχόμεναι (which might also mean ' holding back ' as in 20, 266). While they were occupied the πολύϊδρις ἀνὴρ (459 = ὁ δὲ in 463) gave a nod to the nurse to lead the child away. As she went she stole three cups (469) to pay her ἐπίβαθρον (cp. 449).

466. I have followed van Leeuwen in reading δέπα' for the usual δέπα (with *Correption* of the long α of the contracted neuter plural). Apparently after the meal in the μέγαρον the vessels and movable small tables (*Furniture*) had been put away in the vestibule (*House*).

468. θῶκον = ' a session ' (conn. w. θαάσσω ' sit '). δήμοιό τε φῆμιν : here = ' the parley of the populace '; contrast 14, 239. These phrases are too conventional and vague to allow any sure deduction about the form of government of Syrie : cp. 2, 6 ff. ; 5, 3 ; 8, 4 ff.

469-70. ἄλεισον implies a more elaborate kind of cup than a δέπας : it is used in 4, 591 and 8, 430 in religious ceremonies, ' a chalice '. It may be conn. w. λείβω ' pour a libation '. There is an elaborate gold two-handled ἄλεισον in 22, 9-10. ἀεσιφροσύναι (note pl. of abstract nouns, as freq. in H.) : some connect this w. ἄτη (cp. φρεσὶν ἀασθείς in 21, 301) and translate ' with recklessness of heart ', others with ἄημι ' blow ', hence ' with fickleness of heart '. The former is pre-ferable : ancient lexicographers give the form ἀασιφρ-, which is probably the more correct.

475. ἀναβησάμενοι : in a transitive causal sense (like 1 aor. act. in *Il.* 1, 144), governing the accusative νὼ (§ 10).

479-80. ὡς εἰναλίη κήξ : ' She fell with a crash into the hold, like a sea-tern '. Thompson, *G.G.B.* p. 133 notes : ' The Homeric passage suggests vividly the Tern's quiet drop or dart into the water, and the Scholiast's comparison with a Swallow supports this identification . . . Terns are " sea-swallows " in many languages.' The name (also found as καύαξ, καύηξ, and κῆυξ ; cp. Ceyx, Halcyon's mate) is probably formed in imitation of a sea-bird's cry. The dead nurse was then thrown overboard to be a ' find ' (κύρμα from κύρω ' come upon, meet ') for seals and fishes. In the last grim but frequent phrase (cp. 14, 135 ; *Il.* 21, 122 ff.) perhaps we have a clue to the reason why the Heroes did not eat fish (see on 4, 368-9).

486 ff. 486-7 almost = 14, 361-2. 488-9 : ' But indeed Zeus has laid good also beside the evil for you . . .'; note the combination of particles ἀλλ' ἦ τοι . . . μὲν for a solemn assertion.

495. οἱ δ' = Telemachus and his shipmates : a resumption

from 300. H. tends to introduce these changes of scene very casually, no doubt depending on the reciter to indicate them in his oral delivery. ἐπὶ χέρσου = ' near ' or ' off [lit. ' at '] the shore ', not ' on ' as the following lines show : for this rare use of ἐπὶ cp. *Il.* 22, 153. The ship had lost the wind under the lee of the shore and had to be rowed on to reach her moorings in the sheltered harbour. If they had intended to make a longer stay they would probably have beached their ship (see 16, 325). For εὐνὰς etc. in 498 see p. xlvi. For ῥηγμῖς in 499 see on 205 above. Bérard (*Ph. et l'Od.* ii. p. 460) thinks that Telemachus landed at what is now Port S. Andrea (the indentation on the S. coast of Thiaki in the map on p. xxxvi) : cp. on 300.

500 ff. See on *Wine* and κρητήρ. 501 : *Formula* : see on 14, 454. 505 : ἔργα = ' farmlands ', cp. on 14, 222.

506-7. ' And in the morning I will set by you the wages of the voyage, a good feast of flesh and of sweet wine ' (Butcher and Lang). The ὁδοιπόριον (cp. ὁδοιπόρος ' traveller ') is explained by *L.-S.-J.* and others as either passage-money paid to a ship-master or provisions for the voyage. It seems to me that the context here implies something quite different, namely, a kind of tip over and above any fixed fare (cp. on ἐπίβαθρον in 449 above), given to the whole ship's crew (as ὔμμιν implies) in the form of presents or, as here, a feast. Compare the similar formation of the word εὐαγγέλιον in 14, 152 (see note there). The ship did not belong to Telemachus and O., but to Noëmon, an Ithacan noble (see 2, 386).

507. Note neglect and observance of *Digamma* in the same line—τε καὶ Ϝοίνου σϜηδυπότοιο (§§ 1, 14 *a* and 2, 4 *b*). It is easy but arbitrary to delete τε (in defiance of all MSS.) with Allen. Actually Telemachus does not fulfil his promise to follow ' in the evening ' (ἑσπέριος : note adjective for adverb, as freq. in H.) : he stays the night with Eumaeus (16, 481) after recognizing his father.

509. πῆ γὰρ : the force of the particle here seems to be ' may I ask ', implying a request for further information : see Denniston, *G.P.* pp. 81-5 (though he doubts this ' progressive ' force for H.).

513. ἄλλως = ' in other circumstances '. μέν : emphatic (p. lxxxviii). καὶ ἡμέτερόνδε : the force of the adverb is not obvious. Merry explains ' " to our house as well ", just as others have bidden thee to theirs ' ; but there is nothing in the context to suggest this. It is better to take it as implying ' as well as taking you this far on the ship '.

519 ff. See on *Eurymachus*. This suggestion is changed later, see on 539 ff. below. 520 : ἴσα is adverbial. 521 :

ἄριστος does not necessarily imply moral excellence here or elsewhere in H. Cp. on 13, 45.

523-5. τά γε='With respect to these particular things '; cp. Denniston, G.P. p. 119, ' Determinative γε is most commonly found after connecting particles. Whether these express disjunction, opposition, progression, or inference, γε serves to define more sharply the new idea introduced: "this, and nothing else " '. Monro notes that 524 contains the only instance of εἰ κε with the future of an object clause in H., and reasonably conjectures τελευτήσῃ. But it has been suggested that τελευτήσει may be an archaic form of the subjunctive. 525 = 160 above.

526-7. For the κίρκος see on 13, 86-7. Apollo is specifically named here presumably because he was the god of prophecy (cp. 8, 79 ff.). πέλεια (see Thompson, G.G.B. pp. 225-31) means a pigeon or dove, the regular prey of the hawk in H. : probably conn. w. πελλός, πελιός ' grey '. Cp. on 20, 243.

530. ' He clasped his hand tight and spoke, addressing him ': ἐν preferably goes with φῦ=ἐνέφυ here. Apparently χειρί is a locative dat. or perhaps governed by ἐν: literally ' He became rooted to him in the hand ' ; cp. ἐν χείρεσσι φύοντο in 24, 410 : an agricultural Metaphor.

533. γένευς: § 7, 1. βασιλεύτερον=' more noble ', lit. ' more regal '. There were other families of royal rank in Ithaca: cp. 1, 386 ff. The term is applied to Agamemnon and Menelaus in Il.

534-8. καρτεροί : sc. ἐστε : ' No : yours is the power for all time ' (Rieu). καρτερός here has the meaning κράτος ἔχων ; cp. 6, 197. 536-8 = 17, 163-5.

539 ff. Telemachus, pleased by Theoclymenus' prediction and praise, now decides to lodge him with a trusted companion instead of Eurymachus, as he had intended in 519 above. Peiraeus, though probably less influential than Eurymachus, would be likely to treat him more considerately.

542. The reference to this line on p. lxxi should be corrected to 13, 320.

545. εἰ γάρ: Denniston, G.P. p. 73 : ' Frequently in dialogue, after one speaker has made a statement (or asked a question which suggests its own answer), another speaker supports his implied assent by a γάρ clause : " Yes, for " : " No, for " : whereas in English it is the assent that is expressed while the logical connexion is left implied. This elliptical form of answer is rare in Homer.' He quotes only this example ; but cp. on 17, 78 for its use in dissent. μίμνοις: ' you wish to remain '.

550. Apparently Telemachus had been barefoot aboard ship: perhaps this was customary. Now he had a rough path (cp. 14, 1) before him.

553. ἀνώσαντες (ὠθέω): ἀνα- signifies ' out to sea ' here (as often). Cp. on 14, 272. πλέον: imperfect; § 13. The πόλις of Ithaca probably lay above the bay shown in the Frontispiece.

555. Almost all MSS. have προβιβῶντα, but Monro argues strongly that this form is spurious and should be banished from H.

556-7. ᾗσι = ' among which ', a locative dative. ἰύανεν = ' was accustomed to sleep ' (cp. on 9, 187); actually Eumaeus was at the moment making breakfast in his hut with O. (16, 1-2). ἰαύω is probably a reduplicated form of αὔω (= *ἀϜω).

BOOK SIXTEEN

N.B.—For abbreviations and use of indexes see preliminary notes to Book Thirteen.

SUMMARY

Telemachus arrives at Eumaeus' hut, is welcomed, and asks who Odysseus (disguised as a beggar) is (1-67). He deplores the state of affairs at the palace and sends Eumaeus to tell Penelope of his safe return (68-153). After Eumaeus' departure O. is transformed by Athena into his true shape. Telemachus recognizes him. They make plans for the destruction of the Suitors (153-320). Meanwhile a messenger from Telemachus' ship meets Eumaeus on the way to the palace; they deliver their messages (321-41). The Suitors, having learned of the failure of their plot to kill Telemachus, discuss other means (342-408). Penelope enters the Hall and accuses Antinous. Eurymachus soothes her with a hypocritical speech (409-51). Eumaeus returns to his hut and rejoins O., who has been changed back to look like a beggar again (452-end).

2. ἄριστον : ' breakfast ' (probably conn. w. ἦρι, *ἄγερι, ἥεριος, ' early ', and ἴδω, ἔσθω ' eat '), only mentioned here and in *Il.* 24, 124 in H. Usually the Heroes seem to have been satisfied with two meals daily, δεῖπνον ' breakfast-lunch ' and δόρπον ' supper ', like the Cyclops (cp. on 9, 291). Their fare was mainly meat, grain-foods and wine ; but no doubt H. omits much : for example, we learn incidentally in 19, 233

that they were familiar with the onion. For their avoidance of fish as food see on 15, 479 and 19, 109 ff. (end of n.).

4. περίσσαινον (§ 2, 1) = ' were fawning round him '. For ὑλακόμωροι see on 14, 29. The epithet here describes their usual characteristic, though in this case they refrain from it, as we might say ' the restless sea is still ' without solecism.

6. περί goes with ἦλθε: this preposition is often used of a sound, cp. 17, 261. Note the dual, ποδοῖιν, here for the natural pair but also because it suits the metre. Nilsson, *H.M.* p. 171, explains the comparative rarity of the dual in H. and the many anomalies in its use by the fact that at an early stage in the *Ionic* dialect it had become obsolete, so that Ionian rhapsodists would tend to eliminate dual forms entirely or else, where metrical exigencies demanded their retention, to combine them indiscriminately with plurals (cp. on 12, 52). It is found most often in the last two feet, the most conservative part of the hexameter.

10. ὑπὸ δούπον ἀκούω : the preposition's force is not clear. Monro says it ' must ' be construed with ποδῶν (as in *Il.* 2, 465) in a sense half-way between ' under ' and ' caused by '. Merry prefers to take it adverbially = ' faintly ' or else ' rising up ' (as in 8, 380). In 14, 485 ὑπακούω means ' hear, listen to '.

15. φάεα καλά = Latin *lumina pulchra*, the ' light ' of the body being the eye (cp. St. Matthew 6, 22). In 23 below the word is used differently. Many take it there = Latin *mea lux*, ' sweet light of my eyes '. Agar argues that there is no evidence for this idiom in H., and it may simply mean ' help, safety, glory ', *i.e.* ' sweet glory ⟨of our land⟩ '; and perhaps it is not a vocative, but in apposition to the subj. of ἦλθες. But the analogy of γλήνη in *Il.* 8, 164 (cp. *Od.* 9, 390) supports the *mea lux* interpretation ; it also fits the affectionate, familiar tone of the greeting better. Compare the original connexion between a ' pupil ' in school and the ' pupil ' of the eye.

16. θαλερὸν . . . δάκρυ = ' a swelling tear ' ; see on 13, 245.

17 ff. Some *Pathos* lies in the similarity between the content of the Simile and O.'s actual condition (cp. 17, 111-12): he has not seen his son for almost twenty years. There is a weakly attested *v.l.* ἐλθὼν in 18. ἀπίης must mean ' far-off ' here and in 7, 25 ; perhaps conn. w. ἀπό. But some ancient critics took it as a name for the Peloponnesus (which is apt enough in *Il.* 1, 270 ; 3, 49), from Apis, a mythical king of Argos. See further in *L.-S.-J.*

19. τηλύγετον : I take this to mean ' born while his father was far away ', hence, being reared by women, both ' spoilt '

and ' darling, dearly loved '. Here the latter force is operative :
see further on 4, 11. ἐπ' with τῷ : § 33, 4 ; cp. χεῦεν ὕπο in
47 below.

21. Cp. on 15, 530 for περιφύς. πάντα is perhaps best taken
with Merry as masc. sing. (as in 19, 475), not (pace Monro) a
neut. pl. used adverbially. In any case Rieu's ' showered
kisses on him ' admirably expresses the hyperbole.

23. See on 15 above.

28-9. ἐπιδημεύεις = ' stay among the populace ', sc. of the
town. The verb occurs only here in H., but cp. ἐπιδήμιος
in 1, 194, 233. νυ (= νυν) is mildly emphatic as usual. εὗαδε
= ἔσϝαδε : § 2, 4 b. ἀίδηλον : probably ' hellish, destructive ',
from Ἀίδης.

31. ἄττα : doubtless a vestige of baby-talk like πάππα (see
6, 57) and μαῖα (see on 2, 349 ; 17, 499) ; cp. μάμμη, τατᾶ, τατί,
ἄππα, τίτθη in L.-S.-J. The doubling of a consonant or syllable
(cp. C. D. Buck, Greek Dialects (1928), p. 71) is typical of this
kind of word : ' Mummy ', ' Daddy ', ' gee-gee ', ' puff-puff ',
' Nana '. If there were a masculine form of the last it would
be the aptest translation here. ' Old fellow ' in the friendly
sense approximates to the tone, but not the form, of the word.
Perhaps ' Gaffer ' is the nearest English equivalent.

34-5. ' And Odysseus' bed, no doubt, lies covered with ugly
cobwebs for want of occupants.' Though δέρμα ἐνεύναιον
(14, 50-1) means ' a skin for putting on a bed ', ἐνευναίων can
hardly mean ' coverlets ' here, as the spiders would not be
interested in the presence or absence of such amenities : all
they want is no disturbance. But Penelope as a matter of fact
was sleeping in the ὑπερῴον (19, 602-4), and probably had
not used the marriage bed for a considerable while. One would
have expected Telemachus to take this into account here.
Perhaps his emotion has obscured his memory ; or perhaps
H. has nodded ; or perhaps the text is corrupt. One would
expect a phrase meaning ' from want of attention '. Or κεῖται
might possibly be a future. Non liquet. Cp. Propertius 3,
6, 33, ' Putris et in vacuo texetur aranea lecto '.

37-8. ' Indeed she certainly does remain in your halls with
patience of spirit ': καὶ λίην (n. on 17, 312) is frequently used
in emphatic asseverations. γε may strengthen the emphasis
or perhaps lay a secondary one on κείνη (cp. Denniston, G.P.
pp. 121-2, citing Neil : ' It is not very often second in the Homeric
sentence or line : for here the favourite use is to have γε with
the second of two pronouns . . . or with a pronoun preceded
by a particle or particles ').

44. δήομεν : ' we shall get ' (see on 13, 407) : a ' family '
Plural.

49. κρειῶν πίνακας : either ' slices of meat ' or ' platters
⟨of wood⟩ containing meat '. Apparently *Aristophanes* had
a good 'reason for cenying that the use of the latter was
Homeric (Athenaeus, *Dinner-experts* 6, 228 d). But Monro
prefers ' platters '.

50. ὑπέλειπον : translate ' had left ' : cp. on οἴχετο in
15, 2. H. often uses the more vivid imperfect for our pluperfect
(Kühner-Gerth 2, 1, p. 145). It is analogous to the (later) use
of the historic present. Cp. on 118 and 323 below.

52 ff. For κισσύβιον see on 14, 78. 54-5 = 14, 453-4 etc.: a
formulaic couplet. 58-9 = 14, 189-90 and cp. 223-4 below :
the joke in 59 is rather overworked. 62 almost = 14, 199. See
notes there.

64. ' For so [*sc.* as he told me] heaven span the thread of
his destiny.' For the *Metaphor* from *Spinning* cp. on Κλῶθές
τε βαρεῖαι in 7, 197. For δαίμων see on 15, 261-2. The precise
point of τά γε ' in respect to these things, at any rate ' is not
clear. The general meaning is that he was doomed to be a
wanderer.

66-7. ' But I shall hand him over to you.' ἐγγυαλίζω literally
means to put into the hollow of the hand (γύαλον). ἔρξον :
aor. imper. ἔρδω : see index.

69. Telemachus finds Eumaeus' entrusting ʳof the Stranger
to him θυμαλγές (Rieu ' mortifying '), because his home is
entirely unfit for offering any pleasant hospitality (as he has
already stated in similar circumstances in 15, 513 ff.).

78-9. ' But, I promise [ἀλλ' ἦ τοι : cp. on 15, 488] you, with
regard to this stranger, since he has come to your house, I
shall clothe him (ἕννυμι). . . .' See on *Dress*. There is a
v.l. μὲν for μιν which makes the syntax smoother : but the
inconcinnity is probably original as 79 is a *Formula* (cp. 17,
550 and 21, 339).

86. ἀτάσθαλον ὕβριν = ' reckless violence '. The epithet
implies a contempt for the restraints imposed upon selfish
conduct by respect for the gods (cp. on ὄπις in 14, 82) and
men (αἰδώς : cp. in 20, 171).

88. πρῆξαι . . . τι = ' to achieve any result, succeed '. For
ἀργαλέον see on 24, 531.

92-3. καταδάπτετ'[ο] : a strong word used elsewhere of
devouring by dogs and birds : ' was lacerated '. For φίλον
see on 13, 40. φάτε : *sc.* Telemachus and Eumaeus : the enclitic
form is that of the present tense. If accented φάτε, as in 17,
25, it would be imperfect.

94. τοιούτου [§ 1, 14] ἐόντος : ' though you are such ', *i.e.*

presumably ' so noble ', or ' so good '. As the correption is strained Chantraine (*G.H.* p. 46) suggests that the original was τοιοῦτο'[ο] ἐόντος.

95-6 = 3, 214-15. θεοῦ ὀμφῇ is vague : it may refer to the possibility of a deposing oracle such as deposed Oedipus, or perhaps it may mean a vague impulse which, having no clear rational source, was attributed to divine prompting, as in subsequent theories of the conscience. *M.-R.* at 3, 215 supports the latter view with many parallels. ἐπισπόμενοι : 2 aor. ἐφέπομαι, see on 14, 33.

97. O. pretends that he thinks Telemachus may have brothers to blame for not helping him in a feud (νεῖκος) : Telemachus is duly deceived (117-20).

99. οὔτω : ' as you '. τῷδ' ἐπὶ θυμῷ : ' in addition to ' or ' to match my present spirit '. O., it must be remembered, is disguised as a feeble old man. Here he implies that his ' spirit truly is willing, but the flesh is weak '.

101. The line has been condemned by many as an *Interpolation*. But Cauer, *G.H.* p. 525, supports I. H. Voss's view that it is a sudden deliberate change of idea by O. because he realizes that he has nearly revealed himself in 100. Monro observes : ' Throughout this speech Ulysses is on the verge of using language only suited to his own character '.

105-6. δαμασαίατο : 3 pl. (§ 16, 7) 1 aor. opt. mid. δαμάζω. κατακτάμενος : aor. middle (§ 18 *a*) participle in a passive sense.

108-11. ' Guests ill-treated, men dragging the serving women shamefully through the fair halls, wine being drawn to waste, and men devouring bread entirely in vain, all to no purpose, a business that will never be done.' There is much intensity of feeling in this climax. It is enhanced by the monotonous hephthemimeral caesuras (p. xcii) in 108-10 and by the triple *Tautology* in 111. The ' business ', as a *Scholiast* explains, is the wooing of Penelope. αὔτως is literally ' in the same way ' (cp. on 143), *i.e.* without progress or solution : or else it may intensify μάψ, giving the meaning ' in sheer futility ', as in *Il.* 20, 348. Many critics have objected to the reference to any description of the treatment of the women servants (repeated by O. in 22, 35 ff. and by Telemachus in 20, 314 ff.), arguing that there is no previous statement in the narrative to justify it : see Woodhouse, *C.H.O.* pp. 152-5. But in view of 22, 47 and 313-15 it seems a justifiable, if slightly exaggerated, description of the relations between the Suitors and some of the women, cp. 19, 154 ; 20, 6-8 ; 22, 424, 462 ff. ; and O. may have heard it in unrecorded conversations before this.

118. 'Αρκείσιος, O.'s grandfather, is mentioned only here and in 14, 182, and in Laertes' *Patronymic* 'Αρκεισιάδης. According to some of the Alexandrians he was a son of Zeus, which may be another way of saying that his father's name was uncertain (but see below). His name has been etymologically connected with ἄρκτος, ἄρκτειος ' of a bear '. From this a nebula of totemistic fantasy has emanated ; see, for example, Thomson, *S.O.*, *passim*, and Rhys Carpenter, *Folk Tale, Fiction and Saga in the Homeric Epics*, pp. 127 ff. The latter attempts to explain almost the whole *Od.* by the fact that O. is the ' Bearson ' of a prehistoric animal legend (paralleled in the case of Beowulf) ; but nothing conclusive emerges from his theory. The ancient story (see Aristotle *fr.* 611, 70, Rose) that Arceisius' father Cephalus married a she-bear is no doubt similarly based on the etymology. ἔτικτε : the imperfect of this verb is often used where one would expect an aorist as in 119 ; the imperf. is also frequently found in similar uses of γεννάω, φύω, θνῄσκω, ὄλλυμαι ; cp. on 50 above and in Kühner-Gerth, 2, 1, 144.

119. μοῦνον = only *male* child here, for cp. on 15, 363.

120. οὐδ' ἀπόνητο : ' had no joy of me ' : 2 aor mid. of *ἀπ-ονίνημι.

122-4. For the exact number of the *Suitors* see on 247 below. See pp. xxxix-xl for 123-4. 122-8 = 1, 245-51.

128. διαρραίω is a forceful word used in 12, 290 of shipwreck ; cp. ῥαίω in 23, 235 *et al.* and ῥαιστήρ ' a hammer ' in *Il.* 18, 477 : ' Very soon [see on 24, 205] they shall shatter me too '.

129. θεῶν ἐν γούνασι : the general notion is of something lying untouched within convenient reach of the gods' deciding hand. See further on 1, 267.

136. *Formula* : see on 17, 193.

138. αὐτὴν ὁδὸν would be τὴν αὐτὴν ὁδὸν in Attic : ' on the same journey ', ' along the same road ' ; cp. 10, 263 and 8, 107.

139. τῆος is Allen's reading : the MSS. have τείως, τ' εἵως, εἵως. But the scansion demands a trochaic form at 370 below and *Il.* 20, 42 ; see L.-S.-J. at τέως for quantitative vagaries and on 18, 190 below. The original *Text's* ΤΕΟΣ could represent all three forms. Cp. on ἧος in 13, 315. The adverb means ' for a while ', answered by αὐτὰρ νῦν in 142.

140. ἐνὶ Foίκῳ : not O.'s palace but Laertes' own house in the country ; cp. 1, 189-93.

142. σύ γε οἴχεο : the hiatus is suspicious. Barnes con-

jectured σύ γ' ἀπώχεο. One MS. has σύ γ' ἐπέρχεο which might be right. In omitting the temporal augment in verbs beginning with a diphthong I follow the Alexandrian rule and Allen (see p. xxxv n. 1).

143-5. 'They say that he no longer eats and drinks as before, nor does he look after his farm : but with groaning and wailing he sits in sorrow, and his flesh wastes upon his bones.' Note in the Greek how the syntax slips from reported speech to *oratio recta*, H.'s regular tendency (cp. 17, 525 ff. and Cauer, *G.H.* pp. 433-4). αὔτως in 143 = ' in the same way ', *i.e.* ' as before '. 145 : *i.e.* he is ' only skin and bone ' ; cp. on 12, 45, and § 8 *b*.

147-9. Telemachus, though sorry for his grandfather's despondency, adheres to his plan : ' That's too bad : but despite our regrets we must leave him alone '. The following wish emphasizes how much his thoughts dwell on O.'s return. αὐτάγρετα : lit. ' takeable by one's self. free to be chosen ' : from ἀγρέω the *Aeolic* word for αἱρεῖν, see on 20, 149. τοῦ πατρὸς : the article emphasizes the contrast with his grand-father.

154-5. These lines contain the highest possible number of dactyls (§ 42), probably to suggest the speed of Eumaeus' departure. It should be remembered that a poet's meaning is constantly being reinforced by both the *quality* of the words used (their *Euphony* or cacophony, their smoothness or rough-ness, their heaviness—with many consonants—or lightness, etc.) and their *quantities* (*i.e.* the number and proportion of their long and short syllables). Poetry should never be read without fully sounding every word and line, if not aloud, at least by that silent movement of the vocal organs which satisfies the ' inner ear ' (cp. p. xxiii).

159. ' Having made herself visible [φανεῖσα] to [or ' for '] O., she stood in the part opposite the doorway of the hut.' ἀντίθυρον (prob. a neut. substantive) occurs only here in H., but cp. Sophocles, *Electra* 1433. 165-6 implies that it was outside the gate of the αὐλή. So perhaps it corresponds to the patch of pavement or side-walk outside the front gate of a modern villa.

162-3. Many modern ghost-stories attest that dogs are often sensitive to apparitions, as here. Athena's divine power checks their barking. κνυζηθμῷ : ' with whimpering, or whining ' ; the word is onomatopoeic in a curious way : to pronounce its initial syllable properly one must nasalize it in a manner that suggests the snuffling whine of a subdued and frightened dog. I should explain κνυζόω in 13, 401 and 433 as a metaphor from this ' dim ' kind of sound, rather than from κνύζα ' itch '

as *L.-S.-J.* suggests (though, indeed, an itch might be described as a 'dim' kind of pain). For **φόβηθεν** = 'retreated' (with an implication of fear, but not simply 'were afraid') see on 24, 57. For dogs in H. see on 2, 11.

164. 'Then she signalled to O. with her eyebrows': for similar expressive use of the eyebrows when a need for silence precluded speech cp. 9, 468; 12, 193-4. **ἐπ'[ι] . . . νεῦσε:** lit. 'nodded to', Latin *annuit*; cp. on 21, 129.

172. 'Touched him with a golden wand': the magic wand, familiar in North European fairy tales, is not so frequent in classical legends; cp. on 10, 238 and 24, 2-3.

174. 'Increased his stature and youthfulness.' For **ὄφελλω** and **ἥβη** see on 14, 68 and 15, 366.

175-6. 'And his cheeks filled, and once again his skin | Bronzed, and the beard grew black about his chin' (Mackail). **τάνυσθεν** literally = 'were stretched', *i.e.* the lines of hunger and old age suited to O.'s disguise as a beggar were filled out, as when a flaccid balloon is inflated. O.'s **κυάνεαι γενειάδες** (*v.l.* **ἐθειράδες**) are perplexing here: elsewhere the hair of his head, at least, seems to have been **ξανθός** (cp. 13, 399 and on 6, 231). H. can hardly have visualized O. as having auburn hair and a blue-black beard; though that is not entirely impossible. Perhaps H. has nodded here: Monro quotes a strikingly similar inconsistency from the first edition of Scott's *Heart of Midlothian.* As Horace (*A.P.* 360) says in excusing H.'s occasional lapses, *Verum opere in longo fas est obrepere somnum.* Cp. *Il.* 2, 45 and 11, 30, where the studs in Agamemnon's sword are first described as silver, then as golden, and *Aeneid* 2, 16 and 112, where the wood of the Trojan Horse is first named as fir, then as maple; see further in Drerup, *Homerische Poetik*, p. 361 n. 3. But it is also possible that H. is following some archaic picture or sculpture of O. here; I have found figures with yellow hair and blue beards in the Book of Kells (8th-cent. illuminated Irish Gospels); and cp. the 'Bluebeard' of the Acropolis in Athens. Another possibility is that the pre-homeric tradition varied: cp. the alternations of gold and purple cited by H. L. Lorimer in *Greek Poetry and Life*, p. 21 n. 1.

184. **ἴληθ'[ι]:** 2 sing. pres. imperative ***ἴλημι***, conn. with **ἴλαος** 'propitious, gracious'. For **δώομεν** see on 304.

187-8. Observe the *Parechesis* in **θεός εἰμι . . . τεός εἰμι**, placed in the same part of the line. Its effect is no doubt intended to be solemn, not humorous, here.

191: see on 23, 232.

192 ff. Telemachus is naturally slow to accept O.'s bare

statement of his identity. As his ostensible reason for in-
credulity here he dwells on the fact that O.'s sudden meta-
morphosis (τάδε in 196) could only be effected by a god. Cp.
on 213 below.

207-8. τόδε Γέργον : O.'s metamorphosis. ἀγελείης : the
epithet is dubiously explained by an etymology from λεία
' spoil ' as ' driver of spoil, forager '. Von der Mühll suggests
that ἀγελ-ήης was the original form : H. uses ληΐς, not λεία.
In 208 ἔθηκεν is best taken as a gnomic aorist =' is accustomed
to make me just as she pleases '.

213. Note the double ἄρα : for the ' almost reckless pro-
fusion ' with which this particle is used in H. see Denniston,
G.P. p. 33, and cp. 19, 439-42. Telemachus, once he is satisfied
about the metamorphosis, accepts O. with rather surprising
facility, since O. has offered no real proof of his identity. But
the reference to Athena, also his own patron, would help to
convince him ; and he is young and impressionable. Also,
as Woodhouse (*C.H.O.* p. 77) observes, ἀναγνωρίσματα (see
Recognitions) were almost impossible as Telemachus was only
an infant when O. left home : cp. 1, 215-16.

216-18. The *Simile* of the birds whose unfledged nestlings
have been stolen became famous, and was imitated by Aeschylus
(*Agam.* 48 ff.) and Virgil (*Georgics* 4, 511-15). The only point
of resemblance is the shrillness (λιγέως) and intensity (ἀδινώ-
τερον ' more intensely ', see on 1, 92) ; otherwise it is curiously
inept for a reunion of father and son : but H.'s similes are
often unilateral in this way. For the Heroes' tendency to
weep easily—ἀριδάκρυες ἀνέρες ἐσθλοί—in contrast with the
' stiff upper lip ' convention of modern times cp. on 8, 522.
Here their tears are of relief and joy. According to Thompson,
G.G.B. p. 303, φῆναι are probably bearded vultures or *Lämmer-
geier* ; their strong maternal affection is referred to by later
authors. αἰγυπιοί is apparently a general name for vultures,
but, by an easy confusion of similar birds, is also applied to
eagles (*e.g. Il.* 17, 460).

225 ff. O. summarizes the events related in Book 13.

232. κέονται : Monro (p. 287) explains this as a subjunctive
form (from κεῖμαι), and suggests that in this *Formula* (11, 341)
it may have continued to be used after its original future
meaning had been forgotten.

236. ὄφρ' εἰδέω (*Synizesis*) is the reading of most MSS., but
there is a variant ὄφρα [F]ιδέω which Allen adopts : both are
forms of the subj. of οἶδα. Von der Mühll would prefer εἴδω.

238. φράσσομαι : subj., see § 25 and on 257 below. O.'s
careful consideration of the odds against him before deciding

on his plan of action is typical of his prudence, cp. ἐπίφρονα
βουλήν in 242.

242. αἰχμητήν is best taken as an adjective ' warlike ' here
(as in *Il.* 1, 290 ; *al.* : cp. Pindar, *Nem.* 9, 37) : ' valiant with
thine arm, and sage in counsel ' (Merry : he observes that this
is the true heroic type, comparing *Il.* 1, 258 ; 7, 289 ; 15,
282-3 ; *Od.* 11, 510 ff.). Monro takes ἐπίφρονα as agreeing
with βουλήν, ' in wise counsel ' (citing *Od.* 3, 128 ; 19, 326), less
plausibly.

243. ' But you have spoken of a very [see on 17, 312] great
task. It dumbfounds me : for two men could not fight ⟨and
win⟩ against many mighty ones. Truly [ἀτρεκὲς] there is
not just one ten of the suitors, or only two, but many more.
You shall quickly know [fut. οἶδα] their number, here and
now : . . .' Note the counting in tens, naturally from the ten
fingers, in 245, as in the modern decimal system. The exact
number given in 247-51 is 108 ; with these were six servants
(δρηστῆρες, from δράω, in 248), two attendants (θεράποντε,
253 : see on 18, 297), a ' herald ' and the palace bard (252,
see on 17, 263). Bérard and others condemn 247-51 (and
apparently they were suspected in antiquity) on the grounds
that the number is absurdly high. See Monro for other slight
objections. Bérard states that the μέγαρα excavated at
Mycenae and Tiryns would not hold nearly as many. But
who cares about that here? H. is writing fiction, not history
or an archaeological handbook. For attempts to identify
some of the islands see p. xxxix : but H. is not writing a
geographical survey either. For a satisfying vindication of
the supremacy of fiction over historical and geographical fact
in H. see Rhys Carpenter, *op. cit.* on 118 above, chaps. 2-4.

254-5. ' If we shall encounter all these within the halls, see
thou to it, lest bitter and baneful for us be the vengeance thou
takest on their violence at thy coming ' (Butcher and Lang).
For the construction of 255 cp. 17, 448 : one must understand
a verb of fear or precaution.

257. φράζομαι in the middle in H. means ' consider, ponder ',
in the active ' show, point out ' (never simply ' say ' in H.,
as *Aristarchus* noted). The use of the present imperative here
and the aorist in 260 affords a noteworthy illustration of the
difference in meaning between the pres. and aor. imperative.
Telemachus' φράζευ implies that the problem of finding a
helper and defender will be a lengthy one and perhaps im-
possible to solve : O.'s φράσαι suggests that an instant's
consideration will satisfy Telemachus that Athena and Zeus
will suffice. In other words the difference is one of verbal
' aspect ' here and not one of tense, the ' present ' emphasizing

the notion of duration, the aorist the action pure and simple. Compare in the Lord's Prayer the two versions of 'Give us this day our daily (?) bread' : δός in St. Matthew 6, 11 takes 'no thought for the morrow', but δίδου in St. Luke 11, 3 implies 'keep on giving'. See Grammatical Introduction, V on verbal aspect. Cp. the 'continuous' present imperatives in 270-1, 'continue on your journey' and 'keep company with'.

261. ἀρκέσει is best translated 'will protect us' (with νῶϊν : cp. Il. 15, 529): cp. on 17, 568. Monro thinks the subj. ἀρκέσῃ should be read.

263-9. As Monro observes, this reply is ironical : 'An excellent pair of helpers, indeed, are these that you mention —sitting aloft in the clouds and ruling others, both men and immortal gods'. The implication is that they need something more than divine patronage in their struggle. In κείνω γε κ.τ.λ. (267) O. affirms his faith that they will descend from the clouds and intervene directly in the conflict. In 267-8 ἀμφὶς governs φυλόπιδος, which is lit. 'battle-cry', the shout (ὄψ) raised by a φῦλον when it attacks. 269 ='the warlike spirit is tested (κρίνηται)' : cp. 18, 263-4.

281-98 : a passage rejected by Zenodotus and Aristarchus mainly on the grounds that much of it is repeated later (16, 286-94 = 19, 5-13 : see notes there), that is it too soon for such an order, and that 295-8 is inconsistent with 22, 101 ff., while in Book 19 no reference is made to this precaution. See Woodhouse, C.H.O. chap. xix. for a full discussion of the difficulties without a condemnation of its authenticity : in chap. xx. he argues that they are relics from an older saga of Odysseus. W. Büchner in Hermes, lxvii. (1932), pp. 438-45, also argues for the passage, pointing out that the statement of a definite plan at this juncture serves to give courage to Telemachus.

297. ἐπῖθύσαντες : either from ἐπ-ῑθύω (cp. on ἰθύν in 304) with the υ lengthened metri gratia, cp. ἴθυσεν in 22, 408; or from ἐπι-θύω 'rush against' with ῑ metri gratia. L.-S.-J. and Monro prefer the former.

298. θέλγω probably has magical implications here, as in 10, 291, 318, 326 ; 24, 3 ; cp. 18, 212. A Lithuanian cognate quoted by L.-S.-J. suggests that the magic was originally worked by a potent gaze : cp. Irish lore of 'the evil eye'. For μητίετα 'the counsellor' see § 3 : the α is lengthened before Z (§ 1, 13 a).

301. Note the very rare μή with the aor. imperative here as in 24, 248, Il. 4, 410 and 16, 200.

304. 'But you and I alone shall learn the attitude of the women-servants' : a very necessary precaution, as appears

later. γνώομεν : 2 aor. subj. (cp. δώομεν in 184) used as a future (§ 36, 1). ἰθύν : a fem. noun only found in the accusative ; it is probably conn. w. the adjective and adverb ἰθύς (Epic and Ionic for εὐθύς ' straight, straight at ') : apparently it implies the ' direction ' of one's actions or thoughts.

306-7. ὅπου τις κ.τ.λ. : ' in what quarters there is respect and reverence for us, and, on the other hand, who are disregarding their duty through disrespect for your youth '. There is a v.l. ὅπως for ὅπου in 306, and some have tried to emend : but ' wherever ', in the sense of ' in which regions of my domains ' (cp. ἔργα ' farms ' in 314) seems satisfactory. τοῖον ἐόντα (cp. on 94) in 307 is vague : van Leeuwen takes it = ' though you are no longer a boy ', comparing οὐκέτι τηλίκος in 1, 297. Rieu translates ' have forgotten their duty to the fine prince they have in you '. But I prefer to take the clause σὲ δ' . . . ἐόντα as epexegetic of ἀλέγει, and translate as above.

309 ff. Telemachus first replies to O.'s challenge—' if you are truly my son and of my blood '—in 300 : he'll prove his courage ' by and by ' (ἔπειτα), but first he advises O. that his plan (τόδε in 311) of going round his domains to find out who is loyal would not be worth (αὔτως in 313 lit. = ' in vain, re infecta ') the long time it would take (δηθά . . . εἴση : fut. εἶμι), since meanwhile the Suitors would be blithely (ἔκηλοι) consuming more of his goods. On the other hand he does urge him to pursue his intention of finding out which of the women are guilty. Two elements of Telemachus' character are discernible here : first his prudence or discretion, as implied in his regular epithet (πεπνυμένος, conn. w. πινυτός ' sagacious, shrewd ', and from πέπνυμαι, see on 10, 495) ; secondly, his special loathing for the immorality of some of the palace serving-women (cp. on 108 above). The latter is not simply the hypersensitiveness of a mother-reared youth, for O. himself shares it later ; cp. 22, 417 ff., 437 ff.

317. νηλίτιδές is the reading preferred by Allen and Ludwich ; Monro, Merry, van Leeuwen and others prefer the variant νηλειτιδές. Other v.ll. are νηλητεῖς, νηλιτής, νηλιτέες, νηλιτεῖς, νειλιτεῖς, νηλήτεις, νηλητεῖς, νηλειτεῖς (all reducible to ΝΕΛΕΤΕΣ or ΝΕΛΙΤΕΣ : see p. xxxiii). The etymology is presumably νη-, ἀλείτης, (ἀλιταίνω), ' non-transgressor '. Aristarchus made the surprising suggestion here that the νη- was intensive.

322-4. Ἰθάκηνδε : the town, not the island is meant here. The harbour is probably that illustrated in our frontispiece, the modern Port Polis, lying directly opposite Daskalio (see map on p. xxxvi) : cp. on 471-3. 323 : φέρε = ' had been bringing ', cp. on 50 above.

326. τεύχεα : probably ' gear ' here and in 360, but possibly ' arms ' ; cp. on 15, 218.

327. Κλυτίοιο : father of Peiraeus : cp. 15, 540.

330-1. ούνεκα, sc. ἐστί. Voss's ingenious conjecture μέν' is unfortunately the wrong tense. ἵνα μὴ is dependent on κήρυκα πρόεσαν in 328.

341. ' Left the precincts and the hall ' : apparently a Prothysteron as ἕρκεα (εἴργω) ' enclosures ' would include the μέγαρον and all the buildings inside the outer walls. Cp. the μέγα τειχίον αὐλῆς of Eumaeus' dwelling in 165 and of the palace in 343.

342. ' Were saddened and depressed in spirit ' : the double phrase emphasizes their distress. For the characterization of the following scene see on Eurymachus, Antinous, Amphinomus.

346-7. ' Friends, surely Telemachus has arrogantly achieved a great deed in finishing this journey of his. We never thought that he could achieve it.' Note the datives of the agent, usually confined to the perf. and pluperf. pass. in Attic. The lines are repeated from 4, 663-4, where they are spoken by Antinous on first learning of Telemachus' departure. It is characteristic that one of the notoriously ὑπερφίαλοι (see on 13, 373) Suitors should accuse the discreet Telemachus of acting ὑπερφιάλως.

348 ff. ἐρύσσομεν : ' let us launch ', aor. subjunctive like ἀγείρομεν (349), ὀτρύνομεν (355) : § 25, 1. κείνοις in 350 refers to those minions of the Suitors who had been lying in ambush for Telemachus : their ship is seen returning in the next line. Presumably they missed Telemachus' ship because it did not use sails but was rowed in (see 325 and Bérard, Ph. et l'Od. ii. p. 469). For 353 see on Ship. 354 : ἐκγελάσας =' with a burst of laughter ' : ingressive Aorist. For τεύχεα in 360 see on 326.

362. μετατξειν ' sit with ' occurs only here in Greek. The retention of the final vowel of the preposition is a trace of the original initial σ in *σισδω (cp. the rough breathing on ἵζον in 365), which is a reduplicated form of *σεδ- (cp. ἕδος, sedeo, ' sit ', ' seat ').

364. ὦ πόποι : see on 13, 140. κακότητος =' from harm ' : genitive of separation.

365-6. ἐπ' ἄκριας ἠνεμοέσσας : ' the windswept mountain peaks ', an effective epithet. Compare Shakespeare's ' misty mountain tops ' in Romeo and Juliet III. v. 10. ἐπασσύτεροι =' one after another ' ; its etymology is uncertain : perhaps ἐπ-αν(α)-σ(ε)υ- as *L.-S.-J.* suggests, but I prefer the view of Professor L. J. D. Richardson (whose help has greatly enriched this vol.) that it is formed from ἄγχι, ἄσσον: cp. ἀσσοτέρω in 17, 572 ; 19, 506. If it is a *Comparative* form it is best explained by Monro as implying ' closer than commonly ' (cp. 15, 370), *sc.* to make sure that no one could slip past unobserved.

367. ἄσαμεν apparently must be taken as an aor. of ἄω = (ἀFω, αὔω, ἰαύω) ' sleep ', but elsewhere (*e.g.* 19, 342) we find the uncontracted form in ἄεσα. There is a *v.l.* ἀέσσαμεν, so perhaps van Leeuwen's conjecture ἠπείροιο ἀέσσαμεν (omitting νύκτ') is justified.

370. αὐτόν : this has been suspected, since there is no particular emphasis or contrast involved, and αὐτός never simply means ' he ' in H. Monro favours Bekker's emendation αὐτοῦ ' then and there ' ; as an alternative Bekker suggested αὐτόθι. Nauck conjectured αὐτίκα ' at once '.

372-3. ἡμᾶς : elsewhere always ἡμέας in H. Cp. p. lxix. 373 : τάδε Fέργα = ' our business here ', *i.e.* their wooing of Penelope.

375 ff. ἦρα φέρουσιν : apparently an accusative sing. of an obsolete ἦρ meaning ' favour, kindness ', perhaps cogn. w. Old Norse *várr* ' snug ', ' comfortable ', Greek ἐρίηρος, βρίηρον (see further in *L.-S.-J.*). Note the intensive reduplication in πάμπαν, as in Hiberno-English ' at all, at all '. Antinous realizes that their treacherous plot against Telemachus' life has lost them the favour of the Ithacan people. He wishes to anticipate their formal condemnation at a meeting of the Assembly by presenting them with the *fait accompli* of Telemachus' death as suggested in what follows. The Suitors could then seize his possessions and enjoy them unmolested, as the only surviving male relative left to avenge him (see on 15, 273) would then be the feeble Laertes if O. were dead. The thoroughgoing ruthlessness and boldness of the scheme are typical of *Antinous*. But he is practical enough to offer a milder scheme (387-92) if the other is too bold for his associates. He rightly perceives that to stay at the palace with Telemachus, home, safe and sound, would now be dangerous. The temporizing policy of Amphinomus prevails (400-8).

381-3. μή : ' there is a risk that ', cp. on 15, 12. φθέωμεν : *Synizesis* : 2 aor. subj. φθάνω.

386-7. δοῖμεν : ' is concessive, *i.e.* it expresses, not a direct *purpose* (like ἔχωμεν), but a part of the plan to be *acquiesced in* ' (Monro). In 387 ἀφανδάνει is a notable neglect of *Digamma*, for it was originally *ἀπο-σϝανδανω. Monro thinks it impossible, but warns us that ἀϝανδάνει, Hayman's conjecture, is impermissible as ἀ- is not normally prefixed to verbs : he, unconvincingly, suggests that the Sanskrit preposition *áva* (cp. Lat. *aufero, aufugio*) is involved. See *Addenda.* βόλεσθε : βόλομαι for βούλ- occurs only three times in H.

390-1. ἐνθάδ'=at O.'s palace. ἐκ μεγάροιο : *sc.* from his own hall. For ἔεδνα see on 13, 378.

401-2. δεινὸν . . . κτείνειν : it is better to take γένος as subj. of ἐστι rather than obj. of κτείνειν, and translate 'Royal stock is a terrible thing to slay '; cp. 17, 15, 347. The notion is similar to that implied in the use of ἱερός in 476 below (see note). In 403 Amphinomus quite unperturbedly suggests that they should consult the gods about the projected murder. As noted on 15, 273, homicide of anyone, except a relative or someone like a suppliant or guest, was not regarded as a social crime or a religious transgression in the *Heroic Age.*

403. θέμιστες : 'decrees ', ' judgements ', ' decisions ', here to be proclaimed by an oracle or omen : see on 14, 56. A very curious variant is recorded in Strabo 7, 7, 11, τομοῦροι (τόμουραι in Eustathius 1760, 47 and 1806, 38) : this is the name of the priests of Zeus at *Dodona.* It is probably a sciolistic *Alexandrian's* ' emendation '.

411. ὄλεθρον : ' intended destruction ' : cp. on 432.

412. Μέδων : the name implies ' Ruler ' or ' Protector '; perhaps the second is intended by H. almost in the sense of ' Caretaker ' or ' Guardian ', for he is the only notably loyal male member of O.'s personal household (besides the bard *Phemius*). It is true that he seems to have ' collaborated ' to some extent with the Suitors ; but he had kept in touch with Penelope, giving her essential information (cp. 4, 677). He is spared by O. in 22, 357 ff. He takes O.'s part unsuccessfully at the assembly of Ithacans in 24, 439 ff. After 412 in some MSS. there is an additional line (=4, 678) αὐλῆς ἐκτὸς ἰών· οἱ δ' ἔνδοθι μῆτιν ὕφαινον. It would emphasize the secrecy of Medon's communication with Penelope.

414-16 almost =1, 332-4. σταθμὸν τέγεος : 'the pillar of the roof ', perhaps the central supporting column, the ὑψηλῆς στέγης στῦλον ποδήρη of *Agamemnon* 897-8. Contrast other meanings of σταθμός : ' farm, steading ' (14, 32, *et al.*), ' door-post ' (17, 340, *et al.*). Cp. on 17, 96.

416. ' Having put [' holding ' would demand a present participle] her glistening veil before her cheeks.' The gesture shows that she treats the Suitors as unfriendly strangers. There is no evidence in H. for believing that the women were in any way segregated or kept in *purdah* from the men, even to the extent prevailing in 5th-cent. Athens. *Penelope* keeps

to her attic (ὑπερώϊα, 449) and veils her face simply because she wishes the Suitors to see as little as possible of her. Those who find coquetry here mistake the *Odyssey* for a second-rate novelette. For λιπαρός ' glistening ' see on 13, 225. κρήδεμνον is etymologically ' head-band ', from κάρη + δέω : note the poetic *Plural* here.

420. οὐκ ἄρα τοῖος ἦσθα : the imperfect of discovery with ἄρα, as frequently : ' But [we now know from your attempt to murder Telemachus] you were not so, after all '.

421. μάργος means the victim of uncontrollable passions or appetites, cp. 18, 2 and the name Μαργίτης. Most translators render it ' madman ', but Mackail's ' greedy-hearted ' is better.

422-3. οὐδ' ἱκέτας ἐμπάζεαι = ' and you take no heed to suppliants '. But who are the suppliants? Merry takes it as a generalizing pl. referring to Telemachus. An ancient explanation tries to persuade us that ἱκέτης could mean the person supplicated as well as the suppliant (as ξεῖνος can mean ' guest ' or ' host ') ; but there is no evidence for this. Monro and van Leeuwen take it to refer on to the fact (424 ff.) that Antinous' own father was a suppliant generously treated by O. : ' you disregard the order or class of suppliants ' (cp. Rieu's ' dishonour the obligations that a past act of mercy imposes ', which paraphrases rather than translates). Monro finds some support for this view in the fact that here ἐμπάζομαι has the accus., but elsewhere always the gen. (cp. 19, 134), ' as with οἶδα and μέμνημαι the acc. is used when the existence of a person or thing constitutes the *fact* known or remembered '. This seems the best—but not an entirely satisfactory—way of taking it. ἀλλήλοισιν, then, in 423 means Antinous, as beneficiary of the kindness done to his suppliant father by O., and Telemachus as O.'s representative. 423 : ' it is a sacrilege for such to patch up evil [note the *Metaphor*] against each other '. ὁσίη (a fem. adj. used as an abstract noun : cp. 1, 97 ; 9, 42) recurs in H. only in 22, 412 ; other forms do not occur till the 5th cent. ὅσιος implies ' sanctioned by divine law ', the supernatural complement to δίκαιος (natural law : see also on 14, 89) ; in distinction from ἱερός (see on 476 below) it does not imply any holy power or dynamism.

425. ὑποδείσας because originally ὑποδF- ; § 1, 13 c. The *Alexandrian* convention of doubling the consonants in such cases, giving ὑποδδείσας here, has not been followed in this edition, though it has strong MS. support. For λίην see on 17, 312.

427 ff. Antinous' father Eupeithes had taken part with the notorious *Taphians* in a piratical raid on the Thesprotians who were close friends (ἄρθμιοι : conn. w. ἀραρίσκω) of the Ithacans. When the Ithacans wished to ' destroy and crush out [emphatic

tautology : for ἀποῤῥαῖσαι cp. on 128 above] his dear heart '
[see on 13, 40], O. protected him. In 429 κατά goes with
φαγέειν, while ζωήν = ' livelihood, sustenance ', cp. 14, 96 and
βίοτος in 18, 280. In 431 ἄτιμον = ' without paying for it ' ;
τιμή sometimes has no implication of ' honour ' in H. : perhaps
the non-honorific sense arose from association w. τίνω ' pay
a price ' instead of the original τίω ' honour ', as L.-S.-J.
suggests. If so, since τίνω is cogn. w. ποινή, and ἀ- with νη-,
ἄτιμος would be etymologically equivalent to νήποινος. In
432 ἀποκτείνεις is conative, ' you are trying to kill ' (cp. 400
above).

435 ff. This speech by Eurymachus is false, hypocritical
and ungrateful (cp. 442-4), as H. emphasizes in 448 (where
αὐτός is emphatic). The triple tautology in 437—literally
' The man does not and shall not exist, nor will be born,
who . . . ' (as in 6, 201, where also it is emphatic)—betrays his
insincerity by over-protestation. The utter depravity of his
heart is shown by his reference, almost in the same breath as
this brazen lie, to O.'s personal kindness to himself as a boy
(cp. Phoenix's appeal to Achilles in Il. 9, 485 ff., and Astyanax's
nurture in Il. 22, 500 ff. : for the giving of wine to young
children cp. on 9, 297). The canting piety of his last phrase
(447) completes this vivid vignette of a villain. For the manner
of his death see 22, 44 ff. and on p. liv.

452 ff. 453 : ἐπισταδόν : ' standing close to it ', i.e. atten-
tively. ἐνιαύσιον ' year-old ' occurs only here in H. : see on
14, 196. 456 : there is a note on πάλιν in 14, 356. 459 : ' And
might not guard it [i.e. the fact that he had recognized O.]
in his heart '.

462. ἔνδον : ' at home ' ; from ἐν and the root of δόμος,
domus.

463. αὐθ'[ι] ' in the same place ' is the reading of the vulgate,
and preferable (as Monro observes) to the less pointed variant
αὖτ'[ε] ' on the other hand '.

465-6. The subject of ἔμελεν is ταῦτα (cp. on 13, 365), with
the infinitives in Epexegesis. Note the Case-variation μοι . . .
καταβλώσκοντα ; cp. 15, 240. ἀνώγει must mean ' prompted,
commanded' here and be an unaugmented pluperfect of ἄνωγα,
not a present form as in 5, 139, 357, et al.

467. Either ἀπονέεσθαι has its first syllable lengthened in
thesis or else the line is μείουρος (§ 42 c).

468. ὠμήρησε : lit. ' came together with ' (conn. w. ὁμός,
ὁμόσε, ἅμα), hence it may mean ' met ' or ' accompanied '.
The word occurs only here in H. The later ὁμηρεύω ' serve as
a hostage ' has the same basic meaning and is cognate. Whether

the name "Ομηρος had anything to do with these or not, is quite uncertain : cp. L.-S.-J.

471-3. As Bérard explains, from Vathi Eumaeus probably followed the present road across the ridge of the central isthmus and along the E. coast till he reached the πόλις below which lay the modern *Port Polis* (the λιμέν' in 473, cp. on 324). The "Ερμαιος λόφος was perhaps a ridge on Mount Neïon, above the town of Ithaca. See *Addenda.*

474. ἀμφιγύοισι : always in this phrase. The similarity to ἀμφιγυήεις (see on 8, 300) suggests the meaning 'bending both ways, flexible', or 'curved on both sides' (*sc.* 'of the blade ') if from the root of γύαλος, γυρός, γύης ; or if from γυῖον, 'double limbed ', *i.e.* pointed at each end. To the latter Monro prefers 'sharp on both sides ' like the blade of a two-edged sword : but a spear is not primarily designed for cutting with its edge. 'With curved head ' seems best : cp. the spears on the Warrior's Vase from Mycenae.

475. τοὺς =' those men ', *i.e.* Suitors back from the ambush (463).

476. ἱερὴ Ϝἱς : almost a *Schema etymologicum* as ἱερός is probably from Ϝἱς, its primary meaning being 'possessed of supernatural power ', *i.e.* having *mana*, as anthropologists call this semi-magical potency : see further on 9, 56. Here the reference is probably to the 'divine right of kings '; cp. on 401-2 above.

477. ἰδών : *constructio ad sensum* as its noun is the feminine ἵς. Telemachus gives his father a significant glance, taking care that Eumaeus does not see it. Probably its primary motive is pride, implying 'See how clever I was, father, to evade all those armed enemies '; hence, too, the smile in 476.

481. 'They thought of rest and took the gift of sleep ' (Marris). The end of the thirty-seventh day (p. xii), the second last full day in the Suitors' lives.

BOOK SEVENTEEN

N.B.—For abbreviations and use of indexes see preliminary notes to Book Thirteen.

Summary

On the following day Telemachus sets out for the town, having given instructions that O. should be brought there too (1-27). Telemachus is welcomed home. He brings Theoclymenus to the palace and gives Penelope an account of his journey (28-150). Theoclymenus prophesies that O. has already reached Ithaca (151-65). The Suitors entertain themselves at O.'s palace (166-82). Eumaeus arrives at the town with the disguised O. The goatherd Melanthius mocks them and after kicking O. joins the Suitors (182-260). O. remains outside the palace while Eumaeus enters. Later he goes in and is sent food by Telemachus (260-373). Antinous provokes Eumaeus. Telemachus intervenes (374-410). O. begs alms from Antinous and is violently insulted by him (411-91). Penelope prays for Antinous' death. She sends for O. to see if he has any news of her husband (492-540). A loud sneeze by Telemachus gives a good omen. O. postpones his interview with Penelope till the others shall have gone away. Eumaeus goes back to his hut (541-end).

1. The beginning of the 38th day (p. xii), when the protagonists, O., Telemachus and Penelope, first come together. For the *Formula* see on 13, 18.

4. ' Which fitted his hands ' : for -ηφιν see § 8. The perf. and pluperf. active of ἀραρίσκω are used intransitively. This verb is formed from a reduplication of the root *ar*; cp. *arma*, ' arms ', w. the aor. mid. participle ἄρμενος.

6-7. ὄφρα . . . ὄψεται : ' so that my mother shall see me ' : note the use of the future sense, rare and confined to H. Cp. on 15, 81-3.

10. τὸν ξεῖνον δύστηνον =' this stranger in his unhappiness '. Note the order, and cp. § 11.

11. The *v.l.* ὅς κε θέλησι shows ignorance of the fact that H. does not use θέλω for ἐθέλω (except, dubiously, in *Il.* 1, 277 and in a *v.l.* at *Od.* 15, 317) ; see *L.-S.-J.*

12-13. For πύρνον κ.τ.λ. see on 15, 312 and cp. 362 below. Rieu translates on : 'I myself cannot possibly cope with all and sundry : I have too many troubles on my mind '. Telemachus pretends to be impatient and impersonal towards the disguised O. so that Eumaeus may not suspect any familiarity between them.

15. Literally ' For indeed true things are ever dear to me to tell ' : for the construction cp. 16, 401 and 578 below.

23. πυρὸς better taken as a kind of partitive gen. ' from the fire ', than as locatival (§ 31, 3). θερέω is apparently a subj. of θέρω from a 2nd aor. pass. ἐθέρην (so *L.-S.-J.*: Monro ἐθάρην), so one would expect θερείω. This verb is probably cogn. w. ' warm ' (root * gʷher-). ἀλέη = heat in general, here from the fire : not of the sun as Merry and a *Scholiast* take it.

The time of the year was autumn : see on 15, 392 and cp. the ' early hoar-frost ' in 25 below.

29. I have followed Ludwich, Hentze and others in rejecting the variant ῥ᾽ ἕστησε φέρων πρὸς κίονα μακρήν (=1, 127). Here the pillar is outside the hall ; in 1, 127-8 it is a special one inside fitted with a ' spear-holder '.

32-3. καστορνῦσα : an unusual apocopated and syncopated form (§ 1, 10) of καταστορέννυμι ; one would expect κασστ., but cp. κάσχεθε in *Il.* 11, 702. δακρύσασα=' bursting into tears ' : ingressive *Aorist.*

37. *Artemis* was the pattern of chaste, unimpassioned beauty (cp. on 6, 102), Aphrodite, of more voluptuous, sensual loveliness.

39 ff. 39 = 16, 15. 40-42 almost = 16, 22-4. See notes there.

46 ff. Telemachus, intent on his father's business, speaks coldly and imperiously to Penelope : men must act, women must pray ; cp. Hector to the Trojan women in *Il.* 6, 240-1. She, mystified, meekly obeys.

50-1. Note the bargaining attitude to the gods : *do ut des.* For τελήσσας see 13, 350. ἄντιτος is syncopated from *ἀντί-τιτος ; cp. on 13, 25 ; 15, 46 ; 19, 445. *L.-S.-J.* translates ' the work of revenge ' ; but this is too specific here and in *Il.* 24, 213 : better, ' deeds in return ', which I take to be Zeus's recompense for the sacrifice, not specifically vengeance on the Suitors here.

53. The ξεῖνος is *Theoclymenus.* κεῖθεν =from Pylos. For ἕσπετο see on 14, 33.

55-6. ἠνώγεα : scanned as a molossus (– – –) by *Synizesis.* ἐνδυκέως: see on 14, 61.

57. τῇ δ᾽ ἄπτερος ἔπλετο μῦθος : this perplexing phrase recurs in 19, 29 ; 21, 386 ; 22, 398 always of women. The common feature in each case is that no answer is made to a preceding speech, though the order contained in it is performed. It may be taken as the opposite to words that are πτερόεντα (see on 13, 58) : ' the speech stayed unwinged with her ', *i.e.* provoked no response, conversation being regarded as a bird that flies to and fro between the speakers : here the bird fails to fly back. Others understand the *Metaphor* as being from archery, ' unfeathered ', *i.e.* failing to hit the mark after the manner of an unfeathered arrow (see J. A. K. Thomson and M. L. Jacks, *locc. cit.* on 13, 58; also Headlam-Thomson on *Agamemnon* 276), and take the phrase to mean that the preceding speech was not fully understood. But there is no clear evidence for such misunderstanding in any of the contexts ; in fact a widely accepted older interpretation justifiably

took ἄπτερος in the sense ' did not fly away ', *i.e.* was not
neglected. Others have taken the ἁ- as intensive, or euphonic,
or from *sṃ* (ἅμα), translating ' swift as a wing ' in the sense
' was speedily accomplished '; but this is very unlikely. See
further in *A.-H., Anhang.* Hayman aptly cites *Hamlet*, v, i.
139 : ' 'Tis a quick lie, Sir ; 'twill away again from me to
you ' : in this sense Telemachus' speech was not ' quick '.
So far I have taken μῦθος to refer to Telemachus' speech, as in
Butcher and Lang's ' And his word abode unwinged in her '.
But μῦθος could also mean Penelope's unspoken word, her
silent thought (an unusual conception in pre-philosophical
times). In support of this view Monro compares 13, 254 and
phrases like ἔχειν ἐν φρεσὶ μῦθον, ἔχειν σιγῇ μῦθον. Cp. Virgil's
vox faucibus haesit. Rieu boldly gives the general sense of the
situation with ' Telemachus' manner froze the words on her
lips '.

62 (= 20, 145 and mainly = 2, 11). δύω κύνες ἀργοὶ is the
reading of the better MSS. Some editors (*e.g.* van Leeuwen)
have preferred the variant κύνες πόδας ἀργοὶ, taking πόδας
ἀργοὶ to be an equivalent of ἀργίποδες (*Iliad* 24, 211), ' swift
of foot '. With the former reading cp. Virgil, *Aen.* 8, 461-2, *ge-
mini custodes limine ab alto | Praecedunt gressumque canes co-
mitantur erilem.* Homer likes to give a specific number, cp. the
attendants of Penelope in 18, 207. H. applies ἀργός to geese
and oxen as well as to dogs (cp. on 292 below), and one of Mene-
laus' horses was called Πόδαργος (*Il.* 23, 295) ; its meaning
seems to range from ' swift ' to ' shining ' and perhaps ' white '.
Perhaps ' flashing, gleaming ' is our nearest equivalent : Jason's
bright, swift ship was called 'Αργώ (12, 70). For dogs in H.
see on 2, 11 and on 291 below. They are mentioned principally
as watch-dogs, sheep-dogs, hunting hounds, and scavengers.

68. ἵνα = ' where ', as commonly in H. For Mentor cp. 22,
206 ff. : he was Telemachus' most faithful supporter (often
impersonated by Athena) ; hence the word ' mentor ' in
English (like ' hector ', ' myrmidon '). Antiphos was eaten
by the Cyclops (2, 19-20). One would have expected Aegyptius
(2, 15) to have been mentioned instead of him here.

76. For these gifts see 15, 99 ff. After Telemachus' arrival
in Ithaca they had been stored for safety at the house of
Peiraeus' father Clytius (16, 327).

78. οὐ γὰρ ἴδμεν : a negative answer is implied : ' No,
because we do not know . . .' ; cp. on 15, 545. τάδε ἔργα :
' the present situation '.

87-9. ἀσαμίνθους : ' baths '; the ending in -νθος may de-
note a pre-Greek word borrowed from earlier Aegean peoples :
it is known from archaeological discoveries that the Minoans

and Myceneans were advanced in sanitary arrangements (unlike
the classical Greeks): elaborate sanitation has been unearthed
at *Cnossos* and at least a bath at Tiryns. In the Heroic Age
the men were bathed by women (as in modern Scandinavia):
for misplaced attempts to disprove this see on 3, 464. For
the ' woolly blankets ' in 89 see on 13, 67.

91·5 = 15, 135·9 : see notes there.

96. The σταθμός here may have been the post of the inner
door leading from the μέγαρον to the θάλαμοι (p. xliii), or else
one of the central pillars supporting the roof as in 16, 415 (see
n. there). The second seems preferable in view of 6, 307.

97·9. ἠλάκατα : see on 18, 315 and cp. 6, 306. 98·9 :
Formula : see on 14, 454.

101·6. The tone, as Merry observes, may be one of lonely
resignation or of pettish annoyance, the former being more
like a traditional heroine, the latter more human. In any case
she extorts what she wants, a statement from Telemachus.
The strained relations between a just grown-up son and an
anxious mother are well depicted.

114·15. ' Yet of Odysseus of the steadfast heart, whether
living or dead, he said he had heard naught from any man on
earth ' (Murray). The neglect of the hiatus in ζωοῦ οὐδὲ (in
19, 272 it is justified by the intervening colon) is reasonably
suspected by van Leeuwen : he conjectures ζωιοῖ', *i.e.* ζωοῖ'
(but see *L.-S.-J.* against the iota subscript in this word).

124·41 = 4, 333·50. See notes there for fuller commentary.
For ξύλοχος see on 19, 445. In 127 γαλαθηνοὺς ' milk-sucking '
is from γάλα and θῆσθαι ' be suckled ', cogn. w. θῆλυς, *filius*.
ἀμφοτέροισι in 130 might mean ' to both doe and fawns ';
but it seems to suit the comparison better to take it (with
Aristophanes) as ' to both fawns ', since does were traditionally
regarded as twin-bearing. The Suitors' parents are not in
danger of perishing with their children ; like the doe they are
far away. But it must be remembered that H.'s *Similes*
frequently contain details irrelevant to the comparison.
Merry draws attention to the change of mood from the hypo-
thetical subjunctive (ἐξερέησι) to the indicative (εἰσήλυθεν,
ἐφῆκεν) as the picture becomes more real in the poet's mind.
Philomeleïdes (134) was, according to Eustathius, a king of
Lesbos who challenged all newcomers to wrestle with him.
The *Scholiast* rejects the suggestion that it is Patroclus (whose
mother was called Philomela): H. does not use matrony-
mics. Note in 139 the double *Epexegesis* to ἄλλα in the adverbs
παρὲξ, παρακλιδὸν : ' irrelevant things, away from the point
. . . evasively '. In 140 τὰ is used as the relative (§ 11, 2) and
= ἐκεῖνα ἅ : ' But as for those matters which the truth-

telling old Man of the Sea [Proteus : see 4, 385 ff.] related
to me, not a single word of them shall I conceal or hide'.
Monro, *H.G.* § 262, 1, notes that this breaks the rule that when
the Article stands for a relative it must follow the noun or
pronoun to which it refers : so he conjectures ἀλλά θ' ά. In
the original *Text* this may have been represented as αλλατα
(ΑΛΛΑΤΑ), as G. M. Bolling points out in 'Wackernagel's
Psilotic Homer', *C.P.* xli. (1946), p. 233. Hence Monro's
suggested reading may not be an alteration at all.

143-6 = 4, 557-60. For Calypso ('the Concealer' : καλύπτω)
see on 5, 14. She was the sea-nymph who kept O. for seven
years in her island Ogygie, see Book 5. The phrase 'by com-
pulsion' in 143 (emphasized by οὐ δύναται in 144) would
prevent Penelope from wondering if O. really wanted to come
home. Note the change from indirect speech in 143-4 to direct
in 144-5, a regular tendency in H.

153. ὅ γ' : probably Menelaus ; hardly Telemachus (*pace*
A.-H.) who would be ὅδε. Monro, believing that the latter
must be intended, suggests that ὅδ' should be read as it is
found in one of the older MSS. For σύνθεο see on 15, 27.

155-6 = 14, 158-9.

158. ἕρπων : 'going, walking' : though cognate w. *serpo*
and 'serpent' this verb does not specifically mean 'creep'
in Greek.

160-1. 'Such was the omen that I observed as I sat upon
the well-benched [see p. xlv n. 2] ship and declared aloud to
Telemachus.' ἐγεγώνευν (cp. 9, 47 ; 12, 370) is formed as from
a pres. *γεγωνέω instead of the usual perf. γέγωνα. Lines 160-1
have been suspect since Alexandrian times.

169. ἐν τυκτῷ δαπέδῳ : 'on the levelled terrace'. δάπεδον
is from *dm, a weak form of δῶμα, δόμος, *domus*, and πέδον,
originally meaning a piece of ground levelled for building.
τυκτῷ : an adjectival (originally participial) form from τεύχω
(cp. τετυγμένα in 16, 185, and on 13, 32).

170 ff. δείπνηστος (ἔδω : cp. on ἄριστον in 16, 2) : 'time
for eating dinner'. The home-coming of the flocks from
the fields to their respective steadings (as still in Bavarian
villages) is a general indication of evening, like Gray's 'The
lowing herd winds slowly o'er the lea'. The Suitors seem to
have taken their δεῖπνον rather later than usual here (see on
Meals) with typical carelessness, because they were enjoying
their sports (cp. *Il.* 23, 154-8, where the delay is caused by
grief). *Medon* hints at their unpunctuality in 176—'It's no
bad thing to take one's lunch at the right time'. χέρειον is
a comparative of contrast ; cp. 15, 370 and on 13, 111.

181. σιάλους : the origin and meaning of this epithet of pigs are quite uncertain. It is generally translated 'fat'. ἴρευον (and ἱέρευον in 180) mean simply 'slaughter' here, not *Sacrifice*, despite the conn. w. ἱερός : see on 14, 28.

184. τοῖσι : strictly only O. is addressed ; cp. on 13, 374.

187. Here and in 223 below ῥυτήρ 'keeper' is from ῥύομαι, ἐρύομαι 'protect' : cp. on 201. In 18, 262 and 21, 173 it is from Fερύω 'draw, drag' and means 'drawer of the bowstring'.

189. χαλεπός often means 'painful, dangerous' rather than 'difficult' in H.

190. μέμβλωκε : perf. of βλώσκω. As the aor. ἔμολον shows, the β in the pres. and perf. is the regular intrusive β that in early Greek creeps in between μ and λ or ρ, as in ἀμβρόσιος, ἤμβροτον (ἁμαρτάνω), μέμβλεται (μέλω) ; in the initial position the μ is entirely lost as in [μ]βροτός, [μ]βλαστάνω, [μ]βλάβη. Cp. French *chambre*, from Latin *camera*.

193 = 16, 136 and 281 below : in each case the line is used in reply to a command or exhortation. The tone seems to be that of an intelligent inferior eager to do what he is told ; O. adopts it here and in 281 in keeping with his disguise as a beggar. Rouse translates : ' I see, I understand, I have some sense in my head '.

196. οὐδός is apparently a *metri gratia* lengthening of ὁδός. It occurs only here and possibly in the phrase γήραος οὐδῷ (see on 15, 246). It is just possible that the line is μείουρος (§ 42, c) with ὁδόν as the true reading. Monro's view that it is the masculine οὐδός 'threshold' can hardly be right. Eustathius records an ancient variant ἀρισφαλὲς ἔμμεναι οὖδας 'the ground was very slippery'. The epithet (from *Intensive* ἀρι- and σφάλλω) occurs only here in Greek.

199. θυμαρὲς : 'to his liking' ; from θυμός and ἀραρίσκω.

201. ῥύατ'[ο] : 3 pl. non-thematic imperfect of ῥύομαι; for *ῥύατο, like ἧατο, κέατο (§ 16, 7). Cp. on 187.

207 ff. According to Acusilaus (historian of early 5th cent. B.C.) Ithacus (eponymous hero of *Ithaca*), Neritus (of Mt. Neriton, the dominant height in S. Ithaca, towering over the harbour described in 13, 96 ff. : see Bérard, *Ph. et l'O.* ii. 466) and Polyctor, were brothers. Van Leeuwen suggests that Neritus, a mountain-god, came first with Ithacus as his son and Polyctor (' Much-possessing ') as his grandson and the first king ; he compares the succession in *Il.* 20, 215 ff., Zeus . . . Tros . . . Laomedon (but why not Zeus, Dardanus and Erichthonius?). At all events it apparently represents the original ruling house of Ithaca which must have been dis-

placed by O.'s ancestors. A princely ' son of Polyctor ' named
Peisander is among the Suitors (see 18, 299 ; 22, 243) : he
might be a descendant (perhaps great-grandson) of the
Polyctor here. But it may be another person of the same
name, as in *Il.* 24, 397. The description of the fountain in
208-11 is notably vivid. Mackail renders it : '. . . Circling on
every side, a grove of trees, | Poplars that flourish where the
ground is wet. | And from the rock fell overhead a spray | Of
ice-cold water, and above it lay | Reared to the nymphs an
altar, whereon all | Made sacrifice who passed it on their way '.

212. Melantheus (also *Melanthius* ; cp. 247) son of *Dolius*
was the one disloyal man-servant of O. His actions gave
Greek goatherds a bad reputation for ever afterwards. His
savage punishment is described in 22, 474-7. Melantho, his
sister (18, 321 ff. ; 19, 60 ff.) was as bad, and suffered with her
confederates as grim a retribution (22, 446 ff.).

218. . . . ὡς τὸν ὁμοῖον : if this means ' As Heaven ever
brings like man to like ' (=the proverb ' Birds of a feather
flock together ') it is the only example of ὡς=εἰς or πρός in H.
Monro considers this unlikely and prefers to follow Ridgeway
in reading the *v.l.* ὡς τὸν ὁμοῖον, translating ' as heaven
brings one (like), so it ever brings his like '. This conflicts
with many ancient testimonies to the former interpretation,
e.g. in Hippocrates (Kühn 1, 390 and 392) and Plato, *Lysis*
214 A, who both cite the line as in our text and render ὡς as
εἰς. There is another ancient variant ἐς τὸν. It has not had
much support, except from Bekker (see Ludwich). Now
Von der Mühll cites a new scrap of evidence in its favour,
Callimachus *fr.* 8, 10 (Pfeiffer). I am inclined to think that
ὡς τὸν is an *Attic* corruption of an original ἐς τὸν, eliminated,
perhaps, by the influence of Plato's and Aristotle's citation
of the line with ὡς τὸν. The use of the *Article* here though
similar to the Attic can be justified as pointing a contrast.
For the proverb cp. *Qui se ressemble, s'assemble* and others in
Aristotle, *Rhetoric* 1, 11, 1371 b 15.

219 ff. μολοβρὸν : the etymology and meaning of this
word—which occurs as a proper name in Thucydides 4, 8—
are much disputed (cp. *A.-H., Anhang*). It may be connected
with the later μολόβριον 'young wild pig' (see *L.-S.-J.*).
If so, it jeers at Eumaeus as swineherd : ' Miserable pig-keeper,
where are you taking this swine, this sickening beggar, this
feast-scavenger [see *Addenda*]—he'll be the lad to rub his
shoulders on many a doorpost begging for scraps, never for
swords or cauldrons ? ' For θλίψεται an ancient *v.l.* is the
Aeolic φλίψεται, which van Leeuwen and Cauer prefer for the
Alliteration. For ὅς demonstrative see § 12, 1. Swords and
cauldrons would be the kind of gifts a well-bred hero would

prefer : Rieu's ' but never for work on the pots and pans ' can hardly be extracted from the Greek. ἀμέγαρτε with the meaning ' unenviable ' (=ἀ- + μεγαίρω) recurs in 21, 362.

224-5. θαλλόν = ' green fodder ', lit. a young shoot or branch, cp. θάλος in 6, 157. φορῆναι : § 27, 2. 225 : ' Then he might drink whey and put flesh on his thigh '. For θεῖτο see § 26.

228. ἄναλτον : ' insatiable ' ; from ἀ- privative and *ἀλ-τος, cogn. w. Latin alo.

231-2. ' Many a stool hurled about his head from heroes' hands will his flanks wear out when they pelt him down the hall.' The strained turn of phrase and the inconsistency of ' about his head ' and ' flanks ' characterize the goatherd's angry boorishness. As the Scholiast explains : ' He speaks in an exaggerated manner, as if one were to say [sc. of a much flogged slave] " This fellow's back wore out many whips "'. For ἀμφὶ κάρη (§ 6, 3) cp. 18, 335. Attempts to emend the construction (e.g. by reading πλευρά τ' or πλευρὰς as object, with κάρη, of ἀποτρίψουσι, σφέλα being subject ; see A.-H., Anhang) are superfluous. βαλλομένοιο : gen. absolute despite οἱ in 231 (Case-variation).

233-5. ' So saying, in his folly a kick on his haunch he gave | As he passed him by : yet in nowise the King from the path he drave, | Who steadfast there abided ' (Morris). For λάξ see on 15, 45 ; ἀταρπιτοῦ, 13, 195.

237. ἀμφουδίς : perhaps best explained as an adverb formed from ἀμφίς (cp. ἄλλυδις, ἀμυδις) : ' gripping him round ' (sc. ' the middle ' ; a favourite wrestler's grip ; cp. ἔχεται μέσος in Aristophanes, Knights 388 ; al.). But it may be derived from οὖας and mean ' by both ears ', as cruel masters hold a schoolboy. There is a v.l. ἀμφ' οὔδας.

238-9. φρεσὶ δ' ἔσχετο : ' he inwardly restrained himself': § 30, 1. τὸν δέ = Melanthius. For the attitude of prayer in 239 cp. on 13, 355.

244. ἀγλαΐας : ' swaggering ways ' (Rieu), something like its use in 310 for ' ostentation, show ' ; see on 18, 180.

248. ὀλοφώϊα [F]εἰδώς : as L.-S.-J. observes, it is uncertain whether the notion of ' destructive, deadly ' is implied by the epithet (which may be cogn. w. ἐλεφαίρομαι, see in 19, 565, not ὀλοός) as early as H. : it may be simply ' tricky, cheating '. Cp. on ὀλοόφρονος in 1, 52. For the construction cp. 13, 296-7.

250-3. ' Where he should fetch me an abundant livelihood ', i.e. by his price when sold as a slave. ἄλφοι is not an example of an optative in subordination to a primary main verb, but expresses an implicit wish. For 251 see on 15, 409. In 253 ὡs = ' as surely as ' ; cp. on 15, 157 ff.

261-3. ' And the sound of the hollow lyre rang around them, for Phemius was lifting up his voice amid the company in song ' (Butcher and Lang). For γλαφυρός ' hollow,' ' smooth ', or ' polished ', see on 13, 71. ἀνὰ goes w. βάλλετ'[ο] in the technical musical sense of ' strike up, play a preliminary note '. ' Fame-giver, son of Delight ' (see further on 22, 330-2) was the court *Bard* of Odysseus' palace, like Demodocus at the court of Alcinous in Book 8 and 13, 28. H., being naturally careful of the honour of his own profession, makes it clear in 22, 331 and emphasizes it in 22, 350-3, that he associated with the Suitors against his will. See also on p. lv. ὁ in 263 is O.

266. ' One building leads to another ' : with ἕτερ' understand δώματα. The phrase implies a rather haphazard plan (see p. xliii) rather than such a tidy plan as in Merry (vol. i. p. xxiii). Presumably extensions were built on as needed. ἐπήσκηται (perf. pass. ἐπασκέω) = ' has been finished off with, has got the additional improvement of . . .'.

267-8. θριγκοῖσι : ' copings ' or ' cornices ', *i.e.* a topmost course presumably of well worked stones here ; cp. Eumaeus' rustic substitute in 14, 10. εὐερκέες (ἕρκος) cannot mean ' well-fenced ' or ' well-walled ' here as elsewhere (cp. 21, 389) : it might possibly mean ' secure ' or ' giving good protection ', cp. on 18, 260. Or perhaps the fairly well attested *v.l.* εὐεργέες ' well-made ' should be read. δικλίδες lit. ' double-folding ' (κλίνω). ὑπεροπλίσσαιτο : ' would overpower it ' (from ὁπλίζω) rather than ' would scorn it ' (ὑπέροπλος).

270. ἐνήνοθεν (*v.l.* ἀνήνοθεν) : a *Gloss* not yet satisfactorily explained, apparently almost synonymous in meaning with ἔνεστι.

285. ' And let these [woes] be added to those ' ; μετὰ governs τοῖσι which is displaced to form the kind of jingling *Assonance* that the Greek ear liked ; cp. on 5, 224.

286-7. ' But it is in no way possible to repress the ravenings of the accursed [see on 15, 344] belly that causes so much trouble to men.' Cp. 18, 53-4.

291 ff. The celebrated episode of O. and his dog Argos. Later Greeks showed little tenderness towards animals, but here and in the yoking of Achilles' horses in *Il.* 19, 392 ff. we have poignant pictures of the genuine affection that can grow between man and animal. The primary function of this incident is to stir our pity and to increase our anxiety about O.'s safety (for this is another *Recognition Scene*), while the dog also serves as a symbol of faithfulness. Perhaps ' Flash ' is the nearest equivalent to his name Ἄργος : see on 62 above.

(Note the recessive accent, as usual, in the proper name formed from an adjective.) The only animals given names in H. are horses and dogs, man's most faithful helpers. Here the dog's actions are carefully portrayed. First (291) he just raises his head and pricks up his ears, as he lies : he has simply observed the approach of a queer-looking stranger. But, when he recognizes his long-lost master at close quarters (301), he can only wag his tail and drop his ears, for through age (at least nineteen years : see 327) he cannot rise to meet him.

297. A glimpse here of the less salubrious features of a Homeric palace. H. is an idealistic writer mostly and only mentions sordid matter incidentally, in contrast with modern ' realists '. Cp. Appendix B and on 300.

300. ' Full of " dog-wreckers " ' : H. avoids a plain word for the vermin, coining instead a lordly synonym — perhaps with a touch of humour — on the analogy of θυμοραϊστής. I suggest that possibly the word φθείρ ' louse ' (though the word is not attested till Archilochus : and see Aristotle, Hist. Animal. 556 b 22 ff.) was in H.'s mind, as ῥαίω is an epic synonym for φθείρω. L.-S.-J. translates ' dog-tick ', Ricinus communis ; the Scholiast takes it as representing the κροτών, i.e. Ixodes ricinus, another kind of tick.

304-5. νόσφιν ἰδὼν κ.τ.λ. : O. turns away his head from the sight that moves him so deeply, wipes away a tear (O. does not often weep : see on 23, 232) unobserved, and hastily (ἄφαρ : cp. on 14, 110) to distract attention from his recognition by the dog asks Eumaeus a question to which he fully knows the answer.

306. Note Alliteration of the guttural κ : cp. on 465.

308-10. ' He's a beauty, though one cannot really tell whether his looks were matched by his pace, or whether he was just one of those dogs whom their masters feed at table and keep for show ' (Rieu). ἔσκε : lit. ' used to be ' ; § 21. For ἐπὶ cp. on 454 ff. below.

312. ' Yes surely this is the dog of a man who has died far away.' For this use of καὶ λίην cp. 13, 393 ; 15, 155 ; 16, 37 : it affirms an obvious fact, here and in 16, 37 with a note of regret, ' it is only too true that . . .' (though observe that the notion of excess is not nearly as dominant in H.'s use of λίην as in its Attic equivalent λίαν).

316-17. ' Truly no creature that he chased in the depths of the deep forest would escape him, for he excelled in tracking too.'

318. ἄλλοθι πάτρης : ' elsewhere from his native land ' : a rather illogical combination of ἄλλοθι γαίης (2, 131 : a weakly attested v.l. here) and τηλόθι πάτρης (2, 365).

322-3. ' For wide-thundering Zeus takes away half the good of a man whenever the day of servitude seizes him.' References to slavery and slaves are far less common in H. than in later Greek : δοῦλος never occurs ; δούλη only twice (cp. on 4, 12) ; δούλιον, δούλειον, four times ; and δουλοσύνη once (22, 423) : the words may be from a Semitic root, and perhaps the practice was derived from Asia or Egypt. House-servants (see on δμώς, δμωή) are much more often mentioned. Their social status is not entirely clear. Here they are classed as slaves. But they may not have been in absolute slavery in all cases. δοῦλοι were generally foreign captives, either in war or piracy. εὐρύοπα (Aeolic nominative : § 3) is always a title of Zeus in H., meaning probably ' wide-sounding ' (ὄψ, vox, Ϝέπος), cp. ὑψιβρεμέτης, rather than ' far-seeing ' (from ὀπ- as in ὄψομαι). In 322 ἀρετή approaches its later meaning ' virtue ' : see on 13, 45.

330-2. ὁ δέ : Eumaeus. κείμενον : ' set there ', used as a passive of τίθημι. ἔνθα τε δαιτρὸς κ.τ.λ. : ' where the carver habitually sat ' : see on 13, 60 for the force of the τε. δαιόμενος forms a kind of Schema etymologicum with δαιτρὸς ; cp. on 15, 140.

339. There is some dispute as to where this ' threshold of ashwood ' was. Merry thinks it was just inside the outer door, beyond the ' stone threshold ' in 30 above. Monro (pp. 498-500) argues strongly in favour of Myres' view that the wooden threshold was part of the framework to hold the doors and actually lay on top of the broader stone threshold (which is the ξεστὸς οὐδός of 18, 33, and the μέγας οὐδός of 22, 2). See on 20, 257.

340. ' Of cypress wood ' : cp. on 5, 64. Groves of this beautiful, dark, spire-like tree, so typical of Greek scenery, may be seen in the centre of the Frontispiece.

343. ' A whole loaf ' : οὖλος (see index) here = Attic ὅλος : § 1, 6.

347. ' Shame is no good companion for a needy man ' : cp. Hesiod, Works 317-19. Note the personal construction with the infinitive. See index for αἰδώς and other words not directly annotated.

354. Either εἶναι is an infinitive of wish as in 24, 380, or else with μοι we must understand δός, which is a v.l. in a 2nd-cent. A.D. Papyrus at Columbia (No. 514 : see C. W. Keyes in A.J.P. l. (1929), pp. 387-9) ; cp. 3, 60 ; 6, 327 ; 9, 530. ἐν ἀνδράσιν is formulaic w. ὄλβιον.

357. O. uses his flat beggar's wallet or satchel as a table (Furniture).

364-5. ἀλλ' οὐδ' ὡς : ' Yet even so ', sc. if any ἐναίσιμοι were found. Note the accent of ὡς (index) after οὐδέ, μηδέ and καί. For ἐνδέξια see on 21, 141.

375. ὦ ἀρίγνωτε : one must scan ῳ_α as one syllable by a harsh *Synizesis* (cp. ἦ_οὐχ in the next line). Some MSS. have ὠρίγνωτε ; cp. on 416 below.

378-9. ' Are you not content with the fact that men gather here and devour your master's substance, that you invited this fellow in as well? ' A typical sarcasm by *Antinous* : he was one of the devourers himself. For προτί = ' as well ' cp. *Il.* 16, 504.

383-5. Note the four recognized kinds of ' public-worker ', the ' professional men ' of the Heroic Age : seer, physician, carpenter-builder, and the ' divinely inspired [cp. on 1, 328] *Bard* ' ; heralds (see on 18, 297) are added in 19, 135. They are ' public ' workers (δημιοεργός = ὅς τὰ δήμια ἐργάζεται) because they are not attached to one master but work freely for the δῆμος in general ; cp. the original ' free masons '. *A.-H.* however suggests that the ἀοιδός is not classed as a δημιοεργός here : this is a syntactically possible view, but on general grounds unlikely.

387. τρύξοντα '[F]ὲ αὐτόν : ' to bring waste on himself ', sc. on the fortune of anyone so foolish as to invite a beggar to his house. For the hiatus ἐ αὐ- see Monro.

388-9. χαλεπὸς = ' harsh ' ; cp. on 189. εἰς : see on 13, 237. The first περί is the preposition, here = ' beyond ' ; the second is adverbial = ' especially ', ' beyond others ', in which sense it is paroxytone, except in phrases like περὶ κῆρι, περὶ φρεσίν, περὶ ζυμῷ (cp. 14, 433) : see § 33, 1 and 4.

393 ff. Telemachus becomes angry at being ignored in the wrangle between Antinous and Eumaeus. He silences the Swineherd (393), and boldly turns to Antinous with bitter sarcasm (396 ff.) : ' How extremely kind and fatherly [O. is listening !] you are to me in having this stranger chased off. ⟨No doubt pure thrift is your motive.⟩ But God forbid. Give him plenty. I don't grudge it. Why as far as I'm concerned I even urge you to. [Note the staccato phrasing of 400.] And you need not let fear of offending my mother or any of the servants check you in that respect [τό γε : *i.e.* in the matter of giving. 402 (=18, 417 ; 20, 298, 325) is omitted in some MSS., and would be no loss] '. Then Telemachus drops the *Irony* and lashes out : ' But the plain fact is that you have no such thoughts in your mind. What prompts you is sheer selfishness.' The speech infuriates Antinous and moves him to a threat of violence towards O. (409-10). In 416 ff. O. deliberately goads him further and precipitates his act of ὕβρις in 462-3 below.

407-8. 'If only the Suitors would offer him as much as this, the house would keep him off for three months.' The verbs ὀρέγω and ἐρύκω are chosen for their ambiguity ; both can also be used in a hospitable sense of bestowing gifts and keeping a guest. The whole mocking sentence must be understood in the light of the gesture that follows in 409-10 where he indicates that his present (cp. δός οἱ ἑλών in 400) to the beggar will be a blow from his footstool : this threat he puts into effect in 462-3 below.

410. λιπαροὺς πόδας : see on 13, 225. Here the phrase deftly suggests *jeunesse dorée*. ἐιλαπινάζων (apparently from Ἱλη 'military group ' and πίνω) has its general meaning of ' banqueting luxuriously ' here : cp. on 1, 226.

413. προικὸς γεύσεσθαι Αχαιῶν : Merry takes this literally: ' to taste of the present from the Achaean princes '. Monro justifiably rejects this on the grounds that (a) προικός is only known as an adverb, ' *gratis* ' (see on 13, 15) in H., and (b) γεύομαι elsewhere in H. always has the metaphorical sense ' make trial of, experience '. He interprets : ' " he was going to try (his fortune with) the Achaeans without paying for it ", *i.e.* his bold experiment on the good nature of the Suitors was like to be made with impunity '.

415 ff. O. begins with some typical beggar's cant, and then (419 ff.) embarks on one of his fictitious hard-luck stories. There are five of these in all : to Athena (13, 256-86), to Eumaeus (14, 199-359 : the longest and most circumstantial version), to Antinous here, to Penelope (19, 172-202), and to Laertes (24, 303-14). The second, third and fourth versions vary only in detail. Woodhouse, *C.H.O.* chap. xvii., speculates ingeniously on their relative significance.

416. ὥριστος : this remarkable crasis of ὁ ἄριστος occurs only here in *Od.*, eight times in *Il.* One would expect a rough breathing, but the MSS. have the smooth (or the coronis). For crasis in H. (*e.g.* οὑμός, ὡὑτός, τἆλλα, οὕνεκα, τοὕνεκα) see Leaf on *Il.* 6, 260 and Monro, *H.G.* § 377. The article is used with the superlative as elsewhere in H.

427-41 = 14, 258-72. See notes there.

443-4. Δμήτορι : from δάμνημι ' tame, overpower, subdue ', hence ' Tamer '. For Φῦβι see §§ 1, 14 ; 2, 4, and 8. For Cyprus cp. on 1, 184 ; 4, 83. τόδ᾽ ἵκω = ' I have come in this way ' ; cp. on 401 above.

447. οὕτως : ' so ', with an indicatory gesture (presumably a repelling wave of the hand) as is often implied with such words in H. It could be reproduced by a reciting rhapsodist.

448. ' Lest you quickly come to a bitter Egypt and Cyprus.'

In this condensed phrase Antinous both threatens O. and mocks his story. For this use of πικρός (frequent in later Greek) cp. πικρόγαμος in 137 above (= 1, 266 ; 4, 346).

450-2. 'Thou standest by all in turn and recklessly they give to thee, for they hold not their hand nor feel any ruth in giving freely of others' goods, for that each man has plenty by him ' (Butcher and Lang : contrast the stiff archaism of this version with the colloquial ease of that in the following note).

454 ff. ' Ah, I was wrong in thinking that your brains might match your looks ! *You* wouldn't give so much as a pinch of salt from your larder to a retainer of your own, you that sit here at another man's table and can't bring yourself to take a bit of his bread and give it to me, though there's plenty there ' (Rieu : contrast the previous note ; and for the issues involved see preliminary notes to Book 13 and Matthew Arnold's essay *On translating Homer*). ὦ πόποι : see on 13, 140. ἄρα . . . ἦσαν : the imperfect of discovery, as often. ἐπὶ = ' in addition to ' : O. has already expatiated on this theme of beauty without good sense in his rebuke to Euryalus in Phaeacia (8, 166 ff.). ἐπιστάτης = ' dependant, follower ' as προ-στάτης = ' protector, patron '.

458-9. See on 15, 370 for κηρόθι μᾶλλον. ὑπόδρα (from *δρακ, δέρκομαι) means literally ' with an under look ', *i.e.* a grim glance from under (ὑπο-) lowered eyebrows.

460. καλὰ : adverbial : ' with honour '. διὰκ = ' through-out ' : § 33, 3.

462 ff. This is the first of three incidents in which O. has something thrown at him by a Suitor (also 18, 394 ff. ; 20, 299 ff.). Wilamowitz (*H.U.* pp. 35 ff.) thinks that the second two are poor imitations of the first and composed by some interpolator. But Cauer (*G.H.* pp. 556-7) supports Belzner's view that they are by the same talented poet who wrote the first, and shows that they contain several subtle variations : thus in the first it is O. who provokes the attack, in the second it is Eurymachus, in the third there is no provocation whatever ; in the first Telemachus keeps quiet, in the second he protests, in the third he protests more strongly ; in the first the Suitors sympathize with O., in the second they first blame O. and then reluctantly give way to Telemachus' protest, in the third there is an argument about the Suitors' rights. This does not look like mere imitation. The function of the triple attack—folk-tales favour this number of repetitive incidents —is to increase our sympathy for O. and our indignation (νέμεσις ; cp. 17, 481) against the *Suitors*.

463. πρυμνότατον, κατὰ νῶτον = ' very low down, near his back ', cp. πρυμνὸν . . . ὦμον in 504, and on 13, 75.

465=491. Note the *Alliteration* of κ for a disagreeable situation, as in 306 above.

471-2. μαχειόμενος and μαχεούμενος are *metri gratia* variations of μαχόμενος, which is metrically unsuitable. βλήεται : § 25, 3. O. deeply feels the indignity of a blow in such ignominious circumstances.

476. τέλος ='fulfilment' here as in 496 ; cp. τέλος γάμοιο in 20, 74, *al.*, making almost a solemn pun of the phrase (with *Assonance*) here.

480. πάντα might be accus. masc. sing. agreeing with σε understood, but is more probably accus. neuter pl. as in 13, 209 ; ='all over'.

483-5. The syntax is irregular, showing the confused feelings of the Suitors torn between a vestigial sense of justice and their complicity with Antinous. See Monro and Merry for various explanations of the apodosis of εἰ δή πού . . . I am satisfied to take it with οὐλόμεν' (see on 15, 344) as 'To your own destruction, if he is some celestial god ' (which, I find, is also Rieu's view). Then the speaker goes on to emphasize the possibility that they may be 'entertaining an angel unawares': there is *Irony* here.

487. εὐνομίη would naturally be derived from νόμος 'law' —but this word, as *Aristarchus* insisted (cp. on 1, 3 ; θ, 217), does not occur in H.—and taken to mean ' observance of good laws '. Aristarchus derived it from νέμω, νέμεσθαι (which unfortunately has a rather indefinite meaning) ; hence, perhaps, 'good distribution, fair dealing'. V. Ehrenberg in an essay entitled ' Eunomia ' (in his *Aspects of the Ancient World*, Oxford, 1946, pp. 70-93) surveys all the ancient evidence. With the present passage he compares *Od.* 6, 120-1 and concludes (p. 76) that the word is closely connected with δίκη (cp. on 14, 56) and possibly to be derived from νόμος in its early sense of ' traditional order ', ' custom ', ' usage '. We may translate, then, ' just dealing ' or ' fair play ' (which implies keeping to the recognized rules). See *Addenda*.

489-93. ἄεξε : unaugmented imperf. (§ 13) of ἀέξω (= ἀϜέξω ; αὔξω, *augeo*) ' let grow, let swell ' ; *sc.* Telemachus does not relieve his swelling grief by any action or word. βλημένου : ' for the man who had been struck ' : § 31, 1. βλεφάροιϊν : see on *Dual*. For 492-3 see on 541-2 below.

495. Eurynome (' Wide-ranger '), one of the faithful maidservants and next in importance to Eurycleia in the later narrative, first appears here.

499. μαῖ'[α] : apparently an affectionate cognate of μήτηρ, used to old women (elsewhere in *Od.* to Eurycleia) : ' Mammy '

or ' Nanny '. Probably originally nursery language ; cp. on 16, 31.

500. ' Like a dark spirit of destruction ' : the κῆρες (cp. 547) were vague, fearful spirits connected with death, like the ἐρινύες (475) who were the spirits of vengeance on impious murders.

500-4. Aristarchus rejected these lines because he thought Penelope could not have known what is described in them ; cp. on 13, 320-3. Without deciding whether this objection is justified or not (cp. on 541-2 below) the rejection may be overruled, as Bassett (*P.H.* pp. 130 ff.) demonstrates, because H.'s characters are frequently assumed to know what the audience knows. The lines are also justifiable on the grounds that Penelope's recapitulation of Antinous' act of ὕβρις serves to emphasize it.

506. ἐν θαλάμῳ : presumably the same as the ὑπερῷα (=ὑπερώϊον) of 49 above *et al.* ; a raised chamber adjacent to the μέγαρον, reached by a ' tall staircase ' (1, 330).

509. ὄφρα τί μιν προσπτύξομαι : ' so that I may in some way greet him warmly ' : § 25, 1. The verb is used in a weakened sense here : its primary meaning is ' embrace, clasp to one's bosom '. In the following phrase Penelope combines her dominant desire to get news of O. with her wish to make up for the inhospitality shown to the stranger.

514. οἴ ὅ κ.τ.λ. : ' Such stories does he tell : indeed he would charm your heart '. See p. lxxxix for the ambiguity of τοι here.

515. τρεῖς . . . νύκτας : *i.e.* those of the 35th-37th day according to our chronological table (p. xii). For difficulties see Monro and our note on 15, 1 : also Bassett, *P.H.* p. 135.

518-21. ' Lo, as a man looks on a minstrel, and a man whom the Gods have taught, | And sweet are the words of his singing, and therefor mortals long, | And ceaseless him would they hearken whenever he wakeneth the song : | E'en so did this man soothe me as he sat in the stead with me ' (Morris). H. misses no good opportunity of glorifying his own profession. Here he gives us a graphic glimpse of the rapt attention of his audience, as in 13, 1-2. For the magical associations of ἔθελγε see on 16, 298. If ἀείδω has its usual ἄ in 519 the line is ἀκέφαλος (§ 42, *a*) ; cp. 4, 13. But most editors prefer to assume a unique lengthening.

522. O. did not say this in his story to Eumaeus (14, 199 ff., especially 321 ff.), though he does to Penelope later (19, 185). One would hardly blame H. for the slight discrepancy, as he had five versions in all to distinguish ; see on 415 above. Or else he may be deliberately portraying Eumaeus as giving way to the common Greek *penchant* for embellishing his information : cp. Aristotle, *Poetic* 24, 1460 a 17-18 : πάντες γὰρ προστιθέντες ἀπαγγέλλουσιν ὡς χαριζόμενοι : 'Everyone adds to his reporting of news, gratifying his audience '.

524-5. For τόδ' ἵκετο see on 444 above. In 525 προπροκυλινδόμενος = ' rolling on and on ', like a rolling stone or wave. The word (from the simple form of which our ' cylinder ' is derived) is only used once elsewhere (*Il.* 22, 221, of Apollo's grovelling before Zeus). στεῦται : ' he poses as having heard of . . .' or else ' he solemnly declares that ', according as this perplexing verb (cp. on 11, 584) is conn. w. ἵστημι or Vedic *astoṣṭa* : following Aristarchus I prefer the former, *pace* Leaf on *Il.* 18, 191 and *L.-S.-J.* Cp. 14, 321 ff.

529. The swift, light dactyls in this line may be intended to suggest Penelope's eagerness, as *A.-H.* observes.

534-8 = 2, 55-9. For ὄῐς accus. pl. see § 5, 4. αἴθοπα ' glowing ' is also applied to copper and smoke ; cp. οἴνοπα. In 537 ἔπ' = ἔπεστι, as the accent indicates. Distinguish ἀρή ' harm ' here from ἀρή ' prayer ' in 496.

541-2. Fulfilment of Penelope's just uttered prayer is predicted by a loud sneeze from Telemachus. Sneezes, being inexplicable, involuntary and sudden actions, were commonly regarded as ominous in antiquity ; cp. Herodotus 6, 107, Xenophon, *Anabasis* 3, 2, § 9, Aristophanes, *Birds* 720, Theocritus 7, 96. σμερδαλέον κονάβησε : ' rang terribly '; the phrase is used elsewhere of ships echoing to warcries (cp. 10, 399). Monro thinks that the adverb can only be used mock-heroically here to describe a sneeze : but sneezes can be very loud and alarming (and cp. on 14, 22). Penelope again (cp. 492-3, 501-4 above) immediately notices what happens in the μέγαρον : exactly how, can only be guessed at till we have better information on the design of the Homeric *House*. It has been argued that 504 implies that she can actually *see* into the μέγαρον ; but she could have learned the fact from an exclamation (unmentioned by H.) of someone in the hall, as van Leeuwen suggests. Or else we may apply the principle cited on 500-4 that H., with his technique always devoted to his audience's ease, often dispenses with any explanation of such knowledge on the part of his characters.

544. ὧδε : Aristarchus held that this always means ' so, thus ', never ' here ' in H. (cp. on 1, 182). The present instance is one of those cited by Buttmann to refute this view ; but (as *M.-R.* argue on 1, 182) it can be interpreted as implying an indicatory gesture, explanatory of ἐναντίον, here and in similar passages elsewhere (cp. οὕτως in 447 above). Cp. 18, 224 ; 21, 196.

546. οὐκ ἀτελής : ' not unaccomplished ' ; cp. on 476 above.
Elsewhere H. uses ἀτέλεστος ; cp. 18, 345.

547. ἀλύξει : there are *v.ll.* ἀλύξαι, ἀλύξοι. The last according to Merry would be the only example of the fut. optative
with κε in H. The second is the most weakly attested but is
preferred by Monro as ' most according to Homeric usage '.
Ludwich, Allen, Von der Mühll, Merry and others, print the
first. Van Leeuwen prefers ἀλύξῃ.

549. νημερτέα : etymologically = ' unerring ' (νη-, ἁμαρτ-).

554-5. ἐ . . . πεπαθυίη : *Case-variation.* As the dative is
not easily explained, Monro, with a hint of support from the
Scholiast, emends to the gen. -θυίης (cp. 6, 155-7). πεπαθ-
(πάσχω) stands to πεπονθ- as πάθος to πένθος, all these cognates being weak or strong forms of vocalic *n*, from a root
*πηθ (πάσχω being from *πηθσκω with an iterative ending).

564-5. ὑποδείδι'[α] : a perfect with present sense. The
ὑπο- implies a sense of inferiority. Monro, rejecting the
interpretation ' I am a little afraid ', cites Sophocles, *Ajax* 169,
μέγαν αἰγυπιὸν ὑποδείσαντες (of birds cowering beneath a
bird of prey : but ὑπο- might be taken literally of their position
there), in support of what he calls its ' quasi-passive meaning '
(cp. ὑπακούω). For ' the iron heaven ' see on 15, 329.

568. ἐπήρκεσεν : ' did ⟨not⟩ prevent it '. In H. ἀρκέω
and its compounds have not yet fully acquired the meaning
of ' suffice, be strong enough to ', though it approaches it in
16, 261.

571. ' Then let her ask me about her husband, as to the day
of his return.' For πέρι see § 33, 4 ; for accusative ἦμαρ,
§ 29, 1. H. makes O. postpone this critical interview with
Penelope partly because he has other incidents to portray
in the μέγαρον first, partly to increase his audience's suspense,
and partly perhaps so that O.'s first meeting with his wife may
take place after the daylight had gone, for fear that she may
recognize him too soon.

572-3. ' Seating me closer to the fire ' ; the night would
be cold and his clothes were miserably poor. O. has previously
shown similar anxiety about catching a chill at night (cp. 14,
462 ff. and on 23 above).

577-8. ἐξαίσιον (αἶσα) : best taken adverbially ' unreasonably, excessively '. ἄλλως = ' for some other reason ', *sc.*
than fear. αἰδοῖος : only here in H. in the sense of ' bashful,
shame-faced ' : for the opinion cp. 347 above and 7, 51-2.
κακὸς here means not ' bad ' but ' in a bad way, miserable ',
and is the predicate : we would use an impersonal construction, ' It is a bad thing for a beggar to be shame-faced ', but
for H.'s idiom cp. 347 and 15 above.

586. ὥς περ ἂν εἴη : ' however it turns out ' : the Scholiast
paraphrases it ὥσπερ ἂν ἀποβαίη. Cp. 19, 312, ὅτεται, ὡς
ἔσεται περ.

586-8. Rouse translates : ' The stranger is no fool ; he
guesses what may well happen. I don't think there are any
other men alive who go on in this wild reckless way.' It seems
better in 587 to read Eustathius' reading που for the MSS. πω,
though οὐ . . . πω is a common collocation. For ἀτάσθαλα
see on 16, 86.

592. ' Putting his head close so that the rest could not hear.'
The article in οἱ ἄλλοι has been considered dubiously Homeric
(but see § 11, 3), and Platt has suggested πευθοίατό F'[οι] ἄλλοι,
' could not learn to his disadvantage ' ; cp. on 4, 70.

593-5. κεῖνα = τὰ κεῖθι (sc. on his farm) in contrast with
ἐνθάδε in 594. For σάω in 595 see on 13, 230.

599. ἄττα : see on 16, 31. δειελιήσας = ' having spent
the afternoon ⟨here⟩ ' ; cp. 606. Many editors have taken
this verb to refer to a Meal between δεῖπνον and δόρπον, like
our ' tea ' ; but there is no evidence whatever for this in early
Greek times.

605-6. Observe the Suitors' recreations after lunch, dancing,
singing, and (see 1, 107 for this) a board-game called πεσσοί.
Before the meal their activities were more strenuous : see
168 above. Next day (p. xii) this life of ease and leisure will
catastrophically end.

BOOK EIGHTEEN

N.B.—For abbreviations and use of indexes see preliminary
notes to Book Thirteen.

SUMMARY

The beggar Irus insults the disguised O. ; O. replies ; Anti-
nous incites them ; they fight and Irus is defeated with one
blow (1-110). The Suitors congratulate O. He tries, without
effect, to warn Amphinomus of the coming vengeance (110-57).
Penelope, prompted by Athena, adorns herself and enters the
hall. She blames Telemachus for the incivility shown to O.,
and converses with the Suitors. They give her presents (158-
303). When evening comes O. offers to look after the lamps for
the serving-women. One of them, Melantho, insults him.
O. threatens them with terrible punishments (304-48). Eury-
machus mocks O. and throws a stool at him. Telemachus

persuades the Suitors to go to their houses for the night (349-end).

1-3. ' Then there came up the communal beggar, whose custom it was [§ 21] to beg through the town [see on 15, 308] of *Ithaca*. He was notorious there [μετὰ : lit. ' amongst ⟨them⟩ '] for his endless eating and drinking with ravenous [see on 16, 421] belly.' ἀζηχής, -ές, is best explained as from *ἀ-δια-(σ)εχής (a- intensive, διέχω ' go through, continue on '), implying ' without intermission, incessantly '. Fις with βίη in 4 makes a virtual *Tautology* for emphasis : ' neither strength nor vigour '.

5. πότνια μήτηρ : 'lady mother'. The epithet (see on 20, 61 : literally ' mistress ') if operative is a surprising one for a beggar's mother. Some have taken it as a touch of ironic humour in mock-heroic vein, but I think this unlikely (see on 14, 22 and pp. xviii-xix). I prefer to take it as an unemphatic use of a formula. But it is not impossible that his mother actually was a lady (cp. Cauer, *G.H.* p. 455).

6-7. The nickname Ἰρος, as the *Epexegesis* in l. 7 implies, seems to mean ' messenger '; it is perhaps cogn. w. Ἰρις the messenger of the gods in *Il.* and ultimately derived from εἴρω ' tell, say ' (Fείρω, cp. probably Fῖρος in 38, 73, 333-4, 393; not in 56, 233). The origin of his name Ἀρναῖος (l. 5) is uncertain : possibly from the town Arne (*Il.* 2, 507), or ἄρνα, ἀρήν, lamb ', or ἄρνυμαι ' get '.

8. ' He [ὅς demonstrative : § 12, 1] after his arrival was trying to chase (). from his own [ὅς possessive : § 12, 2 : here referring to object of main verb : cp. on 6, 278] house.'

10. ἕλκη : either this stands for ἕλκηαι ' you shall be dragged ' (§ 36, 1) or perhaps one should emend to μή τις τάχα ... ἕλκη with Monro and van Leeuwen. For πρόθυρον here and in 101, 386 see on 22, 474.

11. ἐπιλλίζουσιν : from ἰλλός ' squinting ' : ' wink at me '.

13. ἄνα : ' get up ' : § 33, 4.

14 ff. See index for ὑπόδρα, δαιμόνιος, and other words not directly annotated.

17. χείσεται (χανδάνω) is derived from *χενδ-σεται (cogn. w. Lat. *pr(a)e-hendo*) : ' will contain '. Some prefer the form χήσεται.

18-19. ' Since I take you for a tramp like myself and dependent on Providence for a living ' (Rieu). μέλλουσιν with the present infin. (see on 13, 383) implies ' are accustomed and likely to ' (cp. 138 below) : ' it is the gods usually who grant ': a reference to the conventional consolation of those in trouble

in the Heroic Age, the belief that prosperity does not ultimately
depend on man's deserts but on the will of the gods. O. is
quite polite (like Nausicaa in 6, 186-90 ; cp. 273 below) in
implying that perhaps Irus is a beggar through no fault of his
own.

26-7. ' Heavens [see on 13, 140], how glibly this swine [see
on 17, 219] talks, like an old oven-woman ! ' καμῖνώ was
explained by the ancients as a hypocoristic form of καμινο-
καύστρια ' furnace-heater '. Meillet (R.E.G. xxxii. (1919), p.
387), takes it, similarly, as a form denoting familiarity and
implying mockery here.

29. ' As of a sow, that destroys the crops.' The Scholiast
refers to a law of Cyprus that any landowner who caught pigs
damaging his crops—a common habit of theirs, as ληϊβότειρα
here indicates, hence their regular sacrifice to Demeter the
Corn-goddess—had the right to pull out their teeth : cp.
Aelian, Natural History 5, 45.

33. For the ' polished threshold ' see on 17, 339. ὀκριόωντο :
lit. ' grew sharp ' (cp. ὄκρις ' sharp point '), i.e. ' grew fierce,
hurtful '.

34-5. ' Then the princely Antinous observed the two and
with a merry laugh spoke among the Suitors.' The Periphrasis
ἱερὸν μένος (cp. on 13, 20) is probably unemphatic here : cp.
60 below. Note the alternation of plural and Dual in 33-4.
τοῖϊν is a gen. of reference : cp. § 31, 1. For ἐκγελάσας, ' with
a burst of laughter ', see on ingressive Aorist.

39. ξυνελάσσομεν : ' let us match them together ' : 1 aor.
subj. ξυνελαύνω : § 25, 1.

44-5. γαστέρες κ.τ.λ. : such membranes, stuffed with fat
(κνίση) and blood, and doubtless with various flavourings, are
well known in various forms—sausages, haggis, black-puddings,
drisheens, boudin, Magenwurst. ἐν πυρί : i.e. roasted or grilled;
cp. on 20, 25-7. γαστήρ lit. = ' belly, paunch ', as in 53 below.

56. ἐπ' "Ιρῳ ἦρα φέρων : semi-Parechesis and Alliteration :
' desirous to favour Irus '. ἦρα : cp. on 16, 375.

57. ' And overpower me for his benefit ' : τούτῳ = "Ιρῳ.

58. ἐπόμνυον : ' swore to it '. Here and in 15, 437, there is a
fairly well attested v.l. ἀπόμνυον ' swore they would not ' (cp.
on 2, 377-8). Actually the MSS. have -ώμνυον in both cases,
but I follow Allen in rejecting the temporal augment in such
forms : see footnote on p. xxxv.

61 ff. Telemachus adds his assurance that, if the Stranger is
eager to defend himself against Irus, none of the spectators will
be allowed to intervene against him. Perhaps he also wishes to

convey to his disguised father that he sees no objection to the fight.

66-70. ' But Odysseus girded his rags about his loins and showed his thighs, comely and great, and his broad shoulders came to view, and his chest and mighty arms. And Athene drew nigh and made greater the limbs of the shepherd of the people ' (Murray). O., we learn from here, *Il.* 3, 193-4 and 209-24, and *Od.* 8, 134-7, was of medium height, broad-shouldered, deep chested, and muscular, ' a typical middle-weight' (see K. T. Frost, 'Greek Boxing', *J.H.S.* xxvi. (1906), pp. 216 ff.). Other ancient descriptions of boxing matches will be found in *Il.* 23, 651-99, Theocritus 22, 80-130, Apollonius Rhodius 2, 67 ff., Virgil, *Aeneid* 5, 362-484. See further on 89 ff. below.

73. Ἶρος "Ἄϊρος : for the word-play cp. Κακοΐλιον in 19, 260 and δύσμητερ in 23, 97. It is common in later Greek, *e.g.* χάρις ἄχαρις, γάμος ἄγαμος, δῶρα ἄδωρα. The literally equivalent ' Irus un-Irused ' (Butcher and Lang) is pointless : in English one must sacrifice the word-play and translate ' Irus, no longer fit for errands ' or alter the meaning ' Irus, irate . . .'.

79-80. ' You might as well not exist, nor be born hereafter, you loutish bully, if now you are afraid of this man here and dread him terribly.' The optatives imply, as Monro notes, ' What is the use of your existence, if . . . ? '; cp. *Il.* 6, 164. See further in *Addenda.* βουγάϊος is generally derived from γαίω ' boast ' and the prefix βου- meaning ' ox-like ' in the sense of ' big, awkward ': against this see Richardson, *Hermathena*, xcv. (1961), pp. 54-5. Probably it comes from γάϊος (see *L.-S.-J.*) and means ' you lumbering ox '.

85-7. ' To Echetus the king, who mutilates | All men alive, and he will cut away | Thy nose and ears with the relentless sword, | And pull thy vitals out and give them raw | To dogs to rend ' (Marris). Ἔχετος (perhaps ' Holder,' *i.e.* Gaoler) is mentioned by H. only here, in 116 below and in 21, 308, apparently as a type of utterly savage cruelty, an ogre king. H. tells us nothing of his habitat : *Scholiasts* guess Sicily or Epirus : Fairyland is more likely. 85 is a *Formula* = 116 and 21, 308.

89 ff. For similar boxing matches see on 66-70 above. Note that they do not strip to fight here, but simply ' gird them-selves ' (cp. ζῶσαι in 30, ζώσατο in 67; cp. *Il.* 23, 685), *i.e.* tuck their clothes into their belt. They fight with bare fists here, while in *Il.* 23, 684, the boxers wear leather thongs round their hands, it being a more formal contest there and between gentlemen. Later, as the sport became professionalized these fist-guards were designed more and more to hurt, till they developed into such appalling weapons as the Roman *caestus* (as in *Aeneid* 5, 69, 379).

95. ἀνασχομένω : with full middle force=' drawing themselves up ', *i.e.* gathering all their weight into a downward blow, as in 14, 425. It can hardly mean ' having raised their hands ' (as Rieu and Butcher and Lang take it) : the fighters have already done that in 89, and when he means this H. uses χεῖρας with the verb (cp. 89, 100).

98. μακών = ' with a snort ' or ' with a bellow ' : not simply ' with a groan ' because μηκάομαι is used elsewhere by H. only of animals' cries : cp. 19, 454. σὺν δ' ἤλασ' ὀδόντας : lit. ' and he drove his teeth together ', whether by striking them on the ground when he fell, or by grinding them in rage, is not clear : the aorist suggests the first, λακτίζων, the second. Irus' terrible fall was the result of a light blow from O. (93-4). We may imagine what one of O.'s really hard blows would have done.

100. γέλῳ (§ 1, 14) ἔκθανον : ' died with laughing ', a remarkably bold phrase like our ' laughed till they split their sides '. It is probably imitated by the comic writer Antiphanes (4th cent. B.C.) *fr.* 190, 7 : ὁρῶντες ἐξέθνῃσκον ἐπὶ τῷ πράγματι. Cp. Terence, *Eunuchus* 3, 1, 42, *risu . . . emoriri.* Monro rightly objects to translating the aorist as ' were ready to die with laughter '. In view of the parallels cited above one need hardly emend, as he suggests, to ἔκχανον (' gaped in laughter ') or take ἔκθανον from ἐκθείνω (' burst out with laughter '). His objection that ἐκθνῄσκω does not occur elsewhere in H. hardly supports his emendations when one finds that neither do ἐκχάσκω (or ἐγχαίνω) and ἐκθείνω occur in Homer or any other classical Greek writer. γέλῳ (*v.ll.* γέλω', γέλω) is the only example of the dat. sing. of γέλως in H.: it may be third decl. or else from the 2nd decl. *Aeolic* γέλος (cp. *v.l.* γέλον in 20, 346). The basic notion of the root *γελ- is ' brightness ' : it is conn. w. γαλήνη, γλήνη, ἀγλαός (cp. my *G.M.* pp. 114-16). For the Suitors' almost hysterical laughter see further on 20, 346, and cp. on 163 below.

100 ff. O. plays up to the Suitors' merriment : he drags his rival by the foot [ποδός is the regular gen. after a verb of grasping, taking hold of] out through [διέκ : § 33, 3] the πρόθυρον [which here, as sometimes elsewhere, seems to mean the part in front of the door of the μέγαρον ; for its other meaning see p. xlii] to the doors of the colonnade [αἴθουσα : p. xlii] to the courtyard, where he props him up at the front gate (239) like a scarecrow and puts a stick in his hand and mockingly tells him to frighten off stray pigs and dogs.

106-7. εἶναι : imperatival. ἐπαύρῃ : ' may reach you ' : 3rd sing. 2 aor. subj. act. ἐπαυρίσκω ; cp. on 13, 132. This

seems preferable (*pace* Monro) to taking it as 2nd pers. mid.
(= ἐπαύρηαι) or adopting the weakly attested *v.l.* ἐπαύρῃς. For
the construction of this verb see La Roche, *Homerische Studien*
§ 82, 6, and *L.·S.·J*. It usually governs the genitive.

108-9 = 17, 197-8.   Cp. on 13, 438.

111-111a. For δεικανόωντο 'greet' see on 15, 150 and cp.
in 121 below. The next line (= 2, 324) is omitted in the majority
of the MSS., but seems necessary to introduce the following
prayer.

112 ff. The utterer of this prayer did not realize its full
implications : what the ' beggar ' specially desires (see 235 ff.)
is the destruction of the Suitors : *Irony*. Cp. on 117 below.
112-13 almost = 14, 53-4.   116 = 85 above.

114. τὸν ἄναλτον : ' that insatiable fellow ' ; cp. on 17, 228.
The article (§ 11) implies contempt here (Monro, *H.G.* § 261, 2).

117-18. κλεηδόνι : ' at the ominous words ' : like φήμη the
word denotes a message contained in a chance utterance. It is
cogn. w. κλύω ' hear '. Cp. on 112 ff. above and in 20, 120.
118 : γαστέρα : see on 44 above.

125 ff. See on *Amphinomus*. 126-7 : ' For such was your
father [Consternation ! Has O. given himself away? He
quickly covers up his tracks]—for I used to hear good report
of him, that Nisus . . .'. He emphasizes that he has only
hearsay knowledge by using φασι in 128. Actually O. would
have known a neighbouring nobleman like Nisus (cp. 16, 395)
well.

128 ff. For ἐπητής see on 13, 332. See index for σύνθεο,
ἕρπει, ἀρετὴν, γούνατ'. The note of melancholy in the following
passage is not unparalleled in H. There was little light-
heartedness or callow optimism in the Homeric Heroes' view
of life (cp. p. xlviii) ; they, or at least Homer himself, had a
deep sense of the inescapable tragic elements in life. Cp. on
11, 488-91.

136-7. Rieu gives the general sense : ' In fact our outlook
on life here on earth depends entirely on the way in which
Providence is treating us at the moment '. But in this one
misses the poetic qualities of the Greek : the spacious epithet,
the melancholy *Assonance* of η and ω, the sustaining rhythm.
ἐπ' goes with ἄγῃσι (§ 33, 2). ἦμαρ almost = ' daily condition '
here as in κακὸν ἦμαρ etc. Note the smooth breathing in this
word while its cognate ἡμέρα has the rough, as in Attic. Many
philologists now hold that the original text of H. (like *Aeolic*
and Asiatic *Ionic*) had no rough breathings : these were added
later by Attic copyists in all words which had them in *Attic* ;

so ἡμέρα, but ἦμαρ because this form is not Attic. See end of n. on 17, 140, and Chantraine, *G.H.* chap. xiv.

138. ἔμελλον : ' was accustomed to be ' ; cp. on 18-19.

141. εἴη : the optative conveys a mixture of wish and advice here : ' So I would have a man not be lawless but . . .' (Monro, *H.G.* § 299 *b*).

143. οἵ' ὁρόω : another of H.'s rather loose uses of οἷος. Monro explains it as causal=' I say so, considering what outrages I see . . .', and compares 16, 93 ; 17, 479, 514.

151-4. ' He poured and he drank of the wine heart-lulling as he spoke | And gave back the cup to the hands of the orderer of the folk ; | Who [Amphinomus] as through the house he wended on his heart bore heavy load ; | And he shook his head as he pondered, for his heart the bale forebode ' (Morris). The brief scene is graphic and full of pathos : cp. on *Amphinomus*.

158-303. Monro is inclined to agree with Kirchhoff, Seeck, and Wilamowitz (*H.U.* p. 30) that this is an interpolation on the grounds that (*a*) as it is already late afternoon (17, 606) there is hardly time for the incidents described ; (*b*) that Penelope's lack of restraint is uncharacteristic ; (*c*) that a considerable interval must be supposed at 291-303, leaving the action in the palace at a standstill, which, Monro claims, ' is surely a violation of one of the most fundamental rules of the Epic art ' ; (*d*) that there are some traces of post-homeric language, *e.g.* χρῶτα (172, 179), δάκρυοισι (173), τέως (190), θησαίατο (191), κάλλος=' cosmetic ' (192), πλέονες scanned πλεῦνες (247), ἀνέσει (265).

160. The MSS. reading πετάσειε (πετάννυμι) literally=' open out '. This reading has to be greatly strained to give any tolerable meaning here. There is no real support for the common version ' flutter ' (except the dubious *v.l.* ἐκπεπετασμένος in 327), and I suspect that it goes back to some confusion with πέτομαι (cp. on 6, 42 ff.). Merry's rendering ' enlarge their heart ' (*sc.* towards liberality) is better. Agar's emendation ἐτάσειε (from ἐτάζω ' examine, test ') is very ingenious ; but the word does not occur in Epic. Perhaps a bold *Metaphor* is intended—' Spread the sails of the Suitors' passion ' : their desire to marry her had been rather in the doldrums of late.

163. ἀχρεῖον δ' ἐγέλασσεν : ' with an inane [lit. ' useless '] laugh ' ; cp. ἀχρεῖον ἰδών ' with an inane [or ' helpless '] look ' in *Il.* 2, 269. Athena's prompting comes into her mind as an idle, frivolous thought, breaking into her melancholy seclusion. As the crisis approaches this tendency among the protagonists towards ' queer ' laughter becomes marked ; cp. on 100.

168. 'But their mind is set on future evil': a regular Homeric use of "πιθεν, ' behind ' in the sense of ' afterwards '; cp. on 24, 452.

173. With δάκρύοισι, an unusual shortening in H., cp. on δάκρυπλώειν in 19, 122.

175-6. It is uncertain whether τηλίκος ' of such an age ' refers back to 166 and 171 so as to imply ' is old enough to appreciate your advice ' or goes with what follows = ' is old enough to have a beard '. The second is perhaps preferable. ἡρῶ, 2nd pers. sing. imperf. ἀράομαι, is a dubious contraction : perhaps Payne Knight's ἡράε[ο] represents the original.

180. ἀγλαΐην : a complex term, which, like its adj. ἀγλαός, combines implications of brightness (root *γελ- ; cp. on 100 above), beauty, glory and joy. Various renderings are : ' bloom ' (Butcher and Lang), ' charm ' (Rieu), ' beauty ' (Murray), ' fairness ' (Morris), ' looks ' (Marris), ' comeliness ' (Rouse), ' appeal ' (Lawrence).

183. παρστήετον : 3rd pers. dual 2 aor. subj. act. of παρίστημι. Penelope, as befitted her rank, was regularly accompanied by two women attendants ; cp. on 17, 62.

184. ΟΥΚΕΙΣΕΙΜΙ represents the early Text here. The modernization οὐκ είσειμι is generally preferred to οὐ κεῖσ' εἶμι. Some MSS. have an extra line, μίσγεσθαι μνηστήρσιν ὑπερφιάλοισιν ἀνάγκη (cp. 14, 27), after this, probably to provide the usual infinitive after αἰδέομαι ; but for its absolute use cp. 17, 578.

187-8. While the attendants are being called Athena shed [κατὰ . . . ἔχευεν] a brief sleep over Penelope to relax her anxieties and to act as an anaesthetic during her beautification (192-6).

190. Only here in Od. (and in Il. only at 19, 189 ; 24, 658) must τέως be scanned ‿–. Elsewhere it is easily read as trochaic (τῆος) or (twice only : Od. 15, 231 ; 24, 162) monosyllabic by Synizesis. Similarly ἕως is iambic only in Od. 2, 78, monosyllabic in Il. 17, 727 and perhaps at Od. 2, 148, elsewhere trochaic (ἧος). Cp. on 13, 315 and 16, 139. Monro takes the unusual quantity as further evidence against the passage's authenticity (cp. on 158 ff.) and also observes that κλιντήρ ' chair for reclining ' occurs only here in H. (elsewhere κλισμός).

191. θησαίατ'[ο] : 3 pl. (§ 16, 7) 1 aor. mid. optative, apparently contracted from θησαίατο (cp. θηήσαιο in 17, 315), of θηέομαι (Epic and Ionic form of θεάομαι) ' gaze on, wonder at '. It is better not taken from *θάομαι (see L.-S.-J.).

192-4. ' First of all she refined the beauty of her face with the imperishable salve used by well-crowned Cytherea whenever she goes featly dancing with the Graces ' (Lawrence). κάλλεϊ ἀμβροσίῳ is best understood as some kind of cleansing (κάθηρεν) and beautifying oil (χρίεται ; from which verb are derived chrism and Christ, ' the Anointed ') or cream (a derivative of χρῖσμα : cp. crême) ; cp. Il. 14, 170-2 (the ' Adorning of Hera ') :

ἀμβροσίῃ μὲν πρῶτον ἀπὸ χροὸς ἱμερόεντος
λύματα πάντα κάθηρεν, ἀλείψατο δὲ λίπ᾽ ἐλαίῳ
ἀμβροσίῳ ἑδανῷ, τό ῥά οἱ τεθυωμένον ἦεν.

κάλλος can hardly mean ' beauty ' (cp. Il. 3, 392 ; Od. 6, 237), as this seems too abstract with κάθηρεν here, though Allen ingeniously cites the Psalmist's ' lavabo manus meas in innocentia '. ἀμβρόσιος and ἀμβροσίη ' ambrosia ' are traditionally derived from ἀ-, *μροτος (cogn. w. mors, mortis) ; but modern philologists have more plausibly connected it with Babylonian amru, cp. ambar, ambergris, which implies that its basic meaning was ' fragrant '. H. may have used the word with both meanings ; cp. on 15, 8. Observe that no ' make-up ' (rouge, powder, kohl, etc.) is mentioned in H. : for their use in later Greece see refs. in L.-S.-J. at στίμμι, φῦκος, ψιμύθιον, and cognates, and cp. Ovid's Medicamina Faciei. With προσώπατα (heteroclite acc. pl. of πρόσωπον) cp. dat. προσώπασι in Il. 7, 212: for the poetic pl. see on p. xix and cp. in 206, 210 below.

193. Κυθέρεια : surname of Aphrodite either from the city Κύθηρα in Crete or from the island Κύθηρα (see on 9, 81) where the foam-born goddess first came ashore.

195-6. ' Taller and fuller ' : because the Greeks always considered that large stature was an essential of beauty : a small person could be well proportioned and pretty (σύμμετρος and ἀστεῖος) but not καλός (see Aristotle, Nic. Eth. 1123 b 7) ; cp. on 6, 107-8. ' Whiter than sawn ivory ' (cp. νεοπρίστου ἐλέφαντος in 8, 404) : ivory when freshly cut is a beautiful white colour, but tends to grow yellow later. See further on 19, 564.

199. φθόγγῳ ἐπερχόμεναι : 'talking while they came on ', for, as Damm acidly remarks, when women go together they never keep silence. The poetic purpose here is to awaken Penelope.

202-4. Artemis was believed to bring sudden, painless death to women, as her brother Apollo to men (see on 15, 410). 203-4 : ' So that I may no longer waste away my life by the sorrowing that covers (κατὰ) my heart '.

206. κατέβαιν᾽ ὑπερώϊα : the accus. here and in 23, 85 implies ' went down along, or through ': ' down from ' would demand

the gen. But perhaps the meaning of the case should not be pressed : the accus. may be largely *metri gratia*, cp. 302. For the position of this ' upper room ' see on 17, 541-2.

207 ff. 207-11 = 1, 331-5. For σταθμὸν ' pillar ' cp. on 17, 96. For κρήδεμνον see on 16, 416, for λιπαρός, on 13, 225. 213 = 1, 366.

214-43. Monro follows Wilamowitz (*H.U.* p. 30) in thinking that these lines are ' almost certainly an interpolation ', on the grounds that Eurymachus' speech in 244 ff. ought to follow at once on Penelope's spectacular entrance, that this episode is irrelevant, and that the nature of the dialogue is such that it should be spoken in secret between Penelope and Telemachus, which is impossible in the circumstances. He thinks that it was suggested by Penelope's words in 166. The arguments are not conclusive and the characterization of the scene is good. Penelope, as in earlier visits to the μέγαρον, begins by abusing Telemachus to cover her inner perturbation and to assert her authority. Telemachus previously had answered her sharply and sent her back to her room rebuffed. But now that his father is back he treats her much more considerately and gently.

217. ἥβης μέτρον: lit. ' manhood's measure ', *i.e.* the point from which ἥβη (see on 15, 366) begins to be measured ; cp. 13, 101. But probably it is little more than a metrically convenient *Periphrasis* for ' young manhood, youthful maturity '.

218-19. τις . . . ἀλλότριος φώς : the *Epexegesis* means someone with no previous knowledge of Telemachus' circumstances.

221-2. οἶον = ' as is exemplified by the fact that . . .'. ὅς : causal = ' because you '. τὸν ξεῖνον : § 11, 1.

229. τὰ χρεία : the Homeric use of the article with comparatives and in contrasts : Monro, *H.G.* § 259.

234. μνηστήρων ἰότητι : elsewhere in H. ἰότης seems to mean ' will, determination, ordinance ', as in θεῶν ἰότητι ' by the will of the gods ' : but to interpret it as ' by the will of the Suitors ' here makes the following clause, ' but he was the stronger in force ', rather inconsequential. The *Scholiast* explains it as ' to the liking of the Suitors ' : but as the story is told earlier in this book the Suitors show no favour towards Irus. Telemachus, however, may be attempting to discern their concealed feelings, and there is some *Irony* in the phrase if it is taken in the second sense. In the whole speech he is obliquely excusing himself to his mother : ' I know I shouldn't have let them fight : it was the Suitors' fault : our guest won, anyway, and they didn't really like it (and they'll like it less later) '.

238. λελῦτο is perf. optative, for λελῦ-ι-το ; cp. δαινῦατο for δαινῦ-ι-ατο in 248, δύη for δῦ-ιη in 348 and 20, 286.

239-40. ' Is seated at the front gate with lolling head like a drunkard.' νευστάζω here implies lack of muscular control, helpless paralysis ; in 154 above it describes the tense head movements of a person in perplexity. μεθύω is derived from μέθυ (cogn. w. English *mead*, Old Irish *mid*) ' wine ' : this Indo-European word was ousted from later Greek by the Semitic loan-word οἶνος, which is already the commoner term in H. for *Wine*. Modern Greek uses κρασί, ' the mixture ' (cp. on κρητήρ).

246. Ἴασον Ἄργος : cp. on 15, 80. The epithet here is unique in H. Its meaning has been much disputed. Attempts to connect it with Ἰάς ' Ionic ' are linguistically and historically unsatisfactory.

247. πλέονές : *Synizesis* of an unusual kind ; cp. on 158 ff. above.

257 ff. There is a notable realism in this excerpt from a soldier's farewell before leaving for war. O. calmly recognized the possibility of death and the valour of the enemy. He reminded his wife of her responsibilities to his family and made arrangements for a long absence and for his wife's remarriage if necessary. It is not to be assumed that this was all that O. said : Penelope gives only the part relevant to her intentions here ; she would not mention any intimate and personal memories to the hostile Suitors. Contrast the tender description of Hector's parting from Andromache in *Il.* 6, 390 ff. where the scene is enacted privately. I cannot accept the view that Penelope has invented the whole speech here.

260. εὖ often has the force of ' in good condition, safely [as here], well ' with passive and intransitive verbs : cp. εὖ ζώουσι in 19, 79, and εὖ κείμενα in 8, 427. ἀπονέεσθαι must have its first syllable lengthened in *Thesis* or else the line is ' mouse-tailed ' (p. xci).

263-4. ' They excel also at fighting from ⟨chariots of⟩ swift-footed horses, which most speedily decide the great issue of inexorable war.' Riding on horseback is only clearly mentioned by H. in similes (cp. 13, 81) and, in very unusual circumstances, in *Il.* 10, 513 (see Leaf's note there). Undeniably the phrase ἵππων . . . ἐπιβήτορας could refer to simply riding (cp. Hesiod, *Shield* 286), but ἵπποι is generally = ' chariot ' in H. and is best taken so here. Monro's view that we should read οἵ τε for οἵ κε and take ἔκριναν as a Gnomic *Aorist* is almost certainly right and has been adopted in my text. For τε see on 13, 60. ὁμοΐος is applied to old age, death, war, feud, in H. It is presumably from ὁμοῖος ' the same, equal ' (cp. in 17, 218),

meaning ' the same to all, impartial ' : war, death and old age
are no respecters of persons. Then the underlying idea would
be paralleled in Damon Runyon's formulaic phrase for a gun,
' the old equalizer ', and in H.'s ξυνὸς 'Ἐννάλιος. But Boisacq
rejects all connexion w. ὁμοῖος and suggests that the Sanskrit
ámi-vā ' suffering ' is a cognate : if so, ὁμοΐιος = ' painful '.
Perhaps the original *Text* of this phrase here *et al.* was ὁμοίτοο
πτολέμοιο (see on 14, 239), as elsewhere the epithet has the
second *iota* short.

265. ἀνέσει was generally explained as an irregular future of
ἀνίημι, for ἀνήσει, and translated ' will let me return home '.
But both this form and this meaning are highly unlikely, as
Monro shows. It is better to follow (with *L.-S.-J.*) his sug-
gestion that it is from *ἀνέζω (root *sed* as in *sedeo*) ' set up,
restore '.

267. μεμνῆσθαι : imperatival infin. as in 270.

273. οὐλομένης = ' accursed ' : see on 15, 344. For ἀπηύρα
see on 13, 132.

274-80. Rieu renders it : ' Meanwhile here is something that
is causing me the utmost mortification. Yours is by no means
the good old way for rivals to conduct their suit for a gentle-
woman and a rich man's daughter ! Surely it is usual for the
suitors to bring in their own cattle and sheep to make a banquet
for the lady's friends, and also to give her valuable presents,
but *not* to enjoy free meals at someone else's expense.' See
index for δίκη, ἀγλαός, νη- etc.

281-3. It may seem surprising that this is O.'s first reflection
on seeing his wife after so many years. But it was the way
of wise Greeks to concentrate on whatever matter was in hand.
Secondly, O., like most Greeks, was decidedly acquisitive, as
we have had frequent cause to note before.

291. οἰσέμεναι : § 19, 2.

292 ff. Note the wooing gifts given to the prospective bride
(not ἔεδνα here : see on 13, 378) : an embroidered gown with
twelve fastening brooches (cp. on 19, 226), a necklace with
beads of amber (see on 15, 460), two earrings, and a shorter
and perhaps wider necklet (ἴσθμιον, cp. ἴσθμος). μορόεντα :
Gloss : perhaps best explained as ' clustering ' from μόρον
' mulberry '. The κληΐδες in 294 are either the pins of the
brooches or else, possibly, the sheath into which the pin fitted
(=αὐλοί in 19, 227).

297. θεράποντες like medieval squires were personal at-
tendants on noblemen. κήρυκες (cp. 291) were apparently
similar, but seem to have had a more official rank, acting as
heralds or envoys in war and as assistants at sacrifices (they
could also be δημιοεργοί ; cp. 19, 135 and on 17, 383).

305-6. *Euphony*: the vowels ε and ο, and the consonants π, ρ, σ, τ, predominate; and note the *Parechesis*. Contrast the harshness of 308-9.

307. ἵστασαν : the imperfect form is better attested here than in 3, 182 (see note there for Aristarchus' reading ἑστᾶσαν, which is also a *v.l.* here). Cp. Monro, *H.G.* § 72, 2. λαμπτῆρας =' braziers, cressets ', for giving light, as in 343 below and 19, 63 : Bérard, without any convincing argument, asserts that they are anachronistic in the Heroic Age.

310-11. δαΐδας μετέμισγον κ.τ.λ. : Monro explains this as describing torches, distinct from, and supplementary to, the λαμπτῆρες, held up by the serving-maids in turn (ἀμοιβηδὶς) ; he compares the figures holding torches in the palace of Alcinous (7, 100-2). Others explain δαΐδας as slips of wood constantly added to the braziers to keep up a blaze, and *L.-S.-J.* takes ἀνέφαινον as ' caused to give light, made to blaze up '.

312. αὐτὸς is dubious here : it is always emphatic in the nom. in H. Hinrichs conjectured αὖτις : cp. 15, 439 ; 18, 60.

315-16. ἠλάκατα : this neuter pl. is the word for a bundle of loose wool which has been cleaned from the impurities and tangles of its raw state (when it is called εἴρια, as in 316) by washing and combing (πείκετε in 316 ; Epic for πέκω, hence πόκος : cogn. w. Latin *pecten* ' comb '). This loose wool was held on a distaff (ἠλακάτη) from which it was drawn for spinning (κλώθω, νέω) into a continuous thread (τολύπη : only the verb τολυπεύω occurs, metaphorically, in H. ; cp. 14, 368 ; 19, 137 ; 24, 95). It was then ready for weaving on a loom (ἱστός ; cp. 19, 139) into textiles (cp. on 5, 62 ; 7, 107).

316. μεγάρῳ can hardly refer to the main hall (*House*) here, for Penelope no longer sat with her womer. there—unless O. is cunningly pretending that he is unaware of the unusual situation. In 17, 569 (unless there also O. is indulging in subtlety) and 19, 30 the pl. is used similarly of the inner rooms, but the pl. is naturally vaguer, as in our ' halls '.

321. The fair-cheeked, but shameless, Melantho was a sister of the insulting goatherd Melanthius (see on 17, 212).

323-4. The hiatus δὲ ὥς and the trochaic caesura in the fourth foot (p. xcii) are suspicious. Monro prefers the *v.l.* θυμοῦ to θυμῷ as ' more Homeric ' ; cp. μειλίγματα θυμοῦ in 10, 217. **324** : Πηνελοπείης=' for P. ' : objective genitive, § 31, 1.

327-9. τάλας, so common later in Tragedy in the sense ' miserable, wretched ', occurs only here and in 19, 68, in each case with an abusive rather than a pitying intention, ' impudent, bold ' (unlike compounds in ταλ-). The word is conn. w. τλάω.

φρένας ἐκπεπαταγμένος (ἐκπατάσσω) is paralleled by Horace's
'mentem concussa' (Satires 2, 3, 295), lit. 'knocked out of one's
wits'. For the v.l. ἐκπεπετασμένος see on 160 above. Rouse
translates 327-9 : ' Well, Mr. Patience, your wits must have
been smacked out of you ! Why don't you go and sleep at the
smithy, or the gossips' hostel, instead of giving play to your
tongue here . . .?' The smithy, warmed by the forge fire,
was a favourite resort of the idle and homeless in cool weather
in Greece : cp. Hesiod, Works 493. Van Leeuwen derives λέσχη
from the root *λεχ- ' lie ' (*λεχ-σκη, as πάσχω from *παθ-σκω),
implying a place for lying about, a ' lounge '. The later Λέσχαι
were public buildings, often adorned with frescoes, for popular
resort.

330-2 = 390-2 below. Aristarchus rejected the lines as super-
fluous here. 332 : δ = ' because ' : Monro, H.G. § 269, 1.

348. δύη : optative as in 9, 377 ; cp. on 238 above.

350. γέλω : with this accus. cp. on 100 above.

354-5. ' For to me the light | Of yonder torches altogether
seems | His own, an emanation from his head, | Which not the
smallest growth of hair obscures ' (Cowper). O.'s bald head
(cp. on 13, 437) reflects the light of the torches and provokes
one of those immemorial gibes at bald-pates : cp. the children's
mockery of Elisha in 2 Kings 2, 23.

356. πτολίπορθον : ' sacker of cities ' (probably a reference
to various acts of piracy, as in 9, 40, rather than to the sack of
Troy specifically) : the epithet is almost confined to O. and
Achilles in H. There is perhaps some intentional Pathos in its
use here where the great warrior is being treated as an idle
vagabond ; but it may be accidental from the use of Formula.

357. For θητευέμεν ' serve as a [free] day-labourer ' (θής)
see on 11, 488-91 ; contrast on δούλιον ἦμαρ in 17, 323.

358. ἐσχατιῆς = the limit of the cultivated land, i.e. the part
that was still being reclaimed, as in 14, 104.

359. αἱμασιάς τε λέγων : ' picking <stones for> loose walls '.
This interpretation is the one finally adopted in L.-S.-J. (p.
2045). At αἱμασιά it rendered λέγων here as ' laying ', a mean-
ing which is withdrawn at λέγω as an erroneous inference from
λέξομαι, ἔλεκτο (which are from *λεχ-, not *λεγ-). This in-
consistency probably arose from their following Monro's note
here : but he in his Addenda p. 287 emphatically withdrew
his view that λέγων meant ' laying '. The kind of wall referred
to is characteristic of many stony regions, e.g. the West of
Ireland and the Pennines in England. It is a convenient way
of clearing loose stones from the fields. The builder must be

expert in *choosing* the right stones for each layer of the wall.
Cp. 24, 224.

362-3 = 17, 226-8.

366 ff. Observe the technique of this speech (and cp. 15 ff.
above) : O. begins suavely and mildly enough, but works up
to a climax of fierce menaces. In answer to Eurymachus'
insults he asserts that he would undertake to surpass him in
any fair contest, in the arts of peace or of war. He ends with
a telling taunt : Eurymachus' high opinion of himself must be
the result of the inferior company he keeps : if a genuine hero
like O. (*Irony*) were to return, the doors, wide as they were,
would be too narrow for his ignominious flight. 366 : ἔργοιο :
' in *farm* work ', as usual with reference to men in peacetime :
cp. on 14, 222. 367 : πέλονται = ' come round ' ; the word is
cogn. w. πόλος, κύκλος, colo. 370 : νήστιες : from νη-, ἐσθίω.
In connexion with the second phrase one must remember
that abundant long grass is, and was, uncommon in most parts
of Greece. 374 : τετράγυον = ' of four measures '. The precise
size of the γύης has not been determined ; cp. on πέλεθρα in
11, 577.

377-8. Note the basic minimum of armament required by a
hero. Sword and greaves (κνημῖδες : cp. on 24, 229) are
omitted as unessential. Contrast the importance of breastplate
and sword in hoplite warfare.

381. ἀπηνής : ' hostile ', perhaps to be derived from ἀπο-
and a root *ην ' face ', turning away the face being a sign of
disfavour : cp. προσηνής, πρηνής, ὑπηνήτης. L.-S.-J. connects
it w. Gothic *ansts* ' favour '.

387-8. μᾶλλον : see on 15, 370. ὑπόδρα : see on 17, 459.

394 ff. This is the second time that a Suitor throws a missile
at O. : cp. on 17, 462.

396-7. οἰνοχόος : lit. ' wine-pourer ' (χέω), ' wine-server '.
πρόχοος : ' jug, ewer ', a word found only once in *Il.*, seven
times in this poem. The order of serving *Wine* was as follows :
the οἰνοχόος drew the wine, after it had been mixed (some-
times by a κῆρυξ : cp. 423-4 below) with water (see on 9, 196),
from the mixing-bowl (κρητήρ) into a πρόχοος from which he
(or a θεράπων ; cp. 424-5) filled the cup (δέπας) of each guest
for them first to pour a libation to the gods, then to drink
(cp. 423-8). βόμβησε : a strongly onomatopoeic word (cp. in
8, 190) : ' boomed ' or ' clanged '.

398. As van Leeuwen observes there is a significant contrast
between the collapse of the wine-server here and O.'s steadiness
and good balance when struck by a much more violent blow

(17, 463). It implicitly proves the superiority over ordinary men that O. explicitly claims in 381-6 above.

402. μετέθηκε 'set among us' was (with -ν added) the reading of all the ancient MSS. known to *Aristarchus* and the *Scholiast* ; all our extant MSS. have μεθέηκε 'let go,'release ', which hardly makes adequate sense here. It is true that no form of μετατίθημι is found *al.* in H., but Aristarchus, a very conservative critic, seems to have been undisturbed by this consideration.

406-7. ' And no longer conceal in your heart ⟨the effects of⟩ your eating and drinking ', *i.e.* it is only too obvious from your insolence that all your guzzling here is having a bad effect on you.

408-9. ' But, now that you have dined well, you should go home to bed—that is, when you feel inclined, for I don't want to chase anyone away.' κατακείετε may be imperative or future : cp. κατακείομεν, fut., in 419, and see on 13, 17. Monro prefers to take it as fut. = an indirect request, milder than a command. Possibly ἐγώ γε is emphatic, implying ' *I* am not like you who persecute helpless beggars ', in view of the incident in 387-404. Telemachus speaks with great restraint in the circumstances ; but the Suitors find his speech infuriatingly bold (410-11), having had it all their own way in the Palace up to this.

410 ff. ὀδάξ ἐν χείλεσι φύντες : lit. ' fastening on their lips with their teeth ', *sc.* to check their angry words. ἐν goes with φύντες : cp. on 15, 530. In 412 ff. *Amphinomus* acts as a moderating influence, successfully (422) as elsewhere. 410-11 = 20, 268-9.

412-13 = 16, 394-5.   414-17 = 20, 322-5.   Note ἐπὶ Ϝρηθέντι in 414, and see on 14, 90 for δίκαιος.

418. ἐπαρξάσθω : ' let him pour in the first-drops '. ἐπάρχομαι (cp. on ἀπάρχομαι in 14, 422) is the technical word for this ritual preliminary to a libation ; cp. in 21, 263, 272.

423. κρητῆρα κεράσσατο : *Schema etymologicum.* Cp. on 13, 50, and 396 above.

425-8. ' Then to the blessed Gods drink-offering meet | They poured, and drank the wine as honey sweet, | And having drunk to their content, to rest | In their own houses each they set their feet ' (Mackail). Thus the 38th day (p. xii) ends for the Suitors, their last full day on earth. But O. has further trials to endure before he rests, as the next book reveals.

BOOK NINETEEN

N.B.—For abbreviations and use of indexes see preliminary notes to Book Thirteen.

SUMMARY

Odysseus and Telemachus, aided by Athena, remove all arms from the hall (1-52). Penelope enters with her attendants. Melantho again jeers at O. He replies with threats. Penelope also reproves her (53-95). Penelope converses with O. (96-163). In reply to her questions O. pretends that he is a Cretan. He describes a fictitious encounter with O., and predicts that he will soon be home again (164-307). Penelope expresses her doubts, but gives orders that her guest should be well treated (308-34). O. refuses to have his feet washed by anyone except an old serving-woman. Eurycleia begins to wash his feet. She recognizes him from an ancient scar above his knee. A description follows of how he got the wound when hunting on Parnassus. O. checks Eurycleia from revealing him (335-507). Penelope tells O. about her anxieties and a strange dream. O. interprets the dream favourably, but Penelope is not convinced. She states her intention to hold the competition for her hand in marriage next day, and goes sadly to bed (508-end).

1-50. Monro in a long note condemns this and the similar passage in 16, 281-98 (see n. there : 5-13 here = 16, 286-94) as interpolations : Bérard and Rose (*H.G.L.* p. 28 n. 24) agree. Many of Monro's arguments are only relevant to a carefully compiled book-epic (like the *Aeneid* or the *Argonautica*), but not to an epic composed mainly by *Oral Technique* in which repetitions and minor inconcinnities were easily tolerated. Monro objects to four forms as non-homeric : κατήκιστα̈ι (for κατηϜείκιϲται) in 9, τρώϲητε (for τρώϲετε; cp. § 25, 1 : but in *H.G.* § 82 Monro gives other examples of this and possible emendations) in 12 (cp. 16, 369), χρύϲϵ̈ρν in 34, and λύχνος in 34. But these are slight abnormalities in fifty lines : few equal passages of H. would fail to produce as many. Monro and Rose take special exception to l. 13 : see n. below. My own opinion is that the passage may well be authentic : it is linked with 22, 23-5, 140-1, and 24, 164-6. These Monro has also to condemn or explain away—αὐτὴ γὰρ ἐφέλκεται ἀνδρ᾽ ἀθέτησις. It is noteworthy however that the passage is marked off as a kind of digression by the repetition of 1-2 in 51-2 ; cp. on 465 below.

1. **Αὐτὰρ ὁ ἐν** : hiatus (§ 1, 14) after a short syllable in this position is found also in the first line of 14 and 20.

2. **σὺν 'Αθήνῃ** : ' with Athena's help '. She does not actually become visible till 33.

4. **τεύχε' ἀρήϊα** : ' martial weapons '. As 8-9 makes clear, these belonged to O., presumably the spoils of war, hung on the walls as trophies (cp. Alcaeus *fr*. 54 in Diehl). The Suitors if they had any spears would leave them outside the μέγαρον before they entered (cp. 1, 128 ; 17, 29), retaining only their swords, as always (cp. 21, 341, 431 ; 22, 74).

6-7. **παρφάσθαι** : the force of the παρα- is ' away from the truth, deceptively ', as in παραυδάω 11, 488 ; 18, 178. Note the direct transition to direct speech (which H. always prefers to *Oratio Obliqua*) in 7. The reference to smoke is a reminder that the *House* of the Heroes had no real chimney, only a hole in the roof : cp. on 1, 320.

13. ' For the iron of itself draws a man on ', *sc*. to quarrel. Editors have pounced on this as a palpable *Anachronism*, for although H. refers to iron knives (*Il*. 18, 34 ; 23, 30, 826-35), an iron arrowhead (*Il*. 4, 123), and iron axes (see on 587 below), the ordinary weapons of war, which must be those referred to here (cp. on 4 above), are always of bronze. But H. himself was familiar with the general use of iron (cp. on 15, 329), so the anachronism does not prove post-homeric authorship. The proverb may have originated in the magnetic powers of iron as Eustathius suggests. Or possibly it began in the common primitive notion that iron had magical powers : see M. Cary and A. D. Nock, ' Magic Spears ', *C.Q.* xxi. (1927), p. 125.

16. **μαῖ'[α]** : see on 17, 499. **ἐνὶ μεγάροισι** : ' in the inner rooms ' ; cp. on 18, 316. But Monro takes it = ' indoors '.

22-3. ' Indeed, child, I wish that sooner or later you would take heed to looking after the house and protecting all your possessions.' Eurycleia addresses him with the familiarity of an old nurse ; cp. 363 below.

24. ' Who then will fetch a light and carry it for you ? ' : with this use of μετοίχομαι cp. *Il*. 10, 111 ; Od. 8, 47. *L.-S.-J.* translates ' follow behind ' ; but observe πάροιθε in 33. Many translate ' accompany ' ; but, as van Leeuwen shows, μετα- with the *singular* can hardly mean this. τοι is probably the pronoun ; but see end of § 39.

25. **προβλωσκέμεν** : see on 17, 190. **αἴ κεν ἔφαινον** = ' who would have given you light ' : unfulfilled condition, *sc*. ' if you had allowed them '.

28. A **χοῖνιξ** was a measure of corn, one ' choenix ' being regarded later as the normal daily allowance of a free man

(Herodotus 7, 187) or a slave (Thucydides 4, 16). It occurs only here in H. To judge from the *Scholiast* some ancient critics regarded it as a low (lit. ' cheap ': εὐτελές) term and based a *Chorizontic* argument on it. The Scholiast rebuts this by citing even ' lower ' terms from the *Iliad*, ὅλμος (' roller ': *Il.* 11, 147), ἀστράγαλοι ('knuckle-bones': *Il.* 23, 88), πτύον (' winnowing-shovel ': *Il.* 13, 588). But the whole notion of ' low ' and ' lofty ' terms is inept in criticism of a poet so stylistically unsnobbish as H. Cp. on 34.

29. **ἄπτερος** : see on 17, 57.

32. **ὀμφαλοέσσας**: 'knobbed' or 'studded'. Besides the central ' boss ' there were apparently many smaller knobs or studs of metal set round the circumference ; cp. *Il.* 11, 34-5.

33-4. Athena is apparently invisible to Telemachus : hence his astonishment at the increase of light (36 ff.). O. either sees her or deduces her agency (42 ff.). **λύχνος** : ' a lamp ' of a portable kind such as has been found at Mycenae and near Phaestus in Crete, but lamps are not mentioned elsewhere in Homer. See *Addenda*. Snobbish Alexandrian critics described Athena's action as ' slavish and extremely cheap ' (**δουλοπρεπὲς καὶ λίαν εὐτελές** : cp. on 28 above). This ignores the fact that Aphrodite carries a footstool for Helen in *Il.* 3, 424-5, and Nausicaa, a princess, washes clothes in *Od.* 6, 90 ff. The fact is that the theological and courtly proprieties of Alexandria under the Ptolemies were as far estranged from those of the Heroic Age as Queen Victoria's from Boadicea's or Maeve's.

37. **ἔμπης** =' altogether ' here as in 18, 354. **μεσόδμαι** : from **μέσος** and *dm a weak form of **δόμος, δῶμα, δέμω.** Here apparently it means the tie-beam of the roof. In 2, 424 it is the mast-box of a ship. See Appendix B.

37 ff. Apparently the light given by the goddess's lamp is far in the excess of the normal ' candle-power ' of lamps in those days. Telemachus notices a supernatural radiance, with almost a touch of clairvoyance : cp. Theoclymenus' perception of a supernatural darkness in 20, 351 ff. Cp. *Hymn to Demeter* 189.

43. **δίκη** . . . **θεῶν** : ' the way of the gods ': see on 14, 56, 84.

53-4=17, 36-7 : see notes there.

55. **κάτθεσαν** (§ 1, 10) : *sc.* **δμωαί.** **κλισίη** here and in 4, 123 **=κλισμός** ' easy chair ' (*Furniture*) : *al.* =' hut ' (cp. 14, 194 *et al.*). Both are from **κλίνω,** either because they ' slope ' themselves (cp. a ' lean-to ' hut) or because one can ' recline ' on or in them. Cp. on 15, 134.

56-8. ' Whorled [**δινωτὴν** : cp. **δινεύω** ' whirl, reel '] with ivory [see on 564 below] and silver ', *i.e.* adorned with inlaid spirals or circles of these materials. The specification of a craftsman's name in what follows adds distinction to the artistry : cp. 15, 117. 'Ικμάλιος is perhaps conn. w. *Cypriot* ικμάω and Latin *ico* : if so it implies ' Hammerer, Beater ' a *Significant Name* for a worker in metal and ivory inlaying. In 58 προσφύέ'[α] means literally ' growing to it ', *i.e.* attached to the framework of the chair : cp. on φῦ in 15, 530.

62. I follow van Leeuwen in reading δέπα'[α] here : cp. on 15, 466 and on 211 below.

63-4. ' And they cast the embers from the braziers on to the floor, and piled upon the braziers fresh logs in abundance, to give light and warmth ' (Murray). Cp. on 18, 307 ff.

68. ὄνησο : 2nd pers. sing. 2 aor. imperative middle of ὀνίνημι : lit. ' enjoy the benefit of your feasting ', *i.e.* be satisfied with it and do not look for anything more.

69. εἶσθα : § 17, 5 *a.*

71 ff. δαιμονίη : ' Outrageous creature ' : cp. on 14, 443 ; I consider the usual version ' Good woman ' far too weak. The attitude implied here is the same as in an exclamation like ' The Devil ! ', ' *Diable !* ', *i.e.* that some demonic influence is at work to cause such a diabolic act or remark. Cp. on δαίμων in 15, 261-2. When the remark or act evoking the word is not abominable, the tone is that of ' Heavens ! ', ' *Mon Dieu !* ', *i.e.* the δαίμων involved is assumed to be a good one. See Cunliffe on δαιμόνιος. In post-homeric Greek its supernatural implications seem to have been largely lost. ἐπέχεις is exactly equivalent to our ' have at ' in the sense of ' attack '. The rest of O.'s reply is very restrained in the circumstances. But he has an eye to Penelope's sympathy. She does intervene with great asperity (as O. hoped) in 91 ff.

72. There is a *v.l.* οὐ λιπόω=οὐ λιπαρός εἰμι : cp. on 13, 225. χροΐ : locative dative : § 30.

73. ἀναγκαίη : fem. adj. used as a substantive : cp. περάτη in 23, 243, and on 20, 98.

75-80 = 17, 419-24.

85. ὥς : ' as you think ' : cp. on 13, 389.

86. ' Thanks to Apollo ' : in his function as κουροτρόφος.

88. For ἀτασθάλλουσ' cp. on 16, 86. τηλίκος here = ' so young ', *sc.* as to ignore their conduct. The word loosely means ' of such an age ' : cp. in 17, 20 ; 18, 175.

91-2. ' You may be sure, you bold girl, that I notice your impudence. You shall wipe it off on your own head ' (Rouse). The striking last phrase apparently refers either to the custom at sacrifices of wiping off the blood from the knife on to the victim's head to transfer the sacrificer's guilt to the dead animal (cp. Herodotus 1, 155), or else to a similar and related custom in which a murderer wiped his sword on his victim to show that the killing was deserved (cp. Sophocles, *Electra* 445-6). As Monro observes, the phrase gains force by the fact that κεφαλή may mean 'life' as well as 'head'. Cp. 22, 218. For κύον see on 20, 18.

94-5. ἔμελλον . . . εἴρεσθαι must mean 'it was likely that I would ask' (cp. on 13, 383). One would expect the fut. infin. in this sense, but cp. *Il.* 10, 455.

103. τοῖσι : loosely used *metri gratia* in the *Formula* instead of τῷ : cp. on 13, 374.

107. ὦ γύναι : a daring ambiguity : it could mean 'Wife' as well as 'Lady'.

108. 'For truly your fame reaches to the wide heaven.' O. uses a similar phrase to describe his own renown in 9, 20 (see note there).

109 ff. ὥς τέ τευ [§ 12, 3-4] ἤ : the same phrase occurs in 3, 348. But ἤ is inept here as there is no alternative expressed to βασιλῆος. Either the metrical formula is used with unusual clumsiness or we must emend. Bekker and Monro conjecture ἤ. Plato quoting this passage in his *Republic* 363 B omits 110. Monro and others suspect the authenticity of 109-14, finding it more Hesiodic (cp. *Works* 225-37) than Homeric in style and sentiment. If εὐδικίας ἀνέχῃσι in 111 refers to judicial functions, this is the only place in H. where such functions are attributed to a king (cp. Nilsson, *H.M.* p. 223). The following belief that a just kingship promotes fertility is shared by both the primitive Greeks and the Teutonic races. Nilsson (*H.M.* p. 220) says : ' The kings of the Swedes and of the Burgundians were held responsible for the luck of their people whether in the matter of victory, weather, or good crops. It is related that the Swedes sacrificed their king if the crops failed, and the Burgundian kings were deposed if the luck of the war or the crops failed. There is a faint trace of this very primitive conception in a passage of Homer. . . . The old idea has been deflected and modernized by the reference to the righteousness of the king as the cause of the abundant supply, but at the bottom there is the old primitive conception of the power of the king to influence the course of Nature and the luck of his people. . . .' This suggests that if the passage is interpolated it is taken from some early source. Monro also stigmatizes as ' post-homeric ' the ' mention of fishing as an important source of wealth ' in 113-14, for the Heroes did not eat fish except when compelled to (see on 4, 368-9), and H.'s references to fishing are chiefly confined to similes (but against this there is

his fondness for the epithet ἰχθυόεις : and it may be that the common people, as distinct from the nobles, in the Heroic Age did eat *Fish*). See further in *A-H.*, *Anhang* and *Philologus*, 62 (1903), pp. 481-8 and 90 (1935), p. 76.

113-14. τίκτῃ δ' ἔμπεδα μῆλα : ' his flocks bear young without fail '. It is also possible that γαῖα is the subject of τίκτῃ. The quantity of πάρέχῃ is perhaps a trace of the original initial σ in *σεχ : cp. on σύνεχές in 9, 74. If it is not lengthened the line is μείουρος (§ 42, *c*). Its final -η is shortened by *Correption*. ἐξ εὐηγεσίης (conn. w. ἡγεμών) : ' as a result of his good leadership '.

122. φῆ δὲ δακρυπλώειν κ.τ.λ. : ' and conclude that it was the wine that had gone to my head and loosed this flood of tears ' (Rieu). For this subjunctive of φημί H. has φῆῃ in 11, 128 ; 23, 275, φῆσιν in 1, 168. The short vowel before a mute and liquid in δάκρ- is odd in H. (but not unparalleled : see van Leeuwen, *Enchiridion*, pp. 99-102) : contrast μὲ φρένας in the same line, and in the same word, δακρῦπλώειν, which is generally connected w. πλώω (Ionic for πλέω) ' float '.

124-9 almost=18, 251-6.   130-3 almost=16, 122-5.   See notes there.

135. For δημιοεργοί cp. on 17, 384. ' Heralds ' (see on 18, 297) are added to that class here.

136. 'Οδυσῆ, a unique form of the accus. in H., is *Aristarchus'* reading, preferred by most editors, here. Most MSS. have forms in -ῆα with ποθεῦσα for ποθέουσα.

137. τολυπεύω : ' spin out ' (cp. on 14, 368 and 18, 315). The *Metaphor* is particularly apt on the lips of so industrious a housewife as Penelope.

139-52 almost=2, 94-107.   156=2, 110.

139. στησαμένη μέγαν ἱστὸν : literally ' erecting a great loom ', or else ' setting up a large warp ', *i.e.* the vertical rows of threads (στήμονες : conn. w. ἵστημι) through which the weft (κρόκη, πήνη) was woven by means of the shuttle into the fabric (also called ἱστόν : cp. in 149). Allegorical interpreters of H. fantastically explained Penelope's famous ruse as being really a matter of argument—a subtly woven web of dialectic that delayed the Suitors with its prolonged complications (λεπτὸν καὶ περίμετρον in 140) !

142-3. τὸν ἐμὸν γάμον : ' that marriage of mine '; § 11. ἐκτελέσω : subjunctive ; § 38.

145. τανηλεγέος : explained as being conn. w. τανύω and ἄλγος, ' with protracted woe ': cp. δυσηλεγής, ἀλεγεινός. The epithet is only used of death. But see Leumann, p. 45.

146-7. Butcher and Lang translate : ' So shall none of the Achaean women in the land count it blame in me, as well might be, were he to lie without a winding sheet, a man that had gotten great possessions '. τις here represents, as Gladstone observed, public opinion, that powerful influence on Homeric and post-homeric Greeks. σπείρου : literally ' a wrapping ', here a shroud ; cp. on 4, 245. κεῖται : a subjunctive, originally probably κέεται or κείεται (Monro) ; these with the v.l. here κῆται (adopted by Allen) would probably all have been KETAI originally (see p. xxxiv).

150. ἀλλύεσκον : from ἀναλύω, see § 1, 10 and § 21. παρατθείμην is 2 aor. opt. mid. of παρατίθημι (§ 26) : it has full middle force : ' whenever I had the torches placed beside me '.

154. ' Then indeed by the help jf my maid-servants, so shameless and reckless . . .' Contrast Antinous' much milder phrase for the same fact in 2, 108.

159. ἀσχαλάᾳ (§ 28) govs. the gen. κατεδόντων ; cp. in 534 below.

160-1. ' Being aware of it. For he is now a man well able to look after a house of the kind that Zeus endows with glory.' I follow Monro in construing τῷ with οἴκου, not w. ἀνήρ. The construction of οἷός τε with the infinitive, so common in later Greek, is not found in the Il. and only rarely in Od. (cp. 5, 484 ; 21, 117, 173) : see Monro, H.G. § 235. For τε in 160 and 161 see on 13, 60.

163. ' For you are not from the proverbial oak and rock.' For ἀπό with reference to birth cp. 10, 350. The phrase apparently signifies ancient and obscure ancestry here (though not in Il. 22, 126). Van Leeuwen regards it as a jocose phrase (comparing 1, 173 = 14, 190 = 16, 224) based on the belief that the human race originated from trees or from the earth itself (αὐτόχθονες), for which he cites many Greek and Latin testimonies paralleled in Indian, Persian and Scandinavian legends. (Monro rejects this kind of explanation and takes the phrase as equivalent to terrae filius, i.e. a mere nobody with no distinguished ancestors.) The force of Penelope's phrase, then, is ' You must have some relatives, if you're not a freak '.

172 ff. The fictitious autobiography given by O. differs only in detail from those presented by O. to Eumaeus (14, 199 ff.) and Antinous (17, 415 ff. : see note there).

174. ' Ninety cities ' : in Il. 2, 649 Crete is more vaguely described as ' hundred-citied '. The more precise number here adds to the verisimilitude of O.'s fiction : cp. P. Waltz, ' L'Exagération numérique dans l'Iliade et dans l'Odyssée ', Revue des Études homériques, iii. (1933), pp. 3-38.

175 ff. ' Therein are the Achaeans, the great-hearted True-Cretans, the Cydonians, the Dorians with their three tribes, and the noble Pelasgians.' This ethnographic description has been much discussed and disputed by historians. For the Achaeans see on 13, 315. The ' True-Cretans ' were presumably remnants of the original inhabitants of Crete before the Achaean invasions : their city was Praisos, which lies inland in the eastern end of the island, where a non-Indo-European language was in use till the 4th cent. B.C. : see Nilsson, H.M. p. 67, and Pendlebury, *Archaeology of Crete*, p. 260. The Cydonians were, Pendlebury thinks (*loc. cit.*), the inhabitants of the recently settled western part of the island round Khania (or Canea, the modern capital), probably a mixture of Minoans and immigrants from the mainland. In 3, 292 (see note) H. locates them at the river Iardanos which lies at the west end of the north coast near Khania. The reference to the Dorians has strengthened the suspicions of many against the authenticity of the passage. H. never mentions the Dorian invasion of the Peloponnese (p. xxvii), though in *Il.* 2, 653-5 (a gravely suspect passage, however) he seems to refer (without specifying the Dorians by name) to a Dorian invasion of Rhodes. Ridgeway's theory (*E.A.G.* i. pp. 87 and 200) that these were an early wave of Dorians who reached Crete, perhaps from Histiaeotis, before the main migration into S. Greece, is now generally discounted. Pendlebury (*loc. cit.*) ingeniously suggests that Δωριέες represents a Grecized form of some Minoan tribal division. But the epithet attached to them here τριχάϊκες looks like a reference to the three famous Dorian tribes, the 'Υλλῆς, Δυμάνες and Πάμφυλοι, for it is best etymologized as τριχα-Fἵκες, cogn. w. οἶκος, *vicus*, ' wick ' (see Chantraine, *G.H.* p. 22) and translated ' living in three divisions ' (cp. διὰ τρίχα κοσμηθέντες in *Il.* 2, 655, referred to above) : not from θρίξ and ἀἵσσω ' dashing with long hair ' (like κορυθάϊξ, πολυάϊξ). The Πελασγοί are the greatest puzzle of all. They are mentioned in *Il.* 2, 840, and 10, 429, as allies of the Trojans, apparently as a race in N.W. Asia Minor. The adjective Πελασγικός is applied by H. to the Zeus of *Dodona* and to *Argos*. For a discussion of the many theories about the ' real Pelasgi ' and ' theoretical Pelasgi ' see How and Wells, *A Commentary on Herodotus*, vol. i. (Oxford, 1912), pp. 442-6. Penflebury (*loc. cit.*) renders it admirably as ' aborigines '. As to the whole passage (175-7) it may well be an early *Interpolation*. The lines are easily detachable as τῇσι in 178 refers directly to πόληες in 174.

178. τῇσι δ' ἐνὶ : ' among them ', *sc.* the ninety cities referred to in 174. For Cnossus and the great civilization of Minos see Evans's *P.M.* and Pendlebury (*op. cit.* in last note).

179. ἐννέωρος βασίλευε Διὸς μεγάλου ὀαριστής : the etymology of the first word seems obvious (ἐννέα, ὥρη), but its precise

meaning in this sentence is elusive—' when nine years old ', or
' during nine years ', or ' after nine years '. And it is uncertain
whether it is to be taken more closely with ὀαριστής, as Plato
construes it in *Laws* 624, or with βασιλεύς, which seems more
natural. In 11, 311, and 10, 19, ἐννέωρος apparently means
' nine years old '. But Frazer in his *Golden Bough*, 3rd edn.,
vol. iii. p. 70, finds a reference in it to an eight-year tenure of
kingship, fresh kingly power being supposed to be derived from
converse with Zeus at the end of each term. G. Thomson (' The
Greek Calendar ', *J.H.S.* lxiii. (1943), pp. 52-65) connects
the kingly octennial term with the intercalation periods of the
Greek calendar and with agrarian magic ; he holds that nine
was a sacred number in Minoan-Mycenean religion, comparing
Od. 3, 5-8 and 8, 258 ; cp. also on 24, 60-1. But ἐννέα is a
favourite number in H., in any case.

ὀαριστής : Horace (*Odes* 1, 28, 9) similarly describes Minos
as ' *Iovis arcanis . . . admissus* ' : van Leeuwen compares
Moses' conversation with Jehovah (Exodus 33, 11 ; Deutero-
nomy 34, 10). In *Od.* 11, 568-71, Minos is described as Zeus's
son and continuing his earthly functions as a judge in Hades.

182-4. ὁ μὲν = Idomeneus, as also ὁ δ' in 184. Αἴθων : it has
been ingeniously suggested by E. Maass that this would suggest
' Foxy ' to the wise, as Pindar uses the word as an epithet
(' red-brown ') of the fox in *Olympians* 11, 19. But in H. it is
variously used of metals (' flashing '), birds and cattle (cp. 18,
372 and on αἴθοπα in 17, 536).

187. ἱέμενον Τροίηνδε : ' bent on going to Troy ' : cp. ἄστυδε
ἱέμενος in 17, 5. ἵεμαι in the sense ' be eager for, yearn ' may
come from the root *Fι- as in Latin *vis* (*volo*), *invitus*, and thus
be quite distinct in origin from ἵημι ' release, launch ' (perhaps
originally *σίσημι, perhaps cogn. w. *sero*). παραπλάγξασα
Μαλειῶν : ' driving him off his course at Maleiai '. Maleia
(the singular is found in H. only in 9, 80), the most easterly of
the three conspicuous southerly promontories of the Peloppon-
nese, rising to over 2,000 feet and dreaded for its storms, was
the Cape Horn of Greek navigators (cp. 4, 514 ff.) ; hence the
proverb ' When you've rounded Maleia, forget your friends at
home '.

188. στῆσε : *sc.* νῆας. Amnisus was the port of Cnossos,
near the centre of the northern coast of Crete. Εἰλείθυια
(also in pl.) was the goddess (or goddesses) of childbirth. The
name is traditionally derived from ἐλεύθω ' bring ' or *ἐλυθ-
(ἔρχομαι)' come ' : other suggestions are εἰλέω, εἰλύω, ἱλέομαι.
According to *Il.* 11, 271, they were daughters of Hera. For
their widespread cults see Pauly-Wissowa 5, 2106 ff.

200. εἷλει : ' was confining, holding us back ' : for the varied

forms and meanings of this perplexing verb see *L.-S.-J.* Cp. ἀλείς in 24, 538.

200-2. 'For there was a gale blowing from the North so strong that one could hardly keep one's feet on land. I suppose some unfriendly god had raised it for them, but on the thirteenth day the wind dropped, and they got away ' (Butler). This strong northerly wind is called the Bora (from βόρειος) still in the E. Mediterranean. For χαλεπός = ' harsh, dangerous ' cp. on 17, 189. ὤρορε : reduplicated 2 aor. ὄρνυμι, not to be confused with the perf. ὄρωρε, pluperf. ὀρώρει.

203. ἴσκε : this verb only occurs in the 3rd sing. imperf. (cp. 22, 31) and in the participle (*Il.* 11, 799 ; 16, 41 ; *Od.* 4, 279) : in every case it can bear either the meaning ' made like, feign ' (as here) or ' think like, guess, imagine '. (In Alexandrian poets, through a misunderstanding of this passage and 22, 31, it was employed as meaning ' speak, say '.) It is probably another form of ἐΐσκω (*Fε- Fίκ- σκω). This is the view of Monro, *L.-S.-J.* and others. But others reject it, holding that the Alexandrian use is the correct one and deriving ἴσκε (after Curtius) from the root *σεπ-, *seqʷ- ' say ', cp. on 14, 185. But it is preferable to follow the first interpretation, and translate ' He made his many falsehoods seem like truth '. For the possibility that some of his yarn was true (*e.g.* the visit to Crete) see Woodhouse, *C.H.O.* pp. 129 ff.

205-8. ' And e'en as the snow is molten on the mountain peaks on a day | And that which the west wind sheddeth the east wind wasteth away, | And the streams of the river are swollen by that melting off the hill, | So were her fair cheeks molten, and there she wept her fill ' (Morris). Note that here the W. wind brings the snow, while the E. thaws it. Except in fairyland and the Elysian Fields (see on 7, 119) Zephyrus is always regarded as a harsh wind in H. Scott (*U.H.* pp. 4-5) suggests that this may be an indication that H. lived on the Aegean coast of Asia Minor where the westerly winds are often disagreeable and cold in winter from the snowy mountains of N. Greece, especially when tending to veer to the N. as in *Il.* 9, 5. Observe how the *Metaphor* τήκετο in 204 is explained and developed in the *Simile*.

211-12. ' But his eyes kept steady as horn or iron [see on 15, 329] between his eyelids, and with cunning he repressed his tears.' The self-contained dactyl in the third foot seems to be a violation of Meister's law (§ 43), as in *Il.* 3, 205. As to the reading : following van Leeuwen's suggestion on 62 above and 15, 466, I have altered the MSS. κέρα to κέρα' (for κέραα or possibly κέραε). Van Leeuwen, however, prefers κέρας (denoting the material ' horn ') to be analogous with σίδηρος ; but H. does not use the singular κέρας in this sense, cp. 563, 566 ;

and van L.'s objection that we might as well read σιδήρω or σίδηροι is absurd : the forms do not occur, while the alternation of plural and singular to which he objects is exactly paralleled in 563, κεράεσσι . . . ἐλέφαντι.

218. ἄσσα, from τις (§ 12, 4), occurs only here in H. It should not be confused with ἄσσα (ὅστις : § 12, 5).

221. ἀμφίς : ' parted ' : ' It is painfully difficult for me to speak after such a long separation '. The phrase is ambiguous (approaching *Irony*) : Penelope would understand ' from O. ', but H.'s audience could take it ' from home ' or ' from you ' (Penelope).

224. ἰνδάλλεται ἦτορ : the interpretation ' as he seems to me in my heart ' (ἦτορ being taken as accus. of the part affected) is unsatisfactory, as Monro observes. He takes ἦτορ as nom. and ἰνδάλλεται=' imagines, pictures to itself ' (a use not found elsewhere in H., but paralleled by δοκέω ' I think ' as well as ' I seem ', and ὅιεται ' seems ' in 312 below). Another possible interpretation is '.as my heart [*i.e.* memory] seems to me '. For ἦτορ there are *v.ll.* ἦσθαι and for the whole phrase ὥς μοι φρεσὶν εἴδεται εἶναι. Perhaps the emendation cited by Nauck, ἰνδάλλεται εἶναι, is right. The curious verb has been connected, dubiously, with *Fιδ-, video.

225. οὔλην : probably ' thick ', ' woolly ', =*Fολνος, from the same root as *vellus, lana* (*vlan-*) ; cp. on 6, 231. But it might mean ' entirely ' (*sc.* of ' crimson ' ; see on 13, 85), a lengthened form of ὅλος (ὁλ-Fος), cp. on 17, 343, making a phrase equivalent to the later ὁλοπόρφυρος, as the *Scholiast* suggests.

225 ff. Nilsson, *H.M.* p. 123, comments : ' The thick two-fold purple mantle which Odysseus wore had a brooch fashioned in gold, with two sheaths (or tubes for the pins) [αὐλοί] and before them (or on their faces) was a work of art : a hound held in his forepaws a dappled fawn, seizing it whilst it writhed. All men marvelled to see how, wrought as they were in gold, the hound was seizing the fawn and strangling it and the fawn was writhing with his feet and striving to flee. Whilst Evans compares this animal scene with those frequent on Minoan gems and thinks that the description is derived from a work inspired by Minoan art, Dr. Poulsen, who champions the late Orientalizing origin of the Homeric descriptions of works of art, finds that the subject suits excellently the seventh century B.C., comparing animal scenes from the time.' Nilsson goes on to point out that the fibula (περόνη ; cp. 18, 293-4) has not been found by archaeologists in sites earlier than the Late Mycenean Age, when it is still of a very simple kind resembling a modern safety pin (see his illustration, p. 124). On pp. 124-5 he discusses various attempts at dating such an elaborate fibula as H. describes

here, concluding ' there can be no doubt that this complex
form of brooch belongs to the seventh century B.C. at earliest '.
If this is true—but archaeologists would be the first to admit
that their material is hardly adequate to preclude an earlier
date entirely ; their views still tend to alter from find to find—
either this passage is not by H. or else the dates for H. sug-
gested in the list on p. xxvii are too early. But see Ridgeway,
E.A.G. i. pp. 423 f. for Hallstatt brooches of this type, and
Evans, *P.M.* iv. p. 528 for earlier representations of beasts
with prey. Moreover H.'s description does not make it clear
whether the representation is inlaid, engraved, or cast in the
round, and the dating depends very much on which of these is
intended. The Scholiast's view that the scene was embroidered
on the χλαῖνα (see on *Dress*) is less likely, though not impossible,
as πάροιθε in 227 is imprecise. See further in Lorimer, pp. 511 ff.

228. ἐλλόν=νεβρὸν in 230 : ' fawn '. The word is conn. w.
ἔλαφος (*ἐλν-φος, cp. Lithuanian *élnis* ' stag ').

229-30. λάων : the meaning of this verb here and in 230 is
uncertain. In *Hymn to Hermes* 360 and a *v.l.* in *Il.* 13, 344 λάω
means ' look at, gaze on ' : this, though not impossible here, is
not favoured by editors. Aristarchus seems to have connected
it with ἀπο-λαύω ' enjoy '. Hesychius (the lexicographer, per-
haps of the 5th cent. A.D.) also cites a meaning ' make a sound,
give voice ' : but it is not likely that this could be indicated in
a design on a brooch. The same objection is against the
emendation ὑλάων ' barking ' (Agar). Porphyrius read λαβών,
but *difficilior lectio potior*. *L.-S.-J.* translates ' seizing, gripping
it ', which makes the best sense, but is hardly more than a
guess. χρύσεοι ὄντες implies ' though made of gold '.

232-5. ' And I observed that glistening tunic which clothed
his flesh—like the glistening on the skin of a dry onion, so silky
was it and shining like the sun. And indeed it fascinated many
of the women.' This is a shrewd touch by O. Penelope would
recognize this superfine cloth at once (cp. 255-7), since care of
the household clothes was, of course, the women's special
charge. She may even have woven it herself with the help of
her servants (cp. *Il.* 16, 222-4 ; *Od.* 15, 104-8). Similarly Queen
Arete at once recognizes clothes woven by herself, in 7, 233-5.
O.'s praise of its workmanship must have pleased her, in a
time when weaving was women's chief occupation. The com-
parison with an onion—note the homely and effective *Simile*,
and the implication that such vegetables were cultivated in the
time of Homer, if not of the *Heroes* themselves—may, as some
think, refer to the tight fit of the tunic (see on 242 below).
In my note on 1, 437 I followed this view. But I now prefer
to take it (with Monro and others) as a reference to its texture :
it had a bright and silky look (λαμπρός, μαλακός: silk itself

was not known to the Greeks till very late), which is exactly
like a dried onion-skin. But the precise syntax of the simile is
uncertain, the accent and construction of κατα being disputable.
If we read κάτα (§ 33, 4) it would naturally govern λοπόν (but
see end of note) and must be translated literally as ' like (as it
glistens) over the skin . . .'. This is the rendering adopted
above. There is no Homeric parallel to taking κατά as 'after
the fashion of'. There is a *v.l.* καταϊσχαλέοιο : though this
form is not found elsewhere, it is not improbable (cp. κατα-
ριγηλός, κατηρεφής). With this reading λοπόν must be taken as
a neuter (not elsewhere) : ' as is the skin of a very dry onion '
(Monro seems inclined to favour this). Or one may read κατὰ
and, again taking λοπόν as neuter, translate ' as the skin over
a dry onion '. Allen in *C.Q.* xxvii. (1933), p. 201, ingeniously
suggests that κάτα goes with νόησε in ' reversed tmesis ' (see on
24, 20), paralleling the remarkable distance between the com-
ponents with *Hymn to Apollo* 250-1, 290-1. But, as he admits,
κατανοέω is not found elsewhere in H.

242. τερμιόεντα χιτῶνα : ' a fringed tunic ' : the short
woollen tunic, like a long vest or jersey, reaching to the
buttocks is depicted with a fringe on the Warrior Stele from
Mycenae (Nilsson, *H.M.* fig. 4) ; cp. Bossert, *Art of Ancient
Crete* figs. 45 and 133-5. It was short enough to be taken off
while its wearer was sitting down (1, 437). Both the garment
and its name may be of Semitic origin (cp. Hebrew *kūthōneth*).
Herodotus 2, 81, remarks that the Egyptians wore ' tasselled
tunics ' (κιθῶνας . . . θυσανωτούς).

246. ' Round-shouldered, swarthy-skinned, with woolly hair':
an unusually vivid personal description. It slightly resembles
the description of Thersites in *Il.* 2, 217-19. For Eurybates
cp. *Il.* 2, 183-4. οὐλοκάρηνος : cp. on οὔλην in 225 above and
the end of my note on 6, 231. Hayman mentions several other
epithets in οὐλο- (see *L.-S.-J.*) describing hair, and compares
the closely curled hair on Greek male statues (*e.g.* the Hermes
of Praxiteles, the Agias of Lysippus, or the Piombino Apollo).

248. ' Because he had thoughts and feelings [φρεσὶν . . .
ᾔδη] that matched [ἄρτια] his own ' : as we say he ' spoke the
same language ' as O.

250. ' Recognizing the signs that O. had confidently shown
[πέφραδε is redupl. 2nd aor. of φράζω : see on 16, 257] her.'
Or ἔμπεδα may be taken as an adjective with σήματα as ' the
certain signs '. Or it may be taken predicatively ' to prove his
truthfulness '. I much prefer the first; cp. 113 above. Aristotle
(*Poetic* 1460 a 18-26) observes how cleverly H. uses the art of
fallacy (παραλογισμός) here : Penelope assumes, because the
description of O.'s dress and companion is so accurate, that the

rest of O.'s story must be equally accurate, an entirely false, but very common, way of reasoning.

251. τάρφθη (τέρπω) : 'had been satisfied with tearful lamentation'. Cp. on 16, 216.

260 = 597 below : ' Ilios of the woes, a name unspeakable '. The prefix to the proper name is paralleled in *Il.* 3, 39 where Hector abuses Paris as Δύσπαρι, and in "Αϊρος (see on 18, 73) ; cp. δύσμητερ in 23, 97 and δυσώνυμος in 571 below. The Greeks may have imagined something ominous in the sound of the very name "Ιλιος (H. has neut. only in *Il.* 15, 71) : cp. Ovid, *Heroides* 13, 53-4 : *Ilion et Tenedos, Simoisque et Xanthus et Ide | Nomina sunt ipso paene timenda sono.* But cp. Δυσελένα in Euripides, *Orestes* 1388 and Αἰνόπαρις in *Hecuba* 945.

263-4. ἐναίρομαι elsewhere in H. always refers to slaying or spoiling in battle. Translate ' make havoc of, ravage '. θυμὸν . . . τῆκε : § 29 ; cp. 136 above. νεμεσσώμαί : ' I would not blame ' ; cp. on 15, 69.

265 ff. ἀλλοῖον refers on to ἤ in 267 : ' though different from ', *i.e.* less worthy than. For κουρίδιον 'lawfully wedded ' cp. on 15, 356. Monro cites some ingenious but inconclusive etymologies in his note here.

270 ff. For the Thesprotians cp. 14, 315 ff. For the hiatus ζωοῦ αὐτὰρ see on 17, 115. In what follows O. cunningly mixes truth with falsehood. With 273-6 cp. 12, 127 ff., and 261 ff., with 278 ff. cp. 5, 313 ff. and 6, 1 ff. O. discreetly evades any reference to Calypso (5, 13 ff.) by combining two shipwrecks (12, 403-50 and 5, 313 ff.) into one.

275. Θρινακίης ἀπο νήσου : ' from the Trident-island '. This noun is from θρῖναξ, Poseidon's weapon and symbol. (Some MSS. have ἀπὸ, taking Θ. as an adj., perhaps correctly.) Later it was identified with Sicily and etymologized from τρεῖς ἄκραι and spelt Τρινακρία, ' the isle Triangular ' (as Chapman wrongly renders 12, 127). *A.-H.-C.* thinks it was originally Chalcidice or the Peloponnese. ὀδύσαντο γὰρ αὐτῷ : this verb (it has no present in use : conn. w. ὀδύνη ' pain, grief ') is etymologically connected with the name 'Οδυσσεύς by H. : cp. on 409 below and on 1, 62.

283. ἤην : a lengthened form of ἔην found only here and in *Il.* 11, 808 ; *Od.* 23, 316 ; 24, 343. See G. M. Bolling, ' The Past Tense of the Verb " to be " in Homer ', *Language*, xiii. (1937), pp. 306 ff. Schulze prefers to read ἦεν in a στίχος λαγαρός (§ 42, *b*).

287. For Pheidon see on 14, 316.

288-92 almost = 14, 331-5. 293 = 14, 323. 294-9 almost = 14,

325-30. 303-7 almost=**14**, 158-62. 309-11=**15**, 536-8. See notes there and p. xvi.

312. ὅιεται : used impersonally and in the passive only here in H. (cp. on 224 above)='seems, appears': cp. English 'methinks'. Van Herwerden emended to ἄρα θυμὸς, Axt to ὑπὸ θυμὸς (cp. 9, 213 ; 10, 248).

315. εἰ ποτ' ἔην γε : cp. on this phrase in **15**, 268 : the remote happy time when she knew him in person seems like a fantasy.

320. The infinitives λοέσσαι and χρῖσαι have imperatival force. The verbs imply a full bathing, in contrast with ἀπο-νίψατε 'wash (the hands and feet)' in 317.

322-4. 'And if any of those men is spiteful enough to plague our guest, so much the worse for him. His chances of succeed- ing here will vanish : he can rage and fume as he will' (Rieu). This use of θυμοφθόρος as 'heart-breaking, troublesome, hurt- ful' is not exactly paralleled elsewhere : here only is it applied to persons. But the transference from phrases like ἄχος θ. and κάματος θ. is natural enough. It can hardly be passive (='with soul destroyed, corrupted') as the Scholiast suggests, and certainly not='with injury to life and limb' (Merry).

325-34. The sentiments that follow are characteristic of the Greeks' love of *Fame* (cp. index to vol. I) and excellence (αἰὲν ἀριστεύειν καὶ ὑπείροχον ἔμμεναι ἄλλων : *Il.* 6, 208 = 11, 784), i.e. φιλοτιμία. Life seemed short and there was no sure hope of immortality (cp. on 11, 488-91) ; but by generosity and kindness one might ensure a lasting and widespread good reputation.

329. For ἀπηνὴς see on 18, 381. For the turn of phrase cp. 332 below : it embraces both thoughts and deeds, both ἔργῳ and λόγῳ, i.e. utterly harsh, not through ignorance or accident.

338. ἤχθεθ' is sing. because the nearer subj. is neuter pl. ; cp. 14, 291 and on 15, 457. The scansion ὄρεᾰ νιφόεντα (if the line is not μείουρος : § 42, c) perhaps derives from the original initial σ of the second word, it being from *sneigᵏh, and cogn. w. *nix* and 'snow' ; cp. ἀγάννιφος for *ἀγασνιφος.

344 ff. O. asks that he may not be washed by one of the younger serving women for the explicit reason (346-7) that an older woman who had suffered as much as he would show him more sympathy. The younger one would be inclined to despise his condition : some have already mocked him (cp. 65-9 above and 18, 320 ff.). Another reason for his choice may be that he is seeking a trustworthy accomplice among the women : he does in fact find one in Euryclea. He apparently had forgotten the scar (till 390-1 below). Van Leeuwen compares O.'s forgetfulness in *Il.* 10, 500 ff. and Telemachus' negligence in 22, 154-6. The poet also had his reason : the highly dramatic scene that follows—whether traditional or H.'s own invention, we cannot tell—needed some such motivation. There is little to be said for the rejection of 346-8 by Aristarchus and Wilamowitz. See further in W. Büchner's article in *Rheinisches Museum*, lxxxvi. (1931), pp. 128-36.

351. φιλίων : this form of the comparative (instead of φίλτερος) occurs only here and in 24, 268. Monro thinks it out of place here and arbitrarily condemns it as having ' crept in ' from 24, 268, where it is ' doubtless one of the post-homeric words ' of that book. He offers no evidence to support his opinion, which is typical of his eagerness to athetize : cp. on 1 above. Other editors find it unobjectionable. Translate, ' Never yet did any man as intelligent as you, of those who are strangers from far away, come to my house more welcome, so intelligent and sensible is all you say ': typical *Feminine Syntax* (cp. index to vol. I).

356. ὀλιγηπελέουσά : ' being of little strength ' : prob. from *ἀπελος* ' strength ' (cp. εὐπελής, νηπελίη).

358-60. The audience's anxiety that O. may be involuntarily discovered is deliberately increased by H. here. First the phrase νίψον σοῖο ἄνακτος . . . would make them, for an instant, expect some word like πόδας, which would mean that the cat was out of the bag. A skilled rhapsodist might pause slightly in his delivery to enhance this effect. Secondly, in 359-60 Penelope shows that she has keenly surveyed the stranger and already noticed similarities to her husband. Eurycleia presses the resemblance even further in 380-1. Here the women show themselves more perceptive than the men, as did Helen in 4, 149-50 (Telemachus' *hands and feet*, as here, are like those of O.) and Arete in 7, 233-4.

361. ' Covered her face with her hands ' : cp. on 16, 416.

362. ὀλοφυδνὸν : an adj. conn. w. ὀλοφύρομαι ' lament, bewail ', both being perhaps originally from an onomatopoeic root, like ὀλολύζω : see Boisacq and on 22, 408.

363-4. ' Alas, my child, how helpless I am to help you.' σέο is a genitive of reference. For ἀμήχανος see on 560 below. τέκνον (cp. in 22 above) refers to the O. who she thinks is still far away. Her affectionate outburst shows O. that he can rely on her loyalty. The employment of τέκνον and σέο like this here would give the audience another shock : at first they would think that she was addressing the stranger and not apostrophizing her ' absent ' lord.

367. ἧος : ' in order that ', a rare use, but paralleled in 4, 800 ; 6, 80. See further on 13, 315.

369. τοι οἴῳ : 'from you alone ': most of the other Greek leaders had long ago reached home from Troy. The dative is one of disadvantage. Note the *Periphrasis* νόστιμον ἦμαρ for νόστος.

370-2. 'And he too, I suppose, is being jeered at by the women of strangers far away, whenever he comes to anyone's illustrious halls, in the same way as you have been mocked by these women, as shameless as dogs, here. . . .' With these words Euryclcia turns from apostrophizing the supposedly absent O. to addressing the real O. in disguise : she imagines that their condition is probably similar. There is some humour and much tenderness in H.'s *Irony* here. The use of αἱ in 372 comes very close to the Attic idiom (§ 11, 3) : but it may be justified as implying aversion or contempt (Monro, *H.G.* § 261, 2).

380-1. In his transformation by Athena in 13, 430 ff. his flesh, skin, hair, eyes and clothes were changed, but his hands, feet, general build (which won the fight against Irus for him : cp. on 18, 66-70) and voice were not said to be altered.

382 ff. πολύμητις 'Οδυσσεύς : the conventional *Epithet* has full relevance here, for with superb adroitness O., instead of denying the resemblances, as a less alert person might do, readily agrees, treating it as an often observed fact.

387. τοῦ πόδας ἐξαπένιζεν (-νίζω) : 'from which she was accustomed to wash feet' (Merry) or 'from which she was going to wash his feet' (Monro). *A.-H.* and others prefer the first version, rightly. *A.-H.* compares Herodotus 2, 172 : ποδανιπτὴρ χρύσεος ἐν τῷ αὐτός τε ὁ "Αμασις καὶ οἱ δαιτυμόνες οἱ πάντες τοὺς πόδας ἑκάστοτε ἐξαπενιζέατο. The τοῦ reading has only weak MS. support, but is generally thought preferable to τῷ (retained by Ludwich). Cp. 10, 361, λό' ἐκ τρίποδος. πουλὺ : see § 1, 6.

389-91. 'Then he quickly turned himself towards the darkness [*i.e.* away from the fire : it was night], for suddenly ho had an anxious thought [ingressive *Aorist*] that when she took hold of him she might notice the scar and the facts should be revealed.' ἐπ' ἐσχαρόφιν : 'at the hearth'; see § 6, 1, § 8 and p. xlii. There is a well attested *v.l.* ἀπ' ἐσχ. 'away from the hearth ', which Monro prefers in view of αὖτις in 506 : but this gives less force to αἶψα, and is less dramatic. For the Sign of the Scar and the following story consult with caution Woodhouse, *C.H.O.* chap. ix. οὐλὴν 'scar' in 391 is cogn. w. Latin *volnus*, *vello*.

394 ff. Parnassus, the mountain towering above Delphi, is mentioned by H. in 21, 220 and 24, 332, as well as in this incident. Autolycus, husband of Amphithea (416) and father of O.'s mother Anticleia, is referred to as a thief in *Il.* 10, 267, and came later to be regarded as the prototype of all unscrupulous tricksters (cp. Shakespeare's *Winter's Tale*, iv, scene ii.). His patron Hermes (whom Ovid, *Metamorphoses* 11, 312, makes his father) does not elsewhere in H. show this seamy side to his character ; it is first fully treated in the *Hymn to Hermes*. The name Αὐτόλυκος might mean ' Self-wolf ' or ' Very-wolf ' : this has unleashed some eager trackers-out of unconsider'd trifles, scenting a totem or a were-wolf in every bush (cp. Thomson, *S.O.* pp. 16 ff.).

Many modern critics feel that this digression, ending in 466 with a line similar to 394, spoils the dramatic effect by postponing the climax exasperatingly. Some condemn 395-464 as an interpolation. This is not entirely unreasonable. But I believe·that an ancient audience would gladly endure a postponement of the *Recognition* for the sake of such a vivid episode (whose style is entirely worthy of H.). The Greeks tolerated dramatic suspense better than we do ; compare, *e.g.*, the long Cassandra episode just before the climax in the *Agamemnon.* Cp. Woodhouse, *loc. cit.* at end of last note.

396. **ὅρκῳ τε** : presumably this does not mean by positive perjury, for which the most terrible punishment was prescribed (see on 5, 184-5), but by cleverly framing his oaths so as to leave loopholes for advantageous evasions later—a form of trickery that many Greeks would commend (van Leeuwen cites Herodotus 4, 201 and Thucydides 3, 34 § 3). O. himself exploits this ruse in *Il.* 10, 382 ff., where without making any positive promise he encourages Dolon to hope for mercy, and then lets Diomedes, his companion, kill him.

398. ' And he (Hermes) eagerly supported him.' **ὀπήδει** is an unaugmented imperf., as its accent indicates.

403. **θῆαι** : 2 sing. 2 aor. subj. mid. **τίθημι**. There are *v.ll.* **θείαι** (for **θῆαι**), **θείο** (adopted by Ludwich), 2 aor. optative mid., and **θείης**, 2 aor. subj. active (for **θήῃς**, which van Leeuwen reads). But the middle is properly used here of a person strongly interested in the effect of the action (see Kühner-Gerth § 374, 5) and Monro approves of the subjunctive here (but not *A.-H., Anhang*).

404. **πολυάρητος** : ' Much prayed for '; cp. the proper names Samuel (' Asked of the Lord ') and *Désirée*, and cp. on **Ἀρήτη** in 13, 57.

406. **γαμβρὸς** : *Laertes.* See § 32 for the use of nom. for vocative.

407-9. ' Since with the *odium* of many . . . let his name with significance be *Odysseus* '; this is the best I can do to preserve the word-play. More literally 'Ὀδυσεύς (§ 2, 1) signifies

'Child of Woe', like Μεγαπένθης (see on 15, 100), Tristram and Deirdre. For ὀδυσσάμενος see on 275 above. In 1, 62 (see n. there) O.'s name is shown to be apt for his own fate as well as for his grandfather's. Noteworthy attempts at a more scientific etymology of 'Οδυσσεύς will be found in Roscher's Lexicon III, 1, pp. 645 ff. and *A.J.P.* xxvii. (1906), pp. 65-7 (G. M. Bolling). The Latin *Ulixes* is derived from the Aeolic form 'Ολισσεύς.

416-17. Cp. on 16, 15 and 21.

420 ff. Cp. on 14, 422 ff.

431-2. ' They advanced to the steep forest-clad mountain of Parnassus, and quickly reached its windswept folds.' Cp. on 13, 351.

435-7. ' Then the beaters [ἐπακτῆρες is from ἐπάγω ' drive on ', cp. in 445 below] came to a wooded glen ; before them, as usual [ἄρ', § 39], went the hounds searching out the boar's track, and behind them [the beaters] were the sons of Autolycus.'

439-42. Observe ἄρα used three times (and cp. in 435) in four lines. Cp. in 413-17 and Denniston, *G.P.* p. 33, who remarks on the ' almost reckless profusion ' with which H. uses this particle.

444. ποδοῖϊν : a quite anomalous use of the *Dual, metri gratia* : cp. ὄσσε in 20, 348. For its position cp. 16, 6, where it is properly used of one man. *A.-H. (Anhang)* try to explain it as ' of each pair of feet ', a notion which Monro endorses. The rhythm of the line suggests the sound of the swiftly approaching footfalls.

445. ξυλόχοιο : this word is probably derived from *ξυλο-λοχος ' a lurking-place in the trees '; cp. on 13, 25-6 ; 15, 46 ; 17, 51.

446. ' With his back well bristling ': for εὖ see on 18, 260. φρίξας (φρίσσω) : this expressive verb is also applied to the spiky appearance of a corn-field and of a line of warriors, and to the effect of sudden terror. πῦρ . . . δεδορκώς : lit. ' looking fire ', a favourite Greek idiom in all ages : cp. Theocritus' delightful ἔαρ ὀρόωσα Νύχεια, ' Nycheia with springtime in her glance ' (*Idylls* 13, 45). See also on 14, 142.

449-51. ' But the boar struck first with a sideways lift of the head that drove in his tusk above the man's knee and gashed the flesh deeply, though not to the bone ' (Lawrence). διήφυσε is 1 aor. of διαφύσσω, which is used in 16, 110, of drawing wine ; the simple ἀφύσσω is similarly used in 9, 9 and 23, 305, and, in the middle voice, of collecting a heap of leaves (7, 286). The underlying notion seems to be the taking of a large quantity of some unresisting material : perhaps ' scooped out ' would be best here. Virgil uses *haurire* similarly. **λικριφὶς** : 'sideways, obliquely' (cp. **λέχριος, λικροί** and **λίξ** in *L.-S.-J.*), describing the characteristic sidelong thrust of the boar, his bent tusks being too short for a direct stab : cp. Horace, *Odes* 3, 22, 7, *verris obliquum meditantis ictum*.

454-5. **μακών** : cp. on 18, 98.   In 455 **τὸν μέν**=the slain boar.

457-8. **ἐπαοιδῆ κ.τ.λ.** : 'and they stayed the dark blood with an incantation '. Formed directly from **ἐπ-αείδω** 'sing over', the noun refers to a blood-staunching spell chanted over the wound, a practice known in many parts of Europe. I have heard a circumstantial description of the process from a Russian cavalry officer who witnessed an immediate stoppage of blood from a sabre-wound in this way. Van Leeuwen compares Pindar, *Pythians* 3, 51, Sophocles, *Ajax* 582, Virgil, *Aen.* 7, 757, Pliny, *Natural History* 28, 2, and notes that herbs are used by the more skilled Machaon and Apollo in *Il.* 4, 218 ; 5, 900. For other magical uses of song and poetry see on **κηληθμός** in 13, 2 and 11, 334, and cp. Plato, *Euthydemus* 290 A : **ἡ μὲν γὰρ τῶν ἐπωδῶν [τέχνη] ἔχεών τε καὶ φαλαγγίων καὶ σκορπίων καὶ τῶν ἄλλων θηρίων τε καὶ νόσων κήλησίς ἐστιν.**

465-6 almost = 393-4 : thus by an epic convention the digression is rounded off : cp. end of note on 1-50 above.

469-70. 'Then his shin fell in the basin. Clatter went the bronze vessel, heeling over to one side ; and the water was spilt out over the ground.' With great skill H. gives precise details of this dramatic moment to present it vividly to his audience's mind. The high proportion of dactyls (§ 42) in 468-73 may be designed to express the speed of the successive incidents.

471. 'Then joy and grief seized her heart at once.' **τὴν . . . φρένα** is the well-known 'whole and part' construction. For her mingled feelings cp. **δακρυόεν γελάσασα** of Andromache in *Il.* 6, 484, Aeschylus, *Agam.* 270, **χαρά μ' ὑφέρπει δάκρυον ἐκκαλουμένη**, and Sophocles, *Antig.* 436.

472. **πλῆσθεν** : plural, cp. § 16, 6.   **θαλερὴ κ.τ.λ.** : see on 16, 16 : 'And the vigour of her voice was checked ', *i.e.* on account of mixed feelings her voice was low—which was fortunate for Odysseus.

473. To touch a man's beard was a regular gesture of reverence and supplication : cp. *Il.* 1, 501 and 10, 454.

475. **πάντα** may be taken as 'altogether ' (as in 16, 21). But many prefer to emend. Monro (*H.G.* § 236) notes that **πρίν** nearly always takes the aorist infin. in H., but not here because **ἀμφαφάασθαι** has no aorist.

480. χείρ'[ί] goes with δεξιτερῆφι (§ 8). For the comparative form δεξιτερός see on 13, 111.

489. οὔσης occurs only here in H. for ἐούσης (§ 17, 5 b), but no convincing emendation has been offered. Von der Mühll suggests that we should read ἐούσης with *Synizesis*. With the threat one must, of course, understand ' If you fail to keep silence '.

492. ' What a word has escaped the barrier of your teeth ! ' Following van Leeuwen I punctuate this as an exclamation here, not as a question. The *Metaphor* is based on the notion that words are winged creatures (see on 13, 58 and 17, 57) which can be confined behind the bars of the teeth as in a cage (cp. 18, 410). The same notion underlies Horace's *Semel emissum volat irrevocabile verbum* (*Ep.* 1, 18, 71) : see also Plutarch, *On Garrulity* 507 A and my *G.M.* p. 133. The accusatives σε and ἕρκος are another example of the ' whole and part ' construction.

498. See on 16, 317.

500-2. O. rather curtly cuts short Eurycleia's tale-bearing about her fellow-servants : he prefers to see to this kind of thing himself : cp. 24, 407.

505. λίπ' ἐλαίῳ : the first word is found only in this phrase in H. (except λίπ' ἀλείψεν in 6, 227) and always elided. Herodian's view that it ended in -αι or -ᾳ, a dative, is generally rejected now. It appears in full as λίπα in Hippocrates and Thucydides. It is probably an adverb like πύκα, κρύφα, τάχα, and conn. w. λιπαρός (see on 13, 225). The Greeks regularly used oil for anointing the skin after washing, to prevent roughening ; cp. 6, 80, 96. It may also have been used as a substitute for the fats in soap, to lubricate the skin.

508-9 = 103-4, except that there we find πρῶτον for τυτθὸν here. γὰρ in 510 follows on τυτθὸν : ' a brief question, because . . .': cp. on 589-90 below. Actually Penelope speaks for 54 lines, i.e. about five minutes, and does not come to the point till l. 535.

511. τινά γ' : the particle is limitative here : ' that is, at least, for anyone whom . . .'. She makes it clear in the next line that she herself is an exception.

513-15. ' For during the daytime in mourning and lamentation I take pleasure in seeing to my own work and that of my handmaidens in the house ; but when night comes . . .' Cp. 21, 350-2. As Merry notes, the first two participles describe her fixed condition (cp. 4, 800), while ὁρόωσα goes closely with τέρπομαι. A.-H.-C. forces them a little in taking them as concessive= ' despite my sorrow ' etc. Note also ὁράω ἐς, meaning ' see to ' ; the Latin *video* is sometimes similarly used, *e.g. antecesserat Statius ut prandium nobis videret* (Cic. *Ep. ad Atticum* 5, 1, 3).

516. ἀδινὸν κῆρ : lit. ' thronged heart ', *i.e.* ' grief-thronged '. The epithet is also applied to sheep, bees, and intense sounds : cp. on **23, 326.** The epithet reinforces πυκιναὶ here.

518 ff. ' Even as when the maid of Pandarus, | The green-wood nightingale melodious, | Amid the thickened leafage sits and sings | When the young spring is waxing over us : | And she with many a note and hurrying trill | Pours forth her liquid voice, lamenting still | Her own son Itylus, King Zethus' child, | Whom long ago her folly made her kill : | So alternating makes my mind alway | Division, whether by my child to stay . . .' (Mackail). Many details of this celebrated *Simile*—the first appearance of that later much poeticized bird, the nightingale, in European literature—are remarkable. It is the only place in H. where bird *song* (as distinct from cries) is mentioned (see Clerke, *F.S.H.* pp. 146-7) : ἀηδών is presumably conn. w. ἀείδω. It contains a flagrant error in natural history : the female nightingale does not sing. The epithet χλωρηΐς is found only here in Greek ; it is presumably from χλωρός (from χλόη) ' greenish-yellow ', referring either to the fact that the bird haunts the greenery of the wood (cp. 520, and Keats' ' In some melodious plot | Of beechen green and shadows number-less '), or to its own hue (which is more brown than greenish, as the later epithet ξουθός indicates ; but early Greek words for colour are erratic) ; cp. Simonides *fr.* 45 (Diehl), ἀηδόνες πολυ-κώτιλοι χλωραύχενες εἰαριναί, which supports the second view. Later sources expand the meagre details of the legend given by H. (see also on **20, 66 ff.**) thus : Aedon, daughter of Pandareos king of Crete, married Zethus king of Thebes (cp. 11, 262). She had only one son. In jealousy at the large family of her sister-in-law Niobe she planned to kill Niobe's eldest son. In the darkness she mistakenly (δι' ἀφραδίας, 523) killed her own son Itylus. Zeus, pitying her sorrow, changed her into a nightin-gale. As such she ever mourns Itylus melodiously. The name Ἴτυλος, Ἴτυς in later writers, was perhaps imagined (see *A.-H., Anhang*) from the sound of the bird's song. The Attic version of the legend (with Pandion as Philomela's father, Tereus as her husband, and Procne, later the swallow, as her sister) is not mentioned (cp. on **11, 321**) by H.

521-3. τρωπῶσα is a form (cp. on **6, 318**) of τρέπω (cp. the middle use in **24, 536**), apparently referring to the many turns and trills in the nightingale's very complex song ; cp. Pliny, *Nat. Hist.* 10, 43 : *nunc continuo spiritu trahitur in longum, nunc variatur inflexo, nunc distinguitur conciso, copulatur intorto, promittitur revocato, infuscatur ex inopinato, interdum et secum ipse murmurat, plenus, gravis, acutus, creber, extentus. . . .* In these constant changes of direction in the bird's song lies part of the similarity with the condition of Penelope, whose mind is constantly distracted and changed by the thronging anxieties and worries that beset her. Besides this, the nightingale and Penelope have a similar share of sorrow. The general effect of the comparison is to enhance the dignity of Penelope's grief. There is a strange v.l. πολυδευκέα in 521 ; see L.-S.-J.

529. μνᾶται : Monro takes this as a subjunctive. The verb and its noun μνηστήρ is cogn. w. Irish mná 'women'. For the [σϜ]έδνα see on 13, 378. They would be given to Penelope's kinsmen, not to herself.

535. ὑπόκριναι καὶ ἄκουσον : 'interpret and hear', a clear case of πρωθύστερον. As often in this figure the more important concept is put first : cp. 13, 215. Probably the later word ὑποκριτής 'actor' is derived from ὑποκρίνομαι in this sense (also in 555 below), as 'interpreter, expounder' of the dramatists' story, rather than in the sense of 'answer' (as in, e.g., 2, 111 : not, pace L.-S.-J., in 15, 170, where it is better taken as 'interpret, read the sign').

536-8. χήν 'goose' is cogn. w. Latin anser, German Gans, Irish geiss 'a swan', English 'gander', 'goose'; cp. Thompson, G.G.B. pp. 325 ff. and Clerke, F.S.H. p. 129. ἐξ ὕδατος : apparently the corn had been thrown into water in a trough (πύελον in 553) to soften it. Or else the phrase means 'away from the water' (where they usually swam) : cp. on 11, 134-5. For ἀγκυλοχείλης see on 22, 302.

542. εὐπλοκαμῖδες 'Αχαιαί : 'Achaean women with beauteous tresses'. The epithet (used as fem. pl. of εὐπλόκαμος) refers, as Ameis observed, to fine arrangement of the hair (πλόκαμοι being plaits or modelled tresses) as described in the toilet of Hera (Il. 14, 176) ; these πλόκαμοι were also affected by men, cp. Euphorbus whose plaits were bound with gold and silver (Il. 17, 52): see Nilsson, H.M. pp. 127 ff., and his illustration of the 'Lady of the Court' fresco from Tiryns (op. cit. fig. 33 ; cp. fig. 5). In contrast ἠύκομος means simply 'with beautiful hair', without any notion of hair-dressing. Greek women are called 'Αχαιαί only here and in 2, 119 : elsewhere they are 'Αχαιίδες or 'Αχαιιάδες. (The only other epithet applied to them is εὔπεπλοι 'well-dressed'.) As Merry notes it must mean women of noble birth, not servants. Cp. on 'Αχαιοί in 13, 315.

547. 'It was not a ⟨deceptive⟩ dream of sleep but a ⟨true⟩ waking vision and a good one ; and it will be brought to fulfilment for you.' Cp. 560-7 below, where Penelope despondently says that she still considers it was a dream and a deceptive one, despite this and O.'s assurance in 555 ff.

555-7. ' O lady, 'tis impossible to bend | The dream aside and give it other meaning, | For lo, Odysseus, he himself hath shown thee | How he will make it good ' (Marris).   *Irony.*

560. ' Dreams inexplicable and speaking confusedly.' ἀμή-χανος literally means ' incapable of managing anything ', *i.e.* ' helpless ' (cp. 363 above) or, passively, ' unmanageable ' as here.   ἀκριτόμυθος is applied to Thersites in *Il.* 2, 246, with reference to his indiscriminate babblings.

562 ff. This renowned passage is copied in Plato, *Charmides* 173 A, Vergil, *Aeneid* 6, 893 ff., Horace, *Odes* 3, 27, 41.   It is difficult to say whether the paronomasia on κέρας and κραίνω, and ἐλέφας and ἐλεφαίρομαι, first suggested the notion of gates of horn and ivory, or whether a pre-existing legendary description prompted the word-play.   For a full discussion see E. L. Highbarger, *The Gates of Dreams* (Baltimore, U.S.A., 1940). The epithet ἀμενηνός (cp. on 11, 29) was obscure even in the time of Aristophanes (see *Banqueters, fr.* 222 Sidgwick) : etymologically it could mean ' senseless ' (ἀ-, μένος) or ' fleeting ' (ἀ-, μένω).   Ivory is mentioned by H. (cp. 4, 73 ; 8, 404 ; 18, 196 ; 19, 56 ; 21, 7 ; 23, 200 and *Il.* 4, 141 ; 5, 583) only as a rare material for ornamentation ; he does not mention the elephant, which appears first in Herodotus and did not become familiar to Europeans till Alexander's generals began to use Indian elephants in war.   Exquisitely worked ivory objects have been found on Mycenean sites.

568. ἐντεῦθεν (only here in H.)='thence ', *i.e.* through the gate of horn, the exit of true dreams.   αἰνὸν ' dreadful ' seems rather pointless here : Merry's ' uncanny ' perhaps expresses the right nuance of meaning.

572 ff. How the twelve axes were arranged and how they were to be shot through have been the subject of much controversy.   In 21, 120-2 Telemachus ' dug a single long trench for them all, and set them straight to a carpenter's line, and pressed down the earth round them '.   In the present passage the word δρυόχους (574) implies a similar arrangement, for the word (lit. ' wood-holders ') denotes either the props on which the straight keel of a ship rested while the rest was being built or else the actual keel and ribs of the ship.   In 21, 421-2 we learn that O.'s arrow did not miss the πρώτη στειλειή of all the axes, but went right through.   But the problem is in what sense could a man ' shoot an arrow through all twelve axes ' (578), ' through the iron ' (587 below and 21, 114).   We may dismiss the notion of any magical potency in the archery here : there is no suggestion of it and it would spoil the whole spirit of O.'s triumph.   (Nor need we entertain the notion that the *twelve axes* symbolize the months of the year in a solar myth.)   The key to the problem lies in the word στειλειή.   It is apparently

cognate with the old English word *stela* ' stem, stalk ' : it is
used only three times elsewhere in classical Greek (see *L.-S.-J.*),
once of the handle of a hammer, once of a pole, and once (by
Aeneas Tacticus the 4th-cent.-B.c. writer on military matters)
either as a shaft or as a socket. H. uses στειλειόν of the wooden
handle of an axe in 5, 236. Clearly then it cannot refer to any
such holes in the blade of the axes as are illustrated from
archaeological finds in Monro, Butcher and Lang (p. 419) and
van Leeuwen. On the other hand H. distinctly says that the
arrow must go ' through the iron ' which rules out any suggestion
of shooting through the wooden handles. Only one possibility
is left : στειλειή must mean ' the place that holds the haft ',
i.e. the hole or socket between the blades (for a πέλεκυς is a
double-headed axe, cp. ἡμιπέλεκκον in *Il.* 23, 851), in dis-
tinction from στειλειόν ' haft ' in 5, 236. (The difference in
gender, fem. here, neut. in 5, 236, may be significant : Mr. J. V.
Luce has paralleled it for me in the case of fire hoses : the
larger aperture is called the ' female end ', the smaller one that
fits into it the ' male end '.) If this view is correct the axe-
heads were arranged so that the sockets for their handles made
a straight (but not necessarily continuous) pipe through which
an arrow might pass if shot with sufficient force to ensure an
absolutely flat trajectory. They were perhaps propped up so
as to give the general effect of a ship's keel as described in 574.

575. στὰς δ' ὅ γε πολλὸν ἄνευθε : ' For he, taking up a
position far away from them, used to shoot an arrow through
them' : see § 21 for διαρρίπτασκεν. So it was a favourite
tour de force of O.

576. ἀεθλὸν τοῦτον : an exception to Wernicke's law that
if the fourth foot of a Homeric hexameter is an undivided
spondee followed by diaeresis (§ 43) the last syllable of the foot
must be long by nature and not by position (for some necessary
qualifications of this see Leaf's *Iliad* 13-24 pp. 634 ff.). Cp. 24,
240, ἐπέεσσίν | πειρηθῆναι.

585-6. πρίν . . . πρίν : only the second is translated in
English. Rieu expresses the emphasis well with ' long
before . . .'.

587. σιδήρου : H. refers to axes of Iron in *Il.* 4, 485 (a simile)
and 23, 850 (a suspect passage).

589-90. ' If you would be willing to sit beside me [μοι] in the
halls and give me the pleasure of your company, sleep would
never be poured upon my eyelids.' Beginning with a compli-
ment and proceeding to a banal generalization Penelope gently
intimates that the interview is at an end. Cp. 11, 330-1.

592-3. It is best to take ἐκάστῳ as a neuter : ' For the im-
mortals have assigned a proper portion to everything, for the

benefit of mortals on the grain-giving earth '.   This enunciates one of the dominant principles of early Greek theology and ethics, the principle of the Just Portion, Μοῖρα (cp. αἶσα, μόρος, νέμεσις and the principle of μηδὲν ἄγαν) : cp. on 22, 54.

594-6 almost=17, 101-3.   597=260 above.

599. κατὰ—θέντων : ' or let the servants set down a couch for you '.   Cp. 55 above.   That O. chose the other alternative is implied in 20, 2-4.

600 ff.   600 almost=16, 449.   601 : ἄλλαι=' as well '; cp. on 13, 167 ; 14, 342.   603-4=16, 450-1.

BOOK TWENTY

N.B.—For abbreviations and use of indexes see preliminary notes to Book Thirteen.

SUMMARY

As Odysseus lies sleepless in the porch he sees some of the maidservants going out to their lovers among the Suitors.   He finds it hard to restrain his anger at their immorality and disloyalty.   Athena calms him and gives him sleep (1-55).   Penelope wakens and in her sorrow prays for death.   O. hearing her beseeches Zeus for an omen of success in his vengeance.   This Zeus sends (56-121).   The morning activities begin in the palace.   Telemachus enters and enquires about O.   Preparations are made for the festival of Apollo (122-62).   Eumaeus and Melanthius return.   Melanthius insults O. again.   The cowherd Philoetius takes O.'s part and addresses him kindly (162-239).   The Suitors are dissuaded by an omen from killing Telemachus.   Telemachus speaks for O. against the Suitors (240-83).   A Suitor throws a cow's foot at O.   Telemachus is angered.   Another Suitor tries to appease him (284-344).   A strange momentary transformation of the scene is interpreted by Theoclymenus as a warning of imminent disaster.   The Suitors laugh at him, turn him out, and resume their merry feasting.   Penelope listens sadly (345-end).

1. αὐτὰρ ὁ ἐν : for the hiatus see on 19, 1.   προδόμῳ : ' the vestibule ' ; see p. xlii.   For the bedclothes on O.'s εὐνή see on 23, 179-80.

4. κοιμηθέντι : ' as he lay there '.   He was not asleep as the next lines show.

6. ἐγρηγορόων : this form occurs only here in Greek.   It is

generally explained as a participle (§ 28) of a hypothetical verb
ἐγρηγοράω, but it may be derived directly from ἐγρήγορα, the
perf. of ἐγείρω ; cp. ἐρχατόωντο (ἔρχαται, ἔργω) : see Chan-
traine, *G.H.* pp. 80 and 359. The women were leaving the
house to visit their lovers among the Suitors, who lodged in the
town of Ithaca.

7. ἐμισγέσκοντο : the only case of augmentation of an itera-
tive form (§ 21) where emendation is not easy ; cp. on 14, 521.
Wackernagel (*S.U.H.* pp. 118-19) deduces Attic influence, as
an Ionian would not commit this solecism.

12. ἐῷ : 3 pers. sing. pres. opt., for ἐάοι. For ὑπερφιάλοισι
see on 13, 373.

13 ff. ' For the last and final time ' : emphatic *Tautology.*
The *Metaphor* of O.'s heart ' barking ' or ' baying ' within him
is very striking : van Leeuwen compares Aeschylus, *Persians*
991, βοᾷ βοᾷ μελέων ἔνδοθεν ἦτορ, and Statius (*Thebaid* 2, 338),
magnas latrantia pectora curas. H. goes on to elaborate the
notion in a *Simile* and then repeats the metaphor (16), no
doubt to emphasize the terrific strain placed on O.'s self-control
by the sight of his disloyal and shameless servants tripping
gaily off to meet his deadliest enemies. Never since his appal-
ling misfortunes in the Cyclops' cave (19-21) had he endured
such agony of spirit as this.

14. περὶ . . . βεβῶσα : ' standing over her feeble puppies ' :
not ' prowling, walking round ' as Merry translates. The force
of the περί is ' astride '. βεβῶσα for βεβαυῖα (βαίνω) occurs only
here in H. (see Chantraine, *G.H.* p. 431). ἀμαλός may be cogn.
w. Latin *mollis* ' soft '.

15. ἄνδρ' ἀγνοιήσασ' : ' having failed to recognize a man ',
i.e. having decided that he is a stranger.

17. ἠνίπαπε : 2 aor. ἐνίπτω ' reprove '; the other form
ἐνένιπε occurs in 18, 321. This verb is conn. w. ὄπις (see
Boisacq).

18. κύντερον : a comparative adj. formed from the noun
κύων and meaning usually ' more shameful ' (cp. 7, 216 ; 11,
427), here ' more shaming '. No reference or pun is probably
intended with 13-16 above, though unconscious association of
ideas in the poet's mind is possible. In 11, 427-8 the word
refers to the conduct of womenfolk : cp. the use of κύων of
maidservants in 18, 338 ; 19, 91, 154, 372 (but of men in 17,
248 ; 22, 35).

20. μῆτις : it is just possible, even in *Oral Technique,* that
this word is a deliberate echo of the famous Οὖτις, μή τις, μῆτις,
episode in the cheating of the Cyclops : see on 9, 408.

22. καθαπτόμενος φίλον ἦτορ : ' in urgent appeal to his own

dear heart '. **καθάπτομαι**, literally ' cling on to, attach oneself to ', is used by H. only in this metaphorical sense of pressing an argument, urging an appeal. The basic notion is similar to that of ' button-holing ', *i.e.* holding on to someone to compel his attention. For **φίλον** see on 13, 40.

23. **πείση** : this noun may be conn. w. **πείθω** ' persuade '. But another ancient interpretation connected it with **πείσμα** (**πενθ-σμα*, cogn. w. ' bind ') used in 10, 167 in the general sense ' a rope, binding '. This makes fair sense : ' his heart remained in bonds '. *L.-S.-J.* follows Eustathius in preferring the former view (cp. Butcher and Lang ' in obedience to his word '). I find the second more dynamic. By a great effort O. ' holds in ' his passion.

24 ff. **νωλεμέως** = ' without letting go, doggedly ' : cp. **νωλεμές** in 16, 191 ; 22, 228 : perhaps derived from the negative **νη**- and a root **lem* ' break ' (see Muller). The word is used in 9, 435, where O. is holding on for his life under the body of the Cyclops' pet ram. The comparison here between O.'s restless tossing and rolling on his bed and the way in which a haggis or black pudding (see on 18, 44) is turned (on a spit) when being roasted over a fire, is vivid and apt. Some literary snobs have found it uncourtly, even uncouth, and have tried to excise it or explain it away (*e.g.* Mme Dacier's attempt to prove that O. is compared to the man who is roasting, not to the pudding : see further in Pierron). Those who find a touch of burlesque in it are also, I think, wrong : H., as Bothe emphasizes, is aiming above all, at **ἐνάργεια**, vividness, here : he is not bound by the Augustan canons of taste nor daunted by the principle expressed (as many think) in Horace's warning (*Ars Poetica* 128): *Difficile est proprie communia dicere.* On the other hand he is not bound necessarily to call a spade a spade either : cp. on 17, 300.

25. **πολέος πυρὸς αἰθομένοιο** : ' in the blaze of a big fire ' : locative genitive.

27. **ὀπτηθῆναι** : ' to be roasted '. The Homeric *Heroes* never ate boiled meat. Flesh was regularly roasted or broiled on spits, *en brochette,* as frequently still in Greece.

33. **κάμμορε** : usually explained as a syncopated and assimilated form (§ 1, 10) of **κατάμορος** (which does not occur), lit. ' under, subject to, destiny' : originally **κατασμορος* from **smer,* **μείρομαι,** cp. Chantraine, *G.H.* pp. 88, 175. **περὶ** goes w. **φωτῶν** = ' exceeding, beyond, all men ', or perhaps adverbially, ' outstandingly among all men '.

38. ' But my spirit within my breast vaguely worries over this, namely . . .' : **τί** (indefinite, the accent being from the enclitic **μοι**) goes with **τόδε,** lit. ' something, namely, this . . .'. The diffidence of the phrase shows O.'s awareness that a certain

lack of faith in Athena's power is implied in his anxiety: contrast 16, 240 ff. where Telemachus' similar anxieties are rebuked by the then more sanguine O. O.'s slight lack of confidence before the supreme crisis is very human. Note his second anxiety, in 41-3. (This is also important as the motivation of Book 24 : see introduction to that book.)

41-68. Fragments of these lines survive in the oldest *Papyrus* of the *Od.* yet discovered, dating from the 3rd cent. B.C. It contains several singular but dubious variants : see *O.T. apparatus criticus* and Von der Mühll's.

42. This line has the rare trochaic caesura in the fourth foot (§ 43), cp. 77 and 223 below and 18, 105.

43. ὑπεκπροφύγοιμι : lit. ' escape out, forwards and from under ', a favourite collocation of prepositions in H. ; cp., *e.g.*, on 6, 87-8. What O. fears is the vengeance of the Suitors' kinsmen ; see on *Murder*.

45. σχέτλιε : ' You incorrigible fellow ', spoken, no doubt, in a half-admiring, bantering tone, as Monro notes ; cp. my note on 11, 474. For σχέτλιος see on 13, 293. The fact is, as Athena implies, that O. never fully trusted anyone : his insight into his own and others' characters had rendered him incapable of complete trust or faith. πείθεθ' = πείθεται.

49. μερόπων ἀνθρώπων : the meaning of this epithet, always applied to ἄνθρωποι or βροτοί in H., is quite uncertain. The best etymological guess connects it with μείρομαι and ὄψ making it = ' voice-dividing ', *i.e.* ' articulate ' in contrast with the inarticulate voices of other animals. The suggestions favoured by Merry, ' mortal ' (conn. w. μόρος) or ' with thought in the face ' (conn. w. μερ-μηρίζω), are not impossible, either : see Boisacq.

52-3. ' It is mere vexation to lie awake and watch the whole night through ; and presently you'll rise above your troubles ' (Rieu). τὸ φυλάσσειν is the only example in H. of the article with the infinitive directly following, as in the common Attic idiom. Kühner-Gerth, 2, 1, p. 579, give the article a demonstrative force = 'that watching'. (For the development of the idiom consult Meillet-Vendryes, *Grammaire comparée des langues classiques* § 872, and A. Ernout in *Revue de Philologie*, xix. (1945), pp. 99 ff.) Merry ingeniously (so, too, Chantraine, ii. p. 305) avoids the unusual combination by dividing τὸ from φυλάσσειν to make τὸ the subject to ἀνίη ⟨ἐστι⟩, translating ' a pain and grief is *this*, that a man should watch . . . '.

55. Ὄλυμπος is obviously only a synonym for heaven here : cp. οὐρανόθεν in 31. See on 15, 43.

56-7. λύων μελεδήματα θυμοῦ, λυσιμελής : this is remarkable :

the natural etymology of λυσιμελής is from λύω + μέλος, 'limb-relaxing ' and in 4, 794, and 18, 189, H. recognizes this function of sleep. Here he seems to intend an etymological connexion with μελεδαίνω, μέλω. Monro thinks it is no more than a *Paronomasia* or *Parechesis*, with no reflexion intended on the meaning of λυσιμελής ' limb-relaxing '. But in view of the use of λυσιμέριμνος of sleep in later Greek we had best despite post-homeric usage (see *L.-S.-J.*) translate ' care-relaxing '. The word is first used by II. here (cp. 23, 343) ; he may even have coined it at this point (*Neologism*) ; so, unless he intended λύων μελεδήματα θυμοῦ as an *Epexegesis* (in advance) the phrase would be most misleading to his audience.

61. For *Artemis* as bringer of swift death to women see on 15, 409-10. πότνα is a shortened form of πότνια, (**potnya*, a fem. form of πόσις, cogn. w. Sanskrit *pátis* ' master ', Latin *potis* ; cp. [δεσπότης = *δμσποτης ' master of the δόμος ', fem. δέσποινα).

63-5. ' Or else I would a storm might snatch me up | And sweep me hence a-down the murky ways, | And cast me forth, into the out-goings | Of backward-flowing Ocean ' (Marris). ἀψορρόου = ' refluent, flowing back (upon itself) ' : the Ocean was regarded as a river, but, unlike other rivers, one that ran back into itself after having completed the circuit of the earth. This word (derived from ῥέω) is not to be confused with ἄψορ-ρος (for *ἄψ-ορσος, as in παλίνορσος) ' backwards, back again ' in 9, 282.

66-82. Many condemn these lines as spurious, with good reason. Specially anomalous are the references to Artemis in the 3rd person (71, 80) in a prayer addressed directly to her (61). But the story related in them does not explicitly contradict the myth in 19, 518-23, since it does not say that *all* the daughters of Pandareos suffered the fate described here. Pandareos, later accounts say, stole a golden dog made by Hephaistos from the temple of Zeus in Crete. As stated here, the gods took early vengeance on him and his wife ; his daughters suffered a belated punishment for their father's sin.

69. ' With cheese, sweet honey and pleasant wine ' : these, with the addition of corn, are the ingredients of the κυκεών with which Circe regales her guests in 10, 234-5.

71. πινυτήν : ' good sense, discretion ' : fem. adj. used as a substantive as in 98 below. It is conn. w. πεπνυμενος ; see on 16, 309. μῆκος : ' stature ', such as Artemis herself pos-sessed, cp. on 18, 195.

72. ' Taught them the skilled handicrafts that are a woman's pride ' (Rieu). δέδαε, the redupl. 2nd aor. of *δάω ' learn ', is always used in a causal sense ' make to learn, teach ' (like

διδάσκω). Elsewhere in H. it takes an accus. of the thing taught, so it is best to take ἐργάζεσθαι here as = 'for working'. The ἔργα *par excellence* of Homeric women were products of *Spinning* and *Weaving*.

73 ff. Ὄλυμπον : see on 55 above. See index for θαλερός, τερπικέραυνος and other words not annotated here.

77. ἅρπυιαι ἀνηρείψαντο : ' the whirlwinds snatched away ', cp. 66. See on 14, 371. Note the *Correption.* For the trochaic caesura in the 4th foot cp. on 42 above.

80-1. ' So that with Odysseus still vivid in my mind I might go beneath the hateful ground.' ὀσσομένη is conn. w. ὄσσε ' eyes ' and *oculus* : it expresses an early concept of the pictorial imagination (cp. on 93) as distinct from mere memory. This unfading picture of her husband is the essence of her wish : if she can keep that she will undergo anything.

83. The syntax is much disputed. The question is, what is the subject of ἔχει. Merry understands τις as subj., translating ' but [one] hath herein (τὸ) an endurable evil, whensoever one weepeth . . .'. Monro stigmatizes this as ' too artificial ' and ' against the Homeric usage of the correlatives τὸ—ὅτε '. He prefers to take τὸ as the subj. with ὁππότε κ.τ.λ. in apposition, and translates on ' has in it (brings with it, involves) an endurable ill '. Another view is that κακόν is nom. and that τινά must be understood as obj. of ἔχει : ' an endurable evil possesses a person whenever . . .'. Monro queries this absolute use of ἔχω, but see n. on 13, 1-2 at end. He suggests that we might read ἔπει, comparing the *v.l.* in 12, 209 (see my n. there and observe that ἔχει is among the other variants). Von der Mühll, comparing another *v.l.*, ἔπι, at 12, 209, suggests reading ἔπι here also. Monro's seems the least unsatisfactory rendering of the text as it stands.

85. ἐπέλησεν : ' brings forgetfulness ' (ἐπιλήθω) : a Gnomic Aorist.

88. παρέδραθεν : as subject Merry understands τις, *A.-H.-C.* Ὀδυσσεύς, van Leeuwen ὄνειρος. The first seems best.

90. Cp. on 19, 547. φημί = ' think ', as often.

91. The dawn of the 39th day of the *Odyssey* (p. xii), the day of O.'s long-deferred revenge. Over three books are devoted to its incidents.

92 ff. H. does not make it quite clear whether O. is at once fully awakened by Penelope's complainings or not. It seems best to take it, with *A.-H.-C.*, that he is only half awake when he imagines ' that she, already recognizing him, stood beside him, at his head '. Very likely H. has in mind that strange moment between sleeping and waking when a sound just heard

blends for an instant into one's dreams. (Monro, however, emphatically asserts that it is a vivid *waking* impression, noting how rich the *Od.* is in words expressing strong imagination, such as ὅσσομαι, ὄιομαι, ἰνδάλλομαι.) Then O. fully wakes up and proceeds to put away his bed-clothes (cp. 2-4 above), the blanket and fleece into the **μέγαρον**, the ox-hide (βοείην, *sc.* δορήν) into the αὐλή, as perhaps a beggar was always expected to do. Then he prays to Zeus for omens to give him some confidence of success (cp. on 38 above). For the raising of the hands in prayer (97) see on 13, 355.

98. ἐθέλοντες : the plural is used because the rest of the gods must follow the will of Zeus. (Monro notes that βούλομαι, the other common verb of wishing, is never used of the will of the gods in H.) Compare the later *pluralis maiestatis.* **τραφερήν τε καὶ ὑγρὴν** : lit. ' the solid and the moist ', *i.e.* *terra firma* and the ' watery wave ' : cp. on 71 above. For **τραφερός** see on **τέτροφεν** in 23, 237.

100-1. ' Let someone, I pray, of the folk that are waking show me a word of good omen within ; and without let some other sign be revealed to me from Zeus ' (Butcher and Lang). **ἄλλο** (see on 13, 167) might also be taken as ' besides ', implying a distinction between the auditory and the visual portent. (This interpretation I find is adopted in the 1913 version of Butcher-Lang : ' some sign also '.) O. at this most critical juncture prays for a double assurance of heaven's favour : similarly Anchises is only persuaded by a double omen in *Aeneid* 2, 680 ff.

104. ἐκ νεφέων : Monro condemns the whole line on the grounds that it destroys the significance of the omen as coming from a clear sky, comparing 113-14. But Butcher and Lang obviate the difficulty wisely by translating ' from the place of clouds ': H. is probably using the conventional phrase loosely : cp. on 21, 6 ; 6, 26-7.

106. ' Where the mill-stones belonging to him, the shepherd of the people, were set.' The plural may refer to the upper and nether stones (see on 111) of a primitive hand mill (a ' quern '). For ἧατο, literally ' sat ', see § 16, 7. For ποιμένι λαῶν see on 15, 152.

108. ἄλφιτα = ' barley-groats ', a roughly ground meal sprinkled over roast meat (14, 77), especially sacrificial victims (14, 429). In contrast ἀλείατα—only here in H. : from ἀλέω (109) ' grind ', cp. ἀλετρίς ' woman grinder ' in 105—seems to denote finely ground wheat flour, like the later ἄλευρον, as Monro suggests (but his view that πυρὸν in 109 implies that ἄλφιτα must be of wheat too is probably wrong : see on 4, 38-41). *L.-S.-J.* takes ἀλείατα = ' wheat-groats ', but these are

not so much ' ground ' (ἀλέω). Rieu's translation ' grinding
the barley and the wheat into meal ' might misleadingly sug-
gest that ἄλφιτα and ἀλείατα were the raw materials, not the
finished products.

109. ἄλλαι εὕδον : to avoid the harsh hiatus (§ 1, 14 a) many
emend : e.g. Agar to ἀλλαῖ ἴαυον, Fick to ἀλλαῖ ἔθ' εὕδον.

110. ' But one alone—the feeblest of them—had not yet
ended her work.' There is much Pathos in the glimpse of a
servant's hardship in the days before ' overtime ' was con-
ceived ; and there is a pleasing paradox in the fact that O.'s
decisive action was determined by this weakest of the weak—
typical of H.'s high valuation of human personality in the Od.

111. ' Stopping the mill ' : sc. so that her pronouncement
was heard. Van Leeuwen takes μύλη (cp. 7, 104) here as the
hollow lower stone which was rotated by hand under the round
μύλαξ (Il. 12, 161).

121. φάτο γὰρ τίσασθαι : ' For he deemed that his revenge
was determined ' : one would have suspected the fut. τίσεσθαι
as in Il. 3, 28, and it is found in one MS. here. But the aor. is
paralleled in Il. 3, 366 and Od. 9, 496, and may have the
' timeless ' force (ἀ-όριστος = ' without limit') suggested in my
translation.
  ἀλείτας : ' sinners ' (from ἀλιταίνω ; cp. on 16, 317).
Perhaps H. intends a Paronomasia with ἀλετρὶς (105), ἀλείατα
(108), ἄλεσσαν (109) : to early Greeks this would add solemnity
—not a note of frivolity, as nowadays—to the omen.

123. ἀγρόμεναι : ' starting to assemble ' (ingressive Aorist
of ἀγείρω). Monro prefers the v.l. ἐγρόμεναι (ἐγείρω).

124-5 = 2, 3-4. Note Fείματα Fεσσάμενος (§ 2, 4), a Schema
etymologicum. περὶ goes with θέτ' (§ 33, 2) : see on 21, 431.
For ποσσὶ . . . λιπαροῖσιν in 126 see on 13, 225.

132. ἐμπλήγδην is an adverb from ἐμπλήσσω ' dash against '
(Latin impello), hence ' driven by an unreasoning impulse,
impulsively ', i.e. failing to give due consideration to differing
circumstances : cp. on 21, 85. Aristarchus gives as an equi-
valent εὐμεταβόλως, i.e. varium et mutabile.

135. αἰτιόῳο : the polite optative ' I wish you would not,
please do not, accuse ' (αἰτιάομαι : cp. § 28).

138. μιμνήσκοιτο : if this optative form is the true reading
we must translate ' whenever he was mindful of . . .'. Monro
thinks this inept here and adopts the v.l. μιμνήσκοντο, sc.
Penelope and O.

144-5 almost = 17, 61-2 : see notes there.

149. ἀγρεῖθ' (= ἀγρεῖτε) occurs only here in H. It is ap-

parently formed as a pl. from ἄγρει exclamatory 'Come on!',
as δεῦτε from δεῦρο. ἀγρέω (cp. ἄγρα, ζωγρέω): 'take, seize'.
The verb occurs only as an exclamation in H., but H. also uses
the root in compounds like αὐτάγρετος, παλινάγρετος, μοιχά-
γρια, ζωάγρια, and in the noun ἄγρα 'hunting', cp. 22, 306.
Chantraine (G.H. p. 350) and others think that the v.l. ἄγρειθ'
should be read as a genuine case of Aeolic barytonesis (moving
back of acute accent).

149 ff. Note the fussy imperatives of Eurycleia: 'sweep
[κορέω, cp. σηκοκόρος in 17, 224] . . . sprinkle [ῥαίνω; cp.
354 below] . . . lay down coverlets . . . wipe over [ἀμφι-
μάομαι] . . . clean . . . go . . . and bring water'. She gives
as her reason (155-6) the fact that the Suitors are to hold a
feast that day (see 278 below). We may guess that part of her
excitement was also due to her knowledge of O.'s presence now.
See index for other words. For οἴσετε in 154 see § 19, 2.

153. For δέπα' see on 19, 62.

158. κρήνην μελάνυδρον : 'the well of water ⟨deep and⟩
dark' : see on 13, 409.

160. δρηστῆρες ἀγήνορες : 'the lordly men-servants'. The
Epithet is not absurd : the servants in a noble palace may
acquire some of the dignity of their surroundings. But metrical
considerations may chiefly have suggested it. Cp. on 14, 3 and
22 ; and cp. ὄρχαμος ἀνδρῶν in 185 below.

163. 'Three porkers' (see on 17, 181) : two extra for the
festival : contrast 14, 19 and 27, for the usual ration. For
their good keeper see on Eumaeus.

173-5. For Melanthius, the villain, see on 17, 212. 174-5 =
17, 213-14.

176-7. κατέδησαν gives a better contrast to αὐτὸς than the
v.l. κατέδησεν (adopted in the O.T.) : but the latter must be
read in 189.

179. ἕξεισθα : § 17, 5 (a).

184 = 17, 465, 491. O. shows particular anger at this dis-
loyal servant.

186. βοῦν στεῖραν: 'a heifer', i.e. cow that has not calved :
the adjective is cogn. w. Latin sterilis ' barren ', and is not to
be confused w. στεῖρα (from στερέος ' solid '), the stem of a ship
(p. xlvi).

187-8. 'These had been brought over from the mainland by
ferrymen, who send other men, too, on their way, whosoever
comes to them ' (Murray). See on 14, 100-1.

194. βασιλῆϊ ἄνακτι : 'a royal king': a βασιλεύς was not
necessarily a ruling monarch (ἄναξ): see 1, 394-7.

195-6. The syntax of the second line is uncertain. Monro explains : ' The words καὶ βασιλεῦσιν belong logically to the principal clause : the sense is that " the gods mar the form of much-wandering men, even of kings, whenever they ordain sorrow for them " '. In agreement with this I have adopted *A.-H.-C.*'s punctuation and translate ' whenever—and this affects even those of royal rank—the gods spin sorrow into their destiny '. For ἐπικλώθω see on 16, 64.

197 ff. Cp. on 15, 150; 13, 58; 19, 480. 199-200 = 18, 122-3.

202-3. ' You show no compassion on men, when once you yourself beget them, in bringing them into grief and miserable woes.' For the infinitive after a verb of this kind (= ' in regard to ', *i.e.* pity so as not to) cp. *Il.* 7, 408, κατακαιέμεν οὔ τι μεγαίρω, ' I do not grudge the burning . . .'. ἐπὴν δὴ γείνεαι [2 sing. aor. mid. subjunctive of γείνομαι, which = ' beget ' in this tense] αὐτός seems to be condensed from two notions, ' whenever you beget them ' and ' though you are personally their begetter ' (a reference to the idea implied in the epithet διογενεῖς, used of princes and champions). ἐπὴν is for ἐπεί ἄν = ἐπεί κε; note the omission of the particle in 86 above.

204. ἴδιον : imperf. ἰδίω (probably from *σϝιδ- and cogn. w. Latin *sudo*, and ' sweat '). Sweating is a well known sign of agony of spirit, cp. the famous ode to Anactoria of Sappho (Diehl 2, 13), and Theocritus 2, 106-7, ἐν δὲ μετώπῳ | ἱδρώς μευ κοχύδεσκεν ἴσον νοτίαισιν ἐέρσαις, and St. Luke 22, 44.

210. εἶσ'[ε] : 1 aor. ἵζω. Κεφαλλήνων : this seems to be the general term for all the subjects of Odysseus' realms, which embraced the islands Same, Ithaca, Zacynthus and Dulichium (see p. xxxix) and parts of the mainland of Acarnania : see *Il.* 2, 631-4. H. never connects this name specifically with the island later called Κεφαλληνία (for the varying location of the name cp. the several instances of Pylos, Olympus, Ida, Argos). Monro thinks that a part of the mainland, where O. kept herds of cattle (cp. 14, 100, and 187 above), must be intended specifically here.

211-12. ' Yes, and these have so increased as to be beyond number, like ears of standing corn for multitude. Never did any man's broad-fronted cattle breed better ' (Lawrence). ἀθέσφατοι is traditionally etymologized from ἀ-, θεός and φημί, making it = ' not to be expounded ⟨even⟩ by a god ', *i.e.* ' ineffably numerous ', but there is room for a better explanation. οὐδέ κεν ἄλλως = ' in no other way ', *i.e.* uniquely ; cp. 8, 176. ἀνδρί γ' = ' for a man at any rate ', *i.e.* leaving gods out of the question ; cp. 9, 191. For the agricultural *Metaphor* in ὑποσταχύοιτο, literally ' grow into, increase with, ears of corn (στάχυες) ', compare on 14, 214.

213. ἄλλοι = 'strangers'. ἀγινέω : an Ionian doublet of ἄγω (Chantraine, *G.H.* p. 353).

217-18. 'But my heart in my own dear breast keeps constantly [πόλλ'] whirling this matter round ', *sc.* the problem that follows : whether he should go off with the flocks to some other land, abandoning Telemachus, or stay with him and put up with the squandering of the flocks by interlopers. The strong *Metaphor* ἐπιδινεῖται (cp. 9, 538) is one of the several indications in this speech of the warm-hearted and impulsive nature of this loyal cowherd.

223. 'Since matters have become unendurable.' The trochaic caesura in the fourth foot is mitigated by the elision : see § 43 and on 42 above.

224-5. 'But still I keep that unhappy man in mind, hoping that he may come from some quarter and make a scattering of the Suitor-men through the halls.' ὄιομαι combines two of its meanings here, ' think about, dwell on ' and ' expect ' (hence θείη, optative though after a present tense, expressing his hope), as in 2, 351-2 (cp. Monro, *H.G.* § 314).

227. One must scan βōῠκŏλ' ἐπεῖ ̯ουντ̄ κᾰκῷ ου̅ |, which is harsh. Van Leeuwen emends to βουκόλε, οὔτε . . .

**230-1 = 14, 158-9 : see note there.

**237 = οἵη ἐμὴ δύναμις ⟨ἐστι⟩ καὶ ⟨ὅπως⟩ χεῖρες ἕπονται : ' would know the quality of my strength and the readiness of of my hands ' : so Monro.

241-2. 'Now the Suitors, as you might expect [ἄρα : cp. 16, 383 ff.], were plotting death and doom for Telemachus. But, behold [so *A.-H.* takes the demonstrative ὁ], a bird of omen came to them on the left . . .' ἀριστερός is apparently a *Comparative* (of contrast) of ἄριστος, meaning literally ' much the better ', a euphemism, since the left (also euphemistically called εὐώνυμος) was the unlucky side to the Greeks (cp. 15, 160). These euphemisms are a curious result of Greek superstition mixed with trust in the power of the λόγος : the principle is just the opposite of ' Give a dog a bad name, and hang him ' —' Give a devil a good name and reform him '. For other examples cp. ὁ Εὔξεινος (for the stormy, inhospitable Black Sea), αἱ Εὐμενίδες (for the ferocious Furies).

243. τρήρωνα πέλειαν : ' a trembling Rock-dove ', symbol of helpless fear, here representing the Suitors' fate at O.'s hands —though they do not recognize it fully. τρήρων has been dubiously derived from τρέω ' flee, shrink from ', hence ' the Timid One '; but it might be merely an onomatopoeic word like *turtur*. It may be the generic noun here with πέλεια added to state the species ; if so, the phrase means ' a dove of the grey variety' (cp. πελλός, *palleo*, *pullus*), as in ἴρηξ κίρκος (13, 86), σῦς κάπρος. Cp. on. 15, 527.

245-6. συνθεύσεται : from συνθέω 'run together with ', cp. *concurro* and ' concur ' : Eustathius correctly glosses it συνδραμεῖται. φόνος is an *Epexegesis* to βουλή : ' I mean the killing of T.'. For the long thematic vowel in μνησώμεθα see on 383. It is characteristic of the sympathetically portrayed *Amphinomus* that after a vague premonition of disaster he should shrug it off with—' Let's think about the feast '.

249 ff. 249-51 = 17, 179-81.   255: ἐοινοχόει (MSS. ἐῳνοχόει) : see on 18, 58, and 14, 289.   256 : *Formula*. See index for σιάλους, οἶνον etc.

257. Telemachus has now (we are to assume κατὰ τὸ σιωπώμενον, in the Homeric manner) returned from the assembly (cp. 146 above).   κέρδεα νωμῶν : ' exercising shrewdness '. It is not quite clear what his shrewd action was. The most likely view is that it consisted in his careful placing of O. in a strategic position beside the threshold of the main door leading from the αὐλή into the μέγαρον, preparing the way for 22, 2 ff. But if Monro's interpretation of 17, 339 above is correct he was more or less there already. Lang (Butcher and Lang p. 422) thinks that the λάϊνος οὐδός here is at the inner end of the hall, and that O. destroyed the Suitors from there, but on p. 424 he admits grave objections to this ; and I think it impossible. Perhaps H. has forgotten where he had put O. the day before : cp. on 16, 175-6 at end of note.   For κέρδεα see on 13, 291.

259. δίφρον ἀεικέλιον καταθεὶς ὀλίγην τε τράπεζαν : ' setting down an ignominious stool and a scanty table '. Aristotle (*Poetic* 22, 1458 b 29-30) selects this line to illustrate the poetic value of the rare word, contrasting its equivalent in the current Greek of his time, δίφρον μοχθηρὸν καταθεὶς μικράν τε τράπεζαν. A. C. Moorhouse in *C.Q.* xli. (1947), pp. 31-45 explains why μικρός here and in 9, 515 (see my n. there) was considered inferior to ὀλίγος, though both were poetic words (unlike the other terms substituted by Aristotle) : μικρός had unsuitable emotional associations (' a poor little . . . '), from which ὀλίγος was apparently free and therefore more suited to the elevated epic style.

268-9 = 18, 410-11.   See notes there.

273-4. ' For Zeus, son of Cronos [see on 14, 406] did not allow it—if he had [τῷ] we would have stopped him in the halls, elegant speaker though he be.' We must understand the meaning of ' it ' as ' stopping him ', from what follows. For the use of τῷ cp. 14, 369. For λιγύν cp. on 12, 44 : the whole phrase as here is also used in bitter sarcasm in O.'s address to the repulsive Thersites in *Il.* 2, 246.

276. κήρῦκες : cp. on 18, 297. Here they are the public heralds of Ithaca, not private attendants.

277. ' The long-haired Achaeans ' (see on pp. xlvii-xlix and on 13, 315) are simply Ithacans here.

278. ' Under the shady grove of far-darting Apollo ' : it was to him that this day's festival was dedicated, perhaps that of the New Moon (cp. on 14, 457). For sacred groves in H. see on 6, 10. Drerup (*Homerische Poetik* i. pp. 155-8) discusses the rare occurrences of temples or shrines (νηοί) in H. and explains them (unlike Cauer, *G.H.* pp. 340 ff.) as features of rich, settled cities in H., not as anachronisms. With reference to the feast of Apollo, G. Thomson (*loc. cit.* on 19, 179) discusses the dating in 14, 161-2 and concludes that the festival must have been the Hekatombaia, the killing of the 108 Suitors representing a hecatomb.

284-6 = 18, 346-8.

290. μνάσκετ'[ο] : iterative imperf. of μνάομαι ' woo ' : see § 21 and on 14, 521.

294 ff. There is an outrage on all decent standards of τὸ καλόν, τὸ δίκαιον, and the rights of ξεῖνοι, in the bitter sarcasm of *Ctesippus* here. His ξείνιον to O. is a cow's (cooked : ἐκ κανέοιο) foot hurled at him, a travesty of honoured custom only paralleled by the Cyclops' atrocious ξεινήϊον (note the longer form) in 9, 369-70. For previous variations of this incident see on 17, 462 ff. and 18, 394 ff.

297. λοετροχόος here denotes the person who poured out water for a bath (λοετρόν, χέω) : in 8, 435, and *Il.* 18, 346, it refers to the vessel for containing the heated water.

301-2. μείδησε δὲ θυμῷ σαρδάνιον μάλα τοῖον : ' And in his anger he smiled an intensely sardonic smile ', *i.e.* a wry, bitter and unmirthful grin ; cp. *Il.* 15, 101-3. The weight of the MSS. strongly favours the spelling σαρδόνιον (hence our ' sardonic ') ; but such ancient writers as Plato, Polybius, Pausanias and Cicero (for refs. see *L.-S.-J.* and Ludwich) favour σαρδάνιον : so most editors (but not Ludwich) read σαρδάνιον. This word is probably conn. w. the root *σαρ- as in σαίρω, σεσηρώς, σαρκάζω : if so, the image is that of lips drawn tightly and crookedly back in a kind of suppressed snarl, cp. Latin *ringere*. The ancients explained it as coming from a plant called σαρδάνη (*Ranunculus Sardoüs*, ' Sardinian crowfoot ') or σαρδόνιον, flourishing in Sardinia (Σαρδώ), which when eaten distorted the eater's face, cp. Virgil, *Eclogues* 7, 41, *Sardoniis amarior herbis*. *A.-H.-C.* and others take θυμῷ locatively = ' in his heart ' (cp. 19, 210 ; 22, 411), *i.e.* secretly (cp. scholium on *Il.* 15, 101) ; but the expression then seems rather strained. I follow Merry in taking it = ' in his wrath '. μάλα τοίον implies a gesture indicating intensity here : cp. 15, 451 and 23, 282.

304-5. 'Indeed it was a better thing for you in your heart that you did not hit the stranger.' The precise meaning of θυμῷ is disputed, various renderings being, 'if you consider it ', ' as you intended ' (ironically), ' for your life '. But the fact may be that the formulaic ending ἔπλετο θυμῷ is used rather loosely here. Note the epexegetic *Asyndeton* after 304, as *al.*

311. One would expect τάδε to be followed by a clause in apposition ; Telemachus' emotion is suggested in the slightly anomalous change to a genitive absolute (*Characterization by Style*). τέτλαμεν is 1st pers. pl. perf. (in pres. sense) of *τλάω ; distinguish this from the infin. τετλάμεν (§ 27), an inept *v.l.* here.

312-13. ' With cattle being slaughtered, wine drunk and corn ⟨devoured⟩ ': strictly πινομένοιο goes with σίτου in a harsh zeugma ; cp. *Il.* 8, 506-7 : οἶνον . . . οἰνίζεσθε σῖτόν τ'.

314. μοι : ' I pray you ' or ' please ': an ethical dative, introducing a somewhat conciliatory tone.

317 ff. 317-19 = 16, 107-9 : Monro thinks the lines are ' perhaps wrongly repeated here '. With 320 cp. 13, 1. 322-5 = 18, 414-17. For νέμεσις in 330 see on 15, 69.

334. παρεζόμενος : ' sitting beside her ': the word implies a quiet *tête-à-tête*.

335. πλεῖστα πόρῃσιν : ' provides the most gifts ', either ἔεδνα (see on 13, 378) to her kinsmen or δῶρα to herself (cp. 18, 291 ff.).

337. ' While she may tend another man's house ', *sc.* as his wife.

339. Ἀγέλαε καὶ ἄλγεα : a curious kind of *Paronomasia*, the last word being almost an exact anagram of the first. The name means ' Leader of the people ' : he was son of ' Subduer ' (see 321 above): cp. on 22, 131.

343-4 almost = 17, 398-9.

345 ff. A very remarkable and macabre scene : its atmosphere has been compared to that of the Writing on the Wall at Belshazzar's feast and the apparition of Banquo at the Banquet in *Macbeth*. The Suitors have just heard what sounds like the fulfilment of their long-deferred hope : Penelope is to be married to one of them at last. A gust of exultant laughter, prompted by Athena, greets the announcement. Suddenly the goddess changes this natural glee into an uncontrollable hysteria turning rapidly into weeping. At the same time the

meat that they are eating appears as if bedabbled with blood.
Then the prophet *Theoclymenus* in a moment of clairvoyance
perceives the sinister change and sees beyond it to the slaughter
of the Suitors. He expresses his vision in sombre and deeply
pitiful words. By the time he has finished speaking the
mysterious interlude has passed and the Suitors, unconscious
of anything eerie, think that he is raving. No other incident
in H. approaches the uncanniness of this. Nearest to it are
the showers of blood before a terrible slaughter and at the
death of Sarpedon (*Il.* 11, 53-5 ; 16, 459) and the movement
and bellowing of the carcases of the slaughtered Cattle of the
Sun (*Od.* 12, 394-6). In later Greek only the scene where
Cassandra prophesies outside the palace in *Agamemnon* 1072-
1177 surpasses it; and Aeschylus very likely derived the con-
ception from H. .

346. γέλω : there are *v.ll.* γέλων, γέλωτ᾽, γέλον, all forms of
the accus. sing. ; cp. on 18, 100. The second and third do not
scan. γέλω scans as a pyrrhic (◡◡) by *Correption*.

347. γναθμοῖσι . . . ἀλλοτρίοισιν : ' with jaws that ⟨seem-
ingly⟩ belonged to someone else ', *i.e.* outside the owner's con-
trol. γελώων is a curiously lengthened imperfect of γελάω :
cp. § 28, 4.

351 ff. Here follows the only clear example of ecstatic pro-
phecy in H. : elsewhere in *Il.* and *Od.* all foretelling is effected
by omen and interpretation. Butler translates : ' Unhappy
men, what is it that ails you? There is a shroud of darkness
drawn over you from head to foot, your cheeks are wet with
tears ; the air is alive with wailing voices ; the walls and roof-
beams drip blood ; the gate of the cloisters and the court
beyond them are full of ghosts trooping down into the night of
hell; the sun is blotted out of heaven, and a blighting gloom
is over all the land.' Butcher and Lang (p. 421) cite parallels
to this from other primitive sources : ' The shroud of mist
covering not only the feet and knees, the sign of approaching
but distant death, but reaching to the head so as to fore-
show that death is even at the doors, is familiar to readers
of Martin's book on the Western Isles of Scotland. The drip-
ping of blood from the walls is illustrated by the visions of
Bergthora and Njal on the night of the slaughter of their
family.' They quote from *The Story of Burnt Njal* ii. 167 :
' Methinks I see all round the room, and it seems as though
the gable wall were thrown down, but the whole board and the
meat on it is one gore of blood '. Similarly, they note, the
comb of the hero in the Finnish epic, the *Kalevala*, begins to
bleed when he is in danger, and blood on the housetops predicts
the invasion of Xerxes in the oracle given at Delphi to the
Athenians in Herodotus. Cp. the rain of blood cited in n. on

345 ff. above. With 352 cp. *Aeneid* 6, 866, *Sed nox atra caput tristi circumvolat umbra.* The *Metaphor* in 353, lit. 'there is a blaze of groaning' is one of the few in H. of the synaesthetic type, *i.e.* describing sound in terms of sight; cp. my *G.M.* pp. 47-62 and *Comparative Literature Studies*, vi.-vii. (1942), pp. 26-30. 'Unquenchable laughter' in 346 is less vivid but based on a similar image. ἐρράδαται in 354 is 3rd pl. (§ 16, 7) perf. pass. ῥαίνω, cp. ἐληλάδατο (ἐλαύνω), a *v.l.* in 7, 86 (see note there).

355-7. The ghosts are those of the Suitors. The actual event is described in 24, 1 ff. ἠέλιος κ.τ.λ. : an eclipse or a darkening of the sun was universally recognized as a portent of evil. For the 'evil mist' see on 351 ff. above : ἀχλύς is a synonym for death in *Il.* 5, 696. With the use of ἐπιδέδρομεν = ' has spread over ' (3rd sing. perf. ἐπιτρέχω) cp. in 6, 45 : its object here may be understood as the sun or the scene in general. Some of the ancient commentators thought that an actual eclipse of the sun was intended, this being a possibility at the feast of the new moon. But the phrasing of the vision indicates the supernatural rather than the natural order.

358. ἡδὺ γέλασσαν : their laughter has become normal again. They remain in this merry mood (cp. 374, 390) until the contest begins.

360 ff. Eurymachus completely fails to appreciate Theoclymenus' warning, blaming his strange words on folly and his foreign origin. Wecklein's conjecture αὐγήν for ἀγορήν in 362 certainly gives better point to the line. Theoclymenus calmly rebuts the charge of madness and gladly leaves the doomed banqueters. It is the last we see of him.

367. τοῖς = ' with these ', *i.e.* the faculties described in the previous lines : an instrumental dative : cp. *Il.* 18, 506.

372-3. For Peiraeus see 15, 539 ff. In 373 ' looking at one another' signifies the sympathetic complicity among them, like τις εἴπεσκε (almost = ' a typical remark was ') in 375.

374. ἐπὶ ξείνοις = ' at his guests ', *i.e.* at his apparent ill luck in choosing his guests, Theoclymenus, the disguised Odysseus and Irus : cp. κακοξεινώτερος in 376.

377. ἐπίμαστον, if from ἐπιμαίομαι, presumably means ' sought out, gratuitously introduced ', cp. ἐπίσπαστον from ἐπισπάω in 18, 73. But this etymology may be false. Aristarchus' derivation from μαστεύω ' search after ' is more unlikely. Düntzer contrasts it with ἀπροτίμαστος (*Il.* 19, 263, = ἀ-πρόσ-μαστος from μάσσω, ' touch, handle ') = ' integer, intactus ' and takes it = ' contaminatus, filthy '.

379. ἔμπαιον : note the internal correption (§ 1, 14 b). The

word is perhaps conn. w. πάομαι ' get possession of ' or else
with ἐμπάζομαι ' care for ' (as in 384).

383. ἐς Σικελούς : the first reference in H. to this people,
who are presumably, but not indisputably, the same as the
Sicels of history: cp. 24, 211, 366, 389. Archaeologists have
established that there was considerable intercourse between
Greece and Italy (cp. on 1, 184) and Sicily in Mycenean times.
Thucydides (6, 2) says that some Trojans and Phocians from
the Greek army at Troy settled in Sicily. *Thiaki* lies on
the usual course from the Corinthian Gulf and W. Greece to
Italy and Sicily. But Sicily was no doubt still regarded
as very remote (like the Americas in the 17th cent.), as the
phrase here implies : cp. on 24, 307. πέμψωμεν is another
exception (cp. on 246 above and 15, 453) to the rule given in
§ 25. Monro prefers to read πέμπωμεν with some mss. ἄλφοι :
pace Monro I think it is best (of a poor lot of suggestions : see
Monro and *A.-H.*, *Anhang*) to follow *A.-H.-C.* in taking the
subject from the general meaning of the preceding sentence :
' it (*i.e.* such a sale) would fetch you a worthy price '.

387. κατ' ἀντηστιν : the noun occurs only here in all Greek.
Its meaning is uncertain (*Gloss*). If it is conn. w. ἄντην, ἀντί,
ἀντάω, as many think, the phrase will then mean ' opposite ' :
but opposite what? Schaper connects it with the root of ἧμαι
' sit ' : but sitting where ? We require some specific local
description. Palmer (see *Addenda* on 22, 126 ff.) connects it
with ἄντη ' air, breath ' and explains it as an air-hole in the
partition wall between the θάλαμος and the μέγαρον : cp.
Lorimer, p. 415.

392. ' But a more bitter supper none might plan | Than
what the Goddess and the mighty man | Were soon to set
before them, to repay | The evil doings that they first began '
(Mackail). The Suitors never actually have supper, except in
the grimly distorted sense expressed in 21, 428. Their dinner
in 390 is the last of their *Meals*. Note the emphasis in 394 on
the fact that they deserved to die.

BOOK TWENTY-ONE

N.B.—For abbreviations and use of indexes see preliminary
notes to Book Thirteen.

SUMMARY

Penelope brings out O.'s bow and promises to marry whoever
strings it and shoots an arrow through a row of axes (1-79).

Eumaeus is taunted for weeping at the sight of his master's cherished weapon (80-95). Telemachus arranges the axes for the contest. His father signs to him not to try to string the bow himself. Leodes fails to string it and prophesies that it will cause the death of many. Antinous reproves him and has the bow treated with grease and heat to make it more flexible (96-187). O. reveals himself to the loyal Eumaeus and Philoetius, and warns them to be ready for action (188-244). Eurymachus fails to bend the bow. Antinous suggests that the contest should be postponed till next day (245-72). O. asks to be allowed to try. The Suitors abuse him, but, with the encouragement of Penelope and Telemachus, Eumaeus brings him the bow (273-379). Eumaeus and Philoetius have the women removed and the doors locked. O. strings the bow and with the first shot accomplishes the test. Telemachus arms and takes his stand beside O., ready for action (380-end).

1-2 = 18, 158-9.

3-4. ' Grey iron ' : see on 15, 329 and cp. 10 below. It refers to the twelvə axes : see on 19, 572 ff. ἀέθλια = ' materials for contest ' (cp. 62) here ; in 117 = ' contest '.

6-7. ' She took the well-curved key, beautiful and of bronze, in her sturdy hand.' The κληΐς, despite its embellishing epithets here, was probably little more than a long hook for pulling back an inside bolt, and not of an elaborate pattern like a modern key. For other meanings of κληΐς in *Od.* cp. 241 below (' bolt '), ' thwarts ' or ' thole-pins ' (p. xlvi), ' pin of brooch ' (18, 294). χειρὶ παχείῃ : it is widely held that the epithet is ineptly used of a beautiful queen's hand, and I have subscribed to this view on p. xviii. But this is perhaps only a prejudice from the romantic idealizations of later centuries. Athena has a ' sturdy ' hand in *Il.* 21, 403, 424 ; and the key here, as has been suggested, may have been large and heavy, not easy to ' aim ' (see on 46-50 below) with a weak hand (like Leodes' : cp. on 150-1 below) ; and Homeric queens and princesses worked hard with their hands. Van Leeuwen compares Herodotus' phrase for a fine woman, μεγάλην καὶ εὐτραφέα (cp. on 18, 195), and Dr. H. W. Parke has reminded me of *Berthe aux grands pieds*, Charlemagne's mother. Note the key's handle of *Ivory*.

11. παλίντονον : ' springing back ', *i.e.* elastic, seems to me to be a more dynamic rendering than ' bent back '. The latter might refer to a bow of the Scythian type with a double curve, being bent back in the centre to form the hand-grip (cp. on 419 below) ; cp. Aeschylus, *Choephoroe* 161, Σκυθικὰ παλίντονα βέλη. But H. has the epithet καμπύλος to express this (cp. 359, 362, below).

12. στονόεντες ὀϊστοί : ' grief-laden [fr. στόνος, στένω]

arrows ': cp. *Il.* 4, 116-17, ἰόν . . . μελαινέων ἕρμ' ὀδυνάων.
Hardly a reference to poisoned arrow-heads : see on 1, 261-2.

13. Λακεδαίμονι : ' in Lacedaemon ': Messenia (see 15
below) was regarded as a part of it in Homeric times, *i.e.* before
the Dorian invasion : cp. Leaf, *H. and H.* pp. 362 ff. τυχήσας :
' as he happened to meet him ', cp. ξυμβλήτην (-βάλλω : § 16, 8)
in 15.

15. This line is ὀλοσπόνδειος (§ 42). Unlike other examples
(cp. 15, 334) it cannot be lightened by resolutions. Μεσσήνη :
the region : the town was founded by Epaminondas in 369 B.C.

17-18. μετὰ χρεῖος : ' after [*i.e.* to recover] a debt '; cp. 3,
367. ὄφελλε : ' was owing '; see on 14, 68. ἄειραν has exactly
the force of our ' lifted ', *i.e.* stole.

20. ἐξεσίην : an embassy or mission, from ἐξίημι ' send out '.
πολλὴν ὁδὸν : § 29.

23. ὑπὸ : ' at the teat '. ἡμίονοι ταλαεργοί : the epithet
' work-enduring ' is exact : no beast of burden is more sturdy
than these ' half-asses ' (see on 15, 85).

25. ἐπεὶ κ.τ.λ. : a στίχος ἀκέφαλος (§ 42 a).

26. φῶθ' Ἡρακλῆα : ' Heracles, that mighty man ', the Greek
exemplar of heroic strength, usually popular in Greek litera-
ture, but flatly censured in 28 below. μεγάλων ἐπιίστορα ἔργων
is an ambiguous phrase. Some take the ἔργα to be his famous
Twelve Labours (cp. on 11, 620 ff.), others to this stealing of
the mares and killing of his guest Iphitus (son of Eurytus : cp.
8, 224 ff.) : cp. the pejorative use of μέγα in 3, 261. ἐπιίστορα
might mean ' skilled in ' or ' privy to '.

29. ἔπειτα = ' after that ', *i.e.* his hospitable reception by
Heracles. πέφνε : 2 aor. *φένω for which H. uses θείνω in the
present : the φ and θ both represent an original labio-velar
g[w]*h* in *g*[w]*henyo*, Sanskrit *hanti*, Old Irish *gonaid*. φόνος is the
noun, and some forms in -φατος (= *φη-τος) are cognate, *e.g.*
μυλήφατος, ἀρηΐφατος.

34. τῷ = παιδὶ in 32 = Iphitus.

39-41. πόλεμόνδε (note double accent on account of the
enclitic -δε : § 8) = ' to war ', *i.e.* forays before the Trojan War:
the imperfect ἤρειτο and *Iterative* κέσκετ' imply repeated action.
In *Il.* 10, 260 O. is lent a bow by Meriones, apparently not
having one of his own. φόρει : ' he used to carry it ', *sc.* for
hunting. ἧς : § 12, 2.

42. θάλαμον τὸν : lit. ' the room, that one ', *i.e.* as described
in 8 ff. Monro questions this use of the article. The *v.l.* ὅν
(§ 12, 2) has little MS. support. Nauck conjectures θάλαμόνδε

ἀφίκετο (with a legitimate hiatus which unlearned scribes might 'emend ').

43-4. τέκτων : cp. on 17, 383-5. 44 = 17, 341.

46-50. The nature of the door's fastenings and the method of opening them have been much discussed. We learn from 4, 802 that the leather thong (ἱμάς) passed through an aperture in the door, and from 1, 441-2 that it was used to lock the door from the outside by shooting out the bolt (which was on the inside). When the room was unoccupied, this thong would be tied to a hook (κορώνη) on the outside of the door ; this hook was also used as a handle for pulling the door to (cp. 1, 441-2). The thong could not *open* the door from the outside. For this purpose a curved key (see on 6 above) had to be inserted with a careful aim (τιτυσκομένη) to strike back the bolt. In order to do this it was necessary, of course, first to untie the thong from the κορώνη. Merry gives a diagram of a possible arrangement of thong and bolt.

48-9. τὰ = θύρετρα in 49. The *Simile* is remarkably strong ; it is intended, no doubt, to emphasize the stiffness of the doors through long disuse. In *Il.* 5, 749 H. uses the less emphatic metaphor πύλαι μύκον. τόσ'[a] = ' so loud '.

51. ὑψηλῆς σανίδος : probably ' the high boarding ', *i.e.* the floor of the room, which was upstairs ; cp. 5 above and on 22, 174. But *A.-H.-C.*'s view that it is a shelf attached to the wall may be right : ἐφ' must then mean ' towards ', as often.

52. θυώδεα Fείματ' : the epithet implies scented with citron-wood or cedar (cp. on 5, 60), perhaps partly for the purpose of keeping away moths.

53-4. τόξον αὐτῷ γωρυτῷ : ' the bow together with its bow-case '. This use of the dative w. αὐτός (cp. 14, 77 ; 20, 219, and 8, 186-7) is classified as sociative. But here and in some of the other cases cited it has a strong locative implication, too, ' in its actual case ', ' on the actual spits ', ' in his actual cloak '. *L.-S.-J.* misguidedly takes γωρυτός as the ' quiver ' (which is mentioned in 59) : so, too, Blümner in *Revue de Philologie* (1918), p. 7.

56. ἐκ δ' ἧρεε is *Parataxis* for ' while she was taking out ', *sc.* from its case.

61. ὄγκιον : some kind of case for containing metal objects ; it is perhaps conn. w. ὄγκος ' arrow-barb ', or the root of ἤνεγκον, ἔνεικα (φέρω).

63-6 = 18, 208-11.

71-2. μύθου ἐπισχεσίην : lit. ' putting forward of a story , *i.e.* a pretext, from ἐπέχω ' offer, present '. The pretext is given with irregular syntax in 72, ' but desiring to marry me etc. '.

75-9 = 19, 577-81. For a close parallel to this contest in the *Mahabharata* see Thomson, *S.O.* p. 57 ; but we need not follow him into sun myths or fertility symbolisms.

85. ' " The stupid yokels," he exclaimed, " who can't see further than their noses ! " ' (Rieu). Observe the immemorial contempt of the townsman (ἀστεῖος, *urbanus*, bourgeois) for the countryman (ἄγροικος, *rusticus*, rural proletariat). Here the countryfolk are charged with an inability to νοῆσαι ἅμα πρόσσω καὶ ὀπίσσω (*Il.* 1, 343), resulting in boorish impulsiveness, giving pain inconsiderately to Penelope here.

89. ἀκέων : ' silently ', an adverb here ; contrast in 14, 195.

91. ἄατον : this remarkable epithet is scanned with a long penultimate in the one place where it occurs in *Il.* (14, 271, ἄατον Στυγὸς ὕδωρ), but it is ⌣ - ⌣ ⌣ here and in 22, 5, and in Apollonius Rhodius 2, 77, κάρτος ἄατος. Cp. *L.-S.-J.* on ἄατος. Its meaning is still a matter of guesswork from these four passages, and it is not clear whether the variation in quantity involves a variation in meaning. Some connexion with ἄτη (ἀϜάτη) is presumable : the first ἀ- may be privative (if so, it =' harmless ') or intensive (=' most destructive '). *A.-H.-C.* prefers ' harmless ', but I follow the *Scholiast* and Eustathius on *Il.* 14, 271 (see *A.-H.*, *Anhang*, for other assentients) in plumping for the latter view. Some *Irony* is then involved. Antinous little knows just how destructive it will prove. Presumably he intends μνηστήρεσσιν to go with κατ' . . . λιπόντε : but Destiny and the audience know that it goes closer with ἄατον (I have deleted the usual comma after 90, following *A.-H.-C.*).

92-3. ἐντανύεσθαι : future infin. passive. μέτα = μέτεστι (§ 33, 4). τοῖσδεσι : see on 13, 258.

102 ff. We must assume from 105 below that Telemachus has inadvertently betrayed with a laugh or a joyful look his amusement at Antinous' words and his delight at the approach of the crisis. He tries to pass it off as being inanely connected with Penelope's approaching departure, and continues to concentrate attention on her. ὦ πόποι : ' Extraordinary ! ', see on 13, 140.

108. Locative genitives. For Pylos see on 13, 274, Argos, on 24, 37. Mycenae (' rich in gold ' *al.*) was the capital of Agamemnon's realms : for the variation Μυκήνη, -αι see on 14, 199. These cities, with Sparta, were the greatest centres of culture and power in the Peloponnese during the Heroic Age.

111. μύνῃσι : the word occurs only here in Greek. The Scholiast on 71 (in error for this line) cites from Alcaeus a participle μυνάμενος =' making excuses, pretexts ' as a cognate, and ' excuses, pretexts ' suits the context here. The force of παρέλκετε seems to be ' draw aside, divert from the main issue '; cp. παρέλκετο ' draw away under false pretences ' in 18, 282, and on παρα- in 19, 6.

115 ff. μοι ἀχνυμένῳ : an ethical dative approaching the force of a dative absolute : cp. note on 9, 149. There is a sharp division of opinion among editors as to the force of these three lines. A.-H.-C. and Monro interpret 'I should not be vexed if my mother . . . seeing that I should remain here able to take up my father's contests ', i.e. if once Telemachus can prove he is as good as his father by using the bow then he will not care if Penelope departs. Pierron, Merry and van Leeuwen take it '. . . my lady mother need not then, to my deep sorrow, leave this house . . . ', i.e. by winning the contest he will retain his mother as the prize. I diffidently prefer the former. ἄεθλια is best taken (with Merry, Pierron, Bérard) as ' contests ' here (as in 24, 169); but some editors prefer ' materials for contest ' (cp. on 4 above), or ' prizes ' (cp. ἄεθλια . . . ἀνελέσθαι in Il. 23, 823). Contrast Telemachus' feeling of impotence in 2, 60 ff.

118-19. For φοινικόεσσαν see on 14, 500. In 119 ἀπὸ . . . θέτ' ὤμων means that he slipped off the baldric on which the sword hung ; cp. on 14, 528. He probably used the sword to dig the trench, like O. in 11, 24-5. (I owe this and many other helpful suggestions in this vol. to Mr. G. W. Bond.)

120 ff. See on 19, 573 ff. πελέκεας : Synizesis : cp. ὑμέας in 198, πελέκεων in 421. The natural order in the next phrase would be διὰ ὀρύξας τάφρον ' digging a trench along '. Note that the floor of the μέγαρον is simply earth ; cp. 22, 329, 383, 455, and Appendix B. In 122 ἔναξε is from νάσσω ' press down '.

129. ἀνένευε : instead of shaking the head to show refusal or disapproval the Greeks to this day use this dignified and expressive gesture of ' nodding up '. To express assent they ' nod down ' (κατανεύω, cp. 15, 463, 464), as we do. Charles Darwin discusses such racial diversities in gestures in his Expressions of the Emotions in Man and Animals (London, 1904).

131-3. ' Bless my soul, I shall turn out to be a weakling and good for nothing ! or perhaps I am still too young, and I cannot yet trust my hands to defend myself if some one attacks me ' (Rouse). To be unfit even for self-defence is the lowest form of weakness.

137. σανίδεσσιν : the planks of the double doors.

138. κορώνη may well denote the handle of the door, though that places it on the inside here (cp. on 46 above). To take it as the hooked tip of the bow over which the string was strung (cp. Il. 4, 111) though avoiding this difficulty seems somewhat pointless : but Didymus and most editors prefer it.

141. ἐπιδέξια : ' from left to right ', beginning (cp. 145) at the one who sat just to the left of the κρητήρ, like ἐνδέξια in 17, 365. But we meet here the problem that arises in looking at any picture of several persons in a group : when so-and-so is described as being, say, ' on the extreme left ', whose left is intended, that of the members of the group, or that of the observer ? The newspaper convention to-day is that it is the observer's left, and A. F. Braunlich in ' To the Right in Homer and Attic Greek ', *A.J.P.* lvii. (1936), pp. 245-60, considers that H. meant the same. But this implies a counter-clockwise (' widdershins ') movement, which was widely regarded as unlucky in antiquity, and to this day is carefully avoided by traditionalists when passing round wine.

144. Ληώδης : Fick, Allen, van Leeuwen, Von der Mühll, Cauer and others, agree that this (or ΛηοϜάδης) is a preferable spelling to Λείωδης, the reading of all the mss. I defer to their authority in my text. But it spoils a good *Significant Name*, ' Smooth, son of Pink-face ', which admirably suits the description of his ' unhardened, delicate hands ' in 150-1 and the taunt in 172-4 : in other words, the soft son of a soft father. Ληώδης might mean ' Popular ' (cp. λαώδης in *L.-S.-J.*), but this has less point. Cp. on Ληόκριτος in 22, 294 and 2, 242, also on *Leodes*.

145. θυοσκόος : ' one skilled in sacrificing ', not necessarily a priest (cp. on 9, 198) : from θύος ' burnt sacrifice ' and *σκοϜ-as* in κοέω, *caveo*, Old English *scéawian*, ' look at '. Perhaps divination was also a regular function of a θυοσκόος, cp. *Il.* 24, 221 and 152 ff. below.

146. μυχοίτατος : ' furthest in ', an irregular superlative of μύχιος.

150-1. χεῖρας . . . ἀτρίπτους ἀπαλάς : an accusative of respect. ἄτριπτος : from ἀ-, τρίβω ' rub, wear '. Cp. Dark Rosaleen's ' holy delicate white hands ' and contrast Penelope's ' sturdy hand ' in n. on 6 above.

153. κεκαδήσει is a future formed from the reduplicated 2 aor. κέκαδον of χάζω ' force to retire from, bereave of '. Leodes speaks in prophecy, but does not realize its full import. In his explanation he refers only to the intense grief that failure to string the bow will cause the Suitors ; but his words more truly refer to O.'s approaching vengeance (*Irony*).

155-6. ' . . . than to live after failure in that for which we assemble here in expectation every day '. οὗ θ' ἕνεκ' = τούτου οὗ θ' ἕνεκα.

161-2 = 16, 391 2.   164-6 = 137-9 above.

167 ff. *Antinous*, always quick to sarcasm, derides Leodes' prophecy as being merely a subterfuge for his own softness. For ἕρκος ὀδόντων see on 19, 492. 170: δή ... γε is used contemptuously. 174: τανύουσι has fut. force here and is, no doubt, an asigmatic fut. form (§ 24, 2: cp. in 92, 97, 127, 152 above). 176: ἄγρει δή : see on 20, 149.

178-80. 'And bring forth a great cake of the fat that is within, that we youths may warm the bow, and anoint it with fat, and so make trial of it, and end the contest' (Murray). ἐκ δὲ στέατος (στέαρ) : we must scan either δὲ στέατος (against the rule in § 1, 13 a, as in 5, 237) or else δὲ στέᾱτος, which is generally preferred. In 179 νέοι = ἡμεῖς, the Suitors : Antinous, for example, was not much over thirty (to judge from 95 above : cp. on ἥβη in 15, 366). θάλποντες governs τόξον understood (cp. 184, 246) : when warmed it would absorb the grease better.

186-7. ἐπεῖχε : this is generally taken as = 'was holding back' (note the σχῆμα Ἀλκμανικόν, sing. verb w. pl. subj.) : only Antinous and Eurymachus had not yet tried to bend the bow. Eurymachus fails in his attempt in 245 ff. Antinous then shrewdly postpones his effort. Monro objects that when ἐπέχω has this sense it is generally more clear what is the process or action that is stopped. He adopts Ebeling's 'persisted, kept at it'. Perhaps ἐπι- here implies 'in addition to, besides' and ἔχω = 'remain' (op. 14, 416), making the compound = 'remained over, was left'. ἀρετῇ : see on 13, 45.

188-9. 'Now those other twain had gone forth both together from the house, the neatherd and the swineherd of godlike Odysseus' (Butcher and Lang). Antinous had told them to go out, if they could not stop crying, in 89-90. Note pl. verb w. Dual subject.

195-6. 'If it came to fighting for Odysseus, what line would you men take—supposing he were to blow in from somewhere, suddenly, just like that ?' (Rieu). For εἴτ'[ε], optative, cp., § 17, 5 b. This form (vice εἴητε) does not recur.

201 = 17, 243. 202-4 = 20, 237-9.

205. 'Then when he knew that the mind of those men, at any rate [γε, in contrast with τῶν ἄλλων δμώων in 210], was undeceitful [see on 17, 549].'

207-8. 'Here I am, my very self, at home : after many tribulations I have come to my native land in the twentieth year.' For ἔνδον see on 16, 462. Many punctuate with a comma after ἐγώ. Note ἔτεἴ ἐς : hiatus : see § 1, 13 d and 14 a, and § 5, 3.

221. ἀποέργαθεν : 3 sing. 2 aor. ἀποϜέργω : 'he drew back his rags from the large scar'. See on 19, 391 ff. for how he got the wound while hunting as a boy on Parnassus.

224-5. κύνεον : imperfect, 'kept kissing '. ἔκυσσε : aor. ' kissed ', once. O. is naturally less exuberant. 226 = 16, 220.

230. προμνηστῖνοι : apparently = ' one after the other ' ; cp. ἀγχιστῖνοι ' close together ' (22, 118). Merry finds this word and πάντες ' quite unsuitable ' where only three persons (with the speaker) are involved, but notes the use of ἀθρόοι of three in *Il.* 14, 38.

232. ἄλλοι μὲν γάρ : ' namely, when the others . . .'.

235. θέμεναι . . . εἰπεῖν : infinitive for imperative as in 239.

236. μεγάροιο θύρας : best taken as the inner doors of the main hall, as O.'s main object was to prevent the Suitors' escape. But it is also possible that μέγαρον refers to the women's room here as in 18, 316, *al.*

237. It is preferable to take ἔνδον (cp. on 22, 140) with ἀκούσῃ, meaning ' in the women's quarters ', in contrast with θύραζε in 238, than as going with the preceding words and meaning ' in the front part of the premises ' (= ἐν ἔρκεσι in 238).

240-1. θύρας . . . αὐλῆς : the αὔλειαι θύραι of 18, 239, *i.e.* the ' front door ' leading from the αὐλή into the public road. The θύραι μεγάροιο leading from the μέγαρον into the αὐλή remained open ; cp. on 22, 137, and see on p. xlii. κλητσαι κληῖδι : *Schema etymologicum* : ' to bolt with the bolt '. Contrast the meaning of κληῖς in 6 above. ἐπὶ . . . ἰῆλαι (ἰάλλω) : ' put on as well ', *i.e.* in addition to the bolt.

245. ἤδη : ' by this time ', resuming the narrative from 187 above.

247. μέγα = ' loudly '. κῆρ is accusative ; cp. *Il.* 18, 33 (cp. 10, 16), ὁ δ' ἔστενε κυδάλιμον κῆρ : see § 29, 1 *b*.

249. αὐτοῦ : *sc.* ἐμοῦ.

250 ff. Eurymachus' emotion disturbs his syntax. Translate : ' It is not so much for the marriage that I mourn, though that is a grief—there are plenty of other Achaean women, some in sea-girt Ithaca itself, some in other cities : but to think that we are so much inferior in strength to godlike O. as not to be able to bend his bow—a disgrace that even future generations will hear of ! ' At Professor W. H. Porter's suggestion I adopt this rendering of ἀλλ' εἰ. εἰ is commonly used for ὅτι ' because ' after verbs of disappointment and indignation (see Goodwin and Gulick § 1433, and *L.-S.-J.* εἰ B v) ; so we may understand ' but ⟨we are indignant⟩ because . . .'.

256 ff. Antinous alarmed at the failure of all the others adroitly postpones his own attempt with a pious pretext. Rather late in the day he decides that feats of arms are unsuit-

able for a feast-day to Apollo (τοῖο θεοῖο, ' that god ', in 258).
There may be unintentional *Irony* here, since *Apollo* was the
Archer god (cp. in 267), a very apt patron for O.'s later feats
with the bow. Antinous never has a chance of bending the
bow later.

260-1. ἀτὰρ πελέκιάς κ.τ.λ. : the apodosis is left unspoken.
Monro compares 4, 388 ; 15, 80 ; 17, 483. Translate : ' Then,
as to the axes, suppose we let them all stand—for I do not
think anyone will carry them off . . .'.

263 = 18, 418.

270-3. These lines are formulaic for a formal libation to a
god. 271 : κρητῆρας ἐπεστέψαντο ποτοῖο : ' filled the mixing-
bowls with wine '. ἐπιστέφομαι in H. and Alcman = ' fill up '
(cp. ἐπιστεφής in 2, 431), not ' crown, wreath ', as Virgil (*vina
coronant*) appears to have taken it.

279. The infinitives are imperatival, not in epexegetic ap-
position to τοῦτο ἔπος, as ἠῶθεν δὲ . . . δώσει in 280 indicates.

281 ff. O. asks to be allowed, without any question of com-
peting in the contest, to try his strength on the bow, perhaps
trading on the natural impudence of a beggar.

283. γναμπτοῖσι : ' pliant, supple ', not ' bent ' (as in 4, 369).

285. ὑπερφιάλως : ' excessively ' : see on 13, 373. It is
characteristic of *Antinous* that he should use the adjective
appreciatively of himself and his companions in 289.

289. οὐκ ἀγαπᾶς ὅ . . . : ' Are you not content that . . . ? '
or ' Have you no regard for the fact that . . . ? '. This verb
occurs only here and in 23, 214 (but cp. ἀγαπάζω, ἀγαπήνωρ,
ἀγαπητός). The basic meaning seems to be to show regard for
someone or something that one already possesses (like a child,
husband). The verb was adopted by Jewish and Christian
writers as the best in Greek to express the love of God for man
and man for God (in preference to φιλέω, ἐράω). The noun
ἀγάπη was popularized by these writers, and became the techni-
cal term for Christian love (*caritas*).

294. χανδόν : ' wide-mouthed, in gulps ', lit. ' gapingly ' :
from χαίνω ; cp. 12, 350, πρὸς κῦμα χανών, ' with a gulp at
the wave ' (of a drowning man). αἴσιμα : neut. pl. = adverb :
' temperately '.

295 ff. Here we have the third and longest reference in H.
(cp. *Il.* 1, 268 ; 2, 743-4) to the famous brawl between the
Lapiths, a Thessalian tribe of which Peirithoüs (Theseus'
cherished friend) was king, and the Centaurs—the incident so
strikingly portrayed on the west pediment of the temple of
Zeus at Olympia. Elsewhere H. (*locc. cit.*) describes the

Centaurs as ' wild shaggy beasts dwelling in the mountains '. The various later conceptions of them as part man part horse were originally derived perhaps from garbled accounts of early horse-riders (see on 18, 263), the plains of Thessaly being famous for horses ; but in 303 a contrast with ἀνδράσι seems to be intended. E. H. Sturtevant in *C.P.* xxi. (1926), pp. 235-49, shows that the word κένταυρος may be Thraco-Macedonian for φίλιππος. Eurytion got drunk at Peirithoüs' marriage to Hippodameia and tried to carry off the bride.

296. ἄασ' : ' infatuated ', *i.e.* brought moral blindness on : the notion is emphasized in 297, 301, and in 302, ἄτην ὀχέων ἀεσίφρονι [see on 15, 470] θυμῷ. There is some unconscious *Irony* in the high moral tone of the abandoned Antinous' remarks, himself a victim of ἄτη and soon to meet his νέμεσις.

303-4. ' From that incident [or ' from him ', Eurytion] the feud between the Centaurs and men began, and he was the first to suffer himself for his drunkenness.'

306. τευ ἐπητύος : ' any kind treatment ' : see on 13, 332.

308. Ἔχετον βασιλῆα : 'King Grip', as Hamilton aptly translates : see on 18, 85.

310. Note the force of the present imperatives : ' Keep on drinking . . . refrain from quarrelling with . . .'. For the comparative of contrast, not degree, in κουροτέροισι (cp. Latin *iunior, senior*) see on 13, 111. The collocation τε μηδ' here is unique in H. : see Denniston, *G.P.* p. 514. These are Antinous' last words.

312-13 almost = 20, 294-5.

314. ἔλπεαι : ' expect ', of a bad possibility, as often (like *sperare*). The noun ἐλπίς—not exalted into anything like a virtue in Greek till Christian times—occurs only twice in H. (*Od.* 16, 101 ; 19, 84). Cp. ἔολπε in 317. The root is *Ϝολ-π-as in *voluptas, volo.*

315. βίηφί τε ἧφι πιθήσας : see § 8 *a* and § 12, 2. Note *Assonance* and *Alliteration,* φ being pronounced, of course, as *p-h* (as in ' top-hat '), not as *f.*

319. οὐδὲ μὲν οὐδὲ ϜέϜοικε : ' is not, is certainly not, fitting ' or, as Rieu puts it, ' The idea is preposterous '. For the repeated οὐδέ cp. *Il.* 12, 212 ; *Od.* 8, 32, 176-7, 280. Penelope little suspects that the despised Beggar is her husband.

320 ff. The suaver *Eurymachus* replies, though *Antinous* was addressed, as in 16, 434 ff. 320-1 = 16, 434-5.

331-3. ' Eurymachus, the men who devour and dishonour a nobleman's house will not anyhow be accorded public respect : so why thus nice upon a detail ? ' (Lawrence). For ἐϋκλείας, accus. pl. agreeing w. τούτους understood, see § 7, 3. The last phrase in the Greek scornfully takes up Eurymachus' words in 329 above, ταῦτα being the kind of words public opinion would use (325 ff.) if the Beggar succeeded where they had failed.

335. γένος : accus. of respect. For εὔχομαι see on 14, 463. Cp. 19, 180-1 for his alleged parentage.

336 ff. 336 almost = 281 above. 337 almost = 19, 487. 339 = 16, 79 ; 17, 550. 340 almost = 14, 531. 341-2 almost = 16, 80-1. Homer is resting before he soars to the height of his climax.

344-5. ' My mother, as for the bow no-one of the Achaeans has a better right than I to give it or deny it to anyone I wish. . . .'

347. νήσοισι : locative dat. He means the group mentioned in 16, 123, al. (see pp. xxxvii and xxxix). For πρὸς with genitive meaning ' in the direction of ' cp. on 13, 110.

349. καθάπαξ ξείνῳ : the collocation of a final and initial ξ is unusually harsh. ' Even to give the bow to the stranger once and for all, to carry it away with him ', sc. as a present.

350-8 almost = 1, 356-64. Telemachus, tense at the imminent approach of the crisis, speaks with unusual imperiousness, even harshness to his mother, as ha did before (loc. cit.) when Athena had come to urge him to action. 350 : οἶκον : here = ' room '. The word suggests a separate building ; cp. 17, 266. 351 : see on Weaving and Spinning. 353 : τοῦ = post-homeric ἀνδρὸς τοῦδε = ἐμοῦ. θαμβήσασα (354) : ' in sudden astonishment ', ingressive Aorist.

355. ' Storing in her heart her son's mature speech.' The psychological implications of this line are profound (Economy of Phrase) : Penelope had only too much leisure for pondering what she heard in the main hall. One is reminded of St. Luke 2, 51 (cp. 19) : ' But His mother kept all these sayings in her heart ' : there the situation is similar : a Son has spoken with unusual imperiousness, and His Mother wonders what can be the cause. For Penelope's relationship with her son see especially 19, 160, 533 ; 20, 131 (as A.-H.-C₄ suggests).

356-8 = 19, 602-4. Her weeping for O. was probably prompted here, as in 1, 363, by something in Telemachus' attitude reminiscent of, or contrasting with, his father's manner.

363. πλαγκτέ (only here in H.) is better taken as ' vagabond, truant ' (cp. 15, 343 and 23, 327), with the implication that he ought to be away minding his pigs, rather than ' wandering in mind, crazy ' (in support of which Monro compares 18, 215, 327 ; Il. 3, 108). In later Greek the second meaning is only paralleled in Agamemnon 593. The subsequent threat = ' We'll

soon send you back to your pigs, then, to be devoured in lonely helplessness by the very hounds that you reared yourself '—a fate like that of Actaeon (and cp. *Il.* 22, 69).

365. ἱλήκῃσι : *L.-S.-J.* takes this from a form ἱλήκω, which occurs only here for ἱλάσκομαι in H. *A.-H.-C.* takes it as a perfect presumably from *ἵλημι. Cp. ἵληθι in 16, 184. All are conn. w. ἵλαος ' gracious, propitious '. For the subjunctive ending see § 16, 4, and cp. Chantraine, *G.H.* p. 462, *al.*

366. ' Such was their speech. Then he brought and put it down in the place he had taken it from [lit. ' the same place '] in sudden panic because the crowd threatened him in the halls.' The poor fellow wavers between Telemachus' orders and the Suitors' opposition.

369 ff. ' Get on and bring that bow, old boy [ἄττα : see on 16, 31]. You'll soon find it hard to obey everyone.' Rieu translates what follows vigorously : ' Take care I don't chase you up the fields with a shower of stones. I may be young, but I'm a brawnier man than you. And if only I had the same advantage in muscle over all the hangers-on in the place, I'd soon be throwing them out on their ears from this house of mine where they hatch their ugly plots.' For ὁπλότερος see on 15, 364.

376-8. The Suitors are agreeably amused at the impotent anger of Telemachus' speech. It is their last laugh. μέθιεν : 3rd pl. (§ 16, 6) imperf. μεθίημι ; followed by genitive of thing let go and dative of the person affected by the emotion : ' relaxed from their anger against Telemachus '.

382-5=236-9 above.   386-7=19, 29-30 : see also note on 17, 57.   389 : see on 240-1 above.

390-1. ὅπλον βύβλινον : ' a cable of byblos ', a fibrous product of the Egyptian papyrus, *Cyperus Papyrus*. This plant does not grow in Greece or Asia Minor, and must have been imported from Egypt. Xerxes used cables of this material in constructing his bridge across the Hellespont (Herodotus 7, 36). It was used in Greece in post-homeric times to make a writing material, hence Attic βιβλίον (by assimilation from βυβλίον) our ' Bible ', ' book '. ἐπέδησε : from ἐπιδέω according to Monro ; but this verb is not found elsewhere till the 5th cent. B.C. It is better taken from πεδάω ; cp. 13, 168 ; 23, 17.

395. μὴ κέρα' ἶπες ἔδοιεν : ' for fear that worms might have eaten the horns ' [if κέρα' = κέραι] or ' parts made of horn ' [if κέρα' = κέραα] : see on 19, 211-12. The *Bow* perhaps consisted of a pair of horns joined with a πῆχυς (see on 419 below) in the middle, as in *Il.* 4, 105-11. H. J. Rose in *C.P.* xxix. (1934), pp. 343-4, refers to the horn-eating insects called

Scolytidae. Shewan, *H.E.* p. 432, defends the view that κέρα =' hair ' (*i.e.* the bowstring) here : but that is most unlikely.

397-400. ' This is some tricky old bow fancier ; either he has got one like it at home, or he wants to make one, in such workmanlike style does the old vagabond handle it ' (Butler). θηητήρ : Ionic for θεατής (θηέομαι, θεάομαι, ' gaze at, examine '). ἐπίκλοπος : ' cunning in ', cp. 13, 291. Rieu : ' Ha ! Quite the expert, with a critic's eye for bows ! ' 398 is no doubt deliberately ironical, as addressed to an apparent beggar. For ἔμπαιος in 400 cp. on 20, 379.

402-3. ' I wish him luck, the fellow, in such measure | As ever he succeeds in stringing it ! ' (Marris). Unconscious *Irony.* Cp. 17, 251-3.

406-9. H. chooses a *Simile* from his own profession to exhibit the ease with which O. strings the bow—as easily as a *Bard* stretches a string on his lyre. In 407 ἐτάνυσσε is a gnomic *Aorist.* It is not easy to appreciate the point of νέῳ with κόλλοπι ' a new peg ', and Düntzer's emendation νέην (with χορδήν) is attractive. Tyrrell suggested ἐῷ (which Monro, p. 288, commends), Agar νόῳ (cp. 6, 320 ; 16, 197). 408 : ἐϋστρεφὲς ἔντερον οἰός =' the flexible gut of a sheep ', still used for the strings of violins. χορδή (cp. in 407) etymologically has a similar origin : it is cogn. w. Albanian and Old Norse words for ' entrails ' (see *L.-S.-J.*) and Latin *haru-spex* ' entrail-observer '. 409 : ἄτερ σπουδῆς : ' nonchalantly '.

411. ' Under his touch full sweetly it sang, as the voice of a swallow ' (Cotterill) : *i.e.* it made a short high-pitched sound. Observe the personification implied in ἄεισε.

412. χρώς : ' complexion ' : cp. on 22, 42.

415. ' Cronos of the crooked [*i.e.* ' baffling, crafty '] thoughts' was *Zeus'* sinister father : cp. on 14, 406.

417. γυμνός : ' loose ', *i.e.* out of the quiver, in contrast with those described in the following phrase. This, no doubt, is the arrow referred to in 138, 148, 165, above.

419. ἐπὶ πήχει ἑλών : ' taking ⟨and putting⟩ it against the bridge of the bow '. The πῆχυς (cp. *Il.* 11, 375) was probably the centre-piece of the bow which joined the two component horns (cp. on 395 above) together, though some have explained it as the ' elbow ' formed by the string when drawn. γλυφίδας : ' notches ' (from γλύφω ' cut out '), ' the nocks ', *i.e.* the notches on the butt of the arrow for holding the bow-string. Leaf on *Il.* 1, 585, explains the plural as indicating two notches at right angles, for which see Wallace McLeod, *Classical Review,* n.s. xiv. (1964), pp. 140-1.

420. ' Straight from the stool, as he sat ' : O. shoots from his

seat to show his complete mastery : cp. ἥμενος in 425. Myce-
nean remains show that the warriors of that epoch shot from a
crouching posture.

422. See on 19, 573 ff. Van Leeuwen's note here suggests
that a shot of supernatural force, actually piercing the twelve
axe-heads, is intended : but without a god's intervention that
does not seem to be in the Homeric manner. διὰ δ' ἀμπερὲς =
διαμπερὲς δέ. The adverb is conn. w. πείρω ' pierce, penetrate '.
θύραζε : ' out ', sc. from the axe-heads ; the word has lost its
semantic connexion with ' doors ' here : cp. on 14, 349.

423. χαλκοβαρής : ' with heavy bronze tip '. The parts of
the arrow were : the shaft (δόναξ), the tip (ἀκωκή) with its
barbs (ὄγκοι), the feathers (πτερά) and the notches (γλυφίδες :
see on 419 above).

428-30. ' Now is the hour come supper to prepare | For the
Achaeans, while it yet is day. | And afterwards be other joy
begun | With song and viol, as at feasts is done ' (Mackail).
ἐν φάει : because usually this evening *Meal* was taken after
sundown. ἀναθήματα δαιτός : the phrase is repeated from 1,
152 : ' the accompaniments, things added to [ἀνατίθημι] a
banquet ', or possibly ' the ornaments of a banquet '. On O.'s
grim equation of the imminent massacre with a supper, an
image already mockingly used by the poet himself in 20, 392-4,
Cowper notes : ' This is an example of the Σαρδάνιον μαλα τοιον
mentioned in Book XX [302] ; such as, perhaps, could not be
easily paralleled. I question if there be a passage, either in
ancient or modern tragedy, so truly terrible as this seeming
levity of Odysseus, in the moment when he was going to begin
the slaughter.'

431. ' He spoke and gave a signal with his eyebrows.' O. had
very expressive eyebrows : cp. on 9, 468. ' Then he girded on
his sharp sword ', sc. with the τελαμών (cp. on 14, 528) over his
right shoulder, leaving his right hand free to wield his spear
(433). He had put it off in 119 above. See further on 22, 122.

434. πὰρ θρόνον (v.l. θρόνῳ) : Telemachus' armchair in con-
trast with O.'s δίφρος in 420 : see on 14, 280 and 15, 134.
κεκορυθμένος (κορύσσω) : simply ' armed, equipped ' here, with
no implication of helmet (κόρυς) or shield : defensive armour is
not obtained till 22, 101 ff. The last four lines with their speed
(note the high proportion of dactyls) and vigour create an
admirably tense ending. The ominous flash of bronze lights
up the scene for O.'s *coup de théâtre* at the beginning of
Book 22.

BOOK TWENTY-TWO

N.B.—For abbreviations and use of indexes see preliminary notes to Book Thirteen.

SUMMARY

Odysseus shoots Antinous and reveals himself. Eurymachus attempts without success to appease him, and is shot down next (1-88). Telemachus kills Amphinomus and fetches more arms from the storehouse (89-125). Melanthius is caught and tied up while trying to bring arms for the Suitors (126-204). Athena encourages O. and helps him against the attacks of the Suitors (205-309). Leodes is killed despite his entreaties. Phemius the bard and Medon the herald are spared. No Suitors are left alive (310-89). Eurycleia is summoned. The twelve disloyal maidservants are compelled to carry out the corpses and cleanse the hall. Then they are hanged. Melanthius is taken out and mutilated (390-477). O. purifies the hall with brimstone and sends Eurycleia to summon Penelope (478-end).

As in the twenty-second book of the *Iliad* Homer brings Achilles to his triumph over Hector, so in this twenty-second book of the *Odyssey* he allows Odysseus to achieve his long deferred revenge. Modern technique tends to place the dénouement of a dramatic story at the very end. The ancients preferred a gradual diminishing of intensity in the final scenes, a cadence, a falling close. Not that the last two books of either the *Odyssey* or the *Iliad* are deficient in interest or incident : O. has still to be accepted by Penelope (Book 23) and still to cope with the avenging kinsmen of the slain Suitors (Book 24). But in these episodes we are made to feel that the supreme crisis is past : the turbulence is only such as follows a storm.

This was the favourite book of the *Odyssey* in Alexandrian times (see Appendix A) and, no doubt, before then. Plato in his *Ion*, 535 B, cites the leap of Odysseus armed on to the threshold as one of the most arresting scenes in Homer ; and indeed once visualized it is unforgettable. Memorable too are the touches of humane pity that redeem the general butchery.

1. γυμνώθη ῥακέων : ' bared his limbs from his rags ', not a complete stripping, for see 488 below.

2. μέγαν οὐδόν : ' the great threshold ' was at the main entrance to the μέγαρον from the αὐλή : see οὐδός in index and p. xlii. O.'s table and stool had been set close to it bv Telemachus (20, 257-9).

372   THE ODYSSEY X (xxii)   3-32

3-5. For arrows cp. on 21, 419, 423. αὐτοῦ : ' just there '.
μετά : ' among '. ἀάατος : see on 21, 91 : in grim mockery he
uses Antinous' own word. μὲν δὴ : ' in very truth ' : § 39.

6-7. ' But now with regard to another mark [in contrast with
the axes], which no man has yet hit, I shall know if I shall strike
it, Apollo granting my prayer.' In this rendering we take
σκοπὸν as an accusative of respect and εἴσομαι as future of
οἶδα ; cp. 14, 365-6. Merry prefers to take the verb as a
future of εἶμι (§ 17, 5 a), translating ' I will go at ' and citing
6, 259 and 1, 176, in support of the accusative σκοπὸν (where
Monro insists a genitive is demanded, as in 89 below). The
first view is supported by A.-H.-C. and van Leeuwen (who
compares Il. 8, 532 ff. and 16, 243) and is preferable.

8 ff. O. kills *Antinous*, the ringleader of the *Suitors*, first.
But with a touch of tenderness and pity even for a villain—
which is very typical of the whole *Od.*—Homer brings out the
pathos of his dying just as he was raising the festal cup to
drink, unaware of imminent doom. Also the rhetorical ques-
tion in 12 (see n. there) and the reference to Antinous' ' tender
throat ' in 16 (so strongly contrasting with the grim details of
his death-throes in 18-21) are doubtless intended by the poet to
suggest that death when it comes to a prince at the acme of his
golden youth is sad and pitiful no matter how villainous the
dying man may be. The poet retains an equanimity and
humaneness above the passions of his characters : O. hates
Antinous, H. feels compassion for him. It is in such touches as
these that Homer's greatness of spirit and technique is revealed :
cp. on p. xxvi.

9-10. ἄλεισον : see on 15, 469-70. ἄμφωτον : lit. ' two-
eared ' (οὖς, ὠτός), *i.e.* two-handled = ἀμφικύπελλον in 86 below.
' And indeed he already held it between his hands ' : the phrase
adds vividness to the scene. To this line Dionysius Thrax
refers the proverb πολλὰ μεταξὺ πέλει κύλικος καὶ χείλεος
ἄκρου, ' There's many a slip 'twixt the cup and the lip ', Latin
Inter os et offam.

12-14. μέμβλετο : pluperf. pass. μέλω. For the -β- intruded
into the original *μέμλετο see on 17, 190. Note the rhetorical
question to enhance the *Pathos*. H. in his pure narrative (as
distinct from the speeches of characters) very rarely uses
this device. There is another in Il. 22, 202-4, before Hector is
lured by Athena to his death. The parallels involved are hardly
accidental. οἱ in 14 is best referred to the subject of τεύξειν,
i.e. the μοῦνον ἐνὶ πλεόνεσσι, as Monro indicates, not to τίς, as
many others prefer : ' Who would ever expect at a banquet
that one man, no matter how strong, would fight alone against
the many to bring certain death and dark destruction upon

himself ? ' For the proverbial 'to fight against the crowd'
cp. 2, 245 ; 16, 88 ; 18, 63.

15. ' Having taken aim [ἐπι-σχόμενος, ἐπέχω, 'have at']
shot him in the throat.'

17-18. ἑτέρωσε : 'to one side ', i.e. he no longer sat ὀρθός.
οἱ . . . βλημένου : Case-variation, the genitive being absolute.
αὐλός : ' a spirt, jet ' : elsewhere in H. it means ' pipe, flute ',
' socket ' (see on δολίχαυλος in 9, 156), ' sheathe, tube ' of a
pin (see on 19, 227).

21. 'The bread and roasted meat were bedabbled ⟨with
blood⟩ ' : the fulfilment of the omen in 20, 348.

22-3. κατὰ δώμαθ' . . . κατὰ δῶμα : the repetition is sur-
prising ; but the first phrase is semi-formulaic (cp. 20, 331).
ὅπως = ' when ' here, a rare use (cp. 3, 373), except in Herodotus.

24-5. Kirchhoff, Monro and others, zealous to delete, con-
demn these lines as premature because the Suitors do not
understand that Antinous' death is only a prelude to their
own (cp. 31-3). But, without any question of their being
afraid or not, why should they not look for arms to punish O.
(whom they do not recognize till after 35-41) for his temerity ?
And the reason why they look for shields and spears and do
not immediately use their swords (cp. 74, 79 f., 90, 98) was, as
A.-H.-C. explains, because it would be dangerous and difficult
to go with swords alone against a skilled archer. They hoped
to overwhelm him with spears from a safe distance. (A very
large μέγαρον is implied in the whole of this battle scene.) The
shields and spears had been removed from the walls on the
previous night (19, 4 ff.) and they had presumably left their
own outside, as customary, retaining only their swords, like
medieval knights.

27-8. ' Stranger, men make a dangerous target ; you have
played your last match. Now you shall surely die ' (Rieu).
For this use of κακῶς = ' to your own hurt ' cp. οὐ . . . κάλ'
ἔβαλες in the Suitors' criticism of Antinous' striking O. (17,
483) and οὐκ εὖ in 21, 369. The Suitors think that O. killed
their leader involuntarily (οὐκ ἐθέλοντα in 31)—just how, it is
not easy to see, especially in view of O.'s words in 6-7 above.
But they would be reluctant to face the terrible real truth.
Note the effective Asyndeton in 27-8.

30. ' So the vultures will devour you here ' : this savage
threat involved deprivation of the burial rites so highly valued
by the ancient Greeks (the theme of Sophocles' Antigone).

31-2. ἴσκεν : ' was conjecturing, guessing ', sc. the reason for
the shooting of Antinous. See on 19, 203. νήπιοι : ' Poor
fools ', perhaps with a trace of compassion : cp. on 13, 237.

33. 'That upon them every one the bonds of death had been fastened.' πείρατα (πεῖραρ, Attic πέρας) can mean, concretely, the ends of a rope or, abstractly, the completion, execution, of a deed. There is a suggestion of both meanings here (cp. τέλος θανάτοιο etc.), but the notion of binding is emphasized in ἐφῆπτο (pluperf. pass. ἐφάπτομαι): cp. on 12, 162. Sailors sometimes speak of a rope as an ' end ' without qualification.

36. ὅτι = ' as is shown by the fact that, since ', as in 14, 367 ; 18, 392. Cp. Monro, H.G. § 269, 2.

38. αὑτοῦ : sc. ἐμοῦ. ὑπεμνάασθε : the ὑπο- implies ' by stealth, behind my back, surreptitiously ' (A.-H.-C.) rather than ' in conflict with the rights of the husband ' (so Monro, who cites ὑπαντιάζω as a parallel : but surely the notion of conflict is in the -αντι-, not the ὑπο- there).

40. ' Nor any retribution of men to be hereafter ' : νέμεσιν is a second direct object to δείσαντες with ἔσεσθαι as an epexegetic infinitive.

42. ὑπὸ goes with εἷλε, which governs τούς. ὑπο- is frequently compounded with verbs of fearing (e.g. *ὑποδείδω, ὑποταρβέω), implying ' under the impact of, as a result of ' some shock. χλωρὸν δέος : the epithet, lit. ' greenish-yellow ', vividly expresses the sickly colour of sallow Mediterranean complexions when the blood has been drawn away from the skin by a sudden alarm. In contrast ' Nordic ' types turn chalk white, negroes ash grey. H. also uses this epithet to describe the colours of honey and of green brushwood (16, 47). Later writers apply it to sand, sea-water, the yolk of an egg. It is cogn. w. χλόη ' verdure ' and perhaps Latin holus ' vegetable '. The gas chlorine is aptly named from it.

44 ff. Typically it is the pliant Eurymachus who tries appeasement, coolly blaming Antinous for all their crimes.

54. ἐν μοίρῃ : lit. ' within his portion ', i.e. ' deservedly '. μοῖρα, the principle of equalization and due proportion, was conceived as the power that came into force when anyone exceeded his destined portion in any sphere of life as a result of ἀτασθαλίαι, acts of reckless contempt for the laws of gods and men (cp. ἀτάσθαλα in 47 above and on 16, 86 ; also on ὑπὲρ μόρον in 1, 34, and in W. C. Greene, M.F.G.E.). πέφαται : for *πέφανται (cp. ἔπεφνον, and on 21, 29), like μεμαώς for *μεμνῶς (cp. μέμονα, μένος), γεγάασι for *γεγᾱασι (cp. γέγονα, γένος).

55-6. ἀρεσσάμενοι (ἀρέσκω) : ' having given satisfaction ', i.e. having given full compensation. ὅσσα : ' with respect to whatever . . . '. ἐδήδοται : perf. pass. of ἔδω. Aristarchus preferred to read ἐδήδαται, 3rd pl. (§ 16, 7), but that is hardly possible after the singular ἐκπέποται (πίνω), unless he intended to alter it as well. Monro (following Cobet) thinks Herodian's reading ἐδήδεται is the true Homeric form.

57. ' Each bringing compensation separately [ἀμφὶς] of the value of twenty oxen.' τιμή often means ' value, recompense ', without any notion of honour in H.: cp. on 16, 431. The ' worth of 20 oxen ' was also the high price of Eurycleia's purchase as a slave (1, 431). A hundred oxen would buy a male prisoner (Il. 21, 79) or a suit of golden armour (Il. 6, 236), twelve a large tripod (Il. 23, 703), nine a suit of bronze armour (Il. 6, 236), four a skilled female slave (Il. 23, 705). A vestige of the widespread use of oxen as a standard of value is preserved in the Latin word for money, pecunia (pecus), English ' fee ' (=German Vieh ' head of cattle ').

59. ἰανθῇ : ' be warmed, mollified ' (ἰαίνω). οὔ τι νεμεσσητὸν : lit. ' in no respect a cause for righteous indignation ' (νέμεσις, νεμεσάω).

62. ἐπιθεῖτε : 2 aor. optative -τίθημι : § 26.

63. λήξαιμι being normally intrans., χεῖρας is best taken as an accus. of respect.

65. ἐναντίον : best taken with μάχεσθαι.

68. γούνατα : see on 14, 69. φίλον ἦτορ : see on 13, 40. The line is a Formula ; cp. 23, 205 ; 24, 345. αὐτοῦ : ' on the spot, then and there ', Latin ilico.

70-3. The syntax is distorted by the speaker's excitement : γὰρ is put first as in the old-fashioned idiom ' for that . . . '; the main clause, ' Let us turn our minds to battle ', is postponed to 73 (ἀλλὰ being ' hortative ' there : see Denniston, G.P. pp. 70-1) ; while in 71-3 a parenthetical clause intervenes (' but the fact is that . . . '). Rieu wisely breaks up this construction in his version : ' " My friends," he said, " there's no quarter coming from those ruthless hands. He has got the strong bow and the quiver and will shoot from the threshold floor till he has killed us all. Let's make the best of it and fight ! " ' Note in 70 σχήσει ' check, stay ' (fut. formed from 2nd aor.) referring to a momentary action, not ἕξει ' hold, keep on restraining ', which would have implied that O. had not yet begun the slaughter. χάρμη is usually connected with χαίρω and translated ' joy of battle ', but the etymology is not above suspicion. It is an improvement to take it as ' passion, fury ', with Muller, who compares Hesychius' χαρά=ὀργή. For μνησώμεθα see on 20, 383.

74. The Asyndeton shows that this line is in Epexegesis to μνησώμεθα χάρμης. As there are no shields to hand (cp. 25 above) Eurymachus tells his companions to use the light tables which were set before each guest (Furniture). To judge from

his fall in 84-5 these tables were much lower than ours (see Appendix B and the first of the illustrations between pp. xlviii and xlix.

77. ἀνὰ Φάστυ : § 2, 4. **γένοιτο** : ' the optative . . . indicates that the clause refers to something that is not directly the act of the Suitors, but may be expected to follow on their action : cp. 16, 386 ' (Monro).

81. ἀμαρτῆ : adverb = ' at the same time ' : apparently a compound of ἅμα and *ἀρ-(ἀραρίσκω). The v.l. ὁμαρτῆ (-ῆ, -εῖ), apparently intended as an adverb from ὁμαρτέω ' accompany ', is generally rejected.

83-8. ' The sword fell from his hand and he went down doubled and writhing over his table, to spill the food and loving-cup upon the floor. His heart's agony made him hammer his brow against the ground and flail his two legs about till the throne rocked : then dimness veiled his eyes ' (Lawrence). Greeks of all epochs enjoyed such vivid and sensational details of violent deaths. **περιρρηδής** ' sprawling over ' is perhaps conn. w. **ῥαδινός** in the sense ' pliable ' and **βραδανίζω** ' shake ' : it expresses, as Hayman observes, a complete collapse ' through the sudden cessation of force in the extensor muscles, so that the body falls a dead weight, like a fluid mass ' (but the last phrase is based on a dubious etymology from ῥέω). **ἰδνωθείς** : ' doubled up ' (cp. in 8, 375) : his head and feet curved down on either side of the narrow and low table. There is a v.l. **δινηθείς** ' spun round '. For **ἀμφικύπελλον** in 86 see on 13, 57.

89. Ὀδυσῆος : this may be a genitive of aim or direction as in Il. 14, 488, ὡρμήθη δ' Ἀκάμαντος, or is perhaps remotely affected by ἀντίος in 90, cp. Il. 15, 415,"Εκτωρ δ' ἀντ' Αἴαντος **ἐείσατο. ἐείσατο** used to be classified as a sigmatic aor. mid. of εἶμι (§ 17, 5 a) ; but L.-S.-J. and Chantraine prefer to connect it with a root *Ϝει ' rush ', cp. on ἱέμενος in 19, 187.

91. εἴξειε : the subject is Odysseus.

95. δολιχόσκιον : L.-S.-J. retains the traditional derivation from σκιά. But the notion of ' long-shadowing ' spears seems too far-fetched for the Homeric Age. It is preferable to connect -όσκιος with ὀξύη ' beech, beechwood shaft ' (cp. H.'s use of μελίη ' ash ' for ' a spear with shaft of ashwood '), and translate ' long-shafted ' ; cp. on δολίχαυλος in 9, 156. There is a similar adjective in Avestic daregha-ānštaya meaning ' with long shaft ', in which the first element is cognate with δολιχός.

97-8. ἢ ἐλάσειε . . . ἠὲ . . . : it is not quite clear what the alternatives are. A.-H.-C. forces one by taking τύψας as referring to a blow from a spear ; but Monro thinks φασγάνῳ must go with both clauses. To take ἢ with ἔγχος ἀνελκόμενον,

making the antithesis ' either as he was dragging at the spear
. . . or while he was stooping down ⟨over the corpse⟩ ' is hardly
satisfactory in syntax or significance. Matters are further
complicated by the fact that προτρηνέα (read by most editors)
has far less MS. support than προτρηνέϊ (which, construed with
φασγάνῳ, as seems inevitable, makes little sense : a contrast
between a thrust and a cut seems inept here). I can find no
satisfying solution.

104. τῷ βουκόλῳ : the article is used to single out their
newest ally. τετευχῆσθαι : a unique form, not from τεύχω,
but a direct formation from τεύχεα ' armour ', classified by
L.-S.-J. under *τευχέω. See Wackernagel, S.U.H. p. 249 ; he
would prefer to read τετευχέσθαι (cp. Monro).

106. οἶσε : imperative of the ' mixed ' aor. (§ 19, 2) of φέρω ;
cp. δύσετο in 113. πάρ' =πάρεισι.

107. μοῦνον : O. does not count the as yet unarmed swine-
herd and cowherd (see 103-4).

118. ἀγχιστῖνοι : ' in close order ' (ἄγχι) (cp. on προμνη-
στῖνοι in 21, 230 ; perhaps they are military terms).

120-1. σταθμὸν : ' door-post ': see on 16, 415 ; 17, 96.
ἐνώπια παμφανόωντα : ' the gleaming wall-faces '. Apparently
the side-walls on each side of the door of the μέγαρον leading
into the πρόδομος (p. xlii) were highly polished or plastered so
that their brightness contrasted strongly with the interior walls
of the μέγαρα σκιόεντα. παμφαν- is an intensive reduplicated
stem from φαιν- ; cp. πορφύρω, μαρμαίρω.

122. σάκος . . . τετραθέλυμνον : ' a four-layered shield ',
i.e. consisting of four pieces of oxhide stitched together (cp.
186 below). The huge ' man-covering ' early Mycenean shield
is perhaps intended (but for this very complicated problem of
the Homeric shield see Nilsson, H.M. pp. 142-50 : he gives
illustrations). It was suspended on a τελαμών from the
shoulder, so that a Homeric hero in panoply wore two baldrics,
one for his shield and one for his sword (cp. on 21, 431), like
Ajax in Il. 14, 404-5.

124. ἵππουριν : lit. ' horse-tailed ' (οὐρή), i.e. with a horse-
hair mane hanging down behind the helmet. Cp. on 183 below.
The crest (λόφος) rose above the centre of the helmet. For the
φάλοι see on 183 below. All three features may be seen on the
Warriors Vase from Mycenae (Nilsson, H.M. fig. 47, upper
section). For κυνέη see on 24, 231.

126-9. ὀρσοθύρη (ὀρθοθύρη, Crates) : a very much disputed
term. For recent views see A. D. Fraser in Revue des Études
homériques, v. (1935), pp. 25-43, and for older discussions see
A.-H., Anhang. Merry and van Leeuwen offer detailed plans of

the μέγαρον with precise locations for both the ὀρσοθύρη and the λαύρη ; but they go far beyond the scanty evidence. Etymologically ὀρσοθύρη may come from ὀρρ- ' back ' (cp. ὀρσοπύγιον and L.-S.-J. at ὄρρος) or ὀρσο- ' raised ' (ὄρνυμι, cp. ὀρσόλοπος). (Fraser connects it, unconvincingly, with οὖρος ' guard ', and thinks it was ' a watchman'z door ' leading to the roof.) In 341 below (cp. 333) we learn that it was near the κρητήρ which was placed very far back (compare 21, 146-7) in the hall. It led out into a passageway (λαύρη in 128) which connected with the αὐλή at one end and apparently also with the θάλαμος where the armour was stored (cp. 140), at the other. This passageway could not be used by the Suitors to get out and give the alarm because O. had detailed the Swineherd to guard its exit into the αὐλή (τὴν in 129 refers to λαύρη) : on account of its narrowness they could not rush it by force of numbers. The phrase ἀκρότατον δὲ παρ' οὐδὸν, ' along the top-most part, or the furthest end, of the threshold ', is most obscure. Monro makes a suggestion that οὐδός (see index) means the sill of the ὀρσοθύρη here, taking it that the floor of the λαύρη was raised to the height of this side door. It is best perhaps to follow Merry who suggests that it implies a raised ' plinth ' or ' foot ' running the whole way round the inner walls of the μέγαρον : Fraser shows that there is good archaeological evidence for this kind of ' socle ' or foundation. A.-H.-C. take it as the main threshold (cp. 20, 258) : cp. 2 above. Lang (see Butcher and Lang pp. 422-4) confesses that his theory—which makes the λάϊνος οὐδός a high dais at the inner end of the hall, like a college ' high table '—entirely fails to cope with 136-7 below. In view of all this uncertainty the reader, unless he is particularly interested in house-planning, may be well advised to be content with a vague translation something like this : ' Now there was a back [or ' raised '] door in the well-built wall that gave access into the passage at the top of the threshold of the well-founded hall. It was usually shut with closely-fitting doors.' As this exit serves no purpose in the plot, H. pre-sumably mentioned it to forestall a possible query by his hearers—' Why didn't they escape by the ὀρσοθύρη ? ' Some take τὴν in 129 = ὀρσοθύρην, but this would hardly be possible if it was a backdoor. See Addenda.

130. ἀγχοῦ τῆς : this is the reading of a Papyrus of the 3rd cent. ᴀ.ᴅ. All the ᴍss. have ἄγχ' αὐτῆς : but αὐτός is generally reflexive or emphatic in H. (though not always : see on 24, 241). ἐφορμή = ' approach '.

131. 'Αγέλεως : the Ionic form of Agelaus (cp. 136 below) as in 247 below.

137. αὐλῆς καλὰ θύρετρα : ' the fine doors of the courtyard ', i.e. those leading from the αὐλή into the public road, as in 21,

389; 18, 239. I take this (with *A.-H.-C.*) as the subject of ἄγχι ‹ἐστί› : the front gate would be ' terribly near ' to the skilled archer standing at the open door of the μέγαρον, just across the αὐλή. καί introduces another aspect : the exit of the passage into the yard was so narrow that one of O.'s helpers if 'detailed' for the purpose could easily hold it (138 being an *Epexegesis*).

140. ἔνδον : ' inside ', ἐν θαλάμῳ (where they had been placed in 19, 1 ff.). Monro and Kirchhoff, who are committed to rejecting that passage, struggle to preclude this meaning, unconvincingly. For an exact parallel cp. 21, 178. See further on 16, 462.

143. ῥῶγας (ῥήγνυμι) : lit. ' breaches ', some kind of openings, perhaps for ventilation, but hardly the (possible) ὀπή of 1, 320. ἀνά probably implies that they were at some height above the ground.

151-2. Apparently O. did not actually observe *Melanthius'* manœuvre. He only saw that the Suitors had now got arms (148-9 above). It might have been the disloyal women-servants who had helped them, perhaps by passing arms through the ῥῶγες. Though shut out of the hall by Eurycleia (21, 387), they were not necessarily confined to any particular part of the rere buildings.

156. κάλλιπον (§ 1, 10) : *sc.* after his going to the storeroom in 109 above. ἀγκλίνας (ἀνακλίνω : § 1, 10) : lit. ' bend back ', *i.e.* ' open ' a door, ' close ' being ἐπιτίθημι (as in 157). What follows = ' But one of them [the Suitors] kept a better watch than I '.

165-6. ' That infernal fellow.' See index for ἀΐδηλος, νημερτές, ἐνίσπες, and other notable words not discussed *ad loc.* here.

173 ff. ' But you two twist back his feet and upper limbs [ὕπερθεν w. χείρας as in 406 below, *al.*] and throw him into the store-room. Then fasten boards [or, if σανίδας is a poetic plural, ' a board '] to his back, attach a spun rope to him and hoist him up the high pillar close to the roof beams. In that way he shall live in torment for a space.' I follow Merry and Monro in understanding that some kind of torture resembling crucifixion without nails, or an inverted stocks, is meant : cp. θυμαλγέϊ δεσμῷ in 189 and ταθεὶς ὀλοῷ ἐνὶ δεσμῷ in 200. This would be paralleled by Hera's punishment in *Il.* 15, 18-21, and those described in Herodotus 9, 120, Aristophanes, *Thesmophoriazusae* 931, 940. Merry rightly refutes the suggestion that σανίδας ἐκδῆσαι could mean ' fasten the doors ' : the preposition would have to be ἐπι- (cp. 21, 241 ; 22, 157). The board at his back gives point to the gibe ' on a soft bed ' in 196. Nauck's conjecture σανίδος is neat.

175. A στίχος ὁλοσπόνδειος (§ 42) ; but αὐτοῦ may well have been αὐτόο originally (see on 14, 239). Cp. on 21, 15.

183. τρυφάλεια from *τετρα-φαλος, from the φάλοι, horn-like projections (cp. Il. 13, 132-3), sometimes as many as four on a single helmet. Cp. on 124 above and Leaf and Bayfield's appendix on Homeric armour, p. 619 in vol. II of their Iliad.

184. σάκος . . . γέρον : only here is γέρων used of an inanimate object in H. πεπαλαγμένον ἄζῃ : ' defiled with mould, or dust ' : cp. κατ-αζαίνω in 11, 587, ἀζαλέος ' dry ' in 9, 234, and ἀζαντός (= κόνις) in L.-S.-J. Elsewhere παλάσσω is used of moist defilement, cp. 13, 395 and 402, 406 below.

186. δὴ τότε γ' ἤδη κεῖτο may with some difficulty be rendered ' but at that time it was laid by ' (Butcher and Lang). For δὴ τότε γε cp. Il. 13, 441 and § 39. But emendation is perhaps needed. Schulze offers δὴν τότε ' for a long time then . . .', van Herwerden δὴ τότ' ἀκηδὲς ἐκεῖτο (cp. 19, 18 ; 24, 187).

188. κουρίξ : ' by the hair ' (κουρά ' what is cut off ', κείρω). For this adverbial form cp. γνύξ, ἀπρίξ. ἐν δαπέδῳ [see on 17, 196] . . . χαμαὶ βάλον : ' they laid him low on the floor ' : the second element in the Tautology, χαμαί, lit. ' on the ground ' (cognate with Latin humi), has a weakened force here.

189-93. Cp. on 172-6 above.

195-9. Cowper translates : ' Now, good Melanthius, on that fleecy bed | Reclined, as well befits thee, thou wilt watch | All night, nor when the golden dawn forsakes | The ocean stream, will she escape thine eye, | But thou will duly to the palace drive | The fattest goats, a banquet for thy friends ' : but ἀγινεῖς in 198 is not a future, but a present (or, reading ἀγίνεις, an unaugmented imperfect), so we must render it ' What time thy custom is [or ' was '] to drive the goats] To feast the Suitors daily in our halls '. (ἡνίκα occurs only here in H.) Though the Swineherd's tone is bitterly mocking, perhaps it would not be wrong to see a touch of Homer's own compassion (see 8 and 12 above) behind it : cp. Milton's Lycidas 25-9, especially 25-7 : ' Together both, ere the high lawns appeared | Under the opening eye-lids of the morn, | We drove afield . . .'. Or perhaps H. intends (Economy of Phrase) to express the bitter contrast in Eumaeus' mind between his fellowship with the Goatherd in pastoral employment by O. and their conflicting loyalties now : no one is so hard on an unfaithful servant as a faithful servant.

209-10. ῥέζεσκον : ' have been accustomed to do ' : § 21. As ῥέζω is regularly used of sacrifices, perhaps the meaning

' to offer good things ' is ambiguously intended, since O. already surmises (ὀιόμενος in 210) that the apparent Mentor is Athena in disguise. ὁμηλικίη . . . ἐσσι : 'You are [in the relationship of] a companion to me ' : for the use of the abstract term for the concrete ὁμῆλιξ cp. on 3, 49. Similarly we speak of a person as a ' relation ' or a ' connexion '.

213. παραιπεπίθησιν : redupl. 2 aor. subj. of παρα[ι]πείθω. For the force of παρα- ' astray, wrongly ' cp. on 21, 111.

216-18. κτέωμεν (Synizesis : cp. ὑμέων in 219) : subjunctive of non-thematic aor. ἔκτα (3rd sing.) of κτείνω : see § 25, 4. πεφήσεαι : 2 sing. fut. perf. mid. of πέφαμαι : cp. on 54 above. κράατι : only here in H. for κρᾱτί : § 6, 3.

219. ὑμέων γε βίας : ' the violence of you and your friends [O. and co.] '. For the γε after the pronoun, a very common use in H. but often hardly translatable, see Denniston, G.P. p. 121.

220. τά τ' ἔνδοθι = τὰ ἐν θαλάμοις, while τὰ θύρηφι = τὰ ἐν ἀγροῖς, mainly. For τοι here and in 221 see § 39.

224. See on 15, 370.

230. ἧλω : 3 sing. 2 aor. passive ἁλίσκομαι ; cp. subj. ἁλώω in 18, 265. βουλῇ : especially the stratagem of the Wooden Horse ; see on 8, 492.

232. ὀλοφύρεαι ἄλκιμος εἶναι : 'You wail for warlike strength ' : so van Leeuwen, comparing Il. 2, 290, ὀδύρονται οἰκόνδε νέεσθαι, ' wail to return home '. This is preferable to understanding ' [at having] to be a gallant man ' (so Merry, L.-S.-J. and many others). Athena has reminded O. of his ἀλκή (226) abroad at Troy : why should he be any less ἄλκ-ιμος now in the favourable environment of his own home ? Actually O. has not ' wailed '. His patroness is taunting him in deliberately exaggerated terms ; see next note.

233. πέπον : ' old friend ', an endearing, coaxing term (applied, e.g., by the Cyclops to his pet ram in 9, 447). Athena now turns from her taunts (or perhaps just banter as in 13, 291 ff.) in 226-32 to affectionate encouragement. O. needs all possible stimulus : the Suitors are just about to make their last desperate concerted attacks (241 ff.). παρ' ἐμ'[οι] ἵστασο (a Formula) κ.τ.λ. is rather inept as she darts, like a swallow, up to the roof-beam in 239-40.

236. ἑτεραλκέα νίκην : lit. ' bringing success to ⟨one or⟩ the other side ', i.e. ' decisive ' ; or possibly '. . . to the other [i.e. the hitherto losing or weaker] side '. Monro takes it as ' victory by an accession of strength ', comparing Il. 7, 26.

237-8. ' Because she had it in her mind yet to prove the

force and fervour of Odysseus and his aspiring son ' (Lawrence). Athena, goddess of practical wisdom, had a way of testing her *protégés* like this, just as O. himself constantly ' tried ' even his best friends. υἱοῦ : this gen. of υἱός occurs only here in H. for υἱέος (§ 6, 2).

240. εἰκέλη ἄντην : lit. ' like . . . if set opposite one ', *i.e.* to the eye of the beholder. A literal metamorphosis seems to be intended, cp. on 13, 312 ff. (and cp. ἀντιάσαντι there w. ἄντην here). But the Suitors do not notice anything strange : see 249.

241-3. Δαμαστορίδης . . . Πολυκτορίδης : Patronymics are more freely used in this book than elsewhere in *Od.* Perhaps a suggestion of the lordly war-lists of the *Iliad* is intended : see J. A. Scott in *C.P.* vii. (1912), pp. 293 ff.

246. τοὺς δ' : ' the other most valiant ones '. ταρφέες : ' thick, massed ' : from τρέφω ' thicken ' (cp. on 3, 290).

252. οἱ ἕξ : ' you six ', *i.e.* those named in 241-3.

253-4. βλῆσθαι (βάλλω) : passive as in *Il.* 4, 115. κῦδος ἀρέσθαι : one must understand a drastic change of subject to ἡμέας understood (or ὑμέας with 252): Monro explains this idiom (cp. 2, 227 ; *Il.* 9, 230) as a survival from the original use of the infinitive as an abstract. κῆδος in 254 makes a marked *Parechesis* with κῦδος in 253, but no significance is apparent.

258. ' The firmly fitting door ' : following *A.-H.-C.*, I take this to mean the leaves of the open door, which folded back inside the μέγαρον.

269. ἄσπετον οὖδας : ' the immense floor ' : see on 13, 135. ὀδάξ : see on 18, 410.

273-6 almost = 256-9. But observe πολλὰ ' for the most part ' instead of πάντα in 256, leading on to 277 ff.—a skilful modulation.

280. ἐπέγραψεν : ' grazed '. The original meaning of γράφω (cp. on 24, 229) was ' scratch, scrape '. From this process on stone and other flat surfaces came the meaning ' write ' (cogn. w. German *reissen* ' tear ' : originally ' score, cut ') occurring in H. only in *Il.* 6, 169 (and there used of σήματα, not γράμματα, a word which does not occur till Herodotus). τὸ δ' = δόρυ. πῖπτε : ' sank on its course ', not ' fell ', which would be ἔπεσε.

285 ff. The cowherd strikes down *Ctesippus*. This is clear ' poetic justice ', as H. emphasizes in 290-1, for it was this pampered young upstart who hurled the foot of an ox—thereby abusing the herdsman's products—at the head of O. : see on

20, 296. Note the *Patronymic*, ' Son of Much Boldness ' in 287, θέρσος being *Aeolic* for θάρσος : cp. πολυθαρσής in 13, 387 and Θερσίτης in *Il.* 2, 225 ff. Eustathius says that τοῦτο ἀντὶ ποδὸς ξεινήϊον became proverbial for being paid back in one's own coin.

293. οὖτἄ : Epic aor. as if from *οὖτημι; cp. in 294. This verb (pres. οὐτάω and οὐτάζω) = ' stab, pierce, wound by a thrust ' in distinction from βάλλω (as in 275, 277, 286 etc.) ' strike, wound with a *thrown* missile ', as *Aristarchus* taught. The final stages of the battle are fought at close quarters (αὐτοσχεδόν).

294. Ληόκριτον : most modern editors adopt this emendation by Nauck of the dubious forms given in the mss., Λειώκριτον and Λειόκριτον : cp. on 2, 242. The name as emended would mean ' Folk-judge '. But the *Ionic* ληός for *Aeolic* λαός is not found in H. except possibly in the compound names here and in 21, 144.

297. φθισίμβροτον : ' bringing destruction on mortals ' : for the intrusive -β- see on 17, 190. The αἰγίς was a mysterious piece of armament, wielded only by Athena and Zeus (hence αἰγίοχος). In *Il.* 5, 738 ff. it is described as a breastplate of very terrible appearance, but it may originally have been an offensive weapon as the word is probably cognate with ἀΐσσω ' dart, rush ', not w. αἴξ ' goat '. It is not easy to see how Athena wields it here, if she is ' like a swallow ' (see on 240 above).

299 ff. Note the two expanded *Similes* to give imaginative and emotional depth to the climax. φέβομαι, which occurs frequently as a doublet for φοβέομαι ' flee ' in the *Il.*, is only found here in *Od.*

300. αἰόλος : ' darting ' : the basic meaning of this expressive epithet, applied to flashing lights, wriggling worms, the feet of a horse, and the King of the Winds (see on 10, 2), seems to be sudden change of movement and direction. οἶστρος : ' gadfly ', *Tabanus bovinus*, the same as that which persecuted Io when changed into a cow : also called μύωψ. The sight of terrified cattle running in panic from its darting attack is a familiar feature of every countryside from Greece to Ireland. ἐδόνησεν : ' drive in confusion ' : a gnomic *Aorist*.

302 ff. οἱ δ' : Odysseus and his supporters. ἀγκυλοχεῖλαι spelt like this must be derived from χεῖλος ' lip ' and mean ' with hooked beak '. Some would prefer to read ἀγκυλοχῆλαι and take it from χηλή ' claw ', translating ' with crooked claws ' (cp. *v.l.* in Aristophanes, *Knights* 197). But this seems tautological with γαμψώνυχες (ὄνυξ), despite the ingenious distinctions of K. Zacher in *Philologus*, lvii. (1898), pp. 23 ff.

The image is, I take it, as follows : when the αἰγυπιοί (probably eagles here : see on 16, 217) swoop down from the mountains, the weaker birds of the plain are scattered in flight (ἱένται) cowering in terror at the clouds (or upper sky, see on 20, 104) where the eagles soar ; but they cannot escape : the eagles pounce on them and rend them to pieces : spectators—H. likes to add a human factor to his longer Similes—enjoy watching the hunt (ἄγρῃ), just as in the Middle Ages men liked to watch falconry, and, nowadays, one watches the manœuvres of fighter aircraft. But a Scholiast, whom some editors follow, takes νέφεα as nets, snares (cp. νεφέλη in Aristophanes, Birds 194, 528) and ἄγρῃ as ' their capture ' : this I think spoils the image by distracting attention from the αἰγυπιοί and their attack, and is probably the result of a misunderstanding of the purely aesthetic pleasure implied in χαίρουσι ἄγρῃ here : as the uninitiated to-day might think the main pleasure of angling was in having the caught fish, not in their catching. (The growth of commercial interests in Alexandria under the Ptolemies, as in Western Europe after the Industrial Revolution, would tend to a more materialistic interpretation of passages like this ; cp. Wordsworth's sonnet beginning ' The world is too much with us . . . Little we see in Nature that is ours . . .'.) Van Leeuwen construes ἱένται with νέφεα, explaining ' nubes petunt ut solent ardeae aliaeque aves quibus instat falco, veritae ne superior hic factus in eas se deiciat '. But the genitive νεφέων would be required after ἱέμαι in this sense : and these are eagles, not hawks.

312 ff. See on Leodes. γουνοῦμαι : lit. ' I beseech you by your knees ' : a conventional gesture of abject supplication : contrast on 6, 149. ἐλέησον (ἐλέω) : the form survives in the liturgy of the Greek and Latin Rite in the Kyrie—Κύριε ἐλέησον. The word ' alms ' is a shortened form of the noun ἐλεημοσύνη (not in H.).

320. Formula : see on 17, 459.

322. πολλάκι που μέλλεις ἀρήμεναι : ' You are likely to have prayed '. See on 13, 383. ἀρήμεναι : infin. active (§ 27) of ἀράομαι, occurring only here. It is probably from an athematic form *ἄρημι ; so, too, πενθήμεναι (18, 174 ; 19, 120), πεινήμεναι (20, 137) : see Chantraine, G.H. p. 306.

324-5. σπίσθαι : ἕπομαι : see on 14, 33. δυσηλεγέα : from δυσ- and ἀλέγω ' to care for ' : ' bringing bitter care '.

329. ' And even while he was still speaking his head was mingled with the dust.' The ' dust ' is more apt for the field of battle, as in its Iliadic uses, than for the hard earthen floor here ; but cp. our general use of ' bit the dust ' and see Appendix B.

330-2. Τερπιάδης . . . Φήμιος : ' Fame-giver ' [cp. φῆμις in 24, 201 and Euphorion *fr.* 40, φῆμις ἀοιδῶν ' fame uttered by bards] or ' Laysman [see on 376 below], son of Delight ' (τέρπω), a *Significant Name* for a *Bard.* H. makes it clear by the use of ἀνάγκῃ (and cp. 350-3), that he had associated with the Suitors against his will. He is, of course, honourably spared by O. Note the description of his lyre (cp. on 340-1 below): it is ' clear-toned ' (λίγειαν : see on 12, 44) and ' hollow ' (γλαφυρὴν in 340 : see on 13, 71).

334-5. His first notion apparently was to go out through the ὀρσοθύρη and the λαύρη (see on 126 above) and make a dash across the αὐλή to the altar of Zeus of the Enclosure, which stood somewhere inside the θύραι αὔλειαι.

340-1. By giving two lines to the setting down of the Bard's lyre H. implies the care that a musician always shows for his instrument, cp. in 8, 67-8 ; but it should be remembered that the Homeric bard, as his name (ἀοιδός, ἀείδειν) implies, was essentially a singer, not an instrumentalist like the later φορμικτής or κιθαριστής. For the position of the κρητήρ (see on 18, 396) and the θρόνος cp. 21, 145, 166. Phemius apparently sat next to Leodes (310 above).

345 ff. ' There will be grief for you yourself hereafter if you kill me, the minstrel, who sing for gods and men. Self-taught am I, and God has planted in my mind all kinds of song-ways.' H. naturally emphasizes the respect due to this earliest of poets in European literature, and he reminds us that a poet has a duty to God as well as to men. αὐτοδίδακτος is noteworthy : a contrast is perhaps implied with the ' school-poets ' (the equivalent of the ' College ' poets of Elizabethan times) who in Homer's time very likely derived much of their skill and material from education in poetic technique (see pp. xiv-xvii). With the following reference to divine inspiration cp. on 1, 10 and 8, 499. οἴμας : ' paths of song ' : see p. xvi : Monro compares Tennyson's phrase in his *Ode on the Death of the Duke of Wellington,* ' and ever-ringing avenues of song '.

348-9. ἔοικα κ.τ.λ. : Monro renders ' I am fit to sing before you . . .', *i.e.* ' I am the right person to be your poet ', observing, ' it is not the glory of Ulysses, but the especial worthiness of Phemius, that is insisted on '. Others, less convincingly, take it as ' I feel when singing before you as if I were singing in the presence of a god '. In either case ὥς τε θεῷ seems to be flattery : cp. 3, 246 ; 7, 11 ; 15, 520 : ' perhaps ', as Hayman notes, ' the earliest trace of adulation between bard and patron ' in our literature.

352. μετὰ δαῖτας : Monro takes this as ' among their feasts ' (cp. μεταδόρπιος ' at supper ' in 4, 194), explaining the accusa-

tive with μετά in this sense as being due to the verb of motion, πωλεύμην : cp. Cunliffe at μετά 2 (b). But we learn from 1, 150 ff. and 8, 72-3 that it was the custom for the bard to sing after the feasting proper was over and Pindar apparently applies μεταδόρπιος to song in the sense of *after* supper. So it seems best to take the phrase closely with ἀεισόμενος here and translate 'to sing for the Suitors after their banquets' (so *A.-H.-C.*).

356. ἴσχεο : middle : 'hold on' as we say. For οὔται, an imperative of οὐτάω, found only here in H., cp. on 293 above.

362 ff. A piece of humorous relief. Medon, the herald, who had acted as Penelope's confidant during O.'s absence (cp. 4, 677 ff.), was hiding in comic cowardice under a chair, with a newly flayed oxhide over him (cp. Menelaus' similar cover in 4, 440 ff.). He now jumps up with 'O my dear friend, here I am, the man you were talking about' (367), and is spared by the amused (371) O. πεπτηώς (as in 14, 354) is a perf. participle of πίπτω (also πεπτεώς in 384 below) : here in the sense 'had thrown himself down'. ὑπὸ θρόνον, as the case shows, goes with this verb, not with ἔκειτο. Van Leeuwen is pained to find a newly flayed hide lying about in a palace, like this ; but sadly compares 1, 108 ; 20, 2 and 299-300.

371. ἐπιμειδήσας : this, except for his sardonic humourless grimace in 20, 301, is the first time O. has smiled in the whole story ; cp. 23, 111.

376. πολύφημος ἀοιδός : 'the Bard, rich in lays' or 'of widespread fame' ; cp. on 330 above, and contrast ἀγορὴν πολύφημον in 2, 150 and Polyphemus, the Cyclops, in Book 9.

377. ὅττεό [§ 12, 5] με χρή : 'whatever I have need of'. We may take χρή here in its verbal sense, or else (as I preferred on the same phrase in 1, 124) as a noun with ἵκει understood : cp. on 15, 201, and Latin *opus est*.

380. 'Their eyes yet staring widely with the instant sense of death' (Lawrence). A vivid glimpse of completely unnerved men. ποτιδεγμένω is *present* participle : cp. on 13, 310. Note *Alliteration* of π.

384 ff. πεπτεῶτας : see on 362 above. For the *Simile* comparing slaughtered men to helpless, teeming *Fish* cp. on 10, 124. But only here does H. refer to the use of a net : elsewhere fish are caught with hook (4, 369 ; 12, 251-4) or harpoon (10, 124). Note how in the phrase 'yearning for the waves of the sea' H. adds a touch of *Pathos*. Morris translates : 'Yea, as many as the fishes which the fishers have drawn out | With a net of many meshes from out the hoary sea | Up on to the hollow seabeach : there heaped up all they be | Cast up upon the seasand, desiring the waves of the brine ; | But the sun their life is

taking with the glory of his shine. | Thus then in heaps the
Wooers on one another lay.'

395. ὅρσο : 2 pers. sing. of the 2 aor. mid. imperative of
ὄρνυμι (ὠρόμην), syncopated from ὄρ-εσο (=Attic ὄρου, from
ὄρεο from which the sigma has dropped out, as in *γένεσος,
γένεος, γίνους, gen. of γένος). There is a v.l. ὅρσεο : 2 pers.
sing. of the mixed aorist (§ 19, 2) middle, the sigma here being
part of the stem and the -εο being from the original ending -εσο.
Note γρηῦ (scanned – ◡) here and in 481 below, but γρηῦ (with
a diphthong, forming one long syllable) in 19, 383 and 411
below (see § 1, 7) : these are Ionic forms of Attic γραῦς (not in
H.).

398. ἄπτερος . . . μῦθος : see on 17, 57.

403. βεβρωκὼς βοὸς . . . : ' having eaten of a field ox ' :
a partitive genitive.

405. εἰς ὦπα ἰδέσθαι : lit. ' to look at in the face ' : cp.
ἄντην in 240 and ἐνωπαδίως in 23, 94.

408. ' Her instinct was to raise a yell of triumph at the
mighty achievement that confronted her ' (Rieu). The ὀλολυγή
(an onomatopoeic word like Latin ululatus and Hiberno-
English ' hullabaloo ') was the shrill cry of triumph or thanks-
giving as uttered by women. The men's deeper cry was
expressed by the broader vowels in ἀλαλητός (cp. 24, 463).

411-16. ' Rejoice in thy soul, O goodwife, and thy shout of
joy refrain, | For nowise is it righteous to boast above the
slain. | But these men the Fate of the Gods and their wanton
deeds did quell, | Whereas they honoured no man of men on the
earth that dwell, | Were he good or were he evil, whosoever
came their way. | So through their wanton folly met they loathly
end to-day ' (Morris). ἐν θυμῷ : sc. without uttering any sound.
οὐχ ὁσίη =non fas as in 16, 423. The sentiment, if the inter-
pretation adopted above be correct, is remarkably lofty for a
Homeric hero, far above the tone of victorious champions in the
Iliad. A.-H.-C. and others compare Archilochus fr. 65 (Diehl),
οὐ γὰρ ἐσθλὰ κατθανοῦσι κερτομεῖν ἐπ' ἀνδράσιν, and the
dictum of Cheilon of Lacedaemon, τὸν τεθνηκότα μὴ κακολογεῖν.
But 412-16 emphasize rather a feeling of Psalm 115, ' Not unto
us, O Lord, not unto us, But unto thy name be the praise ',
Non nobis, Domine, than De mortuis nil nisi bonum, as in
Cheilon's dictum. As Merry observes, Odysseus regards himself
more as the instrument of heaven than as his own avenger.
(Van Leeuwen, however, rejects this view entirely and renders
it ' It is impious to pray to the gods among the bodies of slain
men ', wrongly, in my opinion.) It is in keeping with this that
in Il. 11, 450-5, when O. speaks over the body of Socus whom

he has just slain, his words are as much compassionate as exultant.

415. οὐ κακὸν οὐδὲ μὲν ἐσθλόν : the κακός is strictly irrelevant here, since there was no harm in their not respecting evil men, but is introduced to satisfy the Greek *penchant* for antithesis, as in phrases like λόγῳ μὲν . . . ἔργῳ δέ, and Sophocles, *Electra* 305-6, τὰς οὔσας τέ μου καὶ τὰς ἀπούσας ἐλπίδας διέφθορεν : cp. 20, 86 ; 8, 553 ; 10, 94. As we say even more pleonastically, ' Everyone, good, bad, or indifferent '.

418. νηλίτιδες : see on 16, 317.

423. ' To card wool and endure slavery.' Cp. on 17, 322.

424. ἀναιδείης ἐπέβησαν : ' went on the path of shamelessness ', a local genitive : cp. 23, 13, 52.

427. ' To take command over the serving women.' For ἐπὶ =' over, in charge of ' cp. 20, 209. For δμῳαί see on 15, 25.

431. μή πω : ' not yet ' : see on 23, 59. O. wishes to spare Penelope the terrible sight of the corpse-filled hall and Homer wishes to delay the great *Recognition Scene*.

437. ἄνωχθε γυναῖκας : *sc.* φορέειν. This syncopated form of the imperative pl. of ἄνωγα occurs only here in H. : the full form ἀνώγετε is found in 23, 132. The women mentioned are the twelve guilty ones of 424.

442. ' Between the round-house and the fine wall of the courtyard.' Cp. the Θόλος at Athens, modern Rotundas, and later θολία ' a conical hat '. Its use in O.'s palace is uncertain. Perhaps a conical grain store is intended, such as was used in ancient Egyptian households ; see the picture of a typical Egyptian house from Tel-el-Amarna (*c.* 1400 B.C.) in Banister Fletcher's *History of Architecture* (13th edn., 1946), p. 36**. For another suggestion see Appendix B.

444-5. ἐκλελάθωντ' ' Ἀφροδίτης . . . : ' may fully forget the delights of love which they had in the service of the Suitors and in their secret intercourse with them '. For ' Ἀφροδίτη (see on 17, 37) used by antonomasia here, as "Αρης for ' warlike spirit ', cp. on 24, 62. ἐκλελάθωντ'[αι] : see § 1, 12 : 3rd pers. subj. (note the sudden change of subject from that of the previous verb, typically Epic). There are well attested *v.ll.* introducing the optative mood and second person : but Monro, Allen, Ludwich and Von der Mühll prefer -ωντ'.

450. ἀλλήλοισιν ἐρείδουσαι : ' propping one against the other ' : a grim touch. Modern editors do not favour adopting the well attested *v.l.* ἀλλήλῃσιν and construing it with ἐρείδω (used intransitively as in *Il.* 16, 108) as ' leaning against one another ', *sc.* the maidservants under the weight of the burdens or through terror. Cp. on 23, 47.

455-6. λίστροισιν : ' with shovels, levelling tools ' : cp. 24,
227. The word is perhaps conn. w. λίς and λισσός ' smooth '.
For this process of scraping the earthen floor see Appendix B.
ἐφόρεον : ' kept on carrying ', sc. the scrapings of the floor.

462 ff. μὴ ... καθαρῷ θανάτῳ ἀπὸ ... ἑλοίμην : Monro,
H.G. § 299 (e), notes μὴ w. opt. here as expressing ' strong
denial ; cp. 7, 316, and μὲν in strong asseveration '. In 443 O.
had given orders to kill the culprits with the sword. Here
Telemachus takes leave to inflict a less clean death on them
and proceeds to arrange for their hanging. καθαρός here seems
to have acquired some of its later fully established force of
' free from pollution, pure '. Hanging was always considered a
dishonourable and shameful death by the Greeks.

465 ff. A ship's cable was now attached to the top of one of
the pillars of the colonnade and strung across to the roof of the
round-house. From this, apparently, twelve nooses were sus-
pended with the girls hanging in them, like thrushes or doves
caught by the heads in a snare-net. The Simile adds a touch
of Pathos to their death, and the vivid glimpse of their writhing
feet in 473 emphasizes the horror of their agony. We may
translate 468-73 : ' As when long-winged thrushes or doves
coming in to roost strike upon a net set in a thicket—and
horrible is the resting-place that receives them [gnomic Aorist
in the Greek]—so were these girls' heads held fast in a row,
and the nooses were round all their necks to bring them a
most miserable death. Their feet twitched a little while, but
not for long.'

471. πάσαις : the Attic form (§ 3) : there are weakly attested
v.ll. πάσῃς, πασέων, πασάων.

474-7. ἦγον : sc. from the θάλαμος (see 179 ff. above) : the
subject is presumably the swineherd, the cowherd and perhaps
—one hopes not—Telemachus. O. himself was inside the house
(cp. 479) and had no part in the following barbarities, which
are best excused as the revenge of servants on a traitorous
servant (cp. on 195 ff.) Even Antinous when he threatened
similar indignities on Irus (18, 85-7), did not propose to inflict
them himself.

474. ἀνὰ πρόθυρόν τε καὶ αὐλήν : here the vague word πρό-
θυρον (' fore-door ') is apparently used of the entrance to the
μέγαρον (so, too, in 18, 10, 101, 386 ; 21, 299), not of the front
gate of the αὐλή opening on to the public street (cp. p. xlii).

481-2. θέειον ' sulphur, brimstone ' is presumably only a
metri gratia variation of the form θήϊον in 493, later θεῖον (as in
the description of the destruction of Sodom and Gomorrah in
the Septuagint version of Genesis 19, 24) : it is probably cogn.
w. θύω, θυμιάω, Latin suffire. In later times brimstone was

regularly used for religious purifications (as it is used nowadays for medical fumigations : thus science borrows from religion : dieticians are advocating rules of eating long ago prescribed by the religious, and medical students at their dissections in anatomy theatres to-day are lineal descendants of the *extispices* and *haruspices*). It is not quite clear whether any religious intention is meant here : sulphur is used for the physical cleansing of a cup—before a libation, it is true—in *Il.* 16, 228 : but here the phrase κακῶν ἄκος and the use of fire seem to imply it, and no sharp distinction between material and spiritual cleansing would be observed in the time of the Heroes or of Homer himself.

484. κατὰ δῶμα : ' back along the hall ', *i.e.* inwards, as ἀνά is used for outwards.

487. τε Fεἵματ' (§ 2, 4) : ' to clothe you ' in apposition to the previous items of *Dress.*

491. Contrast O.'s curt command with Eurycleia's fussy suggestions in 486-9.

494. διεθείωσεν : from διαθειόω (only found here in Greek): cp. on 481-2 above. O. ' thoroughly fumigated ' the whole palace, hall, buildings, and courtyard.

497. δάος : it being now quite dark. It was already approaching supper time in 21, 429. ἐκ μεγάροιο : here apparently the women's hall as 18, 185, 198, 316, *al.* The line is a *Formula* = 4, 300 ; 7, 339.

498-501. ' And round Odysseus loving arms they spread | And kissed his shoulders and his hands and head | In welcome ; and he knew them all and fain | He was to sigh and joyful tears to shed ' (Mackail). γλυκὺς ἵμερος : for the sweet relief of open mourning and tears, especially when long repressed, cp. on 16, 216. γίγνωσκε . . . φρεσὶ : ' in the depths of his heart he recognized everyone' in contrast with mere ὀφθαλμοῖσι, as *A.-H.-C.* notes. For the first time since his arrival at home O. can give full play to his feelings.

BOOK TWENTY-THREE

N.B.—For abbreviations and use of indexes see preliminary notes to Book Thirteen.

SUMMARY

Eurycleia tells Penelope of the killing of the Suitors by O. Penelope is incredulous (1-84). She enters the main hall.

Telemachus expresses his impatience at her cautious reserve. She explains her reasons, and O. supports her (85-116). O. takes precautions to prevent the death of the Suitors from being known outside (117-52). O., now royally dressed, convinces Penelope that he is really her husband (153-262). He tells her about his adventures, and they spend the night together at last (263-343). Next morning O. prepares to visit his father Laertes, leaving the care of the palace to Penelope (344-end).

1. Γρηῢς : *Eurycleia.* ὑπερῷ'[α] : see on 17, 541-2. καγχαλόωσα : 'in glee', lit. 'cackling' or 'chuckling', an onomatopoeic word (cp. καγχάζω, καχάζω, *cachinnare*) expressing uneuphonious exclamations of joy. Contrast the narrower sound in κιχλίζω 'giggle, titter'.

3. γούνατα δ' ἐρρώσαντο, πόδες δ' ὑπερικταίνοντο : the first verb, ῥώομαι (cp. in 20, 107 : ἐπερρώοντο γυναῖκες), denotes 'move with speed, rush'. The second has been best explained as from ὑπερ-ικταίνομαι (the second part being taken as a variation of ἀκταινόω 'raise, lift up') 'over-raising', *i.e.* stepping out with exaggerated strides. *Aristarchus* glossed it as ἀνεπάλλοντο (or ἄγαν ἐπάλλοντο), Crates as ὑπερεξετείνοντο, which give similar pictures of the old nurse 'over-raising' her tottering feet as she hobbles away to tell the great news of O.'s triumph to Penelope : similarly Dido's nurse Barce in *Aeneid* 4, 641, *gradum studio celerabat anili.* There is a *v.l.* ὑποακταίνοντο, explained by Hesychius as ἔτρεμον 'tottered'. For a full discussion see Ludwich in *Neue Jahrbücher für Philologie,* 151 (1895), pp. 1-8.

5-6. ἔγρεο : 2nd sing. 2 aor. imperative middle of ἐγείρω : 'wake [yourself] up'. ἴδηαι : 2nd sing. 2 aor. subj. middle : 'you may see for yourself'. For ὀφθαλμοῖσι see on 14, 142.

7. ἱκάνεται has the force of a perfect here, as in 27 below, like ἀφικάνω in 19, 304 and ἵκω regularly.

11. μάργην : 'mad'; cp. on 16, 421. οἵ τε δύνανται : 'who, by their nature, have the power' : see on τε in 13, 60.

13. 'Yes and they habitually set [gnomic *Aorist*] the slack-witted on the path of prudence.' For the *Metaphor* see on 22, 424, and cp. 52 below. σαοφροσύνη, lit. 'safe-mindedness', the *mens sana* (Attic σωφροσύνη came to mean rather 'self-control, moderation'). As χαλιφρονέω does not occur elsewhere Doederlein's χαλίφρον' ἐόντα may well be the right division (*Text*) here.

14. 'They have stupefied even you, though you were so balanced in mind before.' With φρένας αἰσίμη (αἶσα) cp. φρένας . . . ἴσας in 14, 178.

15-17. τίπτε με λωβεύεις . . . ἐρέουσα : as Monro observes we must understand the future participle as expressing purpose, and καὶ ἐξ ὕπνου μ' ἀνεγείρεις as an *Epexegesis* of λωβεύεις. Rieu vigorously translates 15-17 as ' How dare you make sport of my distress by waking me when I had closed my eyes for a comfortable nap, only to tell me this nonsense ? ' παρὲξ lit. =' away from the truth ', cp. on 17, 139 and on παρα-. ἐπέδησε in 17 is from πεδάω ' fetter, bind '.

18. τοίονδε : *sc.* ὕπνον, an internal accus. w. κατέδραθον : § 29 *b*. Athena had sent her this sleep in 21, 358.

19 = 19, 260 : see n. there.

21-2. μ' is for μοι (§ 1, 12), after ἤγγειλε.

23-24. τῷ : see on 13, 5. 24 : ' So in this respect, at least, old age will benefit you ' : γε limitative here implies an exception to the common view that old age was generally a bane and not a blessing.

28. ὁ ξεῖνος : ' that stranger ' (§ 11, 1), in loose apposition to 'Οδυσεὺς in 27. ἀτίμων : imperf. of ἀτιμάω ; cp. 21, 99.

32-3. On this momentary outburst of joy, which fades in 59 ff. below, Hayman observes, ' this fluctuation seems highly natural, and makes her unbelief, till the final token is given, far more touching than mere stagnant incredulity '.

34 ff. See index for πτερόεντα, νημερτές, ἐνίσπες, and other noteworthy words not directly annotated in this book.

46. ἀμφὶ κραταίπεδον οὔδας ἔχοντες : ' lying all round him [ἀμφὶ governing the preceding μιν ; § 33, 4] on the hard-stamped floor '. For the floor of hardened clay in the μέγαρον cp. in 21, 120, and Appendix B. ἔχω frequently has this meaning ' occupy '. Van Leeuwen thinks a contrast is implied in this phrase with the Suitors' former soft living.

47-8. κείατ'[ο] : § 16, 7. ἐπ' ἀλλήλοισιν : ' in heaps ' ; see the note on 22, 450. What follows =' If you had seen it your heart would have been warmed at the sight of him standing there bespattered with blood and gore, like a lion '. 48 is identical with 22, 402, and is omitted by most MSS. and many editors. But Monro goes too far with his ' clearly out of place here '. There is sound characterization in making Eurycleia dwell on the gory details, especially after the abrupt repression (22, 408 ff.) of her joy at first sight of the massacred Suitors.

49. ἐπ' αὐλείῃσι θύρῃσιν : ' at the courtyard gates ' : cp. in 18, 239, and cp. 22, 449-50. They must have been left *inside* these front gates in view of the risk envisaged in 135-6 below.

50. θειοῦται : see on 22, 481. Note περι- *Intensive*.

51. προέηκε governs με, καλέσσαι (§ 19, 1) σε.

52-3. ' But follow me so that you both may go upon the path of gladness in your dear hearts ' : for the *Metaphor* cp. on 13 above : ἐπιβῆτον must be intransitive (only the fut. and 1st aor. of ἐπιβαίνω are transitive in H.) with φίλον ἦτορ (see on 13, 40) as an internal accusative (§ 29 b). σφῶϊν (§ 10) is best taken as a dative of advantage (with *L.-S.-J.*) or possibly as a genitive (there is a strong *v.l.* ἀμφοτέρων in 53). πέποσθε, 2nd pl. perf. πάσχω, perhaps *Aeolic*, is the best attested reading in 53 (as in 10, 465) ; but philologists now are inclined to favour *Aristarchus'* πέπασθε, the α representing zero grade of *πενθ-* ; see Chantraine, *G.H.* pp. 424 and 25, and on 17, 554-5.

54. μακρὸν ἔελδωρ : ' long-deferred desire ', an unusual use of this epithet.

59 ff. Penelope, because Eurycleia has not given a satisfactory answer to her question in 35-8, relapses into scepticism : cp. on 32-3 above.

59. πω is best taken always as temporal (' yet, still '), not modal (' somehow ') in H. : cp. on 12, 207-8. ' Don't give way to triumphant glee too soon.'

65-6 = 22, 414-15 : see n.

68. ὤλεσε τηλοῦ νόστον Ἀχαιΐδος : it is preferable to take τηλοῦ adverbially and the last two words together (cp. νόστου γαίης Φαιήκων in 5, 344-5), translating, ' far away has lost his homecoming to the Achaean land '. The alternative (favoured by *A.-H.-C.*) is to take τηλοῦ as a preposition (cp. 13, 249) with Ἀχαιΐδος, ' far from the Achaean land '.

70-2. ' " My child ", her old nurse exclaimed, " how can you say such things ! Here is your husband at his own fireside, and you declare he will never get home. What little faith you have always had ! " ' (Rieu). Eurycleia here and Telemachus in 97 ff. below blame Penelope for her slowness in believing in her husband's return ; but they had not borne the full strain of twenty years' waiting, as she had : cp. on p. xiii. And Homer wishes to prolong the supreme *Recognition*.

74 = 19, 393 : see n.

76. ἑλὼν ἐπὶ μάστακα : ' taking a grip of my mouth '; cp. 4, 287. In 19, 480, where the incident is narrated, O. is said to have taken her by the throat ; but the inconsistency is natural and negligible in *Oral Technique*.

78-9. ' I shall stake my own life on it, to be killed, if I deceive you, with the most shameful doom.' ἐμέθεν with αὐτῆς (=later ἐμαυτῆς) is a genitive of price, used here of the stake in a wager, as in *Il.* 23, 485. κτεῖναι κ.τ.λ. in 79 is epexegetical to the wager. But one may equally well, perhaps better, punctuate (as *A.-H.-C.*) with a colon after 78 and take κτεῖναι as imperatival.

81-2. ' Even your storied wisdom, mother dear, hardly equips you to interpret the designs of the eternal Gods ' (Lawrence). Penelope becomes a little sarcastic with Eurycleia, and still thinks that it may be some divinity in disguise who has killed the Suitors (cp. 63-4 above). δήνεα is cogn. w. the Sanskrit *dásaḥ* meaning ' marvellous power, skilful action ' and conn. w. δαῆναι ' teach '. εἴρυσθαι, perf. infin. ἐρύομαι ' protect ' (see on 17, 187), in the sense of ' comprehend ' is very dubious : see Agar, who conjectures δήνε' ἀνευρέσθαι ' find out '. Schulze suggests εἴρεσθαι ' ask about '. But σώζομαι is similarly used for ' remember ' in post-homeric Greek.

85. κατέβαιν ὑπερώϊα : see on 18, 206.

86. φίλον πόσιν : it is not easy to decide whether H. is simply referring to the fact already well known to his audience that the stranger is O., or else wishes to imply that Penelope despite her recent doubts has inwardly decided that the avenger must be her husband after all. Van Leeuwen prefers the former view (cp. the vague ὃς ἔπεφνεν in 84), *A.-H.-C.* the latter (with less reason).

88. λάϊνον οὐδόν : this must be the threshold of the *inner* door of the μέγαρον here, as in 17, 30. ' To cross the stone threshold ' may have been a general phrase for entering or leaving the μέγαρον, whatever door was used.

93. ἄνεω : ' silently ' : an adverb here ; cp. on 2, 240. δήν : ' for a long time '.

94-5. ὄψει δ' ἄλλοτε μέν μιν ἐνωπαδίως ἥϊσκεν [an ancient *v.l.* for the MSS. ἐσίδεσκεν], ἄλλοτε δ' ἀγνώσασκε : a difficult antithesis to understand. But, to begin with, it may be agreed (see *A.-H.*, *Anhang*) that ὄψει goes with both clauses, meaning ' with her gaze ', *i.e.* with silent questioning looks, an extension of the notion in ἄνεω in the preceding line. In what follows most editors are satisfied to read ἐσίδεσκεν (note neglect of *Digamma* in ἐσϜίδ., as in 24, 101), and render it something like ' . . . and now she would look upon him steadfastly with her eyes, and now again she knew him not . . .' (Butcher and Lang). Despite some editors' ingenious efforts to make a satisfactory antithesis out of this, I find it feeble. ἥϊσκεν (adopted by *A.-H.-C.* and van Leeuwen) makes good sense : ' sometimes when she looked him in the face she found a likeness in him [lit. ' likened him ⟨to her husband⟩], sometimes she failed to recognize him because he wore vile clothes '. ἐνωπαδίως is from ἐνωπή, ὤψ, ' face ' : it occurs only here in

Greek. The force of the *Iterative* ἀγνώσασκε (contracted from ἀγνοήσασκε) is ' repeatedly failed to know him '.

97. μῆτερ . . . δύσμητερ : ' Mother, so unmotherly in the hostility of your heart '. This kind of phrase (cp. on Ἶρος Ἄϊρος in 18, 73) expresses a paradox : Penelope, though a mother, fails in an essential quality of motherhood, warm-heartedness (ἀπηνέα θυμὸν ἔχουσα : cp. on 18, 381). δυσμήτηρ is perhaps a *Neologism* coined by H. for this uncommon situation.

97 ff. The characterization of Telemachus is very lifelike here : being barely over twenty years old he has little experience or understanding of adult emotions and impatiently thinks that his mother's caution is unreasonable and stupid. The contrast with his father's sympathetic understanding in 111 ff. below is marked. Note the petulant tone of αἰεί in 103 ; cp. Eurycleia's similar generalization in 72 above.

101-2. οἱ : *sc.* Penelope : a dative of interest or advantage, to be taken with ἔλθοι : best translated by altering the subject : ' whom she has just got back . . .'.

108-11. νῶϊ : ' we two ' (§ 10) : the use of the *Dual* gently puts Telemachus in his place. O.'s smile in 111 may have been partly at this no doubt familiar verbal technique of his wife, as well as in appreciation of her caution, which he is confident of overcoming.

116. οὔ πώ φησι τὸν εἶναι : ' she does not yet think that I am that man ' : see on 59 above, § 11, 1, and on 24, 470.

117 ff. ὅχ' ἄριστα : see on 13, 365. Leaving Penelope to watch him silently for a while (as Arete had studied him in action in Phaeacia : cp. on 11, 335 ff.), O. turns to consider the one serious danger that still threatens him—the vengeance of the Suitors' kinsmen : see on 296 ff. below. Meanwhile ha and all of us are conscious of Penelope's tense presence : this is the technique of dramatic silence, so highly developed later by Aeschylus (cp. my *A.H.S.* pp. 131-2).

119. ἀοσσητῆρες : ' helpers, supporters '. ἀ-οσσ- is from *ṣm̥-soqʷ-, cogn. w. *socius, sequor,* ἕπομαι (see on 14, 33).

120. For an example of this see the case of Theoclymenus in 15, 223 ff., and cp. on *Murder*.

125. ἐπ' ἀνθρώπους goes with ἀρίστην in 124. The force of ἐπί in this phrase is extension through, ' among ' ; cp. 19, 333-4.

127-8 (=*Il.* 13, 785-6) are missing from most MSS. but are found in a *Papyrus* fragment of the 3rd cent. A.D. They are apt enough as an anticipation of the scene in 24, 496 ff. ἐμμεμαῶτες : the -α- represents the weakest grade of the n of the root (cp. μέμονα, μένος) ; cp. on 22, 54, and on 52-3 above ; for the ending see on 14, 30.

133-4. ' But let the divine minstrel with his clear-toned lyre in hand be our leader in the gladsome dance ' (Murray). For θεῖος ἀοιδὸs see on Bard. In 24, 469 we find ἡγέομαι in a similar sense with the dative. With the present idiom Hamilton aptly compares Pindar, Pythians 4, 248, πολλοῖσι δ' ἄγημαι σοφίας ἑτέροις.

135. γάμον = ' wedding feast ', as often in H. The Ithacans had long been expecting Penelope's remarriage.

136. ' Either a passer-by or one of the neighbours '.

139. ' To our well-wooded farm ' : cp. 24, 205 ff., especially 244-7.

143. ὅπλισθεν [§ 16, 6] δὲ γυναῖκες : ' and the women adorned themselves ' : note the completely non-military use of ὁπλίζω here (as frequently in H.) and contrast in 24, 495, ' arm ' (a comparatively rare meaning in H.). Similarly the military meaning of ὅπλον is not the commonest in H.

146-7. ' So for them the great hall resounded all : and with the tread of men and fair-girdled women dancing.' τοῖσιν : dative of interest or advantage. ποσσὶν : instrumental dat. Cp. 10, 10 for περιστεναχίζετο. Note the fivefold assonance of -ων in 147.

150-1. Dramatic Irony. For similarly acid and ill-informed comments by townspeople see 6, 275-84.

152. ὣς ἄρα τις εἴπεσκε . . . ἴσαν : ' such was a typical remark '. The plural subj. of the second verb is easily understood from the Iterative εἴπεσκε with τις. ἐτέτυκτο : pluperf. pass. τεύχω.

154. Εὐρυνόμη, the housekeeper, plays only an incidental rôle in the story (see also 17, 495 ; 18, 164 ff. ; 19, 96-7 ; 20, 4). Some editors cherish the notion that this was originally only another name for Eurycleia (just as ' Homer ' must be a name for some other poet, Odysseus for the sun or a bear, Penelope for the moon or a wild duck, and so ad infinitum).

157-62 almost = 6, 230-5. But the transition from 156 to 157 is awkward. Eustathius explains it as ὥστε εἶναι τὸν 'Ο. μείζονά τ' εἰσιδέειν : later editors understand τινα as subject to εἰσιδέειν, ' so that one would look on him as larger . . .'. Neither explanation is quite satisfactory. Also the repetition of κὰδ δὲ κάρητος is pleonastic after κὰκ κεφαλῆς (note the apocope and varying assimilation of κατά : § 1, 10). Some editors reject all 157-62 as an Interpolation. Monro is satisfied to reject 157-8 only, which is better : some emphatic *Simile* to mark O.'s beautification seems necessary. Rieu's translation of 156-62 is exemplary : ' Athene also played her part by enhancing his comeliness from head to foot. She made him look taller and sturdier than ever ; she caused the bushy locks to hang from his head thick as the petals of the hyacinth in bloom ; and just as a craftsman trained by Hephaestus and herself in the secrets of his art takes pains to put a graceful finish to his work by over-laying silver-ware with gold, she finished now by endowing his head and shoulders with an added beauty.'

157. For size as an essential element in Greek beauty see on 18, 195.

158. οὔλας . . . κόμας : ' close-curled ' ; see on 19, 225. ὑακινθίνῳ ἄνθει ὁμοίας : for the doubtful identity of the flower and the ambiguity of the comparison (? with its colour or shape) see my long note on 6, 231. Note also that ὑάκινθος may be from *Ϝακινθος, Latin *vaccinium* : the ending -νθος indicates a pre-Greek origin, cp. ἀσάμινθος in 163 (and n. on 17, 87). The natural colour of O.'s hair seems to have been ξανθός (13, 399 ; but see also on 16, 176), and this enhances the relevance of the simile from gilding in the next line.

159-60. περιχεύεται suggests gilding rather than gold inlay work. Possibly a soft amalgam of gold and mercury was used for this purpose as early as Homer's day, as G. Pinza suggests (see further on 3, 437, and 6, 232-3). Very special technique is implied here by the patronage of both Hephaistos, master of metal-workers, and Athena, patroness of all skilled work.

166. δαιμονίη : ' You're a mysterious woman ' : cp. on 14, 443 ; 19, 71. O., conscious of his increased beauty and attractiveness (χάριν in 16?), is puzzled or piqued by his wife's irresponsiveness. περὶ . . . γυναικῶν : ' beyond . . . womankind '. For θηλυτεράων see on 15, 422.

167. ἀτέραμνον : ' implacable, not to be mollified ' : from ἀ- privative (see index) and a cognate of τέρην ' tender '.

168-70 = 100-2 above.

171-2. See index for μαῖα, λέξομαι, σιδήρεον.

174-6. δαιμόνι'[ε] : ' You are just as mysterious ' : Penelope repeats O.'s word in 166 to express her own astonishment at the change in O.'s appearance from that of a bloodstained vagabond to (as she admits in 175) that of her own husband when he embarked for Troy. The crucial phrase εὖ οἶδ' οἷος ἔησθα κ.τ.λ. has been treated rather casually by most editors. I suggest that it is a confused abridgement of something like this, εὖ οἶδ' Ὀδυσσῆα ὡς τοῖος ἦεν ἐπὶ νηὸς ἰὼν οἷος νῦν ἐσσι σύ (cp. 20, 88-9). This cautious judgement is overpowered, just as Penelope is about to utter it, by a surge of feeling that it really is O.; so instead of saying (174-6) ' The reason for my restraint is not pride or scorn or astonishment at your present opinion. Though I recognize your likeness to my husband as he embarked for the war, yet there is the possibility that you are τις ἀθανάτων [cp. 63 above : Zeus played a far-reaching trick on Alcmene in this way, taking the form of Amphitryon her husband who was away fighting], so I cannot commit myself yet ', she says '. . . I know that *you* were like this when . . .'. Homer no doubt deliberately uses this idiom to portray the conflict between Penelope's ἐλπίζον κέαρ and her περιφροσύνη ; in other words it is an example both of *Characterization by Style* and what Gildersleeve called ' feminine syntax ' (see on 4, 681-2).

177-81. Though ἔησθα in 175 has betrayed her growing inner conviction, Penelope's nineteen-years-old caution demands a conclusive σῆμα (see 110 above) from O. Very subtly she does not question him directly but gives Eurycleia in his hearing a command that, if he is truly O., he must know to be impossible unless great violence has been done to a very special product of his skill at carpentry, namely, the bed described in 190 ff. as being fixed almost immovably to the ground.

178. αὐτὸς ἐποίει : ' the Master himself made ': van Leeuwen cites examples of this use of the imperfect from the artist's signatures on various works of art from the 6th cent. B.C. ; cp. Aristophanes, *Clouds* 1056-7, "Ομηρος οὐδέποτ' ἂν ἐποίει τὸν Νέστορ' ἀγορητήν, and see 14, 13. Similarly H. uses ἔτικτε of the process of bearing a child, ὤπυιε of marrying a wife, ἦγε of being a leader.

179-80. The εὐνή, consisting of fleeces (as a mattress), blankets (χλαίνας : see on 13, 67), and brightly coloured coverlets or rugs (ῥήγεα σιγαλόεντα), is distinguished from the framework of the bed (λέχος). The plurals in 180 may be poetic : see p. xix.

182. For the first time in the whole *Od.* Odysseus is mastered by a sudden impulse (ὀχθήσας, ingressive *Aorist* : ' with a burst of anger ') and speaks without perceiving the implications of his interlocutor's words. (Perhaps the absence of any epithet to his name in 181 is not merely for metrical reasons : in this moment of testing by his sharp-witted and long-experienced wife Odysseus is plain Odysseus, no longer πολύμητις, πολύτροπος, ταλασίφρων, and the rest.) This is Penelope's triumph, and the ever recurrent and ever deserved triumph of every intelligent and patient wife. It is not the least of H.'s four great tributes to women, to Helen for her

compelling beauty, to Andromache for her tragic nobility, to Nausicaa for her freshness and charm, and to Penelope for her heroic patience and her spirited, unconceited, but very human, exercise of the subtlest feminine arts of self-defence.

185. ὅτε μὴ θεὸς αὐτὸς ἐπελθών : ' unless a god were to come in person and . . .' : cp. 16, 197-8, where θείη = ' render, make ', not ' place ' as here. To call the repetition here ' almost a parody ' of the previous passage, as Merry does, is contrary to the principles of *Oral Technique* and to the spirit of early literature.

188-9. μέγα σῆμα τέτυκται : most editors take σῆμα here, as in 110 above, as a ' token, sign ', which it certainly does mean in 202 below. But in the previous clause O. has stated the difficulty of moving the bed, and here he obviously intends to give the physical reason for that unusual immobility. (Homeric bedsteads were normally light and easily moved, as Penelope's order in 179-80 implies.) Also, if my reading of the speech is right, O. does not yet realize that any ' token ' is involved : he is simply angry and puzzled at this apparently ill-informed reference to his own hand-made bed. So I translate ' Since a great distinguishing mark, a unique feature, is built into the construction of that bed—I know, because I made it myself and nobody else ' : for σῆμα in this sense cp. *Il.* 7, 189. It is only later (in 202 below) that O. perceives that this unique feature of his bed can also be a most valuable token of his identity, just as his scar in Book 19 was also a σῆμα in both senses, an unusual mark on his own leg and a conclusive token of his identity to Eurycleia (and note that there, too, its second function occurs to him at the last moment: see on 19, 390).

189. ' I made it myself ' : Gladstone in *H.S.* iii. p. 46, observes the manual versatility of O. He is a ship-builder in 5, 243 ff., agricultural labourer (18, 366 ff., if that is not a mere invention), athlete (*Il.* 23, 700 ff. ; *Od.* 8, 186 ff.), builder and joiner (here), as well as warrior, archer and inventor of the Trojan horse.

190 ff. The bed was unique in this way : it was firmly joined to the trunk of an olive tree that had been growing on the site where O. chose to build his new θάλαμος. So, unless one broke up the framework, the bed could not be moved without undercutting the stump of the tree (ταμὼν ὕπο πυθμέν' ἐλαίης in 204). Nobody has satisfactorily explained this curiosity. Why did he not remove the tree entirely before he built this ground-floor bedroom ? Van Leeuwen suggests that it must have been a sacred olive tree, comparing 13, 102, 346, 372, and *Il.* 17, 53-8 : cp. also the curious half-wild olive in 5, 476-7. But a sacred tree could hardly have been treated

as described in 195 ff. below. Perhaps we have some vestige
of the pre-homeric story of Odysseus here, with its original
significance forgotten or ignored : possibly its kernel even
goes back to some neolithic tradition, for I find the following
note on natives of the interior of New Guinea in *A Book of
Recent Exploration* by C. E. Key (London, 1946), p. 12 : ' The
gardens are rarely completely cleared, because felling a tree
with stone weapons is a long and tedious business '.

191. ἀκμηνὸς : apparently an adjectival form from ἀκμή :
' flourishing, in its prime '.

195-201. ' I then polled the olive's spreading top and
trimmed its stump from the root up, dressing it so smooth
with my tools and so knowingly that I got it plumb, to serve
for bed-post just as it stood. With this for main member
(boring it with my auger wherever required) I went on to frame
up the bed, complete ; inlaying it with gold, silver and ivory
and lacing it across with ox-hide thongs, dyed blood-purple '
(Lawrence). προταμὼν is best taken with ἐκ ῥίζης as a reference
to the rough-hewing of the stump from the root up to the point
where he had cut off the branching portion (κόμην in 195).
χαλκῷ is probably an adze as in 5, 237 (see note there and on
245), used for smoothing after the rough cutting has been done
with the axe. 197 almost =5, 245 (the Building of the Boat).
ἑρμῖν'[α] : ' as <the main> bedpost ' : he would add the
others later : cp. 8, 278. τέτρηνα κ.τ.λ. : the phrase is
repeated from 5, 247. ἐκ δὲ τοῦ ἀρχόμενος : ' making this
[post] my foundation '. The ' leather thong bright with
crimson ' was to support the εὐνή (see on 179-80 above).

202. ' So I declare this token to you ' : for σῆμα see on 188
above. O. has recovered his self-possession and realizing that
his description of the bed's curious construction is the surest
proof of his identity tries to assert that he ' offers ' (πιφαύσκομαι)
it : in reality it was Penelope who had engineered the offer.

205. λύτο : the tension of Penelope's long waiting is re-
lieved at last. See on 14, 69 for γούνατα, and on 13, 40 for
φίλος.

206≈19, 250. But here after τῆς in 205 there is *Case-
variation* in most of the MSS. : Monro prefers to read ἀναγνούσης
here or τῇ in 205.

209. μή μοι . . . σκύζευ : the present imperative implies
' Do not be angry with me any more ', as χώεο and νεμέσσα
in 213. σκύζομαι perhaps means basically ' scowl ', *i.e.* cover
the eyes, *sc.* with lowered brows (the ἐπισκύνιον in *Il.* 17, 136),
if it is cogn. w. *ob-scu-rus*, σκότος (see also on 14, 32). Pene-
lope's repeated deprecation of O.'s anger (cp. 213) is partly

because she knows his pride may be hurt by the trick she has successfully played on him.

214. ὣδ' ἀγάπησα : it is truer to Homeric idiom to take ὣδ' here as an extension of ἐπεὶ ἴδον (cp. 17, 544 ; 21, 196, and more in Monro) and translate ' right from the moment when I saw you ' than to render it ' as I am doing now ' (with Merry and Rieu). See further on 17, 544 and on 21, 289.

218-24. *Aristarchus* and most critics up to our own time have condemned these lines as an interpolation because the case of Helen is not truly parallel to that of Penelope and νῦν δ' in 225 should follow directly on αἰεὶ γάρ in 215. One would certainly have expected a clearer illustration of the danger of rashly accepting the advances of a guest, as Helen rashly accepted Paris and precipitated the Trojan War. Actually what we are given is a statement that Helen would not have been so incautious if she had foreseen the consequences and if she had not also been under the influence of Aphrodite ; that is to say, her ἄτη (see in 223 and on 15, 233) was not entirely her own fault (cp. Helen's own defence in 4, 261-4). But I agree with Platt in *C.R.* xiii. (1899), pp. 383-4, that the parenthesis is defensible and deserves defence. Penelope's reasoning is obscured by conflicting motives : on the one hand she wishes to cite Helen as an example of the disastrous consequences of trusting a stranger and on the other hand she does not want to condemn her as a person. As Platt observes, such a comparison between one great epic heroine and another is in Homer's manner ; compare the comparison of Penelope with Clytaemnestra in 24, 198 ff. and 11, 444 ff. But in those passages the comparison is made by a third party : here Penelope (and Homer) are slightly embarrassed by the fact that Penelope herself is making it. Hence, I believe, the irrelevancies of detail. There is nothing in the style of the lines to condemn them.

223-4. ' Not till then did she lay up in her mind the thought of that folly, the grievous folly from which the first sorrow came on us too ' (Murray).

228. Ἀκτορίς : some take this as a *Patronymic*, ' Actor's daughter ' : she is mentioned only here and has aroused much speculation. In 289, 293, below Eurynome acts as θαλαμηπόλος, so Hayman suggested that Ἀκτορίς was another name for her. But Bassett in *C.Q.* xiii. (1919), pp. 1-2, refutes this. *A.-H.-C.* wonders whether Ἀκτορίς had not simply died in the meantime : this, in view of the imperf. ἄρυτο (ἐρύω : see on 17, 187), seems the best explanation. If she were dead Penelope could be quite sure that the secret of the bed could not have been told to the Stranger by her.

231 ff. Hayman remarks that here is ' not a bad example of the Homeric manner which in an intense crisis of feeling uses commonplace epithets and reserves its force for a simile '. The *Simile* of the safe landing after a storm is very apt for the final welcome of one who had suffered so much in ' ever climbing up the climbing wave ' : compare the reverse situation in 5, 388 ff. where O.'s actual deliverance from a storm is compared to a father's recovery from sickness.

232. This is the third time that O. weeps since his arrival in Ithaca. He ' shed a tear ' when he first embraced Telemachus in 16, 191, and for his dog (see on 17, 804) ; here in his wife's arms he cries unrestrainedly. There was no convention condemning crying by men in the Heroic Age or at any later time in Greece—provided, of course, that no cowardice was involved. On the contrary the *Scholiast* on *Il.* 1, 349, cites a proverb ἀριδάκρυες ἀνέρες ἐσθλοί, and Menelaus is made in Euripides' *Helena* 950-1 to say καίτοι λέγουσιν ὡς πρὸς ἀνδρὸς εὐγενοῦς | ἐν ξυμφοραῖσι δάκρυ ἀπ' ὀφθαλμῶν βαλεῖν. Cp. on 16, 216-18 and 8, 522.

235. κύματι πηγῷ : the epithet has been very variously explained as ' black, cold, calm, continuous, strong, salty '. *Aristarchus* connected it with πήγνυμι and rendered it ' solid, thick ', like κύματα τροφόεντα in 3, 290. This seems best.

237. τέτροφεν : ' has caked '. τρέφω here has the rare but perhaps basic sense of ' grow thick, congeal ' : in 9, 246, it is used transitively in the sense of ' thicken, curdle ' (of milk) : cp. τροφόεντα in the previous note. With the whole phrase cp. the appearance of the lesser Ajax in a painting described in Pausanias 10, 31, 1 : τὸ χρῶμά ἐστιν οἷον ἂν ἀνδρὶ ναυαγῷ γένοιτο ἐπανθούσης τῷ χρωτὶ ἔτι τῆς ἅλμης. (I owe this reference to Dr. H. W. Parke.)

243-4. ἐν περάτῃ : *L.-S.-J.* understands χώρᾳ with this adjective and translates, oddly enough, ' *farthest quarter, extremity* of the heavens '. *A.-H.-C.* takes it in a temporal sense ' at its end '. Both of these views connect the word with πέρας. To this Monro objects that this word and its derivatives always have the first syllable long (*e.g.* πεῖραρ) in H. ; so he prefers to connect it with περάω and render it ' passage ', *i.e.* the space which the darkness traverses in the course of one night (cp. λυκάβας in 14, 161). Van Leeuwen ignores this and suggests ' on the horizon '. There is not enough evidence for a clear decision. We may tentatively translate ' at the western horizon '. δολιχὴν σχέθεν : the epithet is used proleptically : ' held the long night lingering ' (Rieu). ἐπ' Ὠκεανῷ : ' at the ⟨Eastern⟩ Ocean ': H. imagined the Ocean as a great river (ποταμός in 12, 1) encircling the round flat earth. Cp. on 11, 13 and 20, 63-5.

244-6. ἵππους ... Λάμπον καὶ Φαέθονθ' ... πῶλοι : 'her horses ... Shining and Radiant which, ever youthful [lit. 'colts '], draw on the Dawn '. Only here has the Dawn (see on 13, 18-19) a chariot and pair. Compare the names of two of the nymphs who shepherded the cattle of the Sun, Φαέθουσα and Λαμπετίη. The notion of delaying the progress of day and night is paralleled in the traditional account of Zeus' visit to Alcmene and at the battle between the Israelites and the Amorites in Joshua 10, 13 : ' So the sun stood in the midst of heaven, and hasted not to go down about a whole day '.

248 ff. οὐ γάρ is best taken as ' since we have not . . .', a protasis to ἀλλ' ἔρχευ κ.τ.λ. in 254, with a long intervening parenthesis. The thought is : ' We must stop this weeping and go to bed and rest because we are not at the end of our troubles yet '. The prophecy of Teiresias is given in 267-84 below.

249. πόνος is, as Aristarchus noted, never simply ' sorrow ' or ' pain ' in H., but always ' toil, labour, trouble '.

260. ἐφράσθης κ.τ.λ. : ' brought it to mind [cp. on 16, 257] and heaven has put it into your heart '.

261 ff. ' Come tell me that trial, since I suppose I shall hear of it afterwards anyway, so it would be just as well to be informed about it at once.' Already there is a cool assurance in Penelope's words to her husband. O. expresses a certain surprise at her request with δαιμονίη (see on 14, 443 ; 19, 71 ; and 174-6 above), but accedes to it.

268-84 almost = 11, 121-37 : see notes there for a detailed discussion. A kind of missionary expedition is enjoined on O. to appease Poseidon's wrath for the blinding of his son the Cyclops. O. is to take his oar and travel on till he reaches a people that knows nothing of sea or salt (inland salt-mines were unknown in Greece) and is so ignorant of nautical things as to mistake his broad oar for a winnowing-shovel (or winnow-ing-fan). Among this people hitherto ignorant of the Sea-god he is to offer a rich sacrifice to Poseidon. Then returning home he must sacrifice to the celestial gods. After that in due course he will have a gentle (ἀβληχρός in 282) death ' safe on land ' (ἐξ ἁλὸς : see next note) in a sleek old age with his people happy round him.

281. ἐξ ἁλὸς : Monro says this must mean ' from the sea ' with a verb of motion like ἐλεύσεται, and favours the v.l. ἔξαλος ' away from sea '. But the verb is much further from ἐξ ἁλὸς here than in 24, 47 (which Monro cites), and I still think that on the analogy of ἐκ καπνοῦ ' away from the smoke ' in 16, 288 and 19, 7, it may mean ' away from the sea '. After his long wanderings on the ' watery paths ' O. is promised a

peaceful death on *terra firma*. Others connect the phrase in
the sense ' death coming from the sea ' with the later legend
of O.'s death by a fish-bone (according to some used as a
spear-point by Telegonus : see further on 11, 134-5). But
such a death would be far from ' gentle '.

282. τοῖος denotes an indicatory gesture, a gentle wave of
the hand ; or else it is used instead of an adverb, ' *such* a
gentle death '. Cp. on 15, 451 ; 20, 302.

283. γήρα'[ι] ὕπο λιπαρῷ ἀρημένον : ' worn out under a sleek
old age ' or ' bowed down under . . .'. The exact meaning
and etymology of ἀρημένος are uncertain : suggested cognates
are ἀραιός ' thin ', ἀρή ' harm ', *Fάρεω = βαρέω ; but all these
differ in quantity from ἀρημένος. Cp. 18, 53 ; 9, 403 ; 6, 2.
For λιπαρός see on 13, 225.

286-7. ἄρειον : ' better ', *sc.* than your younger years :
cp. 211-12 where Penelope complains of their wasted youth.
Here she finds comfort in the preceding phrase γήραϊ λιπαρῷ.
These lines are Penelope's last words in the *Odyssey* : ' they
speak of hope in the end, a peaceful evening after a life of
storm ' (Hayman).

296. θεσμὸν is now generally taken to mean ' location,
place ' here, like the later θέσις, θήκη (all from τίθημι); not
' ordinance, law '. For τίθημι used of a bed cp. 184 and 204
above. ' And gladly they came to where their bed was set
as of old.'

296 ff. The *Scholiasts* at 296 state that the great Alexandrian
critics *Aristophanes* and *Aristarchus* described this as the πέρας
or τέλος of the *Odyssey*. Modern ' Analysts ' (see p. xxxi)
welcome this as decisive proof of the spuriousness of the rest
of the poem, and exercise much ingenuity in accounting for
the fact that Aristarchus obelized two subsequent passages
(23, 310-43 and 24, 1-204). They also find it difficult to
explain satisfactorily how any poem could end with an anti-
thetical οἱ μὲν ἔπειτα (but Kirchhoff nonchalantly settles this
by reading οἱ δ' ἄρ' ἔπειτα). Monro in his note here and also
on pp. 321-3 lists all the linguistic anomalies that he can find
in the remainder of the poem, and finds them ' overwhelming '.
For the five unique words see on 24, 229, 230, 279, 485 ; for
unusual forms see on 23, 316 ; 24, 1, 89, 113, 288, 360, 394, 398,
465, 534 ; for metrical anomalies see 23, 361 ; 24, 240, 247 ;
for unusual grammar see 24, 237, 241, 247, 497 ; most of the
last three categories are paralleled elsewhere in H. Monro
concludes his indictment by showing that the ' continuation '
contains ' imitations of Homer ' as another proof of its non-
homeric authorship ! Poor Homer, whether he uses new forms
or old it equally proves that his work is spurious ! Against

this Mackail in the most recent discussion of the problem ('The Epilogue to the Odyssey' in *Greek Poetry and Life*, Oxford, 1936, pp. 1-13) finds that the linguistic difficulties are 'so slight as to be negligible' (cp. Bury's view below). The truth, perhaps, lies between these extreme views : on the one hand there are some grave linguistic difficulties, but, on the other, equally grave difficulties are to be found in many other admittedly genuine passages of the same length (624 lines). In short, the arguments drawn from the lower criticism are inconclusive, and one must turn to the higher. Here Mackail (*loc. cit.*) executes a complete *volte face* : ' It is clear that the whole epilogue is, artistically, a pastiche in which the admirable artistry of Homer has crumbled away '. He thinks that it is a ' conclusion patched up by a pupil or continuator who utilized Homeric material '. Bury in *J.H.S.* xliii. (1923), pp. 1-15, finds the linguistic difficulties slight, but describes the general effect as ' bungled ' ; he suggests that H. may have died before concluding the work and that it was completed by a literary successor who knew H.'s intentions. Allen in *H.O.T.* pp. 218-24 is equally satisfied that from 23, 297 on is an addition. (Both he and Mackail complain that the continuation fails to remove the blood-taint, μύσος, from O. : but there is no evidence for any such belief in H.) Bolling (*E.E.I.H.* p. 252) is sure that at least no text of H. stopped at this point, whatever the source of the rest may be. Among continental scholars Wilamowitz, Schwartz, Bérard and Von der Mühll (see his article on *Odyssee* for Pauly-Wissowa, published separately in Stuttgart, 1939) are convinced that it is an addition to the main poem. Against this view stand Scott, Bethe, Drerup and others. Bethe in *Hermes*, lxiii. (1928), pp. 81 ff., suggests (cp. Merry's note here) that the Alexandrians meant by τέλος and πέρας the ' consummation ' rather than ' conclusion ' of the poem, a view much criticized but not impossible. Drerup (*Homerische Poetik*, I, p. 407 n. 2) cites Eustathius on this passage and Aristotle's summary (see p. ix of my Introduction) to show that other ancient critics certainly did not consider the reunion with Penelope the final end of the poem. Scott in ' The Close of the Odyssey ', *C.J.* xii. (1917), p. 401, affirms this : ' The goal of the Odyssey is not to tell how an absent and truant husband was joined again with his faithful wife, but how a king returned to his distracted and ungoverned kingdom, how he destroyed the spoilers of his goods, how their death was unavenged, and how he once more became the ruler of a united people '. It has also been pointed out that if the poem ended here (*a*) we would never have any satisfactory outcome to the many earlier references to Laertes, (*b*) we would be left wondering what will happen when the kinsmen of the Suitors discover O.'s deed, (*c*) we would lose the final eulogy of Penelope which is effectively

voiced by Agamemnon's ghost in 24, 192-202. Besides, to
end the poem at 296 with a Pepysian ' And so to bed ' would
be more fitting for an Alexandrian or Victorian novelette than
an early epic. Undoubtedly there is a certain slackening in
the style and a general absence of τὸ ὕψος, but that is hardly
surprising : the great crisis of the poem is past and H. may
have rounded off the story more out of a sense of duty than
from eager interest. Or he may simply have been tired, or
ageing. Few great poets have not had their times of slacker
inspiration. At all events the rest of Book 23 and Book 24
were ' Homer ' to Plato, who quotes 24, 6-9, in *Republic* 387 A,
and to Aristotle (see on 310 ff. below). See further in the
preliminary remarks to Book 24. (See foot of p. 410.)

303 almost = 16, 29.

305. πίθων : ' from the casks '. Distinguish this from the
(post-homeric) 2 aor. participle of πείθω, πιθών.

310-41 is a summary of O.'s adventures as recounted in
Books 5-13 : 310-13 = Book 9 ; 314-21 = Book 10 ; 322-5 =
Book 11 ; 326-32 = Book 12 ; 333-7 = Book 5 ; 338-41 =
Books 6, 7, 8, 11 and 13 *passim*. See notes in vol. I. Aristotle
(*Rhetoric* 3, 16, 1417 a 14) mentions it as containing sixty lines,
which, if the text is sound, may denote a longer version in his
time or else simply be a slip of memory such as he and Plato
seem to have often made in their literary references. Monro
dismisses this passage as ' strangely prosaic ' and ' doubtless
interpolated by a later hand,—later than the author of the
continuation '. Bérard is happy to abandon it as ' *un de ces
Résumés,—Épitomés, disaient les Hellènes,—en vers qui dut
être composé pour les enfants de quelque école athénienne, puis
incorporé par les éditeurs subséquents dans la " Poésie " '*, which
at any rate shows what he thinks of the critical standards of
' *les éditeurs subséquents* '. There are undoubtedly a few
linguistic difficulties : ἄρξατο governs all the following ὡς
clauses by a moderate *Zeugma* and see on 320, 326, 327. But
Aristotle was satisfied to attribute it to Homer ; and a brief
recapitulation of the exciting events in the earlier books would
delight H.'s audiences as much as Penelope. Musicians
appreciate the value of such repetitions of their main themes
towards the end of a long work. Finally it is not flat or
prosaic : every line is worthy of Homer's plainer style. L. S.
Amery (*The Odyssey*, London, 1936) makes the suggestion
that in the original saga O. related his adventures in full at
this point, and that Homer, preferring to have him do so
earlier in the story, retained this vestige here. The passage
comprises the longest piece of continuous indirect speech in
Il. and *Od.* H. much prefers *oratio recta* : almost half the *Il.*
and over two-thirds of the *Odyssey* consists in direct speech

spoken by the characters in the story, the rest is nearly all narrative (see Schmid-Stählin, *G.G.L.* 1, 1, 92 n. 7).

312-13. The subject of the verbs changes from the Cyclops to O. and back again. ἀπετίσατο ποινὴν : ' he exacted [middle voice] the penalty for his valiant comrades '. τίνω (see index) and ποινή are from the same root as the Sanskrit *cáy-ate* ' avenge, punish '. Note the imperfect in 313 : the Cyclops ' kept on eating ' O.'s companions till he was blinded (9, 287-93, 311, 344). Contrast the conative πέμπ'[ε] ' tried to send <us home> ' in 315.

316. ἤην : see on 19, 283.

320. This line is missing from the best MSS. and is probably spurious : *all* O.'s companions were not killed (see 10, 125-32) and O. would hardly refer to himself by name like this (contrast αὐτὸς in 332) : but for πάντας see next note.

324. ἑταίρους : here, as in 11, 371, his comrades at the Trojan War, Agamemnon, Achilles, Patroclus, Ajax. πάντας is an exaggeration, rather typical of brief summaries of this kind.

326. Σειρήνων ἀδινάων φθόγγον : the epithet is puzzling. ἀδινός is applied to bees and flocks as ' swarming, thronging ', to the heart as ' full of anxieties, close-packed ' (19, 516), to sounds as ' continuous ', ' intense ' or ' sustained ' (cp. 16, 216 ; 24, 317). It cannot mean ' thronging ' here because H. recognizes only two Sirens (see on 12, 39), and later poets three. It may, however, be taken, as transferred by hypallage from φθόγγον, ' the intense song of the Seirens '. Monro, eager to depreciate the style, suggests that the use here is based on a misunderstanding of μυιάων ἀδινάων in *Il.* 2, 469 (cp. *Il.* 2, 87) as if it meant ' humming flies ', but, apart from the gratuitous assumption of ignorance, it is not entirely impossible that something of the kind is meant by H. there and here—' the ever-singing Seirens '. The fact is that the word must be regarded as a *Gloss* in H.

327. Πλαγκτὰς πέτρας : the Wandering Rocks (from πλάζω ; cp. on 21, 363). We are told in 12, 68, that they were dangerous for the surge and fiery gusts round them. H. does not clearly identify them with ' the Clashers ' (Συμπληγάδες or Συνδρομάδες) or ' the Blue Rocks ' (Κυάνεαι) of the Argonautic saga, which crushed whatever tried to pass between them. See further on 12, 59 ff. Bérard objects that in the narrative in Book 12 O. never went near them ; but it is stated in 12, 202, that his ship went close enough for the Companions to see and hear their movements, and that they ' escaped ' them in 12, 260. This seems good enough to justify the slightly loose use of ἵκετο here. Besides if it were a palpable mistake it is

of the very kind that a compiler of schoolbooks (see on 310 ff. above) would be less likely to make than a poet using *Oral Technique*.

335. σπέσσι : this is the reading of almost all the MSS. here, in 9, 114, and in 1, 15. But it is morphologically dubious as the stem is σπε- and the normal endings for this type -εσσι or -εσι (see Chantraine, *G.H.* p. 7); so recent editors emend to σπέεσσι γλαφυρ. H. also has a form σπήεσσι (9, 400, *al.*).

342-3. ' This was the end of his tale, for then sleep pounced upon him, sleep that soothes the heavy limbs and the heavy heart ' (Rouse). δεύτατος is apparently a superlative of δεύτερος (which is perhaps from δεύομαι, δέω). For λυσιμελής, perhaps ' care-relaxing ', see on 20, 57.

345-6. ὄν . . . ἧς : ' her . . . his ' (§ 12, 2). Monro for some reason that he does not divulge takes the first also as ' his ', directly against the idiom in *Il.* 10, 355 ; 13, 8 ; *Od.* 3, 275. But the change of person is certainly awkward.

347. As a proof of non-homeric authorship Monro cites this use of ἠριγένεια without 'Ηώς = Dawn as unparalleled in *Il.* or *Od.* But the fact is that it is exactly paralleled in 22, 197. See on 13, 18-19 for 'Ηώς.

351. ἀμφοτέρω : the *Dual* with a preceding plural is not unhomeric ; there is, as one would expect, a *v.l.* giving the easier ἀμφότεροι here and in 354. ἀμφοτέρω (*O.T.*) has no MS. support. νόστον (from νέομαι): keyword of the *Od.*

355. κομιζέμεν : ' look after ', imperatively like ἧσθαι in 365. The possessions mentioned are those normally attached to his household, not his recent acquisitions (cp. 341 above) which he had cached in 13, 367 ff. We hear no more of the latter : see J. A. Scott in *C.J.* xxxiv. (1939), pp. 102-3.

356-8. μῆλα δ' κ.τ.λ. : ' but with regard to the flocks [with this use of an accus. set at the beginning of the sentence *A.-H.-C.* aptly compares *Il.* 10, 416 ; *Od.* 1, 275 ; 4, 347] which the proud Suitors pillaged, much of them I shall restore by plundering raids [*sc.* into other realms], and the rest the Achaeans [*sc.* the people of Ithaca, cp. 2, 77 ff. and 22, 55-9 : here either as a gift in sympathy for his loss or as a penalty for their tolerating the Suitors] will provide till they [*sc.* μῆλα] have filled up all the folds again '.

361. ἐπιτέλλω is a surprising quantity, though cp. on ἐπιθύω in 16, 297. A *Papyrus* has the *v.l.* ἐπιστέλλω, which Von der Mühll, Bérard and van Leeuwen adopt : it may be right, but the verb is not found elsewhere before Aeschylus.

361-5. ' But to you, wife, I give commandment so, | As you are wise : with sunrise men will know | By rumour of the

suitors slain in hall : | Now to your bower aloft I bid you go. |
There with your serving-maids till day be done | Sit still, and
look on none and question none ' (Mackail). This is the last
direct contact with Penelope in the poem, a rather humbling
exit for one who has played so dominant a part in this
book. But she still has to receive her finest eulogy (see 24,
194 ff.), though *in absentia.* For her last words cp. on 286-7
above.

366 ff. ἐδύσετο : § 19, 2. 368 : see on *Armour.* 372 :
νυκτὶ ='darkness ', a supernatural obscurity like the mist
sent by Athena in 13, 189 : the actual night was over. Cp.
Virgil, *Aeneid* 1, 411 : *At Venus obscuro gradientes aere saepsit* |
Et multo nebulae circum dea fudit amictu. It is now the fortieth
and last day (p. xii) of the poem.

BOOK TWENTY-FOUR

N.B.—For abbreviations and use of indexes see preliminary
notes to Book Thirteen.

SUMMARY

Hermes conducts the souls of the Suitors to Hades. There
Agamemnon is in conversation with Achilles. Agamemnon
learns about the slaying of the Suitors from the ghost of Am-
phimedon. Agamemnon praises Penelope's fidelity, contrast-
ing it with the faithlessness of his own wife, Clytaemnestra
(1-204). Meanwhile in Ithaca O. visits his father Laertes on
his farm. First he tells him a false story ; but then he reveals
himself and is joyfully recognized by his father and a faithful
servant (205-412). The Ithacans hear of the killing of the
Suitors. Many of their kinsmen being among the slain, they
hold a council to decide what they should do. Against the
advice of Medon and Halitherses they march out in arms
against O. (413-71). Athena gets permission from Zeus to
intervene to save O. O., Telemachus, Laertes and their
followers go out armed to oppose the Ithacans. Laertes kills
their leader, Eupeithes. Athena intervenes and makes peace
between the Ithacans and Odysseus (472-end).

NOTE : Aristarchus condemned 1-204 (cp. on **23**, 296) as
spurious. Some of his ancient successors disagreed with him
on this and produced answers to his objections. The Scholia
on l. 1 summarize the arguments and counter-arguments. The
chief points, with some later additions, are as follows :
(1) Hermes is not described as Κυλλήνιος (l. 1) or portrayed

as guiding the souls of the dead elsewhere in H. This proves nothing. And see on διάκτορος.

(2) According to *Il.* 23, 72-3, the spirits of unburied persons cannot cross the river into Hades, in contradiction, Aristarchus claimed, to the action of the Shades of the Suitors here (ll. 11-14). This is false : the Shades are not stated to have crossed any river here and είν 'Αΐδαο δόμοις in 204 may be used loosely (for ' the infernal regions ') as in 10, 491 (see n.) and 512. In ll. 11-14 we are simply told that they reached the approaches to Hades ; and Elpenor's Shade in 11, 51 ff. does exactly the same.

(3) A Λευκάς πέτρη (11) is out of place in the dark regions near Hades. This shows lack of imagination on Aristarchus' part : its pallor was no doubt supernatural and ghostly : cp. Aeschylus, *Choephoroe* 288, λαμπρὸν ἐν σκότῳ . . . ὀφρύν.

(4) The dialogue of Agamemnon and Achilles is inept. But see on 23 ff.

(5) The statement in 115 that Agamemnon and Menelaus mustered the Greeks for the Trojan expedition contradicts *Il.* 11, 767 ff. where Nestor is said to have gone with Odysseus on this task. A comparison of the two passages shows no real contradiction : first O. had to be persuaded by Agamemnon and Menelaus : once persuaded he went with the sagacious Nestor on a journey to Phthia to enlist Achilles.

(6) Aristarchus objects to the nine Muses in l. 60. See note there.

(7) He finds it absurd that the Greeks should go aboard the ships in l. 50 to escape an alarm from the sea. But the ships were always their ark of safety from any danger at Troy, and the specific direction of the alarming noise though clear to the poet may not have been clear to the Greeks.

(8) He criticizes the incorruptibility of Achilles' corpse for seventeen days (63). But it goes without saying that his divine mother could have effected this. Cp. *Il.* 24, 413 ff.

(9) Amphimedon, Aristarchus alleges, tells us what he could not have known (in 150 ff.). See note there.

Bérard adds an objection that the ' young ' Amphimedon could not have given the hospitality described in 115 ff. to Agamemnon twenty years before this. But there is no evidence whatever that he is any younger than O., or Agamemnon for that matter, and no clear statement that he personally was Agamemnon's adult host. He may have been a young boy when Agamemnon visited his father's house.

The linguistic difficulties have been re-stated by Page in his *Homeric Odyssey*, chap. 5. He considers it incredible that 23, 297 to the end of 24 could have been part of the original *Odyssey*. I have offered some objections to this view in *Hermathena*, c. (1965).

1-2. Ἑρμῆς : the form 'Ἑρμείας (as in 10 below) is commoner in H., but this contracted form occurs also in *Il.* 20, 72 ; *Od.* 5, 54 ; 8, 334 ; 14, 435. *Hermes* was called Κυλλήνιος (see introductory note) from Mount Cyllene in Arcadia where he was believed to have been born. ψυχὰς : 'spirits, shades ': elsewhere H. describes them as being like smoke (*Il.* 23, 100), or a shadow, or dream (*Od.* 11, 207). Though they have no flesh, bones, sinews (11, 219) or μένος (11, 29), they are more than mere insubstantial figures (εἴδωλα, 11, 213). Their usual utterance was a shrill squeak (cp. 5, 7 and 9 below and *Il.* 23, 101). In Book 11 they can only converse with O. after drinking blood, so many critics have objected to their free conversation in 23 ff. below ; but they seem to have overlooked an essential distinction : here the spirits converse *among themselves*, in Book 11 they have to speak *to a living person*, which is an entirely different matter. The word ψυχή was perhaps originally connected with ψύχω 'breathe ', but there is no clear evidence for this etymology in H. H. seems to have regarded them as dim, querulous, ineffective counterparts, or vestiges, of the living, possessing memories, emotions and feelings but no physical power. They are neither the malevolent, powerful ghosts of later legends nor such purely spiritual souls as Plato conceived. H. is naturally concerned with their poetic value, not with their eschatological or anthropological aspects. See my introduction and notes to Book 11. ἐξεκαλεῖτο : *sc.* from O.'s palace after their death. ῥάβδον : 'wand ', possibly, but not necessarily, with magical potency here : he may have used it simply for shepherding the herd of spirits (cp. on 10, 238-9). In later descriptions Hermes carries the κηρύκειον, *caduceus*. Virgil directly imitates 2-4 in *Aeneid* 4, 242-4.

5. τρίζουσαι : 'squeaking ', the characteristic utterance of ghosts, cp. 7 and 9 below and *vocem exiguam* in *Aeneid* 6, 492-493, and Shakespeare's *Julius Caesar* II. ii. 24 : 'And ghosts did shriek and squeal about the streets ': note the onomatopoeic sound of *i* in all these. See further in my 'Ghosts and Apparitions in Homer, Aeschylus and Shakespeare ', *Hermathena*, lvi. (1940), pp. 84-92.

6-9. The *Simile* (cited by Plato. *Republic* 387 A) was perhaps suggested by τρίζω in 5. But there was a common belief in antiquity that bats were the souls of the wicked dead, as in legends of Vampires. Lawrence translates : '. . . with such thin cries as bats use in the fastnesses of their mysterious cave, whenever one falls squeaking from the clustered swarms that hang downward from the rocky roof. So they flocked after, weakly piping. . . .' ὁρμαθός strictly means a string, chain, of things hanging together : cp. ὅρμος in 15, 460 and 18, 295.

10. ἀκάκητα : Aeolic nominative for -της. The word has

been derived from ἄκακος (*L.-S.-J.*) and ἀκέομαι ' heal ', giving
the meanings ' harmless one ' and ' healer ' respectively ; but
neither view is quite satisfactory. εὐρώεντα κέλευθα : if the
epithet is from εὐρώς ' dank decay ', we may translate ' the
mouldering ways ', suggesting sunless places where things rot,
perhaps with specific reference to such caves as were believed
to be entrances to the underworld. This is a more likely ety-
mology than the later Greek view that it came from εὐρύς
' broad ' in the sense ' broad is the way that leadeth to destruc-
tion ' (cp. on εὐρυπυλές in 11, 571).

11. The Λευκὰς πέτρη is apparently mentioned as a familiar
landmark on the way to Hades. Some (cp. Allen, *H.O.T.* pp.
222-3) identify it with the Leucadian Rock (at the Leucadian
Promontory shown in the map on p. xxxvi) where according
to late legend Sappho killed herself. But, as Bury has observed
in his criticism of this view (*J.H.S.* xlii. (1922), p. 4), this does
not square with Ὠκεανοῦ ῥοάς. (The fanciful suggestion that
it represents the White Cliffs of Dover is at least not open to
this objection.) On the other hand there are objections to
taking λευκάς as simply = λευκός ' white ', but they are not
conclusive. It seems best to translate ' the Rock of Whiteness '
(cp. the Φαιδριάδες πέτραι at Delphi and the Συμπληγάδες
πέτραι of the Argonautic saga), and understand it as another of
the mysterious crags of the infernal regions, like the Rock of
Withering in *Frogs* 194, the Laughless Rock in Demeter's
wanderings (Apollodorus 1, 5, 1) and the Γιγωνία πέτρα ἡ παρὰ
τὸν ὠκεανόν (Ptolemy 148 a 33), cited by Allen, *loc. cit.* (and cp.
the πέτρη in 10, 515). Another possibility is, as Professor W. H.
Porter has suggested to me, that the name of the actual Leucas
was transferred to the region of Hades by the same process as
that which placed the Arcadian Styx and the Thesprotian
Acheron there. Cp. on 10, 511, where it is suggested that the
rivers in Hades were so named before those in Arcadia and
Thesprotia. But it may have happened *vice versa*.

12. ' The Gates of the Sun ' denotes the extreme West, where
the sun was thought to descend into a subterranean passage
leading back to the East. δῆμον ὀνείρων : ' the Land of
Dreams ' : for δῆμος in this frequent sense in H. see also 27
below, 13, 233 ; 20, 210 ; 21, 307. In 11, 14 ff. the Cimmerians
are located here.

13. κατ' ἀσφοδελὸν λειμῶνα : ' the field of asphodel ': ἀσφο-
δελός oxytone was usually explained as an adjectival form of
a proparoxytone noun ; but it is better to accept Monro's view
that the adjectival use is the original one. The word is cognate
with ' daffodil '. In 11, 539 the Shade of Achilles went striding
off across this region. As explained in the note there, the Greek
asphodel is a less beautiful plant than later poetic phrases

suggest, and grows chiefly on poor and desolate ground ; but on the other hand λειμών generally implied a pleasant grassy place. So we must imagine a scene something less luxuriant than a 'flowery mead' (*L.-S.-J.*) but less gloomy than the *loca senta situ* (cp. on εὐρώεντα in 10) of Aeneid 6, 462. See preliminary note for Aristarchus' objection to the entry of the Shades of unburied persons into these realms.

14. εἴδωλα καμόντων : ' shapes of men outworn ' : the aorist participle implies a sudden yielding to the onslaught of death, through weariness in the battle of life, not ' those whose work is done ' which would need the perfect, and would strictly be only applicable to workmen in the Heroic Age.

15 ff. Homer's audience would be delighted to have even a glimpse of the great champions of the *Iliad* again : cp. 11, 467-70 (almost = 15-18 here). Patroclus was, of course, Achilles' dearest friend ; Antilochus, Achilles' second favourite, was *Nestor*'s son : cp. 77-8 below.

20-22 almost = 11, 387-9. ἤλυθ' ἔπι : one of the rare cases of reversed *Tmesis* in *Od.* : cp. 2, 174 ; 4, 198 ; 9, 6, 534 ; 11, 84 (*al.*), 114 ; 13, 340 ; 18, 1 ; and on κάτα in 19, 233. ἀγηγέραθ' (=-ατο) : 3rd pl. pluperf. pass. ἀγείρω ' assemble ' : § 16, 7.

23 ff. The following dialogue is, as *Aristarchus* noted, ἄκαιρος, that is, irrelevant to the story of the *Od.* ; and certainly if any part of Books 23-4 is an interpolation this is the likeliest. On the other hand, as noted on 15 ff. above, H.'s audience would enjoy such a scene of heroic small-talk. And if, as some think, the *Odyssey* was the work of H.'s old age we must not be surprised at some increase in poetic garrulity and some decrease in strict relevance towards the end of the work.

28. πρωΐ : ' early '. Monro argues that it must have the Attic sense ' too early ' here. But that is unnecessary : as *A.-H.-C.* observes, a *matura mors* is self-evidently a *praematura mors*. There is a *v.l.* πρῶτα ' first ', sc. of the home-coming Greeks.

29. ἀλεύεται : 1 aor. subjunctive (§ 25, 1 and § 36) middle of ἀλέομαι ' avoid '.

30. ' In the enjoyment to the full [ἀπ-ονίνημι] of the honour accorded to your supreme rule.'

32-3 almost = 14, 369-70. ἤρα'[ο] : 2 sing. 1 aor. mid. ἀείρω, αἴρω, here = ' win '.

34. For *Agamemnon's* ' most pitiful death ' at the hands of Aegisthus and *Clytaemnestra* see on 97 below.

37. ἑκὰς "Αργεος: better taken generally as ' far from Greece ', though it is not impossible that the Πελασγικὸν "Αργος (*Il.* 2,

681) of Achilles' homeland, Thessaly, may be specifically intended. Cp. on 15, 80. Drerup, *Homerische Poetik* pp. 296-300, discusses the meaning of "Ἄργος in H. and admits only two certain meanings (apart from *Il.* 2, 681), the city of Agamemnon (the Argos of later literature) and Greece in general. Strabo 8, 6, 9, says that ἄργος was a Thessalian or Macedonian common noun for a plain (cp. Allen, *H.O.T.* chap. VI, and my note on 3, 251): T. G. Tucker (*C.Q.* xvi. (1922), pp. 100-2) connects it with *regio*. A safe paraphrase would be 'far from your homeland '.

39-40. Worsley (cited by Merry) well translates these lordly Iliadic lines (cp. *Il.* 16, 775-6): ' While, careless of thine old car-mastery, | Thou, where the dust whirled eddying to and fro, | A great man, large in death, wast mightily lying low '. For references to the death of Achilles see 5, 309-10, and *Il.* 21, 110-13; 22, 359-60.

50. ' And now ⟨in a panic⟩ they would have rushed aboard the ships ' : *sc.* in flight from Troy after the loss of their great champion and the alarming supernatural sound. For Aristarchus' objection see preliminary note to this book.

57. ἴσχοντο φόβου : ' were stopped from their flight '. Aristarchus held that in H. φόβος is always ' panic flight ' and not ' panic fear ', but as *L.-S.-J.* notes there is a probable exception in *Il.* 9, 2, φύζα, φόβου κρυόεντος ἑταίρη. φόβος occurs only here in *Od.*, which proves nothing.

60-1. ' And Muses, nine in all, sang hîs dirge in melodious responses ' : with this use of ἐννέα πᾶσαι van Leeuwen compares ἐννέα πάντες in 8, 258 and *Il.* 7, 161 : nine is one of H.'s favourite numbers. Elsewhere H. refers to one or to an undefined number of Muses. Monro in what looks like an afterthought to his note admits that we need not take it that ' the Muses Nine ' (first found in Hesiod, *Theogony* 75-9) are specifically intended here. This later limiting of their number to nine may have resulted from a misreading of the phrase here, the absence of the definite article making it ambiguous. With these female mourners (*praeficae* in Latin, ' keeners ' in Hiberno-English) cp. the ἀοιδοὺς θρήνων ἐξάρχους in *Il.* 24, 720-1, and Leaf and Bayfield's note. They quote a description of mourning in Albania from von Hahn, *Albanesische Studien* 1, 151 : ' The women sit about the corpse, and now begins the dirge proper, in which neighbours as well as kinswomen take part. The dirge is always sung in verse, and as a rule consists of a couplet sung by a solo voice, and then repeated by the chorus of women. These dirges are fixed by usage . . . but it sometimes happens that one of the mourners is inspired by her grief to utter a lament of her own.' There is a similar scene from the Aran Islands in Synge's *Riders to the Sea.*

62. τοῖον γὰρ ὑπώροφε Μοῦσα λίγεια: ὑπώροφε (see on 19, 201) may be transitive, ' stirred up ', as in the phrase ὑφ' ἵμερον ὦρσε γόοιο, or intransitive ' rose up ', as in ὦρορε θεῖος ἀοιδός in 8, 539 ; and Μοῦσα may refer to one of the nine muses (cp. end of last note), or be used by antonomasia for ' song ', as Ἀφροδίτη for ' love ' (see on 22, 444), and "Ἥφαιστος for ' fire ' in 71 below. Rieu neatly evades the uncertainties by translating ' So poignant was the Muse's song '.

66. ἕλικας βοῦς : the meaning of the epithet is much disputed : ' screw-horned ', ' shambling ', ' black ', ' sleek ', ' bright ', ' well-rounded '. The first suggestion seems best in view of ἕλιξ ' a twisted ear-ring ' in Il. 18, 401, and βοῦς . . . κεράεσσιν ἑλικτάς in Hymn to Hermes 192 ; but for an apparent contradiction see on 12, 355.

67-8. ἐσθῆτι θεῶν : i.e. the garments mentioned in 59. ' With lavish unguent and sweet honey ' : these are probably vestiges of the method of embalming to preserve the dead bodies of distinguished persons customary in Mycenean times before the coming of the Achaeans with their cremation rite. Cp. the preservation of the bodies of the Spartan kings Agesipolis and Agesilaus by similar means as described in Xenophon, Hellenica 5, 3, 19 and Plutarch, Agesilaus 40. Herodotus (1, 198) records that the Babylonians buried their dead in honey. The sugar in it would draw the moisture from the flesh and the wax would help to make the skin airtight. Thetis used ambrosia and nectar to preserve the corpse of Patroclus in Il. 19, 38-9. Cp. on 72 below.

69. ἐρρώσαντο : ' moved swiftly ' ; cp. on 23, 3. A military parade is meant, as in honour of Patroclus in Il. 23, 13. καιομένοιο : ' while your body was being burnt '.

72. λέγομεν : ' we gathered ' : the imperfect (§ 13) emphasizes the lengthiness of the process. ὀστέα : an ancient pyre did not generate enough heat to consume the bones, unlike a modern crematorium. The bones were afterwards buried (see 80 below), as was the custom : cp. Scholium on Il. 1, 52, τὸ παλαιὸν τὰ σώματα τῶν θνησκόντων πρότερον ἐκαίετο . . . εἶθ' οὕτως ἐθάπτετο ὑπὸ γῆν. See H. L. Lorimer, ' Pulvis et Umbra' in J.H.S. liii. (1933), pp. 161-80, for a survey of the archaeological and early literary evidence for burial and cremation, and, for ll. 73-9 here in particular, W. Helbig in Hermes, xli. (1906), pp. 378-88.

74. Διωνύσοιο . . . δῶρον : this god, so celebrated in later literature, especially in the plays enacted in his honour at Athens, appears only in four passing references in H. Cp. on 11, 325. He is mentioned here to give unique significance to the urn, which he had got from Hephaistos. He, no doubt, gave it as a present to Thetis after she had received him kindly

in his flight from Lycurgus, as described in *Il.* 6, 136-7. For ἀμφιφορεύς see on 15, 46.

77. ' Mixed with those of dead Patroclus . . .' : the fulfilment of the wishes both of Achilles (*Il.* 23, 243-4) and Patroclus (*Il.* 23, 91-2).

80-4. ' Over them all we erected a monument mighty and splendid, | Piled by the infinite host of the Argive army of spearmen | High on a foreland that jutteth above broad Hellespontus, | So as afar from the sea to be visible ever to mortals, | Those now living as well as the men of the age that is coming ' (Cotterill). These funeral mounds of heaped earth and stones (' raths ' in Ireland, ' barrows ' in England) were the customary memorials of heroes of all the Indo-European races, like the pyramids of the Egyptian kings.

81. ἱερὸς στρατὸς : a notable use of this complex epithet : ' the formidable host '. See on 16, 476.

82. ἀκτῇ ἔπι προυχούσῃ, ἐπὶ πλατεῖ 'Ελλησπόντῳ : see § 1, 13 (*a*) and 14 (*a*) : an ugly sounding line with its triple correption. The ' sea of Helle ' (daughter of Athamas, drowned here), now called the Dardanelles, is the long strait connecting the Aegean with the Sea of Marmora (Propontis) : it is ' broad ' in comparison with rivers, being like one in appearance. It can hardly mean, as Eustathius suggested on *Il.* 7, 86, ' the broad part of the Hellespont ', because the channel is of remarkably uniform width.

88-9. ὅτε κέν . . . ζώννυνται : the verb must represent a subjunctive (for the unmetrical ζωννύονται) like ἐντύνονται (aor. mid. : § 25) : Chantraine compares ῥήγνυται in Hipponax *fr.* 25 (Diehl). The competitors wore the ζῶμα only : see on 14, 482.

90. θηήσαο : 2 sing. 1 aor. mid. θηέομαι : see § 16, 3 and on 18, 191.

92. ἀργυρόπεζα : ' silver-footed ', the charming fixed epithet of Thetis, occurring only here in *Od.* and twelve times in *Il.* Cp. on ῥοδοδάκτυλος in 13, 18, and Pindar's φοινικόπεζα for Demeter.

97. ' At the hands of Aegisthus and my accursed wife.' For Agamemnon's murder by this vengeful son of Thyestes, helped by Clytaemnestra, Agamemnon's wife, see 11, 409 ff. and cp. 199-202 below. Clytaemnestra is also mentioned in 3, 235 and 4, 92 as having shared in the murder. For οὐλομένης see on 15, 344.

99. διάκτορος ἀργειφόντης : *Glosses* : for the first see on 15, 319. The second is traditionally rendered as the ' slayer of Argus ' (the hundred-eyed watcher of Io) ; but there is no evidence that H. knew of this legend—it may have been invented to explain the epithet. Some favour a derivation from ἀργός and φαίνω, ' the swiftly [or ' brightly '] appearing one '. Chantraine (*Mélanges Navarre*, pp. 69 ff.) thinks it is an inexplicable pre-Greek name like Βελλεροφόντης. To avoid the spondaic ending some print ἀργεϊφόντης (§ 1, 7).

103. Amphimedon was one of the less distinguished *Suitors*. He is mentioned before this only in 22, 242, 277, 284.

106. ἐρεμνὴν γαῖαν : ' the dark land '. The adj. = *ἐρεβ-νός, from ˮΕρεβος.

107 ff. ' All chosen men and of similar age ' : from the second quality, *i.e.* that they were all men of the same ' age-group ', Agamemnon deduces that there had been some naval or military disaster to a specially picked band. Contrast the medley of ghosts in 11, 38-41.

109-13 almost = 11, 399-403. περιταμνομένους : the verb combines the two processes known to cattle-drivers as ' cutting out ' and ' rounding up '. μαχεούμενος (only here and in 11, 403) is apparently a *metri gratia* lengthening of μαχεόμενος : we find the variation μαχείομενος in 17, 471. In the original *Text* all three would be written ΜΑΧΕΟΜΕΝΟΣ. The *Case Variation* is also *metri gratia*.

115. ἥ ῥύ : *Synizesis*. κεῖσε : to Ithaca. For δῶ see on 13, 4.

118. οὔλῳ = *ὅλϜῳ, Attic ὅλῳ: only found here and in 17, 343 in H. Bérard and Von der Mühll recommend Agar's emendation παντὶ for πάντα ; but the latter may stand in the sense of ' completed our crossing of the broad ocean ', including the voyage from Argos to Ithaca, the delay in persuading O. and the sailing from Ithaca to Troy (or Aulis, as van Leeuwen notes, comparing *Il.* 2, 303). A voyage from Troy to Argos takes over three days in 3, 180 ; but, besides the delay at Ithaca here, the dreaded Cape Malea (see on 19, 187) would have to be rounded twice. Bekker, Nauck and Bergk (see *A.-H., Anhang*) hold that μηνὶ . . . οὔλῳ should go with παρπεπιθόντες and try by emendation or punctuation to facilitate this.

121. The line is unnecessary (with διοτρεφές in 122), omitted in most MSS., and perhaps spurious.

123. ἀτρεκέως : lit. ' untwistingly ', from ἁ-(negative) and a cognate of *torqueo* : cp. ἄτρακτος ' spindle '.

125 ff. 125 : μνώμεθ' : imperfect. 126 almost = 16, 126. 128 almost = 2, 93. 129-46 almost = 19, 139-56, and 2, 94-110. ἄλλον in 128 here is pointless, a somewhat careless repetition from 2, 93, where it has force.

147-8. There is no suggestion of this incident anywhere else in *Od.*, and no hint of it in the account given by Antinous in 2, 92-110, where the completion of the shroud is mentioned a month before this. Woodhouse (*C.H.O.* pp. 70-1) thinks that we have a relic here of an older version in which O. arrived only in the nick of time to save his wife from enforced marriage after the discovery of the Ruse of the Web.

150 ff. *Aristarchus* queried this passage on the grounds that Amphimedon did not know about the meeting of O. and Eumaeus and the subsequent incidents before O. came to his palace. But any intelligent suitor might have deduced it from O.'s alliance with the Swineherd in the palace ; or Amphimedon may have learnt it from Hermes *en route* to Hades ; or H. may have believed that the spirits of the dead had preternatural knowledge. Monro's opinion that ' the real objection to the passage is that it repeats what the hearer knows already ' would equally hold against many authentic passages in H. See index for ἐσχατιήν, *Pylos*.

157-8 = 17, 202-3.

159-61. ' And not one of us could know that it was he, when he appeared so suddenly, no, not even those that were older men, but we assailed him with evil words and with missiles ' (Murray).

164-6. Monro is compelled to condemn these lines to support his view that the full account of the incident given in 19, 1 ff. (see my n. there) is spurious. 164 recalls 16, 291 (in the other reference to the removal of the arms) and ἀείρας in 165 is probably repeated from 16, 285.

167-9. This does not correspond with the story as told in 19, 572 ff. : there Penelope proposes the τόξου θέσις of her own accord. Amphimedon, as van Leeuwen observes, had made a natural but incorrect surmise. Few would have credited O. with the superhuman restraint of not making himself known to his wife till after his revenge.

175. μιν = O. For the incident see 21, 369 ff.

177 = 21, 328. 178 = first half of 21, 149 + second half of 22, 3. **181 :** cp. 22, 118. **184-5** almost = 22, 308-9.

189. βρότος ' gore ', occurring only here in *Od.*, is distinguished by its accent from βροτός ' mortal ' (*μροτος, cogn. w. *mors, mortis*).

190. κατθέμενοι (§ 1, 10) : *sc.* ἐν λεχέεσσι : cp. 44 above.

193-202. The following eulogy of Penelope and flattering comparison with Clytaemnestra, the type of all faithless and treacherous wives, is probably the main reason for this episode.

196-8. ' So the fame of her excellence will never perish, and the immortals will fashion a pleasing song among the dwellers on earth in honour of the constancy of Penelope.' Contrast the στυγερὴ ἀοιδὴ for Clytaemnestra in 200 below. Homer pre-eminently wrote the first, Aeschylus the second in his *Oresteia* (but he also wrote a play called *Penelope*, now lost).

202 = 15, 422 = 11, 434. Clytaemnestra's murder of her husband will bring a taint of bad repute on all her sex, even the most virtuous. See on 15, 422 for θηλυτέρῃσι.

204. ἱσταότ'[ε] : *Dual* participle after plural verb, a frequent variation. ὑπὸ κεύθεσι γαίης : ' in the depths of the earth ' : in contrast with the description of Hades in 11, 13 ff., where Hades is located at the ends of the earth (so too, apparently in 11 ff. above), but in agreement with the view in 11, 65 (see n.). Inconsistencies of this kind are not surprising in a poet—if, indeed, this is an inconsistency : for it is not impossible that H. imagined that the spirits of the dead went under the edge of the world, and so underground, in the far west, like the sun. This ends the dialogue of the Shades.

205. οἱ δ' : O., Telemachus, the Swineherd and the Cowherd : see 23, 366 ff. τάχα : always ' swiftly, quickly, soon ' etc. in H., never ' perhaps ', as *Aristarchus* discerned.

205-7. ' And before long had reached the rich and well-run farmlands of Laertes, which he had wrested from their natural state by his own exertions long ago ' (Rieu). Nilsson, *H.M.* p. 242, inclines to support the view that κτεάτισσε here implies that Laertes had acquired the area as his own private property by reclaiming it from the uncultivated land (as in the later ἐμφύτευσις). For possible parallels to this (and to ἐϋκτιμένη in 226) in the Linear-B tablets (cp. p. xlix) see Ventris-Chadwick, pp. 232-3.)

208. κλίσιον : apparently a kind of ' lean-to ' (κλίνω) shed is meant, Latin *vinea*.

209. ἠδὲ ἵανον : the *Hiatus* is scarcely permissible. We should probably read ἠδ' ἐνίανον, conjectured by Nauck and confirmed by a *Papyrus*.

210. δμῶες ἀναγκαῖοι : ' bondsmen that worked his will ' (Butcher and Lang). Cp. ἦμαρ ἀναγκαῖον ' slavery ' in *Il.* 16, 836.

211. ' A Sicilian woman ' : see on 20, 383.

216-18. ' But I shall make trial of my father [ἡμετέροιο is a ' family ' plural] to see whether he will recognize me and know me at sight, or will fail to recognize me because I have been long away.' O. has now, since the overthrow of his enemies, no real need for ' tests ' of this kind. But these searching

deceptions of his give him an intrinsic pleasure, and he rather
selfishly does not spare his father now. Others suggest that O.
may have feared the effect of a sudden recognition on his aged
father. Or perhaps the fact is rather that the poet welcomes
another opportunity for a craftily delayed *Recognition Scene*.
φράσσεται : 1 aor. mid. subjunctive (§ 25) : see on 16, 257.

221. ἆσσον governs πολυκάρπου ἀλωῆς (for which cp. 7, 122).

222. Δολίος would suggest ' Guileful ' to Greeks, but its
original significance was probably 'Slaveman' (= δοῦλος) : see
M. Lambertz, 'Zur Etymologie von δοῦλος' in *Glotta*, vi. (1915),
pp. 1-18. It is the name of the father of the wicked servants
Melanthius and Melantho in 17, 212 and 18, 322. In 4, 735-6
Penelope gives orders that 'her servant, the aged Dolius'
should be sent to Laertes to tell him about Telemachus' depar-
ture for Sparta. Here we find a Dolius apparently established
with his sons (223) on the farm with Laertes. *A.-H.-C.* dis-
tinguishes these three as quite different persons. Merry is
inclined to consider the last two identical. Van Leeuwen on
4, 735 takes it that the same person is intended in all three
passages. This seems best. Dolius, after he had come to
Laertes' farm at Penelope's command and had seen the old
King's pitiful condition, may well have summoned his less
depraved sons and stayed to help the old man. With regard to
Melanthius and Melantho, there is no reason why in life or in
letters a good father should not have wicked children.

224. αἱμασιὰς λέξοντες : ' to gather ⟨stones for⟩ loose walls ' :
see on 18, 359.

225. ὁ . . . γέρων : ' that old man ' (§ 11), *i.e.* Dolius.

227. λιστρεύοντα : ' levelling the soil ' : see on λίστρον in
22, 455. In 242 the process is described by the verb ἀμφιλαχαίνω
' dig round '. It presumably consisted in breaking up the hard
rough soil with a mattock or hoe. The word for digging a hole
in H. is ὀρύσσω (cp. in 21, 120).

229-30. κνημῖδας : ' leggings, gaiters ' (from κνήμη ' lower
leg '); in the *Il.* ' greaves, leg-guards ' (not in *Od.*). The
difference in meaning results from the difference in the settings
of the poems—war and peace : cp. on 23, 143 ; 15, 218, 356.
γραπτῦς : (accus. pl., § 5, 4) ' scratches ' : see on γράφω in 22,
280. χειρῖδάς : ' mittens, gloves ', perhaps extending up the
arm (from χείρ ' hand, arm '). Note how H. clarifies the mean-
ing of this and κνημίς by putting common cognate words in the
same phrase. All three are unique uses in H. But what of it ?
There is no other picture of a destitute king working on the
land elsewhere in H.—or indeed in any well known Greek
author—and consequently no need for such words. The

uniqueness of the scene is more in favour of H.'s authorship than against it.

231. αἰγείην κυνέην : ' a cap of goatskin ', like Robinson Crusoe's (cp. on 14, 530). Note how the epithet shows that κυνέη had lost its original meaning ' dogskin ' as in κυνέην πάγχαλκον ' a helmet all of bronze ' in 22, 102 (cp. 22, 145). πένθος ἀέξων : apparently = ' cherishing his grief '. The phrase is best understood as an explanation of his curious dress, i.e. ' because he cherished his grief '; cp. μέγα . . . πένθος ἔχοντα in 233. As Hayman remarks, Laertes is portrayed as a kind of Heautontimoroumenos for his son's absence. Some editors prefer to emend : e.g. Schulze to πνῖγος ἀέξων, Bérard ψῦχος ἀέξων, unconvincingly.

235-8. ' Then he deliberated in his heart and mind to kiss and embrace his father and tell him everything, how he had made his way back to his native land—or should he first question and test him in every way.' The syntax is uneven, but not intolerable : it is a sign of the conflict between love and craftiness in O.'s heart. At first feelings of affection monopolize the construction ; then, abruptly, O.'s habitual caution and craftiness break in—and prevail. ὡς ἔλθοι καὶ ἵκοιτ'[ο] : for the optative after a relative adverb see Chantraine, ii. p. 224 : note the Tautology : Aeschylus might have quoted this in Frogs 1152 ff. against the strictures of Euripides on his ἥκω γὰρ ἐς γῆν τήνδε καὶ κατέρχομαι. For the full force of περιφῦναι lit. ' grow round ' cp. on 15, 530.

240. ἐπέεσσίν πειρηθῆναι : a violation of Wernicke's law (see on 19, 576) and the only instance in Od. of a lengthening by means of νῦ ἐφελκυστικόν in the 4th foot. A Papyrus gives κερτομίοις ἔπεσιν διαπειρηθῆναι, which Von der Mühll justifiably adopts in his text. κερτόμιος means ' teasing, bantering ' here, not ' mocking, abusive ' as in 20, 177.

241. ἰθὺς . . . αὐτοῦ : ' straight to him '. Monro asserts that this emphatic use of the oblique cases of αὐτός is post-homeric ; but see Cunliffe for many examples. It is not, however, a very common idiom in H.

244-7. ' O aged man, no lack of skill you show | In orchard-keeping, but well-tended grow | All the trees here within the garden set, | Olive and vine and fig and pear arow ' (Mackail).

247-8. οὐκ ὄγχνη οὐ πρασιή τοί ἄνευ : the Synizesis is harsh but not impossible for H.: for milder examples in this book cp. μηλέας (340), σφέων (381), φθέωσι (437), Εὐπείθεα (523), τεύχεα (534). τοί is normal Correption. ἔνθεο : see on 16, 301.

249. The sense is : ' Your plants are in better condition than yourself ' : cp. κομιδή in 245 and 247.

250. αὐχμεῖς : ' are squalid '. The basic notion of this verb (only here in H.) is dryness and roughness (cp. αὔω, αὐχμός) in contrast with glossy sleekness (λιπαρός : cp. on 23, 283).

251-5. ' It is not for idleness that your lord fails to care for you, and there is no clear sign of slavishness in your shape and size. Indeed you have a royal look.' Murray continues ' Even like one who when he has bathed and eaten should sleep soft '. But the construction is perplexing, and I suspect textual corruption. ἔοικεν has been suggested in 254.

261. ἀρτίφρων : ' sound of mind, sensible ', according to L.-S.-J., cp. οὔτε φρεσὶν ᾗσιν ἀρηρώς in 10, 553. But A.-H.-C. prefers ' agreeable, accommodating ' in view of ὅτι οἱ φρεσὶν ἄρτια ᾔδη in 19, 248 : this is, perhaps, preferable.

268 ff. 268 = 19, 351 : see n. there. 271-2 = 19, 194-5. 274-275 almost = 9, 202-3 : ἀνθεμόεντα = ' adorned with flowers '.

276-7. ' Twelve single cloaks, as many coverlets, as many fair robes, and as many tunics as well.' See on Dress.

279. εἰδαλίμας : ' shapely, good-looking ' (εἶδος).

283-4. ' The gifts that you gave him in such abundance were lavished on him in vain, for ⟨he is dead, but⟩ if you had found him alive . . .' For the etiquette of giving and receiving these gifts of friendship see on 15, 54-5.

286. ξενίη : only here and in 314 below as a noun ' hospitality ' in H. : cp. on 20, 98. θέμις : see on 14, 56. ὅς τις ὑπάρξῃ : ' ⟨towards the man⟩ who sets the example, leads the way '. The verb is found only here in H. Monro calls the use ' distinctively Attic ' ; but it is found in Herodotus.

288. πόστον : ' which [in the ordinal series, first, second, third, etc.] ' : only here in early Greek, but cp. ποσσῆμαρ in Il. 24, 657 (which gives some support to the v.l. πόσσον here). Elsewhere H. does not use πόσος (*qʷoty-os, cogn. w. Latin quot), only ὁπόσ(σ)ος.

293. περιστείλασα : ' wrapping round ', sc. in a shroud (ταφήϊον ; cp. 134 above).

297-8 = 14, 186-7.

299. δαί is the reading of some MSS. and a Papyrus here, for δή, δὲ, δέ γε. This particle is found in H. only here, in 1, 225, and possibly in Il. 10, 408. It always follows an interrogative τίς, τί, πῶς or ποῦ, and is considered colloquial by Denniston (G.P. p. 262). It may be conn. w. δή as ναί with νή, as Brugmann holds.

301. ἐκβήσαντες [sc. σε] ἔβησαν : ' having put you ashore they went on ' : a good illustration of the transitive use of the

first aorist and intransitive use of the 2nd aor. of βαίνω : cp. on 23, 52.

304-5. ἐξ Ἀλύβαντος . . . υἱὸς Ἀφείδαντος Πολυπημονίδαο : the etymologies and significance of these fictitious names have been much disputed (see especially Wackernagel, *S.U.H.* pp. 249-51, and *A.-H.*, *Anhang*). Ἀλύβας might aptly enough be ' Wander-wit-town ' or ' Wander-town ' (ἀλύω, ἀλάομαι) ; but Wackernagel suggests emending to ἐκ Σαλύβαντος ' Silver-town ' (cogn. w. ' silver ', Gothic *silubar*) here and in *Il.* 2, 857, ἐξ Ἀλύβης, ὅθεν ἀργύρου ἐστὶ γενέθλη. In connexion with its possible location in Σικανίη (see next note) he observes that the ending -ας is found in towns in those regions, *e.g.* Τάρας, Ἀκρά-γας. Ἀφείδας is probably ' Unsparing ' (contrast Φείδων in 14, 316 ; 19, 287). Πολυπημονίδης would imply 'Son of Much-woe', which is out of keeping with the note of affluence suggested by the other names. So a connexion with πολυπάμων ' very wealthy ' in *Il.* 4, 433 has been suggested, and we might read Πολυπαμονίδαο (with Cobet) or (with Wackernagel) Πολυπαμ-μονίδαο, the *Aeolic* form (cp. *Il.* 24, 250), which fits the Aeolic genitive in -αο better. We then would have the typical ' Son of Spare-nothing and grandson of Much-owning ' (cp. p. xxi). Ἐπήριτος in 306 might mean ' Man of Strife, or of Rivalry ' (ἐπί, ἐρίζω : perhaps a reference to the etymology in 19, 407-9 or else to the contest with the Suitors), as Eustathius suggests, or, as Wackernagel suggests, ' Chosen, Picked Man ' (cogn. w. ἀριθμός : see Ἐπάριτοι in *L.-S.-J.*). The second is preferable philologically : the first fits the story better.

307. ἀπὸ Σικανίης : this place-name occurs only here in H. If it is not simply in Fairyland (see pp. xxxv-xxxvii), it may be intended as the ancient name of Sicily. Cp. Herodotus 7, 170 : Σικανίη ἡ νῦν Σικελίη καλευμένη : How and Wells in their note there conclude, ' It seems clear that the Sicels were later immigrants from Italy who drive the Sicans to the west of Sicily and were in turn pressed by the Greeks into the centre and north of the island '. Cp. on 20, 383.

313-14. θυμὸς δ' ἔτι νῶϊν ἐώλπει κ.τ.λ. : ' But our spirit gave hope that we should meet again in hospitality and give each other glorious gifts '. νῶϊν is genitive (§ 10). ἐώλπει : pluperf. ἔλπω : cp. on 14, 289.

318-19. Murray translates, ' Then the heart of Odysseus was stirred, and up through his nostrils shot a keen pang ', and takes the phrase as ' indicative of passion in a more general sense ', not of an actual physical feeling, comparing the dilated nostrils of an angry horse or bull and Theocritus 1, 18, καί οἱ ἀεὶ δριμεῖα χολὰ ποτὶ ῥινὶ κάθηται (cp. many other examples quoted by Headlam-Knox on Herodas, *Mimes*, 6, 37). But Murray's own faithful translation and similar intensely physical expressions in H. support the view that it is a direct physical effect of O.'s indignation at his father's distress, perhaps preliminary to an actual snort of anger : cp.Scott, *Heart of Midlothian*, chap. 46, ' Duncan . . . snorted thrice and prepared himself to be in a passion '. Cp. the French *moutarde au nez*.

331 ff. οὐλὴν : for this scar and its history see 19, 391 ff. and notes.

342. διατρύγιος : ' bearing grapes successively ready for the vintage [τρύγη] throughout the season [δια-] ' : *i.e.* the plants were so chosen as not to ripen all their fruit at once. For a magical development of this viticultural practice cp. Alcinous' fruit trees in 7, 117-26. In 343-4 we are given an *Epexegesis* of the unique word : ' For there, covering the vines, were clusters at all stages whenever the seasons of the Sky-god [cp. on 13, 25-6] press down ⟨upon them⟩ from above ', or, if ἐπιβρίθω is trans. (here only in H.), ' whenever the seasons . . . weigh down ⟨the branches⟩ from above ', which makes more agreeable sense. For ἥην in 343 see on 19, 283. ἀνά is used as in *Il.* 18, 562 : μέλανες δ' ἀνὰ βότρυες ἦσαν. ἔασιν (§ 17, 5 *b*) is perplexing : one would expect a past tense and the following optative implies such. It is hardly satisfactory to take ἔνθα . . . ἔασιν as a parenthesis. Schwartz's emendation ἔησαν is attractive, though the form is only conjectural (cp. ἔησθα, ἔην).

347. Note ποτὶ [σF]οῖ.

355. Κεφαλλήνων : see on 20, 210. The objection that in this book the term implies all the subjects of O., while elsewhere it comprises only those outside Ithaca, is baseless : here and in 378, 429 below it may very well bear the restricted meaning, and even if it could not such a variation is not unnatural (Stawell, *H. and I.* pp. 184-5, compares the varying meaning of ' Britons ').

360. προὔπεμψ' : a unique *Crasis* in H. : elsewhere in the case of augmented verbs compounded with προ- the metre permits resolution into προε-, as in προὔπεμψα in 17, 54.

368 = 18, 70.   369 almost = 23, 157.

377. Nerikos may be the same as the later town of that name (mentioned in Thucydides, 3, 7 § 4) in Leukas. Dörpfeld (*Alt-Ithaka*, pp. 133 ff.) to protect his theory that Leukas is Ithaca (see p. xxxix) locates it at Plagia on the mainland east of Leukas. If the former view is correct, the phrase ' a promontory of the mainland ' in 378 would imply that Leukas (see on pp. xxxvi and xxxix) was still joined to Acarnania when these lines were written. But these identifications of place-names in H. are always dubious. See further in Pauly-Wissowa at *Nerikos* and Shewan, *H.E.* pp. 90-102. There is a *v.l.* Νήριτον : see on 13, 351.

380. ἐφεστάμεναι καὶ ἀμύνειν : the infinitives express the wish as in 7, 313 and 17, 354 : '. . . might have stood against the Suitors and resisted them '. The *Tautology* emphasizes the old man's eagerness.

384. οἱ δ' : those mentioned in 363 above.

387-9. Δολίος . . . μήτηρ : see on 222 and 211 above. Bérard in the interests of his athetesis of this book waxes sarcastic at the ineptitude of the welcome given by these (see 397 ff.) to O. on the day after he had caused the ruthless death of their children, *Melanthius* and Melantho. But, as van Leeuwen notes, they could not have known this yet, while O. would prudently defer the news till later. Even when they did hear of it one may question whether they would feel any rancour at the just punishment of two open traitors. The γέροντα in 389 is probably Dolius, not Laertes as in 211 above : but Monro, who takes a rigid view of epic repetitions, understands it of Laertes here also.

394. ἀπεκλανθάνομαι occurs only here in Greek : the force of the prepositions is ' forget *entirely* '. For θάμβευς, genitive, see § 7, and cp. γένευς in 15, 533. Chantraine, *G.H.* p. 58, and Monro, *H.G.* § 105, 3, prefer to read -εος with synizesis in such cases. G. M. Bolling in *C.P.* xviii. (1923) holds (with Meister) that it is a late spelling and attributes it to *Zenodotus*. Cp. next note.

398. 'Οδυσεῦς is apparently a genitive form, quite unparalleled in H. Bérard (with slight MS. support) emends to 'Οδυσέως, with *Synizesis*, but this Attic form does not occur elsewhere in the *Iliad* or *Odyssey*. It seems best to translate : ' Taking hold of Odysseus' hand at the wrist [cp. 18, 258], kissed it ' : but Rieu gives ' kissed him on the wrist ' and Butcher-Lang ' kissed it on the wrist '.

402. οὐλέ τε καὶ μέλα χαῖρε : 'Good health and all welcome'. οὐλε is apparently an imperative of οὔλω ' be healthy ' (= ὑγιαίνειν) ; cp. Latin *salve*. Some, including Boisacq, prefer to explain it as a vocative of οὖλος ' whole ' (see on 118 above) with much the same meaning.

403. For Dolius' devotion to Penelope see on 222 above.

407. ' She knows that already, gaffer ; you need not trouble for that ' (Rouse). With this rather curt phrase compare 19, 500, where he checks Eurycleia's officiousness. In each case the servant's suggestion tends to reflect on O.'s sagacity, and he seems to resent it a little.

410. δεικανόωντ'[ο] : see on 18, 111. ἐν . . . φύοντο : see on 15, 530.

415. Monro takes ὁμῶς with ἐφοίτων =' with one consent

took their way . . .'. *A.-H.-C.* prefer to take it with αἴοντες as =ἅμα ἀκούοντες, lit. 'simultaneously with their hearing'. Merry's 'hearing it all at once', *i.e.* with supernatural simultaneity, is hardly satisfactory. Perhaps it is best to take the adverb by itself (though the very name 'adverb' shows that this is unusual) as 'in a body ' : it was a 'mass movement '. Rieu gives the general sense, following Monro : ' As a result, a murmuring throng of mourners, coming in from all sides with one accord, gathered at Odysseus' gate '.

416. μυχμός, later μυγμός, is formed from the sound μῦ, μῦ ; cp. ἐπιμύζω in *Il.* 4, 20 and 8, 457. Cp. Latin *murmurare, mussare.*

417. νέκυς : accus. pl. (§ 5, 4). ἐκ . . . οἴκων : ' from the buildings, premises ', *sc.* of O.'s palace : the corpses had been left lying in the αἴθουσα (22, 449). θάπτον : this verb is ambiguous. As stated in the n. on 72 above Homeric heroes were normally cremated and the remains then buried. But cremation is a lengthy process, and perhaps H. means that the 12 Ithacan corpses (16, 251) were buried at once (since archaeologists have shown that burial was never entirely superseded by cremation). It is safest to translate ' honoured with funeral rites '.

419. πέμπον ἄγειν ἁλιεῦσι : lit., ' they sent to seamen for them to bring . . .'. For the dative after πέμπω cp. 5, 167 ; *Il.* 15, 109. Monro prefers to take the dative as comitative = ' with seamen ' : but *Il.* 16, 671, πέμπε δέ μιν πομποῖσιν ἅμα κραιπνοῖσι φέρεσθαι, is not really parallel, for there the datives are dependent on ἅμα.

421 (= 2, 9). ' Now when they were assembled and met together ' (Murray). The *Tautology* has the ring of a legal formula. If any distinction is to be made between ἤγερθεν and ὁμηγερέες κ.τ.λ., the first may express the process, the second the result, as in 1, 293 and 2, 378.

422-3. Εὐπείθης : see on 465 below. παιδός : 'for his child ': § 31, 1. ἄλαστον : from ἀ-, λαθεῖν, λήθομαι.

426. 'Αχαιούς : ' with regard to the Achaeans ' (§ 29, 1 *b*) : contrast the construction in 96 above.

431 almost = 13, 275.

437. φθήσι : 3 pl. 2 aor. subj. φθάνω : with a participle as in 16, 383.

439. Μέδων καὶ θεῖος ἀοιδὸς : cp. 22, 357 ff. and 330 ff.

441. ' And amazement seized every man ' : presumably because Medon and Phemius had survived the massacre of their associates. Distinguish τάφος, -ου, ' funeral rites ' (from θάπτω) from τάφος, -εος, ' astonishment ' (conn. w. τέθηπα, ἔταφον).

445 ff. Cp. 22, 205 ff. Medon's statement in 447-9 implies a rather more active participation by the goddess than is actually stated in 22, 297 ff., no doubt to influence the assembly. 449: for ἀγχιστῖνοι see on 22, 118.

450 = 22, 42 (see note), except that here we have the imperfect ἦρει for the aorist εἷλε, no doubt to indicate that their alarm grew more gradually here.

451-2. ' Among them then spoke the aged hero Sea-bold, son of Seeker [Significant Names for an adventurer's daring sailor son], a man unique in his vision of the past and future ' : cp. on 21, 85. Note that the ancient Greeks regarded the past as what lay before them (πρόσσω), the future as what lay behind (ὀπίσσω), i.e. their mental orientation was towards the known, the traditional and the customary, unlike the modern ' progressive ' outlook which tends to turn its back on the past and its face towards the future. The adverbs in Shelley's ' We look before and after ' (i.e. to the future and the past) mean just the reverse of H.'s πρόσσω καὶ ὀπίσσω here.

462. μὴ ἴομεν : ' Let us not go ', in direct opposition to Eupeithes' ἀλλ' ἴομεν in 437 and ἴομεν in 432. But more than half the assembly (463-4) follow the more persuasive Eupeithes (cp. on 465-6).

463. ἀλαλητῷ : ' uproar' (Rieu) or perhaps more specifically ' war-cry '. Cp. on 22, 408.

464. ' While the others [sc. those who agreed with Halitherses] remained on the spot.'

465-6. ἅδε = σϝάδε (ἀνδάνω : § 2, 4), cp. εὔαδε in 16, 28. μῦθος : sc. of Halitherses. Εὐπείθει πείθοντ'[ο] : the Paronomasia (cp. p. xxii) emphasizes the Significant Name : cp. Πρόθοος θοὸς ἡγεμόνευεν in Il. 2, 758 (cp. 12, 343), and πῆλαι . . . Πηλιάδα μελίην in Il. 16, 142-3. Eupeithes was father of the Suitor Antinous. The contracted dative ending in Εὐπείθει (cp. on 523 below) is paralleled in Il. 6, 126 ; 16, 792 ; 17, 647 ; 21, 262 ; 22, 299 ; Od. 3, 91 ; 13, 164 ; 22, 460 ; but these are all in Thesis. Rouse to retain the pun translates, ' But applauded the plausible Eupeithes '.

467. νώροπα χαλκόν : this epithet is used only of bronze in H. Its etymology is uncertain : Muller connects with Hesychius' gloss νωρεῖ = ἐνεργεῖ, which would make it originally = ' powerful-looking '.

469. ἡγήσατο νηπιέῃσι : ' was their leader in folly ' : cp. on 23, 134. νηπιέῃ is a dubious formation : we find νηπιάῃ in 1, 297. Both forms are now explained as being from an original *νηπίη or *νηπιίη : Ionic and Attic scribes unused to an ending in -ίη assumed the ι to be short and altered (by διέκτασις : see

§ 28, 1 (i) Note) νηπίας to νηπιάας (1, 297) and νηπίησι to νη-
πίῃσι : in other words they extended the vowel following the
iota in pronunciation to provide another short syllable : see
Wackernagel, *S.U.H.* pp. 67-9. The derivation of this word
and the common adjective νήπιος from νη- and Fετ-, making it
originally = *infans*, is now doubted, and a connexion with the
root of πεπνυμένος, πινυτός, etc., has been suggested (see A.
Nehring, ' Homer's Descriptions of Syncopes ' in *C.P.* xlii.
(1947), p. 111 n. 29) : this would indicate an original meaning
' feeble-minded '.

470. φῆ : φημί = ' think ' as often in H. Thought and speech
were hardly distinguished in primitive times : cp. λόγος
' word ' and ' thought ' (but only the former in H., and only
found in *Il.* 15, 393 and *Od.* 1, 56). For ἔμελλον with fut.
infin. see on 13, 383-4.

472-88. The scene abruptly changes to Olympus. As Athena
made the first move in the poem (1, 44 ff.), so she introduces
and completes the last episode. αὐτάρ, as *A.-H.-C* notes, often
marks a change in the scene or action : cp. 20, 1 ; 22, 1.

479-80 = 5, 23-4, which is a similar scene in (or on) *Olympus.*
' Was it not your own idea that Odysseus should return and
avenge himself on his enemies ? ' (Rieu).

482. ἐπεὶ δή : στίχος ἀκέφαλος (§ 42 a).

483. ὅρκια . . . ταμόντες : as in *foedus ferire, icere,* the verb
refers to the slaughter of a sacrificial victim to solemnize the
oaths.

485. ἔκλησιν θέωμεν : ' let us cause forgetfulness ', a peri-
phrasis for the causative use of ἐκλανθάνω (cp. *Il.* 2, 600), like
σκέδασιν θεῖναι for σκεδάννυμι in 20, 225. The word occurs
only here in Greek : cp. later ἀμνηστία = ' forgetfulness ' and
English ' amnesty ', Latin *oblivio.* The syntax is irregular :
one would have expected ' And let them (the avengers of the
Suitors) forget . . .', after ταμόντες and ὁ μὲν. Monro com-
pares 12, 73 ff.

487. πάρος μεμαυῖαν : ' who had been eager before he spoke '.

489. The scene reverts to Laertes' farm (cp. 411 above).

495. ὁπλιζώμεθα θᾶσσον : ' let us arm ourselves with speed '.
Cp. on 23, 143, and on *Comparative of Contrast.*

497. τέσσαρες ἀμφ' Ὀδυσῆ'[α] : ' Four including O.', i.e. Tele-
machus, the Swineherd, the Cowherd, and O. himself : cp. 363
above. οἱ Δολίοιο : as Monro notes, this is very like the Attic
use of the article (see § 11, 3) ; he compares *Il.* 20, 181 ; 23,
348, 376. Hamilton and Merry think it is the dative 3rd pers.
pronoun (§ 10) = ' on O.'s side ' : this is hardly possible.

498. ἄρα : 'as you would expect ', *sc.* at such a critical juncture.

499. ' Grey-headed as they were, warriors through stress of need ' (Butcher and Lang). A fine Homeric line.

501 ff. 501 almost = 23, 370.   502-3 = 22, 205-6 :   cp. 547-8 below.

504-9. Seeing the new ally, O. is gladdened, and then, rather abruptly, turns to his son to urge him to rise to the occasion. Mackail translates these fine Iliadic lines, '. . . . and bright | Patient Odysseus saw her with delight, | And said to his own son Telemachus : | " Son, now in action shall you learn aright | Where men approve their prowess face to face, | Not to bring shame upon our fathers' race | Who from of old for might and hardihood | Over all lands have held the foremost place " '.

511-12. τῷδ' ἐνὶ θυμῷ : ' in my present spirit ' ; though this strains the meaning a little, it is preferable to Bekker's expedient of reading ἐπὶ (with very slight MS. support) in the sense of ' with, in possession of ', cp. 16, 99 (but there ἐπὶ has Aristarchus' authority and more likely means ' in addition to '). ὡς ἀγορεύεις : ' as you phrase it ' : there is a touch of scorn here and in the preceding repetition of O.'s slightly doubting words : for the sentiment cp. 16, 309-10.

514-15. ' What a day is this for me, dear gods. Truly my joy is great, for both my son and grandson are rivals now in manly valour.' In this scene Laertes at last is recompensed for his sufferings during O.'s absence : cp. on 522 below. The joyful exclamation θεοὶ φίλοι (only here in H.) is considered by some to be an Atticism.

517. 'Αρκεισιάδη : cp. on 16, 118. ἑταίρων : Athena, being disguised as *Mentor* (503), is speaking in character.

519. ἀμπεπαλών : reduplicated 2 aor. participle of ἀναπάλλω (cp. § 1, 10) : the verb, lit. ' whirling back ', describes the preliminary backward movement of the arm to gather force for the throw. προΐει : here 2nd sing. pres. imperative, in 522 3rd sing. imperfect indic. δολιχόσκιον : see on 22, 95.

522. Once more Laertes is given cause for delight. He kills the one man among the Suitor's kinsmen who fully deserved to die. Eupeithes owed a special debt of gratitude to O. and his house (see 16, 424-30), but failed to restrain the outrageous conduct of his son Antinous.

523. Εὐπείθεα : *Synizesis* : cp. *Il.* 3, 27, 237, 450 ; 5, 881 ; 24, 267, 483 ; *Od.* 4, 757 ; 11, 110 ; 12, 137 ; 13, 194 ; 21, 277 ; and on 533-4 below.

524. οὐκ . . . ἔρυτο : ' did not keep it out, made no successful resistance to it ' : non-thematic imperfect of ἐρύομαι : see on 17, 187. εἴσατο : ' rushed ' (see on 22, 89) : contrast εἴσεαι ' shall know ' (οἶδα) in 506 above.

525. ' And with loud clangor of his arms he fell ' (Cowper). Note in the Greek the onomatopoeic force of the verbs : δούπησεν, ' fell with a thud ', denotes the effect of the dead weight of his body, ἀράβησε, ' clattered ', the additional and lighter noise of the *Armour* (which, of course, was light compared with that of a medieval knight).

531. ἀργαλέος is best explained as the result of dissimilation in an original *ἀλγαλέος from ἄλγος ' pain '.

533-4. For χλωρὸν δέος see on 22, 42. τεύχεα : this *Synizesis* is rare in neuter plurals : but cp. in *Il.* 4, 113 ; 7, 207 ; 11, 282 ; 15, 444 ; 24, 7 and in *Od.* 11, 185, Aristarchus' τεμένεα for τεμένη.

535. θεᾶς ὄπα φωνησάσης : ' when the goddess uttered her voice ' : ὄπα is a cognate accusative after the usually intransitive φωνέω : cp. Sophocles, *Electra* 329, φωνεῖς . . . φάτιν. The fact that the *Formula* is used in a different construction elsewhere (e.g. ξυνέηκε θεᾶς ὄπα φωνησάσης in *Il.* 2, 182, where ὄπα is direct object of ξυνέηκε) is not surprising in *Oral Technique.*

537-8. ' While with a roar the great long-suffering Odysseus gathered himself for the spring and launched after them, like an eagle in free air ' (Lawrence). ἀλεὶς (εἴλω) : see *L.-S.-J.* for this most complicated verb. Here once more is a glimpse of the furious passion of O. when fully roused, like a berserk Norseman. Only the direct intervention of Zeus restrains him from another massacre. It is the last picture that H. gives us of his hero ; not in bed with his wife as some would have it (see on 23, 296) : not sitting tranquilly on his throne surrounded by adulatory nobles, as others might have preferred : not bored with his long-desired life at home and setting out again

' To sail beyond the sunset, and the baths
Of all the western stars, until I die ',

as Tennyson (*Ulysses*) and Dante (*Inferno*, canto 26) show him : not dying tragically from a wound inflicted by an illegitimate son Telegonus (see on 23, 281-2) as Greek tragedians imagined, or dying ludicrously from a fishbone as comic writers displayed him. No : Homer's heroes do not peter out in Homer's poems ; and Odysseus despite all his vicissitudes preserves the quality of consistency, τὸ ὁμαλόν, which Aristotle (*Poetic* 1454 a 19) approves as essential for the Greek dramatic hero. That Odysseus, whom we first met in the *Odyssey* pining in the languorous beauty of Calypso's island (Book 5), now makes his

exit as the Iliadic hero of battle—and this was the highest
form of ἀρετή that any early Greek could display—once again
the δαίφρων, the δουρικλυτός, the θρασύς, the κρατερός, the
κυδάλιμος, the μεγάθυμος, the φαίδιμος, and—as Zeus's peace-
restoring thunderbolt here shows—the διίφιλος 'Οδυσσεύς.

540. ὀβριμοπάτρης : the first part of this word is explained
as from a prefix ὀ- and the root βρι- (as in βρίθω), cp. ὄβριμον
ἄχθος in 9, 233 ; hence ' of mighty sire ', i.e. Zeus from whose
head, according to legend, Athena was born.

541. ff. See index for γλαυκῶπις etc., and on 18, 264 for
ὁμοίϊος.

544. μή πώς . . . κεχολώσεται : Monro (H.G. § 326, 3) takes
this as a final clause ' so that Zeus may not be angry '. But
perhaps it is an example of the rare use of μή with the future
after verbs of fear, caution, or danger (see Goodwin and Gulick,
§ 1390). Translate : ' Take care that . . . does not become
angry . . .'.

547 ff. 547 = 13, 252. 548 = 2, 268, and 503 above (see n.).
The quiet cadence is in both the Homeric and the later Greek
manner, the ' falling close '.

The poem ends, as it began, with the gods, Zeus in supreme
control, Athena as his eager agent. The oaths administered by
Athena (in disguise) in 546 are sure to be inviolate. The way
is now clear for the φιλία, πλοῦτος, and εἰρήνη, prescribed (in
485-6) by Zeus, Father of gods and men.

APPENDIX A

THE PAPYRUS FRAGMENTS OF THE ODYSSEY [1]

FRAGMENTS amounting to nearly half of the *Odyssey* have already been found among the tattered remains of the papyrus book-rolls of Egypt. In all, portions of 5,171 lines out of the total 12, 110 have been recovered, including all of Books 22 and 23 and all except line 525 of 24, while of Book 21 only fifty-one lines are not represented. (Most of the fragments, it should be noted, are much mutilated.) No other books are nearly so well preserved. This indicates the special popularity of the poem's dénouement among the Alexandrian Greeks.

A thousand years separate the earliest from the latest of these fragments. Four of them (representing 20, 41-68, portions of 9 and 10, 5, 116-24, and 19, 215-28) date from the 3rd cent. B.C. : that is to say, they actually belong to the age of the great Alexandrian critics, *Zenodotus*, *Aristophanes*, and *Aristarchus*. Nine others belong to the pre-Christian era. The greatest number were written in the 2nd and 3rd cents. A.D. After that they rapidly become fewer, the result partly of Christian hostility to pagan literature and partly of economic distress in Egypt. The latest belong to the 7th cent. Then the Moslem invasion eclipsed Greek culture.

The fragments vary very much in value. Some seem to be merely schoolboys' exercises, and their variations from the text of the MSS. may be elementary errors. Most are commercial texts, products of the Egyptian bookshops. Additional lines not found in the MSS. often appear, especially in the oldest fragments. Others omit lines given in our text. But, despite this and the many remarkable variant readings, the general evidence of the papyri corroborates the accuracy of the existing manuscripts (see p. xxxii).

---

[1] Excerpted from ' Les Papyrus de l'Iliade et de l'Odyssée ' by P. Collart in *Revue de Philologie*, xiii. (1939), pp. 289-307. See further W. Lameere, *Aperçus de paléographie homérique* (Paris, 1960) and H. J. Mette, *Revue de Philologie*, xxix. (1955), pp. 193-205.

APPENDIX B

CONTEMPORARY SURVIVALS OF FEATURES OF THE HOMERIC HOUSE

IN trying to rediscover the everyday things of the Heroic Age, the furniture, dress, domestic arrangements, and the like, one naturally hopes for most enlightenment from the archaeologist. And already the archaeologists have greatly deepened the understanding of Homeric life. But, besides the lessons that can be learned from excavated relics of the remote past, it is also sometimes possible to find illustrations of the Homeric way of life in customs and practices still extant in regions under Greek influence.

In *Greece and Rome*, xv. (1946), pp. 108-13, there is a noteworthy article by I. M. Garrido-Božić entitled 'Mud and Smoke in the Odyssey'. It describes an old Yugo-Slav house near Belgrade, whose similarities with the Homeric house are marked. The floor is of hard mud, cleaned every day by sprinkling with water and sweeping (cp. 20, 149-50): 'any exceptional mess' had to be scraped off with a mattock (cp. 22, 455-6). The house is one-storied. It has no chimney. The main room has a hole in the roof (cp. on 1, 320 and 19, 7) above the hearth, which is in the centre of the room. When the fire is burning 'smoke rises from the hearth towards the hole in the roof, at the same time filling the apartment with a thin acrid fog, which makes it difficult to see people till they come near the fire ' (cp. 19, 389). ' The ceiling, beams, and pillars, all of oak, are blackened with smoke ': compare αἰθαλόεντος . . . μεγάροιο μέλαθρον in 22, 239. The beams of the roof rest on pillars which have side-pieces bolted on to them on both sides, so that the beam lies in a kind of socket : this, the writer suggests, may explain the μεσόδμαι of 19, 37, and 20, 354 (in view of 15, 289, and 2, 424).

The floor is often thick with dust (cp. 22, 329 and 383) or puddled with spillings. Footstools are regularly used to keep the feet off it (cp. on 15, 134). The tables are about three feet wide and nine inches high (cp. on 22, 84). There is an inner door up two steps from the main hall to the bedroom. At the outer door there is a wooden threshold (see on οὐδός) on which

the lady of the house customarily sat (cp. 4, 718 : but there it
is an inner threshold). A furnace for baking bread (cp. on 18,
27) sometimes has a place inside the house, sometimes outside
in the yard. It generally has a domed top. The writer of the
article suggests that the θόλος in 22, 442 may have been such
a furnace.

He particularly emphasizes the habitual darkness and
smokiness of such a house compared with western European
standards.

ADDENDA AND CORRIGENDA

13, 85 : on πορφύρεος see L. Deroy, ' Apropos du nom de la pourpre ' in *Les Études Classiques*, xvi. (Jan. 1948), pp. 3-10. He reviews the evidence and concludes that πορφύρεος and its cognates in Homer refer only to changes of light and colour (cp. *versicolor*) and not to any specific hue, the identification with φοινικόεις being not earlier than the classical epoch. He interprets ἁλιπόρφυρος (6, 53, 306 ; 13, 108) as ' *moiré comme la mer* ' (perhaps ' with a sheen like the sea ') and ἁλιμυρήεις (5, 460) as ' moaning like the sea '. But I do not find his arguments entirely convincing.

13, 106 : μέλισσαι : see A. B. Cook, ' The Bee in Greek Mythology ', *J.H.S.* xv. (1895), pp. 1-24.

13, 419 : ἀτρύγετος : W. Brandenstein's suggestion in *Phil. Wochenschrift* (1936), pp. 62-3, that it means ' limpid, clear-coloured ' (ἀ-, τρύξ) is both semasiologically and morphologically improbable.

16, 387 : against Monro's objection to Hayman's ἀϝανδάνει cp. ἀτιμάω, ἀτιμάζω.

16, 471 : Ἑρμαιος λόφος : J. Chittenden in *Greece and Rome*, xvi. (1947), p. 103, suggests that this was a heap of stones , a cairn, dedicated to Hermes (whose name Preller derives from ἕρμα). Though this is anthropologically a plausible theory, there is nothing in Homer's word λόφος to suggest it.

17, 219 ff. For ἀπολυμαντῆρα=' scavenger ' see T. A. Sinclair in *Festschrift Franz Dornseiff* (Leipzig, 1953), pp. 330-3.

17, 487 : J. L. Myres in *C.R.* lxi. (1947), pp. 80-2, discusses Ehrenberg's view of εὐνομίη and observes : ' In well-ordered society the beggar, like the rich man, has his place and his due ; to deny him these, or throw bones at him, is ὕβρις. Here we are hard down on the verbal sense of the stem : νεμ-is to *distribute* or *assign* to, or between, recipients. It is εὐνομίη when there is *ius suum cuique*, " to every man his due ". This is independent of the customary ratio of apportionment ; it covers, later, the Spartan régime of privilege, and the Athenian, which is ἰσονομία.'

18, 79-80. A. C. Moorhouse has reconsidered the optative γένοιο in these lines in *Classical Review*, lxii. (1948), p. 61. He emphasizes that the optative refers only very rarely to past time (cp. § 37), and holds that we must take γένοιο as ' not be born hereafter ' (with Monro) or else as a ' timeless ' aorist= ' nor have birth ' (cp. *Il.* 13, 825-6).

19, 33-4. Elsewhere in Homer houses are lit by torches, braziers, or firelight. Only the goddess here can command the luxury of a golden lamp (perhaps an echo of some incident in religious cult or myth). Recent discoveries have disproved the belief that lamps were unknown in Greek lands from *c.* 1100 to 700 B.C.

22, 126 ff. Problems concerning Homer's descriptions of houses (and especially of Odysseus's house) have been recently reconsidered by Gray, Lorimer, Palmer, and Wace (as cited on p. xlii), and also by V. Bérard in *Revue des Études Grecques*, lxvii. (1954), pp. 1-34. The details are still very much in dispute, but the following points deserve mention. Palmer notes that the θρίγκος may generally have been an essential part of the defences of the wall (like our iron spikes or broken glass), rather than a simple coping-stone. He distinguishes two αἴθουσαι (porticoes acting as ' suntraps '), one near the outer gates (18, 102 ; 20, 176 ; 21, 390 ; cp. on πρόθυρον in 18, 101), as well as the one in front of the πρόδομος. The ὀρσοθύρη in 22, 126 is a posterior door, and οὐδὸν in v. 127 refers to the ' groundsill ' on which the frame of the house rested, not a threshold in its narrower sense. (Wace compares the ὀρσοθύρη with a small door on a raised threshold at the side of the House of Columns at Mycenae, and Gray points to a similar feature in the principal house at Karphi.) Palmer suggests that this groundsill corresponds to the λάϊνος οὐδός (17, 30, etc.), while the μείλινος οὐδός (17, 339) may have been a wooden step between it and the sunken floor of the μέγαρον. θάλαμος is a general term, used by Homer for storeroom, bedroom, and bridal chamber. The μυχὸς δόμου (*e.g.* 3, 263 ; 16, 285) is a separate room behind the μέγαρον. Palmer also suggests (so, too, Lorimer, p. 415) that the ἄντηστις in 20, 387 is an air-hole in the partition wall between the θάλαμος, where Penelope sits and works during the day, and the μέγαρον : he derives the word from ἄντη ' air, breath ' and *-dti* ' give ' (comparing Ἀλκη-στις). With ὑψηλῆς σανίδος in 21, 51 Palmer compares the flooring off of the bedroom roof-space for storing valuable possessions in old Swedish houses.

Lorimer, Wace, and Bérard, compare Homer's descriptions with recent excavations of houses at Mycenae and elsewhere. Lorimer thinks that Odysseus's house represents something between the Little Megaron at Tiryns and the houses excavated at Priene. Bérard specially discusses the positions of the Suitors and Odysseus in the *megaron*.

Gray examines Homer's use of ἀνά and κατά with reference to movements in and about houses, and concludes that they never simply mean going outwards or going inwards, while ἀναβαίνειν and καταβαίνειν almost invariably refer to going up or down stairs in the house. She agrees with Palmer that (in view of 16, 165, 343) the entrance to the αὐλή was not directly opposite to the *megaron* door, but to one side as exemplified at Tiryns and Priene. She thinks it best (with Bassett in *A.J.A.* xxiii., 1919) to place Penelope's room near the main door of the *megaron*, not at the back.

The problem of the ῥῶγες in 22, 143 remains undecided. Palmer suggests that they were seats set on a raised ledge round the walls of the μέγαρον (as in the Scandinavian *pallr*), Lorimer prefers ' short passages ', Wace, a loggia above the *megaron*, and Bérard, some kind of window or sky-light (deliberately left vague by the poet) in the *megaron*.

INDEXES TO NOTES

(These indexes are not intended to be complete. Their main object is to facilitate the cross-references in the Introductions and Commentary.)

I. GREEK TERMS

ἀ- negative (or privative): 13, 74; 16, 387 (but see *Corrigenda*); intensive: 13, 195; euphonic: 17, 57
ἀγελείη: 16, 207
ἀγλαίη: 18, 180
ἀγλαός: 18, 180
ἀγρέω: 20, 149
ἀδινός: 19, 516
ἀέξω: 17, 489; 24, 231
ἀεσιφροσύναι: 15, 470
ἄημι: 16, 469 f.
ἀθέσφατος: 20, 211
αἰγίοχος: 22, 297
ἀίδηλος: 16, 29
αἰδώς: 13, 143; 15, 233; 16, 86
αἴθοπα: 17, 536
ἀλαλήμενος: 14, 122
ἄλαστος: 24, 423
ἄλεισον: 15, 469
ἀλέομαι: 14, 400
ἀλλά: 15, 344
ἄλλος: 13, 167
ἀλφηστής: 13, 261
ἄλφιτον: 20, 108
ἀμβροσίη: 15, 8
ἀμβρόσιος: 18, 192 f.
ἀμήχανος: 19, 560
ἀμφίγυος: 16, 474
ἀμφιέλισσα: 14, 258
ἀμφικύπελλος: 13, 57
ἀμφιφορεύς: 15, 48
ἀνά: 14, 272; 15, 553

ἀνανεύω: 21, 129
ἄνθρωπος: 13, 400
ἄνωγα: 16, 467
ἀολλής: 20, 40
*ἀπαυράω: 13, 132
ἀπηνής: 18, 381
ἄπτερος: 17, 57
ἄρα: 13, 209; 16, 213, 420; § 39
ἀραρίσκω: 17, 4
ἀργαλέος: 24, 531
ἀργός: 17, 62
ἀρετή: 13, 45; 17, 322
ἀρή: 17, 538
ἄριστος: 15, 521
ἀρκέω: 17, 568
ἀσάμινθος: 17, 87
ἀσκηθής: 14, 255
ἄσπετος: 13, 135
ἄστυ: 15, 308
ἀτάσθαλος: 16, 86
ἄτη: 15, 233
ἀτρεκέως: 24, 123
ἀτρύγετος: 13, 419, and see *Addenda*
ἄττα: 16, 31
αὔλειαι θύραι: 21, 240
αὐτός: 16, 370; 18, 312; 24, 241
αὔτως: 15, 83; 16, 143, 313
-αώς: 22, 54

β- intrusive: 17, 190
βαίνω: 24, 301

441

442   THE ODYSSEY

II. PROPER NAMES, GRAMMATICAL TERMS
(see also p. lix) AND GENERAL TOPICS

BIBLIOGRAPHY[1]

PERIODICALS (cited by initials in notes)

American Journal of Philology, Classical Journal, Classical Philology, Classical Quarterly, Classical Review, Glotta, Harvard Studies in Classical Philology, Hermathena, Journal of Philology, Philologus, Revue des Études grecques, Rheinisches Museum, Transactions of the American Philological Association.

TEXTS AND COMMENTARIES

Allen, T. W. : *Odyssey* (text), 2 vols., 2nd edn., Oxford, 1917.
Ameis, C. F., and Hentze, C. : *Odyssee : 7-12*, Leipzig, 1908.
　Anhänge (supplement vols.) to 1-24, Leipzig, 1890–1900.
Ameis, Hentze and Cauer, P. : *Odyssee, 1-6, 13-24*, Leipzig, 1905–32.
Bérard, V. : *L'Odyssée*, 3 vols., Paris, 1924–5.
Bruyn, J. C. : *Odyssee* (text), London, 1937.
Edwards, G. M. : Books 9, 10 and 21, Cambridge, 1887, 1889 and 1890.
Giusti, A. : Book 6, Turin, 1938.
　Antologia Omerica : Odissea, Milan, 1935.
Hamilton, S. G. : Books 21-24, London, 1883.
Hayman, H. : *Odyssey*, 3 vols., London, 1866–82.
Hennings, P. D. C. : *Odyssee*, Berlin, 1903.
Loewe, E. : *Odyssea*, 2 vols., Leipzig, 1828.
Ludwich, A. : *Odyssea* (text), 2 vols., Leipzig, 1889, 1891.
Mayor, J. E. B. : Book 9, London, 1884.
Merry, W. W. : *Odyssey*, 2 vols., Oxford, 1887, 1878.
Merry, and Riddell, J. : *Odyssey 1-12*, 2nd edn., Oxford, 1886.
Monro, D. B. : *Odyssey 13-24*, Oxford, 1901.
Nairn, J. A. : Book 11, Cambridge, 1900.

[1] Mainly an index to authors cited in this edition. Fuller lists are in Combellack, Dodds, Gray, Palmer, Schmid-Stählin, 1, 1, pp. 192-5. See also J. H. Mette, *Lustrum*, i. (1957), pp. 7-86, ii. (1958), pp. 294-7 and iv. (1960), pp. 309-14, and Marouzeau's *L'Année philologique*.

Nitzsch, G. W. : *Erklärende Anmerkungen zu Homers Odyssee 1-12*, 3 vols., Hannover, 1826, 1831, 1840.
Owen, E. C. : Book 1, London, 1901.
Perrin, B. : *Odyssey 1-8*, 2 vols., Boston, 1891, 1894.
Perrin, B., and Seymour, T. D. : *Odyssey, 1-4* and *9-12*, Boston, 1897.
Pierron, A. : *Odyssée*, 2 vols., Paris, 1875.
Platt, A. : *Odyssey* (text), Cambridge, 1892.
Schwartz, E. : *Odyssee*, Munich, 1924.
van Leeuwen, J. : *Odyssea*, Leyden, 1917.
van Leeuwen, J., and da Costa, M. : *Odyssea*, 2nd edn., Leyden, 1896.
Von der Mühll, P. : *Homeri Odyssea*, Basle, 1946.

TRANSLATIONS (in chronological order)

By G. Chapman (c. 1615) ; J. Ogilby (1665) ; A. Pope (1725–1726) ; W. Cowper (1791) ; W. Sotheby (1834) ; P. S. Worsley (1861) ; S. H. Butcher and A. Lang (1879) ; W. Morris (1887) ; Samuel Butler (1900) ; A. T. Murray (1919) ; H. B. Cotterill (2nd edn., 1924) ; W. Marris (1925) ; J. W. Mackail (1932) ; T. E. Shaw, *alias* Lawrence (1932) ; W. H. D. Rouse (1938) ; E. V. Rieu (1945).

LEXICONS AND GRAMMARS

Autenrieth, G. : *Homeric Dictionary*, trans. by R. P. Keep, London, 1886.
Bechtel, F. : *Lexilogus zu Homer*, Halle, 1914.
Boisacq, E. : *Dictionnaire étymologique de la langue grecque*, 3rd edn., Paris, 1938.
Buttmann, P. : *Lexilogus*, 4th edn., 2 vols., Berlin, 1860–5.
Chantraine, P. : *Grammaire homérique*, 2 vols., Paris, 1948, 1953.
Cunliffe, R. J. : *Lexicon of Homeric Dialect*, London, 1924.
Lexicon of Homeric Proper Names, London, 1931.
Denniston, J. D. : *The Greek Particles*, Oxford, 1934, 2nd edn. 1954.
Dunbar, H. : *Concordance to Odyssey and Hymns of Homer*, London, 1880.
Ebeling, H. : *Lexicon Homericum*, 2 vols., Leipzig, 1880, 1885.
Goodwin, W. W., and Gulick, C. B. : *Greek Grammar*, Boston, 1930.
Kühner, R., Blass, F., and Gerth, B. : *Ausführliche Grammatik d. griechischen Sprache*, 3rd edn., 4 vols., 1890–1904.
Liddell, H. G., and Scott, R. (revised by H. S. Jones and R. McKenzie) : *Greek-English Lexicon*, Oxford, 1925–40.

Meillet, A., and Vendryes, J. : *Traité de grammaire comparée des langues classiques*, Paris, 1927.
Monro, D. B. : *Grammar of the Homeric Dialect*, 2nd edn., Oxford, 1891.
Muller, M. F. : *Grieksch Woordenboek*, Groningen, 1933.
Schwyzer, E. : *Griechische Grammatik*, Munich, 1939–43.
van Leeuwen, J. : *Enchiridium Dictionis Epicae*, 2nd edn., Leyden, 1918.
Wackernagel, J. : *Sprachliche Untersuchungen zu Homer*, Göttingen, 1916.

GENERAL STUDIES

Agar, T. L. : *Homerica : Emendations and Elucidations of the Odyssey*, Oxford, 1908.
Allen, T. W. : *Homer: the Origins and the Transmission*, Oxford, 1924.
Aly, W. : *Homer*, Frankfurt, 1937.
Bassett, S. E. : *The Poetry of Homer*, Berkeley, 1938.
Bérard, V. : *Dans le sillage d'Ulysse* (photographs), Paris, 1933.
Did Homer Live ?, translated by B. Rhys, London, 1931.
Introduction à l'Odyssée, 2nd edn., 2 vols., Paris, 1927.
La Geste de l'aède et le texte homérique, in *R.E.G.* xxi. (1918), pp. 1-38.
Les Navigations d'Ulysse, 4 vols., Paris, 1927-9.
Les Phéniciens et l'Odyssée, Paris, 1927.
Bolling, G. M. : *The External Evidence for Interpolation in Homer*, Oxford, 1925.
Bonner, R. J., and Smith, G. : *The Administration of Justice from Homer to Aristotle*, vol. 1, Chicago, 1930.
Bowra, C. M. : *Tradition and Design in the Iliad*, Oxford, 1930.
Buchholz, E. : *Die homerischen Realien*, 3 vols., Leipzig, 1871–1885.
Buck, C. D. : *Introduction to the Greek Dialects*, 2nd edn., Boston, 1928.
Calhoun, G. M. : *Classes and Masses in Homer*, in *C.P.* xxix. (1934), pp. 192 ff. and 301 ff.
Cauer, P. : *Grundfragen der Homerkritik*, 3rd edn., 2 vols., Leipzig, 1921-3.
Chadwick, H. M. : *The Heroic Age*, Cambridge, 1912.
Clerke, Agnes M. : *Familiar Studies in Homer*, London, 1892.
Combellack, F. M. : 'Contemporary Homeric Scholarship', in *Classical Weekly*, xlix. (1955), pp. 17-26, 29-55.
Dindorf, W. : *Scholia Graeca in Homeri Odysseam*, Oxford, 1855.

Dodds, E. R. : ' Homer ', pp. 1-17 of Platnauer as cited below.
Engelmann, R., and Anderson, W. C. F. : *Pictorial Atlas to Homer's Iliad and Odyssey*, London, 1892.
Eustathius : *Commentaries on Odyssey*, 2 vols., Leipzig, 1825-1826.
Evans, Arthur : *The Palace of Minos*, 4 vols., London, 1921-1936.
Finley, M. I. : *The World of Odysseus*, London, 1956.
Fränkel, H. : *Die homerischen Gleichnisse*, Göttingen, 1921.
Gladstone, W. E. : *Studies in Homer*, 3 vols., Oxford, 1858.
Gray, Dorothea : ' Homer and the Archaeologists ', pp. 24-31 of Platnauer as cited below.
Greene, W. C. : *Moira. Fate, Good, and Evil in Greek Thought*, Cambridge, Mass., 1944.
Harrison, J. E. : *Myths of the Odyssey*, London, 1882.
Helbig, W. : *Das homerische Epos aus den Denkmälern erläutert*, 2nd edn., Leipzig, 1887.
Hennig, R. : *Die Geographie des homerischen Epos*, Leipzig, 1934.
Jebb, R. C. : *Homer: an Introduction* , Glasgow, 1905.
Keller, A. G. : *Homeric Society*, New York, 1902.
Lang, A. : *The World of Homer*, London, 1910.
Leaf, W. : *Homer and History*, London, 1915.
Lorimer, H. L. : *Homer and the Monuments*, Oxford, 1950.
Ludwig, Emil : *Schliemann of Troy*, London, 1931.
Murray, Gilbert : *The Rise of the Greek Epic*, 4th edn., Oxford, 1934.
Myres, J. L. : *Who were the Greeks ?*, Berkeley, 1930.
Nilsson, M. P. : *Homer and Mycenae*, London, 1933.
A History of Greek Religion, Oxford, 1925.
Page, D. L. : *The Homeric Odyssey*, Oxford, 1955.
Palmer, L. R. : ' Homer and the Philologists ', pp. 17-24 of Platnauer as cited below.
Parry, Milman : see Introduction, p. xv, n. 1.
Platnauer, Maurice : *Fifty Years of Classical Scholarship*, Oxford, 1954.
Ridgeway, Wm. : *The Early Age in Greece*, Cambridge, 1901.
Rohde, É. : *Psyche*, 8th edn., translated, London, 1925.
Rose, H. J. : *A Handbook of Greek Literature*, London, 1934.
Schmid, W., and Stählin, O. : *Geschichte der griechischen Literatur*, vol. 1, Part I, Munich, 1929.
Scott, J. A. : *The Unity of Homer*, Berkeley, 1921.
Seymour, T. D. : *Life in the Homeric Age*, New York, 1907.
Shewan, A. : *Homeric Essays*, Oxford, 1935.
Shipp, G. P. : *Studies in the Language of Homer*, Cambridge, 1953.
Stanford, W. B. : *Greek Metaphor*, Oxford, 1936.
Ambiguity in Greek Literature, Oxford, 1939.
Aeschylus in his Style, Dublin, 1942.

Stawell, F. M. : *Homer and the Iliad*, London, 1909.
Thompson, D'A. W. : *A Glossary of Greek Birds*, St. Andrews, 1936.
Thomson, J. A. K. : *Studies in the Odyssey*, Oxford, 1914.
van der Valk, M. H. A. L. H. : *Textual Criticism of the Odyssey*, Leyden, 1949.
Ventris, M., and Chadwick, J. : *Documents in Mycenaean Greek*, Cambridge, 1956.
Wecklein, N. : *Textkritische Studien zur Odyssee*, Munich, 1915.
Wilamowitz-Moellendorff, U. von : *Homerische Untersuchungen*, Berlin, 1884.
Die Heimkehr des Odysseus, Berlin, 1927.
Woodhouse, W. J. : *The Composition of Homer's Odyssey*, Oxford, 1930.

ADDENDA

Adkins, A. W. H. : *Merit and Responsibility. A Study in Greek Values*, Oxford, 1960.
Leumann, M. : *Homerische Wörter*, Basel, 1950.
Lord, A. B. : *A Singer of Tales*, Cambridge, Mass., 1960.
Mattes, W. : *Odysseus bei den Phäaken*, Würzburg, 1958.
Merkelbach, R. : *Untersuchungen zur Odyssee*, Munich, 1951.
Mireaux, E. : *Daily Life in the Time of Homer* (trans. by Iris Sells), London, 1959.
Moulinier, L. : *Quelques hypothèses relatives à la géographie d'Homère dans l'Odyssée*, Aix-en-Provence, 1958.
Myres, Sir John L. : *Homer and his Critics*, ed. by Dorothea Gray, London, 1958.
Page, Denys : *History and the Homeric Iliad*, Berkeley, 1959.
Wace, A. J. B., and Stubbings, F. H., edd. : *A Companion to Homer*, London, 1962.
Webster, T. B. L. : *From Mycenae to Homer*, London, 1958.
Whitman, C. H. : *Homer and the Heroic Tradition*, Cambridge. Mass., 1958.